一只梦想远方的蝴蝶

张群克 著

北方文艺出版社
·哈尔滨·

图书在版编目（CIP）数据

一只梦想远方的蝴蝶 / 张群克著 . —— 哈尔滨：北方文艺出版社，2022.7
　　ISBN 978-7-5317-5645-3

Ⅰ . ①一… Ⅱ . ①张… Ⅲ . ①长篇小说 – 中国 – 当代 Ⅳ . ① I247.5

中国版本图书馆 CIP 数据核字 (2022) 第 106847 号

一只梦想远方的蝴蝶
YIZHI MENGXIANG YUANFANG DE HUDIE

作　　者 / 张群克	
责任编辑 / 富翔强	装帧设计 / 树上微出版
出版发行 / 北方文艺出版社	邮　　编 / 150008
发行电话 / (0451) 86825533	经　　销 / 新华书店
地　　址 / 哈尔滨市南岗区宣庆小区 1 号楼	网　　址 / www.bfwy.com
印　　刷 / 武汉市籍缘印刷厂	开　　本 / 710×1000　1/16
字　　数 / 493 千	印　　张 / 32.25
版　　次 / 2022 年 7 月第 1 版	印　　次 / 2022 年 7 月第 1 次印刷
书　　号 / ISBN 978-7-5317-5645-3	定　　价 / 168.00 元

序

词曰：

　　花飞花谢青芫盛，一番蛹化功成。蝶轻彩翼卉丛中。举目天际，芳远志平生。

　　道尽苦辛多歧路，缘是梦与君同。千般经历泪盈盈。满纸心血，长忆叹浮生。

在这喧闹扰攘的尘世中，平凡的我总是在这漫长的道路上孤独地走着。有一天，不经意间看到蛹化成蝶的那一幕：蛹发育到最后，胸腹部裂开，成形的蝴蝶头部从裂口处慢慢探出，胸部、腹部、尾部依次钻出。在钻出的最初时分，身体比较羸弱，软软的翅膀也折叠着，不久伸展张开，那身体逐渐硬朗起来成了一只真正的蝴蝶。看完这一幕后，我的内心总是思潮翻滚，久久不能平静。我不停地在想，如果有一天自己也能像刚看到的那一幕，从一个"蛹"蜕变成一只美丽的"蝴蝶"，带着自己的梦，带着对美丽、芬芳、和谐、圆满、清静世界的向往和憧憬，行走在这滚滚红尘中艰难地跋涉着，历尽千番努力去采撷生命的阳光雨露，"振翅前行，翩翩起舞"，把真、善、美的芬芳带到人间各处，也让当今这个社会更加明丽、清静。

因为梦想，所以选择了远方；孤独无依，所以必须坚强；坚强地振翅高飞，穿过彷徨迷茫的雾障到达彼岸将不再是一种奢望。

人生就是一场蝶变——人只有在经历中不断积累、不断努力、不断蜕壳、再蜕壳、直到最后"破茧成蝶"，即使生命的途中伤痕累累，但在实现梦想的那一瞬间，即使伤痕累累也是果实累累了。

诗曰：

> 君不见，江河之水清又浊，东流日夜不停歇。
> 君不见，风雨无纪人间降，春来如喜夏成伤。
> 人生如梦苦与乐，对酒当歌能几何？
> 皓首穷经且为乐，披星戴月当切磋。
> 曹雪芹、罗贯中、一生写，笔莫停，
> 为君歌一首，与君聊发当世情。
> 千金玉颜何足论，道古说愚且随风，
> 世贤谪仙皆寂寞，文成华章慰平生。
> 君实昔时警枕志，将相古今美其名。
> 芸生何惧光阴短，径须惜时莫留憾，
> 施耐庵、吴承恩、丹心同辉映日月，千秋丰功照古今。

　　蝴蝶有梦，采撷人间的百花清露，并把醇香带到远方；人生有梦，立足当下，做出选择，为梦远行，驶向理想的彼岸。

　　每当东方黎明的曙光洒向沉寂的大地，我抬头看到了阳光的色彩，内心充满了希望。"闻鸡起舞"、晨时诵读、夜阑三省，就这样日复一日、年复一年。弹指间，青春岁月，匆匆而过，流年似水，无语东流。有很多很多记忆尘封，埋藏在心底，成为郁结，成为回忆，道出释放是最好的"良药"。

　　多年以来，我一直都是把自己的苦与乐付诸笔尖。就这样与纸为伴与笔为友相依相伴，相惺相惜，"搀扶着"走过了多少孤寂和落寞的日子，也排解了多少剪不断理还乱的愁绪。我用心著《一只梦想远方的蝴蝶》这本书，把其中一篇篇文字变成一颗颗沙砾、一块块泥土，铺在这部小说主人公所经历的路上，在这条路上留下了"他"一串串歪歪扭扭的脚印，那是我记录主人公生活经历中最好的印迹。当大家看见了那些若隐若现的痕迹，将会给每一人留下一段美好回忆！

　　读者诸君，本书中所写背景、时间和一些事件，大家不必过于稽考真实与否，只要感觉符合常理，符合人情，符合逻辑即可。而著此书却圆了我心中的一个梦，愿此书能化作一缕清香，由"东风"相携，力争为这世间开拓出一片明丽的天空，也让那些浮躁、彷徨的人们静下心来"达物外之物，思身后之身"，也就足慰平生了。

满纸平平语不休，
几多苦乐几多愁。
心痴是处留文字，
梦醒依然心迹留。
滚滚红尘春易逝，
花开花落水悠悠。
蝶飞长路一幽梦，
但愿今生壮志酬。

目 录
CONTENTS

一、	艰难凄苦尝尽	峥嵘岁月稠	栉风沐雨闻着	昏黄悲哀曲 / 1
二、	困苦不忘教育	寒窗伴苦读	修身齐家未断	诗书礼传承 / 7
三、	危难赵仁相助	文先生脱险	命运世事无常	人生一场梦 / 12
四、	文先生病愈后	信步逢赵仁	望赵母一家人	言语暖人心 / 17
五、	生活奔波多舛	殚精而竭虑	赵玉病牵赵母	泪流情几许 / 22
六、	亲情血浓于水	处处有欢乐	孝悌和睦之家	时时心连心 / 27
七、	文先生作新词	师生共赏析	赵母偶然吟诗	显不凡才情 / 32
八、	山一程水一程	看红日东升	风一更雪一更	迎姹紫嫣红 / 37
九、	一首歌一段情	赵清咏青春	青葱岁月铭记	红蔷喜结缘 / 42
十、	红蔷偷香窃玉	赵玉鸣不平	赵清暗自流泪	赵母解怨愁 / 49
十一、	否极泰来纳新	蓝天映笑颜	田园诗意生活	希望在前方 / 55
十二、	连环画小人书	废寝忘食读	说书人鼓声闹	文俊显不凡 / 60
十三、	学业之途漫漫	拼搏进取日	书山有路勤思	美丽新起点 / 65
十四、	氛围民主和谐	商百年大计	星星之火点燃	立不世功勋 / 70
十五、	昂首勇攀书山	遨无涯学海	一场风波化解	师生惜别情 / 74
十六、	游泳玩耍嬉戏	童年如梦幻	偷瓜伙伴被抓	文俊智解围 / 80
十七、	赵智回乡看望	诉城市风貌	文俊洗耳恭听	思城市生活 / 85
十八、	赵智拜访恩师	再续师生缘	教育政治文化	三者归为一 / 90
十九、	赵冰赵清省亲	全家乐陶陶	母女诉说家常	亲戚如一家 / 94
二十、	时间指尖划过	光阴似箭流	小学毕业在即	文采争上游 / 99
二十一、	长门娶亲热闹	听笑声不断	美好生活开始	迎锦绣前程 / 104

二十二、文青辍学在家	炎夏卖冰棍	文兴师从赵光	学艺两三年	/ 110
二十三、长女文君出嫁	赵家乐与悲	大娘添置嫁妆	送女贫寒家	/ 115
二十四、赵玉田间遇险	恐惧上心头	赵光除暴救妹	身陷缧绁中	/ 121
二十五、文志文德辍学	文霞蒙阴影	黄家违规超生	赵仁遮风雨	/ 126
二十六、赵仁逢桃花运	缠绵温柔香	浪子回头坚决	不负仁之名	/ 131
二十七、赵家一片悲痛	赵母仙逝后	文俊作文怀念	赵智赴家祭	/ 137
二十八、文俊谨记遗言	文先生接信	心有灵犀相近	隔代结文缘	/ 142
二十九、文先生隐山林	揽清风明月	文俊不忘恩遇	发奋苦读书	/ 147
三十、漫漫学业征途	与文字结缘	家乡风景赞誉	处处有荣光	/ 152
三十一、传统文化教育	如山间百合	春种粒粒文粟	硕果满园秋	/ 157
三十二、书山有路勤为	不负青春好	学海无涯苦读	勤奋路漫漫	/ 162
三十三、名著珍藏在心	时时处处读	哥俩同心同德	共敬母亲德	/ 167
三十四、赵玉痼疾痊愈	文贤夫妇功	三十出嫁远方	村口家人送	/ 172
三十五、红楼梦文俊梦	梦想在远方	勤奋努力拼搏	为人生奠基	/ 183
三十六、乡村邻里关注	孩子上学情	求学路多风雨	经几多艰辛	/ 188
三十七、曼娜日记传遍	文俊灯下阅	文俊初戏心怡	一番云雨情	/ 193
三十八、面壁三年破壁	壮志酬涛海	内心积忧成疾	恩师终释怀	/ 196
三十九、天道酬勤自强	高中历三载	一朝成名名扬	情湖泛涟漪	/ 201
四十、三年弹指一过	对未来憧憬	为高考作新赋	与诸生共勉	/ 208
四十一、文俊金榜题名	赵家喜洋洋	东挪西借眉展	亲情润寒家	/ 213
四十二、大学生活丰富	校园闻秋水	心有灵犀逢缘	原是梦中人	/ 219
四十三、相逢图书馆中	爱情从此始	舍中议论纷纷	文俊心如水	/ 224
四十四、心怡红笺传情	文俊慎回信	学友贪图享受	忧心与愤慨	/ 229
四十五、深受学校器重	为学生干部	时时处处榜样	践絜矩之道	/ 234
四十六、如痴如醉红学	林筱枫问候	心有灵犀惜缘	文俊诉家常	/ 239
四十七、筱枫大意轻伤	文俊去探望	唐老师送花篮	逢筱枫父母	/ 244
四十八、国庆长假在家	全家乐团圆	文俊词诉相思	叹漫漫长假	/ 250
四十九、文俊询问彩云	一颗心平静	二人嘘寒问暖	艾峰审文俊	/ 255

五十、筱枫爸爸反对	筱枫誓坚持	小桥边柳树下	二人话衷肠	/ 260
五十一、入职谦州一中	孔校长激励	教育生涯开始	昂首新生活	/ 265
五十二、人生第一堂课	师与生交流	别开生面教育	传国学精神	/ 271
五十三、共话教学心得	苦乐相伴随	文俊关心筱枫	问寒与问暖	/ 275
五十四、文忠身为秘书	任职于政府	踌躇满志工作	服务于大局	/ 280
五十五、文英分配医院	赵礼多叮嘱	医德无以尚之	勤劳与辛苦	/ 285
五十六、新方法新课堂	学生为主体	民主交流氛围	教学与教研	/ 290
五十七、文俊创作文章	彩云筱枫赞	筱枫文俊相约	公园话衷肠	/ 295
五十八、筱枫爸妈看望	论筱枫终身	顾阿姨倾厚望	文俊谨记心	/ 300
五十九、青年教师大赛	文俊显才情	彩云艾峰牵手	静如有归宿	/ 304
六十、业精于勤历练	主业务工作	一场风波终来	文俊转乡下	/ 310
六十一、文俊不忘使命	任教于母校	校园一草一木	处处皆生辉	/ 316
六十二、与新同志一道	同甘与共苦	寻觅教育之道	点滴生活中	/ 322
六十三、饮酒后赋诗词	忆苦并思甜	美好童年讴歌	师与生共鸣	/ 326
六十四、红笺难书真意	一片相思情	筱枫探望文俊	酒后定终身	/ 331
六十五、文青生意结缘	文兴声名远	家具店变商场	哥俩升赵总	/ 336
六十六、梁彬第二职业	新开蛋糕店	力劝文俊下海	言笑晏晏声	/ 341
六十七、博览医道群书	理论与实践	一代名医终成	文贤美名扬	/ 346
六十八、家长大闹学校	文俊帮解围	唐媛感恩之情	升华为爱慕	/ 350
六十九、文志文德打工	同命不同运	花花世界迷离	文德闻不德	/ 355
七十、文俊家访李辉	聊家庭状况	李辉最终复学	从此更勤奋	/ 358
七十一、文俊唐媛对诗	诗中有情怀	筱枫观看诗稿	句句半含酸	/ 362
七十二、唐媛回避初恋	文俊好言劝	筱枫唐媛会面	以诗抒情怀	/ 366
七十三、唐媛讥讽筱枫	筱枫怒而归	文俊百般解释	一怒离家走	/ 370
七十四、乘坐南下列车	千里赴衡州	应聘工作被骗	祸不单行日	/ 375
七十五、只身泪流满面	落难市中心	筱枫千万思念	万般愁与悔	/ 380
七十六、文俊绝望之时	海边寻壮烈	幸运恩遇军人	好人有好报	/ 384
七十七、文俊回到家中	家人再嘱托	意气风发工作	从此立宏愿	/ 389

七十八、筱枫乡下工作	与文俊并肩	两人终定婚约	风雨同舟路	/ 394
七十九、初创文苑论坛	文俊一路忙	筱枫不计前嫌	邀唐媛加盟	/ 399
八十、论教育之大道	开百家争鸣	论坛异常热闹	交流中提升	/ 404
八十一、诗词交流频繁	众师提素养	学生习作诗词	教师共品鉴	/ 409
八十二、儒家文化交流	四书与五经	传统文化传承	经典润人心	/ 415
八十三、文松七年一剑	苦读修法律	身为金牌律师	常法律援助	/ 420
八十四、生意兴隆发达	各地奔走忙	观各路大富豪	文青存底线	/ 425
八十五、赵智还乡归来	观农村新变	记忆中的故乡	处处有情辉	/ 430
八十六、家乡处处可见	现代化气息	故乡物是人非	叹乡音不淳	/ 434
八十七、文俊陪同赵智	观家乡教育	何为振民育德	伯侄两人论	/ 438
八十八、赵智来到学校	听文俊上课	遥想当年情景	忆先生风采	/ 442
八十九、文忠荣升镇长	文俊文青贺	文忠畅谈教育	文俊论形势	/ 447
九十、文霞夫妇饭店	诚意信为首	邻里乡党十里	赞生意兴隆	/ 452
九十一、精兵简政策略	人人求自保	文俊主动请缨	到明德小学	/ 457
九十二、工作大胆创新	理论与实践	莘莘学子慕名	树教育新风	/ 462
九十三、文俊荣升校长	新婚宴尔乐	文学创作提升	启长篇小说	/ 467
九十四、文佩留学归来	成建筑名师	设计宏伟蓝图	建盛世工程	/ 473
九十五、文俊激情作赋	现大气磅礴	众人争相鉴赏	人潮如汹涌	/ 477
九十六、深夜挑灯伏案	著书苦中苦	夫妻举案齐眉	人间第一情	/ 482
九十七、广泛涉猎取材	走访不同人	留下宝贵足迹	汗泪也潇潇	/ 486
九十八、五年终成一书	一梦《红尘路》	多家出版采纳	影响达全国	/ 490
九十九、文俊谢绝高升	一心为教育	双悦人文风清	政通人和谐	/ 494
一百、赵家齐聚一堂	清明节祭祖	家风代代相传	世世永不忘	/ 499

一

艰难凄苦尝尽　峥嵘岁月稠

栉风沐雨闻着　昏黄悲哀曲

　　一条清澈的河流从一个弥漫着槐香的村庄中间淌过，溪水汩汩地向前流着，水中的那些鱼儿快活地游来游去，它们有时到水面上吐着一个又一个泡泡；整个村庄上大大小小、高高低低的草房错落地镶嵌在那些散发着淡淡清香的槐树中；成群的鸟儿在悠闲地飞着，那叽叽喳喳的鸣叫声一会儿清亮，仿佛正在倾诉着它们心中无尽的喜悦，一会儿低沉，又仿佛诉说着它们心中那无穷无尽的苦，一会儿高亢，又仿佛憧憬着未来。不大一会儿，有的鸟儿飞向远方，有的鸟儿却傻傻地望着到远方寻觅的同伴。村庄四周的田野里，偶尔听到几声老牛的叫声，不经意间有几只羊儿在追逐，那田间的农夫们甩着响脆的鞭子仿佛正为这个村庄的未来忙碌着。

　　这个美丽的村庄叫作赵家村，赵家村隶属清辉县双悦乡。赵家村村后西北方向二三里处是一座青山，这座青山名曰颐山，从赵家村中央流过的那条泰溪就是从这座名叫颐山的山顶发源而下。

　　赵家村村子的最北边有三间土坯草房，房子的东西南三个方向用"土砖"（当地人用泥土造成的一种厚砖）围成一个院落，院落的大门朝向东方，在这个简陋的院子里住着一户姓赵的人家。

　　这姓赵的一家人中，当家的四十岁左右名叫赵世长，他是一名中医，中等身材，两道浓眉下一双炯炯有神的眼睛使他清瘦的脸庞显得格外精神，那满头的黑发向额后梳得整整齐齐，身着一身已经褪了色的中山装。他的妻子年近四十，一头乌黑的头发向上挽起，似一朵乌云，两弯细眉秀美，慈祥和善良溢在脸上，一双明亮的眼睛宛若秋水。听旁人说她在出嫁前生活在一个

官宦家庭，是一位名副其实的千金小姐，琴棋书画、四书五经、唐诗宋词她无一不精，无一不晓，因其姓名不详，权且称呼她为赵母吧。而现在他们家已有五个孩子，而且个个是男丁。

"孩子他娘！不要那么劳累了，你就歇歇吧！身子不方便就不要再碾那些草药了。"当家的赵世长关心地说道。

"他爹，没关系，孩子还需要三个月才出生，我的身体我自己心里有数，这几天你也累得精疲力竭的，你也要多注意身体。"赵母一边碾着草药一边说道。

"赵先生，你好，我咳嗽的老毛病又犯了，你再开两服药吧！"一位衣衫褴褛的中年妇女有气无力地说道。

"老嫂子！你先坐下，我先给你把脉。"赵世长望着一位前来看病的中年妇女说道。

"老嫂子，你先喝口茶吧！"赵母一边说着，一边端起一碗热腾腾的茶水递给了那位前来看病的中年妇女。

"大妹子，你的心可真好！"那位中年妇女笑着说道。

"娘，我有点饿！""娘，我要吃东西。""娘，我也饿了……"那位中年妇女的话音刚落，三个穿着半旧灰色粗布衣服的孩子向赵母说道。

赵母听到孩子们的声音，她到东边那间灶屋内拿出三块不大不小的玉米面馒头递给这三个孩子。

"大妹子，你们家几个孩子呀！"那位中年妇女好奇地问。

"一共有五个男孩儿了，两个大的到山上去采药了，这几个在院子外边闲跑。"赵母笑着说道。

"大妹子，你可真有福气，我看你这身体，恐怕又要添丁了。"

"这是最后一个，我希望是一个女孩。"赵母笑着指了指自己的肚子。

"大妹子，好人有好报，你会有一个乖巧的丫头的，她也会像你一样长得挺好看的。"那位中年妇女也笑着说道。

"老嫂子，你的药好了！"赵世长递给那位中年妇女一包草药。

"多少钱？"那位中年妇女一边说，一边从她的手巾兜内掏出一张皱皱巴巴的五角钱。

"算了，老嫂子，不收你的钱了，只要你的病能早日痊愈就行了。"赵世长对着那位中年妇女说道。

"那怎么能行呢，我老是给你们家添麻烦，还多次得到你们的照顾，这点钱儿，大兄弟，你还是收下吧！"

"老嫂子，我大哥去世得早，你又带着几个孩子，算了，只要你的病能早点好就行了。"赵母笑着对那位中年妇女说道。

那位中年妇女走后，赵世长来到赵母跟前说道："孩子他娘，这几天你就好好歇歇吧！不要累坏身子！"说着他到那四面通风的灶房里，不大一会儿便给赵母端来一碗热腾腾的荷包蛋。

"那几个鸡蛋留着给孩子们吃吧！我身体还行！"赵母向赵世长说道。

"孩子他娘，你跟着我这个乡下医生受苦了。"

"孩子他爹，只要能和你在一起，哪怕是风餐露宿，我也愿意。"

赵世长紧紧地握着赵母的手，流下了伤心的眼泪。

就这样三个月过去了，第六个孩子终于出生了，又是一个男孩儿。赵家真可谓人丁兴旺。

"他爹，我这辈子恐怕不能给你生个千金来，唉！这或许是一种遗憾！"

"孩子他娘，这也许就是天意吧！"赵世长安慰着赵母说道。

就这样，一晃两年过去了，赵世长家虽然不算殷实，但也过得还可以。赵母一边下地干活，一边帮丈夫炮制中药，她还抽出时间教育几个稍大的孩子，教他们背诵四书、唐诗、宋词。

然而，天有不测风云，人有旦夕祸福，两年过后，一场可怕的瘟疫席卷而来，许多村子的人都得了一种急性传染病相继死去，漫山遍野到处是横七竖八躺着的尸体。

在颐山脚下，已近干涸的泰溪穿过这个灰色的村庄，村庄四周死一般的寂静，那干涸的泰溪有几处浅浅的水流凄厉地呜咽着，那时断时续的水流仿佛在向人们诉说着一个凄凉动听的故事。高矮参差的茅草房坐落在高大的槐树中间，稀疏的炊烟，太阳也常常被阴云笼罩着，风卷尘土一片苍凉。人们往昔的笑声消失了，随之而来的是断断续续的哭泣声、微弱的叹息声，使得这个村庄显得凄凉。

赵家村，时逢天灾瘟疫，今又遇旱灾，民不聊生，生活在那时候的人们恐怕一生也难以忘记那段刻骨铭心的生活吧！

一阵剧烈的咳嗽声从一间草屋内传出。赵世长已经是两鬓斑白，脸色苍白，气喘吁吁地躺在床上，只见的他的眼窝深凹，颧骨高耸，面色苍白，喘息声微弱。赵母和家中的六个男孩儿紧张地盯着他。

"孩子他爹，喝口水吧！你……你……会好的。"身着灰色带有补丁衣服的赵母已经变得清瘦，面容已由早些年的红润变得苍白，而她不屈的精神还是从她那双眼睛中流露出来，此时的她正噙着泪。

"爹……爹……爹……你会好的。"几个年龄稍大的孩子慌忙地喊道。

"孩子他娘……老伴儿……我不行了，你……你们……要好好活下去，让孩子们好好……学习……你一定要……把他们养大成……人。"

他用手拉着大儿子的手说道："老大，你要好好的……替你娘照顾好几个弟弟，让他们……突然，这位中年男子松开了那只紧握着大儿子的手，闭上了眼睛。

"爹……爹……爹……爹……""老伴儿……"只听屋内一片痛哭。而院中那仅有的一只乌鸦惨叫一声旋即离开，院中那两棵枣树和院外的几棵槐树的枯叶纷纷落下，此时风也停滞了。这位当时赵家村唯一的医生，在一个深秋的黄昏他却不舍地与世长辞。弥留之际他的手紧紧地抓住大儿子的手，可是他还是不舍地闭上了眼睛。

村庄的北边是一大片空地，紧挨着泰溪边上有一条歪歪斜斜的小路。这条小路上深深浅浅的脚印重叠着，残留一些狗尾巴草和一些残黄的茅草在风中摇曳，一个又一个大大小小的馒头似的坟冢排列着，令前来的人们感受到这个时代人生命的廉价和脆弱，也令那些前来祭奠的人们感受到亲情的重要和人生的短暂。

赵母领着她的六个儿子围在一个低矮的坟前。哭声是有的，可是声音太弱了，几个孩子的眼泪和鼻涕不间断地出现，那些寒鸦也不再为这场悲凉的送别助力了，可能也是力气不足吧！

"孩子他爹，你安心地走吧！我就是熬到最后一口气也要把几个孩子抚养成人，请你放心，我和孩子们每年都会来看你的……孩子们给你们的爹磕头吧!"

"娘……娘……爹……爹……"再多的哭声也抵不住伤心。

秋风早已停息了,那些枯草也静了下来不再摇曳,周围是死一般的寂静——除了几声哭声。

不一会儿,又有了一些上坟的人,老幼相携出没在荒冢中。

赵母擦干眼泪,望着六个大大小小的儿子说:"孩子们,咱们还要好好活下去,娘就是刮骨割肉,拼尽最后一丝力气也要把你们几个养大。"

赵母说完后又一次环顾四周,突然,在一摞燃烧未尽的纸下面有四个不知道被多少只脚踩扁的空心馒头,上边的脚印还印在馒头上。赵母机警地四处张望,她趁四周没人之际急忙把馒头揣在怀中。

在回家的途中,突然看到一位中年妇女倒地不醒,三个身穿破旧不堪、脏兮兮衣服的女孩儿,一个个泣不成声。可怜的孩子们呀,他们唯一的亲人——他们的娘却再也听不到孩子们那凄凉的哭声了,再也不能呵护他们了。

这三个可怜的孩子,他们今后的生活可怎么过,谁来养活他们,然而自己已经是"泥菩萨过河自身难保",可是这三个女孩儿实在是太可怜了,唉!这样吧,放一个羊是放,一群也是放,只要自己不倒下,我就是拼尽最后一口气力也要把他们给收养了,赵母望着这三个女孩儿想。

赵母走到这三个女孩儿跟前,她眼中噙着泪花儿并轻声说道:"孩子们,不要再哭了,跟你们的娘道别吧,今后,你们就到我们家生活吧。"

三个女孩望着赵母一家人,他们都抬起头来,眼泪和鼻涕慢慢落下。

赵母和两个稍大的儿子在他人的帮助下简单地安葬了那位刚刚去世的母亲后,他们带着这几个孩子回到了村里。

回到家中,赵母先把那四个馒头分给这个"家"中那三个女孩子和两个较小的儿子。看到这几个面黄肌瘦的孩子,特别是那几个较小的孩子吃馒头时狼吞虎咽的样子,她的眼泪就像断了线的珠子。然而老伴临终前的嘱托又让她精神振奋,让她仿佛有了无穷的力量。

日子一天天过去。

春天,天气渐渐暖和起来,满山遍野的野菜都萌发了,那些花也开了。赵母深知当前形势,凡是牲口能吃的野草,人就能吃。鹅肠草、折耳根、水

芹菜、车前草、苦苣菜、槐花、刺角芽等割回来洗干净后和着从村里打回的谷面拌匀后就能充饥。

  有时，她一个人偷偷地跑到村子东南角的一块红薯地，然而这块地不知有多少人来过，残留的红薯叶子也被"洗劫一空"，地上挖过的空穴一个连一个，仿佛承载着人们活下去的希望。赵母仍然满怀希望地四处寻找，这个曾经诗书满腹、知书达礼的千金小姐的气质风度自从赵世长去世后早已荡然无存。好在上天有好生之德，尽管这块地被耕犁翻了多遍，被他人光顾了多次，然而在一个偶然的地方还是残留着两个去了皮的红薯。她急忙回到家中，把这些救命的红薯切成薄片，烤熟后分给孩子们吃。赵母为了让孩子填饱肚子，她想尽了一切办法，挖剩下的红薯、挖野菜、甚至找到酿酒用过的酒糟……就这样，在赵母的精心呵护下，这个家庭终于幸存了下来。

  从此，赵母带着这九个孩子艰难地度日。赵母在娘家的时候曾跟自己的私塾老师熟读四书五经、诗词等，她为了把自己的生平所学一代一代传承下去，她就给这九个孩子分别起名为：赵仁、赵义、赵礼、赵智、赵光、赵明、赵冰、赵清、赵玉，从此，这个特殊的家庭开启了不一样的生活。

二

困苦不忘教育　寒窗伴苦读

修身齐家未断　诗书礼传承

虽然说生活是异常艰苦，但赵母对孩子们的教育从未间断。每当她给孩子们讲解《大学》《中庸》《论语》和《唐诗》时，她总是把那书中的道理说得详细透彻，让孩子们明白事理，学会做人。孩子们围在那个"四条腿"粗细不一、凹凸不平的桌子上南腔北调地读着："学而时习之，不亦说乎……博学之，审问之，慎思之……富贵不能淫，贫贱不能移，威武不能屈……格物、致知、诚意、正心、修身、齐家、治国、平天下……"就这样，她把自己年轻时所学的知识一点一点教给孩子们。这九个孩子中，赵仁、赵义、赵礼、赵智、赵玉勤奋好学，精思善思，而赵光、赵明、赵冰、赵清则心不在焉。

"孩子们，孔子曾经说过，贤哉回也，一箪食，一瓢饮，在陋巷，人不堪其忧，回也不改其乐，贤哉回也。这句话是对颜回的高尚品质的赞誉，一箪饭，一瓢水，他住在简陋的小屋里，别人都忍受不了这种穷困清苦，而颜回却没有改变他好学的乐趣。你们要好好向孔子的这位高足学习，不要怕吃苦，去迎接那好日子的到来。"孩子们在赵母的教导下，他们从未丧失生活下去的信心和勇气。

"老大，你作为我们赵家几个弟弟、妹妹的大哥，你是一个懂事的孩子，一定要替娘多分担一点儿家务活，弟弟妹妹们尚小，娘有时外出不在家时，你要替娘多照顾他们，特别是你那三个可怜的妹妹，你更要多关心他们。"

"娘！你放心，我会照顾好他们的，你为了给我们在外面找吃的东西受了很多苦，你也瘦多了，你一定要注意好身体。"赵仁望着赵母说道。

赵母有时候带着赵仁、赵义这两个年龄稍大的儿子到外面寻觅榆树叶、

柳树叶、桑树叶，他们甚至把荒地中的刺角芽都挖出来煮着吃了。赵母为了让这个九个孩子活下去，她忍饥挨饿，千方百计地寻找吃的。

有一次，她看到孩子们饿得头晕眼花，她竟然在田地里捡起大雁的屎回来烤熟后让孩子们吃掉。赵母总是用"机灵"的头脑想出一个又一个办法，让孩子们从死神的身边溜走。就这样，她带着几个孩子艰难地走出饥饿的"泥潭"。

"好人终有好梦，好人有好报"。一个冬天，一位年过半百，须发花白，头上裹着白毛巾，身穿厚厚棉衣的老汉来到了这个特殊的家庭。

"大妹子，我是这个学堂的代表。你是个好心人，自己带着六个孩子已经是很困难了，又收养了三个女孩儿，你们的生活更是难上加难，你们这个特殊的家庭也同样需要照顾。这样吧！你到村东头的一处破旧寺院（只留部分遗迹）的'学堂'（收养孤儿的地方）里去帮衬着做饭吧，你去照顾没爹娘的孩子们的生活吧！你的孩子如果想来的话，也可以来这里学习。"

赵母听到这位学堂的代表说完后，她再一次看到自己家中这群"嗷嗷待哺"的孩子就不假思索地同意了，她面带感激地说道："大哥，不，学堂代表，谢谢你的关照，我一定会尽心尽力地照顾这些孩子，也请你放心！"

赵母领着赵智来到学堂后，看到一位学者风度的先生正在教大家朗读："弟子规，圣人训。首孝悌，次谨信。泛爱众，而亲仁。有余力，则学文……"多么熟悉的声音啊，自己小时候就是从《弟子规》开始学习的。

这位朴实的学堂代表向赵母介绍："大妹子，这位是咱们学堂的文先生，他很有学问，听旁人说他是从京城来到咱这里，他是自愿来这里专门教这些没爹没娘的孩子。"

赵母望着身前正在上课的文先生，只见他高高的个子，清瘦的脸庞，两道浓眉下高高的鼻梁之上架着一幅宽大的黑边眼镜，虽说他穿着厚厚的有些皱褶的棉衣棉裤，但是一身儒雅气质尽现眼前。看到文先生上课的情景，赵母仿佛想到了自己小时候上学时的情景，那时的私塾先生一丝不苟、严肃认真，整天用双手攥着一把长长的戒尺，踱来踱去地背着那些古文，三两个学生端坐挺胸、正襟危坐大声朗诵，而现在唯一不同的是文先生手中早已没有那长长的厚厚的戒尺。

赵母有一个习惯，每当她看到那些天真可爱、勤奋好学的孩子，她总是把他们当作自己的孩子一样对待。来到学堂后，她的心似乎平静了许多。每当放学后，她总是把那些孩子安顿在一间屋内，让孩子们坐在那一尘不染的高粱秆子和泥做成的桌子上，她把那又黑又硬的馒头分成大小相等的小块儿给每一个孩子，给每一个孩子盛了一碗热腾腾的"菜汤"，那粗瓷碗中的"菜汤"可以清晰看见碗底的黑晕。赵母每次看到孩子们津津有味地吃个精光时总会露出会心一笑。

一天，这位学堂的文先生带领大家读："大学之道，在明明德，在亲民，在止于至善……"赵母听到"在亲民"这三个字时，她突然向文先生问道："先生，请问那个字应读'新'还是'亲'啊？"

文先生先是一怔，没想到这个在学堂里做饭的中年母亲竟能提出这样的问题。文先生仔细打量着这位在学堂任劳任怨、吃苦耐劳的中年妇女，一头秀发向后盘起，两鬓的发丝湿湿地贴在她的脸上，虽说看起来很疲惫，但是她那双眼却非常有神，岁月的风霜虽说在她那张稍有苍白的脸上刻下浅浅的沟壑，然而却难以掩饰她曾经的美丽。眼前的这位中年母亲让他大吃一惊，自己从京城来到这穷乡僻壤，难道在这茫茫的尘世中还有知音不成？赵智望着文先生注视着自己的母亲，又望着自己淳朴的母亲不禁想到，要是自己的娘也能在这里教书那该有多好啊！

"敢问大姐，你也读过《大学》吧！"

"我只是在童年时代上过私塾，后来父亲也曾用心教过，时隔多年还有些模糊的记忆。"赵母也微笑地说道。

这个学富五车、满腹经纶的大学教授面对这位慈眉善目、有着良好教养、吃苦耐劳的中年母亲不禁肃然起敬。

"这是我的第四个儿子赵智，先生你要对他格外严厉一点儿。"

"没事的，大姐！这里的每一个孩子学习都很勤奋刻苦，我都会好好地带着他们学习。"

赵智天赋较好，勤奋好学，文先生很喜欢他。

过了些日子，一天下午，文先生讲解《竹石》。

"同学们，郑板桥做官最高兴的是自己能为百姓做主，能为百姓实实在

在做事。而他在做官之时最能体恤平民百姓，他改革弊政并从法令上、措施上维护老百姓的利益。郑板桥任县令期间勤政廉政，兢兢业业，呕心沥血，案子无一留积，更无冤案，他深得当地老百姓拥戴。郑板桥注重学习，力倡文事，发现人才，善用人才，留下了许多佳话……"

赵智全神贯注地听着，生怕漏听一个字，他想，文先生的知识如此渊博，我要好好地向他学习，将来也像郑板桥一样做一个为民做主的好官。

郑板桥很有才华，但是生不逢时，自己长大了也要像郑板桥一样，做个好官，赵智不停地想着。

其他同学大声朗读着："咬定青山不放松，立根原在破岩中。千磨万击还坚劲，任尔东西南北风。"

"同学们，你们长大了想干什么？"大家读一段时间之后，文先生突然问。

"我长大了，要成为科学家，为国家多造一些机器和车。"

"我长大了，要发明一种高产的粮食，让大家都能吃饱饭。"

"我长大了，要成为一名医生。"

"我长大了，要像文先生一样成为一名老师。"

"我想当兵，保家卫国。"

"我长大了，要像郑板桥一样做一名好官，做一名清官，诗书画样样精通，让大家生活好起来，吃饱穿暖，我还要为民做主。"赵智大声说道。

当文先生听到这振聋发聩的声音后激动万分，没想到这个十一二岁的孩子竟然有如此宏愿，不必说赵智要做像郑板桥那样的好官，也不必说他要为民做主，更不必说他将来要诗书画样样精通，就连这最起码的让人民吃饱、穿暖就让自己敬佩万分。自己平生的夙愿仿佛有了着落，他要好好栽培赵智，进而弘扬国学——修身、齐家、治国、平天下。

赵母尽管在学堂中打杂换得一些口粮，然而她家中孩子众多，要维持一家生活仍然艰难。赵母为了让每个孩子穿得好一点，她总是东拼西凑一些旧布头，用她那双灵巧的双手为几个孩子缝补衣服。孩子们的衣服虽说补丁较多，然而比起那些孤儿还是好多了。与赵冰一起玩耍的同村几个女孩儿只有一条裤子，而赵冰的枕头旁就有一条能随时换洗。

有一次邻居家的一个姑娘想到池塘里洗裤子，她找赵冰说道："赵冰，你的裤子借我穿一会儿，等我的晾干了再还给你。"

赵冰还在犹豫之际，赵母说："孩子，你拿去吧，等你的裤子晾干了再还给大妮吧。"

"不笑补，不笑破，就笑日子不会过；新三年旧三年，缝缝补补又三年。"这一顺口溜赵母时常记在心间。

为了让每个孩子多吃一点儿，有时她竟然外出打扮成乞丐讨饭。每次讨来的粮食她总是让家中几个女儿先吃。她特别关心的就是小女儿赵玉，她希望这个冰雪聪明的孩子将来有一天能成为像李清照、卓文君、蔡文姬这样的才女，她的这个想法从这三个闺女进入赵家后就产生了。

"娘！我长大了，一定要好好学习，将来也成为一个学问大的人。"

赵母望着这个天真可爱的小女儿，她的内心总是感到温暖和幸福。

赵母看到这群懂事的孩子，她怀着对美好未来的无限憧憬带领着一家人在艰苦岁月中慢慢向前走着，走着。

三

危难赵仁相助 文先生脱险
命运世事无常 人生一场梦

时光荏苒，日月如梭，转眼间几年又过去了。赵仁、赵义已经长成了高大魁梧的男子汉。一天刚步入十八岁的赵仁兴致勃勃地来到赵家村村后的颐山上砍柴。在一条弯曲的山间小路上，他一边走一边唱着赵母自编的歌曲：

  蓝蓝的天空下
  一座青山旁
  这里有我可爱的家乡
  洁白的槐花傲立枝头
  一阵阵清香传遍四方
  红日东升闪耀着光芒
  一排排草房炊烟升起
  如歌声般嘹亮
  在那自由的天空下
  有着数不尽的欢声笑语
  那快乐的孩子
  赶着成群的牛羊
  一声声号子清脆响亮
  一片片庄稼绿的天堂
  勤劳的人们田间忙
  一条清澈的溪水呀

诉说着动人的故事

　　走向远方

　　啊！走向远方

　　啊！走向远方

　　那条山间小路的两旁碎石遍地，树藤缠绕，野花芬芳，落叶满地；习习的山风阵阵袭来，处处透着凉意，这里没有太多的喧闹，只有寂静；一簇簇修长的碧竹，一片连着一片，使人感受到温馨惬意，竹海深处鸟的叫声连连，那婉转的鸣唱使得赵仁的心情更加轻松愉快。山上那些五颜六色的野花在春风中摇曳，它们争奇斗艳、芬芳四溢；一条山涧溪水从山的高处流了下来，清澈见底，溪水里的鱼儿永远都在不知疲倦地游啊游。赵仁在小溪旁沿着那条山间小路一步一步向上走去，他看到两旁一片茂密的树和一些奇花异草，那山上茂盛的树木好像士兵般日夜守护着颐山和一群群活泼可爱的小鸟。

　　赵仁走到半山腰后，他有力地挥舞着镰刀。不大一会儿，他收割了一大捆柴并扛在他的肩上，一步一步艰难地又走下山来。

　　赵仁走下山来，他看到一位斯文有风度，身着一身半旧整洁的中山装，戴着一个宽大眼镜，那苍黄的脸庞透着几分冷峻和睿智，剑眉星眼显出沉着和稳重的知识分子模样的人。赵仁看到他正在一棵高大的桑树下靠着，左手捂住胸部，额头上沁出豆大的汗珠，并痛苦地呻吟着。

　　"大叔，你怎么了？"赵仁一边急切地问，一边放下身上那捆沉甸甸的柴，俯下身来并小心翼翼地去搀扶这位大叔。

　　"好孩子，我的老毛病又犯了，你搀我坐下歇一会儿，吃一丸药就行了。"文先生从上衣兜内掏出一个黄色的小药瓶，他从中取出一粒小药丸含在舌下，赵仁慢慢地扶着文先生坐下，一刻钟过后，先生苍白的脸色稍有好转。

　　"孩子，我好多了，可以走回去了，你也回家吧，这时间也不早了。"

　　"不！不！大叔，还是让我扶你回家吧。"赵仁一边说着，一边搀扶着这位先生缓缓地走到学堂附近的一间矮小的草房内。

　　赵仁来到屋内，一张早已没有油漆的桌子，桌子上的几层书几乎将桌子压塌。只见这些书整齐排列着，上下四层，每层大约一米长。狭小的屋内地面一尘不染，一张较窄的床，墙壁上贴着一幅画，画中有溪水、茅屋、青山、翠竹，画的下方用毛笔写着"理想家园赋"，字字苍劲有力、入木三分。

余出身寒门。幼喜听书，酷爱泛想，为师、为医、为商、为官。十年寒窗入高等学府。四年业成，欲建功业，任教北师大学府。然，命运多舛，爱妻撒手人寰，万念俱灰，只身天涯，隐于世外，遁世无闷，不见是而无闷，日久天长，心如止水。叹人生命运之无常，然又惜平生所学之不易，欲修书著述，以华章而励后人；又欲寻一高足而将衣钵传授。漫漫征程霜满天，寸寸青丝愁华年。对月形单望相互，人间有道是清欢。闻鸡起"武"，晨始诵读，夜阑三省，立德修身。时光荏苒，岁月飞逝，转眼间已过不惑之年。疲惫兮憔悴于人情，迷茫兮懒应于世故。寻寻觅觅，欲栖身一理想家园。出可行达于三尺道场，归则静心于砖瓦草堂，风发时助客之酒兴，闲静处动愚之诗情，思与雅人为伍，讵与俗士同伴。

园之东边，蛇行蜿蜒，一溇尽在眼前。岸芷丰茂，郁郁葱葱，佳木萦结，参差相伍。潺潺水鸣，悠悠吾心。闲来垂钓碧溪上，忽复乘舟梦日边。晨风微微，沁人心脾；露珠晶莹，玲珑剔透；氤氲迷漫，紫气东来。渺渺兮予怀，望日出兮天一边。光芒四射，烟消云散。人间万象迷人眼，天地灵气润心田。秉圣贤之文集，步溪岸之羊肠小径。偶见彩蝶于野花之畔，时闻鸟鸣于密叶之隙。享自然之美色，悟人生之真谛。

园之西者，篁竹幽深，密密匝匝，枝繁叶茂，遮天蔽日。古来圣贤皆爱竹，文人墨客，尽其溢美之词，留下多少千古佳话。如：刘禹锡，斑竹枝，斑竹枝，泪痕点点起相思；清人郑燮，其一，咬定青山不放松，立根原在破岩中。千磨万击还坚劲，任尔东西南北中。其二，一节复一节，千枝攒万叶。我自不开花，免撩蜂与蝶。吾常以竹之神韵喻自身。远红尘之喧嚣，淡世态之炎凉，无功名之追逐，轻利益之奔忙。

出园南望，大道横亘入帘。春夏秋冬去，茫茫万古尘。风霜雪雨过，攘攘行人频。少有清心寡，多半营营心。路漫漫兮志远，道坎坎兮修身。

园之北方，沃野千里，一碧万顷。风疾而来，绿浪滚滚，其势宏阔；风平而去，青翠如海，似镜未磨。缘家园而相逢，肯使春风辞笔；寄遥情而相知，沐秋月之恩泽。耕耘忙碌于春华时，收获喜悦于秋时分。近忙人，同苦，同乐；疏闲者，离之，远之。

近园门，两株参天白杨，对峙耸立。啜饮四时朝露，英姿无与伦比；沐浴七彩阳光，尽迈豪情万丈。入园中，花草成畦，茅檐无苔，芬芳醉人，清新淡雅。厅堂之上，淡泊以明志，宁静以致远。字字吐金溢彩，句句刻骨铭心。静默而坐，时常神游与西学国学博大精深苑林中，禅心而醒，徜徉在教育教学专著高谈阔论花园间。一本书，一壶茶，一桌一椅。暮暮朝朝，岁岁年年。

金木水火土，阴阳变化，荡胸如镜；东西南北中，岁月峥嵘，园容不改。

赵仁沉浸在画面清幽，感情激荡的文字中，他想：不知道这位大叔可否是娘常提起的那位在学堂教书的文先生，因为自己和这位大叔只是初次相遇，赵仁不便过多相问，他把刚到嘴边的话又咽了回去。

"孩子，你叫什么名字？"

"大叔，我叫赵仁，就住在这个村。"

"孩子！今天多亏有你帮忙，要不然后果不堪设想。"

"大叔，你太客气了，这都是小事儿，你不必放在心上，你先歇着吧，我也要回去了。"

望着赵仁远去的背影，这位曾经在北师大任教的文幼安先生坐在那把掉了油漆的椅子上陷入沉思。"学深为师，品正为范"是自己从教以来人格修养的标准和精神追求，又是自己多年从教育生涯中的一个感悟。曾经的博学让自己具有学问、知识和技能；曾经的任教生涯足以证明自己所具有良好的品行，自己在方方面面，时时刻刻都在追求光明正大，能够成为社会中教育的模范。他又想起自己曾经在北京师范大学任教时的情景：自己每天穿梭于整洁的教室内的，那厚厚的讲义整齐地摞在讲台桌面上。给学生讲述四书五经时，他仿佛带领大家融入当年孔子讲学的情境中，是那样专注，那样投入，那样忘我……而今，自己来到了赵家村这个有山有水的世外桃源来隐居，白天和那些可怜又可爱的孩子一起学习，晚上在一盏昏黄的煤油灯下读书、看报、写文章。常言说得好：命好不如运好，遥想自己风华正茂之时，发愤苦读，博览群书，考上大学，四年有成，后来任教于北京师范大学，毕生心愿为国家传承经典文化，弘扬国学国粹，正是前程似锦、未来一片大好。然而天有不测风云，自己的爱妻离去，这个曾经与自己"泼茶煮酒"的知音，相濡以沫的亲人去世犹如一个晴天霹雳击碎了自己的那颗心，致使自己万念俱灰来

到乡间,为的是寻找一片心灵栖息之地,以度残生。不承想,自己最终来到这个偏远的赵家村,这也是机缘,也是命。真可谓"流水落花春去也,天上人间"。唉!命运无常,无常命运啊!算了,算了,既然自己的人生如此坎坷,现在只祈求能在冥冥之中找到一位得意门生,并把自己平生所学一一传授给他,也算抚慰残生,实现平生另一夙愿吧!

"自闭桃园成太古,欲栽良木柱长天",这是自从爱妻去世以后埋藏在文先生心中多年的宏愿。自己已经是一个流落天边的孤鸿,现在只能找到一个理想的衣钵传人来实现这个宏愿。在这个简陋寒碜的学堂里,在这十多个孩子中,他发现赵智天资聪颖而且勤奋好学,人品又是极为正直,于是自己那灰色的人生风景中枯木逢春。他要好好培养赵智,把赵智培养成为一名德智双馨、德才兼备的接班人。

一天下午,他带着赵智来到了自己的家。

"赵智,请进来。"文先生笑着对赵智说道。

"文先生……"

"赵智,你觉我这里怎么样?"

赵智沉思片刻,他马上吟出了《陋室铭》:"山不在高,有仙则名。水不在深,有龙则灵。斯是陋室,惟吾德馨。苔痕上阶绿,草色入帘青。谈笑有鸿儒,往来无白丁。可以调素琴,阅金经。无丝竹之乱耳,无案牍之劳形。南阳诸葛庐,西蜀子云亭。孔子云:何陋之有?"

文先生听着赵智如此熟练而流利地背出《陋室铭》,他先是大吃一惊,而后问道:"赵智,这是谁教给你的?"

"文先生,这是我娘教我的,我很早就会了。"

"哦,是你的娘,你娘真了不起,赵智,你一定要好好学习,我这里的书你可以随时来看,你也可以在课后随时来这里和我交流。"

"谢谢你,文先生,我一定不会辜负你的期望。"说着,赵智向文先生深深地鞠了一躬。

四

文先生病愈后　信步逢赵仁
望赵母一家人　言语暖人心

　　无巧不成书。一天傍晚,赵家村沐浴在一片火红的霞光中,赵母家院内的两棵枣树和大门外的那几棵槐树上也泛起秋的光彩;阵阵秋风习来,寒蝉的鸣叫也为这安谧祥和的村落增添了些许温馨的情调。文先生带着一份轻松惬意的心情,他双手背在身后在村中央那条路上行走着,病愈之后的文先生比以往精神多了,他看到落日,看到了霞光诗兴而来,禁不住吟出:

　　《西江月》
　　日暮,独自信步,一时意念皆空,轻松自适,恍如凌风。过一桥,偶听淙淙流水,顿觉,难得己身融于天籁,遂作词!
　　遥望斜阳红韵,近观草树荫浓。一心一意踏清风,庆幸难得佳境。
　　流水淙淙悦耳,落花颤颤低鸣。弹指一瞬一时空,却是一场好梦。
　　他信步走到村东头,正好看到赵仁挑着满满的两桶水慢慢地走着。
　　"赵仁,你好!"
　　"大叔,你出来走走啊",赵仁一边说着一边放下担子,微笑地望着文先生说道。
　　"好孩子!往家担水呢?"
　　"是的,大叔!我家就在附近,你来我们家坐一会儿?"
　　"好吧,孩子。"
　　"娘,上次与我相遇的那位大叔过来了。"赵仁前脚刚进门就喊道。
　　文先生随着赵仁来到赵家院内。四间草房面南而立,东边一间低矮的草房内炊烟袅袅升起,东、西、南三边分别用一米半高的泥土砌成三道墙,东

边从那间低矮的灶房南边三米处用一排一米半高的木棍作为"大门"立在东边那道土墙中间。院中的一棵枣树的树枝将要伸向西边那道一人高的土墙，几棵槐树高高地立在大门的左右两侧。

"是你呀！文先生，你好，请屋里坐。"赵母说完后急忙走到灶房内端来一大碗开水。

"大姐，真是无巧不成书，原来赵仁是你家的孩子呀！"文先笑着说道。

"他是我们家的老大，那天与他相遇的那个先生原来是你啊！这真是巧合。"

"赵仁是个好孩子，那天多亏了这个孩子，要不然……"

"文先生，你太客气了，这都是小事儿，这也是孩子应该做的。"

文先生环顾着堂屋内，一张老式的八仙桌，那张八仙桌的桌面上残留着一些星星点点的黑漆，那张桌子的后边是一个用泥土砌成的一个条案，条案上方有一副对联：上善若水润物无声育万世；中庸为道德厚流光承千秋，横批：育润德承。

"好个上善若水，好个中庸为道。"文先生自言自语地说道。

虽然这个家家徒四壁，茅檐蓬屋。然而文先生看到这副对联，看到和蔼慈祥的赵母，看到赵仁和其他的孩子，他禁不住对这个家产生一种发自肺腑的敬意和羡慕。

"大姐，你家的赵仁是一个懂事的孩子，那天多亏了他，在我发病时是他搀扶着我回到家，今天我特意来看看！"

"先生，你太客气了，这都是小事，你不用记挂在心上。"

"大姐，这些孩子都是你家的吗？"

"是的，他们都是我的孩子，我们是一个大家庭。"

"大姐，你真的不容易，养育了这么多的孩子一定吃了不少苦头。"

"先生，这也许就是命吧！不过日子渐渐好转了，我相信我们这个家一定会苦尽甘来。"

"大姐，你是一位善良之人，好人有好报，你的家会好起来的，将来所有的家庭都会好起来，我们的生活将在不久之后会有好转的。"

文先生再一次环顾这个只有几间草房的院落，看到这九个质朴的孩子他禁不住吟出：

    青青屋上草，满院落红霞。
    煞苦凄风日，温情暖人家。
    无常风雨在，雾散水山佳。
    岁月不平逝，欣荣广天涯。

  "先生，我也相信，我们都相信，将来会有你说的'岁月不平逝，欣荣广天涯'的那一天。"

  "娘，我要好好学习，将来用自己的文化知识去改变咱们这个家的一切，让咱们家里的人吃好、穿好，我还要让咱村的人都能过上好日子，我决不会辜负文先生对我们的期望。"赵智说道。

  "好孩子，你能在先生的门下学习是我们这个家几辈子修来的福分。"

  "大姐你过奖了，能遇到赵智这样天赋极好的孩子也是我今生的福气。"

  "先生，你请喝茶。"赵智一边说，一边双手递给文先生一碗热腾腾的茶水。

  "大姐，看到你和你的这些孩子真让我羡慕，你们这个家清苦之中却有着说不出的幸福，我已感受到了你们这个家的温暖，让我再仔细端详这几个孩子并把一些祝福和嘱托送给他们吧！"

  "先生，感谢你多多指点，赵仁，快去把那根铅笔拿来，让娘记在咱家那本《千家诗》的封面上。"

  他端详着赵仁，天庭饱满，地阁方圆，身材魁梧的男子汉。说道："朴实厚重勤劳不辍如青松伟岸，宅心仁厚心底无私与天地同宽；身处艰辛，知难而上，勇于担当，常记恩德与心上；逢山开路，遇水搭桥，一生奉献终无怨。"

  文先生正视赵义，面庞瘦削，肤色黝黑。说道："行事慎微，心思细腻，心中无限琐事不知何处相寄；瞻前顾后，刚直无欲，前思后想平生一字从未离，不知心上一秋向何去？"

  赵礼，中等身材，面色发黄，和蔼可亲，举止有方。"温文尔雅，目秀眉清，天然有和善；举止有方寸。福报常因劳碌勤恳，运筹帷幄一生不负宿命。"

  赵智，身材中等，面色如玉；眉若墨画。文先生说道："才智精明，慎语慎言，轻利重义，高瞻远瞩。学海无涯以苦为甘，视功名利禄如粪土，到

头来伟名影随,使人羡。"

赵光,生性秉直,身材魁梧。教授说道:"天生一字'勤',勤俭持家,业精于勤,期盼内助蕙质兰心。虽说一技本领在身,到头来终留九泉遗恨。"

"赵明:躬耕未忘孝亲,善待亲朋里邻。笑容有严厉,威严中有真情。虽说富贵人常盼,繁华富贵未留心。养儿不忘严教育,苦乐年华,风云只待后人。"

"赵冰:面如桃花,目若秋波,呕心沥血持家,平生人人相夸。一生平安天相赐,不用祈福福到家。"

"赵清:亭亭玉立,无畏风雪,辛劳竹篮里水,功名梦中明月;坎坷自古皆有,一生憔悴费心到底是少是多?"

"赵玉:言语从容,事事心平,款款之路远方,夷夷心路今生,今生时时祈福,福祉自有天定。"

文先生说完,赵母和九个孩子再一次望着这位才高八斗的先生。虽说九个孩子听不懂先生所言,但是赵母却感到欣慰。她在想八个孩子的命运也算可以,只是听到文先生说赵光"虽说一技本领在身,到头来终留九泉遗恨"时不禁眉宇紧锁,疑虑重重。

"文先生,赵光这孩子,他的命运怎么那么坎坷呢?"

"大姐,人的一生,大家都以为的归宿,其实都是命运在过渡;大家都以为的过渡,其实就是命运的归宿。人生中有很多事情的结局是早已注定的。悲欢离合,阴晴圆缺,取决于每个人天生的际遇,每个人的运气早就藏在了各自的命运里。所以不要惊慌,莫要恐惧,只能慢慢等待。人们常说人定胜天,其实上天早已把你的一生都安排好了!努力也罢,奋斗也罢,梦想也罢,钻营也罢,投机取巧也罢,每一个人的所作所为都躲不过老天爷的法眼!要知道人的一生其实早已注定,空有指点江山的本领和豪情,到头来也不过是一场梦而已,人们追求的往往是希望,而收获的只能是满满的回忆。"

赵母只是为自己的孩子赵光的命运有所担心,然而她听了文先生的这一番话后又不好意思再次追问,最后只能代表全家对文先生表示深深的谢意。

"文先生,今后有空常来家里坐坐。"赵母向文先生说道。

"文先生!你今后要常来家里。"赵仁、赵义、赵礼和赵智陪着文先生走到大门外齐声说道。

"孩子们,你们回屋去吧!"

赵母陪同文先走到大门外三十步远处说道:"文先生,你慢走,我们不远送了。"

"大姐,你太客气了,虽说你的这个家庭负担较重,但是我相信终究会否极泰来、云开雾散,你在今后如有什么困难请尽管说出来,我能帮忙的一定会尽力而为。"

"谢谢你!文先生!"

文先生再一次回望赵家老小,他突然转过身来望着赵母说道:"大姐!这是前几天作的一首词说给你听!《钗头凤》凌云梦,英豪纵。义薄云影一真境,天蓝绽,江河漫,草青花艳,蓦然长叹,远,远,远。菩提径,谁人共?翼飞清露阴浓重,风云变,霜雪满,红日东升,月明风暖,盼,盼,盼!"

赵母望着文先生远去的背影,她心中有着无限的感慨和感激。晚上,赵母在孩子睡觉后就在那盏昏暗的灯光下写下了一首《虞美人》,浮生寻梦如流水,饮饮千般味。几番风雨几兼程,世俗镜中几时复清明?百花玉靥应常在,和气东风来。艳阳寄语满园春,誉满人间真爱共红尘。

赵母躺在床上想着文先生的那句"虽说一技本领在身,到头来终留九泉遗恨",这句话始终让她如鲠在喉,辗转反侧难以入睡。难道说赵光的命运多舛,赵母自幼熟读经书自然对宿命论一说只是半信半疑,然而她始终相信好人有好报,仁者无惧、无畏。

五

生活奔波多舛 殚精而竭虑
赵玉病牵赵母 泪流情几许

一天傍晚,阳光已不再酷热。赵母安顿好几个孩子后来到学堂后面的一块田里,她看到那些尚未成熟的豌豆,豌豆荚早已被众乡邻摘去只剩下许多枯黄的豆秧。赵母定睛一看,那些蔫了的豆秧"败絮其中"。她想到:当前的日子艰难,村里、邻村已饿死许多人,食堂里的粥稀得也能照见人影,孩子们连吃一顿饱饭也成为奢望,他们的肚子整天咕咕地叫着,自己为了让孩子们多吃一点,长时间省吃俭用,尽管她的双脚已经浮肿,他还是鼓起勇气去薅这些豆秧子。

她又高兴又害怕,高兴的是枯黄的豆秧子还有一些,害怕的是万一村子里的那些"看官"来了,那后果将是不堪设想。她一边挖一边警惕地环顾着四周,她的内心竟如十五个吊桶七上八下,忐忑不安。不大一会儿远处有个黑影在晃动,吓得她的脸顿时苍白起来,她用手轻轻地把这些豆秧子揽在上衣中就蹑手蹑脚地慢慢离开了。

回到家中,月亮悄悄地升起来了。赵母推开那扇用几根细长木棍编的大门,看到院子在月光的挥洒下是那样静谧,那样祥和,院子中央有一块石板,石板西边的那棵枣树只剩下光秃秃的枝丫。

赵母把上衣里兜着的豆秧放在灶房内。

赵仁上前问:"娘,你又去薅豆秧去了,这些不能再多吃了,看,你的双脚肿得越来越严重了。"赵仁一边说着,两行泪禁不住从的他腮边流了下来。

赵义、赵礼看着娘也同时说道:"娘!大哥说得对,你不能再吃豆秧了,不能再吃了!"

赵冰听到大哥、二哥、三哥的话，急忙来到灶房内走到赵母的身旁，看到娘刚挖的豌豆秧子后竟扑到赵母怀里失声痛哭道："娘，你太苦了，我们姊妹几个今后少吃一点儿，节省一些，不能再让你受罪了。"

"孩子们，你们不要多想，娘的身体好着呢，你们不用担心，娘什么苦没吃过？还怕这些？时间不早了，你们都去睡觉吧！"她一边说着，一边看着孩子们陆续回到各自屋内休息。她拨起煤油灯芯，在昏暗的灯光中赵母再次凝视堂屋中央那一副对联，她仿佛受到了莫大的鼓舞似的迈起矫健的步伐回到屋内。

赵母来到西屋，三个简易的床是用砖堆砌的，又低又矮，赵仁、赵义、赵礼三人坐在那简易的床前都睁大眼睛并把目光投向赵母。赵智、赵光、赵明已经入睡，赵母轻轻地向三个大一点的儿子们挥手示意，让他们早点休息。赵母来到东屋后轻轻地抚摸着赵冰的额头，她看到赵冰脸颊上的泪痕就轻声说道："我的好大妮儿，你安心地睡吧！不要再为娘担心，娘的身体硬朗着呢！"

两个幼小的女儿赵清、赵玉已进入梦乡。赵母用她那深邃的目光看着这些懂事的孩子，她又想到老伴临终前对自己的那些嘱托，她必须坚强地活下去，无论再苦再难也要挺下去。

赵母躺在床上，他想到赵仁和赵冰看到自己吃苦而流泪，想到赵智在文先生的指引下学业有所进步，想到这个特殊的大家庭还需要自己多努力，想到文先生那坎坷的经历，她不知不觉地进入梦乡。在梦里她看到自己的村庄赵家村变了个模样，整个村庄上槐树开满了槐花，到处弥漫着槐香；天空中，一群鸟儿自由自在地飞翔，村庄的那条泰溪涨满了水，村中间在泰溪上架起一座小巧而整洁的石拱桥，石桥下的河水清澈如镜一般，静谧地缓缓流淌，溪水两边有许多茂盛的树，孩子们都在泰溪里捉鱼；泰溪的旁边貌似有一座较大的由一块块被风雨染得灰白的砖块砌成的小房，赵光在木梯上蹦来蹦去，三四岁模样的赵玉在水边挽起裤管去摘溪旁的那些野花，一会儿她又去放风筝，一会儿，自己的老伴世长晃悠悠地向自己走来，他还要给自己做一碗香喷喷的鸡蛋汤。又过了一会儿，赵家所有人围在一个宽敞的四合院里，大家有说有笑，孩子们都穿着干净、整洁、得体的衣服；从两间大的灶房内传来

浓烈的肉香,赵仁、赵义、赵礼几个年纪稍大的孩子陪着老伴赵世长划着拳,喝着酒;那些个小孙子、孙女在这宽敞的院落里追逐嬉戏,好一派天伦之乐的情景啊。突然一阵冷风刮过,赵光从木梯上了跌了下来,正在放风筝的赵玉突然拉着自己哭着喊:"娘!娘!五哥受伤了,五哥受伤了……"

赵母被赵玉的哭喊惊醒,她额头上的汗珠浸湿了两鬓,她抬起头透过窗户望着天想起了那个复杂的梦,想起梦中的一切美好被这醒来的现实给破坏得遍体鳞伤。赵母只得丢下痛苦并坚强地坐起来。唉!不管怎样自己的生活还得好好过,还要勇敢地迈步前行。

说来也巧,赵母刚醒来就听到最小的女儿赵玉不停地咳嗽,这一阵阵咳嗽声惊醒了西屋的赵仁。赵母见赵玉满面通红,精神萎靡,她先用湿毛巾放在赵玉的额头上"冷敷"一会儿,然而赵玉的咳嗽声越来越剧烈,赵母那深陷的眼眶流露出焦急万分的神情,她急忙去喊在西屋睡下的老大赵仁。

"老大,我们俩带着你妹妹去杨家村张先生家看病,我们快点走!"

"娘!我来背着妹妹,你在我的身后跟着就行了。"

赵仁背起赵玉疾步向前,在皎洁的月光下,赵母陪着赵仁大步流星地赶路。

"娘,我妹妹不会有事吧?"赵仁一边喘着粗气,一边说道。

"没事的,你妹妹突然发烧可能是受了风寒。"不一会儿,三人匆匆来到了杨家村张先生家。

"张四爷,你开下门,我妹妹生病了!"赵仁来到张先生家门前喊道。微弱的煤油灯光突然从两间小屋中亮起,一个清瘦的、胡须花白、精神矍铄的老人打开门。

"原来是你们娘俩呀!快点儿进屋,外面凉。"张先生亲切地说道。

赵母和赵仁来到张先生的里屋内,一盏昏黄的煤油灯挂在屋内的墙壁上,在昏黄的灯光下,赵母看到那一个没上油漆的一米半高的中草药柜子上摆了二十多个坛子,每个坛子上分别标注着:丹参、甘草、黄芪、桂芝、白术、细辛、荆芥等药名。整个屋子内充满了药的香味,特别是那清醇的麝香弥漫了整个屋子。

张先生看到满脸通红的赵玉,听到她不停地咳嗽,未等赵仁开口,赵母便说道:"四叔,这孩子晚上休息时尚好,她到了半夜开始咳嗽,同时伴随有鼻塞、打喷嚏以及全身酸痛。"

张先生便问道:"这孩子什么时候开始咳嗽的?"

"半夜时开始的,四叔,这孩子的病情不严重吧!"赵母问。

张先生用食指、中指、无名指按在赵玉左臂寸关尺处浮脉,根据赵玉的脉象浮紧,舌苔薄白,他慢慢地说道:"事儿不大的,孩子就是一般的风寒感冒。"

张先生拿出几味药材:紫菀、半夏、五味子、大枣、干姜、麻黄。

"孩子她娘,回去后及时熬制让孩子喝一碗,待她已出大汗就没事了。"

"谢谢你,这点儿钱给你。"说着赵母拿出一张皱巴巴的一张一元钱毕恭毕敬地递到张先生手中。

"不用客气,赵家媳妇,当年大侄子的医术妙手回春,唉!只是他走得太早了,实在太可惜了。"

"张先生,不,四叔,谢谢你的赞誉,当年他还是跟你学的那些医学知识,要不是你的精心栽培他怎能成为一名医生。"赵母客气地说道。

"唉!真是可惜了。"

"那都是过去的事儿了,这点钱无论如何你老都要收下。"赵母还是把那一元钱塞到张先生的手中。

"赵家媳妇!你不要再犟了!我们两家几世交情也不是这一天两天了,唉!当年世长是我这里的所有学徒中最有出息的孩子,他在我这里当伙计时才十多岁,他也是最勤奋的一个。每天他很早就来到这里,在行医时他时时刻刻留心观察病人的情况,到了晚上他也是丝毫不放松,点起油灯攻读医术,每天他都认真看《伤寒杂病论》,一晃就是三年。"

"张先生,如果没有你的严格要求,他也不会有成就的。"

"话又说回来,世长在我这里学熬药学了两年,那几年里他刻苦认真、坚持不懈,这不就证明了成功来自勤奋,天才来自努力吗?世长如果不是认真学习,坚持不懈,他能取得那样大的成就吗?他是在有恒心的基础上,用勤奋和汗水成就了他的医术。唉!真可惜,他走得太早了。"张先生说完眼泪止不住地流了下来。

"四叔!都过去了!我们赵家一家人会记住你的恩情的,但是这钱你还是收下吧!"赵母近乎恳求地说道。

"赵家媳妇,你千万不要再客气了,拿回去吧!将来你们用钱的地方还多着呢,你们家的情况十里八村都知道的,你们家真的需要大家帮衬点,赵家媳妇!你带着这么多孩子的确不易呀!回去吧!路上慢点儿。"

赵母与张先生争执一番后,终于拗不过张先生那秉直的脾气,她就带着十二分的感激之情走出了张先生的家。

"娘!还是让我背着妹妹吧!"赵仁说着接过赵玉背在自己身上。

回到家中赵仁休息后,赵母依然守候在赵玉身边,当赵玉的咳嗽渐渐好了之后,她才躺下休息。

天快亮之时,赵母看到赵玉那通红的小脸儿慢慢恢复往日的颜色,咳嗽声也停止了,双眼布满血丝的她终于长出一口气,安心地躺在床上休息。

六

亲情血浓于水　处处有欢乐
孝悌和睦之家　时时心连心

　　因受风寒而受到全家人特殊照顾的赵玉病情痊愈后,赵母的心情渐渐轻松起来。赵玉病好之后依然在家里读书,有时她与哥哥们一起到村子里去玩耍,赵母依然在学堂里打杂,赵仁、赵义、赵礼三兄弟已随着村里那浩浩荡荡地大军队伍开挖人工河。

　　"老六啊!娘不在家,你的几个哥哥又要去挖人工河,你在家里要好好地照顾几个妹妹,特别是病刚好的赵玉,你要多哄哄她,让她开心一点儿。"

　　"娘!你放心吧!我会照顾好他们的。"赵明爽快地说道。

　　说起赵家老六赵明,那可真应了文先生的"躬耕未忘孝亲,善待亲朋友邻"那句话。虽然他只有十二三岁,但是他也是异常勤奋,形象英俊的他生性秉直,快人快语,有时脾气暴躁了一点儿。在九个孩子中,他也是惹人喜欢的一个,赵母要求他读书时,他时常偷懒懈怠,在读书的时候也是只用了两三成"功力",所以他的学业是"半荒不收",然而他照顾几个妹妹却能做到精心周到。他经常到山里采鲜花和野果给几个妹妹和邻居家的小孩子们,他经常带着妹妹玩耍并时常要求他们背诵唐诗、宋词。

　　一天清晨,天还未大亮,两个妹妹正在背诵李白的《行路难》。

　　"行路难、行路难,多歧路,今安在?长风破浪会有时,直挂云帆济沧海",赵清和赵玉在认真地读着。

　　"我说呀!你们两个学习挺专心的,这么快你们就会背这首长诗了,你俩挺厉害的,一会儿六哥给你们摘山果吃。"

　　"六哥!我们已能把这首诗倒背如流,你就带着我们去山上走一趟行不

行呀？六哥。"赵玉拉着赵明的手缠着哥哥带他们上山。

赵明："山上有狼，专吃小女孩儿。"

赵玉急忙说道："有我们六哥在，我们才不怕呢，要是狼见了六哥也得躲得远远的。"赵玉嘟囔着小嘴说道。

"小玉，别再缠着六哥了，咱娘多次说过，不让我们轻易上山的。"一向不爱说话的赵清瞅着赵玉说道。

"六哥，如果有一天我被狼追赶，六哥，你一定要救我。"

"如果有一天狼要追你，五哥就是拼了命也要救你的。"刚挑完水回来的赵光听到弟弟妹妹的话后，还未等赵明开口便笑着说道。

听完赵光的话，赵明、赵玉、赵清禁不住大笑起来。

为了能让赵清、赵玉两个妹妹开心，赵明还是只身一人来到山里采摘一些野花哄他们开心。

赵明一个人走在那条透迤曲折的山间小路上。他抬头望着天，那红色的太阳像个娇羞的姑娘，正在慢慢地探出头来偷偷地窥视着人间的美景，四周朝霞形态各异，有的似成群的绵羊在低头吃草，有的似仙女一样绚丽多姿，有的似鱼跃龙门般壮阔幽美，它们组成的晨景正向人们炫耀着无限美丽。赵明没有一丝疲惫，他的脚步是那轻盈、敏捷。过了一会儿，东方大亮，霞光万道，太阳终于露出脸庞。赵明来到半山腰，仰望山顶，一团浓雾包围着这座山，增添了无穷的神秘色彩。一阵微风吹过，动人的歌声从山间传来，赵明如痴如醉，仿佛进入了仙境一般，只听到那歌声有时像潺潺溪水一般缓缓淌过；有时凄美若露滴竹叶般耐人寻味；有时浑厚如鹰击长空的声声长鸣，有时轻柔婉转似深情交融时的一行热泪。

　　　　轻轻晨风，歌声飘远
　　　　笑看山间云雾远散
　　　　多少真情照明漫漫长路
　　　　几番跋涉，几番思量
　　　　蓝天俯瞰大地
　　　　大地仰望着
　　　　悠悠白云装饰的蓝天

愿我歌声唱出幸福无限

看到你的笑脸

听到你的呼唤

青青草，蓬勃志气绿梦将圆

山间花，而今异样绽放笑颜

今生情，多少不平随风而去

共声喊，黎明曙光再重现

青青草，蓬勃志气绿梦将圆

山间花，而今异样绽放笑颜

今生情，多少不平随风而去

共声喊，黎明曙光再重现

赵明沉醉在歌声里，当他听到"多少真情照明漫漫长路"时仿佛自己就是那歌声里的"照明"。突然，眼前的一簇簇花迎着朝阳欣欣向荣；那一株株修竹翠色欲流如车盖般庇护着山间青翠；在翠绿欲滴的草丛中闪动着一朵朵金黄的、浅蓝的野菊花儿，有的像缩小的向日葵，有的像头上顶着的明珠。赵明把那朵盛开的菊花轻轻摘下。他再一次仰望山巅，可总是看不到那唱歌的人，于时他便走下山来。

回到家中，赵明把采摘的菊花分成一束束送给几个年幼的妹妹。

"明哥、明哥！先给我。"最小的妹妹赵玉抢先说道。

赵明把一束浅黄色的菊花送给赵玉。

"小妹最懂事，先给你。"

几束花刚分完，只见赵冰、赵清各拿着半块儿热气腾腾的红薯递给赵明。

"六哥，你吃吧，这是咱娘留给你的。"赵冰说道。

"你们都吃过了？"

"是的，我们都吃过了。"赵玉抢先说道。

赵明一边吃着一边又掰下半块儿分给赵玉，他看到三个妹妹嘴角残留着的灰迹，心里有种莫名的伤感在隐隐作痛。他想起母亲在学校里辛苦忙碌着，想起大哥、二哥、三哥整天一锹一锹地挖那长长的人工河，想起五哥每天跟着一位木工师傅学手艺，累得腰酸背疼，赵明禁不住眼圈红了。他一边吃着

这烤得半熟的红薯，一边若有所思地望着妹妹们。

上午，阳光透过淡淡的云层倾斜地照耀在赵家的院落，院中那棵枣树上的几片叶子也为这个萧条的院子增添些许生机。

中午时分，赵母和赵智的前脚一踏入那个篱笆大门，赵冰三姐妹便簇拥到他们面前。

"娘，娘，娘……"几个孩子异口同声叫到。看到孩子们衣衫破旧，几个孩子的嘴角残留的烤红薯的灰迹，病刚好的赵玉深情地呼喊自己，赵母那两行热泪禁不住流了下来。

"娘，明哥早上去了一趟山给我们每人带回一束花，你看。"

赵母环顾几个孩子后望着赵明说道："孩子，娘在学堂里比较忙，你要多替娘照看三个妹妹。"

"娘，你放心，我一定会照顾好他们的，你在学堂里做饭也要注意身体。"

刚从外边劳动回来的赵仁、赵义、赵礼来到赵明身边。

老大赵仁上前拉着赵明的手说道："六儿，我们需要随着大队开挖渠道，娘在学堂也要不停地忙，你在家要多操一份心，好好照看几个妹妹，我听咱娘说，再过一年让你和赵冰也要去学堂念书，你可要多操心啊。"

赵明听到大哥说后，不住地点头答应，一连说了三声"好"。

"赵明，娘教你的那些唐诗你都会背了吗？你带着三个妹妹学得怎样了？"赵智问。

还没等赵明开口，赵玉急忙说道："四哥，明哥每次读唐诗的时候总是一个字、一个字地读，有很多字他读的和娘读的音不同，而我都会背十多首诗了，你给我讲孙悟空的故事吧，求求你了。"

"好的，我给你讲《西游记》第一回。"

赵智娓娓说道："话说海外有一国土，名曰傲来国。国近大海，海中有一座名山，唤为花果山。那座山正当顶上，有一块仙石……"

"四哥！你讲得太好了，你能不能再多讲一点儿？"赵玉望着赵智微笑着说道。

"小玉，明天哥再给你说吧！四哥答应你，明天再给你接着讲第二回，第二回更精彩。"

赵母望着这九个懂事的孩子深情地说道："孩子们，不久的将来我们的好日子就来了，我们就会有馒头、面条，还有糖块呢！"

孩子们不约而同地望着赵母，有的惊喜，有的茫然，当大家看到赵母面带微笑时，他们的内心仿佛就如寒冬过后春风拂来，一丝丝温暖遍及全身，因为黎明前的黑暗终究是暂时的。

七

文先生作新词 师生共赏析
赵母偶然吟诗 显不凡才情

    这天夜晚雨过天晴,文先生习惯性地独坐窗前,他拿出《道德经》读到:上善若水,水善利万物而不争。处众人之所恶,故几于道。他一口气读了十遍后两眼凝视窗外陷入沉思。经过这么多年的风风雨雨,他已经参透了人世无常,世事沉浮,自己的人生到头来终究归于平静。想那世间之水,奔流到海是一种追求,刚柔相济是一种能力,避高趋下是一种谦逊,海纳百川是一种大度,滴水穿石是一种毅力,洗涤污浊是一种奉献。而今自己不正如那不与万物相争的水吗?停留在众人都不喜欢的地方才最接近于"道"。正在此时,一轮圆月当空朗照,灯火昏暗的屋内顿时明亮许多,照在那发了黄的经书上,字字醒目仿佛像刻在心上一样。他拿出那把伴随他多年的二胡弹奏着,这把二胡他已用了多年,那支马尾弓又细又软,琴把已经发黑。文先生望着窗外那轮明月,他心血来潮尽兴演奏着阿炳的那首《二泉映月》。悠扬的琴声从小屋中传出,弥漫在那个简陋的空空的学堂内。学堂附近的人们听到《二泉映月》那如泣如诉的声音后,大家仿佛看到静谧的夜晚一位盲人拿着二胡在月色下认真地演奏着,那悠扬的乐声此起彼伏,偶尔传来一声声的虫鸣。在这凄美的琴声中人们仿佛看到了月亮的光辉倾洒在湖面上,湖面周围环绕那些郁郁葱葱的佳树,山间野花的香味在空气中四散开来;一会儿湖水在静静地聆听这悠然的乐曲声,仿佛那是一种生命的召唤,那悠扬的琴声把所有潜藏在人们内心深处的郁结都打开了;这静静的、甜蜜的、温柔的夜色伴随着乐声传到远方直到天际。这连续不断的琴声好像是阿炳用心演绎出来的,他仿佛是在向人们诉说着阿炳受尽了苦难时发出的一种深沉的叹息,表现出了阿炳对旧社会的控诉，体现了阿炳不甘屈服，不向命运低头的个性。这绝妙的琴声其实也是文先生对自己人生的一种倾诉和诠释。随着旋律的发展时而深沉，时而激昂，时而悲壮，时而傲然，这琴声淋漓尽致地展现了辛酸与痛苦，不平与怨愤。几分钟过后，文先生停止演奏，他提笔写下：

江城子·一场雨初晴

中秋一场雨初晴，正风清，月分明。一扇幽窗，心事付琴声。何处知音千百觅？天有意，应知情。

人生弹指曲儿终，乐忧中，有人听？过客匆匆，依旧醉无中。万水千山漫长路，奔忙处，数英雄！

第二天上午上课时，他无意间把写有这首词的那张纸放到讲台上。爱提问题的赵智发现这张纸后就央求文先生给大家讲解这首词。

"同学们，《江城子》属于词牌名，又名'村意远'。兴起于晚唐，来源于唐著词曲调，由文人韦庄最早依调创作，而这首词的名字是'一场雨初晴'。"

"先生，这首词中，你写到'人生弹指曲儿终，乐忧中，有人听'这句话是说我们的生活虽然艰苦，有时吃不饱，穿不暖，学习条件也简陋，但是能与你在一起读书学习让我们感到很快乐，因为你曾教育我们要像颜回一样安贫乐道。"赵智说道。

"好的赵智，你的悟性真好。"

"先生，昨晚我听到你弹奏出那悠扬的《二泉映月》，我感觉到随着音乐的起伏有一种东西流入心底，那琴声深深地感动了我，在变奏的乐曲中我听到了你的心声，后来我的那颗不安的心慢慢归于平静。我闭目静静地感受音符的跳动，感受节奏忽强忽弱，那时起时伏的节奏让我感受到了一种苦难而平静的人生，如山林清泉涓涓流着，生生不息。"一个圆脸的高个子女生说道。

"好孩子，你真的是一个有心人，我能与大家一起学习而感到荣幸和自豪。"

"先生，奔忙处，数英雄是什么意思？"又一位学生问。

"我还是先听一听大家的想法吧！"文先生微笑着说道。

"先生，我们生活困苦是因为当前的旱灾、瘟疫，只要我们有坚定的信念、顽强的毅力、吃苦的精神就一定能熬过这段这艰苦的岁月，我们所有的长辈们都在田间拼命地干活，在修人工渠时也是不分白天黑夜地挖土运土，他们就是我们心中的英雄。"

赵智说完后，文先生再一次打量这个不满十五岁的男孩儿，饱满的额头，高高的鼻梁，一双深邃的目光散发着智慧的光芒。文先生双手扶着赵智的双肩，他微笑着并不住地点头。

赵母也来到这间简陋的教室内，她望着文先生，又看到了黑板上的那首词若有所思。

"大姐，你好，刚才与孩子们共同交流我昨晚草创的这首词，孩子们分析都很到位，都很用心，这些孩子将来都是有前途的。"

"先生，孩子们之所以敬仰你，不仅是你有丰富的学识，好的教学方法，更主要的是因为你有一颗爱他们的心，他们从你的身上感受到这种润物无声的爱，他们从你的言谈举止中看到了希望。"

"谢谢你的鼓励和认可，我会尽最大的努力让这些孩子健康地成长起来，让他们学有所长成为国家的栋梁。"

"文先生，从赵智在这里学习的那天起，我真切地感受到你给孩子们的希望，看到你的这首词我禁不住也作一首诗，还望你能雅正。"

望月

冷冷清辉银练洒，今宵非照旧时天。点星寥落依独步，一片忧心唤苍颜。旧梦相随三十载，新图漫卷在眼前。随波逐事尘风立，物外超然一世观。

"好一个'冷冷清辉银练洒'，当前形势严峻，生活艰苦，吃不饱穿不暖，人的内心总会有寒意而生；往日的月光是那么清澈，那么皎洁，那么美丽，而今天月亮还是旧时的明月，然而只是人的心情不同，所以说'今宵非照旧时天'。"文先生慢慢地说道。

学堂里的十多个孩子望着文先生，他听得如痴如醉仿佛忘了饥饿，忘记了所有的烦恼。

"孩子们，大家把这首诗记在本子上一定要把它背熟，记在心间。"文先生望着孩子们说道。

"文先生，你的这首词和赵母的这首诗表达的主题很接近，这是一个主题所表达出的两种形式。"一个叫王曼的女孩子说道。

屋内所有的目光共同投向这位个子不高，脸色微黄的女孩儿。

"孩子，你的悟性真高，你平时积累的知识也很多，而且想象力丰富，你是一个爱动脑筋的好孩子。"赵母微笑着向王曼说道。

"娘，她是我们这个学堂内比较勤奋的同学，她上课时记的笔记最多，而且课堂她是最专心的。"赵智说道。

"孩子，你应该向这位女同学学习，学习人家刻苦的精神、专心致志的态度。"赵母对赵智说道。

"孩子们，大家应该互相学习，因为三人行，必有我师焉，见贤思齐，见不贤而内自省也。"文先生对着这十多个孩子说道。

"大姐，今后有时间你也过来给孩子们上课吧，对于经典文化我们共同交流，共同探讨，因为这群孩子也需要你呀。"

"文先生，你曾经在大学任教，经验丰富，而我只是在童年时上过私塾而已，我们的距离相差太远。"

"大姐，你客气了。其实尺有所短，寸有所长，天生我材必有用，每个人都有自己的优点，你不忙的时候还是来给孩子们讲一讲诗词吧！"

"赵娘……你就来吧，来给我们上堂课吧！"

赵母听到孩子们那发自肺腑的声音，她激动地流下眼泪并答应了大家。

"孩子们，我就给大家讲一讲我小时候上学的事情吧！在旧社会，我6岁上私塾曾师从两位老先生，一位是本村的孙逸铭老先生，一位是外乡的管易安老先生。我跟着孙先生读过《百家姓》《三字经》《千字文》等许多启蒙读物。我们那时候的学习生活很单调，每天到校后，先读完三段书后就开始练习写毛笔字。每一段书都由先生一句一句地教，每段书的长短由学生自己定长短。所以，虽然教材相同，但各人的进度不尽相同。我们每天除了读书、写字外什么活动也没有，那时的学习生活很枯燥。有时闷急了就装作大小便去厕所里磨蹭一会儿。上厕所也只能去一个人。教室里挂着一块很精致的小木牌儿叫作'恭签'，它大概意思是出恭用的标签。谁去厕所都要拿上它。如果恭签被别人拿去了自己就得憋着。"

"我跟着管先生学习四书五经、唐诗、宋词、元曲。在学习的过程中单调地唱读（一种拉长声音的读书方法）艰深的语句，这很容易令人发困，尤其是夏季老是打瞌睡。学习时一旦被先生发现，他先是大喝一声：'醒醒！'然后顺手照头上给你一巴掌或一铜烟袋锅，瞌睡虫便吓跑了。有时候这两招不灵，先生就让你拿上'恭签'到厕所去罚站。你别说，这一招儿还真灵验，露天厕所里很臭，里边的人一会儿就清醒了……"

赵母把自己童年时期读书的经历娓娓说来，学堂里的孩子们听得如痴如醉，赵母的学习经历感染着每一个孩子，从此大家更加勤奋学习了。

八

山一程水一程 看红日东升
风一更雪一更 迎姹紫嫣红

　　弹指间七八个年头就这样一晃过去了，赵家村中间的那条泰溪中的水终于涨满了，溪水哗哗地向前流着，仿佛在向人们诉说着春天的到来。人们纷纷来到村子的中央，大家看到这一条明净的溪水犹如一条碧绿的带子，泰溪潺潺地流着仿佛在诉说着它那动人的故事。人们站在溪边，那溪水映着大家的笑脸。侧耳倾听那叮咚、叮咚的旋律像一首乐曲，泰溪就是一位音乐演奏家，它一年四季都在弹奏着叮咚、叮咚的旋律，这大自然美妙的音韵时时感染前来观赏的人们。一群群的小伙伴跳进溪中捞起了一块块带有花纹的鹅卵石，他们用力挥动着手里的鹅卵石，招呼岸边的其他儿童说："快下来，水里有小鱼。"一听说有小鱼，小伙伴们纷纷脱鞋冲进小溪，那些顽皮的孩童站在溪水中仔细一看，那一块块带有花纹的鹅卵石静静地卧在溪底，一条条小鱼在溪水里欢快地游来游去，大家手忙脚乱一阵乱扑，却一条小鱼也没捉到。玩累了的他们坐在小溪边的石头上，他们把双脚伸进溪水中乱搅。一阵阵微风吹来，岸边的一些野花的香味扑鼻而来。小溪飞溅的浪花轻轻地拍打着那些小脚丫，那咯咯的笑声一阵接着一阵随着泰溪流向远方。一些老婆婆、年轻的姑娘媳妇也相继来到河边洗衣服，河边的一块又一块的大石头真是天然的搓衣板，只听到一阵又一阵的捣衣声，"梆、梆、梆"响个不停，那些所洗的衣服不知穿了多少年，也不知洗了多少次，大概只有这条河记得吧，我想那是一定的！

　　赵母和老大赵仁、老二赵义、老三赵礼的媳妇荷花、兰花、秋菊也来到河边。肤色稍黑个头较矮的老大媳妇荷花、面色红润个头高挑的兰花、中等

身材一双大眼的老三媳妇秋菊各自放下木盆，他们每人手中各拿一根捣衣棍，准备洗衣。赵母看到那些脏分分的衣服，望着河水若有所思。一会儿，一阵凉风吹来，她的嘴角露出微笑，她想着老大、老二、老三、老四、老五都成了家，大女儿赵冰也嫁到三里之外的梁家村梁思明家，孩子们都能吃饱穿暖了，她的那颗负重的心轻松了许多。家中那些渐渐长大的懂事的孩子使她忘记了忧愁，忘记了疲惫。

她不顾三个儿媳的劝阻依然在一块大石头上摊开衣服开始洗了起来。她先把这些衣服浸泡在水中，然后拿起一根木棒使劲地锤下去，一下，两下，三下……

"赵娘，你洗衣裳呀！"突然，一个温柔甜美的声音从她身后传来。

赵母听到这个声音后立即站了起来，她回头一望，一个俊俏的姑娘向自己走来。那一张秀美的脸清晰地暴露在她的眼前，完美的轮廓，肌肤赛雪，如玉般光滑润泽；眉如小山，微淡且细，鼻子小巧微挺；嘴唇像淡粉的樱花花瓣一样，水嫩诱人，嘴角微微勾起的弧度似笑非笑；那长长的睫毛在眼睛上形成的淡淡阴影还是让人能清楚地看见她那一双眼睛，一双杏仁般的眼睛如秋水般清澈，眼角妩媚而上挑；她那一种淡然的气质无论让谁看一眼都会产生一种悦人耳目的感觉；皓腕赛雪，两根长长的麻花辫子搭在锁骨前使她显得更加质朴美丽。一身浅蓝色的呢子秋装使她浑身上下透露出乡村女孩子的清秀之美。

赵母与姑娘相望，一种亲切感在赵母心底油然而生。

可能是上天的安排，赵母看到这么温柔端庄的姑娘后就有一种母亲对孩子般的亲切感，赵母在想，这么好的姑娘若是能与我家老六赵明成为一家人那该有多好啊。赵母见人家姑娘第一面就突生这样一种想法。

"孩子，把你手中的衣裳拿过来让我洗算了。"赵母说着，她那疲惫的眼神突然精神起来。

"妹子，把衣服拿过来让我们洗吧！"三个儿媳异口同声地说道，荷花、兰花、秋菊放下手中的衣服直盯盯地看着那位姑娘说道。

"不！赵娘，三位嫂子，我听俺爹俺娘说，赵娘真是了不起，在学堂做饭，还要照顾那么多的家人，你一定很辛苦。"说完伸出她那纤纤玉手来帮赵母。

"使不得，使不得，孩子，使不得。"赵母一边劝阻，一边拿衣服，可是年轻人终究是眼疾手快，姑娘拿起衣服熟练地用木棒敲打着。

赵母那憔悴的容颜还是露出了会心的微笑。

"孩子，你叫什么名字？"赵母问。

"我叫惠兰，姓屈，家住杨家村。两年前，我和我爹一起到过你们村，我们还到你的家里去坐过呢。"

"噢！孩子，你看我这记性，人一上年纪就忘事！"

"孩子！你们村庄上可有一位姓张的老先生（对医生的称谓），他的身体现在怎样？"

"张先生，你说的可是那位张四爷，他的身体还可以，只是现在他很少看病了，他的那个诊所主要由他的大儿子在给人看病呢。张四爷现在还收了徒弟，他准备把中医学问传下去。"惠兰轻声回答道。

"好，好，好，孩子，你今年多大了？"

惠兰听到这些话后先是怔了一下，然后她躲开赵母那慈祥的目光并轻声说道："再过两个月就十八岁了。"

惠兰说完后低下头来并放慢了敲衣的速度。

"好！好！好！"赵母精神地一连说了三个"好"字。

老大媳妇荷花急忙说道："娘！我们老六赵明刚好二十，要是能和这位姑娘成亲，那……"

"大嫂，看你，先不要说。"兰花突然打断了大嫂荷花的话，并向大嫂示意。

惠兰洗着衣服，当她听到两位嫂子的话语后，她那如玉般的脸庞突然红到耳根。特别是当她听到了荷花嫂子的那句话后就放下手中的捣衣棍，用手搓着盆内的衣服。

惠兰洗完衣服后捋了捋两鬓间散落的几根头发，不大一会儿她站起身来向赵母和几位嫂子告别。

"赵娘，三位嫂子，你们再洗一会儿，我先回去了。"说着，她回过头来害羞地望了望赵母就离去了。

赵母望着惠兰远去的背影，她呆立着足足有一刻钟时间。

"娘，别看了！人家已经走远了。"老大媳妇荷花笑着说道。

"娘!咱们回去之后全家合计一下,看能否找个媒人给老六赵明提亲。"老二媳妇兰花说道。

赵母和三个儿媳妇回到家中后便召集全家人商议给老六赵明提亲的事。

"娘,这样吧!咱们还是合计着找一个可靠的人给老六做媒。"赵仁望着家中坐着的几位弟弟、弟媳说道。

"娘!咱们家老六人长得也不错,只是说话有点直,我看那惠兰姑娘说不定一眼就看上老六了。"大嫂荷花说完后,全家人都跟着笑了起来。

"娘!这两天咱们赶紧买一些像样的礼品送给媒人,常言说得好,礼多人不怪嘛。"赵义看看大哥后又望了望赵母说道。

"那咱们找谁当媒人合适呢?"赵礼问赵义。

"我们全家再商议吧!"

中午过后,赵母躺在床上反复思索着:赵明已经二十岁,虽然我们赵家家境一般,可是老六赵明也是不错的,要是将来真能与惠兰喜结连理那该有多好啊!

"娘,你喝水吧!"赵母正在沉思之时,忽然小女儿赵玉走了过来。赵母看到小女儿赵玉端起一碗热茶送到眼前。赵母不知怎的突然端详着自己的宝贝女儿,女儿长着一张瓜子脸,淡淡的眉毛,眼睛很大,总是爱笑,她笑起来时更有精神;小小的鼻子下边有一张伶俐的小嘴儿,时常让人听到她那银铃般的笑声。然而,这张天真可爱的脸是她心情的晴雨表,心情好的时候叽叽喳喳,心情不好的时候撇成一条弧。她时常向几个哥哥和嫂子撒娇,她那一副童心未泯的样子让人心生怜爱。勤奋刻苦是她的态度,求学好问是她的习惯,与人为善是她的格言。她就像一束满天星,淡蓝色的花瓣散发着独特的芬芳,繁星点点惹来一片春色。当已满十二岁小女儿赵玉的脸庞再次映入赵母眼帘时,赵母忽然茅塞顿开,豁然开朗,她想如果能让给赵玉治病的张先生做媒,那赵明和惠兰的婚事还是有很大希望的。

"小玉,你这个小学生将要毕业了,上课可要专心听讲。"

"娘!娘!你看,"说着赵玉指着自己的小黑板,那上面清楚地写着"好好学习,天天向上"。

赵母看到这八个红色大字后心中甚是欣慰。

赵母或许是出于疼爱自己的儿子,或许是想找一位温柔善良的儿媳来照顾最小的儿子,她终于迈着沉重的步伐来到杨家村。

赵明提着一篮子鸡蛋,篮子上面盖着三尺红布,他与赵母一起来到张先生家。

"四叔,今天登门造访是有一件大事相托,还望你老多多帮忙。"赵母来到张先生跟前微笑着说道。

"赵家媳妇不要客气,咱们两家的交情深,就不要提'帮忙'二字,请你放心,你们家的事就是我们的事,我一定会尽力而为的。"

"大叔,我们这趟来是为我家小儿子赵明与村中惠兰姑娘能早日订婚,因此特来请你老保媒拉纤,这是我们的一点儿心意,不成敬意,还望你老笑纳。"赵明听着母亲说话,他把这份礼物轻轻地放在张先生家堂屋的八仙桌上。

"赵家媳妇,你太客气了,这村挨村的相互之间照应也是应该的,我会尽最大努力促成此事,但是我也有个要求,请你们把鸡蛋带回去,只留下这块红布,这样也算是讨个吉利吧!"

在张先生的说和下,惠兰与赵明终于成为一家人,赵母那颗意悬悬半世的心终于可以稳稳地放下。

九

一首歌一段情 赵清咏青春
青葱岁月铭记 红蔷喜结缘

赵家村村中央的那条泰溪恢复了它往昔的模样。春天来时,清亮的水上涨了很多,哗哗地向前流去,两岸那依依杨柳的倩影倒映在水中也为这饱经沧桑的河流增添了许多魅力。夏天,成群的孩子跳进水中捉鱼逮虾。深秋时节,洗衣的那些大娘大婶、年轻的媳妇,还有未出阁的大姑娘的脸上绽出了笑容,人们带着丰收的喜悦与这欢快的河流融在一起仿佛远离了那饥寒交迫的岁月。

听!十八岁的赵清在溪边洗着衣服,她不知从哪儿借来的勇气,也不知因何事高兴起来,她禁不住唱起歌来,她的歌声随着流水向远方飘去。

　　今天啊今天
　　一声声难得的问候
　　让九月的阳光灿烂
　　驱走人们心中阵阵寒
　　一个个难得的笑容
　　惊醒了九月的梦
　　拂起往事如梦如烟
　　你那可爱的容颜再现
　　欢乐着融融
　　滋润着清甜
　　从此生活如画一样
　　如梦一般

我们轻轻呼唤

　　共同仰望蓝天

　　幸福的味道迎风扑面

　　与当初的苦涩说再见

　　黑夜的旧梦不会依恋

　　而今我，再次来到你身边

　　这一幅珍贵的画面

　　是否能留在心间

　　我们轻轻呼唤

　　共同仰望蓝天

　　幸福的味道迎风扑面

　　与当初的苦涩说再见

　　黑夜的旧梦不会依恋

　　而今我，再次来到你身边

　　这一幅珍贵的画面

　　是否能留在心间

　　赵清的歌声如淡淡的泉水轻柔而曼妙，悦耳动听，歌声随着一阵阵的清风向南飘去，令人心醉。

　　中午，刚从田间劳动归来的一个青年，高高的个子，瘦削的脸庞，他穿着整齐的中山装来到河边洗脸的时候被这阵歌声给打动了。

　　这位青年名叫贾红蔷，他家住在与赵家村一里之隔的王家村，王家村与赵家村共同位于泰溪的西边，王家村在赵家村的北边，两村的村民在闲暇之时总爱在两村中间的那一片树林旁洗衣。当贾红蔷看到俊眼修眉，面色白皙的赵清时，他的心为之一动。

　　"妹子，刚才的歌是你唱的吗，真好听。"贾红蔷深情款款地问。

　　赵清抬头一看，一个身材高大，英俊潇洒，风度翩翩的青年立在眼前。

　　少女的娇羞让她端起洗衣盆轻轻地说道："是的。"

　　赵清说完转身离开，她在走了二十多步后禁不住回头，她发现一双异样的眼睛仍未离开自己。赵清回过身来，一丝浅浅的微笑从嘴角溢出后径直回

家了。

晚上，一轮圆月悬挂天空，那皎月的清辉透过木格窗户映在屋内，寒蝉的鸣声渐渐消失了，偶尔几声蛐蛐的叫声使得赵清的闺房显得格外清幽。赵玉偶然发现二姐赵清睁着眼睛躺在床上若有所思。

"二姐，你怎么了，这么晚了还没有睡？"

"嗯，你先睡吧，二姐没事儿。"赵清望了妹妹一眼，她闭上眼睛佯装睡去，那个高大英俊的形象在赵清内心深处荡起层层涟漪。

一天下午，贾红蔷和本村的其他几名男青年一起忙着秋收，王家村与赵家村田间相邻。女孩子们扦高粱，男同胞们肩扛捆好的高粱往车上送。贾红蔷扛起重重的一捆高粱，他咬紧牙关汗如雨下，脸上的青筋条条绽出。贾红蔷由于个头较高，加上他每次活动总是冲在前边，正当他快步向前冲时，由于扛起的高粱捆遮住前行方向，在田间劳动赵清正低头捡高粱穗儿时被突如其来的高粱捆撞了一下。

"哎哟。"赵清突然捂住半边脸。

贾红蔷听到"哎哟"声后立即放下高粱捆，他看到了前些天与自己相遇的那位歌声格外动听的女孩儿赵清。

"妹妹，对不起，真是对不起，都怨我不小心，你没事吧，让我看看你的伤。"贾红蔷慌里慌张地说道。

"没事的，没事的，一会儿就好了。"赵清一边说着，一边噙着眼泪急匆匆地回到家里。

到了晚上，贾红蔷在王庄村村长的带领下来到了赵清家。当他来到这个宽敞简陋的农家院落门前时心中无限感慨。

院子东边一间屋中传出昏黄的灯光来，皎洁的月光下，贾红蔷与王庄村村长的身影倒映在地上。

"老嫂子，你在家吗？请开门。"王庄村村长的声音一落，正在赵清房内的赵母急忙从屋内来到大门前，看到王庄村村长和一名英俊的青年站在大门前。

"你们请进，快进屋里来。"赵母微笑着说道。

二人的双脚一动未动，王庄村村长先开口说："老嫂子，这个年轻人今天下午碰伤了你家的孩子，他特地来看望并向你道歉。"

"大娘，真的很对不起，对不起，今天是我不小心碰到那位妹妹，不知道她现在如何，大娘，真的很对不起，对不起。"贾红蕾望着赵母不停地道歉。

"噢，原来是这样，大兄弟和这个孩子，你们快进屋坐吧！"

贾红蕾随着赵母来到院子里。堂屋两边的墙出现了裂痕，屋内地面虽然坑坑洼洼，但是纤尘不染。一个高高的，浑身残留着星星点点黑漆的方桌立在堂屋中央。

贾红蕾走进屋内还未及坐下，赵玉从里屋走出来后大声说道："你就是今天下午撞到我姐姐的那个人，你看我姐姐的脸肿成什么样子了，如果我姐有什么好歹，你必须负责赔偿。"

"对不起，真的很对不起，我今天有点鲁莽，碰到了你姐姐。但我会负责的。"贾红蕾再一次道歉。

"孩子，别听他的，你先坐下。"在昏黄的灯光中赵母再次审视了这个浓眉大眼，白皙的脸庞，高高的鼻梁，一个质朴英俊的男孩儿。

赵母微笑着对贾红蕾说："孩子，事情都过去了，你不要再担忧了，赵清的脸也只是稍微红肿，过两天就好了，你不用担心。"

"那怎么能行？姐姐要是落下伤疤，那该怎么办？"赵玉不依不饶地说道。

"我，我，我……"贾红蕾站起身来，不知如何说才好。

"那样吧！老嫂子，你们先看着，需要多少钱我们负责，这钱是贾红蕾这孩子带来的。"那位村长说着便拿出了一张五元的人民币递给赵母。

赵母依然微笑着说："大兄弟，这位小同志，赵清这孩子的脸你们不必担心，她只是蹭破一点皮，过两天就好了，这些钱你们还是拿回去吧。"赵母坚决地把钱还给那位村长。

贾红蕾郑重地向赵母施个礼并说道："大娘，我们先回去啦，过两天我会再来看你和那位妹妹。"说完他们就离开了赵家。

两个星期一晃就过去了。赵家村和王庄村的所有的男女青年就在两村中间的一片树林中举行文艺演出，虽然没有正规的舞台，没有像样的服装和道具，也没有音响和设备，然而，那些多才多艺的青年尽情地表演，吸引了无

数年轻人的眼球。贾红蕾款款地走到人群中间,他环顾四周却发现有那么多双眼睛望着他,王庄村村长拉起二胡为他伴奏,贾红蕾深情地唱出这首歌,《致青春》:

多少次寻觅
寻觅青春花季,
痴痴地回忆,
留在青春里的一点一滴。
走出现实的迷茫,
告别那未曾落下的眼泪。
让我轻轻地走进
那难以忘却的青春梦里。
一次次铃声响起,
快乐的读书声历久未息
还有多少人记起
用青春无悔写下的日记。
豆蔻年华,
闪烁着甜蜜的回忆。
那褪色的泛黄的照片中,
曾经沧海已成为过去,
再也看不清那时的你。
飞天的梦想
见证我们执着地走下去,
一次次跌倒,
一次次站起,
经历了人生的风风雨雨,
短暂的青春变成了回忆
一个个梦里
一次次回忆,
无悔的青春里这美好的雨。

落在心底

　　仿佛依然淅淅沥沥。

　　一个个梦里

　　一次次回忆，

　　无悔的青春里这美好的雨。

　　落在心底

　　仿佛依然淅淅沥沥。

　　无数眼睛注视着贾红蕾，秀美的赵清听到这极富磁性的嗓音，看到贾红蕾俊朗白皙的脸庞，她那清水般的内心不停地思索着。后来在赵清的心中一种倾慕之情油然而生，可能正是应了那句"人生若只如初见"吧！

　　第一次见面，彼此留下难以磨灭的印象，而这次相见的确为冥冥之中的因缘加重了砝码。从此，贾红蕾那高大英俊的形象深深地烙在赵清的心中。一个明月当空的夜晚，赵清酣然入梦。赵清梦到了那个心仪的男子汉，梦到了两个人牵手漫步在树林中，忽然两人陷入淤泥中，贾红蕾使劲地把她推出去，而他却一点一点地沉没在淤泥中。"红蕾，红蕾，红蕾"睡梦中的赵清突然大声喊了起来，满脸汗珠浸湿了两颊的头发。赵母近几天一直为赵清的事纠结着，所以深夜之时仍未入睡，当他听到赵清大声喊着"红蕾，红蕾，红蕾"，他似乎明白了什么。赵母急忙来到赵清的床前，看到女儿满脸汗水后她一脸惊悸，

　　"小清，怎么了？要紧吗？"

　　"我，我刚才做了个噩梦，现在好多了，娘，你回去歇歇吧！"赵母看着赵清休息后，才慢慢地回到了自己的屋内。

　　赵母自幼读过几年的私塾，她明白女儿的心，但她深知赵清是一个内向稳重的女孩儿，是一个懂事的女孩儿，她看得出赵清对贾红蕾的印象很好。为了赵清的幸福，赵母经过斟酌再三后做出了一个天大的决定，请邻村的"王大脚"出面为女儿撮合这段婚姻。

　　"王大脚"把赵清与贾红蕾的事告诉红蕾爹娘，然而一向势利的红蕾爹娘极力反对这件婚事。贾红蕾爹娘之所以反对这件婚事是因为他们深知赵清家一贫如洗，更主要的是贾红蕾的爹娘想让贾红蕾娶本村的那位老村长的女

儿，因为他们总是想着大树底下好乘凉，有了村长这个后台，他们从此就能在村民中抬起头来。可是，贾红蔷对村长的女儿没有一点好感，甚至可以说是厌恶。他讨厌村长女儿的蛮不讲理，更讨厌她的好吃懒做。贾红蔷爹娘为了让红蔷与赵清断绝来往，他们几次以断绝亲情关系来威吓贾红蔷。

爱情往往有着神奇的魔力，贾红蔷为了娶赵清为妻多次与他的爹娘针锋相对。他先是辩驳，接着对抗，最后反击。贾红蔷爹娘最拗不过这个倔强的孩子，他们还是答应了这门亲事。

"红蔷，你娶她也可以，可你今后会成一个地地道道的贫民，你知道吗？你可不要后悔。"红蔷娘怒气冲冲地说道。

"只要能和赵清在一起，我什么都不在乎，也请你们相信我们会过上幸福的日子。"

贾红蔷最终"降伏"了他的爹娘并与赵清订下婚约，最终在一个寒冷的冬日里两人喜结连理走到一起，从此贾红蔷与赵清落户在王庄村的东南角。

20世纪70年代的农村，春天的阳光似乎比过去更温暖，风也不再那样冷酷，万物复苏，山川竞秀，人们那美好的日子也有了盼头。赵母看着贤惠孝顺的儿子、儿媳，天真可爱的孙子孙女：赵仁家两个孩子，一个男孩儿文贤、一个女孩儿文君；赵义家两个男孩儿，文青、文松；赵礼家一个男孩一个女孩儿，文忠、文英；赵光家两个男孩儿、一个女孩儿，文志、文德，文霞；赵明家两个男孩儿，文兴和文俊。又想着自己那个上大学搞农业研究的赵智（也有一个女儿文佩）她也很自豪，也很欣慰。

十

红蔷偷香窃玉 赵玉鸣不平
赵清暗自流泪 赵母解怨愁

  贾红蔷与赵清结婚后，两人过着幸福美满的日子，小两口相敬如宾，举案齐眉，恩恩爱爱，他们这对夫妻令村中多少青年男女羡慕和嫉妒。

  张艳，一名与贾红蔷一块儿上学的女同学，她曾经多次追求过贾红蔷，也多次向红蔷表白。然而贾红蔷一直对这位生性风流的香艳女同学退避三舍，因为在他的心目中，一个女孩如果想得到他的尊重，这名女孩必须自重有内涵。贾红蔷也是一位非常痴情的人，重情的人，因此他对张艳之流的人深恶痛绝。

  张艳这个人不仅有着漂亮的外表，而且也是一位富有心机，口齿伶俐的人。在众多的男同学当中，经她"考试"过的人已近一半之多。她对于贾红蔷这个温文尔雅、英俊潇洒的美男子心仪已久，她多次"讨扰"，然而贾红蔷始终对她不理不睬。最初她认为贾红蔷故意疏远她，可是她多次从贾红蔷的目光中感受到冷漠和鄙夷，加上贾红蔷与赵清喜结连理更是令她妒火中烧。她渐渐地由原来的愤怒、嫉妒，转化为深深的恨意，她心中那股无名的怨火越来越旺。

  一天，当所有人都到田间劳动之时，张艳来到贾红蔷干农活的田地里。

  "哟，大帅哥，怎么刚结婚就下地劳动，小心力不从心啊！"

  贾红蔷听到那个熟悉的声音，只是轻轻地说了句"多谢关心，让你费心了"，说着仍然低着头锄草。

  张艳虽然自尊受到伤害，然而她依然笑着说道："贾同学，告诉你个好消息，再过几个月我们都要参加高考了，你还准备通过高考上大学吗？"

贾红蔷听到这句话时，他突然把手中的锄头立了起来，若有所思，他呆立了足足有一分钟时间。他看到面前的张艳后似乎想说什么，但是他始终没有说出口。因为他也曾想过有朝一日能通过考试进入理想的大学深造，从而学得丰富的知识成为一名有实力的工程师，然后带着赵清一起到那梦寐以求的城市去工作和生活。

可是参加高考必须拿到村里的一张证明，证明自己是穷苦出身，而且也需要证明自己的爹娘无违纪违法。他娶赵清为妻却得罪了村长，村长也由原来的欣赏自己变得冷落无情。贾红蔷几次到村长家去开证明都被村长冷眼以待，无理拒绝。自己当初的那个到城市工厂去当一名高级工程师的梦想是永远不可能实现了，唉！

"我，我，我不想参加考试了，我想，我想当一名农民。"不知怎么了，贾红蔷今天对张艳的态度好像来了一个一百八十度的大转弯，张艳这个冷艳美人儿仿佛也看透了贾红蔷的心思，这也为她下一步行动创造了条件。

"贾哥，你不要骗我了，我知道你不甘心，可是你得罪了村长，你那张证明是开不出来的。"

"不是的，不……是的。"贾红蔷吞吞吐吐地说道。

"贾哥，骗我可以，干吗要骗自己呢，上学时你成绩那么好，你曾经在同学们面前多次说过要考上大学当工程师的。"

"你不要再说了。"

"贾哥，如果你想参加高考，弄到那张证明，不是没有希望，只是……"张艳故意巧设悬念以此来试探贾红蔷。

当贾红蔷听到"不是没有希望"这句话时，他的心仿佛被震动了，因为他的心早已想着去拿到那张证明参加高考。

"老同学，如果我拿到那张证明，需要什么条件？"

"你如果想拿到那张证明参加高考，只要，只要我动动脑筋走动走动就可以了。"张艳还故意向贾红蔷挤眉弄眼。

贾红蔷内心虽看不惯张艳那种小人得志的样子，但是有求于人的时候总该低下头来。

"老同学，需要什么条件，你尽管说，我们不会亏待你的。"

"条件吗？我还没有想好，只是有一点，下午农活做完后你去我那里，我们商量一下可以吗？"

贾红蕾吃了一惊，说了一句："那好吧！"

日暮西山，太阳像一个熟透了的大石榴，宁静的村庄披上了灿烂的晚霞。英俊潇洒的贾红蕾来到王庄村村后那一排房子，房子最西边是四间老式瓦房，这是张艳住的地方。

"咚、咚、咚"三声过后，门"吱嘎"一声开了，从屋内走出来的正是张艳。只见她刚刚描了柳眉，涂了口红，那秀美的披肩发洋溢着青春靓丽的风采，一双丹凤三角眼眯起来更是楚楚动人，这是个让多少个男人为之拜倒的尤物啊，然而张艳对于贾红蕾来说那是一个望而生畏的画皮艳鬼，特别是张艳那双眼睛总让他触目惊心，多次闪躲。

"哟，红蕾哥哥，你可真守时呀！看来妹妹还是没有白等啊！快点进屋睡下呀，不好意思，说错了哥哥，应该是坐下呀！"

"张艳，屋子里有其他人吗？方便吗？"

"他们都还没回来，也不知道上哪儿谈情说爱了，唉！只剩下我一个人孤苦伶仃的真难受。"

贾红蕾迟迟没有进屋，张艳冷笑了一声："怎么，难道我这屋里藏有老虎，怕吃了你不成？"

张艳一边说着，一边拉起贾红蕾的右手，贾红蕾的右手似触电似的急忙躲开，他跟在张艳身后慢慢地来到最西边一间屋内。

屋内不知是什么奇香，熏得贾红蕾头晕目眩，一张张报纸整整齐齐地贴在四周的墙壁上，一张不大不小的桌子上摆放几本书，《金瓶梅》《西厢记》《红杏艳史》，贾红蕾看到这几书后内心忐忑不安。

此时的屋内只有一把椅子。

"老同学，你先坐在床上，我给你倒茶。"

"不用客气了，我只想听听你的想法，一会儿就回去。"

张艳没有答话，她来到正堂屋给贾红蕾沏了一杯茶，他趁贾红蕾不在意偷偷地从自己的口袋里掏出一小包粉末状的东西，然后悄悄地倒进那杯茶中并慢慢地搅匀。

"红蕾哥哥,你喝茶,这是妹妹的一点心意。"

贾红蕾看到张艳坐在那把唯一的椅子上,此时的他更是有点惴惴不安,坐也不是,站也不是,他真的想快点离开。

"你坐吧!没关系,跟我你还客气什么!"张艳望着贾红蕾笑盈盈地说道。

贾红蕾实在没有别的办法,只好侧着身子坐在床边。

"张艳,老同学,请你帮个忙,让咱们村长给我开一张证明吧!这是我的一点心意。"贾红蕾说着从左衣兜里掏出一个金戒指来,那是红蕾给赵清的定情物。

张艳睁大眼睛一看,原来是一个戒指,虽说这东西在当时可以说价值不菲,然而在这艳的眼里它却一文不值,张艳投出鄙视的眼神来。

"贾红蕾,妹妹我不需要这个,我需要……"张艳故意话到嘴边又咽下。

"那你需要什么,老同学,你请说。"贾红蕾恳求道。

"我需要,需要……我只要你能跟我好就行了。"

"不行,张艳,你知道自从我和赵清结婚后,对其他女孩从未有过非分之想,这也是我做人的原则。"

"好,好,好,算我自作多情,你先喝茶,我再给你们想办法好吗?"

贾红蕾喝下茶后,不知是何原因他开始有点儿头晕,慢慢地满脸通红,浑身发热,到后来一股无名的冲动在全身沸腾。张艳看到这种情况,她感到火候到了。她紧紧地抱着贾红蕾使出浑身解数,不大一会儿她终于把这个高大英俊的男人撂倒在床上。

十多分钟的"暴风骤雨"过后,贾红蕾"醒"了过来,当他看到躺在床上的张艳时,他立刻穿好衣服,跳下床来,跪在地上并大哭起来。

"怎么会这样,怎么会这样,为什么,这究竟怎么了,张艳你快说。"他拉着刚刚扣好衣扣的张艳怒目以对。

"贾红蕾,你强暴了我,这是事实,你看春梅可以作证。"贾红蕾一听到"强暴"二字顿时傻了眼,也不知何时一个叫春梅的女孩子又出现在眼前,而且也在傻傻地看着自己。

"贾红蕾,从今往后,你必须听我的,不然这铁证如山,我随时可以告发你。"

"你，你，你为什么这样对我，我从来都没有亏欠你什么！"

"贾红蕾，你知道吗？喜欢一个人，爱一个人是那么容易，又是那么辛苦；我们同学一场，为什么你多次拒绝我，是你改变了我的一生，是你让我变得放荡，成了大家眼中的风流人物，甚至是村上人人口中的'破鞋'；也是因为你，有那么多的臭男人围着我转，我恨你，我恨你，这辈子，我都不会放过你！"说着眼泪就像断了线的珠子，从脸颊淌了下来。

两人的对话，还是让隔壁的一名女孩儿听到了，她偷偷地跑到赵家村告诉了赵母。

贾红蕾听到张艳的一番话后刚才的怒气减了三分，他跑出了门，又一口气跑到了泰溪边上。

当那名女孩儿向赵母告发之时，刚好从田间劳动回来的赵玉听到这件事，她没有走进里屋，而是怒气冲冲地先来到王庄村赵清家。

"二姐，你就知道干活，姐夫在外边有人了。"

"赵玉，你可不能胡说八道，你姐夫不是那样的人。"

两人说话间，贾红蕾刚从外边走了进来。

"贾红蕾，你干的好事要如实招来，你为什么去勾引那个不要脸的张艳。"赵玉愤愤地说道。

"你听谁说的，他们污蔑我。"贾红蕾一边说，一边极力掩饰着自己那恐惧的面容。

"姐，你看姐夫脸上、脖子上都有口红印迹。"赵清仔细一瞧，原来贾红蕾的脸上、脖子上到处都有口红的印迹，她先是一怔，后来呆呆地坐在凳子上竟哭了起来。

不大一会儿，赵母来到赵清家，当她听到赵清的哭声，看到了赵玉那怒气冲冲的样子，顿时明白一切。

"孩子，娘不为难你，娘相信你的为人，今天到底怎么了，你实话实说。"

"娘，我，我……"贾红蕾突然双膝跪地，竟然失声痛哭。

"娘，我一直以来都有一个念头，那就是想参加高考，上大学，然后到大城市去当一名工程师，再把赵清也带走。可是参加高考需要开一张证明，

而开到那张证明必须得到我们村长的同意。娘，我的情况你是知道的，自从我和赵清结婚后就得罪了村长，他多次拒绝给我开证明。那个叫张艳的女同学，她自称自己的关系多，门路多，她曾向我夸口，只要她帮忙就没有办不成的事，我在万般无奈的情况下去求她，谁知她却在茶中放了一种药，迷晕了我。娘！我真不是故意的，请你老人家相信我，你一定要相信我。"

"孩子，你们结婚快一年了，你的为人娘也是知道的，娘相信你，孩子，你快起来。"

"孩子，如果你想参加考试上大学，我们再想办法，村里不开证明咱们就到乡里去说理，咱们凡事都要走正道儿，今后如果再遇到问题我们全家一起想办法，你千万不能再走错路了，人只能犯一次错误，不能有第二次了，你知道这句话的意思吗？"

"谢谢娘的体谅，我发誓，这是我今生第一次也是最后一次，决不再辜负娘的厚爱，赵清也请你原谅我好吗？"

赵清听后又哭着回到内屋，赵玉走到内屋去劝解，最终这场风波就样过去了。

"我开始就劝赵清不要嫁给那个姓贾的，赵清就是不听，你看今天出了这件丢人现眼的事，唉！"赵光愤愤地说道。

"老五，刚才娘不是也说了，是张艳害了妹夫。"赵礼说道。

"老三，这些可能都是一面之词，这样的事儿，难说。"赵义说道。

"大家不要妄加评论，我看还是咱娘说得有道理，妹夫这个人是个不错的人，他是无辜的。"赵仁望着大家说道。

"孩子们，这件事过去了，我们不要再提了。"最后赵母说道。

贾红蕾因深爱着赵清，虽然后来他通过努力拿到证明，但是他在参加高考时竟然一时激动忘记填写自己的名字，贾红蕾最终名落孙山。到了后来，随着他和赵清的孩子贾柯的出生，他慢慢地打消了再参加高考的念头，最终他的心也就安在了这片曾令他多次流过汗的家乡土地上。

十一

否极泰来纳新　蓝天映笑颜
田园诗意生活　希望在前方

"红了樱桃，绿了芭蕉"，时光往往不随人意而匆匆流走。社会在前进，人们的生活已有很大转变，20世纪80年代农村面貌也有了很大的改观。

赵家村的风景格外迷人。春天的清晨天色已明，北边颐山薄雾迷蒙，村中央泰溪那潺潺流水不时奏着悦耳动听的乐曲。春风轻揉着人的眼睛吹得村庄上的槐花竞相开放，那沁人心脾的槐香一阵接着一阵向人们袭来，令人心旷神怡并与春风共醉。在青山绿水中最为舒服的是田野里一片一片的青青禾苗和金灿灿的油菜花，耳朵最为享受的则是那些接连不断的鸡鸣虫叫，庄户人家打开院门的声音，这种拙朴的音响与大片的青草、慢慢前行的牛群最为亲和。夏天来临，火辣辣的太阳照耀着大地，赵家村的人们纷纷来到后边的树林里乘凉，儿童们和那些稍大的孩子在蓝天下自由自在地玩耍，给这静谧祥和的大自然带来了无限生机和趣味。

赵家村的村民十分勤劳。村民们起早贪黑，早起晚归，在自己的田地里不辍劳作。村庄里鸡鸭悠闲地觅食，牛羊欢快地叫着，一缕缕炊烟直向蔚蓝的天空飘去，那时的天空真蓝、空气真清新、人的心情轻松惬意、笑声是那样的真诚，那样的爽朗。

一排排瓦房整齐地坐落在赵家村，赵家村的村北边自北向南排列着赵家的三排房子，赵仁、赵义一排；赵礼，赵光在中间一排；赵明、赵母住在最南边的一排，六个家庭的院落坐北朝南。赵家村的最北边，也就是赵仁、赵义住房后边的那一片树林是赵家村村民农忙后休息的地方，更是儿童们的乐园。

一只梦想远方的蝴蝶

　　一年一度的暑假来临，一群孩子在村后如同出笼的小鸟嬉戏着、追逐着、玩耍着。身着花格裙子的女孩儿们在阳光下跳着大绳，文君、文霞、文英拿起一根麻条拧成的长绳欢快地蹦着跳着，他们那长长的马尾辫一会儿甩向左边，一会儿甩向右边，那豆大的汗珠浸湿了裙子，他们却全然不顾；身着背心和短裤的男孩儿们有的在看大人们"站方"（一种地方游戏），有的在推铁环，有的在抽陀螺，有的看大人们在下象棋。树林的北边地头上几个年龄稍大的孩子正在烧红薯，只见他们先在土埂上挖个小灶，上面垒一些土疙瘩，然后点燃柴火狠狠地烧。在土疙瘩烧红的时候，他们把从家中拿来的红薯一下子倒进去，再在上面盖上许多土。几分钟过后红薯就会被焖熟，在大家的欢笑声中红薯被哄抢一空，他们边吃边唱，不大一会儿就四散开来。欢笑声、铁环声、大人们下棋时的争吵声，小孩子们偶尔的哭闹声交织在一起，那简直就是一曲质朴美妙的田园之歌啊！

　　"文俊，给你爹送碗水喝吧！"文俊娘惠兰微笑着对一位小男孩儿说道。只见这位刚进入育红班的小男孩儿面如中秋之月，色如春晓之花，圆圆的脸庞，精短的头发，身着半旧的红色背心和一个褪了色的短裤，此时的他正在聚精会神地看他的两位伯伯赵义、赵礼下象棋。

　　"老三，我再悔一步，刚才走的那步不算。"赵义微笑着对老三赵礼说道。

　　"二哥，你已悔过两三步了，这是最后一次了。"赵礼一边拿着一个小小的石子，一边不耐烦地说道。

　　文俊看着两位伯父下棋时，他一边模仿一边思考，他也在思考着如何走才能战胜对方。

　　当文俊娘惠兰第五次喊他时，文俊仿佛"醒"过来，随意地说一声"好的，我就去"。

　　文俊二伯赵义的大儿子文青（大文俊8岁）摸着文俊的头笑着说道："赶紧去给我六叔送茶，不然叫你小子屁股开花，看你还赖在这里不走。"

　　一旁玩耍的文松（比文俊小两个月）、文忠（比文俊大一岁）、文志（比文俊大5岁）、文德（比文俊大3岁）、文霞（比文俊大3个月）和同村的其他伙伴听到这句话后禁不住大笑起来。文俊听到这句话后朝着文青狠狠地瞪了一眼，他噘着小嘴儿来到惠兰的身边。

文俊一手提着茶瓶，一手拎着茶缸急匆匆地来到田地里。

田地里，玉米秆子一个又一个笔直地站着像一排排整齐的士兵，又像一片片绿色的大森林。玉米穗穿着绿衣服，带着褐色的小帽缨，它们的衣服里裹着一个胖乎乎的黄娃娃。那边的高粱地里，风一吹，翻起滚滚的红色浪潮一望无际。那些成熟的高粱穗子又像害羞的小姑娘点头、弯腰，又好像在烈日下向人点头致敬。旁边的西红柿又大又红，像一个个红灯笼。条条丝瓜挂满架真像一个个小电话，豆角细，丝瓜长，个个苗条细又长。夏日的蔬菜五颜六色，品种应有尽有。美丽的蝴蝶在花丛中飞来飞去，它们在花丛中嬉戏、游玩。勤劳的小蜜蜂忙忙碌碌地采蜜，它们在空中跳着各式各样的舞蹈告诉同伴们采蜜的方向。黄豆地里那一种叫蝈蝈的昆虫没日没夜地叫着，田野里其他的虫儿也不甘示弱，低飞的鸟儿把夏日的田野吵得热热闹闹。

"爹，你流那么多汗，你歇歇吧！我给你送茶来了。"文俊气喘吁吁地说道。

赵明侧望了文俊一眼，严厉地说道："你小子！你小子在家干什么，暑假作业写完没有？"

"爹！我作业写完了，正想帮着娘做饭呢。"文俊不断地眨着眼睛望着赵明说道。

"小子！作业要一笔一画地写，字要写工整，算术题要好好地算，不能马虎，不能出错知道吗，否则！回家后你给我小心点儿。"赵明一边吹着那热腾腾的茶水，一边凶神恶煞地说道。

"好的爹，好的爹，我会记住的，你再干一会儿活就回家吧！别热着了。"文俊望着赵明说道。

"没事的，你先回去吧！"赵明勉强笑了笑，之后依然严厉地说道。

看到父亲喝完茶后，文俊拎起茶瓶和茶缸飞也似的跑回家中。

"文俊！今天怎样，你给六叔说瞎话没有，你可不能实话实说你在看'站方'，要不然的话六叔又会狠狠打你屁股吧！"

文俊望着嬉皮笑脸的文青又是狠狠地瞪了一眼。

"你小子，这么大个驴个子，怎么老是逗小俊玩儿，怎么也不嫌烦人。"蹲在地上站方的赵义对文青说道。

"我文青哥就是烦人，他总是逗我，我真烦死他了！"文俊瞅着二伯赵义说道。

"唉，唉，唉，我领着你到河边洗澡的时候你怎么不说烦我呢？整天跟在我屁股后，甩都甩不掉。"文青摸着文俊的小平头笑着说道。

"啥叫孩子，这就是他们的天性，既常常斗嘴，又谁也离不开谁。"赵礼对着二哥赵义笑着说道。

"将，将，哈哈，这次你又输了吧！"赵家村正在下象棋的老张家两兄弟中的张长河对其大哥张长江说道。

"老二，再让我悔一步，就一步。"张长江笑着对张长河说道。

"不行，不行，赢得起也要输得起，你还是我哥呢！"

"哟，哟，弟兄两个也认真起来了。"赵仁笑着对张家兄弟说道。

"观棋不语真君子，举棋常悔乃怂包。"张家老二张长河说道。

"算了，算了，不来了，明天再战。"张长江对着老二张长河说道。

"凡事要是认真的话，总会有人赢，有人输，总会有人高兴，有人失落。"赵礼说道。

"老三的话是有道理的，哈哈。"赵仁、赵义笑着说道。

"小俊，上奶奶这里来！"赵母走出了大门往后边树林里喊。

文俊听到奶奶的呼唤后飞也似的跑到赵母的院子里，他刚走到奶奶的院子里就闻到一股鸡汤的香味儿。

"奶奶，可真香啊！"

"你小子，真是鬼精灵，鼻子也挺好使的。"赵母笑着说道。

"奶奶！我听我爹说你的心脏病好多了是吗？"

"孩子，奶奶老了，全身酸痛恐怕活不长了，但奶奶还是想在有生之年多管管你。"

"奶奶！你的身体没事，不行咱就上医院去看病，你会没事的。"

"小俊！先给奶奶背诵一段《论语》吧。"

"子曰：为政以德，譬如北辰，居其所而众星共之……"

"好的小俊，你背得真熟练，给你！"赵母说着把一只又肥又大又嫩的鸡腿给了文俊。

文俊一边吃，一边看着奶奶，赵母看到文俊吃得津津有味，她的脸上露出会心的微笑。

"奶奶！我小姑又去摘菜了？"

"是的，你小姑，她现在已是高中二年级的学生了，她学习好又能干，奶奶家的饭大多数时候都是你小姑做的。"

"奶奶，小姑特别爱问我，她经常让我背诵唐诗，她对我的背诵要求非常严格，就像平时你要求我背诵《论语》一样。"

"小俊，将来有一天你会明白奶奶的良苦用心。以前，我每次让你吃东西前给我背诵一段《论语》，就是让你从小学会做人做事，将来才能有出息的。"

"奶奶，我会听你的话，我也会听小姑的话，我会好好学习不让你失望的。"

"小俊，小俊，回来吃饭了。"文俊隔着院墙听到了娘的呼喊声。

"奶奶，我回去了！"

"你又到奶奶家去吃鸡肉了，那可是给奶奶治病的，今后不能再去吃了，记住没有。"文俊娘惠兰说道。

"娘，我想奶奶了，你是知道的，我每天都要到奶奶那里问安。"

"唉，你这孩子，从小就是嘴甜。"

"娘，我听你的就是。"

"当家的，咱娘总是挑好吃的给小俊，时间长了，其他孩子知道了会说咱娘偏心。"惠兰对着赵明说道。

"是的，咱娘什么地方都好，不知为何总是对这小子偏心，其实我早就看出来，大哥、二哥、三哥、五哥他们也都看得出，咱娘对待文俊与其他的孩子不同，几个哥哥认为那很正常，因为庄稼老偏向小，可是咱五嫂的心里就不是滋味。"

"当家的，我这个人从小没有上过几天学，可咱爹从小教育我要正直、公正，我从小不愿沾别人的光，也不愿让别人说自己强势。我要教育好小俊，让他从小堂堂正正地做人，今后我不会再让小俊去娘那里吃东西了，这样对咱们这个大家庭的和睦是有好处的。"

"还是你想得周到。那好吧！还是你来好好地教育小俊这孩子吧！"

十二

连环画小人书 废寝忘食读
说书人鼓声闹 文俊显不凡

　　日出而作,日落而息,乡下农村的生活大抵这样,赵家村的村民也不例外。清晨,各家各户吃过早饭,大人们纷纷扛起锄头到田间劳动,孩子们起床后揉着惺忪的眼睛,不大一会儿,这些淘气鬼便精神饱满地来到村后的小树林里追逐嬉戏,他们不停地呼吸着新鲜空气,迎接着新一天的到来。

　　一棵棵高大的白杨树和众多的槐树环抱着赵家村,阳光透过层层的枝叶泻在那青砖灰瓦上,给家家户户的砖土房抹上了一层层金黄的颜色。缕缕炊烟从各家各户的烟囱中袅袅升起,那啁啾的鸟在天空中自由自在地掠过,一条条黄色、黑色、棕色的小狗摇着尾巴跳来跳去,鸡鸭在各家门前悠闲地觅食,田地里,那些庄稼人不时甩出清脆响亮的鞭子声。

　　"文俊,不要再看连环画,快来吃饭了,一会儿还要去上学,你可不能迟到。"身穿整洁的浅蓝色衬衫,脚穿绣着单色兰花的千层底布鞋,汗水染湿双鬓的文俊娘惠兰接二连三地喊着。此时,年仅六岁的文俊正伏在用砖块支撑的一张小床的床边津津有味地"欣赏"连环画《孙悟空大闹天宫》,他一边看,一边咧着小嘴笑着,那双小手还不停地比画着,仿佛自己就是连环画中的悟空。文俊看着连环画,想着自己的小姑给自己讲的小说《西游记》,他在想还是小说介绍得详细,不过连环画看得更过瘾。

　　"死东西!还不赶紧吃饭上学去。"身材魁梧、面色通红、身着皱巴巴衣服,裤脚沾满泥土的父亲赵明,一边在院中那棵枣树下拴着一头疲惫的老牛,一边恶狠狠地吼道。

文俊听到父亲的声音后立刻弹簧松开似的站起来，然后隔着窗户狡黠地向外望去，只见他迅速地走到灶房，一手端起一碗疙瘩汤，一手拿起一个玉米面馒头狼吞虎咽地吃起来。

"看你把孩子惯的，越来越贪玩，不好好学习专看一些乱七八糟的本子，将来也要成个睁眼瞎子。"赵明一脸怒气地对着文俊娘惠兰说道。

文俊娘惠兰听到赵明的话后只是默默无语。

"你小子再不用功学习，再看一些乱七八糟的东西，小心我揍烂你的屁股。"赵明瞪着那双恶煞般的眼睛说道。

文俊望着沉默寡言的娘，又偷偷地看着恶狠狠的爹，他连三赶四地吃完饭后匆匆地跑去学校。

"六呀，你教育孩子我也不说你什么，但是不能总是打骂他，他还只是个孩子，你需要慢慢地说教。"长年因病卧床不起而住在文俊家的文俊外公隔着窗户说道。

"爹，让你老人家担心了，我只是想严格教育这个不听话的孩子，从小让他好好学习，希望他用功读书，你说的话我会注意的。爹，你老就别再操心了！要多注意身体，过两天我们还要带着你上医院再去看看。"赵明笑着对文俊的外公说道。

"大兄弟，这都怨赵明了，让你又担心了，你还要多注意身体啊！"赵母听到赵明教训文俊后来到文俊外公的住处，望着长年病卧在床的文俊外公说道。

"亲家，没事的，我只是太疼爱文俊这孩子啦。"

"老六，看你这爹当的，让孩子看到你就像看到门神尉迟敬德一样，咱村有几个像你这样的。还有，惠兰那么贤惠，对我呀，人家就像亲闺女一样孝顺，她对咱们这个家那样尽心尽力，从今往后你说话要稳妥些，你知道吗？"赵母对着赵明说道。

赵明望着前来质问的母亲，他随口说了一声："好的，娘！"

"惠兰媳妇！我这有两袋花生豆，回头你让小俊吃吧，这是他最爱吃的！"

"娘！你又花钱买东西了，孩子都上学了，你不用老是惯着他。"

"娘，这孩子不能太娇惯了，不然将来啥也学不成的。"赵明望着赵母

说道。

"老六、惠兰媳妇,你们可能不了解这个孩子,他在众多的孩子中是最聪明的一个,勤学好问又爱思考问题,还有礼貌,将来你们要好好供他上学,他会有出息的。"

"好的,娘。"惠兰笑着说道。

到了傍晚时分,"咚,咚,咚,咚咚咚咚……"一阵阵鼓声使得宁静的赵家村顿时热闹起来。原来是一位说书艺人来到了赵家村。村民听到说书艺人的一通鼓声后,各家各户都急着做饭,大家匆忙吃过晚饭后等待着晚上的演出。可是,不大一会儿雷声大作,暴雨如注,人们心急如焚,大家的魂好像被刚才那通鼓声勾走似的纷纷仰望天空,人们都在期盼雨后天晴。一个小时以后云开月出,银白色的月光照在刚刚被暴雨洗礼的村后树林,树林及树林旁边的那条泰溪显得格外清新。更令人高兴的是,说书艺人的鼓声又响起来了。赵家村的男女老少都搬着凳子陆陆续续来到树林说书场。文俊、文霞、文忠、文松、文志、文德和村里的许多的伙伴,他们都是带着十二分的焦急很早地就来到村后树林里的那一片开阔的场地。

文俊等一群小孩子来到说书场凑热闹,这是他们第一次听鼓说书。全村男女老少齐聚村后,大家有说有笑,幸福洋溢在每一个人脸上。说书艺人的行头简单,条桌一张,醒木一块,纸扇一把,条桌旁鼓架上的七寸书鼓是用来叫场用的。只见他中等个子,大方脸,乍一看性格内向,少言寡语,可一说起书来,嬉笑怒骂,表情夸张。时而摇头晃脑,指手画脚,时而男扮女装幽默滑稽。说到悲苦时,声音嘶哑,如泣如诉,如怨如慕,声泪俱下,听众也往往泪流满面;说到欢乐时,笑声阵阵,令人忘乎所以,捧腹不止,场内不时爆发出哄堂大笑。整个赵家村都沉浸在一片欢乐之中。

夜深之时,说书人在前边说书,很多小孩都陆续回家。那些忙了一天的大人不由自主地直起腰板,提了提精神,有的勉强正襟危坐起来。说书人最后一个节目竟然是说唱《西游记》中的"大闹天宫"。文俊以前看过连环画,对"大闹天宫"这段了如指掌,更主要的是他的小姑赵玉之前向他多次讲过《西游记》,他对大闹天宫这段已经是背得滚瓜烂熟。然而这段内容在说书人声情并茂演绎下让文俊听得如痴如醉,久久不愿离去。

"无穷变化闹天宫，雷将神兵不可捉。当时众神把大圣攒在一处，却不能近身，乱嚷乱斗，早惊动玉帝。"

　　说书人眉飞色舞地唱着，可是突然他却说道："欲知后事如何，且听下回分解。"

　　可是当大家听到"且听下回分解"后，兴致一落千丈。

　　就大家准备离开之时突然听到：好大圣，急纵身又要跳出，被佛祖翻掌一扑，把这猴王推出西天门外，将五指化作金、木、水、火、土五座联山，唤名"五行山"，轻轻地把他压住。"

　　全村的大人们还有一些未睡的孩子们突然精神起来，大家一听，原来是文俊信口说出，他还模仿着说书先生的模样，抑扬顿挫地大声唱道。

　　文俊这次说唱让眼前这个说书人大吃一惊，一个六七岁的小孩不但记忆力惊人，而且吐字清晰，字正腔圆，虽说唱得不太标准，但是这对一个孩子来说也的确是难能可贵的。

　　赵家村的村民开始议论纷纷。

　　"文俊那小子真聪明，定是文曲星下凡。"

　　"那小子记性真好，他就是把书本给吃透了。"

　　"那小子从小爱看连环画，他知道得也挺多的。"

　　"那小子能说会道，将来当官的料。"

　　……

　　不知谁说了声："那小子将来要是说书一定好样的。"

　　赵明听到这句话，本来满面春风的他突然脸色阴云密布。

　　"啪"的一声，一个巴掌重重打在文俊的屁股上。文俊满腹委屈地"哇"的一声大哭起来。

　　赵母听到文俊的哭声，她立刻赶来抱起文俊并狠狠地训斥赵明："你是怎样当爹的，孩子说得有错吗？我的孙子是最聪明的孩子，都是被你打怕了。"

　　赵明看着赵母百般呵护文俊就愤愤地离开了。

　　赵母望着泪眼汪汪的文俊说道："孩子，今晚跟奶奶一起睡，明天一早再去上学。"

　　文俊虽说挨了打,但是他在全村人的心中还是好样的,从此神童的雅号就落在了他的头上。

　　一场风波虽说过去了,但"文俊说书"这件事却成了赵家村特大新闻,其影响力丝毫不逊于那位"多才多艺"的说书人。

十三

学业之途漫漫　拼搏进取日
书山有路勤思　美丽新起点

"明德小学"这几个醒目大字镶嵌在学校大门的正上方，这所学校是老教授文先生也就是现在的这所学校的校长起的名字。走进学校大门有一条宽阔笔直的中央大道直通学校北边的几间教室，并把校园一分为二，这条道不知多少人在它上面走过，现已经是一色溜光，道路中的那些坑坑洼洼也是溜光发亮。一棵棵塔松矗立在大道两旁，一口古老的钟悬于中间一棵塔松之上，中央大道的两侧各有三排瓦房，每排四个教室，加上老师的办公室共有四十多间。每排房子的间距适中，旁边栽着高大的杨树。学校各间教室外边的墙壁上用红色的楷体大字写着"好好学习，天天向上，五讲四美，做四有新人，学雷锋"等标语，这些标语时刻警醒着前来学习的孩子们。

学校最前边的一排房子是一年级教室，这几间教室是早年砌的，低矮破旧，窗户上也残留着几根钢筋。文俊吃过早饭匆匆来到学校，他上学来得最早，因大多数老师未到，四周少有人声。看到本班教室的门还锁着，他推开破旧的窗户并爬进教室内。文俊和其他孩子无论教室是否开门，他们经常爬窗户进入班级。窗台处的那些砖块被他们天长日久地爬来爬去，早已是光溜溜的。

过了一会儿，班级的门开了，开门的是一位女孩儿，名叫张玉一，她梳着两个马尾辫，白皙的面庞，胸前戴着鲜艳的红领巾让她显得异常庄重严肃。

"赵文俊，你又翻窗了，我还要去告诉老师。"张玉一蹙起她那双柳叶弯眉，瞪着她那双大眼睛恶狠狠地说道。

"阿俊，今后你改了这个毛病吧，不然班长还是会告你状的。"同岁的

姐姐文霞郑重其事地告诉文俊。

"哼,怕什么,我天不怕,地不怕,什么都不怕。"

"六叔,你怕不怕,万一老师告诉六叔,你那一顿打就挨定了。"文俊听到"告诉六叔"这四个字立刻服软。

"好姐姐,千万别让我爹知道,求求你了!"

上课铃声响起,文俊一直呆呆地坐在最后一排的西北角,因为他总是被其他同学称呼为班上的"西北局局长"(班规,调皮的学生坐在教室的西北角,被称为"西北局局长")。

文俊最喜欢的还是李老师的语文课。李老师是一位慈祥的老师,她和妈妈的年龄相近,一条乌黑发亮的辫子,一双大大的眼睛,时常微笑的面容就如三月里的桃花。

"同学们,我们开始上课,今天我们学习《小蝌蚪找妈妈》,大家先读一读课文,读完后请大家把这篇课文的内容说出来。"面容清秀的李老师微笑着说道。

"李老师,我给你说件事,今天,咱们班的赵文俊又翻窗户进教室。"张玉一郑重其事地说。

"我知道了。"李老师严肃地说道。

李老师的话音一落,同学们便人声鼎沸起来,有的大声朗诵,有的唱着读书,有的相视而笑,几分钟过后,在李老师的要求下大家陆续安静下来。

"同学们,谁能说出这篇课文的内容?"

大家彼此沉默,你看我,我看你,大约两分钟过后,那位西北角的"常住户"兼"局长"赵文俊站了起来。大家的目光聚集在他身上,一张圆圆的脏兮兮的脸庞,鼻涕似乎要越过了他的上嘴唇。

只见他面带微笑说道:"池塘里有一群小蝌蚪,快活地游来游去。它们先问鲤鱼阿姨:'我们的妈妈在哪里?'鲤鱼妈妈说:'你们的妈妈有四条腿,宽嘴巴。你们到那边去找吧!'过了几天,它们长出两条前腿,它们又问乌龟:'我们的妈妈在哪里?'乌龟笑着说:'你们的妈妈头顶上有两只大眼睛,披着绿衣裳。你们到那边去找吧!'又过了几天,尾巴变短了。它们游到荷花旁边,看见荷叶上蹲着一只大青蛙,披着碧绿的衣裳,露着雪白的肚皮,鼓着一对大眼睛。小蝌蚪游过去，叫着：'妈妈，妈妈！'青蛙妈妈低头一看，笑着说：'好孩子，你们已经长成青蛙了，快跳上来吧！它们后腿一蹬，向前一跳，蹦到了荷叶上。它们跟着妈妈，天天去捉害虫。"

当赵文俊说完之后，李老师微笑着带领大家鼓掌，而赵文俊左右两边的那几个同学，却用他们的小脏手在文俊的头上摸来摸去。

"同学们，赵文俊同学今天表现得非常好，课文读了一两遍就能复述得清清楚楚，今后大家要向他学习。"听到了老师的表扬后，文俊顿时眉开眼笑，然而下午"告状"的张玉一似乎有点不高兴，更是不服气，她斜着眼朝着赵文俊狠狠地瞪着。

放学后，赵文俊被李老师留在了办公室。

"赵文俊，从今往后你不能再翻越窗户了，那样太危险了。你是一个非常聪明的孩子，今后要好好学习。从明天起你坐在第一排的正中央，每天要把你的小脸、小手洗得干干净净，老师说的这些你都能做到吗？"

"能做到，李老师！"赵文俊诚恳地说道。

赵文俊兴致勃勃地走在回家的路上，他刚走到明德小学北边的一片小树林儿里，那些小伙伴早已把他们编得顺口溜传唱开来："赵文俊，赵文俊，甩鼻涕，挺认真；乌鸦嘴，说动人，受表扬，头晃晕；一头栽倒烂墙上，醒来以后快点滚，快点滚……"文俊听到后，顿时火冒三丈追着他们"报仇"，可是由于自己身小力薄，他竟一个人也没追上。

回到家中，年事已高的文俊外公笑着说道："小宝贝真争气，来让外公看看，外公托你娘给你买了一包花生豆（一种儿童小食品）作为奖励。"

文俊来到外公床前，他望着须发花白、长年生病的外公笑着说道："外公，你不是老说我是落后分子吗？今天变说法儿了。"

"噢，那是你外公在启发你呀！那也不懂，还说自己像司马光呢。"赵母来到文俊家后，笑着对文俊说道。

"小子，你外公最疼你了，你从小吃外公买的零食还少呀！看！看，这回爹给你买什么了？"

文俊看到父亲那张久违的笑脸，他惊诧万分，他不停地在想：今天这是太阳从西边出来了？我爹今天是怎么了？他平时见到自己很少有笑脸的。

67

"小子,给你。"文俊定睛一看,原来是一个新的削笔刀,文俊为了得到一个削笔刀差点挨打。此时。他盯着这个崭新的文具足足有两分钟。

说起这个削笔刀还有一段来历呢。那是一天下午,文俊盯着张玉一,只见她用一把崭新的削笔刀削出光滑的铅笔头,张玉一也是班上少有的有削笔刀的学生。文俊在那半节课上似乎都没有专心听讲,他多么想有一个和女班长一模一样的削笔刀,可是想到娘为了照顾家庭,也为了照顾多年生病在床的外公,娘总是省吃俭用的,所以他从未敢向娘提起买削笔刀的事,而自己那把生锈的削笔刀曾经多次把自己的手指头划破。放学后,文俊趁着张玉一上厕所之际,把自己的削笔刀偷偷地放到张玉一的文具盒内,而把张玉一的新削笔刀藏在自己的书包内。回到家中,文俊把那个新的削笔刀放在自己的枕头底下时,文俊娘惠兰却站在他的身后。

"娘……我……我……我捡到一个新削笔刀。"文俊说话时吞吞吐吐,面色通红,文俊娘惠兰看到这一情况后似乎明白了什么。

"孩子,你说实话,不然将来你爹知道了那可不得了,奶奶要是知道了,那可要让你面壁思过。"

"娘,娘,我不对,我错了,你可要救我这一次。"文俊一五一十地把事情的来龙去脉告诉了娘。

"孩子,你的奶奶和你爹从小就教育你,咱们做人要堂堂正正、清清白白、顶天立地,不能做有辱咱赵家的事,奶奶和你爹的话你要记在心间,这件事是头一次也是最后一次。娘答应你,随后一定劝你爹给你买新的削笔刀,不让你再使用那个旧的了。"

文俊娘就让文俊于第二天上学时把还给张玉一,并向她赔礼道歉。张玉一因上次考试也抄袭文俊的试卷,刚好也有把柄落在文俊手中,就这样,这件事神不知鬼不觉地过去了,事隔多年文俊爹赵明还是不知道。

还是文俊娘先开口说:"阿俊,今天下午放学后,你们李老师来到咱家,她还在你爹面前表扬你了,李老师还准备让你坐第一排正中间,你外公,还有你奶奶和左右邻居都听到了,娘听后心里也很高兴。"

"娘,今天同学们都不敢回答问题,只有我一个人把课文内容说出来,同学们都鼓掌了。"文俊边说边笑,他竟然把刚才伙伴们辱骂自己的那一幕忘得一干二净。

"俊儿呀！你哥文兴他讨厌上学，他很早就下学跟着你五伯学手艺，我把所有的希望都放在你身上，可是自从你上育红班起，成绩靠后，老是坐在后边，你爹和我对你真是一点希望都没有了。今天，老师表扬了你，我心里很高兴，今后你要好好学习像你四伯那样考上大学，为咱们这个家争光。"

文俊听到父亲这番话，又拿着这个崭新的削笔刀之后，不知如何回答才好。

在赵家村这个村庄里，村民们一直都很关注小孩们的事。历来有关孩子们的"新闻"颇多，谁家小孩打架了，谁家的小孩逃学了，谁家孩子考上大学了，谁家孩子成绩考班级前几名了……赵文俊由原来的名不见经传的"落后分子"变成老师表扬的对象，自然又成为村里的一个新兴的"新闻"。

傍晚，当太阳的余晖还在温柔地抚慰大地时，在村后边的那片树林中，人们三三两两地来到这里，大家端起饭碗一边吃饭，一边议论。

"文俊那小子，嘴巴特别甜，能说会道的，将来一定是当官的料。"

"赵家文俊那小子，爱看本儿，我几次到他们家,他都在屋内'用功'呢！"

"赵明六哥（赵文俊的父亲），你整天说你家小子不争气，今天给你长脸喽！"

"赵家那小子，脑瓜子够使，将来考上大学希望是很大的。"

"文俊的奶奶教育得好啊，从小就让他看本儿。"

……

面对众多的赞誉，赵明不知说什么好，他也只是随意地说道："今天是个意外，我家那小家伙毛病多。"

赵明一边自谦着，不经意间他还是露出了得意的笑容。

十四

氛围民主和谐　商百年大计
星星之火点燃　立不世功勋

　　从受到表扬的那一天起,赵文俊对自己已是满怀信心,他再也不贪玩儿了,他的小脸也经常洗得干干净净,学习也是异常努力,放学后他总是独守在自己的那间狭小的屋顶是用枯草和泥做的"书房"内写作业,偶尔也偷偷地看从表哥那儿借来的令他如痴如醉的连环画。

　　第一次期中考试匆匆过去,学生们的成绩公布出来了:赵文俊语文98分、数学85分;文霞语文95分、数学98分;文松语文80分、数学85分;而班长张玉一语文95分、数学100分成为班级第一名……当文俊爹娘看到成绩通知单后,文俊娘似乎很高兴,可是文俊父亲赵明眉宇紧锁,若有所思。

　　赵明看了半天,他拿着那成绩单终于开口了:"小子!你的数学有点差,你看,你们班长的数学竟得了100分呀!你需要下苦功啊!"

　　赵文俊听到赵明的话后,他虽然内心不服气,但还是漫不经心地说了一声"是"。

　　成绩公布之后,文先生(文先生时任明德小学校长)召集全校老师开会。

　　"同志们,我们现在开会,今天我们讨论学校当前的教育问题,大家可以对今后的教育教学工作畅所欲言。"

　　"文先生,放眼当今的小学语文教育,传统理念的弊端尤其明显,具体表现在:教学目标过分追求知识性,教学手段过分讲求灌输性,检测手段过分偏重记忆性。这样的教学,它的后果必然导致教师教学手段的僵化和学生学习热情的丧失,从培养人才的长远目标来看,这种教育最终导致所培养的孩子们缺乏实际运用母语的能力,降低了他们从学习中享受与欣赏语文知识的热情。"

"文先生,当今多数的老师和家长把提升学生分数当成学生的学习目标,这种单纯追求分数的功利教学不利于激发学生的内在求知动机。在小学低年级,分数对成绩落后学生的不良影响尤为明显。"

"文先生,我们培养的学生应该是德才兼备的人才,当今,学校更应该发扬'五讲四美'的优良传统。"中年教师陈冲和说道。

"文先生,你曾经教导我们,让我们把优秀传统文化传承下去,虽然我们面临的形势严峻,但是如果经典文化一旦丢失,那国家和民族所受到的损失将不可估量。"文俊的班主任李老师说道。

文先生听后脸色沉重起来,因为他深知当前形势严峻。

"文先生,现在一部分学生偏科现象时有存在,这是我们下一步教育教学努力的方向。"

"文先生,我认为尺有所短,寸有所长,每个人的天赋不同,兴趣不同,我们的教育不能搞一刀切。"

"文先生,尽管从理念上看,学校要培养全面发展的人,但实际上,当前在小学阶段以考试为中心的现象仍然很普遍。考试命题死纠知识的细枝末节,忽略了记忆以外能力的评定,从而在一定程度上助长了死记硬背的学风,其后果是学生学习负担逐渐加重,严重影响了他们能力的提高。"

文俊班主任李老师说道:"我发现很多孩子爱看'小人书',我认为'小人书''故事会'能培养孩子们的想象力,激发他们的学习兴趣,不管是学语文还是算术,孩子们只有在拥有丰富的想象力和浓厚的学习兴趣的前提条件下,他们才能得心应手,游刃有余,我们班的赵文俊同学就是最好的证明。"

"你们班那个机灵聪明的孩子叫赵文俊?他是谁家的孩子?"文先生向李老师问。

"是的,他是赵家村的,他的奶奶就是德高望重的赵母。"

文先生点了点头,他陷入沉思。

一名年龄稍长的老教师说道:"四五年级的一些学生也比较喜欢看课外书,我认为当前应当把课本的知识加以巩固,课外书还是少看为好。"

四十多岁的李玲老师和几个语文老师也随声附和。

　　五年级的张同心老师反驳道:"不管是一二年级的学生,还是三四五年级的学生,让阅读成为孩子们的一种习惯,成为学生学习生活中的一个部分,即生活性阅读。因此,我认为我们不应该剥夺当前学生的课外阅读权利。"

　　"接下来还是有请新入职的梁老师谈一谈课外阅读的情况。"

　　梁老师缓缓地站起身来,环顾四周后说道:"文先生,各位老师大家好!我刚刚参加工作,教学经验不多,刚才听到各位老师的独到见解使我深受启发,在这里谨将一些粗浅的建议与大家交流。我认为阅读和写作是语文学习的一体两面,阅读获取的信息是堆砌作文大厦的一砖一瓦,正所谓'读书破万卷,下笔如有神',所以我认为不管是一二年级还是四五年级,让阅读成为一种习惯,成为一种与孩子们的衣食住行同等的高度来对待。"梁老师的话音一落,会议室的掌声响了起来。

　　文先生那赞许的目光给予在场的所有的老师,那目光中蕴含着肯定、褒奖、鼓励。

　　文先生说道:"同志们,大家说得都很好,都很有道理,而我要重点重申传统文化传承的问题。正如刚才李老师所说的那样,经典文化不能丢失,一旦丢失那将对我们的教育带来不可估量的损失,接下就让李老师具体谈一谈经典文化传承的问题。

　　"谢谢文先生的偏爱和鼓励,接下来我就对经典文化的传承做一些简要概述,经典文化是以敏锐的目光、睿智的大脑进行缜密思维的结晶。中华民族的经典文化是世界上最具特色的文明形态之一,我们国家从古到今,一代又一代的人民都被这些经典文化哺育浸润,因为在人们的心灵深处始终无法摆脱经典文化的影响。那么,就请今日诸君继续阅读并向孩子们传授这些经典文化吧!经典文化的传承将使我们丢弃幼稚和浮华,带给我们的却是理性和高雅,她时刻丰富着我们的人生内涵和乐趣。"文俊的班主任李老师说道。

　　文俊班主任李老师接着说道:"那么,如何传承祖国的经典文化呢?愚以为,我们做好经典文化的教育就要从以下三个方面进行,'学''知''行'。'学而时习之,不以说乎'。学习经典文化不仅是事关个人前程的大事,更重要的是她在提高我们的修养上起着决定性的作用。一个人从小到大自身发展不外乎三件事,即对别人、对社会、对自己,学习实践无处不乐,心中充满乐。这就是学习，学习经典文化对我们今后的成长打下了基础。诵读经典，聆听经典。经典文化是文字和音韵的结合，长期进行诵读有助于让自己的精气神得到振奋和提升。如《大学》《中庸》《论语》《诗经》《道德经》，等等。长期学习可以养气正心，矫健身心。

"说得好，说得好，说得有理有据。经典文化犹如一泓清泉，滋润着我们的心田；犹如阳光雨露让我们沐浴其中，健康、幸福地成长。我们通过'学、知、行'三步走，让经典文化的芳香氤氲在每个人的心中。我们也希望借着经典文化的指引提升我们生命的内涵。"文先生最后总结道。

"同志们，'合抱之木，生于毫末；九层之台，起于累土；千里之行，始于足下'。对国学传承我们要在稳中求进，不管其他地区，其他学校如何，我们应走在前边，把这一项教育工作扎扎实实办好，这项工作不仅是为了给孩子们一个锦绣前程，还能提升我们教育工作者自身能力和情怀，所以，我们大家一起努力吧，拜托各位了！"

文先生的话讲完后，会议室内掌声一阵接一阵地响了起来。

十五

昂首勇攀书山 遨无涯学海
一场风波化解 师生惜别情

  明德小学的校舍真可谓是简朴,学校从南到北只有几排老式瓦房,每排房子的南面有些简陋的窗户,窗户上细细的钢筋有时被一些力量稍大的学生给拉得弯出一个似括号的"出口",有些教室北面的砖块儿被掏出,一些调皮的孩子通过这些墙洞可以看到后边那绿油油的田地。教室内的课桌是由木板固定而成的,凳子是自带的,同学们挨挨挤挤地坐着,写字时有时会相互干扰,胳膊相互碰撞时有发生,同桌之间常常因为位置而争吵。为了捍卫自己的领地,大家用小刀在桌面的木板上刻出"三八分界线",不许别人侵占半分半毫。

  转眼间,文俊、张玉一、文霞等人已步入二年级,李老师跟着原来班级,她仍为文俊、玉一的班主任并担任他们的语文老师。

  一天上午,李老师由于工作上的一点事暂时离开了班级。自习课上,张玉一的胳膊故意远远地超越了"界线",而且她还是装出一副若无其事的样子。文俊开始的时候还能勉强支撑着写作业,过了一会儿,他那小身板被挤得异常难受,他就怒气冲冲地说道:"你越线三次了,还不小心点儿。"

  "我想越线就越线,你能怎么样,你个小不点儿。"

  "你个电线杆子!"

  文俊写作业实在太难受了,提醒了两次后张玉一竟无动于衷,文俊无奈之下两人发生冲突。张玉一虽说是个女孩儿,但她个头较高,个性又强,她那双又大又圆的眼睛狠狠地、轻蔑地怒视着文俊。两人对峙了两分钟之后,张玉一突然对文俊大打出手,她把文俊摁倒在地上,抡起拳头朝文俊挥去,不大一会儿，她把文俊打得鼻青脸肿。

回到家中，当文俊娘惠兰看到自己孩子的脸上青一块，紫一块，她心疼得落下泪来，一向慈祥宽容的她终于站起身来，拉着文俊要去学校找老师讨个公道。然而就在她的脚刚迈出大门的一刹那，却被文俊爹赵明拦住了。

"你干什么去，小孩子们不懂事，大人怎么能跟着瞎掺和，明天让文俊去找他们的李老师，让李老师去评评理，给孩子一个公道的说法。"文俊娘惠兰听完后，忍着眼泪止住了脚步，她随即煮了两个鸡蛋，剥去鸡蛋的外皮儿在文俊的脸上轻轻地按来按去。

"小宝贝，怎么了，让外公来看看。"

"爹，你不要再操心了，孩子不小心摔了一跤，没事儿的。"文俊娘惠兰对文俊外公说道。

"阿俊，这是怎么了，看你这鼻青脸肿的。"拄着拐杖的赵母来到赵明家问。

"娘，没事，小孩们打架骂人是常有的事，明天到校后让李老师给评评理，教育教育就算了。"赵明笑着对赵母说道。

"阿俊，我从小就教育你们，咱们对待每一个人都要以礼相待，学会宽容，但是宽容也是有条件的，宽容决不能纵容，我们不管做什么事情都要讲究一个理，如果我们的理和宽容被别人扭曲和践踏，那么我们就要讨个公道，讨个说法。"赵母郑重地向文俊说道。

"奶奶，今天我们李老师因为有点事儿没有在教室，所以我们两个打了起来，明天我会向老师报告这个事情的，请你放心。"

"孩子，只要打你的那个孩子向你道歉，深刻地承认错误，那么今后你们俩还是好同学、好伙伴，人都会有犯错的时候，只要知错后能改就行。"赵母说道。

"当……"一阵小鼓声响彻整个赵家村。原来是一个五十岁左右，肩挑着一担货物，手里拿着似碗口大小的一个小鼓的"卖货郎"来到了村庄上。赵母来到那个人的身边。

"请问，你这口哨多少钱？"

"大婶，这个需要两毛钱。"

"拿一个。"

赵母买下这个口哨之后,就微笑着给了文俊。文俊看到了这个精美的口哨后,他忘记了疼痛。不大一会儿,他就高高兴兴地找伙伴们去玩耍了。

第二天,赵文俊早早地来到了学校,他见到李老师后,就把事情的来龙去脉一五一十地向李老师报告。

张玉一来到了李老师的办公室,她低着头,左右手不停地搓着胸前的红领巾。

"张玉一,你身为班长竟为了一丁点儿小事对同学大打出手,你知道错吗?"

"李老师,我……我……我错了,可我实在讨厌那个赵文俊。"

"他是你的同桌,你身为班长,你们应该互相学习,互相帮助才是,你怎么能讨厌他呢?"

"赵文俊,他课堂上有时偷偷地看连环画,还偷偷地傻笑,特别是他的语文作业得到表扬时,我最看不惯他那得意的笑容。"

"张玉一同学,赵文俊同学比以前进步很多了,你身为班长应当帮助他进步才是,因为一件小事把人家打得鼻青脸肿的,这是你的不对,今后你有什么事应事先向老师说,你能改掉这个毛病吗?"

"能,老师,我听你的话。"

一天早晨,张玉一吃过早饭,她骑着家中的那辆半旧的自行车。这辆从外观上看好像是一辆"二八"式,应该是有些年代了。张玉一是家中的独生女,她多次哀求爹娘后,她的爹娘因为疼爱她才让她骑着自行车去上学。

文俊和许多同学出于好奇凑近左右打量,终于在车梁上看到老款的"凤凰"车标,车标下面印有"上海自行车三厂",车身上还有"上海自行车三厂"的银白色漆印,脚蹬子上也可以清楚看到铸造的拼音。车身虽有一些斑斑锈迹,但刹车功能良好,其他部件也正常,这对于当时的许多同学来说算是个"稀罕物"。

由于车子较高,张玉一人尚小,她只能从三脚架处侧骑,还不方便踩踏一圈,只能半圈半圈地来回踩,她刚离开同学们的视线不久,谁知一不小心被一块小石头给绊倒了,害得她跌了个跟头,结果真是严重得不堪设想,她的嘴唇上的皮擦破了，流出了鲜红的血，鼻孔里也流血了。

张玉一急忙返回家里。唉！这么出门，真是太丢人了。对了，平常看见同学们在画纸上用红色蜡笔涂抹，那么今天自己也不妨试一试？把自己打扮得漂亮一些，这样，就不会被伙伴们嘲笑了！

张玉一重新走在上学的路上，她为了不在大家面前露丑，打开书包掏出一支红色的蜡笔，她用红蜡笔就往嘴上去涂，化好"妆"之后就匆忙地来到学校。很多同学都向她投来异样的目光，李老师回头一看也被她吓了一大跳，原来，张玉一把红蜡笔涂在嘴上了。

"张玉一，咱们小学生从小可不能化妆打扮，那样有失学生身份的。"

张玉一听完后禁不住流下眼泪："老师，你瞧我这脸，我刚才摔了一跤，脸上摔得青一块紫一块的，嘴巴也被蹭掉一块皮，我怕被同学们嘲笑，又怕今后没面子！所以我就用红蜡笔涂了嘴唇。"

"噢！那你今后骑车子可要小心点儿，路上一定要注意安全。"

"好的，李老师，今后我会注意的。"

"你还疼吗？"文俊望着从老师办公室出来的张玉一，他也学着大人的样子关切地问道。

"不要紧了，谢谢你的关心。"张玉一微笑着向文俊说道。

从那以后，张玉一与赵文俊依然是同桌，不过他们之间的"矛盾"早已无影无踪了，更令人欣慰的是，他俩的学习成绩也是越来越好。赵文俊放学后，依然在自己那间小小的"书房"里写作业，偷偷地看连环画。时间一长，他慢慢地养成了善于思考、独立思考的习惯。

"小不点儿，咱们李老师的课我最喜欢，你呢。"张玉一说。

"大班长，我也喜欢上李老师的课，李老师上课时总是在课堂上当众提问同学们，当大家读完课文后，她总是让我们口述自己读书的心得。我记得清楚极了，同学们中有的回答得正确、深刻，她便静静地伫立在教室一侧，微仰着头静静地微笑着，仿佛在欣赏一首美妙的乐曲。然后，又好像从沉醉中醒来长舒一口气，满意地在记分册上写下分数，亲切、大声地说：'好！满分！'倘若同学回答得不好，她就关切地瞧着这个同学，一边细声说道：'别紧张，想想，想想，再好好想想。'一边不住地点头，好像每一次点头

都能给学生一次启发。这时候，李老师好像比回答问题的同学还要紧张。"文俊也是一板一眼地说道。

"李老师的教学不像数学老师那样呆板，数学老师上课一定要求同学们举手发言，可李老师不是这样。上她的课只要你有什么想说的，不用举手，直接站起来回答就可以了。以前，我们班上课的气氛很沉闷，同学们都不敢大胆地表现自己的想法，我自己也因常常忘记举手，开口就答，不知挨了多少次老师的骂，到了后来我因怕挨老师骂几乎很少发言，有时候即便有了想法也不想说。现在好了，只要老师提出问题，我就和同学们一道争先恐后地站起来抢答，不仅学习的效率高了，而且我们每天都是在轻松愉快的学习中度过的。"张玉一又说道。

这一年，临近暑假的一天下午，李老师和往常一样很早就来到了教室。她环顾四周良久，教室里也是鸦雀无声，大家你看着我，我看着你，不知所措。

"同学们，下学期你们就要升入三年级了，你们要好好学习，听新老师的话，明天我就要离开这里了，今天在这里向大家告别。"

听到这一番话后，大家都异常伤心，张玉一与班内的几个女同学竟哭了起来。

放学后，赵文俊来到李老师的办公室门前，他听到张玉一与几位女同学与李老师在一起哭泣着，他伤心地站立在李老师的办公室门外。

李老师看到后就走出门外，她拉着文俊的手来到屋内，并含着眼泪说道："赵文俊，你是一个聪明的男孩儿，你爱读书，爱思考问题，将来还有可能当个'大作家'呢！同学们，你们都要好好学习，老师有空还会回来看大家的！"

赵文俊听到李老师不经意间说自己将来还能当个"大作家"，内心异常地激动，因为在他幼小的心灵深处根本不知道什么是"作家"，可能就是李老师平时所说的那些写课文的人吧！

"李老师，希望你到县城工作后，不要忘了我们，我代表学校恳请你经常回学校来看看，我们随时欢迎你的到来。"文先生望着李老师说道。

"文先生，请你放心，我虽说到了城里工作，但我永远忘不了这里，更忘不了这里的孩子们。"李老师说着眼泪又流了下来。

"李老师，这是我们的合影，希望你能保存好，当我们看到这张照片，我们彼此都能想起对方。"一位姓梁的女教师递给李老师一张照片。

"李老师，李老师……"和李老师一起来到明德小学工作了两年的一名年轻女教师竟然失声痛哭了起来。

"李老师保重。"

"李老师常回来看看。"

"李老师，这是我们给你带来的一些大红枣，请你收下。"文俊娘惠兰和赵明前来为李老师送行。

"李老师，这是我们给你带来的一袋花生请你收下。"一位家长伤心地说道。

张玉一的家长和很多家长前来为李老师送行。

"谢谢大家，谢谢大家……"李老师向诸多老师和家长一一致谢。

明德小学的全体老师、一些同学和家长就这样和李老师依依惜别了。

十六

游泳玩耍嬉戏　童年如梦幻
偷瓜伙伴被抓　文俊智解围

赵家村东边五里处有一条大河名叫咸河，那是双悦乡人民的母亲河，也是众多孩童游玩的地方。夏天来临，天空湛蓝，空气清新，田野一碧千里，草儿翠色欲流，树叶苍翠欲滴，时时可听到鸟语虫鸣。那河两岸水草丰茂、佳木繁荫、河水潺潺流过，好一派迷人的夏河景色。

每逢暑假来临，文俊、文青、文松、文忠、文志、文德和儿时的几个伙伴李忠、李歌、李耀、张恒、张良、黄书良等总要牵上各家的小牛来到河边。那几头小牛似乎很有灵性，它们在河边津津有味地吃草，还不时抬头望着这些乐天派。在凉凉的夏风中，这群乐天派时而追逐，时而捉迷藏，时而端坐，时而互相泼水。文俊和朋友们也只有在此时，他们才是一个个真正自由的少年。

"朋友们，白天我们可要玩个痛快，今晚学校操场有一场电影，哈哈哈。"一起玩耍的黄书良笑着对大伙说道。

"今晚要演电影啦？"文俊半信半疑地问道。

"是真的？不骗人吧，你这家伙关于电影的谣言，没少让我们空欢喜。"文青也说道。

"有！真有！我娘亲口告诉我的，谁要坑人，谁是孙子！"黄书良跺着脚，拍着胸，额头上的青筋条条绽出，就像下过雨被蚯蚓拱过的泥土地似的。

大家还是不相信。

"不信拉倒，你们谁要去看，谁就是这个，这么大！"他看大家不相信就急了，生气地比画着一个小拇指头。其实，文俊、文青他们既想相信又不敢相信，因为这幸福来得太突然了，只怕到头来又是一场空欢喜！

　　大伙也顾不上怀疑了，先洗个澡痛快痛快再说。文俊、文松、文忠、李忠、李歌、李耀、张恒、张良、黄书良等赤着身体在岸上跑着，笑着、说着。突然"扑通、扑通、扑通、扑通、扑通"一声连着一声扎进水里，一会儿又鱼儿般浮出水面。在水中，文俊、文松、文忠、李忠、李歌、李耀、黄书良、张良、张恒对阵泼水，卖弄泳技。文青一会儿浮出水面，文志蛙泳不断，文德一会儿深藏水底，表演着闭气功，一会儿又在水中比耐力。那爽朗的笑声，那天真的笑容使这群孩子与天地同乐，这大约就是人们所说的"天人合一"吧！有词为证：

蝶恋花

　　往事如风欢乐驻，青草依河，碧水无层数。佳木繁荫欢憩处，芦花迷恋蝶儿簌。骄日如狂七月暮，笑满黄昏，乐阻归时路。此景此情一幕幕，何时如画童年复。

　　明德小学学校的操场上准备播放一场电影。校园西面十几米处是明德小学的操场。操场四四方方，宽大平整，两个高大的篮球架竖立当中。南边篮球架后有一个沙坑，那是四五年级学生练跳远的地方，也是低年级学生玩沙土的好去处。操场四周栽着成排的杨树，赵文俊与他的同学们经常绕着这些杨树跑。夏天上体育课，他们就像出笼的小鸟一样在杨树下自由自在地玩耍。

　　大家痛痛快快地洗完澡回到家中。

　　大家在接近傍晚这段时间感到格外煎熬，大伙儿充满着期待，期待着听到去看电影的消息。文俊他们都盼着天快黑，可那太阳好像定住了似的一动不动，文俊就像只被关在了笼子里的性急的小狗，东面碰碰，西边撞撞，可就是跑不出笼子。直到村里的几个大人说看电影一事，他的心才最终才安定下来。

　　村里几乎所有的大人都早早地做饭，大人们匆忙吃过晚饭后，也来不及收拾碗筷和洗锅就领着孩子们出发了。一路上，朝学校操场出发的村民很多，文俊、文青、文松、文忠、文德、文志和一起念书的同村的那些小伙伴，都在父母或者哥哥姐姐的带领下，奔向明德小学的操场。这时候文俊、文松、文忠、李忠、李歌、李耀、黄书良、张良、张恒等上蹿下跳，一路上根本不

听大人们的指挥，他们就像脱缰的野马一样，一路上疯狂地追逐着，嬉闹着，喊叫着。有时候还高声唱起学校里老师教的歌曲，一时间尖叫声、口哨声、大喊声、怪笑声、歌声夹杂着大人们的呵斥声、怒骂声飘荡在前行的道路上空，乡村夜晚原有的沉寂立时被打破了，一股股躁动和不安的气氛迅速地向四下扩散。由于夜晚的寂静，这种混合声传得很远很远，几公里外的地方都能清楚地听到。

　　整个操场就像赶集似的人头攒动。男人们彼此让着烟卷，挥着手势谈论着地里的活计；女人们聚在一起叽叽喳喳的，比着各自的衣服谁的漂亮，训斥着满地乱跑、瞎捣蛋的自家孩子；老早就占好了"窝"的孩子在人群里钻来钻去，宛如一刻也不肯安分的泥。整个场子好比一锅烧开了的水，不停地泛着热闹的水花，腾着欢乐的水汽……

　　提着塑料袋卖糖棍的人不停地走在孩子们的中间，五分钱一根的糖棍花花绿绿的如孙猴子的金箍棒耀眼夺目；推着小车卖汽水的人也在忙着生意，一毛钱一瓶的汽水冰爽诱人；还有卖烟卷的、卖雪糕的小贩们也不失时机地高声吆喝……

　　几个邻村的孩子听到消息也急匆匆赶过来了，来得晚了，实在挤不到好位置就一窝蜂似的挤到了屏幕的下方，就一屁股坐在了地上，他们伸长了脖子扬着头。看不大一会儿就得揉一揉脖子，跺一跺脚，实在忍受不住了就跑到屏幕后边看反面……

　　"那是《鹰爪铁布衫》，我看过一次。"文俊说道。

　　"那你回家吧！"文俊好友黄书良笑着说道。

　　文俊一边在电影屏幕前走来走去，一边用小手挥来挥去。黄书良突然说："六叔来了。"文俊似听到一个轰天焦雷，立刻蹲在前排屏息凝神望着四周。一旁的文忠、文松、文德、李忠、李耀、张良、张恒等顿时哈哈大笑起来。

　　文俊说了声："书良哥，你真坏，老是吓唬我。"

　　"小家伙，你不要生气，一会儿我带大家去干一件大事。"同村的几年龄稍大的孩子一听说"大事"，立刻明白了黄书良的意思。

　　电影还未演完，观众还意犹未尽之时，文俊和文青、文松、文忠、李耀、黄书良等人又和来时一样说说笑笑地往回走了。这时四周的村子里偶尔有几家的灯光渐渐亮起来了，那一点点昏黄的灯光好像家里人等待的眼睛，从不远处弥漫着一股柔柔的暖暖的东西。

这个准备去偷瓜的"团伙"静静地走在路上，空气里荡漾着欢乐的气息，微风轻轻地吹着，凉凉的，爽爽的；仰望天空，那多情的月儿在头顶静静地照着。他们一行人兴致很高地往村南边的瓜地走去，他们在前边走着，影子也在后边走着，好像一直在跟着他们似的，真是有趣极了！

因为学校操场在放电影，附近的人都来观看，想那瓜园一定空虚，不如趁此机会大偷一番消渴避暑，他们中年龄稍大的孩子都是这样想的。

就这样，头脑灵活，年龄稍大的赵文青带领着众多的兄弟或朋友，"合谋"到南村地里偷西瓜。几次邀请文俊加盟，文俊最终答应了。这时参加的人有文俊、文松、文德、文忠，到了后来，李耀的两个哥哥李歌、李忠及村里的张恒、张亮、黄书良等人也加入了。

终于他们来到了村南边儿的一片瓜地里，这片瓜地是赵家村南边的高家村的一户村民种的，高家村与赵家村只隔一条东西走向的小溪。

这是文俊第一次偷瓜，他来到瓜地旁就开始紧张，不大一会儿他的心平静下来，他模仿着平时所看到那些小人书中描写战争偷袭时的那种匍匐式前进，慢慢深入到瓜地里边。瓜地的主人在瓜棚里打着呼噜，瓜棚是在东边，同去的伙伴儿便向西边"进军"，大家见地里无人，胆子壮了起来，几个人从匍匐前进，变成直身向前的统一行动。他们刚接触到瓜就听到一只狗狂吠起来，一阵接一阵，瓜主闻声醒来，那些伙伴儿四散逃走。瓜主最终抓住了文松和李耀，文松和李耀年龄较小，胆子也小，他俩跑得也是比较慢。

"你们胆子可真大啊，竟然来偷我的西瓜，让你们的爹妈来拿钱领人。"瓜主狠狠地骂道。

那些逃跑的小伙伴都听到了文松、李耀的哭泣声，因为他们的哭泣声对大家来说是那么熟悉。而此时，潜伏在地里的文俊悄悄地溜出来，小心翼翼地来到了小溪边。

"我这两个小弟弟怎么了？"

"你是干什么的？"瓜主反问。

"大叔,我来河边洗澡的。"

瓜主满脸横肉,一手抓着文松的手,一手抓住李耀的手,恶狠狠地说:"他俩偷瓜被我抓住了,让他们的爹妈来赔偿吧!"

文俊望着瓜主一本正经地恳求道:"大叔,求你行行好吧,我的这两个小伙伴儿不懂事,他们也是第一次干这事儿,求求你大人有大量,放了他们吧,求求你了。"

"孩子那么小,你把他们吓坏了怎么办,算了算了。让他们回去吧。"瓜主的妻子说道。

"让我放了他们也可以,只要你能保证下次不会再来偷瓜,那我就放了他们。"

"大叔,我保证他们下次一定不会来偷瓜了,因为明年他们的爹娘也种西瓜,说不定还要来向你学种瓜的技术呢。"文俊笑着说道。

"好小子,挺机灵,嘴也甜,就冲着你刚才说的话,我就饶了他们。"

瓜主说完后,文松、李耀、文俊心有余悸地离开了那个可怕的瓜地。他们回到赵家村村中央的泰溪旁洗洗脸,定定神儿。文青、文德、文忠、李忠、张恒、张亮、黄书良等看到文俊三人平安回来后终于露出了笑脸,当他们知道文俊出面平息了此事不禁大吃一惊。从此以后,在他们心里这个看似个头不高的文俊瞬间高大起来,大家嘀咕了一会儿,就回到了各自的家中。

十七

赵智回乡看望 诉城市风貌
文俊洗耳恭听 思城市生活

在这次偷瓜事件发生之前,文俊在文松、李耀这帮哥们心中那简直不能一提,这帮哥们儿还经常拿着文俊在家挨打的事羞辱文俊。可是,自从这件事后,他们对文俊的看法简直是判若两人。赵家村这一伙既幼稚又可爱的小不点,不知道他们的脑瓜里都装些什么,今天我和你好得离不开,明天又是"拉钩上吊,一百年也不玩,再玩就是小猪"这样的话语。文俊"救"了他俩之后,他在伙伴们中的威信逐日提升了,很多人对这个"小个子"更是刮目相看,文俊与伙伴们走得更近,贴得更紧了。文俊帮了文松和李耀解围之后,在他俩幼小的心里对文俊特别地佩服,从此以后他俩对文俊也是言听计从。

赵明因在谦州市任农业局局长的四哥赵智回乡探望,因此对孩子们的琐事也无心过问,文俊偷瓜这件事最终也不了了之。

时任农业局局长的赵智坐在车上,而他的心早已飞到了生他养他的村庄。他不停地望着车窗外的一草一木,儿时家乡的情景又在他的脑海中重现:自己的家乡有着与城里完全不一样的风土人情。儿时,每天放学后,自己穿一条短裤、一件背心快乐地奔跑在村庄前那一片种菜的田地里,村庄中间那一条美丽的溪水叫泰溪,村庄的西北方向不远处是连绵不断的颐山,村里的人时常结伴去那山上砍柴,自己那时太小,大人们从不带自己去山里,至今他还对那座神秘的大山充满无限的向往。赵智特别怀念那些儿时不易得到的食物。他记得那时乡下的生活十分艰苦,乡下的菜大多是坛坛罐罐里自家腌制的农家腌菜,像豆腐乳、酸豆角、酸辣椒、豆子酱等,也许是那段时间吃了太多的腌菜,他到现在一般不再沾腌菜,这是物极必反的缘故吧。在自己的

记忆中,他好像很少吃猪肉之类的荤菜,而家中的荤菜是家人们每天去小溪里打捞的鱼和虾。那时候的生态环境是最天然的,在村子中央的那条泰溪里,家人们每天都能捕捉到一些小鱼小虾,大家经常能吃到鱼和虾。现在看来,那时捕捉的不仅仅是配饭的荤菜,更主要的是捕捉过程中的快乐……

"嘀……嘀",汽车的鸣笛声让他从回忆中醒来,身着干净整洁的中山装、戴着一副黑边眼镜的赵智一到村头,便从一辆黄色吉普车下来,他告别司机后不停地向亲人们与邻里们问好,并与大家一一握手。

赵智回到赵母的院落里,他看到头发已经花白的赵母和家人后立即跪在赵母跟前,他拉着赵母的手哭着说道:"娘,你还好吗?全家人都还好吗?"

"四儿,快起来,娘没事,身体好着呢,你哥哥们、嫂子们、弟弟妹妹都细心照顾我,全家人都挺好的。"

文贤、文君、文青、文松、文忠、文英、文志、文德、文俊、文霞望着赵智。赵智看到众多的侄子、侄女笑着对大家说:"孩子们,大家的学习都还好吗?看,我给大家带什么了!"

孩子们看到两个鼓起的大背包,赵智把糖果分给每一个孩子,又拿出一些名人故事、诗词、《论语》等书后分给每一个孩子。

"四伯,我文佩姐还好吗?"

赵智望着这个机灵大方、手里拿着《三字经》的文俊笑着说道:"好,很好,下次我把你们都带到城里去和她玩儿。"

赵智陪同赵母吃过饭后,他先来到赵明家。

"四伯,你给我讲一讲城里的事儿好吗?"

"你先出去玩,我跟你四伯说会儿话。"赵明向文俊说道。

"老六,我还是给他讲一讲吧,文俊这孩子挺讨人喜欢的,听咱娘说,他是个聪明的孩子。"

"小俊,城里与我们这里生活不同。大街小巷是一条条的沙子马路,沙子马路除了平整的沙石、硝烟般的尘土外,还有缓慢行驶的解放牌汽车,只是没有马车。咱们老家的人每天早上喝玉米粥,而城里的人吃的早点有豆浆、油条、包子、稀饭、胡辣汤、油茶、麻花,生活也很丰富。"

"四伯,我听说城里的孩子们吃的小食品有很多种。"

"四伯住处南边一公里处有个副食品商店，供应着周围成千上万居民的副食。商店里有很多种吃的，如各种火腿肠、肉松、鸡蛋、米粉、麦圈、牛肉干、罐头、点心，还有水果，由那些戴白帽子的阿姨精心管理。"

"四伯，城里的学校怎样呢？"

"城里的学校花草整齐芬芳，一棵棵树高耸入云，校园里的图书馆有各种各样的书籍，你文佩姐姐经常放学后在里边读书，大一点儿的学生骑自行车上学那是再正常不过了。"

"大街上美吗？四伯。"

"孩子，城里的街道是很干净的。在大街小巷，如果有人随地吐痰，乱扔垃圾，不大一会儿就会有卫生纠察员拉住他的手，那些人有一副公事公办的样子，他们让人有时感到害怕。"

"四伯，我还想问一问，学校图书馆里有儿童连环画吗？"

"很多呀！我听你文佩姐姐说，她的同学们已经看过很多的小人书，大部头的经典有四大名著、《聊斋》《岳传》《铁道游击队》《地球的红飘带》等；小部头的有《红岩》《东游记》《伟人传记》《地质之光》《西门豹除巫》《灯花》《灰姑娘》《孙悟空三打白骨精》《阿Q正传》《沙家浜》《灿烂的星辰》，等等。"

文俊听得入了迷，他不假思索地说道："四伯，我将来也要到城市里去生活。"

"好啊！只要你好好上学，将来考上大学就一定能在城市里生活。"

"让你四伯歇一会儿吧！给你讲了那么长时间。四哥，你喝茶。"文俊娘惠兰递给了赵智一杯热茶。

"老六，弟妹，虽说城市的各种条件比较好，但是那里的工作实在太忙了，有时想起咱娘，想起咱老赵家这一大家人，我的心里很不是滋味。咱们这个家你们付出得多，吃的苦也是最多的，而我连平时回来看看的时间都很少，一年也只有一两次。老六，弟妹，等我退休之后，我就回到家，种点儿地，安享余年吧，因为外面千好万好，还是不如咱家好，亲情好。"

"老四，人人都向往城市，而你却说农村好，这不太可能吧！"来到文俊家的赵智的二哥赵义问。

"二哥,城市虽有万般好,家乡亲情浓,家乡的民风淳朴令人向往啊。"

赵智又回到母亲身边说道:"娘,从我上大学的那天起,我就立下宏愿,无论环境多么恶劣,我的学习从不间断。不管自己求学条件如何艰苦,什么都不能影响我对学习的热爱。上课时,我一动不动地坐在座位上聚精会神地听着老师讲课。下课了,我总是坐在座位上看书。书早已成为我的一个知心朋友。有时候,我遇到难题,不会做,没有人可以讲解时,自己就拿出草稿纸画来画去。想出来了,我就露出满意的笑容,要是想不出来,自己就眉头紧锁,就是做到深夜也要把它做出来。多少次皎洁的月光照在孩儿的身上,就连那天上的星星也在眨着明亮的眼睛,它们好像是在为一个刻苦学习的孩子做伴儿。"

"四儿,大学毕业之后,我和你三个哥哥一直惦记着你的工作,娘对你放心,对你有信心。"

"娘,我一直谨记你和文先生的教诲,把所学的经典文化知识用在修身和做人方面。通达地看人生,智慧地做事,以更高的标准做人。文先生曾经让我记下王阳明的那一段话,我时刻记在心间:故立志而圣则圣矣,立志而贤则贤矣。志不立,如无舵之舟,无衔之马,漂荡奔逸,终亦何所底乎?"

"这是王阳明在《教条示龙场诸生》中的一句话。当时王阳明九死一生被贬到贵州一个穷荒之地做驿丞,但他依然讲学不辍,无论来的是学者官员,还是汉苗两族贫民,王阳明都真诚相待。其中,围绕'立志做圣贤'展开的一次次传授、交流,常常令来者乐而忘返。王阳明的这段经历,仿佛和我一样。"赵智又说道。

"四儿,你大学毕业后从一个农业科学技术员成为咱们谦州市农业局的局长,我们一直对你抱着很大的期望,希望你能做一个堂堂正正的人,能为国家和人民多做实事,多奉献自己的力量。"

"娘,我在担任技术员的时候,有一次到一个县城里边去检查种子。县种子站的梁站长在我的办公桌上偷偷地放了一个鼓鼓的小包,我打开一看,竟然是一千元现金。面对这突如其来的情况,我马上通知梁站长,让他钱归原主,而且还郑重地警告他,希望今后不要出现类似情况。我将此事上报给金市长后,金市长对我更是器重。"

"你做得很对，一个国家的工作人员就应该像你一样秉公办事，不徇私情，只有这样，老百姓才能真正地信任你，认可你。"

"娘，还有一次，我到一个县去检查农药的优劣，一个县长竟破天荒地给我送来一台进口的录像机，被我当场退了回去。我认为，我之所以能走到今天，与我的正直和努力是分不开的，不管过去、现在还是将来，我都会一如既往地低调做人，高调做事，无惧无畏、勇往直前。"

"四儿，你做得很对，娘相信你，你抽空去看看文先生吧！"

"娘，我一定会的，你放心。"

十八

赵智拜访恩师 再续师生缘
教育政治文化 三者归为一

"娘,文先生近来还好吗,我想去看望他。"

"四儿,你去吧!他身体比以前好多了,现在任明德小学校长。"

赵智迈着轻松的脚步走在去明德小学的路上,他的手中提着一个蓝色的布兜,布兜里面装着两盒正宗的信阳毛尖和一支精美的小狼毫毛笔。多么熟悉的路啊,只是两边的景物换了"新装"。路西边的那条泰溪清澈见底,小溪两旁的狗尾草、野菊花、凤叶灵、茅草等花草在风中摇曳,为这即将凋零的秋色点缀着些许生机;路东边是一片高粱地,成熟的高粱穗子低下了头,挺拔的高粱秆子也失去了往日的轩昂气宇,一些鸟儿在天空中自由自在地飞翔,好像也在为这美好生活的到来暗自庆幸似的。

不大一会儿,赵智来到了明德小学。

曾经的母校,启蒙自己的学堂如今变了模样。学校大门正中那四个红色楷书大字"明德小学"醒目地映进自己的眼帘。"明德小学",这"明德"二字在他心中是那样熟悉,那样亲切,那样刻骨铭心。一排排的瓦房如雨后春笋般林立着,自己当初求学时的那几间草房也换了"新容",中央大道两旁一棵棵塔松威武地对峙,一口黑色的钟悬挂在一棵高大的松树上。

赵智来到最后一排,他来到校长办公室驻足凝望。不知恩师文先生现在怎么样了,当初那个沉稳、博学的老师是否也变了模样?

"赵智,你回来了?"多么熟悉的声音,多么富有磁性的声音,多么亲切的声音。

赵智急忙上前两步,他紧紧地抓住文先生的手,热泪早已潸然而下,那个曾经口语表达能力极强的他竟在此时无语,他不知道从哪儿说起,也不知道从何说起,只能用眼泪来表达对恩师的思念和景仰,他禁不住向文先生深深地鞠了一个躬。

"快点儿进屋,孩子。"文先生一边说着,一边把一个洗得干干净净的毛巾递给了赵智。

"老师,你还好吗?这么多年没见,你的身体还行吧!"

"可以的,可以的,现在心情好多了,心宽体胖!"

"孩子,我听你娘说过,你现在在谦州市农业局工作,我还听旁人说起,你已经荣升为局长了。"

"老师,那只是个虚名,我的眼中只有工作,只为人民服务,只有奉献。"

"不管怎样,你当初的那个理想还是实现了,你的理想体现在你所读的《大学》中的修身、齐家、治国、平天下。"

"老师,人有理想固然很好,然而现实生活中总是坎坷不平,我的经历也是跌宕起伏。"

"赵智啊,一个人为理想而奋斗就要有勇气、毅力和耐心,还要有智慧,你的名字和你的人生是极相妥的。"

"哈哈,老师!谢谢你的夸奖,我会谨记在心的。"赵智的心情忽然轻松了许多。他望着满面春风的文先生,那颗悬着的心慢慢地归于平静,因为恩师已经从那凄风苦雨中走了出来,他的心灵仿佛也得到了莫大的安慰。

"老师,你现在的工作还可以吧!"

"赵智!你看,这是我亲手写的。"

赵智定睛一看,是先生亲手写下的一首诗《无题》,字字苍劲有力,入木三分。

久置银弦尘已满,一拂一拭忆华年。君实应对重生谊,北海孔融敬让先。容若有情成憾事,曹公笔墨誉百年。此情可叹东流去,多少知音在眼前?"老师,你的豪情不减当年!桃李不言,下自成蹊,我们不会让你失望的。"赵智微笑着说道。

"孩子,今天中午你不要回去了,我这儿有一瓶珍藏多年的茅台酒,咱们把它喝掉,好吗?"

"好的,老师!虽然我平时不怎么喝酒,今天能与老师对饮也是人生中的一件快事,只是希望老师不要太客气,不用太麻烦。"

"赵智，其实我们不只要喝酒，更主要的是品味出一种独特的文化。"

"老师，在人类文化的历史长河中，酒作为一种客观物质存在着，但它更多的是一种文化象征。无论在古代还是现在，酒文化都源远流长。自古以来，文人墨客们都赋予了酒特殊的意义。酒是一种特殊的文化载体，渗透到社会生活的各个领域。"

"赵智，我听他人说过，作为国酒的制造者，茅台镇的人不会硬劝人'喝一个'。相反，如果在酒桌上大口喝白酒，会被看成'不懂酒'甚至'不尊重'酒。茅台人有自己的酒文化，那是'喝出健康''喝出岁月的滋味'，若是用白话来说，那便是'对酒有尊敬心'。咱们今天就这样喝酒，每喝一口酒后都要慢慢地品一品，这样能够让喝下的每一口都有初尝的香味，我们之间把酒言欢只需慢慢抿、慢慢品，共同欣赏酒的香气和口感。'人生得一知己难，把酒言欢对空盏'。既然你我都有如此胸怀，就让我们一起走进这醉人的酒文化。"文先生兴奋地说道。

"老师，这么多年你一个人还习惯吗？"

"赵智，你可能不了解，这几年我一个人生活已成为习惯，生活呀，你在意它，它就回报你。我也自学烹饪，虽比不上那些大厨师，但也能做出几道色香味俱全的菜肴来，你先随便看一看书，我一会儿就做好。"

"好的，老师，需要帮忙吗？"

"不用，你先随便看一会儿书吧！"

"好的老师，你先忙吧！"

文先生的办公室不是那么宽敞，东边一个高高的书架，上面陈列着一层又一层的书，紧挨着南墙是一张办公桌，桌面上的油漆部分已经褪色并露出了点点朽迹，先生亲自书写的《理想家园赋》仍悬挂在书架的南侧，办公室的地面虽然凹凸不平，但是打扫得一尘不染，真是"斯是陋室，唯吾德馨"。

二十分钟过后，文先生把四个色香味俱全的下酒菜端到办公桌上，一瓶茅台酒也拿到了桌面上。

"赵智，今天咱们慢慢聊，慢慢喝。这么多年了，我真的很想念你们当年和我一起患难与共的孩子们。看到你，想起了当年你们冒着寒冷给我拾柴烤火的情景，特别是你，每次都冻得小脸通红，瑟瑟发抖，然而你拾的柴总是最多。"

"老师,我也怀念当年那时的情景,老师给我们讲《大学》《中庸》《论语》《孟子》,还有唐诗、宋词、元曲……特别是你给我们讲《论语》时,那是我听讲最专心的时候,那时简直达到了忘我的境界。老师,这些年我之所以有这样小小的成就与你的教育、教导、教诲是分不开的。"

"老师,今天我就借花献佛,敬你三杯酒。第一杯,师生缘深;第二杯,师恩难忘;第三杯,教诲铭心。"

文先生连饮三杯,赵智连陪三杯,三杯下肚后赵智满面通红。

"老师,我个人认为教育、文化、政治这三者本是归一的,教育传承文化,文化影响着政治。"

"孩子,你是当年我所有的学生中悟性最高的,而且也是成就最高的。教育受政治、文化的发展所制约,同时教育也反作用于政治、文化。如果一个国家的教育在良好的社会环境中步入良性轨道,那么文化传承就能顺风顺水,就能够出现风清气正的政治局面乃至经济腾飞。"

"老师,还是你的见解高深,人要活到老,学到老,将来我还有很多的地方向你请教。"

"赵智,你客气了!你身为局长要在其位,谋其政,一边从政一边读书,边领悟边实践,我相信终有一天,你还会有更大的成就。"

"谢谢老师鼓励,我会继续努力的。"

不知不觉,一瓶酒就这样空空如也。最后真应了那句"客喜而笑,洗盏更酌,肴核既尽,杯盘狼藉。相与枕藉乎舟中,不知东方之既白"。

赵智稍微休息片刻,他告别了文先生回到家中。

十九

赵冰赵清省亲 全家乐陶陶

母女诉说家常 亲戚如一家

赵智回到家中看到在家等待的母亲,他微笑着说道:"娘!文先生气色很好,身体也不错,只是他的白发增添了许多,看起来整个人的精神很好。"

"四儿,文先生这一生坎坷不平,他到退休时总算时来运转。他曾多次说过以你为荣,能与你们班上几位学生有着师生情谊是他今生最大的荣幸,他也实现了自己毕生的理想——自闭桃园称太古,欲栽大木柱长天。"

时间总是过得很快,短短几天的探亲时间已到,赵智终于要离开自己的老家了。

离别的这天,大家的心情都很沉重,人人都提不起精神。上车时,赵母那双苍老的眼神始终没有离开过赵智的身影,文俊紧紧搂住四伯好大一会儿才松开。上了车,赵智向前来送行的亲人们和邻居们招手,文贤、文忠、文俊、文松、文德等兄弟也向赵智挥手,文俊看见奶奶的眼泪流出来,他自己早已是泪流满面。

"娘!因为时间紧急,我就不能再到几个妹妹家去,告诉他们,我也想他们,下次我一定去妹妹家看望几个妹妹。"

"四儿,你就放心地去吧!我会转告他们的。"

"老四局长,下次回来一定要多住几天,我们好好聊聊。"

"老四,下次回来,我们要多喝几杯。"

"老四,有空的时候,我们会到城里找你,到时候你可不能不认识我们。"

……

赵家村几乎所有的人纷纷前来送行并与赵智告别。

"四伯，你再住几天好吗？"文俊哭着说道。

赵智对文俊说道："小俊，别哭，别哭，哭出来别人会笑你的，堂堂男子汉就算流血也不能流泪。"

文俊听后咬紧牙关，深呼吸，他又眨了眨眼睛，终于把眼泪憋回去了。因为他知道四伯的家在城市，他的工作很忙，如果不是忙着工作，谁会愿意离开自己的家呢？

"四伯！我听你的，再见。"

"再见，再见……"

吉普车开动了，赵家人望着那辆车缓缓离开，渐渐地，那辆吉普车越来越远，消失在大家的目光中。文俊的眼泪终于又忍不住了，流了下来。

到了这个时节，赵家村里出嫁了的姑娘要回娘家看望父母。

这一天，赵冰带着比文俊小两岁的儿子梁继恩，赵清带着比文俊小两岁半的女儿贾柯回到了赵家村。

"大姑、二姑好。"文俊笑着跑到两位姑姑的面前。

"小状元，最近学习还好吧！哈，哈，个子也长高了，看，我给你带什么了。"大姑赵冰拿出一大袋"脆皮豆"送到文俊手中。

"阿俊，把这些分给哥哥、弟弟、妹妹吃。"

不大一会儿，文德、文松、文忠、文英、文霞等闻讯赶来，二姑赵清也给孩子们带了好吃的冰糖葫芦。赵冰、赵清来到赵母的屋内问安，并给赵母带来一筐鸡蛋、两袋白糖，赵冰还给赵母带回了一块上好的布料，赵仁、赵义、赵礼、赵光、赵明纷纷来到赵母的住处和两位妹妹寒暄叙旧。

"继恩、贾柯，我带着你们去吃烤麦子。"文青说道。

"青哥，你们先去，还是让贾柯和我们跳绳子吧！"文霞和文英拉着贾柯的手说道。

不大一会儿文青、文志、文德、文忠、文松、文俊一起来到村后的平地，文青到地里三下五除二薅出一捆麦子来。他在地头上找到一些干柴点燃，等到火旺之后，他把刚薅出的一捆麦子分成几束放在火上炙烤，两三分钟过后，一股香气扑鼻而来。

文青一边让继恩和几位弟弟吃烤麦子一边说道："小恩，下次来的时候，

表哥给你弄烤红薯吃。"梁继恩吃到了经过火烤的尚未成熟的麦子,他感觉很好吃,由于人多,可惜那烤熟了的麦子已经没有了。到了中午,大家在赵母院里准备吃团圆饭,急得梁继恩小声哭闹起来。

文青上前哄着他说:"下午,我们还吃烤麦子。"

文俊安慰他道:"小恩,中午你少吃一点饭,下午我们多整点,让你吃个够。"小继恩虽噙着眼泪却也止住了哭声,大家开始吃中午饭了。

赵母在院子里对着老赵家所有人说道:"孩子们,我今天非常高兴,这其一呢是两个女儿回到家看望我,二来呢是今年的麦子丰收在望,我们今天便不再节省,放手做两天白面馒头让大家解解馋。"

赵家一家人分别围在三张桌子上。文俊、文松、文忠、文英这些孩子手里拿着白面馒头,眼睛直盯着大葱炒鸡蛋,因为这个菜对他们来说却是一种奢侈品,平时是不常见的。

梁继恩就用手抓起一大块往嘴里送,还不停地说:"真好吃,真香。"文俊、文松等只在旁边看着。

中午时分,赵仁一声令下,两碗炒鸡蛋一会儿就被这些小馋猫一扫而光。每人一碗面条,今天的面条与往常清汤清水不一样,碗中面条多了一些,里面泛起了点点葱花。大人们望着孩子们吃鸡蛋时情形,他们面带微笑。

"孩子们,请大家相信,不久的将来,我们的日子会红红火火,小孩子们不仅能吃上鸡蛋,就连猪肉,牛羊肉都能吃上。"六十多岁的赵母激动地说道。

吃过饭后,赵母留下两个女儿在家住了两天,赵冰、赵清帮母亲整理院子,收拾屋子,洗衣服。两天后,赵冰、赵清不舍地离开赵家,而赵家的抢收小麦的活儿也就开始了。

那时割麦是用镰刀,割麦的头天晚上,大人们已在昏黄的煤油灯下磨好镰刀,第二天天不亮就出发。赵仁、赵义、赵礼、赵光、赵明等人来到田间,大家纷纷拿起镰刀,弯下腰不停地割着麦子,正在初中读书的文贤、文青干活不到两个小时已经累得直不起腰来。赵仁、赵义、赵礼三位大人心疼孩子们,让他们休息一下,不一会儿一堆堆的麦子便整齐排列着,从地南头直到地北的尽头。

赵家村各家各户都有自己的责任田，金黄的麦子遍布田野，一望无际。上午风起时麦穗随风摆动，远远望去形成一层层麦浪。

大家脸上的汗珠如断了线的珠子不停地落下。中午时分，赵仁弯着腰半天才直起来，赵义、赵礼在地头坐下喝着茶水，文贤、文青吃着冰棍儿乘凉的时候，他们看到自己的手上已留下几个血泡，毒辣的阳光照得大家的脸通红通红的。

"文贤、文青，你们可要好好上学，将来考上大学像你四叔那样在城市工作，坐在办公室里喝茶看报纸，有时还能下乡检查工作。"满脸通红的赵明笑着对两位侄子说。

"让我也试试。"往地里送茶水的文俊忽然拿起镰刀试着割麦子，可是一不小心，他的小手被镰刀割了一个口子，疼得他直咧嘴并哭出声来。

"长大了，我到城市去工作，去找四叔，离开这农村，不再受这累和热。"文俊哭着说道。赵明本来想狠狠批评文俊的冒失，可是当他听到儿子长大后要到城市工作这句话之后，心中的那股无名火焰顿时消失了。

"那你可要好好学习，天天向上，争取年年考第一，成为咱村的头名状元。"赵仁也笑着对文俊说。

"我最怕割麦子，天热死人了，我们还要拾麦子交到学校，太累了，我怕热。"文德愤愤地说道。

"要是有一天，能发明出来一种机器收割小麦就好了，我们坐在家里等着机器把麦子送回家。"文忠认真地说道。

"你想得可真美啊！要是有那好事，我不姓赵……"文德说道。

"混账东西，不姓赵你姓什么？真没有德行。"赵光恶狠狠训斥着文德。

"我看文忠这孩子说得好，将来科技发达了，有一天，我们坐在家里看着机器把麦子送到家里来。"冒着炎热来到地头的赵母微笑着说道。

大家见到赵母来到地头，纷纷把目光投向赵母。

收麦还没开始，赵光正在做准备工作。在麦地头，他先用手拔掉半亩麦子，用架车拉些水，把地泼湿，然后再套上一头牛，拉着一个石碾子把地碾平，再清扫干净，这样就出现了一个场地，这就是"打麦场"。

那个时候的农村收麦子缺乏机械的参与。麦收时，赵家上下都会前往麦

田麦收，文俊父母以及几位伯父、大娘、二娘、三娘、五娘都会到田间去收割，每人拿着镰刀一陇一陇地收割，然后用麦秸扎好，运到打麦场。赵仁、赵义、赵礼、赵明将割掉后的麦子，用两辆架车（两个轮子的人力车）拉到场上，把麦秆均匀地摊在场里，这叫"摊场"。

"大家先歇会儿，我先来。"赵仁说着走到"打麦场"中间，只见他手里用绳牵着牛，牛拉着石碾子绕着麦场不停地转圈，这叫"碾场"。火辣辣的太阳照在人的脸上，赵义那黝黑的脸上汗如雨下，他看到上面的碾得差不多了，下面的还没碾到，他就把下面的麦子翻到上面来，这叫"翻场"。碾好后，大家把麦秸放到另外一个地方，把下面的麦粒拢在一起，这叫"起场"。起完场后，赵明、赵光二人把麦糠清除掉，由于其中还会掺杂着一些麦粒，因此，很多乡亲会在有风的时候，通过"扬麦"进行麦子与麦壳分离，这也是为了颗粒归仓！用木掀一铲迎风一扬，麦糠与麦粒分离，这叫"扬场"。

一场劳动过后，赵明、赵光、赵义、赵仁、赵礼都成了麦糠人。然而，当他们看到一堆堆的粮食清晰地展现在大家眼前时，他们那喜悦之情溢于言表。

收完麦后，麦秸要晾晒后堆成垛！而在那时，文俊、文俊、文德、文志、文忠等人经常在麦垛中捉迷藏，他们有时还会发现一些刺猬的影子，有时也能在麦垛中捡到一些野鸡蛋，总之那时的生活可谓丰富多彩，妙趣横生。

二十

时间指尖划过　光阴似箭流

小学毕业在即　文采争上游

　　北来南去几时休,人在光阴似箭流。时间从指尖划过,还来不及感受,将所有的一切化为绕指柔。蓦然回首,一晃几年过去了,赵文俊与张玉一都已经是五年级的学生了。

　　可能是天公有意安排,赵文俊与张玉一这两个聪明的孩子在明德小学从一年级开始到小学毕业,他俩都在同一个班级学习。

　　这一年秋季期中考试即将来临,由于天资聪颖加上勤奋努力,文俊最终获得参加全乡小学质量抽测考试的资格。能参加这次抽考意为这什么?意味着将来能考上双悦乡(本乡)第一初中。

　　一向严厉的文俊父亲赵明这一次似乎比以往还要慷慨,他向赵文俊说道:"小子,这次你想吃什么?给爹说说,爹一定答应你。"

　　"我只要一袋方便面。"赵文俊高兴地说道。

　　"要是我外公在的话,他肯定会给我买花生豆让我吃的,可是……"

　　"外公生前对你好,只要今后你能记住他的好就行了。"文俊娘惠兰深情地望着文俊说道。

　　"娘,你怎么把头发剪短了,不过剪短了还是那样好看,娘,我听奶奶说过,你年轻时可是一位漂亮的姑娘。"文俊望着娘惠兰说道。

　　"哈哈。"文俊娘惠兰听后禁不住笑了起来。

　　"娘老了,再过几年就成老太婆了,所以就把头发剪短了。"

　　"娘,你永远都不会老的。"

　　"哈哈。"平时一向严肃的赵明也禁不住笑了起来。

"小子，有时间，咱爷俩儿到你外公的坟上去看看。"

"好的，爹，我一定会去的。"

考试那天，下起了雨，赵文俊背着一个书包，书包里面装着一些书本和仅有的一袋儿方便面。他吃力地撑起一把油纸伞在雨中前行，为了加快步伐，他竟破天荒地把脚上的那一双妈妈刚买的新雨鞋脱掉后放在溪旁做上标记，自己却光着脚跑到了学校。

考试过后，他在返回家的路上试图寻找那双雨鞋，可是无论怎样找却再也找不到了。

回到家中，当文俊父亲赵明看到文俊光着双脚，一副无精打采的样子，内心无名的火焰在升腾。文俊娘惠兰看到赵明那扇子似的巴掌即将扬起的那一刻，她眼疾手快地把赵文俊揽入怀中并推着儿子来到文俊的"书房"里。赵文俊透过窗内凝望窗外，他不停地思索着，因为他知道这次是"躲过初一，躲不过十五"，这次考试丢失了鞋还是小事，更主要的是自己在考场上数学发挥太差，要是能及格已经是万幸了，所以他的内心总是担惊受怕的。

"文俊，刚才还在枣树旁呢！"

"赵明六哥，你家老小子和我们的二狗子（小孩绰号）跑到王庄村看《射雕英雄传》去了。"

"什么！这个爱撒谎的小子，回来后看我不打断他的腿。"赵明愤愤地说道。

原来呀，因为赵家村村民都比较贫困，所以家家都没有电视机，当时文俊的二姑赵清所在的王庄村有一户姓钱的人家从谦州买回来一台黑白电视机。当时，这台电视机可真是个稀罕玩意，电视机里面不仅可以看到有人在说笑，有时候还能看到武艺超群的人在打斗，对农村人特别是文俊这样的孩子来说真是大开眼界啊！自从王庄村可以看电视的消息迅速传播开来，方圆几里的人们都想去王庄村一饱眼福。当时的一个频道正在播放电视连续剧《射雕英雄传》，把十里八乡的人眼馋得可想而知，文俊他们这帮小淘气经常把钱家门口堵得水泄不通啊！

有时候人们看电视的情形完全失控，特别是到了播放《射雕英雄传》的时候，钱家那只小黑狗不知道挨过多少砖头。当时，钱家大门是木质结构，这个木质大门被前来看电视的乡亲们连翻带挤都不知道弄坏了多少次，整个院子里人山人海，大家欣赏着那些精彩的打斗画面竟忘记了疲劳，忘记了饥饿，如果有谁来迟了，就只能在院子外面听听郭靖和欧阳锋的打斗声了……

这天晚上，文俊回来得有点儿晚。

"你小子再去看电视，小心我打断你的腿。"赵明恶狠狠地说道。

"爹，我再也不敢了。"文俊惊恐万状地说道。

考试成绩还是公布了。赵文俊数学59分，语文95分。回到家中，文俊蹑手蹑脚溜进自己的"书房"。糟了，他从表哥那里借来的故事会与连环画不翼而飞了。赵文俊的内心忐忑不安，就在他慌如惊弓之鸟的时候，凶神恶煞般的父亲突然降临到他身旁。赵明不容分说，那有力的巴掌狠狠地打在文俊的屁股上、脊梁上。

赵明边打边骂道："不争气的东西，就知道看一些不正经的本子，就知道天天晚上偷偷地跑到王庄村去看电视，数学考试竟然不及格，我打死你……我……我打死你……我……"

文俊娘惠兰从田里回到家，听到啪啪的巴掌声，听到孩子的哭声，急忙来到文俊爹赵明的身旁。当他看到自己心爱的儿子痛苦万分的样子，她不顾一切地护着文俊并哭着说道："你要打，就把我们娘儿俩打死算了。"

"唉！"赵明仰天长叹，愤愤地离开。

这场风波刚过去不久，时任文俊班主任梁老师却在一次班会上表扬了赵文俊。因为赵文俊的那篇作文《我的老师》被选入《小学生作文报》上。

在期中考试表彰大会上，学校再三要求赵文俊同学亲自在大会上为大家朗诵：

<h3 style="text-align:center">我的老师</h3>

"我与李老师分别已有四个春秋了，然而她给我留下的印象却很深很深。

6岁那年，我刚入一年级。记得新学期伊始，来了一位年轻的女教师，她瘦削的脸庞，长着一双明亮的大眼睛，高高的鼻梁右边有一颗米粒大小的黑痣，留着不太长的短发，这就是温柔端庄的李老师。

李老师工作一丝不苟。刚入学不久，大多数同学发音不准，南腔北调；字迹较差，歪歪斜斜。为了纠正读音，李老师一遍又一遍领读汉字；为了让

我们写好生字,她手把手亲自给每一个学生示范,并鼓励我们要树立信心。因为"荣"字不好写,她亲自在黑板示范一次又一次,粉笔灰落在她的头发上、脸颊上,使她几乎成了一个年轻的"老太婆"。

李老师,是你让我学会了读拼音,是你让我学会写汉字,是你让我在懵然无知中认识了对与错,是你给了我学业之途一个美丽而又崭新的起点,你的教诲将永远烙在我的心间。

赵文俊朗诵完毕后,台下热烈的掌声从四面八方响了起来。

张玉一竟在台下喊道:"赵文俊,好样的!"

结果,引起台下一阵热烈的掌声。

文俊所写的这篇作文受到表扬的事很快又传到村里,文俊娘惠兰当天给文俊煮了两个鸡蛋,赵明的脸上似乎又有了光彩。

这一年度期末考试即将来临,由于赵文俊天资聪颖加上他的勤奋努力,最终他还是以优异的成绩取得全班第三名,全班第三名意味着什么?意味着将来能到双悦乡(本乡)第一初中去上学。一向严厉的文俊父亲赵明这一次似乎比以往还要慷慨,他向赵文俊说道:"小子,这一次你想吃什么?给爹说说,爹一定答应你。"

"我只要一袋方便面。"赵文俊高兴地说道。

"想吃方便面,娘给你买。"刚从地里摘完棉花回来的文俊娘爽快地答应。

文俊娘从刚卖完棉花的那一沓钱中拿出一元钱,那是文俊爹赵明在乡里卖棉花所积攒的一些钱。文俊娘高高兴兴地来到村西头一个小卖部内,买了两包方便面后又高高兴兴地回到家里。

"娘,我吃一袋就行,那一袋就留给我哥吧!"惠兰和赵明听到这句话后两人禁不住微笑起来,就连平时一向严肃的赵明不经意间用他那双长满老茧的手轻轻地摸了一下文俊的额头。

"孩子,你哥他大了,这一袋还是留给你吃吧!"文俊娘说着把剩下的那一袋放进了文俊的书包内。

文俊看着爹娘高兴的样子,他按捺不住心中的喜悦就按照方便面包装上的图解和步骤,立马行动起来。

赵明在灶房门口望着,惠兰在锅里添了水,文俊负责点火——烧开那一大碗水是如此漫长，盼得文俊眼睛直、脖子酸。终于可以拆袋了，文俊取出面饼和调料包后浇上开水，用方便面的袋子结结实实地捂住碗口。文俊等了足足有三分钟，他的额头都冒汗了。

终于可以掀开了，文俊娘用筷子轻轻挑起面。文俊娘惠兰夹了一筷子面后犹豫了一下，她还是先给了文俊，文俊张开嘴衔住面使劲儿一吸，那些弯曲的面条滑进他的嘴里，这一举动换来赵明的一个微笑的训斥："八辈子没吃过似的！"

"我是没吃过啊。"文俊一边支吾着还嘴，一边咀嚼着软中带硬的方便面，他不敢再张嘴，怕一张嘴就把吃进嘴里的面给喷出来。方便面有一股鲜亮的味精味儿，冲着嗓子眼儿就下去了。文俊低头喝了一口汤，鲜香甜辣，还有一股淡淡的胡椒味儿。

"娘，爹，你俩也尝尝，很好吃的。"

"孩子，你吃吧！大人是不爱吃这东西的。"

"娘，我会继续好好学习的，这方便面真好吃。"

赵明望着狼吞虎咽的文俊，他还是禁不住露出了会心的微笑。

二十一

长门娶亲热闹 听笑声不断
美好生活开始 迎锦绣前程

"小俊,告诉你个好消息,过两天你大哥文贤就要成亲了,他给你娶了一个好看的嫂子。"赵母高兴地对文俊说道。

"奶奶,我听我娘说,文贤哥之前跟着杨家村的张先生学习中医了。"

"小子,还是你的记性好。"赵母望着文俊说道。

"奶奶,你给我说一说,我大哥文贤学医的过程吧!"

"你文贤哥与当年你的爷爷一样,他们都是跟着杨家村的张先生学医的,张先生对我们赵家来说可谓是恩重如山,情深似海。后来,我听你大伯说,你大伯将你文贤哥送到杨家村张先生那里去拜师学医。你文贤哥见到张先生后先行拜师仪式,他行跪拜礼节后,你大伯就走了,他就留在张先生家开始学习了。张先生最初叫他做的都是一引起粗活,一些到药房去搬药、切药的活。他来张先生家的第一个月,张先生几乎没有给他书看。"

"张先生对我文贤哥应该很好吧。"

"张先生常常在一旁观察着他,有时会提醒一下药材加工的方法。在干粗活的过程中,你文贤哥认识了很多中药。有时病人多了他也帮着抓中药,有时他还要跟着张先生到野外挖草药。慢慢地,他对中草药的地道与否及不同季节的采挖,各种药材质量皆有了解,并且学会了对中草药的保管与保存。"

赵母正在说着,文俊大伯赵仁来到了赵母住处。

"娘,过两天文贤就要成亲了,你就有孙媳妇儿了,咱们老赵家文贤这一辈儿的成亲事宜,比如说款待客人,如何行礼等还请你老再指点指点。"

"老大啊,我都是六七十岁的人了,这年事已高有些时候也就糊涂了,你们呀自个儿看着办吧!再说,现在形势变了,那些老传统、旧礼节都将成为老'古董',不时兴了。"

"娘,这样吧,我们弟兄几个先商量着办,如有不懂的地方再来请示你。"

"好吧!"

"小俊,过两天你就能吃上喜糖了。"赵仁说着轻轻地抚摸着文俊的头说道。

赵仁离开后,文俊继续向赵母问:"奶奶,我文贤哥学医时也很辛苦吧!"

赵母望着这个爱动脑筋的孩子,她高兴地说道:"学习半年后张先生拿来《伤寒论》《金匮要略》《黄帝内经》等书给他看。开始他没有讲解,只是每天让他背诵书中的一些内容。张先生看出你文贤哥有很强的悟性就不断地启发他。一般情况下张先生给病人看病,你文贤哥只能在一边听着并帮着拿药,晚上看白天抄下来的张先生给病人看病的处方。有时间张先生会给他讲解一下那些医书中的内容以及治疗的方法,有时间给他讲一些药理知识,就这样,你文贤哥跟着张先生学了大量的中医知识。"

"他下学之后就去学了三年,结婚以后还准备开诊所呢!"文俊娘惠兰来到赵母的住处说道。

"你文贤哥虽说没有上大学,但是,他也是一个有志气的孩子。"赵母对着文俊说。

"我长大了也要娶一个好媳妇,好好孝敬你和我娘,让你们吃穿不愁。"文俊望着奶奶和自己的娘说。

"孩子,你真傻,你才多大啊,就知道孝敬二字。"赵母抚摸着文俊的头说道。

"奶奶,你教我读《论语》时,曾给我讲道'贤贤易色,事父母能竭其力,事君能致其身','贤贤易色'就是说娶媳妇要娶个有贤德的好媳妇。"

赵母先是一惊,没想到文俊小小年纪竟然有如此高的悟性,而且还是自己亲自传授的。

惠兰望着自己这个可爱的孩子,她虽然没有太多的话语,可她的心里却是异常高兴。

赵家村在这一天可谓热闹非凡,赵家文贤结婚,那隆重的迎亲队伍在天

还灰蒙蒙的时候就出发了。出发前，文俊大娘安排迎亲队伍的负责人本村张良的父亲张长江说道："大兄弟，咱们到女方家后，大家可要把腰挺直，咱娶的可是方圆十里八村又漂亮又能干的媳妇，往后啊看谁还敢小瞧我们老赵家。"

因为那时的条件不好，迎亲的车辆只有一辆手扶拖拉机，所以天不亮就开始准备了。

上午十点半左右，这辆拖拉机终于把新娘"娶"回家。

中等身材、面白如玉、玉树临风的文贤胸前佩戴红花。他在一阵热烈的掌声中终于迎来了容貌端庄，肌骨莹润，举止娴雅的爱人青莲。

村内左右邻居先后来到赵仁家，有的随礼三元，有的随礼五元……赵义在一个木桌旁用笔一一记在一个红色礼单上。

"哟！你们看，女方家还陪送一辆飞鸽牌自行车，这挺不错的。"文俊五娘说道。

文贤婚礼酒席从老赵家一直摆到邻居老张家，每家两桌，无论是厨子还是服务员，都是赵家族里的兄弟或者亲戚朋友，他们做的菜相对有一点儿土气，但味道绝对不输酒店。

"赵仁贤弟，我的表弟，请你放心，我们用的食材都是纯天然的，猪、鸡、鸭、鱼都是自家养大的，你看这刚刚出笼的半成品扣肉。"一位五十多岁，须发花白的厨子笑着说道。

"表哥，你做厨师我们放心，只是不要太过节省，要再丰盛一些，体面一些。"赵仁也笑着说道。

"老弟，你放心，这扣肉是咱农村酒席最常见的一道菜，一般也是上桌的第一道菜。酒席上的第一道菜扣肉就是为了先让大伙儿过个嘴瘾，虽然第一道菜上的是非常肥的扣肉，但我保证客人都能吃个精光。这是咱自家养的猪，那肉香味甭提有多鲜了，每每想起都能让人口水直流啊。"

"好，好，好。"

"老弟你再看看这炸肉皮，这道菜是喜宴必不可少的一道菜。以前每次上桌都能被大家'扫光'，这道菜端到桌上好看又好吃；你再看这炸草鱼，草鱼是我们这里比较常见的一种鱼类，还有啊，这个鱼的刺不多，肉质鲜美，所以经常被用于酒席，炸鱼块除了好吃之外，吃不完的可以收拾起来；你再看这排骨炖莲藕，这也是一道常见的菜，虽然简单些，但这个菜除了可以成一道菜上桌之外，里面的汤加点葱花进去之后又能作为一个汤端上餐桌，这样一举两得。"

"好，好，好！"赵仁笑着说道。

文贤家的各个房内都可以见到"喜"字，文贤的洞房门口有一副对联：一世良缘金玉久；下联：百年佳偶晴天长。

夫妻二人向长辈们鞠躬，他们在亲朋好友的见证下就算结婚了。

在那个时代，恋爱是一件"不光彩"的事情，男生和女生一般不能随便一起出去玩，男女在结婚之前更不可能在一起。那时候大家的思想都很单纯，由于受到很多传统思想的影响，文贤与青莲在结婚之前很少见面，他们也自始至终受到传统的婚姻观念的影响，虽然他们二人在结婚之前也见过少有的几次面，也曾在赵家村后的那座颐山的山脚下的一片小树林中简单地约会，然而他们的所有行为都是很平常的，两人甚至可以说是没有拉过手，其他的事就更不用提了。他们的爱情也终究逃不脱世俗的羁绊，他们也是在父母之命、媒妁之言的走在一起。

文贤媳妇青莲的头上戴了朵花，她没有浓妆艳抹，他们在亲友们的祝福声中就算结婚了。文贤从订婚到结婚都真的太朴实，太简单了。

"闹洞房了，吃喜糖了，摸喜钱了……"在众多孩子的吵闹声中，文贤和长门媳妇青莲被送入洞房。

闹洞房是很多地方的习俗，赵家村也不例外。新媳妇青莲坐在床上，洞房内外挤满了人，年龄上有大有小，辈分上有老有少，当时农村有个说法叫"三天不分大小"，人们在这一天可以尽情地闹，放肆地闹。

不知不觉一场热闹的闹洞房就来临了。

闹洞房开始了。传统的观念认为，洞房越闹腾新人将来的日子就会红红火火，人丁兴旺。

赵家村里的年轻人多，在闹洞房的时候就显示出不是什么好事儿了，使劲地闹腾不说，那几间屋子里堆满了人，简直连个站的地方都没有。文贤他们的洞房内外都挤满了人。

当然，闹洞房的舞台永远是那些性格外向的人把持的，文青就是这样的人，他和赵家村与文贤同龄的几个有名能折腾的人成了今天活动的主角。

其实几十年来，闹洞房来来回回也就那么几招，往新郎身上藏个东西让新娘摸，或者是反过来让新郎摸新娘，再不就是舔筷子，或者新郎和新娘共同啃苹果。文贤和青莲就像两个提线的木偶一样，被这些家伙摆弄过来摆弄过去。像文贤和青莲这样的有媒人的半自由恋爱的自然是要讲一下，他们当初擦出火花的那一刻是什么情景。

当然，这个舞台注定是属于文青的。

"让文贤和青莲亲一个。"一位上了年纪的大嫂开始起哄了。

"去，去，去，和你家我二狗哥亲去。"人群里也不知谁冒出一句，整得满屋子人哄堂大笑。

那位大嫂一点儿也不脸红："我们的亲热只能是在被窝里，才不让你们看呢，想都别想。"

文俊这是第一次看到农村的闹洞房是怎么回事儿，看得兴高采烈，可能他从内心对文贤哥和新嫂子有点心疼，他多么希望这样的"剧情"快一点结束啊！

"看上文贤哪一点啦，说说呀，新媳妇。"村里的又一位开朗的大嫂笑着说道。

"不要再说了，赶紧让大哥亲一下大嫂，让我们也开开眼界。"

文青挤着眼睛向大家说道。

"文贤哥，这两天身体可得保养好，不然的话今晚你可过不了三关。"文贤的朋友王怀丹大声朝向大伙笑着说。

"哈哈哈……"

"不，不，不，今晚让文俊睡在文贤的床上，而且要睡在中间。"

"哈哈哈……"

新媳妇青莲坐在床边，她如同面临一场严峻的考试。

大家你一言我一语，向青莲发难，那些人还没有讲完，新媳妇青莲早已是羞红了脸。

闹洞房的时候，不管怎么闹怎么折腾，文贤和新媳妇青莲也不急不恼，他们只能尽力周旋招架，尽量忍耐克制，因为这是喜庆之事，也是风俗习惯。

结婚前村内几个长者告诉文贤，这一天的气氛关乎新人一辈子的运气，文贤和新媳妇青莲始终表现比较理智。可是后来有个人不小心打碎了挂在墙上的穿衣镜，那可是青莲从娘家带来的一件珍贵的陪嫁物。青莲突然噙着眼泪失声哭了起来，几个老嫂子看到后百般劝解，打碎镜子的人连连道歉后青莲收了眼泪，一场风波终于过去了。

文贤与青莲婚后便在赵家村开了一家"惠民中医诊所"，文贤与青莲举案齐眉、相敬如宾。在诊所的中间，一副醒目的对联高高悬挂在墙壁上：只愿人间无疾患，唯我独贫又何妨。

二十二

文青辍学在家 炎夏卖冰棍
文兴师从赵光 学艺两三年

　　文青自从上学的那天起总是吊儿郎当、心不在焉，抄袭别人的作业那更是家常便饭，经常被老师罚站。他辍学的想法由来已久，只是碍于面子仍在学校苦苦地度日，日复一日，年复一年，他终于熬到初中毕业了。

　　文青毕业前夕，他的几位好友便在学校南边的一排树林中聚会，十多个朋友不知从何处弄来白酒、花生米、方便面、鲜榨菜，他们也是颇有"清酒佳肴""青梅煮酒论英雄"的味道。

　　十多个哥们猜拳，声音越来越大，响彻整个树林。不大一会儿，一个个面红耳赤，似关公模样走起路来东摇西晃，有两个不胜酒力的竟然在河边当场吐了一地。大家正在尽兴之时，学校业务校长带着几名班主任满头大汗地跑了过来，他们刚好碰到这帮"酒鬼"。众多酒友一看到校长和班主任前来，个个呆若木鸡，他们立刻醒了一半，一个个就似霜打的茄子一样慢慢地回到了学校。

　　第二天，赵义与其他的十多个家长来到学校把各自的孩子领回家，赵青的学业终于结业了，他的苦日子总算熬出头了。

　　下学之后的最初几天，他无所事事。后来，村里来了一位卖冰棍的叔叔，他禁不住上前去打听，原来这位叔叔的冰棍是在邻村一个冰糕厂购进的，赵青就去求赵义，求爹答应自己也要去卖冰棍。

　　起初，赵义是坚决不同意的，可是后来经不起文青的再三请求，赵义终于答应让文青去做这个小本儿生意。

　　文青虽说上学心不在焉，毫无动力，但是在家他的确是一位非常勤奋的男孩子，他也是一位心灵手巧的孩子，家中的那辆破自行车他早已骑得相当娴熟，几乎接近马戏团的那些骑手。还有，别的孩子要是外出卖东西总是脸皮儿薄，而赵青从来不在乎这些，他可能天生就是做生意的那块料儿，还有，他的嘴巴特别甜，又能说会道，而且赵青还特别幽默，所以他对自己还是很有信心的。

  文俊二伯赵义在家里找到了个小木箱，那个小木箱是文俊爷爷当医生时曾用的药箱，那个箱子看上去有些粗糙，但这不碍事，用它来装冰棍儿是不成问题的。文青浑身上下都透着一股机灵劲，自行车上捆着一个刷了白漆的大木箱子，里边能装着特招小孩们喜欢的冰棍儿。那时的冰糕其实就是白糖加水冻成的冰块，吃起来甜甜的，制作起来也很简单，那价格也便宜。冰棍是三分钱一支，若带几粒绿豆的叫豆沙冰棍，五分钱一支，所以很受当时人们的喜欢。

  文青虽然对自己有信心，但他终究是第一次出门卖冰棍，能不能卖出去他心里没有底，不知怎的，平时"脸皮厚"的他在今天却不敢大声地吆喝。他在树荫下趁着没有人的时候，试着喊了几声"冰棍，冰棍……"他的声音还带着几分羞涩，一点也不响亮，恐怕只有自己才能听得到。平时文青也特留意那些小贩们叫卖声，他们的声音是那样高亢而嘹亮，拖着尾音的方言简直有些摄人心魄。现在轮到自己了，却是那样的羞怯与艰涩。唉！也难怪人家说"看花容易绣花难"，这真是一点也不假呀！

  文青在一家门口蹲了半天，他一支冰棍也没卖出去。

  直到有一个过路的大叔问道："孩子，箱子里还有冰棍吗？"

  文青赶紧说："有啊，多着呢！"

  "有，那你怎么不吆喝呢？"

  这话原本是好意，文青听了，他的脸"刷"的一下窘得通红，当着那位大叔的面，他更不愿大声吆喝了。

  夏天的中午，太阳炙烤着大地，田地里一丝风也没有，文青的衣服已经湿透了。他坐在烫屁股的青石板上，一边用袖口擦着汗，一边挽起草帽的一角扇着风。等着，等着，终于等到许多人从地里回来了，文青终于鼓起勇气也会学着那些卖冰棍的小贩的模样吆喝着："冰棍，冰棍，豆沙冰棍……"

刚从地里回来的人们听到文青的声音，大家都似找到"救星"一样围拢过来买冰棍。文青的生意刚开张，一时他又有些手忙脚乱，有的人趁他找零钱的当儿没有付钱拿着冰棍就走远了，但不管怎样，文青终于鼓足勇气敢于大声吆喝了。

伸手不打笑脸人，做好生意笑脸迎。通常来说，文青的笑脸他们是不会拒绝的，多半会过来买一根冰棍解解渴，也顺便到树荫下休息一会儿。等他们下地了，文青骑着车子继续到下一个地头。

每当来到一个村子里，文青只要看见有小孩在玩，他就会大声喊："冰棍真是甜，不甜不要钱。"小孩子们是经不住诱惑的，每当这个时候就会跑回家把大人们"请"了出来，团团围住文青这个卖冰糕的小青年，那些小家伙使出各种方法要父母买冰棍吃。一般来说，就是家里十分拮据的，也会拿出几分钱来买支冰棍给孩子解解嘴馋。

过了段时间，文青的生意越来越好了！

"冰棍，又甜又脆的冰棍，冰棍，又甜又脆的冰棍来了。"清脆的嗓音，有节奏的叫喊声响彻好几个村庄。

"来一个，来两个。"

"多少钱一个，一角钱能给四个吗？"

每次文青到外村卖冰棍的时候，他那辆破自行车前总能围着许多人，有的人买一根，有的人买两根，还有的人买五根，由于文青为人和气，从不计较小利，一分二分钱他也从不在乎，所以他每天从上午出发，不到中午，他总是卖完回家。他把挣的钱交给自己的娘兰花保管，每天自己剩下的钱存在他那个旧得不能再用的小匣子里。

大家如果认为文青是一吝啬的人，那就大错特错了。

"青儿，出门的时候一定要小心，每天不能太辛苦，要多注意身体。"赵母在文青每次出门时总是再三叮嘱。

"奶奶，你放心，我长大了，我会照顾好自己的。"

文青好多次回来，他都会留几个冰棍给可爱的弟弟妹妹们。

"青哥，下雨的时候你可要早一点回来，有时间，你还要领着我们到河里去洗澡，好吗？"

"好的，阿俊，你好好上学吧！将来哥还指望着你发财呢，哈哈……"

一天，文青偷偷地跑到乡里，给奶奶买了一件老年人穿的的确良衫，他来到奶奶房间，双手敬献给七十多岁的奶奶。

"奶奶，提前祝你生日快乐，寿比南山不老松，福如东海长流水。"

当赵母接到这件的确良衫时，两行热泪纵横，她的那颗心感到有点沉重而又感到温暖，沉重的是，这么小的孩子靠着栉风沐雨做小生意赚钱给自己买衣服，温暖的是这个看似吊儿郎当的孩子竟然知道孝敬老人，看来赵家的家训家风已经在这些孩子的身上得到继承。

赵母把文青揽在怀里，抱了许久。

"孩子，我们这个家除了你之外就属文兴的文化水平低，他小学毕业就辍学在家，现在已经跟着你五叔在外学木工活，每当我想起你们两个来，我的心就很难受。"

"奶奶，我的好哥们曾说过，富贵在天，人各有命，或许我们天生就不是上大学的料，强求也不行。"

"你这孩子，说话总是一套一套的，有理有据的，真是可惜了。"

"哈哈哈。"

咣，咣，咣，双悦乡的一个偏僻的街道上不时传来木器加工的声音。那时的人们精神空前高涨，信心满满，但是相对于高涨的精神来说，那物质相比起来就匮乏奇缺。比如，年轻人结婚时都为买不到好的家具发愁，怎么办呢，家里有木工的可以自己打，家里没有木工的人只好请人打制，所以那时的木匠非常吃香，他们常常在休息日或八小时以外帮忙打制家具，或者干脆收工钱，这就引发了木材市场的繁荣。

赵光带领着文兴与其他徒弟在双悦乡最南边一条街的胡同里做着木工活，这里有几间简陋的瓦房，四周用圆木围起栅栏，这就是当时的一个木匠铺子。这个木匠铺子南边临近一个木材供应基地，这里有很多的木材。方料、鲜料、落房料（旧料），等等。

胡同里就有很多的木匠，还有众多的学徒。以赵光为首的都是一些木匠，他们技术相当精湛。文兴曾经多次说道，自己早晚要拜五叔为师父，而他现在终于如愿以偿，他学得最用功而且善于思考，虽说年龄不大，然

则技艺却是突飞猛进，而且使得一手好刨子。每当他使起那工具来，刨子刮削木料的那种爽脆声令人刮目相看。当他看到经过自己努力而最后组装成有立体感的家具时，尤其是梳妆台或脸盆架上那些精美的雕花，文兴都感到很有成就感。

"五叔，将来我一定要成为一名最好的木工，不让你失望。"文兴笑着对赵光说道。

"孩子，好样的，只要好好干，你将来会学到很多手艺的，不过你要记着，学木工要慢慢来，要多看看，多想想，多动动脑子，还要有恒心。"

"好的，五叔，我会把你的话记在心上。"满脸是汗的文兴笑着对赵光说道。

"五叔，将来我大姐文君要是出嫁了，我一定亲手给她打造几件像样的家具作为礼物送给大姐，以表示我们姐弟之间的情谊。"

"好小子，好的，你能有这份心就够了，哈哈。"

每次回到家中，文兴总是从自己微薄的酬劳中抽出一部分，给弟弟文俊买他最爱吃的炸花生豆，文俊从小对哥哥文兴就有一种说不出的敬意。

二十三

长女文君出嫁 赵家乐与悲
大娘添置嫁妆 送女贫寒家

男大当婚,女大当嫁。转眼间,文君已经是一个二十岁的大姑娘了。她中等身材,稍微发胖的脸上有一对酒窝,两条弯弯的细眉下,有一双明亮的大眼睛,梳着两条长长的马尾辫子,她总是随着娘荷花在田间不辍地劳动。然而,年过二十的她总是罕言寡语,只是默默地劳动着,因为父亲赵仁现在已身为赵家村的支部书记,所以前来提亲的人也是络绎不绝,然而文君总是置之不理,从未把这件事放在心上。

后来,赵家村来了一位理发的青年。他整天穿着干净整洁的衣服,虽然衣服有点旧,但他那朴实的风采依然受到村民的认同。他浓眉大眼睛,一张掩饰不住帅气的国字脸给大家留下了深刻的印象。

这位青年手艺很好,他给每个人理发的时间虽不长,但效果还是相当不错,他从不会浪费村民们太多的时间。他给老年人理发基本上十分钟就能完成,给中年人、年轻人理发一般也就是花个七八分钟;他理发的价格通常也很便宜,理一次需要五毛钱,因为他的服务态度好,而且认真对待自己的活儿,赵家村的村民们对这位理发师都有着极好的印象。

这位二十左右的年轻人,他给了不爱言语的文君留下极其深刻的好印象。

在一个晴朗的上午,有十多个老少爷们儿在赵家村村北的那片树林里排着队等着理发。文君看到这位青年正在认真地给她的六叔赵明理发。

只见这位年轻人的手十分灵巧,他将一张灰白色的围布迅速展开披在六叔赵明的身上,他用一块干净的毛巾围着六叔的脖子。他让六叔端坐在

椅子上，从一个包中取出一把理发推子，再拿出一把梳子，在头发突出的地方用理发推子轻轻一推，一撮头发就缓缓落下。他又拿出一把银白色的剪刀，用同样的办法，把那些细小的头发剪掉。剪完后的程序就相对简单了许多，他用一块蘸满爽身粉的小刷子在赵明的脖子后面刷了几下。最后，他让六叔赵明坐在一把椅子上，并让六叔把头伸进一个不大不小的盆子里，用舀子往头上慢慢地倒水冲洗，再涂上洗发膏不停地揉搓，半分钟后又冲洗几遍，再用干毛巾把头发擦干。七八分钟时间过后，六叔赵明就精神焕发地离开了这里。

文君的家门口离这片树林最近，每当她看到这位理发师后内心总是激动不已。这位理发师的一举一动深深地打动着她的心，在她的内心中，那位青年仿佛就是她的意中人。从那以后，她仿佛看到了自己的未来和希望。

文君对于那么多的提亲者总是置之不理，她的这一怪事最终还是被她的二婶兰花发现了。每次看到那位理发师后文君总是很开心，而且向来都是默不作声的她竟然当着二婶兰花的面对那位理发师赞不绝口。时间一长，二婶兰花渐渐懂得侄女儿心思，她就把这件事儿告诉了文君娘荷花和大哥赵仁。

"让大妮儿嫁给一个剃头的，我说什么也不同意。"文俊大娘荷花哭着说道。

"自古以来，剃头的都是下九流人干的活，要是让大妮嫁给那位小伙子，我们老赵家的脸往哪儿搁呀！"赵义望着大哥赵仁说道。

"唉！这真是的……"赵礼也不情愿地说道。

"大妮，你听姑说，今后我们再给你找一个更好的对象，这次我看就算了。"文俊大姑赵冰望着文君说道。

文君听到众位长辈的话，她的心仿佛被扎了一样难受，她独自一人躲在屋内以泪洗面。

"弟弟妹妹们，我也知道大家是为大妮好，这孩子从小稳重，也听话，可是这件事真让我为难，唉！还是听天由命吧！"赵仁无奈地说道。

"孩子们，对于大妮的事儿，我已经听说了，我看这样吧，我们大家伙儿还是需要尊重大妮儿的意见，因为这是人家一生的大事儿。理发的怎么了，只要那个孩子正直勤奋，吃苦耐劳，我相信他们能幸福的。"赵母来到赵仁家说道。

"娘，……"

"娘，我听你的。"赵仁望着赵母说道。

后来，赵仁多方打听后得知，那位理发师名叫韩士清，家中一贫如洗。荷花起初不同意并多次批评文君。后来，她发现上门提亲的人都是乘兴而来，扫兴而归，加上孩儿大不由娘，所以在赵仁的劝说下，她慢慢地默许了这件事。

有一天，那位理发师在一个50多岁村妇的陪同下来到赵家村向文君提亲。在赵家村姓黄的媒人家里，那位理发师韩士清和文君自然是焦点。他俩都是红着脸低着头，尤其是文君，头发的齐眉穗儿盖着上半部分脸，只能看到她那红红的脸蛋儿和鼻尖儿上细细密密的汗珠儿。韩士清不敢看文君的脸，文君也不敢抬头看士清，直到很多人走后，她和他四目相视良久才终于开始小声地说起话来。

平时做事不慌不忙的文俊二娘兰花，急得直在窗外悄悄地听他们说话，门帘外面是一个接一个被推进来的小孩子和一阵阵的哄笑声。士清和文君不知道都说了些什么，可能此时无声胜有声。不过两人都能感受到对方的呼吸和小心抽鼻子的声音，也算有些感性认识吧！

在这间屋子里文君与士清在比赛沉默，另一间屋子里，男方的头面人物们在给赵家人说好话；媒人在两边照应，忙得不可开交；小孩子们在觊觎桌上的糖果、瓜子，有脸皮厚的老娘给怀里的孩子抓一把吃着，被媒人偷偷地狠狠地剜了一眼，他们才讪讪地离开。那些"吃嘴人"出去就对院子里、大门外的人们开始抽着鼻子，撇着嘴，发着牢骚，并小声地骂着那媒人。

他们在老黄家相亲之后，赵仁与老韩家的代表不会马上给对方回话，双方都到媒人家去"打听"。经过打听，原来文君与士清早已是"身无彩凤双飞翼，心有灵犀一点通"，所以尽管老赵家对韩家家境有所顾虑，然文君的心早已有归属，所以双方最终还是同意了这门亲事。

那理发师原来是赵家村十里之外的外乡人，家中父母早亡，从小寄养

在叔父家中，因家中一贫如洗，他早早辍学。在家中没有其他"门路"的他一念之下就开始跟随一个理发师傅学习理发，并辗转十里八村。师徒二人因为为人正直勤奋，服务态度又好，所以十里八村的人们对他们也是相当尊重。后来韩士清的师傅因上了年纪腿脚不好就"金盆洗手"告别理发，这十里八村的理发重担就落在韩士清一个人身上。自从韩士清在赵家村北边的树林里看到文君，自己那尘封已久的内心如拨云雾而见青天，两人虽然单独见面较少，但早已是心照不宣，他们的感情也只是隔一张窗户纸而已。后来，经过媒人介绍后两人终于订婚了。

过了几个月，老韩家催婚，这几天赵家也是忙得不可开交。

"唉！真是的，韩家这孩子的人品是没说的，只是家庭太穷了，将来大妮过去后，要是遭罪那该怎么办呢？"文君娘荷花说着就流下眼泪。

"大嫂，你多心了，老韩家虽然现在条件是差一些，但是终究会好的，士清那孩子不光是理发理得好，人也挺勤奋的，下地干农活还是一把好手呢。"文俊二娘兰花说道。

"老二媳妇说得对，人只要有志气，暂时的穷困又能算得了什么，老大媳妇，你不要再担心，好好把大妮的嫁妆置办好，不要让外人说我们小气。"赵母在文俊的陪伴下来到赵仁家劝说着赵仁媳妇。

文俊大娘荷花在赵母和文俊二娘、三娘、五娘、文俊娘的劝说下，她慢慢地头脑也转过弯来，不管怎样她都要积极地为文君购置嫁妆。

文兴与五伯赵光也在精心地为文君打造一个梳妆台，他俩用了两天两夜，不停地忙碌着，他们选用较好的木材，又用上好的红漆终于完成了文君的梳妆台。

文俊大娘、二娘、三娘、五娘也都为文君缝新棉被，三天过后，六床崭新的棉被终于缝好。

文俊、文霞、文忠、文英、文松、文志、文德、文青、文贤夫妇、梁继恩等兄弟姐妹都聚在赵仁家忙前忙后，他们都在为文君出嫁尽自己的力量。

终于等到了这年的阴历八月十二。

这天天高云淡，上午九点过后，随着震耳欲聋的鞭炮声，老韩家架着两辆木板车，车前各挂着一个大大的红花。前边木板车的车厢扎个供棚并盖上一层苇席,再盖上一层花布,两头拉上布帘,这样就做成了带轮子的花轿。后边的木板车是为了装陪送的嫁妆。媒婆和"架礼儿"的两个人来到赵仁家。

"她大婶,你们快进屋喝茶!"

文俊二娘、三娘、五娘、文俊娘恭恭敬敬地把媒婆和其他迎亲的人接到屋内,一边敬着茶和糖果,一边寒暄,双方彼此客气一番。到了上午十点左右,在媒婆的再三催促下,文君终于迈着沉重的步伐登上了"花轿"。文君娘和文君满脸热泪,他们四目相望,可是有很多的话到了嘴边却又咽下。

"大姐,到了那边还要早早地回来,我们都想你。"文俊哭着喊道。

文霞、文英、文松等看着大姐坐在喜车上都失声哭泣,赵母虽然没有言语,可是两行眼泪早已是落了下来。

木板车一路颠簸,文君因为晕车,她一路呕吐,可再难受她也不能下车,因为这都是有讲究的,以免沾上晦气带来不好的运气。

到了婆家,文君的脚也不能沾地,男方的女招待赶紧搬过一个矮凳子让她踩上,两脚迈进大门之后等于进了自己的家,这时是允许站在地上的。文君蒙着红盖头,只见两位伴娘牵着文君的手步入洞房。一些多事的妇人紧跟在文君的身后,仔细观察着她进入洞房的时候先迈哪只脚,他们看到文君先迈左脚后终于放心了,因为先迈左脚可能生个男孩,这也是韩世清家的风俗习惯。

赵义、赵礼、赵光、赵明、文贤、文青、文俊等人到了老韩家大门前,这送亲的任务就算完成一半儿了。这个时候老韩家迎亲的人赶紧接过车帮忙卸车上的"嫁妆"。

老韩家的迎亲者皆笑脸相迎,他们把老赵家的人请进屋里,又是递烟又是敬茶,整个院子里的人跑前跑后忙得不亦乐乎。老赵家的男女送亲的人规规矩矩地坐在座位上,其他人坐在两侧板凳上,院子里、屋子里到处充满了喜气洋洋的气氛。

这时老韩家主持婚礼的人开始讲话:"各位老少爷们儿,各位亲朋好友,今天是世侄士清和赵家才女文君的大喜之日,感谢大家赏光,东家略备薄酒淡肴不成敬意,还望诸位亲朋好友开怀畅饮,吃好喝好,谢谢大家。"

讲过祝福话、祝酒词后，宴席开始了。

摆上酒菜的时候，赵义、赵礼、赵光、赵明等人在开始喝酒的时候，他们都很谦虚，喝酒从未一口喝尽，因为大家都防备着最后波的敬酒，这样可以避免失礼。

临走的时候，老赵家这些长辈来到了文君的房里，他们嘱托文君以后要好好过日子，要好好孝敬父母。

赵义、赵礼等长辈把赵家的礼节嘱托完了，他们在一阵阵客套话中走出了韩家大门。

二十四

赵玉田间遇险 恐惧上心头

赵光除暴救妹 身陷缧绁中

自从文君出嫁后,赵家一家人的心思都在赵玉身上,赵玉身为文君的姑姑,她比文君大七八岁;她为陪伴赵母,也为了报恩,自己发誓终身不嫁,这可愁坏了赵家人,更是让赵母平添了许多白发。

国庆节后的一个清晨,田间小路上的人相对稀少,东方那一抹晨曦让赵家村如同蒙上了一层神秘莫测的面纱,天边露出鱼肚白后,那一抹曙光渐渐地越来越明了,鱼肚白转为橘黄色,橘黄色变成淡红色,天边一会儿红彤彤,一会儿金灿灿,还有半紫半红的颜色,还有些奇异的平时也很少见到的色彩,这真是五彩缤纷,让人眼花缭乱。朝霞的形态也是变化无穷,一会儿像一只展翅欲飞的雄鹰,一会儿像一条鲜艳的红领巾在飘扬,可是不大一会儿那"红领巾"不见了,又来了一匹奔腾的骏马……真是千姿百态、变化万千,美不胜收。一切都未混进杂质的清晨气息,一切都纯净得让人心旷神怡,这美妙的晨景仿佛是一幅淡淡的水墨画。这一幅"水墨画"里弥漫着淡淡的青草香,显现着大自然的朝气蓬勃。而泰溪两旁的花儿也是那么清香,那草儿也是那么翠绿。

清晨四五点钟让赵玉倍感清爽,因为她喜欢这美丽的清晨,这晨景将给她带来美好的一天。

赵玉不仅有才华,而且还是一位性格开朗的女孩子,她那如星星般闪亮的双眸,一张白里透红的瓜子脸,高高的鼻梁,细长的柳叶眉,还有那窈窕的腰肢让十里八村的那些个多情的男青年暗恋着。

赵玉走在那熟悉的田间路上,她准备采摘地里的西红柿、辣椒回来做饭。

一路上,她一会儿望着天空中的朝霞,一会儿俯视着脚下的花花草草,那凉爽的晨风阵阵袭来,赵玉沐在其中可谓是轻松惬意。她一边走着,一边不禁唱起歌来:

就这样春去夏又走,
时光默默又一秋。
长长的路在脚下,
一路同行几人挥手。
岁月斑驳,蓦然回首,
如烟往事涌上心头,
孤独着寂寞,
又有多少欢乐停留,
阅不尽这人情冷暖,
风中一笑,
留不住半点愁。
就这样默默地走,
心意不平却难回首,
执着一颗心,无悔无尤,
前方的路没有尽头,
风来雨去一片痴心,
仰望高山情真意厚,
仰望高山情真意厚,
风中一笑,
留不住半点愁。

赵玉的歌声让这个宁静的田间清晨显得更加清幽,那些花儿仿佛在聆听,那些草儿仿佛沉醉在歌声中,河中的水流淙淙为她伴奏,多么美丽的乡村清晨啊!

天有不测风云,人有旦夕祸福。不知从何处来了三个人影,又不知何时突然降临在她的身后,三个人的影子隐约透着一股邪气,他们先是在寂静的那条小路上互相调笑着,推搡着以此来打发着他们百无聊赖的青春。

赵玉浑身不自在，一种恐惧袭上心头，她的心中越来越忐忑。她忽然停住脚步想转身回家，避开这三个幽灵一般的人。

突然一个瘦高个子的男子上前抓住她说："听话，不然就掐死你。"

赵玉从小虽说胆大，但这种场合还是第一次见到，她不知道怎样对付，此时的她变得越来越胆怯。

"你们想干什么，我的家就在附近，我要喊人了。"

"你要是敢喊出一声，我就弄死你。"另外一个又矮又瘦的男青年伸手去抓赵玉的上衣。

赵玉在情急之下也不知是哪儿来的勇气，她突然狠狠地咬了那个首先抓着她胳膊的人并大声喊道："救命啊，救命，快来人呀！"

这三个恶鬼突然把赵玉拉到玉米地里，赵玉拼命地喊着，她不停地用全身的力气挣扎，仨人疼得哇哇直叫。

"救命啊！救命啊！救……"其中一个男青年用他那流着鲜血的手使劲去捂赵玉的嘴。

正在这万分危机的时刻，在外面做木工活儿刚回到家中的赵光，因为起早在田里锄草，听到有人喊救命的声音，他急忙拿起锄头赶来。

当他看到眼前的一幕，就大声地骂道："他娘的，竟敢欺负我妹妹。"

说时迟，那时快，赵光一锄头挥了下去，那个瘦高个子应声倒在地上，另外两个男青年见状撒腿就跑，赵光在后边仍是穷追不舍。

"五哥，不要再追了，这个人快死了。"赵光听到妹妹的声音急忙跑了回来，他看到那个瘦高个子躺在地上，头部着地处有一摊鲜血，瘦高个子仍在不停地呻吟着。赵玉急忙跑到家中报信儿，身为村支书的赵仁闻讯赶来，大家抬起那位瘦高个子送往医院救治，并及时报了警。

虽然瘦高个子保住了生命，但却变成了一个白痴，从此那位瘦高个子见人总是嘻嘻哈哈，那嘴角总是不停地流着哈喇子。

赵光上了一辆吉普车，他坐在后排中间，双手被带上铐子，他的左右两边各坐了一个警察，不大一会儿他们就来到一个看守所内。

进了大门后，赵光来到了一个类似办公室的房子里，几个警察让他脱了上衣并让转过身去，一个警察去看他的身上是否有伤痕。

"你有没有什么大的疾病。"

"我的身体很好,我没有病。"赵光爽快地答道。

赵光在一个警察的命令下,他在拘捕令上签了字,还有两个穿老式警服的人过来吩咐着两个身着犯人服装的一胖一瘦的两个人。那两个人把拘留所的衣服和鞋子递给了赵光,他跟着管教穿过了两道铁门,他看见一个大院子。那个院子有半个足球场那么大,院子中间是空的,旁边依次排列着很多的小铁门。由于当时天黑了,赵光也看不清楚里面到底有多少个小铁门,赵光和其他人来到一个小铁门后面。

管教对赵光说:"进去之后不要惹事,争取早日回去。"

说着就开了门让赵光进去。

里面是由两个部分组成的,前面是一个水池和一个水泥做的台子,大约有十平方米,后面有一个铁门,铁门没上锁。有个人已经在那里等着了,只见那人向赵光点头并示意赵光进去,赵光昂首挺胸地走进去,那个瘦瘦的光头(且叫他瘦光头吧)侧身让赵光进去背靠着墙站立着。赵光这才看清这个看守所是什么样子,它就像北方那种炕一样的台子上有一排褥子,每个人睡在褥子的上面,台子下有很多个方方正正的小柜子,那里面放着一些衣服。

后来双方对簿公堂,经法庭审理后判决赵光属于防卫过当,赵光还须赔偿对方一定的损失。

"五哥,都是我连累了你,要不是我,你就不会出这种事,你就不会有这样的麻烦。"赵玉哭着说。

"妹子,没关系,五哥曾经说过,如果山里的狼来追你,我就要把它们给打死,我不能看着自己的妹妹受别人欺负。小玉,没事的,五哥顶多坐几天牢就出来了,你在家要好好照顾咱娘。"

赵光在看守所的第十五天,因村里很多人保释,所以他很快就回到家中。

"苦命人,你就是个苦命人,你天生就是苦命人,你那么冲动干什么,要是把人给打死了,我看你怎么办,我们这个家还过不过了,这三个孩子怎么办,赔人家那么钱,今后让我们怎样活下去?"文德娘冬梅天天埋怨着赵光。

赵玉几次到赵光家去安慰五哥、五嫂,赵光总是微笑着劝说妹妹不要放在心上,而文俊五娘冬梅总是对赵玉冷眼相待,这让赵玉的内心有着莫名的惆怅和心酸。

　　赵光虽是刚健之人，然而他心中的那股愁云始终萦绕在他的心间难以挥去，加上文德娘总是在背后天天埋怨，冷眼以对。久而久之，一场大病让这个健壮之人终于倒下了。后来，当他知道医院检查结果为肝部恶性肿瘤时，他彻底崩溃了，他的精神一下子落入万丈深渊。最终，在一个风雨交加的夜晚，在赵光弥留之际，赵家除了赵母外都围在他的身边。

　　"五哥，是我连累你呀！都是妹妹不好，妹妹对不起你呀！"

　　"妹妹，你千万不要说……这样的话，如果你心中……总有愧疚的话，五哥我就是死了……也不能瞑目的，妹……妹，这都是天意，上天注定的，我想逃……也逃不掉的。"

　　"大哥、二哥、三哥、老六、三位妹妹，我去后……这个家还需要你们多照应……你们随后……再给咱娘说……不要刺激到她老人家，娘的身体近段不好，你们多体谅……"

　　"老五，你放心，你会没事的，你会好起来的。"

　　大家一边说着，一边哭泣着。

　　"爹，爹，爹，你会好的，你不会有事的。"文德、文志、文霞突然大声哭了起来，文俊也跟着文霞哭了起了。

　　就这样，赵光带着几分遗憾、几分忧愁离开了人世。

　　赵母得知儿子去世后两天没有进食，两夜没有睡觉。她多次哭泣，可是再伤心，再难过，那个心灵手巧、吃苦能干的儿子还是不能回到自己身边了。

　　赵玉因受到惊吓，她本来就心神不宁，恍恍惚惚，加上五哥赵光的去世使她的精神越来越沮丧。原来，她见到几个嫂子总是笑着打招呼，有时顺便开个玩笑。自从赵光去世后，她整个人变得沉默了，她和几个嫂子、侄儿们说话的次数渐渐地越来越少。以前她见到文俊后总是把他抱起来，而现在见到文俊时只是朝他点点头，幼小的文俊看到小姑这样也挺伤心。从此开朗的赵玉总是独自一人在家发呆，久而久之，她那精神错乱的迹象逐渐显现出来。

二十五

文志文德辍学 文霞蒙阴影
黄家违规超生 赵仁遮风雨

赵光去世半年后,老赵家一家人慢慢地从悲凉的阴影中走了出来。文俊和文霞已是五年级的学生,他们马上就要小学毕业了。他们和文松、文忠、张玉一等人学习更勤奋、更努力了,文霞在班级内的多次考试中荣获第一名。文俊和文霞他们即将面临小学毕业。

一天,他俩走在放学的路上,文俊一边走一边看着姐姐文霞。

"霞姐,这两天我看到你总是闷闷不乐的,你怎么了?"

"阿俊,你五娘不想让我去上学了,她想让我去南边一个村的鞋厂去做工。"

"姐,我去让我爹去劝一劝我五娘,不管怎样你都不能辍学,两个哥哥已经辍学了,他们的成绩也不算太好,而你的学习成绩一直是咱们班最好的,你说什么也不能辍学。"

"可是,你五伯去世了,我们家的生活条件越来越差,我娘的身体也不好,我……"文霞与文俊说着说着,她竟然哭了。

"我去给奶奶说,让奶奶做主。"

"阿俊,不要去打扰奶奶了,这几天奶奶的精神也不好,她头痛得厉害,还是让她多歇歇吧。"

"这……这……"

赵明从文俊口中得知文俊五娘想让文霞辍学的消息后,他急忙来到五哥家。

"嫂子,文霞是个聪明的孩子,她现在已经12岁了,她有自己的想法,她总是想着要好好去上学，五哥的去世对这孩子打击很大，现在如果不让她上学，那她的心理压力会很大。特别是她在苦恼的时候总想赶走这些压力，她顺从着你说出不再上学的话，实际上当她真的不上学后，要不了几天她就会后悔的。她如果精神有压力的话，我们可以让她放松一段时间再学习，如果是因为咱家难处多，我们都会照顾她。嫂子，还是让孩子去上学吧！不然将来你和她都会后悔的。我们相信小霞学习的劲头会像从前一样，你得好好鼓励她，多陪陪她，让她开心起来，和文俊他们多玩耍玩耍，要是咱们大家一起陪着她，把这段难熬的时间熬过去就好了。"

"老六，咱娘也过来劝我了，还把她老人家积攒的二百元钱拿了过来，硬塞到我的手中，看到娘那满头白发，我也哭了很长时间，算了，不管再苦再难，我看还是让这丫头去上学吧！"

一天文霞、文俊两兄妹放学回来后，他们走到村中央看到黄书良家门前围了很多人。

文俊他们走到黄家门前，只见三男两女穿着整齐，其中的两个人提着公文包，这三个人凶神恶煞一般站在黄书良家院里。

"快点交100元罚款，让孩子他娘到镇上去做手术，不然的话把你抓走。"

"同志，你们行行好，我们家近段时间条件不好，我们没有那么多钱。"

"没钱，就把你们的粮食拉走几袋。"

"赵仁大哥，你给这些同志说一说，让他们宽限几天。"黄书良爹黄正苦苦哀求道。

时任村支书的赵仁开口说道："同志，黄家今年事真的很多，他们手头紧，你们就宽限他几天行吗？"

"赵仁，看在你多年为村里鞍前马后地工作，看在你秉公办事口碑较好的分上，可以宽限他两日，两天后我们再来，黄家媳妇一定要到乡里去做手术，你们知道吗？"

"好的，请你放心。"

几位凶恶的干部气愤地走出黄书良家。

到了晚上，文俊娘惠兰告诉文俊："书良的娘因为快生宝宝了，所以她就躲了起来，今天镇上计划生育干部来到书良家就是收罚款的。"

"娘,为什么书良娘生小孩,他们就要罚款。"

"娘,书良娘给他生个弟弟或妹妹,那他家也是两个孩子,我们家也有我哥和我两个孩子,为什么我们家没有受罚呢。"

"孩子,因为国家的政策才实行两年呢,你已经是十一岁的孩子了,我们家有福气。"

"娘,如果我出生前要是有那政策,咱家的粮食恐怕就会被他们给拉走了,那我们全家就要挨饿了。"文俊笑着说道。

"小孩子家,打听那么多事干什么,不要再胡说八道,好好地把你的算术学好这才是本事。"赵明严肃地对文俊说道。

刚训完文俊,文俊家后又是一阵吵闹声。赵明闻讯赶到现场,原来与赵家一路之隔的李家与文俊五娘冬梅正在争吵。赵李两家中间有一条南北通道,两家人之间的这条通路已经有几十年的历史了。李忠的父亲李珍为人奸猾吝啬,此人不管是在田间分界处,还是平时的大小之事总爱与人争个高下,总爱占别人的小便宜,全村人视之如过街老鼠,无一不敬而远之。用赵明的那一句话"他人长得贼眉鼠眼,人人恨不得把他打进洞中"。从前,因为赵家人多势众,李珍从不敢越路半步,而今天他和李忠娘两人竟然在这条通路旁边栽上几棵树,文俊五娘、文志和闻讯赶来的文青看到后立刻把李家的树苗拔个精光,双方为此事争执不下,矛盾愈演愈烈,后来两家争吵起来。

"几十年的通道,几代人走的路,你们想栽树就栽树,你们太自私了,就不怕影响他人拉车走路?"文俊五娘冬梅愤愤地说。

"我在我们院墙旁边栽树,又没妨碍着你们,你们管得也太宽了。"李忠娘先开口说道。

"你们栽树可以,上你们堂屋去种,种在别人的眼皮子底下算什么能耐?"赵明恶狠狠地说道。

"怎么,你们仗着人多势众,想欺负人是吗?"李珍吼道。

"去你的,狗一般的人先告状。"赵明一边骂着,一边操起一把铁锹直奔李珍。

"老六,有礼说礼,有话说话,这点事儿值得你去拼命吗?"刚从田地回来的赵礼上前去夺赵明手中的铁锹。

"住手,想把娘气死吗?为这点事就大打出手,你可真有能耐啊!"赵母大声地训斥赵明。

赵明听到赵礼和赵母的话后才把手中的铁锹放下来。

"李珍、李忠他娘,我们两家成为邻居已经多年,俗话说,远亲不如近邻,前些年你们的孩子,我缝缝补补也算是为他们做了那么一点点儿事,还有你们违反计划生育政策,我们家老大赵仁身为咱村支书为你们遮风挡雨,所以我们赵家对你们李家也算做到仁至义尽了。再说这条道路不是只有我们赵李两家通过,它是全村人行走的道路,这条路本来就不宽,如果我们同时栽树,那么全村的人行车走路还能像以前那样顺畅吗?再说,咱们两家共同生活多年,同室操戈让邻里贻笑大方不说,还耗时又耗力,更伤感情。以后啊,咱们还是邻居,道路宽点有利于你们出行,也有利于我们出行,希望咱们都能够从长计议、冰释嫌隙、和睦相处。"

在赵母的劝说下李珍夫妇终于低下头来。

后来在赵家村村委会会计的任伯林主持下,两家达成和解并签订协议如下:

李赵两家相邻通道和解协议

鉴于李赵两家因相邻关系共用通道发生纠纷,经多次调解,现双方自愿达如成下协议:

一、李赵双方一致认为,作为多年的邻居,抬头不见低头见。相互之间应当按照有利生产、方便生活、团结互助、公平合理的原则,正确处理邻里关系,日常各方均负有合理范围的容忍和给予对方便利的义务。

二、经协商,李家认识到该通道为双方共用通道,也是全村人由南向北的通道。赵家考虑到双方情况,而且各种车辆来往无数,双方同意在该区域内留足空间,双方都不能栽树,以方便出行。

三、双方承诺,协议签订后,维持新留出的道路畅通,不得在该范围内堆放杂物、拴养猫狗、倾倒污水等阻碍双方通行的行为,如临时短时间内确有急需,应及时征得各方同意。

四、双方承诺,在协议签订后,不得有丢弃垃圾、堆放杂物及其他影响

正常生活的行为，以上行为如被各方发现，当事人应向对方赔礼道歉，清除垃圾并赔偿损毁物品等责任。

五、李赵双方共同承诺，纠纷化解后，邻里之间应友好相处。日后遇到类似纠纷时，不能动辄恶言相向，辱骂对方，更不能进行人身攻击，应及时通过平等协商解决。

六、本协议从签订之日起生效，双方应共同遵守，和睦相处。如有违约，则通过诉讼解决，违约方需承担对方诉讼所需的相关费用。

本协议一式三份，李赵双方、所在村委会各持一份。

李家（签章）：李珍

赵家代理（签章）：赵礼

村委会：双悦乡赵家村委员会

年　月　日

从那份协议签订后，李赵两家从未因通道问题发生矛盾，全村人和车辆都可以从这条道路上顺利地通过。

二十六

赵仁逢桃花运 缠绵温柔香
浪子回头坚决 不负仁之名

"深山出俊鸟，乡间多美女。"黄书良的娘春花做了绝育手术后，身体慢慢地恢复到从前。身量窈窕而又不失丰满，腰身柔软双峰挺拔，劳动时她那一头乌黑发亮的长发无意间不知道碰触到了多少人，而梳洗之后又成了一条黑青的绸缎。"天然去雕饰，清水出芙蓉"，她的眼睛依然是那么清澈，她的脸庞没有脂粉更无雕琢，然而她却拥有着乡村少妇那种异样的美。越溪出西施，泰溪出春花，春花就是赵家村这个偏僻山村的美少妇。

原来春花的父亲是个老实人，一生老实巴交维持一家人生活。春花十岁时母亲去世，从此父女俩相依为命。然而父亲患肺病多年，一咳嗽整个脸都被憋出青紫色，那是相当难受，春花经常守着病恹恹的父亲掉泪。

她的父亲在弥留之际用枯瘦的手拉着春花伤感地说："春花，你是个苦命的孩子，你跟着爹受苦了，爹死后你要学会照料自己。"

说来也巧，春花的爹死后，一户黄姓人家的一对老夫妻将孤苦无依的春花收养，并给了自己的儿子黄正作了媳妇。

这黄家住在赵家村的最西头，家中只有三间土墙瓦房，太阳最后一个照到她家，也是最后一个离开他家。老夫妻只养了一个儿子名叫黄正，因为黄家的家庭不算太富裕，黄家老夫妻生怕儿子黄正长大了娶不上媳妇，他们就把可怜的春花作了黄家的媳妇。后来，老头子也死了，黄正娘赶紧将儿子黄正和春花圆了房。当时春花18岁，黄正28岁，黄正个矮壮实，那眼睛真是给脸腾出了很大的一块地方，眼皮耷拉着，厚厚的嘴唇，黝黑的皮肤，背还有点驼，其容貌实在不敢恭维，有点像小说《金瓶梅》中打虎英雄武二郎他

哥哥——三寸钉武大郎,他又与那戏中的李豁子有点雷同。

虽然书良娘的宝贝女儿最终未生下来,但是赵仁对他家的关照却让这个女人格外上心。经过一段时间的调养后,春花又恢复她昔时的模样。时任赵家村支部书记的赵仁已过知天命之年,赵家村老老少少都对他尊敬有加。高大魁梧,相貌堂堂的赵仁不仅工作认真踏实、兢兢业业,而且为人大公无私、坦坦荡荡。他每天带领大家去挖渠道总是和那些勤劳的村民打成一片。

春花第一次看到赵仁,眼前这个面阔口方、腰圆背厚,星眼剑眉的人给她留下难以忘却的印象。春花活泼调皮,她经常给黄正送茶水时与赵仁打招呼,有时也向赵仁问好,然而赵仁作为一村之长,他大公无私对村民一视同仁,从未将春花的"热情"和"好意"放在心上。

调养好身体的春花在此时简直就是脱胎换骨,全身散发着青春的气息,无论她走到哪儿都吸引着无数异性的目光,她成了赵家村风韵十足的美少妇了。

天有不测风云。黄正在做工时由于不小心碰折了左腿。

有一天赵仁来到黄正家中看望。春花只穿一件背心,赵仁浑身不自在,他只是来看望受了伤的黄正,从未敢在春花身上多瞄一眼。春花发觉赵仁从来就没有在意自己,就故在赵仁面前卖弄风骚。

赵仁准备离开之际,单相思很久的春花突然从后面抱住他:"大哥,你留下来好吗?"

赵仁先是一惊,当他感受到身后的妩媚气息,他的心跳加快,可是一身正气的他还是果敢地说道:"你这是干什么,你怎么能这样呢,快放手,我们怎么可以……"

然而,春花的脸紧紧地贴着他的后背,赵仁及时推开她的手。

她小声地说:"为什么别的男人看我的眼神像火一般烫,而你对我却冷若冰霜,是我长得不漂亮吗?你是不喜欢我吗?我虽然不是黄花闺女但说啥也不算丑。"

赵仁推开她后逃似的走了,当天晚上,他一宿没睡好。春花那窈窕的身材总是在他脑海浮现,而荷花早已是徐老半娘的黄脸婆,而且自己的老婆荷花是又黑又矮又胖,经常大大咧咧,说起话来也是直来直去,赵仁对荷花其实早就没有了那种感觉。唉！这也许就是命吧！

想当初，学堂的那位代表让自己的娘到学堂打杂，赵家为了报恩，赵母就答应了赵仁的这门亲事，让赵仁娶了那个学堂代表的独生女荷花。

荷花虽说心地善良，可是她的长相真的是不敢恭维。最初赵仁总是心有不甘，后来他在赵母的多次劝说下最终还是答应了这门亲事。唉，想着自己七尺男子汉竟然与她生活在一起，他有的时候感到委屈，可到了后来，他们之间虽然谈不上感情，但是他们却成了亲人，荷花已经是自己的亲人了。

第二日清晨，他来到村西头，又碰见春花。她带了些怨气并用眼神责备他，对着他说："你昨天为什么跑那么快，你呀！真是个胆小鬼！"

赵仁像是做了什么错事似的，他只是怯怯地、紧张地、没有底气地笑了笑。

可是，就从那一刻起，一种叫欲望的东西从他心里产生，他不愿意再被一个女人嘲笑，让那个性感妩媚的女人说自己是胆小鬼，他应该是一个顶天立地的男子汉，而且应该是一个有血有肉有感情的男人。

无论是在白天与春花相逢，还是在梦里与春花相遇，自从这个妩媚性感的少妇走进自己心坎后，赵仁想逃也逃不了。他内心那一股莫名的冲动油然而生，自从他认真仔细地在心中打量春花以后，赵仁的心乱了。

最终，赵仁难以忍受的煎熬。在一天晚上，他趁黄正休息之后，内心忐忑的他终于抵挡不住美色的巨大诱惑，他去了春花的家，春花钻进他怀里尽情地享受着他的激情与疯狂。

赵仁还是意犹未尽。

春花说："你不要命了，日子长着呢！"

什么是女人味？也许是一个温柔的眼神，也许是一个浅浅的假意笑脸，也许是一个虚情的关怀，也许是一个体贴的举动，也许就是一次带着谎言的身体接触。

春花也不怕自己丈夫黄正，因为这个男人好哄，还有黄正已经残废，而正处在如狼似虎时期的春花哪能忍受住寂寞。

文俊大娘荷花因自己的丈夫赵仁身为村支书，她知道赵仁每天工作很忙，她对赵仁与春花的事儿从未觉察。

民间俗语说："十个女人九个真，就怕男人心不稳。"男人对这种事都

是渴望的,只不过有的敢于尝试,有的约束自己而已。

黄正是个老好人,他隐隐知道自家女人和村支书赵仁有私情,如果闹起来生怕这个女人和他离婚,如果他们离婚就没人来照顾自己这个残废。再者,赵仁对他们黄家有恩,唉!天哪!自己就当一次"忍者神龟"吧!

世上没有不透风的墙。赵仁与春花的好事先是被黄正的堂弟黄贞发觉,黄贞虽然人高马大,但是对赵仁总体来说还是有几分感情的。赵仁在挖运河时对他还是相当照顾的。如果不是这件事,黄贞对赵仁一直是感恩,然而赵仁给堂哥黄正戴上一顶帽子,而且一顶沉甸甸的绿帽子,这让他们黄家人的颜面荡然无存。

黄正有苦无处诉,黄贞绞尽脑汁想计策。直到一天,黄贞突然想起了赵母,他想到赵母是赵家的掌舵人。黄贞决定将这件事告诉在村上德高望重的赵母。

"大娘,有个事不知当讲不当讲。"黄贞来到赵家向赵母说道。

"孩子,有什么事尽管说。"

"赵仁大哥经常到我哥家,外人总是风言风语,说大哥和我嫂子有瓜葛,这恐怕对你们赵家影响不太好啊。"

赵母听不下去了,义正词严地说:"孩子,如果真有那事,我一定会为黄家做主,话又说回来,他们俩的事你有真凭实据吗?还有,对于这件事你先不要声张,我调查后自会给你个说法的!"

黄贞来到黄正家,"大哥,嫂子的事我已告诉了赵母,她会替你做主的。"

黄正说道:"兄弟,算了吧,我给你说实话,哥已成废人,你嫂子跟着我也是受活寡呀,唉!"

赵母来到赵仁家。

赵仁问:"娘,你找我有什么事?"

赵母说:"有人反映你和春花有不正当的男女关系。"

赵仁说:"别人的话……你……能相信吗?随他们怎么说,我不怕!"

赵母说:"我给你提个醒,你也是个聪明人,这事儿呀无风不起浪,你还是注意点好。这种事万一要真是闹起来,我恐怕你这村支书是干不成了,还有我们赵家的一世英名也将全没了,你的那'仁'字恐怕也不能再叫了。"

赵仁听到赵母的话后,他的心跳得厉害,脸顿时也红了起来,可是他深信春花不会告他，于是就小声地说道："我们可是清清白白的。"

赵母叹息道："黄正的弟弟黄贞已经找到我了，他要到派出所去告你，我劝阻了他。事情已经到这一步，你还嘴硬！"赵母无奈之下谎称黄家要向派出所举报。

赵仁提出和举报人对质，如果那是事实，自己宁愿坐牢。

赵母劝说："春花虽好，她毕竟是人家黄正的女人，她还有个孩子。你已经是两个孩子的父亲了，荷花虽说是邋遢了一点儿，但她毕竟是你的结发妻子，你还是见好就收，不要害了自己又害了别人，今后就不要再和春花往来了。"

赵仁无话可说了，他也就默认了事实。

赵母说："马失前蹄，谁还没有个犯错误的时候，只要能改就好。"

赵仁想，春花有孩子不得不和黄正过，自己和春花的事是坚决不能让外人知道的，更不能让乡政府的人员知晓，于是他痛下决心与春花分手。

后来，赵仁和春花碰过几次面。春花打着手势，而赵仁却漠然置之。春花一脸急切和疑问，因为她很想知道为什么赵仁不再到她家来了。

春花想找机会当面质问赵仁，要他当面解释清楚。

夜晚是宁静的，偶有一两声狗吠。春花在赵仁回家的路上截住了他。看到赵仁的春花无比激动，她把赵仁紧紧地抱住，赵仁重重地叹了一口气，顺势推开了她。

春花一脸愕然，一脸疑惑地问："赵仁大哥，你怎么了，你为什么不敢喜欢我了。"

赵仁说："自己心里不舒服。"

春花不信，她依然固执地不依不饶地询问。

赵仁只好说："你和黄正好好地过日子吧。"

春花明白赵仁要和她断绝来往，她的眼里蓄满泪水。

她不死心，上前继续问道："我哪儿不好了，你为什么要离开我？"

赵仁望着一脸委屈的春花说："说句实在话，我不仅喜欢你，而且有一种难以言说的依恋。可是，天下没有不散的宴席，我们之间的事真的不能再进行下去了。如果我再和你来往，咱们的事情一旦败露了，咱们两家都不会

安宁,为了不破坏你我的家庭,也是为了我们各自的将来,咱俩缘分到头了。"

春花说:"我不怕,我的男人我能降住他!"

赵仁说:"可我的良心也不允许我这样。"

赵仁说完匆匆回家,身后传来了春花的啜泣声。

赵仁心生悲凉,可他终是没有回头,因为他下定决心痛改前非,一定要对得起自己的名字。

二十七

赵家一片悲痛 赵母仙逝后
文俊作文怀念 赵智赴家祭

  人生多变,世事无常,因生活贫困所引发的不如意之事时时可见,处处可闻。悲欢离合乃人间常事,这世间的凡夫俗子大都有着同样的感触。

  文俊五娘冬梅自从赵光去世后,她性情变得异常暴烈,她得理不饶人,而且时常因生活琐事向赵母示威耍脾气。赵母已有八十岁的高龄,经历了太多的风风雨雨,她的心力交瘁,近来双眼昏花,口齿不清,那下世的迹象已渐渐地显出。

  一天晚上,文俊五娘冬梅刚离开赵母的房间,一阵剧烈的咳嗽声从屋内传出。不一会儿,只听赵母说道:"赵玉,我这可怜的孩子,娘恐怕是活不成了,你去把几个哥哥叫到我的身边来。"

  "是,是,娘,娘,不要害怕……你歇一会儿,不会有事儿的,我去把几个哥哥喊过来。"赵玉慢吞吞地说道。

  不大一会儿,赵仁、赵义、赵礼、赵明,还有文贤、文青、文松、文志、文德、文俊、文霞、文英都挤在赵母的那间又低又矮的屋子内。

  "赵仁、赵义、赵礼、赵明,娘恐怕不行了,我死后,你们弟兄几个人,还有你们那三个姐妹都要好好过日子,你们要好好地把你们的孩子抚养成人,咱们这个家走到今天的确不容易啊……"

  "娘,你不会有事儿的,你不要多想。"赵仁流着眼泪说道。

  "你们弟兄姊妹八人无论何时都要互相帮助,要和睦团结。老大,你要为咱们老赵家树立一面旗帜,今后我们老赵家,你和老二、老三、赵明你们几个还要多费心,多多担待。"

"娘,你老人家不要多想,你不会有事的,老六你快去把孩子们的大姑、二姑找来。"赵仁急忙说道。

赵明骑着他那辆破旧的自行车。在皎洁的月光下,他分别来到梁家村赵冰家和王庄村赵清家。赵清夫妇因为落户在王庄村,距离赵家村很近,所以不大一会儿赵清夫妇就来到了赵家;赵冰夫妇半个小时后也从梁家村来到了赵母这里。

赵母躺在床上,她的目光沉重,脸色苍白。她望着满屋的儿女和孙子、孙女,她突然长长地叹了一口气。

"赵冰、赵清,你们两个也要好好过日子,在婆家要孝敬公婆,你们也要好好地把你们的孩子抚养成人。"

赵母又望了望赵玉,她紧紧地拉着赵玉的手对赵仁、赵义、赵礼说道:"玉儿已经不小了,可是她的神志不清,她的这病还须你们哥儿几个好好用心,你们还要继续拜访名医把她的这个病给治好。她的病痊愈了,你们就给她找一个合适的人家,让她出嫁吧!娘这辈子唯一的遗憾就是不能亲眼看到赵玉成家了……"

"娘,你放心!你放心!我们不会让你失望的。"赵仁、赵义、赵礼、赵明哭着说道。

"孩子,你听娘的话,那过去的事就让它过去好了,你会好起来的,你要相信你自己。"赵母拉着赵玉的手说道。

赵玉望着赵母,她早已是泣不成声。

"孩子们,我今年已经是80岁有余了,如果能再熬两个月就要圆满归一了……近两年来我腿脚不便,也没出过远门。虽然没有和大伙住在一块儿,但也离得不远。我每天都能看到你们这几个儿子、儿媳和我这一群讨人喜欢的孩子们,还有赵冰、赵清两个女儿也时常来看我,我知足了。"

"孩子们,其实在我年轻的时候,我的腿脚就不利索了,所以没出过远门,当我想起你们这些孩子、我已经很满足了,满足了……这次,我恐怕真的要走了,我不想再给大伙添什么麻烦,我只想安安静静没有痛苦地走,大家不需要惊慌,也不要太过悲伤……"赵母时断时续地说道。

赵母用手拉着文俊,那眼泪顺着脸颊落了下来,她对着文俊说道:"文俊啊，我的好孙子，你是咱们老赵家的希望，你要好好学习。老六啊，今后你千万不要再对文俊动粗了，这个孩子将来会有出息的。"

赵明哭着说道："娘，我听你的，我都听你的。"

"老大、老二、老三、老六你们要告诉赵智，我临终前虽然没有见到他……但是我不怪他，我这心里一直都没有怨过他；自古忠孝不能两全……他是好样的，他也是咱老赵家的榜样；我死后……你们要告诉他，说娘让他继续好好工作，为人民服务，有时间让他再去看一看文先生……"

"是，是，娘，我们会转告的。"

"小俊，有空的时候你也去看看你的文爷爷，多向他请教，你把这封信交给他，将来……将来……"

赵母终于离开了这个家，离开了这个世界，她带着很多的希望终于安安静静地走了。

"奶奶……奶奶……""娘……娘……"满屋的哭声仿佛要冲破屋顶，赵家众多子女都沉浸在一片痛苦之中。

第二天上午，赵家的亲戚朋友怀着无比悲痛的心情来到了赵家。文俊大姑父梁思明，二姑父贾红蔷，赵家所有的娘舅姑姨等亲戚前来吊唁。

赵母的灵堂设在面朝南的一间正屋内，在这间正屋的后墙正中，摆着赵母的遗像。正屋中间用四个长凳支起一个临时的床，赵母静静地躺在那里。她的脸上盖着一块儿雪白的方形白布。赵仁、赵义、赵礼、赵明披麻戴孝，人们守在赵母的左右两边，一边为母亲守孝，二来向前来吊唁的亲朋好友施礼。赵家也请来了吹唢呐的一帮人员，随着唢呐的悲伤和哀痛音调，亲戚们哭声一阵接着一阵。

文俊年纪最小，但他与奶奶的感情最深。他偷偷地躲在东屋灶房里伤心地痛哭，不时地喊着奶奶，可是奶奶再也听不到他的声音了。

第二天文俊随着浩浩荡荡的送葬队伍来到了村北边的一块儿田地里。当送葬队伍到达时，一个深深的土坑出现在大家眼前。就这样，赵母终于安息在地下，文俊多天没有露出笑脸。

一个星期天的晚上，文俊望着奶奶的遗像，他在百感交集中伏案写下这篇纪念奶奶的作文。

我的奶奶

对我而言,世界上最美丽的声音,莫过于奶奶的呼唤声。时光如流水一般匆匆而逝。过去的日子里,我遇过很多很多的人,也发生过很多很多的事。然而,我与奶奶之间的亲情,如金子一般坚定不移,她触动我的心灵,如甘泉般缓缓流淌。

奶奶你是一棵大树,春天倚着你幻想,夏天倚着你繁茂,秋天倚着你成长,冬天倚着你沉思,我是在你的照耀下成长的,你那高大宽广的树冠,使我的人生四季永远清凉温馨,你的教导成就了我的学习精神,你的教诲成就了我做人的良知。我永远无法忘怀的是你的关怀、你的关爱、你的培养,你对我学习的影响,相信知道你的人都会被你的精神所感动。

奶奶看着我长大。童年时光,奶奶教会了我坐立、走路、说话;少年时光,奶奶教会了我写字、读书、讲故事;最重要的是奶奶教会了我做人的礼节,她还教会了我许许多多的道理。和奶奶在一起的每分每秒都让我感受到了真切的爱护。如果奶奶是雷雨,那我便是雨后的彩虹,如果奶奶是天上的月亮,我就是捧月的一颗星星。奶奶是我生存的根,我便是奶奶理想的果。

我从未给奶奶写过一篇文章,也没有为奶奶编唱过一首赞歌,但是我深深地爱着她。

煤油灯下你额上的皱纹,记载着你一生的坎坷,你那爱笑的脸展示着你那无尽的慈祥。在我心中,你的一生就是一首动人的歌。

我亲爱的奶奶你知不知道,你的博学和无私成就了我们赵家的声誉,岁月的流逝使你的脸上布满无数皱纹。充满热情的我和知道你的人们却只能每日将爬上心灵的无数皱纹抹掉。

你是经霜的枫树越老越红,历尽悲伤更显胸怀坦荡。在这思念你的时刻,我更加依恋你的慈祥、你的温暖、你的微笑,你给予我的爱。

树木的繁茂归功于土地的养育,孙儿的成长归功于奶奶的辛劳——在你博大、温暖的胸怀里真正地让我感受到了你给予我的关爱。你用亲情养育了我的魂和体,你的皱纹是我思维的源泉,你的眼睛里有我生命的希望。

在我随着岁月流逝的拼搏中,你却悄悄地离开我们而去。你可知道,我的心顿时冻结了,精神崩溃了,你是我心中唯一的精神支柱啊!你虽然这么匆匆地离我们而去，但我会永远记着你和你的教育。

奶奶走好，愿你在天堂里依然幸福！

文俊写完这篇文章后，他用一个精美的信封保存在自己屋内的一个柜子里。每当他想起奶奶时，总会打开看看；而每次读这篇文章时，奶奶那音容笑貌，举手投足，那可敬可亲的光辉形象总会浮现在自己眼前。在泪光中，文俊总是看着奶奶的照片深思怀念。

刚从国外回到家乡的赵智，因为没有赶上送别去世的娘，他的心情十二分地沉痛。每当他想到《论语》中的那句：父母在，不远游，游必有方。孔圣人尚且说到父母在世，不出远门。如果要出远门，必须要有一个奋斗目标。而今天，自己连见娘最后一面的机会也没有，这个遗憾时时如针一样刺痛自己的那颗心。

赵智携带着酒食果品等物来到墓地，他将这些食品供祭在母亲墓前，再将纸钱焚化，他还在坟墓附近清理杂草、修整坟墓，折几枝嫩绿的新枝插在坟上，他又在上边压些纸钱，垫上砖头，然后哭泣着叩头行礼祭拜。赵智爱人和女儿文佩就近折些杨柳枝，将撤下的供品用柳条穿起来祭奠着赵母。

"娘，儿子不孝，在你生前不能侍奉你老人家，而你走时我又不能亲自为你送行，今天特来看望你老人家，希望你老在天之灵能够原谅。"赵智一边叩头，一边哭泣着说道。

过了一会儿，赵仁、赵礼等兄弟前来劝说赵智要节哀，并把他扶了起来……

二十八

文俊谨记遗言 文先生接信
心有灵犀相近 隔代结文缘

在赵母下葬后的第二周，文俊谨记奶奶临终前的遗言，他来到学校后边的一间住室，非常谨慎地准备把那封完好无损的信交给文先生，此时已退休的文先生刚刚从谦州回来。

砰！砰！砰！

"谁呀！"

"文爷爷，我是文俊，请你开开门。"

"孩子，你好，文校长已经到赵家村老赵家的坟地去了，他这会儿不在这里。"一个常年在学校打扫卫生的中年人告诉文俊。

"谢谢你，大伯。"文俊说完就来到村庄后边。

"文爷爷，文爷爷。"文俊哭着向刚来到地头的文先生喊道。

"孩子……"文先生把文俊拥入怀中，轻轻地抚摸着他的头，潸然泪下。

文先生头发花白，脸色严肃，他望着赵家村村后地里那一个高高的坟头，一块青石碑矗立在眼前。文先生动了动嘴唇，他想说什么但始终也没有说出，那眼泪不由自主地顺着瘦削的脸颊流了下来。

他们站立了一刻钟，之后他们就互相搀扶着并迈着小步子慢慢地向那块石碑走去，文先生一边走一边说道："都怪我，都怪我，我来晚了。"

他们到了坟前，在那块石碑前，文先生伸出颤动的手从一个袋子里拿出两朵色泽明亮的白花小心翼翼地放到大墓顶上，他喃喃自语："安息吧！安息吧！"

文先生向着墓深深地三鞠躬，然后，他站在大墓前纹丝不动。

"文爷爷，奶奶走的那天我们没有通知你，你不要伤心，这是奶奶给你的信。"

文先生打开这封珍贵的信，信上写道：

敬爱的文先生：你好！

谢谢你对我们家人的关爱，也谢谢你曾经对我的赏识和抬爱，我们能在冥冥之中相遇，这是缘分，然而上天注定我们在这同一片蓝天下只能守望。

"天地无数有情事，世间满眼无奈人"。清朝《饮冰室合集》的作者梁启超曾经在《论毅力》力中写道：盖人生历程，大抵逆境居十六七，顺境亦居十三四，而顺逆两境又常相间以迭乘。人生不如意十有八九，而这情又何尝不是如此呢？

伍次友，风度翩翩、温文尔雅、才华横溢、生性秉直。笑天下一切可笑人，骂天下一切荒唐事。苏麻喇姑，花容月貌，冰雪聪明，阅历丰富。他二人可以说是一见钟情。一个是学识博渊的儒雅书生，一个是柔情似水的红颜佳丽，按常理两人应该蝶蝶鹅鹅、暮暮朝朝。然而自称木讷的伍次有还是看出了康熙皇帝的心思，书生的软弱和现实的严酷使得他们在美好的爱情面前望而却步。这段故事在我的内心生出一种"此情可待成追忆，只是当时已惘然"的惆怅。"天地无数有情事，世间满眼无奈人"这句话便道出一对俗世男女的缱绻深情与无可奈何，以至于那句话铭刻在我的记忆深处。

"人生若只如初见"，纳兰容若与表妹雪梅的故事可谓家喻户晓。纳兰容若在正式娶妻之前，有一个青梅竹马的心上人就是他的表妹雪梅。雪梅自幼成为孤儿寄养在容若家。纳兰的这位表妹，冰容款款、玉貌依依，"心较比干多一窍，病如西子胜三分"。纳兰与表妹两情相悦，心心相印，私订终身，然而他们的爱情遭到纳兰母亲的反对，最终二人的心近在咫尺，而身却似隔天涯。纳兰痛心写下《画堂春》：一生一代一双人，争教两处销魂。相思相望不相亲，天为谁春。浆向蓝桥易乞，药成碧海难奔。若容相访饮牛津，相对忘贫。

曹雪芹与表妹李绮筠的爱情之路，坎坷而凄美，曲折而怆然。二人总角之时，青梅竹马，两小无猜，同行同止。雪芹身边又有众多丫鬟侍奉，所以从小就对女儿家有一种"造化钟神秀，怜香惜玉情"。总认为女孩儿就像莲

花那样纯洁而美丽，只可远观而不能亵渎。长大后绮筠如出水芙蓉，闭月羞花；雪芹如伟岸青松，才华卓越，品清独绝。尽管受封建礼教——"男女之大妨"的约束，兄妹二人依然往来频频，感情也与日俱增。用雪芹的一句话：妹妹是哥哥的心，我人在哪里，心就在哪里。常人的眼里此二人郎才女貌，应该结成为伉俪之好。曹家被抄，父母俱亡，二人身背逃奴之名，亡命天涯。最终曹雪芹被接到屈家，而李绮筠被人辗转贩卖到妙香院中。强颜欢笑，歌台暖响，舞殿长袖；夜晚，独守窗儿，碧海长天，以泪洗面。花谢花飞花满天，红消香断有谁怜，二人的感情也悲痛地画上了句号。

最后，愿你在有生之年多教育孙儿文俊，望他早日成材，成为栋梁。

祝你！安康长寿！

文先生看完之后，他流下了伤心的眼泪，不经意间吟出：

诉衷情

如烟往事映心头，千般意悠悠。孑然寻梦何处？俗世事洪流。

知岁月，却难留，勿悲秋。人生有梦，夷道有颣，行坐稳舟。

一天，下午放学后，文俊被文先生请到了办公室里。

文俊没有往常的欢快，他拖着沉重的步子慢慢地走着，他来到文先生的住处等待几分钟后就轻轻地敲门，文先生打开门，深情地望着这个孩子。

"傻孩子，外边这么冷，赶紧进屋。"透过孤寂的风声，一个熟悉却又陌生的声音撞击起文俊的耳膜。还没等他回过头去，那声音已和他并肩同行了。文先生让文俊坐在自己那把已有多年历史的椅子上。在文先生看来，至少在他看来自从人有老少之分，老一辈与小一辈之间就有一道沟，一代留下一沟，像树身上的年轮一般，然而从这个机灵睿智的孩子身上仿佛又找到了自己儿时的身影。

"孩子，近段时间你瘦了很多，你要坚强，将来还得好好学习，天天向上！你的未来还得靠你自己去努力！"

"是的，我会记住的，文爷爷。"文俊坚强地说道。

"孩子，你看爷爷这书房，这是我从上学期间一直到现在所有的家当。"

文俊看到文先生的书房，书房里摆满了各种藏书，有各种名人的传记，书写的字帖。这书房显得那样安静。空气是均匀的，温暖的，炉火也是缓缓地飘着红色的光。墙壁是白的,白色的纸上又印着一些银色图案,两个书架也是白色的,那上面有许多金字的书。书房的桌上摆着文房四宝,一支紫毫笔挂在笔架上,漆烟墨如那黑夜一般。文俊磨着黑墨,文先生用毛笔沾了黑墨并在白纸上写下一行字:书山有路勤为径,学海无涯苦作舟。

文俊看到这句名言警句,他禁不住想到了过去文先生曾经给同学们上课的情景,镜框下他那双眼睛还是那样炯炯有神,仿佛又有一丝丝替他们着想的无奈与焦急,因为文先生总是想让同学们尽早改掉走神的坏习惯。

在平时的课堂中,文先生喜欢与大家一起讨论和分析课文,时而满意地点点头微笑着夸赞着他们;时而仔细聆听同学们的观点;时而又插进几个小故事,让课文引人入胜。渐渐地,文俊和其他同学开始感到语文课的乐趣和学习生字的乐趣,越发期待文先生给自己上课。过去,他们对一些老师的错误认识也悄然消失了。一节四十分钟的课,生动有趣时大家哄堂大笑,既让同学们学习到知识,又非常愉悦地上课。在课堂上,文先生有时讲的内容就有个别的同学不服,他们反驳道:"不对,校长你说的我们不赞同。"文先生听到后不但不恼怒,反倒"一本正经"开起了玩笑,本来已经十分有趣、生动的课堂顿时更有的聊了。文先生十分敬业又爱同学们,他给予同学们的不仅仅是知识,还有乐趣。是他让同学们在学习的过程中感到快乐。

文俊为了感谢文先生的教育之恩,从那时起,他下定决心,自己一定要用优异的成绩来报答文先生的教育之恩并不负他的厚望。

"孩子,爷爷已经退休了,爷爷也想好好休息休息,今后你要好好学习,天天向上,来,爷爷再送你几本书。"文先生望着文俊郑重地说道。

文俊一看,原来是几本褪了色的经典名著,《论语》《大学》《中庸》《孟子》《道德经》《唐诗三百首》《宋词三百首》《元曲三百首》。

"孩子,这几本书对你的人生至关重要,你要慢慢地消化它们,你每天都要抽出一定的时间认真地阅读。"

"好的,文爷爷,我会记住你说的每一句话,将来我还要向你问很多的问题。"

"孩子,这儿还有一封信是我早就写好的,你回去后再看吧!如果有不懂的地方可以请教你的大伯赵仁。"

"好的爷爷！我有空还会来看你的。"文俊伤心地说道。

文先生先是怔了一下，片刻过后，他轻轻地抚摸着文俊的头说道："孩子，请记住，君子生于天地之间，应先立下大志，无论在什么样的情况下，都要坚持，要坚持到最后。"

"好的，爷爷！再见。"

"再见！"

二十九

文先生隐山林 揽清风明月

文俊不忘恩遇 发奋苦读书

    文先生看完那一封信，他的心情轻松了许多。想起自己的人生就如一场大梦，现在总算是大梦该醒的时候了，经历太多的坎坷，自己的内心也充实起来。持而盈之，不如其已。揣而锐之，不可长保。金玉满堂，莫之能守。富贵而骄，自遗其咎。功成身退，天之道也。"其实归隐田园也是相当不错，古代的文人墨客皆如此。而今自己年事以高就期盼着身体健康，老有所乐才是自己晚年应该得到的幸福生活。城市虽好但早已不适合自己，农村的生活自由自在，可是始终离不开热闹，还是大山里的空气新鲜，这才是个天然休养之地吧，睡觉自然醒，时闻鸡鸣犬吠鸟儿叫，这才我最终的理想的栖息之地啊！

    "少无适俗韵，性本爱丘山。误落尘网中，一去三十年。羁鸟恋旧林，池鱼思故渊。开荒南野际，守拙归园田。方宅十余亩，草屋八九间。榆柳荫后檐，桃李罗堂前。暧暧远人村，依依墟里烟。狗吠深巷中，鸡鸣桑树颠。户庭无尘杂，虚室有余闲。久在樊笼里，复得返自然。"

    但是临走前，自己还有一个未了心愿那就是再看一看自己曾经生活过的地方——赵家村，这里的一草一木，一砖一瓦皆留下自己的汗水，全都铭刻着自己行走的足迹，这里的乡亲们是那么朴实、那么勤劳，他是多么的不舍啊！毕竟他在这里生活了整整三十多年。然而，人生就是这样，不舍的必须舍，只有舍才能得，只有舍才能看清楚"真"的面目。

    而且，最让他放心不下的还是文俊这个孩子，他深知播下一粒种子可以让鲜花盛开，栽上一棵幼苗可以让绿意萌生，扯下一片彩云可以让梦想腾飞，

他多么希望自己能把平生所学传授给这个可爱、聪明、善良的孩子,然而自己现在已是垂垂老矣!自己只能修书信一封给这个孩子送去祝福,让这段忘年情谊永久飘香。

文先生来到赵家村村委会,这是一个中等大小的院落,东西北三面皆有一排瓦房。南面是一道一人高的围墙,围墙上面粉刷着几个醒目的大字,"全心全意为人民服务"。中间有一扇大门,大门两侧有一副对联:民安国泰逢盛世,风调雨顺颂华年,横批——国泰民安。

多年的乡村生活使得文先生尤其喜爱那魂系梦牵的青墙小院。且不说农村那古朴的小桥流水,也不必说那引人入胜的青松苍柏,更不必说那绿油油的广阔的土地,以及常见的一年四季富于变化的荷塘,单是这青墙小院,就极富诗情画意。院中黛瓦青墙,历史风采依依。曾听人说,这里曾是民国时代一个富贵人家的庭院,只是昔日风雅的庭院已经全无当初的风光,取而代之的是改造过的民房建筑,院中虽没有了繁华,但翠柏依然苍松,草绿花红。文先生走进这个院落,只见那光滑的木板已然腐朽,堆满了灰尘的雕花宝座静静地躺在那里。谁又曾想过,这个深宅院落里曾经拥有的荣华富贵,曾经经历的烟火和尘埃熏染浸透,曾经拥有的一种陈旧灰色的色调。可是,这深宅大院里曾经有过的兴衰沉浮的故事也不过是随着时间的推移归于平静罢了。

"赵书记在吧?"

"大叔,快请进!"赵仁领着文先生来到他的办公室。

"孩子!这几年咱赵家村发展得挺快!多亏你们领导得好啊!"

"大叔,多谢你这么多年的教导,我们还须继续努力。"

"孩子,这儿有封信请你转交给文俊吧!这两天,我还有一些事情就不再见他了。"

赵仁望着这封精致的书信,他知道这是一封重要的信,他双手接过后深情地望着文先生。

"大叔!我会转交给他的,你放心,有空到我们家坐坐好吗?"

"好的,孩子,我走了。"

赵仁陪同文先生出了大门,望着文先生远去的背影,他转身返回。

赵仁回到家中，他把这封"沉甸甸"的书信交给了赵明。

一天，文俊来到学校，他迈着轻盈的步伐来到学校最后一排的房子，可是眼前的一幕让他为之一惊，文爷爷的住室已经锁上，他隔着窗户望去，里面没有人，除了办公桌屋内已经空空如也。

"爷爷，爷爷……"文俊一边喊，一边找，可是他再也找不到文爷爷的影子了，他一边哭泣，一边东张西望，就这样他伤心地回到家。

文俊回到家后，他猛然想起文爷爷给自己的一封信，他拿着那封信来到赵仁家里，文俊让大伯赵仁打开信，赵仁一字一句地念着：

文俊，我可爱的孩子！

时光过得真快，转眼间你已经是明德小学五年级的学生了。

孩子，我与你们赵家可是有着不解之缘，我亲眼看到你的奶奶在那艰苦的年代含辛茹苦地支撑着你们那个特殊的家庭，我看到你的长辈们所体现出的咱们中国人特有的精神特质，仁义礼智，光明正大，我也是非常荣幸地认识你们赵家，然而相识是缘，天下没有不散之宴席，我也该到我应该去的地方了。

爷爷希望你在今后的学业道路上，树立远大的理想，要学会做人，学会生活，学会学习。不管将来的有什么样的压力，你都要有恒心、有毅力，因为人生有苦也有泪，但苦中有乐，泪中有喜。不经历风雨，怎能见彩虹，没有人能随随便便成功。没有压力就没有动力，没有动力就发挥不出个人潜力！

希望你能在新的学期做到以下几点：一是勤奋，勤能补拙是良训，一分耕耘一分收获；二是刻苦，追求是苦的，学习是艰苦的，最终的成功才可能是甜的；三是进取，学习如逆水行舟不进则退，一下子成为天才不可能，但每一天进步一点点总有可能；四是务实，求真务实是提高学习成绩的法宝。五是，把爷爷交给你的几本书每天一定要抽出时间背诵，希望在你小学、中学，甚至是用一生把它背熟，融会贯通。然则是所有一切的前提是先要有一个阳光的心态！爷爷还是期望你每一天都能保持良好的学习状态，遇到问题时不要着急，乐观应对，用心思考，解决问题。

孩子，只要你做到用心，无所畏惧，那么你就是最优秀的。考试第几名

无所谓，只要你的学习状态是最佳的，不要让名次成为你的负担。孩子，在爷爷的心目中，你是最优秀的，只要你踏踏实实地学习，做一个独一无二、与众不同的你，并用你的聪明才智创造出属于你的精彩未来！

孩子，有一种记忆叫感动，有一种付出叫成功，有一种辉煌叫震撼！期望你能用成功和辉煌去感动所有关爱你的人！努力吧！向心中的目标冲刺，为自己喝彩！

文先生

文俊看完了这封信后，他思绪万千。时光荏苒如门前溪水汩汩南去，然而岁月不会抹去一切美好的记忆。一个亲切的音容笑貌，一个闪亮的名字将随着明德小学的琅琅的读书声永世传扬，镌刻于一代又代明德学子的心田。作为后辈的新一代儿童应继续秉承"团结进取，勤奋求实、光明美德，德才兼备"的明德精神，坚定地踏上新的学业征程。

日月轮转，季节更换，转眼间夏去秋来，山野里更是凉爽无比。文先生终于来到他理想的居所。他曾在《理想家园赋》里写道：园之东边，蛇行蜿蜒，一渎尽在眼前。岸芷丰茂，郁郁葱葱，佳木繁结，参差相伍。潺潺水鸣，悠悠吾心。闲来垂钓碧溪上，忽复乘舟梦日边。晨风微微，沁人心脾；露珠晶莹，玲珑剔透；氤氲迷漫，紫气东来。渺渺兮予怀，望日出兮天一边。光芒四射，烟消云散。人间万象迷人眼，天地灵气润心田。秉圣贤之文集，步溪岸之羊肠小径。偶见彩蝶于野花之畔，时闻鸟鸣于密叶之隙。享自然之美色，悟人生之真谛。

文先生终于来到他的理想家园。

一天傍晚，他用完餐后外出散步。他独自走在那条山间小道上，一阵山风拂过，周围野花散发出阵阵幽香。再往远处眺望，天边浮现出一片片灿烂的晚霞，不过很快天色就黯淡下来，刚开始还是淡淡的氤氲，接下来整个山林都笼罩在烟雾之中，直到一轮玉盘慢慢升起，月光如水如同白练渲染，整个秋林又沐浴在温柔的月色下。文先生不禁口出一句，"夜色秋光共一阑"。秋夜的景色美不胜收，文先生用这七个字就概括并描绘出空无一人、寂静虚寒的深秋夜景。

文先生只想与秋夜、秋山以及周围景物融为一体,而他自己却领会到寂静而幽深的秋夜气氛。他来到一座废弃的空屋旁稍做休息,只见旁边杂生了各种树木,几棵梧桐树利用它们高大的身躯占据了很大地方,也在月光下留下了婆娑的影子。文先生再次感受到秋夜的凉爽。在这静寂的夜晚,从不远处传来三两声蟋蟀的鸣叫声令人感到秋林寂静。远处云杉高耸,近处泉水汩汩,周围还有柔软的青草、长满青苔的石块,文先生极其喜爱这里的草木和清泉。

　　秋林的夜色美妙,富于变幻,文先生从此远离尘嚣、他的心里再也没有烦恼,却有那朦胧的月亮对着他欣然微笑。

　　后来,文先生或许遁入空门,或许只身一人远走他乡,或许他有时也对着苍天长笑,或许他在揽遍青风明月之后就圆寂了,或许……

三十

漫漫学业征途 与文字结缘

家乡风景赞誉 处处有荣光

  自从赵母去世，文先生出走后，文俊有很长一段时沉浸在痛苦之中，往日那个活泼可爱的小身影不见了。

  时间不知不觉地过去了，时间的流逝慢慢冲淡了文俊内心的忧伤，他眼中的那个春天又悄悄地来了。

  这年春天，赵家村迎来了她最美丽的倩影。

  在乡村的田野，映入眼帘的是一眼望不到边的麦田，这里简直是一片绿的海洋，微风中那一层又一层的绿波为春天披上了嫩绿的服装，那金黄的油菜花为漫山遍野的新绿增添了一份耀眼的魅力。田地的小径旁，一棵棵小草从土地中探出头来，东张张，西望望，好像对这美丽的景色仔细地欣赏。草丛中开满了五颜六色的小花，仿佛是绿地毯上画着的小点缀。小径旁，瞧！有几只小蜜蜂正兴高采烈地在花蕊中采着蜂蜜。赵家村中央那条泰溪冰面融化，流水淙淙，不时发出悦耳动听的声音，河水浅浅的，清清的，河里小鱼游动，河底沙石颤动。让人更为心动的是整个村庄那雪白的槐花在枝头悄悄地绽放，那淡淡的槐香弥漫整个村庄。枝头上的鸟儿们啁啾个不停，它们也好像在为这春天的到来暗自庆祝，它们高兴极了尽情地一展歌喉。村后那座山也闻到了赵家村那槐香似的从枯黄中醒了过来，虽然未被春绿完全覆盖，然而那微露的青色也使得这座山呈现了一片勃勃生机。黄色、绿色、青色、白色和村庄中瓦的灰色是赵家村当今的颜色。赵家村的各家各户镶嵌在这美丽的五彩图画中，整个村庄朴素中带着几分华丽显示出一派与众不同的农家风光。金色阳光洒下了一个个宛如金色的种子，给众花、众树、众草、溪水披上了一层又一层的金纱，村中的溪水、花草，异常美丽，它们纷纷向着阳光和春风致敬，因为所有的一切都沐浴在灿烂的阳光和和煦的春风中。

学校为了活跃同学们的学习气氛举行了作文竞赛。这次参赛的年级主要是四五年级，主题为赞美春天。上午十点钟左右，当卷子发下来之后，文俊、文松、文忠、文霞、李忠、黄书良、张恒和其他同学开始写作。

文俊在写作之前总要列出提纲，这早已成为他写作文的一个习惯。30分钟过后，文俊一气呵成写下《家乡的春天最美》：

人是故乡亲，月是故乡明，景是家乡美，家乡最美的风景是春天。

春，绝对是一桢浸染着生命之色的画布，春，也是一拱彰显着神奇生命的画廊。

告别了漫长的冬天，春天悄无声息地降临到我们身边。春风蹑手蹑脚地问候着家乡的每一寸土地。漫山遍野，小草也悄悄地破土而出，探出了嫩绿的小脑袋，青青的色泽温润着人们的眼睛，轻轻摇曳的舞姿抚慰着人们的心灵。"寄语酿花风日好"，春风也是一位多情的使者，温文软语使得那桃花笑靥、梨花羞涩、杏花含情脉脉、杜鹃似水秋波。春雨温柔而缠绵，丝丝点点润物千遍。草儿昂起了头，小树挺直了腰杆，百花露出了笑脸，梁间燕子在呢喃，丛中虫鸣又似在夸赞，喜得那少年郎不禁高歌一曲《我的故乡美如画卷》。

我的双脚行不由心，飘飘乎来到村南边的那片梨园。春天的梨园格外夺目，成为家乡美景的代言。那梨花素素淡淡心、袅袅香泛、白中含粉，仿佛西施，恍如飞燕。漫步园中，仿佛置身于瑶池仙境。看那蜻蜓起舞，彩蝶蹁跹，云涛渺渺，往来八仙，仙娥邀舞，洛神眷恋，魂魄离壳，使我忘言。

家乡的一座古庙与村南那片梨园睦邻如初。在大好春光中，也是人来人往，别有一番热闹景象。杏黄旗迎风飘扬，巍峨大门敞开，时刻招呼着前来观赏的游人香客。庙中香火缭绕，数行松柏，参天耸立，寺庙的后园中零星点缀着几簇红花，诗情画意。香客依次跪拜，心诚则灵，至乎虔敬。大家都在祈祷来年五谷丰登，财源滚滚；也在祝愿家人平平安安，步步高升；祝福家乡繁荣昌盛，时时处处留春天。家乡上空的雨要像清泉的水那样清澈，与我相逢的人笑容可掬，与我相识的人把幸福常挂在胸前。

闻名遐迩的村西古址——兰亭阁（相传东汉时期一位举人匡兰在此做县令时所建），在春天的温柔乡中也不会自甘寂寞吧！数百年的风雨洗礼，已使它古貌殆尽，留给我们的只有那亭台阁楼的古风神韵。过往行人驻足观赏。看到两旁的香樟树似露新芽，又添新绿，禁不住在内心赞叹大自然的神奇魔力，使得枯木逢春，也使得东汉时期的历史得以印证和铭记。

赵家村东边风景也为家乡的春天留下了浓重的一笔。不必说，蜿蜒而流的泰溪，也不必说沐浴在春光中的校园，就连泰溪附近那满地金黄的油菜花也使得家乡的春天格外明媚，分外光鲜。寂寞了一冬的柳枝露出嫩芽，在春风的轻吻下是那么安适，那么妩媚，那么风情万种。温暖的阳光照耀下，泰溪开化，水流潺潺，悦耳动听，似钢琴奏出妙曲，和弦声声。三五成群的稚童尽情贪玩乐在其中，耄耋老人相依相扶也徜徉在醉人的溪边长廊。览此美好画卷，禁不住咏出《行香子》：柳依长廊，水流中央。乘兴浓，尽意观赏。有草的青，亭的红，花的黄。远远望去，绿波荡漾。思未尽，无限遐想。正村落多，炊烟升，人匆忙。

泰溪绵延数里，在春天阳光的朗照下，碧波荡漾。众多垂钓者，簇拥而来，端坐河边，凝神观望。河中虾多而鱼肥。旁观者，举目四望，看鱼儿上钩也与垂钓者共乐。

家乡的最美是春天。家乡的春天是温暖、是希望、是多情、是变化万千，变得那春光姹紫嫣红，百花竞艳；化得那家乡的山山水水风光无限明丽。

同学们陆续上交自己的作品，文俊踌躇满志的上交了自己的那篇作文。在作文评分会议上，明德学校的几名语文老师纷纷给予文俊的这篇作文以较高的评价：

时任明德小学的一位新来的许校长评价道："本文是一篇较为成熟的写景之作，小作者以准确流畅的语言为大家展示了家乡的春天景色；小作者观察仔细，叙述时井然有序，把一个魅力无穷的春天给展示出来。他从冰雪在春光中悄然消融，溪流在春日淙淙流淌，天空像重新清洗过一样，湛蓝得令人心旷神怡等方面写景。

"这篇写景的作文赋予了春极强的生命力，运用生动活泼的语言，语句流畅优美。"

"'小草也悄悄地破土而出，探出了嫩绿的小脑袋'形象地表达出小草的特点。文章的开头与结尾遥相呼应，突出了主题，表达出小作者对春天的喜爱之情。"文俊的语文老师说道。

"这是一篇写景的文章，小作者用抒情的笔调，从'春，绝对是一桢浸染着生命之色的画布''春，也是一拱彰显着神奇生命的画廊'两个角度，把春天的美描写得淋漓尽致。文章语言清新，行文舒展自如，是一篇成功的习作。"另一位语文老师说道。

"小作者文笔功力深厚，他小小年纪竟然能用诗词来赞美，真可谓是神童啊！"一位老师伸出大拇指赞道。

"作者在赞美明媚的春天，重点是激情洋溢地赞美春风、春草、春树，满篇都是浓浓的爱意；语言优美，清新流畅自然，运用了比喻、拟人、夸张、排比、引用等修辞手法，展现了一幅生机盎然的春景图。"四年级的语文老师说道。

"好一个可爱的家乡。一篇写景作文，以地点变化为观察顺序组织材料，抓住春天的不同景物特征，突出了家乡的美丽，对春天充满了希望，表达了小作者对家乡的深深爱意。"

"这是一篇非常优美的写景文章。文中小作者多处运用比喻和拟人的修辞手法，抓住家乡春天中的景物特征进行描写，生动活泼，形象逼真，赞颂了家乡春天的美丽和多彩，表达了作者对家乡春天的爱。"一个语文老师说道。

"这篇写景文章中句句都精彩，可以看出这位学生的文学功底很扎实。运用了比喻、拟人、排比的修辞手法使文章更有可读性。不露雕琢痕迹而颇有情韵，文章结尾不落俗套给人以欲说还休的感觉。看了这篇作文，仿佛眼前流过一条清纯可爱的小溪。我们如果要求全校孩子能保持住这样的文风，用纯净的语言表达出丰富的内涵那就再好不过了。"一位二年级的语文老师说道。

第二天卷子评出后，文俊得了全校第一名。从此，"小作家"的雅号就落在了他的身上。

明德小学校园的西边是学校的操场，这块操场四四方方宽大平整，两个

高高的篮球架竖立当中，南边儿篮球架旁有一个沙坑，那是五年级跳远的地方，也是二三年级学生玩沙土的地方。操场的四周有着成排的杨树，文俊与同学们经常环绕着这些杨树跑。夏天上体育课时，他们一个个就像那出笼的小鸟一样在操场的四周自由自在地玩耍。

三十一

传统文化教育 如山间百合
春种粒粒文粟 硕果满园秋

　　为了在全校推广优秀传统文化教育，明德小学新任校长许新文决定召开一次全体师生大会。

　　元旦这天清晨，当太阳慢慢地从地平线上露出容光焕发的脸庞，它把千万道辉煌的金丝抛向校园，把明德小学全体师生的笑脸照得红彤彤的，把整整齐齐的学生方队染上了千万缕光彩。

　　随着雄壮浑厚的国歌响起，全体同学肃立向着那校园中冉冉升起的五星红旗行注目礼，全体师生看着鲜艳的五星红旗随着雄壮的国歌声冉冉升起，大家都感到激动万分。望着那鲜艳的五星红旗，文俊暗暗下定决心，为了奶奶和文先生的期望，为了不辜负老师和家人的期望，自己一定要努力学习用最优异的成绩来回报所有关心自己的亲人和老师。

　　"立正！"随着金老师发出的一声响亮的口令，无数双眼睛一起庄重地投向主席台，一颗颗红心激动着，一张张笑脸漾着喜悦。

　　"敬礼！"当金老师再一次发出口令时，几百只手掌同时高举过额头，无数眼睛一齐注视五星红旗，几百个身躯筑成一列又一列的队列。

　　同学们大声地唱着国歌，凛冽的北风拂过会场，那面五星红旗自豪地迎风飘扬，国歌声结束之后，同学们热血沸腾的心慢慢地平静下来。

　　许校长和学校几位领导陆续来到主席台就座，在这次会议上，由许校长发表了一篇语重心长的讲话——《国学教育是当今教育的灵魂工程》：

　　1989年世界诺贝尔奖得主齐聚巴黎时，曾得出惊人的结论。"人类如果要在二十一世纪生存下去，必须回头2500年，去吸取孔子的智慧。"这句

话并非危言耸听、夸大其词,而是词正理直。

观当前的社会形势,我们真的需要沉下心来,擦亮眼睛,凝聚心力。社会的诸多诟病历历在目,过度自我、利己主义、功利主义等不良导向如洪水猛兽一般侵袭打击着我们原本纯朴的东方文化,使得我们的优秀传统文化褪色,而我们似乎只能听到它远离我们时的声声哀鸣。而那"七十多位诺贝尔奖得主的一致呼声"已经给我们敲响了警钟。社会的进步是物质文明与精神文明的同步,而精神文明更需要一种优秀文化的引领,而我们优秀传统文化中的经典方能引导我们洞察自身和世界,并为我们的社会带来真实的幸福和和谐。我们国学的精髓正是体现在这样的智慧上。青少年是祖国的未来和希望,国学文化必须从他们开始薪火相传。那么,如何传承这种文化呢?首推国学教育。国学教育是当今教育的一个灵魂工程、奠基工程、伟大工程,更需要每一位教育工作者"上下而求索"。

国学文化对学生的影响是各个方面的,而且也是深远的。要想从根本上提高他们的道德品行,提高教育质量,必须从改变人心开始。让广大学生学习经典文化从根本上汲取丰富的营养,在他们的人生转折期进行正确的引导,从而让他们形成正确的人生观、世界观、价值观,形成良好的思维习惯,用真善美去指导生活。

首先,国学教育让学生明理。"学而时习之,不亦说乎?有朋自远方来,不亦乐乎?人不知而不愠,不亦君子乎?"这一句作为《论语》开章的第一句,可谓微言大义。学习可以使人成长,使人快乐。那么学生学习的内容是什么?是学问。学问不单指知识,还包括做人与做事。今天的学习知识是为服务于社会,服务于人民,否则只能成为名副其实的书呆子。做人到位,做事正确才能入道之门,奠积德之基。"习"指的是反复实践。学问的获得既需要实践,也需要不断反思,只有这样才能提高人的修养。而个人的修养的提高乃是一种深刻的人生体验,这个过程育满了快乐。学生在不断学习的过程中,总想遇到"志同道合"的人,这样大家相互促进,共同提高这是何等的欣慰和快乐啊!于是常说"有朋自远方来,不亦乐乎?"学生在学习的过程中,要与老师交流、与同学交流、与家长交流。然而有时候得不到别人理解怎么办?"人不知而不愠"给了他们一盏在茫然无措时的"明灯"。一个不断修身修为的学生达到这种境界通常会反思自己,自持仁心。因为人的一生关键是自知自立,知道这一道理,自己的心灵就会充实,就会圆满。《论语》开篇的这几句话对学生来说,开启智慧,使他们心灵获得滋养,长此以往,他们就会踏上真正的心智成熟之路。

其次,国学教育能让学生的心安静下来。《中庸》:知止而后有定,定而后能静,静而后能安,安而后能虑,虑而后能得。人生有方向,事业有目标,学生胸怀远大理想方能使心志安定,心志安定后他们那颗浮躁的心就会平静下来,内心宁静就能安心地学习,在学习的过程中不断思索最终学有所成。国学文化的大智慧使他们内心中正,中则不偏不倚不会左摇右摆,正则远离妄想,不蠢蠢欲动。学习了国学文化也慢慢地把"中""正"的种子植于心中,同时少了外界不良风气的影响,体会到了给予的快乐。所以他们身心也渐渐地安定下来。

再次,国学教育让学生真切地体验生活,知足常乐。我们的物质生活显然在提高,但是多数学生却越来越感到不满意了。因为他们的攀比心理根深蒂固,内心总还有让自己不平衡的事物。他们总是向外看得太多,而向内看自己心灵看得太少,这样他们会滋生无穷的欲望,这后果不堪设想。校园欺凌、勒索父母、偷盗抢夺等作恶都是贪婪的欲望作祟。《道德经》:五色令人目盲,五音令人耳聋,五味令人口爽,驰骋畋猎令人心发狂,难得之货令人行妨。是以圣人为腹不为目,故去彼取此。我们并不反对学生享受生活,而是警醒他们追求要适可而止,让他们从小摒弃外界的各种不良诱惑,心清如水,这样生活才自在快乐。所以今天让学生学习《道德经》的教诲具有十分重要的意义。

最后,国学教育让学生真正做到仁者爱人。"其为人也孝弟,而好犯上者,鲜矣;不好犯上而好作乱者,未之有也。君子务本,本立而道生。孝弟也者,其为仁之本与!""仁"是《论语》的核心思想和终极追求,学生要做到这个"仁"不仅需要内心的体验,更需要投身实践。"仁"应该从孝悌做起。"孝"也是爱的哲学,是对父母养育之情的回报,而"悌"则是指兄弟姐妹之间的友爱,这种友爱推广到朋友之间就会泛化成一种高尚的社会友情。"孝悌"而后家庭和睦,家和而后社会稳定,社会稳定而后国家繁荣富强。学生

从小做到仁者爱人,那么这个社会必然会形成良好的风气,反过来,他们在这样的社会里,将会体验到幸福并获得完美的人生。

北宋大儒张横渠曾说过:"国学,为天地立心,为生民立命,为往圣继绝学,为万世开太平。"国学教育为我们国家确立起生生之心,为众多学子指明一条共同遵行的大道,继承孔孟等圣人的学问,为天下后世开辟永久太平的万世基业。

教育是百年大事,绝非一朝一夕之功。我们要从现在做起,用点点滴滴的国学文化去启迪学生的思维空间,潜移默化地影响他们,只有这样,我们的教育才可以奠基学生的学业,塑造他们健全的人格,全面提升我国素质教育的发展水平!

会议结束之后,许校长又召集全体教师聚在会议室开会,共同讨论优秀传统文化传承的有关问题。

文俊的语文老师说道:"当前我们的物质生活已经获得了极大的满足,然而大多人的精神财富却相对匮乏,信仰缺失、精神空虚、价值观迷失等问题日渐凸显,不得不引起我们的关注和警醒。如果在这样的形势下,这种社会风气影响到这一代孩子,那我们的教育将会出现莫大的损失。"

四年级的段老师说道:"文化的学习和传承都需要一定的时间去沉淀和消化,教师和孩子们的心绪、心态和思考方式的改变也都要经历一个很漫长的过程。孩子们对于传统文化的学习更是需要一定的时间,我们不可能一口吃成胖子。千里之行始于足下,欲速则不达,我们要有足够的时间去反思,做好传承经典文化的长远规划,这样才能让孩子们的学习尽善尽美。"

教导主任吴世芳老师说道:"学生学习传统文化需要静下心来,需要从生活的每个细微之处去体会传统文化的影响。现在社会太'热闹'了,孩子们每天面临的诱惑太多了,他们很难静下心来去学习国学文化,很多学生没有专注于国学而心无旁骛的环境条件。所以,很多时候就算是学了也难以体会其中的精妙之处。有的孩子在一开始努力做某件事时总是很主动,因为他们总是充满好奇和新鲜感,可是久而久之或者中间遇到一些小挫折,就会觉得这件事越来越无趣,没有了一开始那种好奇的冲动,懈怠的情绪也就随之而来,最终他们也就只能是保持最初的那个状态,也只能留下对一切事物的好奇而已。"

最后,许校长总结:"为了更好地让学生学习、领悟优秀传统文化的精髓,我们学校教育要重塑人生六法:建立信仰、遵守道德、增加智慧、平和心性、健康身体、美化环境。这'人生六法'为当前我校教育的核心要素,全体教师要用这'人生六法'带领孩子们学习优秀的传统文化,同时又要让孩子们学以致用,参悟人生之道,从而把学习生活引领到最有价值的境界,做到知行合一,实现更加壮丽的人生梦想。"

三十二

书山有路勤为 不负青春好
学海无涯苦读 勤奋路漫漫

北来南去几时休？人生光阴似箭流。时间从指尖滑过还没来得及感受，五年小学生涯一晃就如黄河一去不复返了。书山有路勤为径，学海无涯苦作舟。文俊、文霞、张玉一等已经升入双悦乡一中。

双悦乡一中位于双悦乡的东北方，南临一条小河，河水清澈明如一条玻璃的带子无语东流；北边是一片开阔的庄稼地，一碧千里；西边绿竹猗猗，"一节复一节，千枝攒万叶。我自不开花，免撩蜂与蝶"；东边是一片桃林，在那桃花盛开的地方，有可爱的校园。在与东边桃林一路相隔的西边有一个气派的大门，大门的正上方醒目地嵌着"双悦乡一中"几个金黄的大字。据说"双悦乡"的"悦"字来自《易经·兑卦》，兑，说也。刚中而柔外，说以利贞，是以顺乎天而应乎人。这段话的意思是：兑是喜悦的意思，其表现为刚健其中，柔顺于外，坚持利和贞的原则。这样做上顺合天意，下应合人情。做教育这样功德无量的事情应当使人们感受到希望，感受到喜悦，人们对教育有了信心和希望就自然会支持教育，就会支持教师的工作。喜悦的意义就在于振作人民的心志啊！君子以朋友讲习。据说学校的名字是创办这座学校的第一位校长命名的，他因为博学多识而取《易经》中的"和兑之吉"而起名的。

当同学们陆续踏入双悦乡一中的大门时，文俊已经是一个12岁的少年，他满怀希望、意气勃发。

他们走进校园中，首先映入眼帘的是五星红旗在校园中迎风飘扬，旗台的后边是一幢两层高的教学楼，旗台的前边有几排低矮的瓦房，那是教师们的住室，教学楼的后边是一个宽大的操场，这就是文俊即将求学的神圣殿堂。

宽敞的教室里聚集了近百名同学，这些都是来自全乡各村的优秀学生。

班主任是一位稳重潇洒的老师，高高的鼻梁上戴着一副精美的眼镜，四六分发型使他显得异常帅气，他用家乡话向大家做着自我介绍："同学们，大家好，我叫方茗，毕业于谦州师范学校，我也是刚来到咱们双悦乡一中工作，今后我将与在座的每一位同学一起学习，共同度过一段美好的时光。我担任咱们班的班主任，希望今后能成为大家的好朋友，谢谢大家。"

当同学们听到"能成为大家的好朋友"这句话时，掌声更加热烈，笑容更加灿烂。

"风声雨声读书声，声声入耳"，清晨，读书声沉浸在整个校园中汇成晨读的交响乐。语文、英语、政治、历史、地理，清晨背诵宛如晨钟暮鼓，习以为常，有词为证：

清平乐
初秋清早，阵阵凉风好，浓浓学情清晨照。琅琅书声缭绕。
薄暮时意还犹，匆匆纷至学楼。灯下苦修夜半，夜阑学意方休。

西江月
月朗星疏风住，夜深蝉声连连，校园静默有恩师，身影窗前重现。
多少个辛劳日，数不清那夜阑。三思恩重当年情，凝噎玉珠线断。

文俊、文霞、张玉一、文忠因为成绩好，他们都在双悦乡一中就读，而文松、李贵、李歌、黄书良、张良、张恒等同学因为成绩稍差就留在双悦乡二中就读。文俊大姑家表弟梁继恩、二姑家表妹贾柯后来也考上了双悦乡一中。

那时候，女生有专门的宿舍，男生则是寝室教室合一。文俊和很多同学住在那三间教室里面，两排大通铺是用课桌拼的临时床。基本上一个人挨着一个人，一个屋子里面睡了40多个人。同学们按照报到的顺序选好位置，当时的住宿条件是很拥挤的，每个人也就50厘米宽的位置，晚上睡觉都是互相紧贴着。文俊和同学们都是十来岁的孩子，睡觉不老实。开始睡觉时还是整齐的被褥，睡到半夜就全乱套了，经常是无意识中互相抢被子，早晨起

来的时候发现盖在自己身上的被子不是自己的,自己的被子也不知道到哪里去了,部分男同学起床后就急着寻找自己的被子。有的时候,部分同学整个身体都钻到了被套里面,连自己都不知道是怎么回事。那时候的被套没有拉链,中间有一个洞,把被子装进去。宿舍里面的同学都是三三两两地自由组合,在睡觉的时候通常也是互相结伴儿。

在小学阶段已养成良好的晨读习惯的文俊,他来到了双悦乡一中后在日记中写了一首诗歌:

早晨读书的时候,清晨露珠爬上我的衣服,汗水濡湿了我的发际,可我沉醉在这书本的字里行间,忘记了疲惫,忘记艰难!青春啊,青春,我那可爱的梦想,久久在我心中徘徊,像璀璨的鲜花漫天向我飘来!可我知道,总有一天,我要离开这里,继续追寻漫漫求学长路,寻找高深知识的春天。在这欢快的早晨,晨曦抚摸我的容颜,多想时光生出爱怜,在我读书畅想的时候,让我追求的美直到永远!

开学不久,学校举行了第一次月考,开考之前,班级内几名后进生嬉皮笑脸地乱说一通,不大一会儿班内乱作一团。这时一位监考老师进来,同学们立刻停止了说话。只见这位老师高高的鼻梁,又黑又长的眉毛下镶嵌着一双炯炯有神的眼睛,鼻子下长着浓密的胡须,一看便知道这是一位严厉的监考老师。他向教室环视了一遍后开始讲话:"同学们,今天是你们初次来到双悦乡一中进行的第一次月考,是大家向学校汇报近一个月来学习成绩的时候,你们一定要细心地做题,不能有一点儿马虎,拿到试卷后大家要看清题目,不要左顾右盼,交头接耳,要认真答卷争取考出好成绩。"

一个星期过后,方茗老师把卷子整齐地放在讲台上开始报分数:"吴梦97分,蒋心怡90分,李思源85分,赵文俊98分……"当老师报到赵文俊的分数时,文俊那原本紧张的面孔一下子舒缓了。在公布分数的过程中,方老师突然脸色发青,似阴云密布,同学们都在想自己肯定又做错什么事情了才使老师的脸色变成这样。原来方老师念到他弟弟方忠的成绩时却让人大吃一惊,59分。方老师的脸如阴云密布,吓得方忠的冷汗都出来了。方忠轻轻地走到方老师面前双手摊开,准备领走考卷。

"把你的考卷带回去让家长签名。"方老师说。

方忠诧异地抬起头，又挤出一副可怜巴巴的样子说道："老师，你就原谅我这一次，就这一次。下一次我一定考个好分数。"

方老师听到这句话后一点儿也没有心软，说道："不行，一定要带回去让家长签名。"

方忠领回卷子坐到自己的位子上，大家都望着他，他当时真的恨不得找个地缝钻进去。同学们都在想，方老师对自己的亲弟弟如此严格要求，今后大家更应该好好地学习了。

文俊班的一名女同学名叫蒋心怡，肤白唇红，样貌清秀，而且性格大方开朗，听其他同学说蒋心怡是从清辉县城转来的，从小在县里长大，后来住在双悦乡中心的一条街上，看上去与张玉一有几分神似。文俊对她颇不以为然，张玉一从小就让文俊敬而远之，不是她心目中的理想女神，何况这位漂亮的女同学大方开朗，让文俊这样从乡下转来的学生有点不太习惯，然则班内有相当多的男生对这样的美女同学心动不已。还有一位女生秦梅因爱管闲事，在班上当上了学习委员。你别看秦梅"官"小，可嗓门儿高。不管是谁做了错事，她非要弄个水落石出。渐渐地，文俊班的几个同学把她的名字偷偷改为"辣梅"。

"喂！听人家说，你的作文写得不错，有空咱俩交流一下。"蒋心怡微笑着说道。

"不客气，大家同学一场，相互学习。"文俊红着脸轻声说道。

"还挺害羞啊……"蒋心怡笑着说道。

"赵同学，你还挺谦虚的，人家还称你为作家呢！"学习委员秦梅还未等蒋心怡把话说完开腔说道。

当时初中学业繁重，时间紧迫，好不容易熬到了星期天。当时的星期天，只有一天的休息时间，回到家中，文俊娘总是做了色香味俱佳的红烧肉等着文俊。

"娘，我回来了。"每次回到家，这是文俊开口即来的第一句话。

"文俊，学校的饭菜行不行，能吃好吗？"

"还可以的娘，我没事。"文俊的声音有点儿沙哑，文俊娘听到孩子沙哑的声音，她的心真的很难受。

"小子，一会儿还是让你娘给你做红烧肉吧！看，爹到乡里去赶集给你买了二斤五花肉。"

"爹，现在肉很贵吧！"

"肉也不算贵，就是那些卖肉的总是缺斤短两的。"

"爹，今后不要再去买了，我们学校的伙食还算可以的。"

"那怎能行啊，这是给你补充营养的。"

"小霞，学校的伙食怎么样？能吃饱吗？"文俊突然听到五伯家传来同样的声音，那是五娘冬梅的声音。

"娘，还可以，你看我的饭票还剩两斤多呢。"

"傻丫头，吃饭不要省，只有吃好了饭才能好好学习。"文俊五娘又叮嘱一番。

"在学校，晚上住得还可以吧！我听说你们连个宿舍也没有，男同学都住在教室里。"赵明看着脸庞有点儿清瘦的文俊说道。

"爹，学校生活还可以的，同学们虽说晚上挤在一起，但是有老师轮流查寝，宿舍秩序还是可以的。"

到了晚上，文俊独自一人在那盏只有15瓦的电灯下面写着作业。

"孩子，早点歇歇，明天再写吧！"文俊娘惠兰轻声地说道。

"没事儿的，娘，我还有很多的作业呢。"

夜深人静的时候，文俊拿起写完的作业，他先整理成厚厚的一摞，然后把皱褶的书页展平放在书包内。他把明天的作业本和所需要的课本又放在那桌子中间，然而熄灯躺下，不大一会儿文俊便酣然入梦。

三十三

名著珍藏在心　时时处处读

哥俩同心同德　共敬母亲德

紧张而丰富的初中生活对大多数中学生来说是相当充实的，中学生平时的任务繁重，再加上大多数家长对孩子管教比较严格，不允许孩子看一些课本以外的东西，因此课外书对那时的中学生来说简直是一种奢望。

"看，哥给你买了什么？"

文俊听到哥哥文兴的声音，他立刻眉开眼笑。

文兴外出做木工活，有时一个多月才回来一次，这次他给文俊买来了一本《红楼梦》。当《红楼梦》这本书映入眼帘，文俊突然拥抱了文兴。

"哥，好久不见了，还是你了解我，上次我无意间说出的小说名字，你竟然记在心间，还是哥懂我。"

"先把课外书放在抽屉里，正经课本还没有学完，不要看一些不正经的本子。"赵明严肃地说道。

文俊爹赵明随手就把《红楼梦》放进一个有着"悠久历史"的抽屉中，他又找来一把生锈的锁，然后"啪"的一声紧紧地把那个抽屉锁上。

"爹，弟弟看的这本书，我听人家说还是名著呢，弟弟要是看了，他得到的好处还是很多的。"文兴轻声地说道。

"什么好处，中学功课那么紧，还看那些本儿，胡扯。"

文俊听到爹在训诫哥哥，他眉间紧蹙，傻愣愣地站在那里。

"你哥俩还真是，我不让文俊看那本书也是为他好，咋都气呼呼的。"

文俊这时转过身来朝着赵明微微一笑："爹，我知道你为我好，我听你的话，我一定要好好学习不再看那些本子，不然，对不起你和我娘，也对不

起那些爱生敬业的老师。"

"什么'敬爷'?"文俊听后哈哈大笑起来,正巧刚从地里摘了一筐棉花的文俊娘惠兰也回到了家。

"爹,你听错了,敬业是说老师尊敬职业,工作认真负责的意思。"文俊、文兴两人也都禁不住笑了起来。

"爹,今后,你还是让我多看一些书吧。"文俊由于父亲赵明识字不多总闹笑话,所以就试探着说话,可是赵明也不是吃素的,他听完这句话后沉思片刻,若有所思。

"兔崽子,别以为你上了中学多识几个字就想糊弄你爹,你只要把你的功课学好什么都好说,要是你思想开小差儿,又看这些乱七八糟的东西,我绝对饶不了你。"

文俊听完后,战战兢兢地答应了。

文俊回到自己的屋内,院中的景色瞬间在他的面前变得黯淡起来,院中的那一棵枣树蔫蔫的,像一个因为悲伤过度而无力直身的人。看着看着,禁不住与它同病相怜起来,有些冷,有些凉,心中有些无奈,一个人又独自坐在屋内,仿佛坐在黑夜中,有些颤抖,身体瑟缩着,心也在抖动着,文俊不知道该干什么,何去何从,他感觉迷茫,胸口有些闷,他环视了一下周围,想着自己的小天地为什么显得冷清,他真切地感受到如果没有课外书,比如自己哥哥所送的《红楼梦》,他就会感到孤独。

文兴来到文俊屋内看到精神不振的文俊,他向弟弟使个眼色,文俊立刻会意,弟兄两人准备到田间去看看自己家的棉田。

"你们俩等一下,我和你们一起去。"文俊娘惠兰望着两个孩子说道。

"好的,好的。"文兴、文俊齐声答道。

20世纪九十年代的农村,家家户户粮仓里的粮食多了起来,人们再也不用为吃饭着急了,于是家家户户响应政府号召种棉花致富,种棉花不仅要比粮食作物高产,还可以自己留一些作为织布、做衣服、做被子的原材料,很实用。

双悦乡政府为了让大家致富,要求每家必须种植两亩棉花,这样就像种小麦需要交公粮一样,每家每户也有任务,都需要交皮棉籽,就这样种植棉花就作为一项任务分到了各家各户。

　　文兴、文俊哥俩来到赵家村后他们家的棉花地里，文俊娘来到地里后，她立即下地摘起棉花来，文俊哥俩看到烈日之下被晒得满脸通红的娘，他们的心里有一种说不出的酸楚。

　　"娘！我们既然来了，就让我们帮你吧，你先歇一会儿吧！"文兴先说道。

　　"没事的，娘干这活已成习惯了，不算太累。"文俊娘惠兰一边说着，一边把草帽摘了下来递给文俊。

　　"娘，还是你戴着吧，我不怕热。"文俊急忙把那顶草帽还给了自己的娘惠兰。

　　惠兰与两个儿子一同在田间开始劳动，文俊从小干农活较少，一会儿文兴和惠兰就超出他很远。三十分钟过后，惠兰和文兴又转过身来帮着文俊把剩下的任务完成了，文兴挑起两筐咧着嘴、吐着雪白棉乳的棉桃回到了家中。

　　晚上，一家人吃过饭后就坐在家中的堂屋开始剥棉桃。一家人一边忙着，一边谈论着今年的收成。

　　"阿俊，你奶奶在世的时候，就给我们讲过很多关于种棉花的农谚：'清明早，小满迟，谷雨种棉正当时''谷雨种棉''谷雨不种花，心头像蟹爬''谷雨种棉家家忙''棉花种在谷雨前，开得利索苗儿全''谷雨有雨棉花肥''谷雨有雨好种棉''谷雨种棉花，能长好疙瘩'，这些谚语你一定要用心把它记在脑子里。"

　　"好的娘！我会记住的。"文俊微笑着说道。

　　"咱们的家乡，谷雨前后温度还是很低的，但是棉花的生长周期是有日期的，如果晚种棉花，结的棉桃就少，产量就低，所以我和你娘商量，就是做营养钵，提早育苗。谷雨前后，在田间地头找一块空地，先把土地平整，挖出二三十厘米的深度，把挖出的土作为营养钵的材料。打营养钵是一件大事情，咱们老赵家也是在乡政府的号召下积极行动的。"赵明不知怎的，可能看到两个孩子都在家的缘故，今天他的话也多了一点，但是他的话也只是想说给文兴听的，因为大儿子文兴下学比较早，文兴将来一定务农，所以这是他必须要学的农业活。

　　"小俊，你要好好学习，这些活儿在你有空的时候可以帮助你娘做一点

儿。"赵明望着文俊说道。

由于文俊对很多事情都感兴趣,所以他还是请求自己的爹赵明再说一点。

"爹,我听你讲得有条有理的,你把这打营养钵的这件事儿再说一些好吗?"文俊望着赵明说道。

赵明开始不太情愿,但是他突然想到自己的两个孩子都是男孩,今天,他不知是何缘由,心里总是很高兴,于是就向两个孩子讲述打营养钵的知识。

"孩子们,打营养钵是一件新兴事物,每家每户都买了打营养钵的工具。其实打营养钵和做蜂窝煤是差不多的道理,只是比做蜂窝煤的工作量少了许多,那打营养钵的踩泥筒比易拉罐还要细一些。人们在做营养钵时大都把采泥筒朝向事先翻出的泥土,然后使劲地往下按,确保采泥筒能够填充实在,这样筒顶端的踏板被顶起,在一个平地上,轻轻地用脚垂直踩下踏板,这样光滑的营养钵就做出来了。做出的营养钵最神奇的地方在于营养钵的顶端中间有一个指头大的小坑,这是种植棉籽的地方。根据种植的情况,可以计算出需要多少营养钵,但是一般来说为了便于育苗,100到200个为宜,在每一个营养钵里放两颗棉籽,然后均匀地撒上一层薄土,将棉籽覆盖上为宜。然后洒上少许水,盖上塑料薄膜即可。"

"爹,有一次我到咱家田里看到棉花苗长出来,那些嫩嫩的小苗张着两个牙瓣,它们很是可爱。"

"这个棉花的生长啊,和你一样需要一个过程。"

赵明说完后,文俊娘惠兰听到这句话时突然笑了起来。

"老仙儿(老伴),咋?我说得不对吗?"赵明望着惠兰说道。

惠兰望了赵明一眼,还是微笑着剥着棉桃。

"你们俩呀,长大了要好好孝敬你们的娘,咱家的棉花收摘,她的功劳比我大。现在由于化肥和农药的引入,咱们的粮食产量增加了,但是害虫也越来越耐农药了,棉花的虫害里面最主要的是棉铃虫,这种虫子昼伏夜出。幼虫取食嫩叶后才侵害花蕾、花铃,而且多数从基部蛀入蕾、铃后在内取食。只要是被棉铃虫咬上几口,基本上这个棉桃就不会再长了,可恨呀,这些虫子!每天早晨你娘都会去棉地里捉虫,她有时候忙起来都忘记了吃饭。后来她就学会了打农药,打上一遍药也需要花费很长时间的,尤其是棉花长到一米的时候是最不好打药的。有一次，你们的娘在打农药时候，由于天太热，她一不小心就出现了农药中毒的症状。"赵明说着，他忍不住深情地望了惠兰一眼。

"娘，你放心，我一定会好好学习，将来考上大学找个好工作，像我四伯一样把你和我爹接到城里去住，我要好好地孝敬你们。"

赵明听到这一番话甚是激动，他立刻说道："小俊，时候不早了，你去睡觉吧！明天还得写作业。"

晚上睡觉的时候，文俊躺在床上，想到棉花是农民一年收成的希望，也是自己上学的希望，更是全家人生活的希望，又想到自己的娘毫无怨言整天在田间不辍劳作，她为了这个家吃了很多的苦，她用自己的辛勤劳作支撑起这个家，所以他暗暗起誓一定要好好学习，将来用最好的成绩来报答自己的爹娘。

三十四

赵玉痼疾痊愈 文贤夫妇功
三十出嫁远方 村口家人送

精神恍惚的赵玉整日待在家里，偶尔也是在无人的时候到村后边的小树林里散步。赵玉的精神错乱是赵家面临的一个特大难题，几个哥哥，两个姐姐和几个嫂子整日为她发愁。

"爹，娘，二叔，三叔、六叔，请你们放心，我一定会尽己所学来治好我小姑的病，请你们相信，小姑她一定会好的。"文贤夫妇多次在几位长辈面前说起。

自从赵光去世后，作为赵家下一辈的长子文贤在心中暗暗起誓，无论面临多大的困难也要把他的小姑赵玉的这个病治好。

"青莲，我们中医称人的'神'为五脏所藏，神、魂、魄、意、志均属于五脏所主。心主神、肝主魂、肺主魄、脾主意，肾主志。《素问》说，'人有五脏化五气，喜、怒、悲、恐、惊'，五脏虚实病变可致相应的身体变化和神志、情感变化，如：肝藏血，血舍魂，肝气虚则恐、实则怒；心藏脉，脉舍神，心气虚则悲；实则笑不休。现在小姑的症因是因为五叔的去世而自责，因自责而内疚，长时间饮食不规律又伤到脾胃，进而又累及肝，肝气虚则恐，所以小姑的病属于情志类疾病，也就是人们常说的精神疾病，而焦虑、恐惧只是疾病发展不同的阶段表现出来的症状。"

"小姑由最初的不愿与人接触，进而发展为强迫症。强迫症病理特征是反复加重复的思考或行为动作，其发病机制是心虚脾郁，进而发展为焦虑症；焦虑症的病理特征是：敏感、烦躁、悲观、忧愁、悲伤、心情沉重等，其发病机制是体内的经络、脉道被痰饮、淤血等实邪物质所阻塞；另一方面是体内的气血亏虚而致运行不畅，最终导致发病。"文贤对着青莲说道。

"文贤，对小姑的症状我们在进行针、药的同时一定要注重心理疗法，要调动她的主观能动性，调动她对生活的积极性从而配合我们对她的治疗。《灵枢·师传》说道：'人之情，莫不恶死而乐生，告之以其所败，语之以其所善，导之以其所便，开之以其所苦。'给她治疗的同时，并劝告她如何调养，要使她对这种病有正确的认识，增强她战胜疾病的信心。"

文贤夫妇白天给他人治病，晚上二人抽出时间为小姑赵玉辨证论治。每天晚上十点后，夫妻二人总是不断地查阅大量的医学资料、中医书籍，他们不断思考，不断交流，就这样给赵玉治病积累了丰富的经验。

文贤每天总是抽出时间给自己的小姑赵玉进行针灸，他每次去小姑的住处，他不停地向赵玉提起那些快乐的往事，尽量使小姑赵玉开心。当赵玉心神静下来的时候，文贤一边给她聊家常一边进行针灸。

"小姑，你不用怕，针灸只会有酸沉的感觉，不会疼的。"文贤每次给赵玉针灸时总是鼓励她。

时间久了，赵玉渐渐地配合着治疗。文贤每次给她针灸20分钟，在针灸的过程中，文贤有时还把小姑赵玉逗得乐呵呵的，过了一段时间，赵玉的精神状态有了很大改变，加上文贤夫妇时常鼓励她，让她重新树立对生活的信心。青莲总是抽出时间陪同小姑赵玉进行适度的体能锻炼，就这样，"愣"了几年的赵玉终于如释重负，她慢慢地变得开朗起来。

直到有一天，在青莲的陪同下，赵玉来到了赵光的坟前。她站立几分钟后，突然跪在坟前大哭起来："五哥，妹妹来看你了，妹妹想你了，妹妹会替嫂子照顾好几个侄子的，五哥，请你放心吧！"

她又跪到赵母的坟前哭着说道："娘，我来看你了，请你放心，我一定会好好生活下去的。"

陪同赵玉的青莲看到这一幕，她急忙回到家中告诉了文贤。

文贤急忙来到赵母、赵光的坟前。文贤听到青莲的一番话，又看到赵玉跪下诉衷的情形，他兴奋地哭了起来，平时温文尔雅的他竟快步跑到家对赵仁说："爹，娘，我小姑的病终于痊愈了，终于好了，我小姑终于好了。"

赵仁夫妇听后，老两口老泪纵横哭着说道："我苦命的妹妹啊，你终

于好了,你终于好了。"

赵义、赵礼、赵明一家人,还有文霞等先后来到赵光的坟前,大家看到"清醒"后的赵玉异常激动。

文霞上前一步扶起跪在坟前的赵玉,她一边哭着一边拥抱着痼疾已愈的小姑良久才松开,赵玉在大家的簇拥下离开了赵母和赵光的坟头回到了家。

"妹妹,从今往后你不要再胡思乱想了,一切都过去了,不要再想那过去的事了。"赵仁兴奋地对赵玉说道。

闻讯妹妹病好的赵冰、赵清也心急火燎地回到家中,他们望着眼前的赵玉不知道说什么才好,只是用那行行眼泪来表达对妹妹的美好祝愿。

文俊五娘看到大家对赵玉的态度都是激动高兴,她也来劝说:"小玉呀!今后你还要好好地带着小霞他们,他们也盼着你早早地好起来。"

"谢谢你!五嫂,我会好好地待他们,我更会好好地呵护文霞,文霞不仅是我的亲侄女,更是我的好闺女。"说着她深深地向文霞娘冬梅鞠躬以示歉意。

"小姑,我以前听大伯还有我爹说过,你的病的一定会好的,因为我们赵家从来都是以诚待人,以友邻里,以善教人。《易经·坤卦》里有这么一句,'积善之家必有余庆,积不善之家必有余殃'它的意思是:我们赵家从爷爷奶奶开始就积德行善,所以我们赵家必然有很多的吉庆,小姑的病能治好就说明了这点。"文俊激动地说道。

"好孩子,文俊,我的好孩子。"坚强的赵玉再一次把聪明的侄子文俊拥入怀中,她那两行热泪从脸颊落下。

"小玉好了,这是我们全家积来的洪福,我们要摆一台戏好好庆祝一番。"

赵仁请来了"德明戏班",这个戏班的班主带着十几个人,他们这些演员长年在外演出奔波,风餐露宿已成家常便饭。但是这一次来到赵家村后,赵仁让他们住在赵家村东南角的一个宽敞的院子里。

"赵仁大哥,以前我们这些人呀,夜里一卷铺盖总是停宿于田地里、庙里、戏台上,而今被你老哥安排得很周到,我们这些演员一定会好好演的,请你放心，我们一定会拿出最高的水平。"那个戏班的班主说道。

"好的，兄弟！请问，这两天都有什么戏文？"赵仁问道。

"有古装剧《穆桂英挂帅》《卷席筒》，还有现代剧《李豁子离婚》《六两三斤孝娘亲》。"

"噢，最后一个名字挺新鲜的，请你解释一下好吗？"

"好的，这'六两'其实就是'六郎，六个儿子'，三斤嘛其实就是三个女儿，孝娘亲就是共同孝敬自己的娘。"

赵仁听后，他眉头紧蹙陷入了沉思。

"怎么了，大哥，不行我们再换。"

"不用了，就演这《六两三斤孝娘亲》吧！"

戏台子搭在赵家村北边的那片宽阔的树林里。开始演出的那一天，小商小贩们早早地围在戏台边，有卖冰棍儿的，卖五香豆的，卖棉花糖的，还有支起炉灶卖油条的，空气里四散开来的油烟味和香味从村北一直飘到村南。

一阵通鼓后，一位演员上台跟随着伴奏下开始演唱：

青山绿水环绕着庄村
村里有姓甄的一家人
有一位勤劳的好母亲
养育六个儿郎三千金
娘把人间的苦全吃尽
为美好明天沥血呕心
仁义礼智光明讲诚信
冰清玉洁欢乐一家亲
而今我们唱出一家事
把他们故事说与众人
而今我们唱出一家事
把他们故事说与众人

其他几位演员依次开始登台演唱，台下那些村民瞪大了眼睛兴致勃勃地欣赏着：

"老大"上场：
风风雨雨过了五十三年
我已是村庄中的父母官
我深知为人民鞠躬尽瘁
才是一个合格的好党员
我知道团结友邻仁爱在
做好一家亲人的好模范
我们从贫穷的岁月走出
历尽了坎坷尝尽了心酸
我带领全村人走向美好
风风雨雨也要昂首向前
我会把娘的教诲记心间
啊！记心间啊，记心间
"老二"上场：
孝顺是疼爱孝心是祝福
孝敬是帮父母忙忙家务
一身正气凛然常讲义气
为家庭莫求回报多付出
人间的恩怨一出又一出
说我谨慎小心稳中行事
只愿亲人邻里平安知足
说我一生没有太大作为
我只愿村民们友好和睦
人要有颗红心常记大恩
一片大好必在前方道路
"老三"出场：
为人莫要趾高气扬无礼

人生就是一场难唱的戏
今天富贵高官帽子给你
明天或从高处跌下长梯
心平气和为人踏踏实实
做人做事低调从容谨记
人与人之间互敬常尊重
笑声连连人情总会甜蜜
我把娘的话语记在心里
我把娘的话语记在心里
"老四"出场：
自古以来忠孝不能两全
娘的话我时常放在心间
多年的求学之路辛与苦
成长的路上我尝到心酸
工作以来兢兢业业奉献
梦里和娘说话却难相见
为人民谋幸福鞠躬尽瘁
做一名好公仆无悔无怨
今生无悔修身平治天下
只盼新形势下春满家园
今生无悔修身平治天下
只盼新形势下春满家园
"老五"出场：
一把斧子伴我学艺多年
吃尽了苦头尝尽了心酸
学技术我总是不知疲倦
到后来独领一队青年团
手把手教孩子们从无倦
只为青出于蓝而胜于蓝

一声风波就如狂风席卷
带走好运让我举步维艰
谁知命运无常让我长叹
终究生死有命遗恨九泉
谁知命运无常让我长叹
终究生死有命遗恨九泉
"老六"出场：
自从小时候受娘亲大恩
到今天恩情时时在我心
教育孩子多向娘亲请教
未来还是娘亲指点迷津
虽说有时冲动糊涂大脑
冷静之时常常悔恨万分
到头来终明白一个道理
孝敬娘就是不让她操心
到头来终明白一个道理
孝敬娘就是不让她操心
"大女儿"：
瓜果梨桃给娘亲尝尝鲜
有事没事常回家去看看
哪怕是帮俺娘捶捶后背
哪怕是家常事给她谈谈
孝敬娘亲呀要孝敬娘亲
娘的大恩德常记在心间
常把关爱关心当作礼物
莫让娘的心围着我们转
常把关爱关心当作礼物
莫让娘的心围着我们转

"二女儿"：
为娘做点小事她就满足
孝顺是疼爱孝心是祝福
孝敬是回家陪娘唠家常
搀扶着她外出慢慢散步
哪怕和她一起笑看日出
哪怕回家与她一起短住
平安吉祥永远给她做伴
让孝心停在她心灵深处
平安吉祥永远给她做伴
让孝心停在她心灵深处
"三女儿"：
我的一生总是坎坎坷坷
没有娘亲的恩深和厚爱
就没有这个幸福的自我
还有几个疼我的亲哥哥
他们与我姐姐一样疼我
今生我为他们唱曲高歌
来生做牛做马再报恩德
今生恩情要向你们诉说
来生做牛做马再报恩德

这几位演员唱着唱着，台下那些观众都流下了眼泪。

赵仁说道："天下之大，无奇不有，这甄家的事竟和我赵家的家事有点儿相同，唉……"

"大伯，奶奶在世的时候常常说道，人生如戏，戏如人生，我们赵家的家事可以成为戏曲的唱词了。"

"小子，不要乱说，哪有这样的事儿。"赵明向文俊说道。

"老六啊，文俊说得没错，天下人说天下事，天下事有很多是相通的，

这真的一点儿不假。"赵礼对着赵明说道。

"这段戏文不知是何人写的，谁这么有才华，而且唱得也很好。"

"戏中的甄家德高望重，是大家的榜样。"

"那甄家人也是好人有好报……"

"那甄家人将来都会有个好前程的。"

"这甄家和赵家一样，好人有好报，遇事也能逢凶化吉，赵玉就是个证明。"

"唉！我说，这段戏文怎么跟唱老赵家一样，天下竟然有这样的人家与老赵家相同啊。"

"相同怎么了，人家老赵家家风好，这十里八乡哪个村不知道啊！"

赵家村的乡亲们听完这场戏后议论纷纷。

自从赵玉病愈后，全村人对赵家更是刮目相看，特别是文贤夫妇的大名从此也是尽人皆知。已过而立之年的赵玉，虽说思想上日臻成熟，然而开朗的性格还是在她身上留下深深的烙印，身为村支书的大哥赵仁和其他几个哥哥最为忧心的事随之而来，那就是她的终身大事。

上苍不负有仁之人，紧邻双悦乡的巽柔乡有一个名叫任伯良的年轻人，他也是一名木工，曾在赵光的门下为徒。

"我听人说此人不仅木工活样样精通，而且还善画山水画。而更令人称赞的是这人精通雕塑，什么'八仙过海''太白金星下凡''刘关张桃园三结义'等人物在他的手里都雕刻得栩栩如生，活灵活现。"赵礼说道。

"任伯良最拿手的还是他的木雕工艺品，他的作品木质良好、纹理细密是雕塑艺术品中的上乘。他总是让自己的'作品'不易断裂受损，经过他制作的木雕工艺品造型栩栩如生，变化丰富，效果很是理想，以至出乎意料得好看，极富装饰性。多年以来，任伯良的这些木雕工艺品总能体现出他的聪明才智和精湛的雕刻技术。雕刻艺术陶冶着他的情操，给他繁忙的工作注入活力，所以说这个人还是不错的。"文俊二姑父贾红蕾说道。

"赵光的这位学徒，他的工艺品中最上乘的是雕花的门窗，雕花的床面，雕花的桌椅，雕花的箱柜。近些年来，我们赵家村有很多家都买过他的工艺品。"赵义也说道。

"二伯、大伯，那些木头如果未经那姓任的叔叔加工，木头还是木头，一旦加工后木头就不再是木头，这就像我们学生学习一样，最初知道的少，学习的时间长了，我们才能知道什么是好，什么是坏，什么是正义，什么是邪恶。"文俊对着赵义、赵礼说道。

"说得真好，说得真好，小俊的悟性就是高。"赵仁夸赞地说道。

赵家的兄弟们争相议论着，夸赞着任伯良，最终大家一致决定，同意了赵玉和这位赵光的高徒任伯良的婚事。

赵玉出嫁的前两天，她先是来到赵母的坟冢前，那长满草的坟冢上开出了一些零星的小花！赵玉不停地想着，那含辛茹苦的娘对自己的教育铭刻在心里，看到这些坟头上的花，她想起了娘当年为众多的哥哥、姐姐讨吃的那一幕幕的情景。而今，娘虽然与自己阴阳两隔，但娘给她的教诲却影响了她的一生！

"娘，我要走了，要离开这个家了，今后我一定常回家看看，我会永远想念你的，也会永远想念这个家的！"赵玉含着泪对着赵母的坟头说道。

赵玉将要出嫁了，赵家所有的亲人都来看望她。

赵仁喝了一点酒，脸红红的。

"妹妹，家里你不要惦记，在婆家好好地过日子，有时间常回来看咱们一家人。"赵仁含着眼泪说道。

"哥，嫂子，姐，你们都放心，妹妹就是到了天涯海角都时刻惦记着咱老赵家。"赵玉一边说着一边哭泣着。

赵义、赵礼、赵明三兄弟听到这句话后，也都伤心地流下眼泪，他们心里明白，其实他们都希望赵玉能经常回家看看，因为这个妹妹是他们从小看着长大的，他们兄妹的感情也是很深很深的。但是"男大当婚，女大当嫁"，妹妹能找个好归宿，这也是他们共同的想法，他们都希望赵玉在今后的日子里能过得更好。

赵玉出嫁的前一天，文俊和文霞等兄弟姐妹过来再看看自己的小姑。文霞、文英两个姐妹还唱了一首歌来送自己的小姑。

"我要再次飞向你，飞向你的怀里，把我那倦了的心、欢喜的泪留给你；渴望着靠向你，靠向熟悉的岸堤，枯草已绿在我心底！"

　　任伯良和赵玉喜结良缘,赵玉终于得到解脱,过世赵母的在天之灵也得到了安慰。

　　赵家终于在一个大雪纷飞的日子里把赵玉平平安安地送到了任家,从此赵玉一家人也过上了幸福的生活。

三十五

红楼梦文俊梦 梦想在远方

勤奋努力拼搏 为人生奠基

赵玉出嫁后的很长一段时间里,文俊总是闷闷不乐的,虽然小姑在这几年间神智有点儿模糊,但她却是最疼爱自己的亲人之一。

文俊、文霞、文忠、张玉一和其他的同学一样,他们刻苦学习的精神从未减弱,文英和与大姑家表弟梁继恩,二姑家表妹贾柯相继考上了双悦乡一中,他们只是比文俊晚到了两年。

双悦乡一中对当时的双悦乡的教育来说可谓是首屈一指,孩子们能在这所中学求学对于赵家村村民来说是梦寐以求的愿望,赵家上下对文俊、文霞、文忠、文英、梁继恩、贾柯等孩子寄予了很高的期望。

双悦乡一中的教育质量在全乡来说是名列前茅,全乡的优秀学生相继而来,学校发展蒸蒸日上,风风火火,越来越好。由于当时的条件有限,双悦乡一中的伙食太差了。萝卜咸菜、发了芽的土豆时常让孩子们苦不堪言;那馒头中的面碱过多,好好的馒头竟变成了黄色;面条锅内的青菜残叶浮在上面,那些生了虫的菜叶漂浮在面条锅中,红薯叶子带着根竟然煮在锅里。

在文俊初中二年级的那个冬天,天气异常寒冷。凛冽的北风总是呼呼地叫着,大雪漫天飞扬,大多数同学的手总是熬不过寒冬,早早地肿了起来,文霞、张玉一、蒋心怡等女同学总是戴着手套,而文俊和一些男同学还挺坚强,寒邪始终躲着他们。

学校的伙食虽然差了一点,然而大多数的食堂师傅还是和蔼可亲,因为他们自己的孩子也在求学,将心比心,爱屋及乌吧!然而,大千世界无奇不有,在众多的食堂师傅中也有个别冷漠的,在学校的食堂里打稀饭,有几个卖馒

头的叔叔阿姨，他们的服务态度就很差，文俊等学生就经历过这样的场景。

"刘叔叔，咱们今天的粥怎么这么稀啊。"一位姓王的同学问道。

"我怎么知道啊，稀了就稀了，少了就少吧，少吃一点又不会死人。"那位姓刘的师傅不耐烦地说道。

王同学："不行啊，要不然我们会吃不饱的呀！"

刘师傅："吃不饱也没关系，你们学生是来受罪的，不是来享受的。"

文俊急忙来劝那位姓王的同学："算了，算了，我们回去向班主任反映情况，和他们论理是行不通的。"

刘师傅愤怒地说道："说什么，臭小子，你们还想告我，告诉你，今后你俩就别想在这里打饭。"

刘师傅说完就拿起一个舀子顺手舀起一舀子凉水泼向文俊。

"叫你上告，我泼死你。"刘师傅咬着牙恶狠狠地说道。

文俊把此事上报给班主任，据说，后来此事让当时的校长得知，没过几天那位凶神恶煞的刘师傅就卷铺盖走人了。

让众多学生庆幸的是，食堂里有一个60岁左右的老爷爷，说起这位老爷爷还蛮奇怪的，他负责食堂卫生，他对所有的同学都是和蔼可亲。就是这样一个老头，要是有学生不经意间把一些水洒到他的身上，他也会说道："没关系，孩子，爷爷就是来给你们服务的。"这位老爷爷真是与那些冷若冰霜的叔叔阿姨形成了鲜明的对比。

那时候，许多同学得了角膜炎，大家的视力一天比一天差，文俊儿时的同学张玉一最终戴上了一副眼镜。

"老同学，怎么眼镜也戴上了，不过这样更精神，更有气质和风度了。"文俊说道。

"没有办法，谁让我们学校条件差呢，唉，我经常得红眼病，老同学你可要小心啊！"张玉一笑着说道。

"多谢关心，我会注意的。"

转眼间，到了中学三年级。

一个星期天的晚上，文俊回到家中。

饭后，文俊回到了自己的书房，最近书房内好像添置了一张旧桌子，这张桌子虽说旧了点儿，但是文俊的内心还是异常高兴。

"这张桌子是你大伯给送来的，专门儿让你读书写作业，你要听话，让你爹省点心，好吗？"

"娘，你放心吧，我知道了。"文俊说着就把书包放在书桌旁边。他打开书包，把书本和作业本整齐地放在桌子中央，然后在昏黄的灯光下聚精会神地思考，认真地书写。一个半小时后文俊完成了作业。就在这时一个念头在他心中产生，下午，他经过爹娘的房间时不经意间看到床头的抽屉未上锁，文俊就悄悄地来到了爹娘的房间。他看到爹和娘正在院子里剥着棉桃，文俊就轻轻地打开抽屉。啊！《红楼梦》静静地躺在那儿，文俊轻轻地把《红楼梦》夹在腋下，蹑手蹑脚地回到自己的书房里。

他打开《红楼梦》看到了第一回"甄士隐梦幻识通灵，贾雨村风尘怀闺秀"，小说第一回这几个大字深深地印在他的脑海中。红楼梦的第一回，文俊用了一个小时看了三遍，超强的记忆力让他把第一回中的几首诗印在脑海中，特别是贾雨村的两句"玉在椟中求善价，钗于奁内待时飞"这不正是古代读书人的抱负吗？"时逢三五便团圆，满把晴光护玉栏。天上一轮才捧出，人间万姓仰头看。"像贾雨村这样的穷儒在穷困潦倒之时仍不忘步履青云，这就是读书人内心的力量啊。文俊一边思考，一边又把上述诗歌背诵了几遍。

第二天，文俊来到大伯家。大伯家和二伯家并列，大伯家在西边，两家都是北边四间平房，东边两间小平房，大门朝南。文俊二伯家的院落东南角有一口吸附井，井旁长满了青苔，吸附井附近有一棵柿子树。正值秋天，柿子树上的"小灯笼"红得通透，红得娇艳，红得令人馋涎欲滴。

文俊刚走近大伯家的大门就听到："大学生回来了，怎么样，学校的生活还可以吧。"

文俊抬头一看，原来是二伯家的文青正在柿树上摘柿子，他低下头来笑着说道。

"青哥，你上那么高，功夫不错呀！就像《包青天》中的玉猫展昭。"

"你小子挺会说的，嘴也挺甜的，看书多就是有好处，不像青哥我总是到处吹嘘，其实百无一能，小子一会儿上俺家，你二娘正在给阿松改善生活，她熬了一锅排骨汤呢！"

"好的青哥,一会儿再说吧!"

"你们学校的生活还好吗?阿俊,今天是什么风把你给吹来了,这会儿有空来串门啊!"正在院内熬汤的文俊二娘听到文俊的声音也来到大门前笑着对文俊说道。

"可以的,二娘,文松弟弟在家吗?"

"阿松找李忠、李耀他们去玩了,阿俊,今晚不要回去了,在二娘这里喝肉汤吧,把你的身体也补一补,吃完饭再给你娘端一碗。"

"不用了二娘,我一会儿还要回去帮爹娘摘棉花呢!下次吧!"

"阿俊,今天怎么有空了。"原来大娘刚从五娘家回来,她给文霞端去了一碗饺子。

"大娘,我们过星期天,我一回来就要看看大娘、二娘、大伯、二伯,因为我在学校上学时挺想大家的。"

"小子,嘴挺甜的,今晚在这里吃饭吧。"说着大娘大笑起来。

"不,大娘,二娘,我一会儿还要回家干活,改天一定吃到大娘二娘亲手做的饭菜。"

"大娘,我大伯把那张桌子搬过去,成了我的课桌,这可是帮了我大忙啊。"

"阿俊,咱们是一家人,不要那样说话,那都是小事,只要你好好学习,大娘今后还会有很多好处呢。"

"你在一中学习很紧张吧,现在还有时间看那些课外书吗?小心我六叔,他总是在监督你。"刚下到地上的文青说道。

"青哥,现在时间紧,哪有时间看课外书啊。"

"大娘、二娘、青哥,我要回去摘棉花呢,走了!"

在期中考试的前一天晚上,文俊趁着星期天在家做完作业之际,他打开书包,看到了蒋心怡同学送给他的《女人不是月亮》这本小说。这本书是当代作家杨廷钰写的,文俊已经看完了一大部分。在这部书里,文俊始终关心书中主人公扣儿的命运。黑面人赵鬼能和扣儿走到一起吗?田家兴会变心吗?扣儿会成为一个优秀模特儿吗……带着许多疑问,他还是轻轻地打开了那本书。文俊读到深夜竟忘记了疲劳,不知道什么时候自己的娘惠兰已经站在他的身后。

"俊，快睡吧。"文俊娘看到桌子上的那本书好像不是课本，她凝视了一会儿便回去了。从那以后，在文俊的心中，似乎总有一个身影在晃动，那就是他的同学蒋心怡。

历史课堂上，张秋燕老师声情并茂地讲课，文俊、文霞等听得如痴如醉。当张老师讲到中国近代史，特别是鸦片战争以后的那些课，几乎每节课文俊都是全身心地投入。学校组织观看电影《火烧圆明园》后，他更是义愤填膺，怒发冲冠。他利用晚自习放学后的一段时间独自一人在教室里，满怀激愤一气呵成写下了《落后就挨打》这篇文章。出人意料的是，这篇文章被班主任刘老师投到谦州市（赵家村隶属谦州市清辉县双悦乡）的报纸发表。这篇文章逻辑严谨，思路清晰，论据有理有力，可是谁想到这样一篇好的文章竟出自一个十四岁的中学生之手，赵文俊从此在校园内是尽人皆知。

三十六

乡村邻里关注　孩子上学情
求学路多风雨　经几多艰辛

　　文俊的那篇作文被当作范文张贴在双悦乡一中的报栏内，那醒目的一行行字始终激励着每一位学子孜孜不倦地读书学习。
　　一个国家，一个民族只有自身强大才能不受外辱，如果落后就会挨打，而且还被打得"遍体鳞伤"。
　　1860年，英法联军侵入北京闯入圆明园。他们被圆明园中的奇珍异宝惊住了，这些强盗疯狂地将贵重的金银珠宝装进自己的口袋，拿不动的就用大车或牲口搬运，实在运不动的就用铁斧、木棒打碎，刹那间，这个皇家园林就被洗劫一空。他们为了掩盖自己的滔天行为，放火烧毁圆明园，大火连烧三天，烟云笼罩了整个北京城……这是影片《火烧圆明园》中的几个镜头。
　　看了这部影片，我伤心地流下了眼泪，我痛恨侵略者贪婪的欲望、凶狠的行为，我痛斥清朝官吏的软弱无能，我更痛心当时清政府缺乏斗志、人心涣散使得我国这一园林艺术的瑰宝，建筑艺术的精华就这样化为灰烬。圆明园是中国屈辱历史的见证，圆明园给我们血的教训，那就是"落后就要挨打"。
　　可恶的清政府、无耻的清政府、奴颜婢膝的清政府、无能的清政府！
　　看到影片中那些齐腰深的野草埋没的残垣断壁，我仿佛听见这些残留的石柱在向我们讲述它们旧日的风采和圆明园那悲壮的历史，我仿佛听见它们在时刻提醒华夏子孙："落后就要挨打！"
　　是呀，"落后就要挨打"。如今受欺辱的日子已经一去不复返了，我们不再不是"东亚病夫"，不再是任人宰割的牛羊，我们的祖国要发展，我们的祖国要强盛。

几十年来，中华儿女手挽手，肩并肩，战斗在各条战线，最终迎来了一个又一个的辉煌胜利，我们的祖国发生了翻天覆地的变化，一个真正的巨人即将屹立在世界的东方。

　　虽然我们惋惜这化为灰烬的圆明园，但是，它激起我们中华儿女奋进的决心，它更激励我们广大学子为中华之崛起而读书的斗志。

……

　　"听说这是初中三年级一位叫赵文俊写的，真是好文采啊！"

　　"那个男生个不高，头脑却是极好使的。"

　　"姓赵那小子，从小学的时候就爱写作文，语文成绩总是排在前边。"

　　"我听他人说，这小子从小就被别人称为'神童'啊。"

……

　　张玉一和蒋心怡来到学校的报栏处，当他们看到这篇文章时立刻被赵文俊那俊秀的文笔所折服，蒋心怡更是佩服得无体投地，从此，这个阳光帅气的身影便落在蒋心怡的心上。

　　在一次作文课堂上，刘老师讲道："我常听到有些同学说，提起作文就怕，一提笔就头疼，他们总觉得没有东西可写；有的干脆说我真不知道该写什么，从何写起；有的同学作文虽然也交上来了，可是仔细一看，那篇'小作文'刚开个头敷衍几句就草草收场，内容空泛笼统，不知所云，这就是我们当前的作文现状。"

　　"针对这些情况，我有一些经验分享给大家。同学们，作文就是用笔说话，会说话就会写作文，而要想有话说就要留心观察身边的人和事，切忌胡编乱造，闭门造车。当前大多数同学由于缺乏对周围事物的观察和分析，头脑中缺乏生活体验，因而才觉得无话可说，无从下笔。什么是观察？所谓观察，就是用眼睛去看。要远'观'近'察'，在生活中事事留心，时时注意并养成一种认真观察和倾听的好习惯。"

　　"老师，你能通过一些例子进行说明吗？"文俊问。

　　"好的，被誉为世界短篇小说之王的法国作家莫泊桑曾拜当时著名作家福楼拜为师。一天，他把自己坐在屋内自编的小说故事讲给福楼拜。福楼拜听后说：'我劝你不要忙于写这些虚拟的东西，你每天骑马到外面转一圈，

把路上看到的一切准确地、细致地记录下来。于是莫泊桑意识到福楼拜是教他学会用眼睛去观察生活，认识生活，练好观察这一基本功。从此他花了一年左右的时间，每天外出观察终于写成了小说《点心》，并成为世界著名的小说家。后来莫泊桑在总结自己的创作经验时说道，对你所要表达的东西，要长时间地观察它，以便发现别人没有发现过和没有写过的东西，因为任何事物都有未被发现的方面。鲁迅先生也曾说过，留心各样的事情，多看看，不要看到一点儿就写，这也是鲁迅长期创作的经验总结。由此可见，要想写好文章必须重视观察事物，提高观察能力。"刘老师娓娓动听地说道。

文俊听得如痴如醉，从此他对语文学习更有兴趣。

名人效应在任何时期、任何地方都是一样的，都会成为人们茶余饭后的谈资。

文俊回到家中，他宛如明星似的受到左右邻舍的长辈们不住地盛赞。

夕阳西下，村中心的那几棵老槐树沐浴在温情的太阳余晖中，安闲舒适、轻松自在。人们坐在一起不停地议论着，谈笑着，那些声音仿佛汇成一阵风吹得槐树那密密匝匝的叶子沙沙作响。

"文俊那小子要是在古代肯定是状元的料。"

"老赵家将来要出人才了。"

"文章写得好是好事，可我听说那家伙的数学有点儿⋯⋯"

当赵明听到"数学有点儿⋯⋯"这句话时，本来春风得意的他也禁不住蹙眉敛额。

赵仁说道："现在考学每门儿学科都得好。文俊他四伯，我家赵智当年就是这样考上谦州市农业科技大学的。"

不知是哪位长辈长叹一声说道："现在，我们农村孩子唯一的出路就是考上大学，要是考不上大学就只能面朝黄土背朝天，一辈子与土地打交道了。你们老赵家的坟地好，老四赵智大学毕业在谦州当局长，文俊这小子也不赖，将来他也是有着很大希望考上大学的。"

对于大家的议论，文俊听得很清楚。他回到自己的书房里静静地坐在窗前，望着那浩瀚如烟的一堆作业，他思索片刻后便竭尽全力地去完成那些似乎永远都无法完成的任务，当他疲惫之时想到大家的议论，想到了"考上大学才是农村孩子唯一的出路"这句话,他就会在心中产生一股莫名的力量督促自己努力奋进。

文俊爹娘两人都早早地休息了,文俊在自己的房间里,借着小台灯那一点点微弱的光写着这些没完没了的作业。他一边看着钟表,一边看着一张张白纸写满字迹,这时,只有窗外的星星像一群可爱的小精灵一般陪伴他度过这漫长的夜。

在一次考试中,文俊的数学成绩不及格,当他看到那张试卷时内心久久不能平静。回家如何面对父母,求学之路难道到了尽头?自己真是一点用也没有,想到自己真是无药可救了,还不如离家出走到远方去打工。文俊偷偷地溜出校园,他在公路旁坐上公交车来到了清辉县汽车站。车站的周围人来人往,小贩的吆喝声,一些旅馆服务人员在热情地在招徕着顾客。看到一个个匆匆忙忙的身影,文俊似乎停止了脚步。他若有所思,想到自己是那么幼稚,自己身小力薄去打工能行吗?还是回家去吧。

文俊搭上最后一班公交车回到了学校,门卫老师拦住了他:"你有没有请假,为何回校这么晚?"

"我生病了,出去看医生。"

"赵文俊,今天下午你去哪里了?怎么这么长时间没有见到你?"门卫老师听到班主任刘老师的声音后,让文俊进了校园。

赵文俊忐忑不安地来到刘老师的办公室。

"赵文俊,请你实话实,说今天到底为什么没在学校,为什么没有请假就外出,你知道吗?这严重违反纪律,影响相当恶劣。"刘老师严肃地说道。

赵文俊呆呆地站在那里,"老师,我,我今天考试严重失利,我当时昏了头脑自暴自弃,我想辍学回家,然后到南方打工。"

"赵文俊,一次考试失利算什么,将来你经历的事还可能有很多很多,今后你一定要振作起来,要有恒心、有毅力。"

"好的,刘老师,我记住了。"文俊最终还是横下心来振奋精神,发奋进取。

晚上,文俊回到教室里静静地坐在自己的课桌旁,望着那堆积如山的卷子和一排课本,他思索着。文俊痛定思痛后便竭尽全力完成那些似乎永远都无法完成的任务。在他疲惫之时,想起爹娘那期盼的眼神,想起那句"考上

大学才是农村孩子唯一的出路",他就会在内心莫名地产生一股力量促使他好好学习。

 与他在同一个学校的张玉一由于学习勤奋刻苦,所以每次成绩在全校名列前茅。她与赵文俊班级紧挨着,但是由于学习生活的重重压力,加上社会传统思想,诸如男女授受不亲、男女之大妨思想的约束,使得他们近在眼前却又似远在天边。而在同一个班级的蒋心怡与文俊虽近在咫尺,由于平日里勤奋苦读,他们之间也只是在空闲之时偷偷地交流一下读书心得而已。

 如花年少玉颜消,苦读暮与朝。曾思神仙乐园,叹水长山高。心若在,志依豪,梦逍遥,此生谁料,香墨唯留,桃李夭夭。

三十七

曼娜日记传遍　文俊灯下阅

文俊初戏心怡　一番云雨情

初中的生活单调而乏味，初三生活更是让人透不过气来，老师们那一双双锐利的眼睛，家长们那一双双期盼的眼神，学生们每天从清早五六点钟起床到晚上十一点钟左右睡觉，有时老师们还不停地激励，各班班主任时常把"谁要是有本事，可以熬通宵，我们的教室可以长明灯"的话挂在嘴边。在这种氛围中，一部分学生难以坚持，所以就生出许多应付学习的事情来。

当时的中学教育，初中三年级已经开设《生理卫生》这门课程，课本有"生殖系统"这一章，而且还加了插图，可是，学校里的生理卫生课的老师们对所讲知识大都是一概而论，很多地方还遮遮掩掩，轻描淡写地提到。同学们对于人体生理，特别是男女不同的生理特征既陌生而有充满着好奇，部分同学不知从哪儿听到一些不健康的"下流"的话语后总是想入非非，蠢蠢欲动。沉重的压力使得很多同学想抽时间放松一下紧张的神经。

不知何时，也不知是哪位同学从什么地方带来两本"好书"，《女友的疯狂》《曼娜日记》。文俊和本班的其他学友听闻班内有这两本好书后，他们早就想一饱眼福。据说在中学三年级开学之初这两本书已经在其他班级风靡一时。后来，这两本书被本班最后一排的几个"局长"（落后分子）带进班级。起初最后两排的同学争相传阅，时间一长这两本书传到了前排的同学们手里。

到了晚上，班内的一些同学一边议论着，一边放肆地笑了起来。

文俊从小到大还没有听过如此露骨的话。他一边听，一边想，不知不觉总有一种冲动在脑海里激荡，而且他还不停地往厕所跑。文俊越听越想听，越想听越睡不着觉，不大一会儿，班主任刘老师过来后宿舍才安静下来。

第二天，文俊这个大才子偷偷地从最后一排的那位姓许的同学借到了《曼娜日记》，他吃过午饭后，一个人在校园南边的那片小树林里静静地欣赏。

他忘记了炎热，忘记了中午的数学自习课，也忘记了周围的一切，书中那刺激的情节如潮水般一阵接着一阵袭上他的心头，让他不停地回味着，遐想着。

下午放学时，他看到后面那个漂亮的女同学蒋心怡还没有离开座位，因为平时两人总是交流阅读心得，所以在众多的女同学中蒋心怡可谓是他的文友，加上蒋心怡大方开朗，所以文俊慢慢地与她的关系还算比较友好。文俊环顾四周之后就轻声地对蒋心怡说道："唉！老同学，我这儿有一本好书，不知你是否有兴趣？"

"什么书，快拿来给我。"

"老同学，别在班上看，要看回家看去。"

蒋心怡的家就住在离双悦乡一中不远的乡街道中心，她每天晚上总是由她的妈妈接回家住。这天晚上，蒋心怡怀着好奇把这本书偷偷地带回家。

晚上十一点钟过后，因为她的爸爸在外做生意，妈妈又到邻居家打麻将。独自在家的蒋心怡先将自己的卧室门反锁上，她在那盏明亮的台灯下尽兴地阅读。开始的时候，她只是出于好奇心，可是后来随着情节的不断深入，他的心越来越乱，那一夜，这本有着巨大魔力的书让这个未成年的少女心旌荡漾，想入非非。

第二天一大早，文俊来到教室里，他看到蒋心怡坐在教室里发呆。不大一会儿，大家都在大声背诵课文，有的背诵《沁园春·雪》，有的大声朗读《岳阳楼记》，有的背诵《出师表》，班级内人声鼎沸，书声琅琅。

文俊偷偷地朝蒋心怡望去，只见她拿着语文课本，眼睛死死地盯着那一页。一两分钟过后，她依然是呆呆坐着，失去往昔那读书的劲头。

"读书了，老同学，你发什呆呀！"文俊朝着她笑着说道。

"你，你……"蒋心怡说着竟拿起语文课本要往文俊的头上轻轻地打去。

"饶了我吧！小的不敢了，小的给你请安，小的再也不敢了，娘娘，小的真的不敢了。"文俊说着也装模作样地读起来。

晚自习放学后，文俊一个人走在操场上。忽然一个熟悉的身影向他走来，那是张玉一。

文俊上前打招呼:"老同学,近来可好呀!可要注意身体啊!不能亏了自己。"文俊说话时,他那双眼睛不时地在张玉一的上身打量着。

月光下,张玉一那一双晶亮的眸子明净清澈,灿若明星,不知她想到了什么对着文俊兴奋地一笑,那眼睛弯得像月牙儿一样仿佛灵韵将要溢了出来。她一颦一笑之间多情的神色自然流露,让文俊不得不惊叹于她清雅灵秀的光芒,特别是她那微微隆起的前胸一晃一颤地让文俊不禁想起了书中的曼娜。

张玉一也发现文俊看她的眼神不似往昔那么自在,害羞的她也只是随口应和着。

"是啊,老同学你也要注意身体,你这个大才子将来还要上报纸的。"张玉一说着竟笑了起来。

文俊趁着张玉一笑的时候,再一次凝视着她那微微隆起的前胸,张玉一故意侧着身子避开他的视线。

"老同学,今晚的月光真美啊!让我们在这个安静的世界,让月光过滤我们日渐封闭的心,让那些潜藏在心底的微笑最真实地浮现在我们的嘴角。张开双臂让我们一起拥抱未来!"文俊笑着对张玉一说道。

张玉一听完这段话,先是一惊,瞬间又莞尔一笑。

"不管是友情还是同窗情,你来,我热情拥抱。你走,我坦然放手。我不好,但只有一个真心。珍惜也好,不珍惜也罢。如果哪一天你把我弄丢了,我不再让你找到我。友情也好,同窗情也罢。我若离去,后会无期。"

文俊语无伦次地再一次向张玉一背诵着某一位诗人的诗句。突然,他拥抱这个小学时曾将他打得鼻青脸肿的女班长。只听到"啪"的一声,张玉一那沉重的巴掌重重地落在文俊的脊梁上,文俊急忙松开手,他一溜烟似的逃回宿舍。

三十八

面壁三年破壁　壮志酬涛海

内心积忧成疾　恩师终释怀

　　每当清晨来临的时候，文俊总是借着路灯下的光打开那些书不停地背诵。多少次冷风凄雨寒窗读，多少次挑灯夜战月光寒，作为母亲的惠兰，文俊是她的心头肉，特别是农村传统的风俗"庄稼老偏向小"，所以文俊从小就是惠兰的掌中宝、心头肉。父亲赵明一周内总是抽出时间带上自制的"营养品"来慰劳儿子。然而当时的学业负担繁重，加上升学的压力使得赵文俊和众多的学子依然是"红颜为此留憔影，俊郎风采无影踪"。

　　和古人的"闻鸡起舞"相比，文俊和大多数的同学被升学压得抬不起头来，特别是中学三年级的后半个学期，许多同学清晨五点钟左右起床，三五一群地蹲在路灯下，他们在教室门前开始背诵"政史地生物"，他们勤奋的身影令人感动，他们执着的精神令那些总躲在被窝里的后进生景仰。他们学习比起古人来真可谓是有过之而无不及。文俊与其他同学们每天下午六点钟左右放学，放学后他们急匆匆地吃过晚饭，然后到班内就开始了晚上的阅读和练习，一摞一摞厚厚的卷子，一本又一本厚厚的作业总让他们充满斗志。第二天凌晨四点左右，他们再爬起来写作业、复习、预习直到铃声响起，他们再一次奔向教室上课。时间长了，班中有一部分学生白天总是打瞌睡。

　　刘老师问道："你们几个要努力啊！不要无精打采的。"

　　有的同学说道："白天我们紧张了一天，晚上到宿舍里困得眼皮直打架，那课本内容我们一点儿看不进去，还不如先睡一觉半夜起来再安安静静地学习。"

　　每次回到村里，儿时那个活泼开朗、爱笑善谈的赵文俊不知不觉地变成了一个沉默寡言的孩子，他的身影大多数的时候只是留在他那几十平方米的小书屋里，偶尔也能看到他出现在村子后边的田地里。

一个人经常独处的时候容易浮想联翩，更何况是处在青春花季的少年少女，文俊从小在那些所谓的"不正经"的本子里早已了解到才子佳人的恩怨情仇。特别是完成了繁重的作业后，躺在床上闭上眼睛，《曼娜日记》中那些勾魂摄魄的情节总让他难以忘却，文俊也多次试图控制自己的想法，然而"抽刀断水水更流，借酒消愁愁更愁"，这真是"剪不断，理还乱，是离愁，别是一般滋味在心头"。

最初这个意念只是在家里萌发在自己的心田里，后来，在学校的教室里、宿舍里这种情愫时刻萦绕着赵文俊，而且这种思绪宛如一块儿石头投入湖中泛起涟漪向文俊的心河四周蔓延开来，文俊先是注意力不集中，后来神情经常恍惚，渐渐地有一种莫名的恐惧向他袭来。

一天清晨的早读课堂上，刘老师让大家背诵《出师表》，三十分钟过后，刘老师让大家静下来。

"赵文俊同学，请你给大家背诵这篇课文。"

"先帝创业未半而中道崩殂，今天下三分，益州疲弊，此诚危急存亡之秋也。然侍卫之臣不懈于内，忠志之士忘身于外者，盖追先帝之殊遇，欲报之于陛下也。诚宜开张圣听，以光先帝遗德，恢弘志士之气，不宜妄自菲薄，不宜，不宜……"

以往对于刘老师的提问赵文俊总能对答如流、从容应对，而现在的表现却让刘老师和在座的诸位同学大跌眼镜。

"怎么了这是？大才子掉沟里了？"

"故意掉链子吧？"

"想哪个女同学了，得相思病了？"

……

教室里同学们窃窃私语嘀咕起来，赵文俊也似乎听到了大家的议论，他只是低头不语。

晚自习第一节课开始，赵文俊"应邀"来到了班主任刘洪涛老师的办公室。

"赵文俊，你在我的心目中一直是一位品学兼优的学生，学习勤奋，

与人为善。近段时间,你在学习的时候不知是何原因总是注意力分散,而且从你的眼神中看出你的精神颓唐。我们马上就要中招考试了,这样下去恐怕后果不堪设想啊,赵文俊,你有什么心事可以向老师说一声,我会尽力帮助你。"

文俊沉默了将近一刻钟的时间,终于控制不住压抑在内心的困惑,他的泪水像泄了闸的洪水,他已经是泣不成声。

"刘老师,我……"赵文俊看到一旁坐着的一位不熟悉的老师便吞吞吐吐地说道。

"刘老师,你们先谈,我还有一点儿事,我先出去了。"

"秦老师,不好意思,耽误你工作了。"

"没关系,刘老师,你们先谈吧。"

"谢谢你,秦老师。"刘洪涛老师笑着说道。

"刘老师,从小到大我的父亲对我管教很严,有很多心事从来都是深深地藏在自己心底,现在我长大了,有了心事也不愿对母亲说,因为我怕他为我担心,为我担忧。

文俊直直地站在那里低着头轻声地说道:"刘老师,近段时间不知怎么了,咱们班蒋心怡同学,她的身影总浮现在我的脑海里,课堂上我不能专心听讲,读书的时候总是不能专下心来,写字的时候心不在焉。我也多次想忘掉她,可是怎么也做不到,我越是做不到内心就越恐惧,但是刘老师,请你相信我,我真的想好好学习,不让你失望,不辜负你对我的一片苦心。"

刘老师听了这番话后吃了一惊,他望着憔悴不堪的赵文俊,最后郑重其事地说道:"赵文俊同学,谢谢你对我的信任,你的问题老师上学时也曾经经历过。"

当刘老师的那句"老师上学时也曾经经历过"传到赵文俊的耳朵旁,文俊那呆滞的目光忽然一亮,他的内心平静了许多,多日的煎熬也得到释放。

"其实男女同学交往是很正常的,我们上学的那个时候,男女同学根本不能说话,只要发现了班里有男生和女生打招呼就会掌声四起,让人无地自容。不过,赵文俊同学你是否想过,如果男女同学在平日里就像兄弟姐妹一样正常交往,彼此和谐相处;大家在交往时大大方方、心态自然,你的这点心事不就烟消云散了吗？你说呢？"

"我知道了，男女同学在平时就应当像兄弟姐妹一样正常地交往，时间一长心态就平衡了，是吗，刘老师？"文俊说道。

"赵文俊同学，你真是一个聪明的孩子。"

"男女同学如何正确地把握交往尺度呢？我认为你们只需要将'三原则'铭记于心并付诸行动即可。公开原则、集体原则、常规原则。明白了在交往时要堂堂正正，不抱有杂念，要尽量避免单独接触，更要把握好交往的礼仪，不应过分随便、过分亲昵、过分卖弄以免造成不必要的误会，伤及同学间的纯洁友谊。你应该明白'既然是在春天，就不要去忙着做秋天的事'这个道理，你们应理性看待中学时代的'青涩情感'。"

呆立在刘老师面前的赵文俊听到这样一番话后，他茅塞顿开，如拨开云雾而见青天，他对刘老师的敬佩之情也油然而生。

"刘老师，我明白了，谢谢你的教导，你永远都是我最敬重的老师。"

通过师生间推心置腹的谈话，刘老师对文俊进行了心理疏导，这使得心有千千结的文俊充分认识到了中学生早恋的弊端，学会了男女同学人际交往的技巧，更重要的是让文俊重新明确了自己的学习目标，他的自控能力得到很大提升。从那以后，赵文俊与蒋欣怡等同学相互学习，互相帮助。渐渐地，他心中的那块阴影也就消失了。

赵文俊心中的那块"心病"愈合之后，他比以往更加勤奋了，他在中招考试前的几次模拟考试中脱颖而出，很快跃居了学校前十名，他几次登上"含金量"极高的光荣旁，赵文俊的大名从此又是人人皆晓。

就在参加中招考试的前一个星期的一天晚上，蒋心怡来到了赵文俊的座位旁，她微笑着说："老同学，这是我新买的一本小说《忘忧草》，我把它送给你，希望你在中招考试之后认真阅读。"

赵文俊一边说"谢谢"，一边把那本书小心翼翼地放在自己的书包中。

黑色的七月终于过去了，赵文俊待在自己的书房里静静地等待着自己的高中录取通知书。他在百无聊赖之际便拿出蒋心怡送给他的那本《忘忧草》，无意间，他竟发现里面藏了一张照片。一条乌黑马尾辫斜在左肩上方，一双秋水般清澈的眼睛，那如玉一般的面容再次映入眼帘，赵文俊的内心惊叹于

蒋心怡那清秀雅致的神态和气质。赵文俊正看得入神，不知何时自己的娘惠兰却站在他的身后。

"娘，这是我同学的照片，她可能是大意了，把它夹在这本书里了。"

文俊娘似乎感觉到了什么，她只是说了一句："赶紧收起来吧，别让你爹看见了。"

每位家长都盼着自己的子女成龙成凤，特别是面朝黄土背朝天的农民，更希望自己的孩子考上理想的学校，将来不再回到农村干着又脏又累的农活。

三十九

天道酬勤自强 高中历三载
一朝成名名扬 情湖泛涟漪

　　清辉县一高中位于县城的西南，此位置或许缘于《周易》坤卦：君子有攸往，先迷后得主，利西南得朋，东北丧朋。"西南得朋"即位居西南能得到广大社会人士的支持。

　　校园内，杨柳依依、香樟林列，一幢幢高楼整齐地排列着，一大片一大片的草坪分布均匀。

　　赵文俊、张玉一、文霞、文忠等同学踏入清辉一高的校园，文松、李耀、蒋心怡等同学则在清辉县二中求学。

　　文俊、张玉一等同学好像对一切事物都挺好奇的，然而这也正是新征程的开始。新学校、新老师、新同学……什么都是新的，几乎所有的一切又要从零开始。梦想在心中沸腾，努力学习考上理想的大学那是文俊一直坚守的梦想。这里的一切事物都在按部就班中进行，没有了浮躁，没有了技巧，只有静心沉稳和淡泊。三年的初中生活使他学会了沉稳和淡泊。"非淡泊无以明志，非宁静无以致远"，生活虽然平淡，但同学们的思想却异常激进，因为有梦想的生活处处有阳光。

　　国庆节后的一天，在一次全体师生大会上，尚天佑校长发表了热情洋溢的讲话：

　　"老师们，同学们，大家好！

　　"经过了一个愉快祥和的暑假，炎炎夏天悄悄地离我们而去，我们满怀新的希望迎着惬意的秋风走进了五谷飘香的金秋十月。同学们，面对迎风飘扬的五星红旗，你们在想什么呢？作为一个高中生，如何使自己成为家庭的好孩子、学校的好学生、社会的好青年呢？我对同学们提出如下希望和要求：

"首先，要学会做人、学会学习。同学们要学会孝敬父母，关心他人，互助友爱，文明礼貌，争做一个德才兼备、品学兼优的好学生。同学们要学会学习。在学习的过程中，要有勤奋刻苦的精神，掌握适合自己的学习方法，以求得事半功倍的学习效果。

"其次，要拥有强健的体魄和良好的心理素质，培养健康的审美情趣，发展特长，为将来的人生事业的成功打下良好的基础。学习成绩达到"更高、更好、更出色"。

"再次，要学会交流，能正确恰当地与同学、老师、家长沟通，同学们要为加强校风和班风建设作出贡献，要增强集体意识，培养团队精神，讲文明懂礼貌，团结互助，争做学校的好学生。

"最后，要讲文明，爱我校园从我做起，打造一流的校园文化，建设好我们整洁、舒适、美丽的校园。"

尚校长的讲话完毕，台下雷鸣般的掌声响了起来。赵文俊在鼓掌同时突然发现有一双熟悉的眼睛在盯着他。那是张玉一，那个曾经在儿时把他打得鼻青脸肿的女班长。原来她在高一（2）班，与自己所在的高一（1）班近在咫尺，赵文俊只是微笑着点了点头。

高中的生活紧张而有序，丰富而充实。

周末回到家中。

"阿俊，多吃一点，你爹知道你回来就赶集割回二斤瘦肉，给你补一补。"

"娘，不用操心了，我的身体没事儿。"

"文俊回来了，这是我刚蒸好的月饼，你要多吃一点儿。"文兴的爱人，文俊的嫂子秋楠端着弥漫着香味的月饼放到文俊的书房里。

"嫂子，让你费心了，我哥在外打工还可以吧。你跟他说，千万要注意身体。"

"好，好，你哥说呀，过儿年他就从南方回来到咱们乡里开个家具店。"秋楠笑着应声说道。

"那好呀，嫂子，将来我如果能在乡里教书，那我们哥俩天天还能见面聊天呢。"

"看你说的,你将来考上大学就在城里工作的,就不要再回到乡下来了。"

"你嫂子说得对,将来考上大学了,谁还让你回来。"赵明说道。

夜深人静的时候,刚背诵了几十首宋词的赵文俊,看着窗外的月光,聆听着习习的秋风,他禁不住吟了一首《渔家傲》。

明月望中霜满地,依依柳影无眠意。歌声依依拂静寂,吾心寄,漏痕斜胃菱丝碧。

孤光自怜无好计,微光夜深空倾艺,窗外几番风细细,任思绪,天涯海角漂泊去。

"阿俊,明天咱们乡里有'会'(一种农村人民自发组织的商贸交流集会),你也去逛逛吧!放松放松。"文俊娘惠兰笑着对文俊说道。

文俊趁着星期天他来到了久违的乡街道上来。因为乡下人都来赶"会",这里人山人海。叫卖声、叽叽喳喳的说话声……可真热闹。街道内五花八门的商品让他看不过来。先说那些吃的,一元钱一碗的凉粉现在涨到二元五角,那五角钱一斤的油条现在涨价到三元一斤,还有那儿时最爱吃的香甜巧克力、酸甜的糖葫芦的价格更是让人匪夷所思;再说那些儿童玩具,各种各样的大气球,五颜六色的毛绒玩具,形态各异的小面人,还有那红色的纸灯笼。再说服装,各色的衣服让人眼花缭乱,然而这些都不算什么稀罕物。

文俊被一阵强劲的歌声震撼,他来到了一个名叫"东方歌舞团"的大门口,两个女生的表演让文俊大吃一惊。"唉!现代人可真开放啊!"不知何处传来一声叹息。那两位年轻女郎在尽情地舞着,他们的一举一动吸引着无数人的眼球,特别是一些上了年纪的人更是"乐不思蜀"。

"时代变化挺大的,原来的女人怕别人看,现在的女人真是胆子大,那衣服穿得可真少呀。"一位五十岁左右的大娘生气地说道。

……

文俊听到这些话后,他长叹一声后就离开了。

回到家后,文俊就下定决心要好好学习,将来有一天他会通过文学作品来改变这种不良的社会风气。

高中的学习生活丰富多彩,紧张而充实。语文课堂上,张天远老师的

语文课如行云流水般淌过,令众多学生折服。张老师讲解《红楼梦》时,是他精神最集中的时候。

有一次,在一节语文课上。张老师讲道:"态生两靥之愁,娇袭一身之病,泪光点点,娇喘微微,闲静时如娇花照水,行动处似弱柳扶风。"当听到这句描写林黛玉的外貌时,赵文俊的脑海中始终在想:这一生我要是能看到像林黛玉这样的女孩儿那该有多好啊!

张老师在谈到"芳"字时,文俊听得如痴如醉。

张老师分析《红楼梦》中的人物、故事情节,还有那弥足珍贵的诗词歌赋总能让赵文俊如痴如醉。正因为如此,笃定了他走上文学道路的决心。

赵文俊在高中一年级那一年的元旦,他的嫂子秋楠生下了一个胖小子,因为侄子是元旦出生的,赵文俊就给侄子起了个名字叫赵元申。元申百日宴席那一天,全村老少都来坐席,那场面是相当壮观。

"这是元申外婆用手制作的四季服装和虎头鞋,还有饱含祝福的长命锁。"文俊娘惠兰一边说一边拿出来让大伙看。

"做工真好,真细,真精巧,小家伙可真有福气。"围观的亲戚们都连声叫好。

"哇!赵明哥,今天的菜谱,热凉搭配,中西结合,看这青鱼的色泽鲜艳,荤素搭配,让人直流口水。"文俊的一个远房表叔笑着说道。

赵家村的主厨们高就在各大宾馆的厨房,他们工作再忙都要赶回家去做这没有酬劳的活儿。热闹的厨房,辛勤的厨师,只为给赵家献上一桌丰盛的席面。双悦乡乃厨师之乡,从来不乏做酒席的人才,好柴做好饭这就是农家饭好吃的一个原因,那冒着白气的蒸笼让多少人等待着,大火蒸着条子肉和甜饭,老人们聊着天。

吃过早饭,厨师们开始忙碌起来,前来祝贺的亲朋好友,在闲暇之余聊着天,打着纸牌,说着家长里短,聊着各自关心的话题。快开饭了,村里的年轻人用木盘端着饭菜上桌,这是邻里互帮的体现。喝酒就凉菜,一口老酒下肚顿时神清气爽,一杯饮料下肚顿时清爽,村中几个中年的男人负责上菜,农家宴席要的就是这热闹的场面,共享美食,共同祝愿生活更美好,这就是赵家村文兴家的坐席场面。

早一点的垫饭一般是臊子面，在十一点左右开始。臊子由五花肉切丁，配以红白萝卜、豆腐、黄花、木耳等炒制，加高汤煮熟，放入韭菜段待用；提早压制的挂面煮熟后，浇上浓香的臊子即可上席。红绿黑白红黄代表着自然界的色彩，更饱含东家的浓浓诚意。午饭，一般在中午十二点多开席，以便路远的亲戚能吃完饭赶回家，这是旧时的说法。俗话说："客走主人安。"客人离开后，忙碌多日的东家就能彻底放松下来。

赵家村的一个最年长的王四爷说道："下次就轮到你们这些娃子吃我的肉片子了，给我抬龙杠。"这是老人乐观的自我调侃，大概有这样的乐观心态，王四爷活到了耄耋之年。

元申的百日宴席之后，文俊的哥嫂住在与他们一墙之隔的新平房中。文俊与父母依然住在那低矮的旧房中，只不过，赵文俊的"小书房"换成了大一点的一间瓦房，房内的布置也比原来"大方"一些。倔强顽固的父亲比原来也"收敛"了很多，对文俊的态度也与从前判若两样。

赵文俊因痴迷文学，所以他毫不犹豫地选择了文科，他在努力学习政史地生的同时，对语文的学习更是废寝忘食，在课余时间大量背诵唐诗、宋词。班级、宿舍都曾留下他苦读的身影，他的文学素养也是与日提升。

高中生活异常紧张，而且晚自习时间较长，他的眼睛也不知何时近视了，他也戴了一副眼镜。他与同学们的交往也少了许多，让很多同学误会他是一个"怪人"。而他就好像是古代传说中的那些侠客，经常"闭关修炼""勤练内功"。

有时候，他平静的内心偶尔也会泛起层层涟漪禁，不住会思念那个初中时的同学蒋心怡。他也曾在日记中写了一些诗词来表达自己的情感。

难忘

难忘你那微微一笑，

难忘你那深情一眸，

你我擦肩而过，

盈盈情愫却在心头萦绕。

我是一片绿叶

你用纤纤素手采撷；

我是一朵红花，
你用美丽的言语夸耀；
我是碧空中的星星，
你用迷人的眼神凝望；
我是星辉斑阑处的月儿，
你在期盼着月光曲的温情曼妙。
金风玉露难相逢，
银汉迢迢；
相思相望不相会，
情为谁老。
难忘你那微微一笑，
难忘你那深情一眸，
纵使相逢，
还是梦中好。

临江仙

未遇东风谁肯信，如今方露心声。凤读晚诵"春秋经"，时逢年华，一梦为天鸿。

始得笔力如流水，只因心志平庸。晴空雨止见长虹，伊人心海，映我落霞红。

有一次，赵文俊与张玉一在操场上不期而遇。

"老同学，看你整天满面憔悴，读书勤奋固然重要，身体健康也是必不可少。"张玉一笑着说道。

"多谢老同学关心，想上大学就得能吃苦中苦啊！"

"文俊，其实窗内窗外一步之隔。寒窗苦读、十年一剑，学成名就，一朝成名是一种人生；窗外悠闲，荒废学业，阅历丰富，社会中人摸爬滚打也是一种人生。无论上大学与否，将来都要成家过日子，都会有喜怒哀乐。"

赵文俊听完后沉思片刻，回应道："老同学，或许你说的道理是正确的，但是现实中人们'望子成龙''望女成凤'的观念一时还难以改变。"

"赵文俊同学,请你相信!总有一天人们会改变这一观念,考不上大学的人在事业上也会有所建树。"

赵文俊听到这一句话后不禁愕然,他呆呆地望着张玉一远去的背影……

四十

三年弹指一过 对未来憧憬
为高考作新赋 与诸生共勉

  清辉一高二年级开学的第二月之后,学校就组织军训,这是一次有组织、有纪律的活动。军训生活对高中的众多学子来说是一种考验,是一种磨炼心智走向成熟的活动。

  "老同学,我听说咱们的军训要长达两周的时间,我还听人家说军训挺苦的。"张玉一来到操场见到文俊说道。

  "我相信通过军训会让我们明白很多人生哲理,一分耕耘,一分收获。军训后才能让我们真正明白它的意义。"文俊自信地说道。

  无情的太阳照耀着,同学们都面对着骄阳站军姿。初秋的太阳被称为秋老虎,晒在皮肤上仍是火辣辣的,对于平时在校读书的学子们来说就更是受不了。阳光晒得他们的眼睛都睁不开,这是所有同学们深有感触的。虽然如此,但大家都没有退缩,都在跟太阳"作战"。站军姿时,文俊流的汗水最多,他的意志最坚强,所以表现得好并得到教官们的好评。齐步走、跑步等训练都是很耗体力的活动,他们都认真地走齐、跑齐。内务训练亦如此,就拿叠被来说吧,文俊在教官的指导下叠被子的时间长,扣被子的时间久,所以他叠的被子总能叠成精致的"豆腐块"。

  "同学们,艰苦的训练能够磨炼人的意志,对于你们这样一个个生活条件优越,从小没有吃过太多苦的学生来说,军训是个再好不过的锻炼机会了。军营中,艰苦的训练会使大家身体劳累,会让大家无暇顾及其他事情。即便是脚下磨出水泡也要忍痛训练。一个小时,两个小时,甚至几个小时,大家都重复同一训练内容,换了谁都会疲惫,都会厌倦。但我希望你们只能在心中轻声地叫一声累,你们要坚持着,坚持到最后那就是胜利。"班主任齐老师说道。

  军人的天职是服从命令。对于身心疲惫的文俊来说,这两周也是个考验。从军训的第一天开始,文俊和其他同学便努力去适应这里的生活、这里的生活方式。十多天的训练时间太短了,来不及让大家细细体会。虽然大家没有完全适应,但是同学们还是学会了坚持。

  "同学们,我们只有在艰苦的训练中才能真正地认识自我,的确如此,军训给了我们这样的机会。通过这次活动,我们才真正认识到了自己的缺点与不足,也看清了自己的优点和长处。军训给了我们思考人生的时间,让我们明白了许多道理。如果一个人正在遭受苦难,那么此时他的思想就是最理性的;当这个人面对挑战时,他将无所畏惧,勇往直前。"文俊班的班长大声说道。

  "若一个人经受住了军训生活的考验之后,便再也没有什么困难能够难住这个人了;虽然当兵很苦,但对于人生来说是意义重大的。虽然我们参加的只是两周的军训,或许以后体验军人生活的机会也不多了,但是我要说,我理解学校的用意,理解学校领导和老师们对我们的期望。"文俊在一次班会中感慨地说道。

  离开军营的前一天,便是中国传统的中秋节。那天训练完毕,教官和文俊等同学坐下来谈天。那天,大家都凝视着教官放松时的眼神,大家肃然起敬。他们已不再年轻,他们已经将青春奉献给了我们的祖国。那眼神流露出的是无悔,是骄傲,是对这些青年学子的期望。短短的军训生活深深地震撼了同学们,让大家难以忘怀。经历了这次军训,文俊和其他同学比原来更加了解自己,也更加了解周围的人。大家都懂得什么是幸福,什么是快乐,军训生活让文俊这些学子更加懂得珍惜。

  文俊考入清辉一中时的成绩只是中上等水平,然而,一年的高中生活,他却改变了很多很多。他端正了对生活、对人生的态度,并养成了吃苦耐劳的品质。

  "孩子,你不要以为能上高中就能考上大学,要是不吃苦的话,大学的门还是不容易推开的。"文俊爹赵明反复嘱托。

"爹,你放心,我会好好学习的,不会辜负你和我娘的期望。"

"老同学,当我们踏进高中时,脑子里想的是终于熬完了三年漫长的初中生活,这高中生活一定会很轻松,老师管得一定会很松,自然也就可以懈怠了。然而很快我就明白了,高中更需要我们努力地学习,在老师的谆谆教导下看到周围的同学们拼命地学习,我打消了刚开始的想法,开启高中的学习旅程。"文俊的一位新同桌郑重其事地说道。

"我们上高中并不是来享受的,而是要付出比初中时更大的努力。"文俊说道。

"在学习中,大家在运用好的学习方法的同时更要注重独立思考的重要性。要想学好只埋头苦学是不行的,要学会'方法',并能用好的学习方法去自学。古话说得好,'授人以鱼不如授人以渔',大家来这里的目的就是要学会'渔',但是这句话说起来容易做起来难,大家在平时的学习中要注意,做什么都要勤于思考,遇有不懂的地方就勤于请教。在学习时,以'独立思考,勇攀知识的巅峰'作为自己的座右铭,要时刻不忘。"班主任齐老师在一次班会上说道。

随着学习的进步,文俊不只是学到了课本知识,他的心智也有了一个质的飞跃。他认为这对于自己的将来的发展很重要。在学习知识这段时间里,文俊与老师们、同学们建立了深厚的情谊。老师们的谆谆教导,使他体会到了学习的乐趣;同学们的互帮互助,使他感受到了友谊的伟大。

"老师,我总是利用课余时间读一些名著和励志图书,我觉得'它们'对自己很有帮助,我也越来越认识到品行对一个人来说是多么的重要,它关系到我们是否能形成正确的人生观、世界观、价值观。所以无论在什么情况下,我都以品德至上来要求自己,无论何时何地都奉行严于律己的信条,并切实地遵守它。"文俊对他的班主任齐老师说道。

"好的,赵文俊同学,你是众多同学的榜样,今后你要继续保持这种人生态度。"

文俊很高兴能在其他同学有困难的时候真诚地帮助他们,相反在他有困难时同学们也无私地伸出了援助之手。对于老师,他一向是十分敬重的,因为诸多老师在他彷徨的时候给予指导帮助,如果没有老师的帮助,文俊真不知道自己该何去何从。

经过了一段漫长的学习生活，文俊渐渐领悟到，与其说品德是一个人的人品德行，不如说是个人对整个社会的责任。一个人活在这个世界上，就得对社会负起一定的责任和义务。

三年的高中生活就这样不知不觉地过去了。高考之后，在毕业典礼上尚天佑校长语重心长说道："同学们，三年弹指一挥间，遥想那年的初秋，你们迈着轻快的步伐步入清辉一中时满怀憧憬；而今蓦然回首，却发觉自己将要离开，将要踏上新的征途。此时此刻，我相信大家都有很多的话要说，接下来就请大家倾听来自高中三年级的毕业学生代表赵文俊的心声吧！"

赵文俊款款走向主席台，他深情地说道："亲爱的同学们，大家好！光阴如梭，高中三年转瞬已过，蓦然回首我感慨万千，三年锤炼使我们在学校诸位老师指引和关怀下完成了三年的学业，为感此恩情特做《高考赋》与在场的诸位同学共勉。"

高考赋

岁值六月初夏，时近农历芒种。年年岁岁有高考，岁岁年年人不同。今岁高考如约而至，众生十年一剑，而今初试锋芒。神州大地，沉寂静寞；举国上下，翘首以盼。天公垂怜，淫雨霏霏，雷霆乍惊，以壮声威尔。余念大考之初衷，遂作赋，为天下考生之艰辛而讴歌，为莘莘学子拼搏而称颂。

时光荏苒，岁月飞逝。十二年寒窗，往事一幕幕尽在眼前。多少次冷风凄雨寒窗读，数不完子夜挑灯月光寒。红颜为此留憔影，俊郎风采无影踪。一年三百六十日，风刀霜剑严相随。轮回过兮发茫茫，肠断人兮意惶惶；养兵千日兮念发奋，用兵一朝兮盼青云。

辛苦读书十二年，只为化作千万言；匆匆奋战两日间，滴尽凄凄泪辛酸。步入高中深似海，岁月峥嵘似曾见。殚精竭虑，文化课程谙心间；栉风沐雨，德智体美修于身。闻鸡起舞，夜阑三省，披星戴月，风雨兼程，真乃：十年寒窗无人问，一朝成名天下惊。

"毕竟高考六月中，风光不与四时同"。百花幽香长远，碧草连天无穷。冷静沉着，信心满满赴考场；极致发挥，才高八斗展学识；翘首以盼，可怜天下父母心；举国关注，动一发而牵全局。谦州高考，历来风波迭起，备受

关注。穷其实质,学子付出万千艰辛,只为鲤鱼跃出龙门。然则,大学门槛"壁垒深高",令我们千万学子倍感艰辛。《佛经》有言:有因必有果,有果必有因。痛定思痛,吾偶然想起:"故天将降大任于斯人也,必先苦其心志,劳其筋骨,饿其体肤,空乏其身,行拂乱其所为,所以动心忍性,曾益其所不能"。愿我们清辉学子,有夸父逐日之胆量,有愚公移山之精神,有梁公笔下之毅力。问鼎华夏兮笔一枝,大化无方兮四海行。

"面壁十年图破壁,难酬滔海也英豪"。百舸争流,击水三千;卧薪尝胆,提名金榜;清华北大,固然辉煌。然则,新形势百花齐芳。三百六十行,行行出栋梁,其他"学府",又何必枉悲伤?

愿天下学子,天道酬勤,自强不息,拼搏进取,奉献青春热和光,只为祖国明天更好、更富强。

朗诵完毕,台下又是一阵热烈的掌声。

四十一

文俊金榜题名 赵家喜洋洋
东挪西借眉展 亲情润寒家

一个"黑色"的七月终于过去了。盼望着，盼望着，文俊那高考成绩已经揭晓，赵家的一家人终于等到了这一天。文俊看到学校给自己寄来的谦州市师院录取通知书，他激动万分，文霞、张玉一、文忠最终落榜。文霞后来外出打工，文忠最后到谦州的一个中专学校上学，张玉一后来到谦州学做生意。

文俊一家可谓是喜事临门。从来话不多的文俊娘惠兰走起路来比平时更快了，本来勤劳的她在田间更是不辍劳动，儿子的这张通知书似乎给她带来了莫大的力量使她从未感到疲倦。

赵仁、赵义、赵礼来到文俊家共同庆贺这个"文曲星"金榜题名。身在谦州任农业局局长的赵智听到文俊考入谦州师院这一消息后更是高兴万分，他急忙往家里打电话表示祝贺。

"文俊这小子真有出息，为咱们老赵家争光了，老六，抽时间简单弄俩菜咱们来庆祝一下。"赵仁先说道。

"大哥说得对，读书考上大学还是咱们乡下孩子的一个好出路，有的人说考上大学之后也有太多的不确定因素，但是如果不好好学习，选择在家种地和外出打工，最终得到的还是普通人的生活。现在咱们农村孩子读书也从当初的离开农村不再参加农业劳动，变成如今的读书是为了能够学到知识，能够不再过着愚昧无知的生活，能够找到一个好的工作，能够干理想的事业。"文俊的二姑父贾红蓄说道。

"红蓄说得很对！唉！当今，我们这里的孩子们在家劳动的很多，他们

都是在盲目地种地,或者去打工出卖体力。农村孩子考上大学,意味着他们今后选择的路更多,自己的前程也就有了可靠的保证。文俊这孩子真争气将来还能为其他的孩子做榜样。"文俊二伯赵义说道。

"大哥、二哥、三哥,咱们都在农村生活,生活在农村特别是生活咱这比较偏僻的地方确实是一种煎熬,孩子们需要读书学习,他们还要面临各种各样的压力,那些不上学的孩子的日常生活无非就是放牛砍柴,种地成了他们唯一的收入来源,一家人的指望也就是依靠种地。既然文俊这个孩子考上了大学,还是一所不错的学校,这对于咱们老赵家这个大家庭来说是一件很值得庆贺的事情,我们要好好庆祝一下。"文俊的大姑父梁思明也高兴地说道。

"老六,孩子开学的费用够不够,不够我们共同来凑。"赵礼接着说道。

"老三,先让老六问清楚学费是多少?等问清楚了学费、住宿费和其他的费用后,到那个时候如果还是不够,我们大伙儿再凑也不晚。"赵义也笑着说道。

"大哥、二哥、三哥、两位兄弟让你们费心了,咱们先等学校的费用通知寄来后再说,到那时如果费用高,我手头上的钱还不够的话,再向大家张嘴也不晚。"赵明笑着说道。

文俊一边向各位长辈问好,一边给两个姑父和三个伯父倒茶。

"孩子,上大学了,你还要像以前一样用功,不要浪费时间,要多学一点儿知识。"赵仁又说道。

"大伯,你放心,我还会像以前一样,不辜负大家对我的期望。"

"我就知道文俊一定能为我们赵家增光,甚至赶上他四伯。"赵义又笑着说道。

"文俊将来说不定还能当上大学教授呢。"赵仁望着赵义、赵礼、赵明点了点头微笑着说道。

"两位姑父,再过两年我那表弟小恩,还有表妹贾柯,他们也会考上理想的大学的,我对他们有信心。"

"但愿如此吧!不管怎样,你总算给他们做了一个好榜样,他们对你这位表哥也是打心眼儿里佩服。"文俊的大姑父说道。

赵玉从婆家打来电话向文俊祝贺,并托人送来200元钱,作为一点心意转交给六哥赵明。

过了两天，谦州市师院下发了费用通知，上面清楚地写着学费、住宿费共2000元。看到2000元这几个醒目的数字，本来就显得苍老的赵明，他那眉头上的道道"伤痕"更集中了。

"今年小麦卖了400元，棉花刚卖完攒了600元，她小姑又送来200元，还是不够……"文俊娘惠兰低声说道。

"谁让你说的，不要让孩子听见了。"赵明打断了文俊娘的话。

文俊人虽然蹲在厕所里，但是他却一字不落地全都听到了，特别是那句"棉花刚卖完攒了600元"。文俊的心里一阵酸楚，他忧心忡忡，因为当他看到父亲从田间回来时那被阳光晒得通红的脸，还有母亲额头上的汗珠总让他伤心难过。

文俊立在厕所门口，当他听不到爹娘的对话后，就放心地走了出来。

赵明看到儿子从厕所里走出来，他面带喜悦地说道："这几天好好歇歇，准备准备，将来上大学时好好努力吧！"

"没事儿的，爹，你让我帮你下地干活吧，没关系的，锻炼锻炼对身体还是有好处的，明天我和娘一起下地掰玉米棒。"

"你在家歇歇吧，我们两个就行了。"

"没事的娘，我都18岁了，干点儿活儿没问题了。"

秋日的阳光虽然了收敛一点。然而，炎热还是有一点儿的。文俊来到玉米地里和娘一块儿掰玉米。"锄禾日当午，汗滴禾下土"，这句诗写得真好啊，自古以来农民靠种地吃饭，那真的是"粒粒皆辛苦"。平日里在学校看到同学们的伙食丰富，自己吃的也算可以，可是大家哪里知道父母的艰辛。

文俊娘始终低着头，她左手抓起玉米棒子和茎秆的连接处，右手攥住玉米棒使劲往下压，听到"啪"的一声，一个胖胖的玉米棒子就掰下来了，文俊娘惠兰随手将它扔在两堆玉米秆子的中间。接着，她左手又抓住另外的一株玉米，右手攥住玉米棒，随着"啪""啪"的声音，玉米棒子就像跳舞一样落在两堆玉米秆子的中间，而那些卸了"包袱"的玉米秆子却整齐地排列在田里。

　　文俊看得手心发痒,他就学着娘的样子掰起来,谁知随着一声轻轻的闷响,玉米棒是耷拉下来了,可是却赖在秆子上不肯下来。他使劲拧还是没有用。最后,他只好学着老鼠的样子用牙齿将玉米棒啃下来,没想到这一啃还有了新发现,原来秆子的汁水还是甜的呢!

　　"阿俊,你要累了就回去吧!还是让娘慢慢收拾吧!"

　　"没事的娘,什么事都得学学,我一会儿就学会了。"文俊笑着说道。

　　文俊看着娘那娴熟的动作、连贯的手法,一会儿一堆黄澄澄的玉米伸向远方。他虽然强忍着热和累,然而十多分钟的活他还力所能及,半个小时过后他已经腰酸背痛,汗流浃背。又过了一刻钟后,他那白皙的手掌里几个红泡已悄悄地磨出。然而,当他想到"棉花刚卖完攒了600元"这句话时,内心就有一种力量在激励着他,让他强忍着疼痛和疲惫继续劳动。

　　文俊娘儿俩正在田地里掰着玉米,谁知文俊爹赵明不知什么时候也来田间开始劳动。文俊看到赵明累得汗流浃背,他也赶紧加快速度。

　　虽然已经是秋天了,阳光依旧强烈,天气依然炎热,不一会儿,黄豆大的汗珠便从文俊的额头上落下来。文俊顾不上擦汗,他使劲掰玉米。由于平时缺少锻炼,他没干多久就累得筋疲力尽。他想躲到阴凉处休息一会儿,可是他转身时却看到爹娘头也不抬地在田地里掰着玉米,谁也没有停下来喘口气,他想自己也是一个男子汉决不能示弱,就咬着牙继续干起活儿来。由于玉米的外衣包裹得非常严实,文俊掰下一个玉米棒子就要花很大力气。半天下来,文俊爹娘已经掰了好多了,而他却只收获了一小堆,他干着急也没有办法。

　　文俊娘不停地安慰着文俊说道:"你平时都没有干过这活呢,能掰这么多玉米很好了!别着急,掰玉米也是有窍门的,你要学会用巧劲儿!"

　　经娘这么一提醒,文俊才动起脑筋来,经过反复琢磨,他找出了窍门——旋转拧断法。他把玉米叶子撕破后,两手紧抓玉米来几个旋转直到把它拧断,这样就可以弥补他力气不足了。哈哈!原来劳动中也有这么多学问呀!文俊掰的玉米渐渐多了,文俊爹赵明平生都难夸他,这次却说文俊有力气,爱劳动,不娇气,还会动脑筋。文俊听到这些夸奖,他的心里温暖了许久。

"阿俊，如果累了就歇会儿，可不能把手磨起泡了，那样会影响你写字儿。"

"娘，我没事儿，你也歇歇。"文俊站起身来，随后从地头儿给爹娘各倒了一杯茶并端到爹娘面前。

"娘，爹，你俩喝口茶吧。"

"好的，咱都歇一歇，坐下歇一会儿吧。"

"爹，昨天我听说学费还差一点儿，你出去借钱？"

"没事儿，你两个姑已经说了，过两天就再给咱们送点钱，几个伯伯也给咱们再凑点儿，再说你哥文兴在南方打工也攒了点儿钱，大家凑凑就够了。"文俊娘惠兰说道。

"谁让你给孩子说的，孩子只要能好好上学，其他的事少叫他操心。"赵明不高兴地说道。

"爹，那是昨天我在厕所里听到的，娘没有告诉我。"文俊上前解释说道。

"小子，你只管上你的学，好好学习就行了，其他的事爹会替你想办法，那都是小事儿。"赵明很有气势地说道。

"爹，娘，我从小就知道你俩真的很辛苦，为了我上学，你俩操碎了心，我每次看到娘在田里干活，她被太阳晒得满脸通红的样子，我的心里真不是滋味儿。"文俊流着眼泪说道。

"孩了，你咋那么傻呢，每一个孩子的爹娘都是为了自己的孩子呀！我们就算吃一点儿苦那也是应该的呀。"赵明说道。

文俊望着二老，不知道再说些什么。

"大学生也下地干活呀，可不能累着了。"邻地里四嫂笑着说。

"她四嫂，孩子倔强，非要来。"

"四嫂，我下地干活儿是来感受一下农活的乐趣。"文俊随意地说道。

"还是大学生会说话，干农活也挺美的，哈哈。"

回到家，一家人吃过晚饭。赵明惠兰两人休息后，文俊来到自己的房间。窗外那皎洁的月亮偷偷地照在窗前，文俊想到栉风沐雨不辍劳作的父亲，想到含辛茹苦、任劳任怨的母亲，为了能让自己安心地上大学而费神劳力，他的心久久不能平静，于是提笔写下了：

定风波

一弯银镰照镜天,繁星银汉若等闲。为何良辰美景在,长叹,三五之月何时圆。

世事沧桑多应变,谁言,疾风恶雨志如磐。如梦今生何处向,昂首,人在灯火处阑珊。

文俊爹赵明为了给文俊凑够上学的学费,他来到双悦乡集镇上,准备把赵母给众兄弟姊妹每人分的五块大洋卖掉。

"大哥,如果有人买的话,你就按每块二百元钱要价,不然的话你就卖不到好价钱。"赵明左边的一个卖水果的商贩笑着对他说道。

"兄弟,这银圆哪,只要每块七八十元就行,咱们卖东西讲究个诚信。"

"大哥,你这是头一次做买卖吧,做生意呀,我给你说就是讲究一个'利'字,只要能多赚点儿钱管他诚信不诚信的,你没听人家说过'愿者上钩吗',你看你旁边的那位。"这个小商贩说着,他用手指了指赵明右边不远处的一个卖牛肉的人。

赵明看到这位卖牛肉的人趁着大家都不注意的时候,竟然偷偷地用针管往牛肉里注射清水。

赵明朝着那位小贩笑了笑说道:"兄弟,做生意哥不在行,我只要能保着本儿就行了。"

"哈哈哈。"那位小贩向赵明投去轻蔑的目光。

四十二

大学生活丰富 校园闻秋水

心有灵犀逢缘 原是梦中人

经过高中三年的拼搏,赵文俊非常幸运地考入谦州市师院,文忠上了谦州市的一所理工技校,文霞在家待业,后来外出打工,而张玉一竟以5分之落榜。文俊看着张玉一失落的样子,他不知如何劝慰,只能化用柳永的一首词安慰她:黄金榜上,偶失龙头望,命运暂遗贤,如何向?未遂风云便,争不费思量。何须论得丧,才女佳人,自是国家栋梁。

"老同学,我听说你上学学费没有凑齐,还差多少,我可以帮助你。"张玉一说道。

"多谢老同学好意,学费的事我们已经凑齐了。"文俊说道。

"老同学,你再复习一年吧!来年一定会高中的。"

"算了吧!我准备下海经商,对于上大学我自己已经没有这个心思了。"

"老同学,今后要继续努力,希望你学有所成,我会默默地祝福你,也会等着你,来。"张玉一边说着,边张开双臂准备和文俊拥抱告别。

"谢谢你的祝福。"文俊勉强地与张玉一拥抱一下,因为初中时的那天晚上的事至今令他耿耿于怀。

八月下旬,文俊和新同学来到了谦州师院。谦州师院在南湖省谦州市文荟街中心,这是一所本科师范院校。师院大门南望,北依连绵的芒山,东边是一片开发区,西边是一条名叫龙江的大河,书香幽韵与青山绿水相依,这是众多学子梦寐以求的理想学院。中央大道一至通向一个高大的旗台,旗台后便是几座巍峨的楼房。教学楼共5层,每层有15间教室,还有老师办公室、活动室。教学楼的楼梯和走道都非常宽阔,四五个人并排

行走也不会觉得拥挤。每间教室都宽敞明亮，红色的外墙，白色的内墙；地面洁净，桌椅整齐，每间教室的墙上都贴着白求恩、华罗庚、居里夫人等名人的画像。在校长室的门的上方挂着一个醒目的牌子，上面写着"谦州市文明单位"七个鲜红的大字，这牌子是全校师生共同努力的结晶。

文俊来到了谦州师院的校园内，园中一草一树，鸟语花香让他激动不已，高大巍峨的教学楼，浓厚的文化氛围让他兴奋不已。他不停地想着，大一是大学的开端，更是影响大学其他三年的重要一年，所以进入大学的第一步自己一定要走好，这样才可以为其他的三年打下基础。他时刻坚信只有踏踏实实，好好学习就能学有所成。

"这里的环境真好！教学楼也气派！"一名刚进入校园的学生说道。

"能在这里上学，是多少人梦寐以求的愿望，我们既然来到这里，就一定会学有所成！"另一位学生自信满满地说道。

"唉！听说学校里的图书馆很大、很宽敞，能容纳几百人看书。"不知是哪位学友的一句话让文俊"惊醒"，如果有很多的书读那对自己来说也是一件幸运的事。

"我希望，我们这四年要收获很多很多知识，因为这里将记载我们奋斗的历史。"一个女同学热情洋溢地说道。

……

新学期的一个傍晚，当夕阳的余晖温情抚摸着美丽的校园时，金色的太阳已经尽情地沉浸在红色的乐章里。此时，谦州师院整个校园被一缕远处飘荡的乐曲缠尽。结束了一天紧张的学习，文俊和其他同学走出教室，一阵微风从不远处的山岗上带来山野的馨香，轻轻地飘向校园，此时的校园中就有了一丝丝的凉意和一种被净化的感觉。可能是一天学习结束后的轻松以及那落日的熏染，文俊此刻便有了趁着傍晚的迷离去宿舍打开书，徜徉遨游一番的想法。

酷爱读书的赵文俊悠然自得地来到宿舍，他拿出《红楼梦》如饥似渴地翻阅，文俊沉醉在贾宝玉那泣泪伤感的《芙蓉女儿诔》：

维太平不易之元，蓉桂竞芳之月，无可奈何之日，怡红院浊玉，谨以群花之蕊，冰鲛之縠，沁芳之泉，枫露之茗，四者虽微，聊以达诚申信，乃致祭于白帝官中抚司秋艳芙蓉女儿之前日：窃思女儿自临浊世，迄今凡十有六载。其先之乡籍姓氏，湮沦而莫能考者久矣，而玉得于衾枕栉沐之间，栖息宴游之夕，亲昵狎亵，相与共处者……

文俊边读边思考，特别是用"枫露之茗"来祭奠。何为"枫露之茗"？"枫露"乃血泪的化用，也即用血泪来祭奠晴雯。当晴雯的命运与宝玉的无限悲伤情愫交织在一起，那种心灵共鸣不禁让文俊置身其中，成了一个感怀的看客。

一天下午，美学课开始了，给文俊授课的是师院的纪墨鸿老师。

"同学们，美学是从人对现实的审美关系出发，以艺术作为主要对象，研究美、丑、崇高等审美范畴和人的审美意识，美感经验，以及美的创造、发展及其规律的科学。德国美学家鲍姆加登在《美学》一书中主张建立'美学'学科，美学从此成为一门独立的学科……"

赵文俊一边听讲，一边思索着，原来在高中时我们对文学只是浅尝辄止，看来要想成为一名文学家还真要博学多思。

"同学们！下面我向大家谈一谈《教育学》的有关基础理论：教育学是一门研究人类的教育活动及其规律的社会科学。

文俊听得如痴如醉，他不停地思考，不断地回味着。

一个和风丽日的早晨，大学一年级各班同学排着整齐的队伍来到教学楼前参加升旗仪式。听到那雄壮激昂的国歌声，看到冉冉升起的五星红旗，赵文俊和其他的同学对未来都充满了期望。正在这时，学生科的赵科长用他那浑厚的声音向同学们致欢迎词：

今天，温馨的谦州师院大家庭迎来了1000多名新成员。由于新学期新面孔，一些同学还未熟悉这美丽的校园，但这场开学典礼会把我们所有的人紧紧地连在一起。此时此刻，你们虽身处不同地方，甚至位于不同县区，但你们的"谦州时间"已经同步开启。我代表全校教职员工向你们的到来表示热烈地欢迎！

校园是你们的家园，是你们成长的地方，也是大家心灵得以安放的精神家园。对知识的追求和眷恋是每个人内心深处最温柔的故事，那是"悠悠天宇旷，切切故乡情"的思念，是"仍怜故乡水，万里送行舟"的不舍，是"浊酒一杯家万里，燕然未勒归无计"的慨叹，是"唯有门前镜湖水，

春风不改旧时波"的感怀。学习是人生的来处，也是人生的归宿，它无私而宽厚，给予我们人生初始的温暖和终极的关怀，带给我们不可替代的安全感、归属感和认同感。学习中我们将领会中华民族悠久的历史和灿烂的文明，向知识讨生活的你们时时刻刻在知识的土地上，生根、繁衍，因熟悉而信任，因传统文化学习而自立、自悟、自觉，出入相友，守望相助。

赵科长继续说道："同学们，同时我也向大家宣布，今天在这次升旗仪式中，我代表学校宣布一件可喜可贺的事。我们谦州师院中文系一班赵文俊同学的散文诗《秋水》在我市《现代诗》杂志上发表了，这是我们书院的一大幸事。下面，就让我们用热烈的掌声欢迎赵文俊同学来到主席台给我们朗诵他的佳作。"

赵科长的话音一落，赵文俊的内心汹涌澎湃，那是他高考之后花一周的时间创作的一首散文诗，没想到向杂志社投稿后竟发表了。

他怀着激动的心情在雷鸣般的掌声中走到主席台前。

"大家好，我是来自中文系一班的赵文俊，接下来就把这首我创作的诗歌《秋水》献给大家。"

秋水

一汪秋水

聆听落叶的倾诉

往事如风

轻拂涟漪无数

明月倚楼

遥望着美丽的孤独

黄昏日暮

找不回翩翩少年路

如果时光能回到从前

那梦幻般的往昔

是不是依然美丽如初

真情如果还要走下去
　　　红尘中的你我
　　能不能用真诚去浇灌
　我们那一方开满鲜花的热土
　　　　人生漫漫
　　阴晴圆缺、风雨无数
　　　春满人间时
　幸福从晶莹的眼泪中流出
　　　　人生漫漫
　　阴晴圆缺、风雨无数
　　　春满人间时
　幸福从晶莹的眼泪中流出

　　当最后一句"春满人间时，幸福从晶莹的眼泪中流出"诵完以后，又一阵雷鸣般的掌声响起。

　　赵文俊款款地走到自己的队伍中。忽然，离他不远处，有一个似曾相识的眼神，那是《红楼梦》中林小姐的眼神，那目光中有一种莫名的鼓励和赞赏。

　　文俊似乎又听到他旁边的人窃窃私语。

　　"原来是他，还不错，大诗人一个。"

　　"挺斯文的。"

　　"名字也挺有内涵的。"

　　"人长得还可以。"

　　……

四十三

相逢图书馆中　爱情从此始
舍中议论纷纷　文俊心如水

　　谦州师院令众多学生神往的地方莫过于图书馆了。图书馆是一把钥匙，引领众多学子进入书的世界；图书馆也是一道桥梁，使同学们通向知识的殿堂；图书馆更是美丽的天堂，让文俊那样的学生放松心情、沉醉其中。

　　图书馆在文俊的心中占据了极大的空间，初中、高中时的图书馆对文俊来说没有特别的含义，因为那时的他不曾有时间到图书馆学习，可以说当时图书馆形同虚设。文俊在中学时代曾经听他人说过大学的图书馆好像是一座庞大的建筑物，自己从来没有机会进入其中细心探索。文俊四伯赵智也曾向他讲过图书馆的大致情况，在四伯的讲解下，文俊的心仿佛进入了图书馆，开启了探索之旅，那蕴含万事万物的百科全书、笑傲天下的武侠小说，以及那纯真可爱的童话世界等都令他着迷不已。在这图书馆里，无数神秘的、科学的、知识的面纱将被文俊和其他的同学一层一层揭开，无数美丽的故事任他们一篇一篇的神游。

　　而今自己能时时亲临的图书馆是如此宏大壮观，如此动人心魄，它散发出独特的魅力使自己幸福地沉醉其中，那幸福的滋味在他的心中荡起一圈圈的水波。文俊和他的几个同学每天总是准时来到图书馆。俗语云："一日不读书，则言语无味；三日不读书，便觉面目可憎。"这句古语时时刻刻都记在心上并成为他的座右铭。

　　下午放学后，赵文俊和他的室友周洪宇、艾峰来到图书馆。在一个宽敞明亮的角落，三人正在津津有味地读书时，几个身影从他们眼前掠过。

　　"赵文俊，赵大诗人也在这里呀！挺专心啊！"

赵文俊猛然一看，原来有三位女同学也来读书，而且让他惊讶的是，一个女同学竟然直呼自己的名字。

"我叫方彩云，这是我的两位好姐妹，林筱枫，冯静如，我们是中文系二班的。"

"你们好，非常荣幸见到大家。"文俊站起来望着方彩云说道。

当赵文俊与林筱枫的目光相遇时，一种莫名的感觉袭上心头，原来那个似曾相识的眼神竟是她的。一袭点缀着灰色斑点的白色长裙使她就像自己的梦中天使一般，那样贤淑文静；她美丽的锁骨若隐若现，裙子的颜色大方而美丽，微微反光，她那双如玉般洁白修长的腿被裹在里面，裙角边有一些星星点点的碎钻如无数美丽的晨露；长发散在肩膀上，如瀑布般乌黑的长发看起来是那样纯洁秀丽；额头带着一个发卡，那发卡中间垂着一颗玉珠美丽异常，光彩夺目，那光芒仿佛是活的，如同明月般让人惊叹。而她那双明如秋水般的眼睛居然没有被发卡中间的那颗玉珠夺取丝毫光彩，是那样似喜非喜地望着。她的美就像《红楼梦》中的林黛玉，优雅文静而纯洁无瑕。不知她想到了什么，对着文俊微微地一笑，那眼神仿佛也是似曾相识。她的眼睛微微地眨了眨，仿佛那灵韵也溢了出来。一颦一笑之间，那高贵优雅的神色自然流露，让文俊不得不惊叹于她的美丽。

"什么非常荣幸，那是幸福，你们好，我是艾峰，艾草的艾，不是爱人的爱，赵大诗人、周干事与我是中文系一班的三剑客，今后有空我们多多交流，多多交流。"

"你少说两句吧！图书馆规定，不要大声喧哗。"周洪宇说道。

这时空气似乎凝滞，时间也静止不动了，大家不约而同地望着墙壁上那醒目的警示牌：一，请勿吸烟；二，请勿喧哗；三，请勿乱扔垃圾……

林筱枫和冯静如坐在赵文俊的斜对面，文俊再一次望着林筱枫。只见她光洁白皙的面庞透出一股造化钟神秀的美，一双柳叶弯眉，唇不点而红，秀美浓黑的披肩发洋溢着青春的靓丽风采，就如那刚出水的芙蓉一样亭亭玉立。

不大一会儿，林筱枫、方彩云，冯静如这三朵"金花"各自借出书后离开图书馆，就在她离开的那一刹那，林筱枫同学蓦然回首却与赵文俊那双眼睛不期而遇。

225

　　林筱枫看到赵文俊时，一个英俊的身影再次浮现在眼前。俊美绝伦，脸如雕刻般五官分明，有棱有角的脸是那样帅气。外表看起来有几分木讷的他，眼睛里却流露出睿智。一头乌黑浓密的短发，一双剑眉下却是一对细长的桃花眼，英武中有和善，稳健中多情，仿佛让人一不小心就会沦陷。高挺的鼻子，厚薄适中的嘴唇却漾着令人目眩的笑容。一双八字浓眉倒立，嘴角的弧度恰到好处，冷峻而不失温柔，淡雅且有点清高。翩翩风度胜似嵇康，儒雅神态让柳永等人为之感叹！翩翩儒雅之态尽显风流，善良真诚的笑容如春风般温润。这种微笑，似乎能让阳光猛地从云层里一下子就照射进来，是那样的温和而又自若。

　　一个温柔美丽，一个倜傥多情，两人不期而遇，却在各自的心间埋下一粒种子，这粒种子随着时间的推移慢慢地生根萌芽。

　　谦州师院的女生们走出大门，来到了车流汹涌，人流如潮的大街上，他们一边走，一边说笑。

　　"我们到大街上去走走，看一看城市傍晚的风光。"

　　"这里可真热闹，看！饭店的灯光已经亮了。"

　　"城里人可真讲究，吃个饭也有那么多名堂，什么麻辣鸡、三明治、山西卤鹅、北京烤鸭……"

　　"民以食为天，不过城里人吃饭还挺讲究的。"

　　"哇！你们瞧，那个男士这么晚了还系着领带，真有风度啊！"

　　"怎么啦！看上人家了！"这句话刚说出口，立刻引起一阵大笑。

　　"去你的，你才看上人家了，我只是好奇啊！我相信，我们将来也有可能留在这大城市里，成为一个光鲜亮丽的城市市民。"

　　"城市有什么好的，我还是觉得乡下适合我们，那里山清水秀、民风淳朴，哪像这城里边什么都要钱，没有钱寸步难行呀。"

　　"哎哟！才来几天呀，就感悟这么深！小心'牢骚太盛防肠断，风物长宜放眼量'啊！"

　　"哈哈哈。"又是一阵清脆的笑声。

　　谦州师院有明文规定学生必须按时回到宿舍休息。

　　赵文俊从图书馆回到宿舍内，他打开《红楼掇瑛》这本书，书中写道：

"我对《红楼梦》毫无研究,只是个"资深"的热心读者,从初读到如今,历五十余度寒暑,满头乌发变两鬓霜雪,热心如故。不只读文本,凡关涉"红学"的书或文都爱读,就像一个年轻人爱上一个美丽女子,不只欣赏她,亲近她,温存她,体味她,还在乎别人如何述说她、评点她、猜想她、研究她。《红楼梦》像一块磁铁造成一个魅力无限的磁场,吸引人去心神交汇,情感碰撞,思索联想。

1956年暑假,第一次读《红楼梦》(书是从学校图书馆借的),当时住赊旗镇外婆家邻居的小楼上,楼古旧,砖砌的楼梯几乎被磨成斜坡。室内仅一床一桌一凳。最难忘,周遭黑而死寂,眼前一灯如萤,心在书中旅行,不知夜深几许,待上床睡觉时,忽见窗外残月似弓,还记得读到第九十八回"绛珠魂归离恨天,病神瑛泪洒相思地",竟然不禁伤心地哭了。鲁迅论《红楼梦》,有"悲凉之雾,遍被华林"一语。那或许是我第一次感受到人间的悲凉。

在师院念书时,因为吃不饱、实行半日制,前晌上课,后晌休息。饥难忍,长长的下午就不好过。为了把注意力引开,只好读小说。再读《红楼梦》,翻开书,一时物我两忘,只在读到"史太君两宴大观园""脂粉香娃割腥啖膻"等情节时,不禁垂涎三尺……

文俊正在津津有味地阅读,忽然室友的话打乱了他的思绪。

艾峰这个话痨开始兴奋起来,嬉皮笑脸地大放厥词。

"老赵真有福气,萍水相逢,人家女孩儿主动请安,唉!"艾峰这话一出,其他几个室友也尾随其后。

"老赵命犯桃花,要交桃花运了,咱们只能跟着眼馋。"

"不过人家老赵不仅有才,而且人长得也可以,自古才子多风流。"

"老赵的性格温柔,柔情似水,又彬彬有礼,女孩儿们都喜欢。"

"老赵不仅彬彬有礼,说起话来也是格外打动人心,能讨好女孩子。"

"现在的女孩子都比较喜欢有文化内涵的人,我们老赵就是其中的一位。"

"兄弟们,大家都不要再议论了,这些话毫无意义,没有一点意思。"文俊郑重地说道。

"你们都是心态不良,文俊兄弟心清如水,哪里像你们所说的那样。"周洪宇好像在为赵文俊"鸣不平"。

大家在一阵阵的笑声中相继休息,而赵文俊依旧在习习秋风的轻拂下,在那盏台灯下拿出一本《论语》细细品味其中的奥义。

四十四

心怡红笺传情 文俊慎回信
学友贪图享受 忧心与愤慨

元旦前夕,一天上午放学后,传达室张大爷递给赵文俊一封信。

"赵文俊同学,这是你的信,请你签收。"

"谢谢你,张大爷。"

当赵文俊看到信封上落款"蒋心怡"三个字,他的内心激动万分,曾经的那位中学同学对自己还是一往情深,一种幸福感洋溢在心上。

回到宿舍,当其他的几个哥们午休进入梦乡时,他禁不住打开那封信,信中写道:

文俊!认识你是缘,在这最美的时光中与你相识是我的荣幸!

我没有考上理想的大学——谦州师院,我不能和你在同一个学校里并肩学习,我是在一个电大班学新闻专业,而且读的还是专科。但我依然会努力,见贤思齐,我会尽最大努力去缩小我们之间的距离。

现在回头看,弹指而过的是时间和残存的青春碎片,不过时光慈悲,因为你我还能有机会将往事变得更美,更值得留恋。

杜拉斯说:"爱之于我,不是肌肤之亲,不是一蔬一饭,它是一种淡淡的相思,它是我生活中的一个梦想。"我没有这样的沉思和情怀,更多的是一个女孩儿对于爱情的迷惘和疑惑。曾经,那青涩的初恋之于我是那样的无限模糊。我期待着遇到一个人,想念他,牵挂他,而你的出现会让我心中对于爱的概念清晰起来。你与我是短暂的相遇、相逢,但是你是我最值得怀念的人。

　　有人说:"今生今世有一个读懂自己的人是最大的幸福!"因为那个懂你的人,总是会一直在你身边,默默守护,不让你受一点点的委屈。我想成为那个读懂你的人,懂你坚强背后的柔弱,给你精神上的支撑;懂你快乐里的忧伤,给你心灵上的呵护;懂你心路走向何方,和你风雨中并肩。也许我的人生阅历还不够丰富,可我愿意尽全力去努力和尝试。

　　我多么希望能时时了解你生命中的每段时光,和你生活中的一切细节。我缺席了你现在的生活,但却怀着满腔的热忱期待着今后你的每个生命驿站里都有我在场。我愿意去理解你所有隐而不发的情绪,顾及你所有习焉不察的情感。在你人生感受到无助的时刻,去呵护、去包容、去体谅,我不确定能否给予你足够的力量,但我保证能给予你最殷实的温暖;在你生命中那些艰难迷茫的时刻,去陪伴、去鼓励、去承担,陪你积攒决定的勇气,不犹豫,不后悔,直到恢复那个风度翩翩、气质风流、沉着而淡定的你。

　　我渴望与你一同经历,一同仰望远方,一起走过漫长的人生岁月,一同见证彼此成为"成年人"的社会礼节。我渴望将自己的不完美尽快隐去,交换彼此的生活阅历,去成就彼此更充实的人生。

　　我渴望与你真诚地谈论人生理想与目标,开诚布公地面对彼此的未来,不去回避各自的背景和社会压力,一同肩负我们共同的责任。我知道自己知识不够丰富,态度不够端庄优雅,笑容不够赏心悦目,但这并不影响我和你走在一起的勇气和决心。

　　我渴望融进你的生活,在不同的环境下成就不同的你。照顾你的父母,善待你的亲人,相识你的朋友,为你的人生加油助力。

　　离愁多,情坎坷,雨送黄昏花易落;晓风乾,泪痕残,无限心事,独语斜栏,难、难、难。

　　人成各,今非昨,相思常抛红豆果;钟声寒,夜阑珊,怕人询问,咽泪装欢,瞒、瞒、瞒。

心怡

　　赵文俊看完信后,一个声音仿佛在他的耳畔萦绕,"阿俊,听娘的话,在上学时,你要好好学习,不要找对象,等你大学毕业参加工作的时候再找对象吧！"在初中那三年时光，虽然自己与蒋心怡不断交流小说心得，但蒋心怡那种"霸道、蛮横无理"的态度令赵文俊如鲠在喉。文俊思索片刻，再一次环顾了四周，感到大家都酣梦未醒才小心翼翼地拿出纸笔，他信手拈来回信一封。

老同学：你好！

　　时间真快，还记得当初咱们在初中时的情景吗？从我们相遇、相知和"后来的那一幕"令我难忘。可是一转眼我们却各奔东西了，想到你帮我看学校、查专业，转眼间我们的大学生活已经开启。虽然说生活在不同的学校，到头来终究是很少见面，难得有几次见面。即使见面也是匆匆离别，来不及细谈。前次与你见面后，我思考了很多，最近想到一些话题和你说说。

　　关于我们过去的点点滴滴，过去我已和你聊了很多，在此不再重复，于此想和你谈谈关于我们的话题。咱们正值风华正茂、青春年少，恋爱永远是一个绕不过去的焦点。对于我们该不该谈恋爱，我想我们现在还是以学业为重吧！

　　大学是我们人生中的一个转折点，是我们从学生时代走向社会的最后时光。说起来大学生活长达四年，比之于三年高中确实多出一年；说它短暂其实也很短暂，相比于人的一生，四年时间仅仅是弹指一挥间。

　　很多人说大学很清闲，有大把的自由时间可以挥霍，学业压力也没有高中时那么繁重。因高中这三年除了上课还是上课，在高压的三年高中生活之后考进了理想的大学，需要彻底放松、享受和玩乐。我觉得他们的说法是不对的，人的一生应该张弛有度，学会调节、学会平衡、学会享受，适度和谐方能持久。可我绝对不赞成把大学当作享乐者的天堂及高考后的度假村。我们人生的另一次拼搏才刚刚开始、才刚刚上路，正需要去创造自己的人生、去打拼自己的天下，现在我们还不是坐在安乐椅上乐享其成的时候。

　　短短四年里我需要做的事情很多很多，学习专业知识，继续读书学习，学做人、学做事、培养多方面能力、实现由学生到社会人的角色转变，为自己的将来寻找方向、打下基础。

  我想在这个阶段我们还是以学习为主比较妥当,当然大学里的学习不仅是为了升学,也不仅是为了考试,而是为了自己将来的人生打基础,所以无论学习方式还是学习内容上都应当有所转变。我的梦想时常告诫自己要不断努力,我的学习生活非常充实,时间总是不够用,因为一寸光阴一寸金,寸金难买寸光阴嘛。最近这段时间我连写文章的时间都没有,至于其他就更不用说了,我真的没时间。当然我说的是我自己,每个人都有自己的活法,你完全可以自由选择,而且必须是自己选,不要活在别人为你安排的生活里,要活出自己,所以我在这里所说的话仅供参考。

  现在关于怎样去度过大学生活、大学里应该学些什么这一类的书我也读过一些,可我还是要自己决定自己的人生。这些书里无一例外都提到了恋爱问题,在此我想谈谈自己的看法。大学不能虚度是最大前提,在我们将来参加工作之后,如果还有缘分,到那时再谈这个问题吧……

  红酥手,清醇酒,满园秋色怨杨柳。世风恶,情几何。一怀愁绪,几年离索。各、各、各。

  秋如旧,人空瘦,宏图未展情消瘦。桂花落,闲池阁。真情永在,心事勿多。莫、莫、莫。

老同学:赵文俊

  写完这封信后,赵文俊蹑手蹑脚地走出宿舍,他径直走向传达室,把信看了又看然后放入邮箱内。

  大学生活与中学截然不同,中学时代老师严格要求、严厉约束,时常使学生心中那根弦绷得紧紧的;而大学时代,教师对学生的管束相对宽松,学生的学习是靠自觉学习。

  赵文俊渐渐地感觉到越来越多的同学们对学习放任自流,反而贪图享受。有的同学过生日几人一桌,不亦乐乎;有的同学晚自习后外出,出没于电影院、录像厅夜不归宿;更让他匪夷所思的是,校园内不知何时恋爱成风。特别是晚上,在浓浓的绿荫下,在操场上安静的角落里,成双成对,如胶似漆,缠缠绵绵,有时让自己睁不开眼睛。最让他不能容忍的是,那些"无聊的人"竟把恋爱编成口诀,乐此不疲。晚上,几个室友又开始"高谈阔论"了。

老赖（艾峰的绰号）兴奋地说："同志们，其实啊，这追女孩要分战略，'一拉手，二搭肩，三搂腰来，四吻脸'。"他的话刚说完，宿舍内掌声、呐喊声交织在一起。

"追女孩儿，需要步步为营，当两人感情升温后，要及时再向前迈一步，这样的话，那'到手'的女孩儿就想甩也甩不掉了。"

"唉！你说的'迈一步'是什么意思，快点告诉我们。"

"什么意思，就是他们常说的'治事儿'嘛！"那位室友说完还用手比画着。

"哈哈哈……"

然而，这些话对赵文俊来说却是那么刺耳。

有一个自称是"恋爱专家"的室友，竟恬不知耻地说道："追女孩，脸皮儿要厚，精诚所至，金石为开，而我们老赵像个大姑娘一样，恐怕在这里只能吃素当和尚了。"

另一个室友振振有词地说道："人家老赵，人长得帅，又有才华，美女那是自动送上门，还能让你们担忧。"

"五色令人目盲，五音令人耳聋，五味令人口爽，声色犬马令人心发狂，难得芳心使人行妨，是故君子为学不为目，去此取彼。"

赵文俊故意化用《道德经》名句来抵挡室友们的"恶言"侵袭。当大家听到他出口经文，闭口经文后，有的哈哈大笑，有的漠然置之，总之，喧嚣的气氛一会儿便归于平静。

四十五

深受学校器重 为学生干部
时时处处榜样 践絜矩之道

一天下午放学后,赵文俊被学生科赵科长请到办公室。

"赵文俊同学,你好,我听其他老师说,你是一位品学兼优的学生;你勤奋努力,博览群书,善于写作,请问你的志向是什么?"

"赵科长你好,我努力学习一是不辜负老师和父母的期望。出生在农村的我时常想起自己那吃苦耐劳的爹娘,每当我倦学时仿佛就能看到我那长期在工地上从事建筑活儿的父亲和在家吃苦受累、任劳任怨、含辛茹苦的母亲;每当我学习疲惫的时候,总是想到我那可亲可敬的文爷爷和其他的恩师,是他们在我求学道路上给我指明了方向,是他们给了我强大鼓舞和力量。二是,我想将来毕业之后回到家乡从事教育,通过振兴家乡教育来改变家乡的人文环境,推动家乡各项事业的发展,三是,倾毕生精力写出像《红楼梦》那样经典的作品来教化四方。"

赵科长先是一惊,他再次打量这个站在眼前的赵文俊。八字浓眉,眼睛有神,面阔口方,立如青松,翩翩儒雅之态尽显不凡仪表,谆谆诚恳之言难掩豪情壮志。

"赵文俊同学,我们学生科几位老师共同商榷让你担任学习部部长来带动大家好好学习,你回去考虑一下,两天之后给我们一个答复好吗?"

晚上,望着窗外那轮如钩新月,赵文俊在不停地思索着:自己的性格内敛,而且不善交际,曾经童年时期的那个活泼可爱的男孩如今也发生了变化,谨言慎行,唯恐辜负众多老师的期望。然而赵科长等诸多老师对自己确实很器重,唉!何去何从呢?他思来想去,还是试着工作吧,一来对自己是个锻炼，二来也算对得起赵科长和诸位老师的一片苦心。

学生会干部每天晚自习期间都要到各班去检查。

这一天，赵文俊怀着激动的心情来到了中文系二班。当他来到教室后，有那么多的目光聚焦到他身上，他似乎听到了那些女同学的议论声音。

"看，赵大才子荣升为学生会干部了。"

"大诗人也加入学生会了，学生会要发达了。"

"人家还是部长呢，是带领我们学习的。"

"唉！唉！筱枫，筱枫，你的白马王子来了。"方彩云竟然朝身后的林筱枫眉飞色舞地小声嘀咕着。

"休要胡言乱语，再胡说今后我就不理你了。"林筱枫羞涩地低下头，可是就在赵文俊转身离开之时，她还是抬起头来望向文俊的背影。

"嘿嘿……嘿嘿……"那是彩云的笑声，她一边笑一边转过身去看着林筱枫。

两个月过后，文俊不断进行反思总结，他认真写出了这两个月来的工作总结：

《论语》中曾子曰：吾日三省吾身，为人谋而不忠乎？与朋友交而不信乎？传不习乎？转眼间短暂而又充实的两个月过去了，回顾这段时间，我收获颇多。凭着对学生会工作的热情和投入，总的来说我的工作也取得了不错的成绩，作为学生会学习部的一员我感到非常荣幸。

在这两个月里，我所做的工作虽然不是很多，但也积极地配合学生会做了不少的事情，使我们学生会这个大家庭显得更加团结、融洽。

在这两个月里，我们首先配合学院里学生会主席等干部召开了一次大型的学习动员会，这次动员大会举办得非常成功，主要讲了一些当代大学生存在的烦恼，同时也讲了一些解决这些烦恼的方法和对待烦恼的态度。随后，我们系学生会学习部的成员在学长、学姐们的带领下对我们系的各班展开了第一次"心理培训"。在会议上，由我为大家讲述了"人性致良知"这一主题。然后各班开展了一次心理主题班会，班会主题是"今天、明天、昨天"。各班班会总体来说办得还算是很好的，虽然都是第一次举办班会。我们一班的班会办得非常成功，无论是黑板报还是出勤率都比较好，还有我们的辅导员

老师也参与了这次班会,当然,也有的班级的班会是走马观花、蜻蜓点水地走过场,办得不太理想,但大家都去做了,很感谢他们能积极地配合我们的工作。

然后我们学习部又对各班学生进行了第二次心理委员培训会,会上,我们给各班心理委员讲了一些我们对班会评比检查的标准,也告诉了他们学生会工作是如何开展的。虽然在这段时间里我的工作很多,但是我感到很充实,很开心,因为风雨过后会有彩虹,自己的付出换来了一定的收获。

最后的工作当然是这两个月来的重要工作了,那就是"全院青年大学生技能比赛"。从我们接到学院的工作任务后,就积极地开展工作。首先,我们学生会的所有成员开始进行广泛宣传,一个班一个班挑选后确定了参与表演的同学。接下来我们的排练工作有序进行,这段时间里无论是表演者还是学长、学姐们,都付出了自己最大的努力。不管天气多么恶劣,我们还是坚持每天吃过饭就来排练,经过这一个多月的努力,这场比赛终于圆满地画上一个句号,虽说这场比赛没有达到较高的水平,但是,我们的确做到了尽心尽力。我们无须抱怨,因为我们付出了很多。相信在下一次的工作中,我们会更加努力,使每一个人变得更加优秀……

文俊幸福地写下这两月的工作总结。

一天晚上,赵文俊聚精会神地翻阅《百年红学》,过了一会儿,他就躺在床上进入梦乡。在梦里,在一棵老槐树下,林筱枫向他走来,两人在那棵老槐树下,四目相对,一个柔情似水,一个正襟危坐。"文俊,你爱我吗?我喜欢你的温文尔雅,喜欢你的彬彬有礼,喜欢你的不凡才情。""林筱枫同学,你那清秀的容颜曾多次打动我那颗尘封已久的心。我不是神,也是一个食人间烟火的普通人,我不能欺骗自己,我的确喜欢你,然而我的梦想、读大学的初衷只能让我对这突如其来的爱情望而却步。大学期间,我需要静下心来不断学习,为了家乡教育事业的振兴,为了将来我的作品问世,现在我必须抛弃这一切,包括爱情。"筱枫听完后泣不成声,她伤心地离开了。望着她的背影,文俊在梦里不停地喊着"筱枫,筱枫"。赵文俊喊着筱枫的名字,他突然醒来,唉!原来这是一场梦。

"老赵,昨天晚上你做梦了,大声喊着枫……枫……我以为要刮风下雨了，原来是你小子在梦中喊着一个人啊。"

"赵文俊，日有所思，夜有所梦，你可不能陷得太深，不然的话容易得相思病。"室友艾峰笑着说道。

"胡说八道，我昨晚睡得好好的，哪来的梦话。"文俊据理力争辩驳道。

一天清晨，赵文俊在操场上跑步。谦州师院的操场宽敞美丽，操场四周有古老的大榕树，高大的教学楼，庄严的旗台，还有男生与女生的宿舍。

学校的操场是椭圆形的，红色塑胶跑道围绕着绿色的塑胶操场，从高处看就像是红花镶着一块碧绿的宝石。在操场前后各有几个高高的篮球架，就像一个个威武的哨兵在守护它们的家园。每当清晨和晚上的时候，同学们奔向宽大的操场，在那里打球、散步，或三五成群地谈天说地。在上课铃声奏响的时候，整个操场十分安静，仿佛时间也都凝固了，不时听到同学们的谈笑声和一些老师匆匆的脚步声。

清晨来临，一部分同学来到操场晨练，随着音乐的响起，有的在跳现代舞，有的整齐一致地做着早操，大家都把身上的倦怠抛弃，迎来新一天的快乐和活力。

在操场的前方是一棵古老的榕树。它枝繁叶茂，巨大的树冠像一把大伞一样向天空撑开，它伴随着一代又一代人的成长。夏天，它为人们遮阳避暑，冬天，它为校园增添了一抹生机。在操场的西北方向是庄严的旗台，无论风吹日晒，它总是矗立在教学楼前边的正中间。鲜艳的五星红旗激励着同学们好好学习。在操场的右边，是一片美丽的花圃。三个球状的可爱植物并排站着，四棵高耸入云的树立在花草旁边，一棵不知名的绿色小树像一位亭亭玉立的姑娘，满是叶子的映山红露出了红嫩的花苞……

一会儿，从不远处走来了两个熟悉的身影，那是彩云和筱枫。

"早上好，你们也来锻炼身体啊！"

"哟！大诗人也在啊，咱们，不，是你们可真是有缘啊！"彩云笑着说道。

"你每天早晨都是这么早来锻炼吗？"筱枫温和地说道。

"是的，从中学时代开始，我每天围着操场跑步，六年如一日养成的习惯。"

"你的生活可真丰富，你的好习惯可真多。"

"长期锻炼健身健心,精力充沛,一天到晚精气神充盈。"

"你的理论总是那么高深,让人仰慕。"林筱枫说着,突然看到静如已在很远的地方向她招手,而且晨练的人越来越多,她就红着脸向文俊道别。

"再见!"筱枫说再见的同时又转身回望了一下。

"再见!"赵文俊一边说,一边向林筱枫挥手。

四十六

如痴如醉红学　林筱枫问候
心有灵犀惜缘　文俊诉家常

一个星期天的上午,大多数同学离开了校园。文俊拿起《红楼新境》坐在操场的一个石凳上静静地阅读。操场在教学楼的东南角,女生宿舍在操场的正南方向,男生宿舍在操场的正东方向。当文俊沉醉于《红楼新境》时,他如饥似渴地读到:

那么,什么才是"境"的本义呢?用文言说就是占地面的"疆域"。比方说,你要出国旅游,要办出境手续,这个"境"指的就是本国的领域。但到了文艺方面,这个"境"就不那么简单易懂了。

人尽皆知,20世纪有一部书题作《人间词话》,是静安先生文学理论的代表之作。他在其中讲词,就用上了这个"境"字,并成为全书的一个焦点、眼目。他说,填词必须有"境",而"境"又分为有我之"境"和无我之"境";然后,他又把"境"说成"境界"。如果你还要按照"境"字的本义去领会,那就会很费思索而不得其本质了。那么,这"境界"一词是从何而来呢?这需要从两条线路来解说。一条是来自佛经,另一条是来自东晋大画家顾虎头。佛经是指哪一部呢?如果我记忆不误应该是《无量寿经》,其中有两句话说:"斯义弘深,非我境界。"顾虎头的话却是"如倒食甘蔗,渐入佳境"。这可妙极了!他们说的完全是不相干的事情,而合在一起融汇在我们中华文艺理论上来,可就发生了崭新美妙的巨大作用。佛经说的是修持佛道有一个很长的历程,分为很多阶段、层次,一个比一个精深。所以,我引用的这两句是弟子对师傅说的,你的"境界"很高深了,非我所修持的程度可比。"境界"一词,实出于此。至于顾虎头,他拿吃甘蔗来比喻饮食的滋味,与修道全无交涉。

因为甘蔗很长,分有许多节,真正甜的部分在中上部,下面越来越接近根部,就变得又粗又硬,味道差了很多。所以先倒过来吃根部,就会越来越嫩,越来越好吃了,这叫"佳境"。

我这么一讲,你可能又向我提出问题,你的书名《红楼新境》到底是指佛家的"境界"还是画家的"佳境"呢?这个提问很有意味,我的回答未必全对。为了简明,我把这个复杂的问题化为一两句,希望你能满意。"境"是个双面词,它包含着主观和客观两个方面,正如佛法道理无实物可帮助讲解,而艺术品则有实物显示于人。一个文化造诣深厚的人,能够领会很深的道理和境界。但如果没有了"文化造诣深厚"这一主观的条件,客观存在的优劣高下也就无法讲起了。因此,我这本小书的取名是说近年来读《红楼梦》多花了一点工夫,这才能够发现和感受雪芹笔下更丰富、更美好的"境界"……

当顾恺之的事情在文俊的脑海里萦绕,突然林筱枫如仙女般降临在文俊眼前。

"你好,星期天你不回家吗?"

"我的家在乡下,离这儿有一百多里,有时一个月,有时两个月回家一次。"文俊爽快地答道。

"那你呢?"文俊好奇地问道。

"我的家在谦州市的南郊,爸爸是一位开发商,他整天忙忙碌碌看不到影子,妈妈是谦州市医院的一名心外科主任,她平时也是很少回家,我总吃不到她亲手做的饭菜。"说话时,筱枫的眼神中有那么一点幽怨。

"你的家庭也挺……"

"你在看什么书?"

"《红楼新境》,是周汝昌教授的。"

"原来你在研究红学呀!"

"研究谈不上,只不过想更多地了解曹雪芹罢了。"

文俊不假思索地问道:"你也喜欢《红楼梦》吗?"

"当然喜欢,我上初中的时候曾看过电视剧《红楼梦》,小说是在高考之后的两个月内读了一部分,特别是对'假做真来真亦假,无为有处有还无'这句话到现在还不能完全理解。"林筱枫说道。

"甄士隐梦中所见的这副对联，在第五回贾宝玉梦游太虚幻境时也曾同样看到。两次出现是在着意强调，同时也借此点出甄士隐的不幸遭遇和最终归宿是贾宝玉一生坎坷道路的缩影。作者用高度概括的哲理诗，提醒大家读此书要辨清什么是真的、有的，什么是假的、无的，才不至惑于假象而迷失真意。但是历来许多谈论《红楼梦》的人在辨别'真假有无'上走入了歧途，主观臆断，穿凿附会。正如鲁迅所说：单是命意，就因读者的眼光而有种种：经学家看见《周易》，道学家看见淫，才子看见缠绵，流言家看见宫闱秘事……"

"还是你看的书多，而且领悟也深刻，这'真真假假'对于读者来说，如果没有五遍六遍的阅读，有些地方还真是分辨不清。"筱枫望着文俊说道。

"我们大家学过历史都知道，曹公在小说中借'假语''荒唐言'那是将政治背景的'真事隐去'，如文中提到的曾'接驾四次'的江南甄家，也与贾府一样，有一个容貌、性情相同的宝玉，后来甄家也像贾府一样被抄了家，甄家和贾家发生的这些事都是作者故意以甄乱贾，以假作真。"文俊再次说道。

"那么曹雪芹写真与假究竟和当时的社会有什么关系呢？"筱枫接着问道。

"如果从文艺作品反映现实社会生活这一角度来说，弄清"真"与"假"，"有"与"无"的辩证关系也是十分重要的。对此，鲁迅曾有深刻的论述：'只要知道作品大抵是作者借别人以叙自己，或以自己推测别人的东西，便不至于感到幻灭，即使有时不合事实，然而还是真实。其真实，正是与用第三人称时或误用第一人称时毫无不同。倘有读者只执滞于体裁，只求没有破绽，那就以看新闻记事为宜，对于文艺，活该幻灭。而其幻灭也不足惜，因为这不是真的幻灭，正如查不出大观园的遗迹，而不满于《红楼梦》者相同……"文俊滔滔不绝地讲述着他最近所看到有关《红楼梦》的文章，筱枫听得如痴如醉，在她的心底，一种莫名的崇敬之情油然而生。

"还是你博学多识，读书深得其中真妙，让我望尘莫及。"

"你客气了，不知道为什么，一读到《红楼梦》我总是意气风发，总是兴趣盎然，好像《红楼梦》中的人物似当今之人，那些人物与现代人总有着隔不断的情结"，文俊饶有兴趣地说道。

"文中的黛玉和宝钗两人性格不同,然而都是冰雪聪明之人,从美学上看,他们的美在作者心中是有所不同的。"筱枫继续论述道。

"通过书中的描写,我们知道黛玉和宝钗都是不可多得的美女,在遍地美人的大观园之中,两个人也是美得超凡脱俗。不过虽然两个人都是美人,可是两个人的长相却是不同的风格,黛玉气质清丽,身材窈窕,而宝钗的体型则相对丰满,正所谓环肥燕瘦,两个人的美虽然不同却也不分伯仲。因此很多人也好奇两个人到底谁更美,虽然曹雪芹没有做正面描写,但是在书中他早已给出了答案。"文俊说道。

"曹雪芹最擅长的还是侧面描写。首先我们从晴雯身上就可以看出一些端倪,晴雯是所有人公认大观园中最为漂亮的丫鬟,这是王夫人和王熙凤都认可的,连贾母都想过让晴雯做宝玉的妾。而在他们看来,晴雯外貌很像黛玉,所以在一众丫鬟中最为出挑,这也可以看出他们对林黛玉的美貌是认可的。而当年尤二姐初到之时也是惊为天仙,当时一位小厮看到尤二姐之后表示,她的长相身段不差黛玉,可见黛玉也是美的标杆,而宝玉也是因为龄官长得像黛玉而心生怜惜,宁愿自己淋雨也要提醒对方先躲雨。"筱枫从美学角度阐释着自己的观点。

"你对红学的研究也很到位啊!我们可真是同是天涯沦落人,相逢何必曾相识啊!"

林筱枫突然用一种异样的目光看着赵文俊,那目光中带着一点忧愁,更有着欣赏和景仰。

"说实话,你是我见到的男生中最具特质的一位,淳朴、善良、勤奋、儒雅,你就如你的《百合花语》中所描写的百合那样。"林筱枫兴奋地说道。

"谢谢你的夸奖,我从小生活在乡下,爹娘含辛茹苦养育我们哥俩,我的哥哥十六岁那年就辍学外出打工,现在已成家。父母二人供我上大学,父亲五十多岁了却仍在我们村建筑队做泥瓦匠,他真是……"说着说着,文俊突然沉默了。

过了一会儿,只听到筱枫感动地说:"可怜天下父母心啊!他们的确不容易。"

文俊接着又说道:"我每次回到家中,娘的第一句话总是'阿俊,学校的生活怎样，可不能太苦了，用功学习也要吃好，不要老想着你爹和我。'娘的话虽然质朴，但却铭刻在我心间，她的那番话也成为我努力学习的动力。"

筱枫真诚地说道："你今后有什么困难，可以告诉我，我会尽力帮你的。"

"谢谢你筱枫，你也是从开学到现在和我说话最多，最关心我的女同学。"文俊深情地说道。

"赵文俊、林筱枫，你们在这儿看书啊！"

文俊蓦地把目光投向林筱枫身后，在离他们不到三四米的跑道上，走来一位风度翩翩，温文尔雅，戴着黑边眼镜的男老师。文俊定睛一看，那是师院的教务主任唐老师，他也是林筱枫的班主任，在学校担任历史老师。文俊曾选修历史，因此每周也听过他一两次课。

"我也刚到这儿，唐老师，你们先聊吧，再见。"林筱枫慌忙地说道。

筱枫说完后，她头也不回地转身离去，唐老师看着林筱枫离开后对文俊说道："很多作家都是从研究红学开始的，但愿不久的将来，你也能写出一部名著来。"唐老师看着文俊手中的书说道。

"谢谢唐老师的鼓励，我会努力的。"

"赵文俊同学，林筱枫与你之前认识吧！"

"没有，唐老师，我们也是刚刚认识的，筱枫也喜欢文学，特别是《红楼梦》，我们二人刚才聊了一会儿。"

"噢！原来你们之前不认识啊。"

"是的，唐老师。"

"赵文俊同学，你的文学素养很高，但是在学校还是要好好学习，不要分心，将来前途不可限量。"

"是的，唐老师，我会记住你的话。"

赵文俊与唐老师寒暄一会儿，他离开了操场。

爱情有一种神奇的魔力，有时会攻克人们诸多坚固的堡垒。林筱枫的一颦一笑深深地印在赵文俊的脑海中，日复一日，赵文俊渐渐淡忘了娘惠兰当初在他上大学时的嘱托。

四十七

筱枫大意轻伤 文俊去探望
唐老师送花篮 逢筱枫父母

国庆节即将到来,这个国庆节非同寻常,因为国庆节与中秋节重合。许多同学归心似箭,匆匆忙忙离开学校,许多老师也精心打点行装,准备外出旅游。

七天假期前的一个晚上,文俊端坐在宿舍窗前写下这篇散文:

又是一年中秋

春去夏又走,时光默默又一秋。就这样,在孩子们的呼唤声中,在大街小巷来来往往的人流中、在各家商店所涌现出的精美月饼所烘托的节日氛围中,今年的中秋节到了!

儿时中秋,在宁静的夜色里,一片清辉倾洒在这喧闹的院子里。一家人围在桌旁,欢声笑语,津津有味地吃着母亲亲手蒸的月饼,沐着一阵阵凉风,看院中婆娑的树影,偶尔听到寒蝉的鸣声,那心情是何等舒畅,何等惬意。月圆人静之时,一任思绪飞扬驰骋,在那美好的心境中,我恍然成了一只彩蝶,蹁跹花丛之间,倾醉月光之下,在寻觅远方途中回顾过往,陶醉在流年中,放慢了岁月的脚步。

那时的月亮真美!

"小时不识月,呼作白玉盘。又疑瑶台镜,飞在青云端。"儿时中秋,那轮皎洁可爱的圆月在我的眼中是那么圣洁,那时明月才真的是人们心中的明月呀!

长大了,中秋来临,我的心情比儿时稍微烦躁一些。看到父母那忙碌的身影，那时的欢乐也稍有减少。傍晚，我走出家门来到田间，帮着父母采撷秋天的收获，虽然也曾漫步于溢满花香的小径，也曾听虫唱蛙鸣，但这一切似乎与儿时的心情有所不同。晚间，还是在那个庭院中，地点没有转移，环境也没有改变，母亲匆忙摆好果品和月饼，然而不经意间看到她那双鬓不知何时生出白发，额头的皱纹也稍有增多，内心总是不能平静。按常理，一家人聚在一起，其乐融融、其意浓浓。然而，沐在中秋之夜的月色中，"有饼有果，有静有月，有喜有忧，有乐有愁"。唉！这大抵就是人们所唱出的一种人生吧，"生活就像一杯酒，饱含着人生的酸甜苦辣"。

而今中秋，天公有着异样的心情，总是云遮雾绕。阖家团圆，天经地义，然而，不管我们身处何地，我们真的应该在夜深人静之时想一想父母那爬满皱纹的脸庞，和那颗永远牵挂着你的心。中秋佳节是一个隆重的日子，可是在当今的现实中却被许多人淡而化之。人们每天都在忙碌着，忙得忘乎所以，以至于忙到最后变得茫然。我们已经很少有人再去欣赏那轮皎洁的明月，已经很少有人去感受"山寺月中寻桂子"的那份挚诚了。

"千江有水千江月，万里无云万里天"，何等开阔的境界，每当想起这句诗，心里的一切烦恼皆烟消云散。

今年中秋月圆夜，我一定回家，一定陪伴那含辛茹苦的父母。而今夜，身在远方的我只能望月兴叹，对月而歌。

假期第一天的下午，在女生宿舍里，彩云对筱枫说道："筱枫，这个假期你又不打算回去了？如果不回去，就到我家去吧，去尝一尝我妈妈的手艺。"

林筱枫怔了一下说道："是的，这个假期我不准备回去了，妈妈在医院没有假期，爸爸整天在外面奔忙，所以我就在学校住下了。"

"那怎么能行呢？很多同学都回家和家人团聚了，只剩下你一个人，这样吧，你跟我一起回去吧！正好我们做个伴。"静如也说道。

"两位姐妹，谢谢你们的好意，我一个人习惯了，没事，就让我在学校里度过这个假期吧！你们回去吧。"筱枫说完后，她站在凳子上去拿柜子上的橙子给静如、彩云吃，可是一不小心从凳子上跌了下来。

"哎哟！"筱枫捂着左脚蹲在地上，静如见状急忙和彩云搀扶着她躺在床上。

"筱枫，快给阿姨打电话，我们准备上医院。"彩云焦急地说道。

"没事，休息一会儿就好了。"

"看，你的脚肿得很厉害。"彩云说着帮筱枫给家人打了电话。

静如先找来了校医。只见这名医生身穿白大褂，白里透红的脸颊，一双明亮的大眼睛楚楚动人，她的眼睛虽然隐藏在金丝眼镜后面，但是依然散发着睿智和坚定的光芒，眼角有些许鱼尾纹，但是这样反而增加了她的沉稳和睿智。她和静如匆匆忙忙走过，宛如吹过一阵白色的轻风。

"她这是第一次崴脚，没有骨折，韧带损伤也不是很严重，但是要注意休息，要控制活动的次数和力度，使损伤的韧带尽早地完全康复，只有这样才能好得快一些。这位同学你可以到外面买个护踝。"

"阿姨，那筱枫几天才能好起来？这几天她需要注意什么？"静如问道。

"过几天疼痛消失之后，在进行运动之前，需要适当地按摩来保护踝关节。如果这几天疼痛症状不减轻的话，也可以坚持每天烫洗一下，烫洗的时候可以外用一些活血化瘀的中草药水，先把这些中草药熬开以后，先熏后洗，然后通过后期收缩肌肉来训练踝关节，可以起到保护踝关节的作用……"

"谢谢阿姨，我们会注意的。"筱枫感激地说道。

也是在同一时间，赵文俊收拾行李准备回家和父母团聚。当他准备妥当走出宿舍楼步入操场时，彩云疾步而来与他碰面。

"赵文俊同学，刚才林筱枫一时不小心踝关节轻微扭伤了，你去看看吧！"方彩云说道。

听到筱枫受伤的消息，文俊的心像是被针刺了一样。

虽说两人的相识比较短暂，但是那经历的一幕幕仿佛尽在眼前。一次次的寒暄沉淀了多少美好回忆，在相识的过程中，自己的内心每一次都激动不已，有时会莫名地在心头涌上一种情绪，禁不住为那些短暂的相识、相遇而感动。

文俊在彩云的陪同下向着女生宿舍出发。大学校园是众多学子梦寐以求的，春天的花、夏天的草、秋天的叶、冬天的雪，宏伟壮观的建筑、林荫小道，无处不充满着诱惑力。用他们的话说，那简直是人间天堂。然而对男生来说女生宿舍似乎是一谜，当时的宿舍管理是非常严格的，女生宿舍的大门上清清楚地写着几个醒目的大字"男生止步",这使得许多多情才子只能望而却步。

　　如今文俊走进大学校园已经两个月有余,与当初在梦想中多次出现的大学生活相比既有相似之处又有所不同,他喜忧参半,感触颇深。在不经意间听到一些女生述说着自己的故事,大多数女生喜欢宿舍,喜欢它的温馨与温暖;像对待自己的小家一样装饰着宿舍这个温馨和美丽的小窝,贴上一张自己喜欢的明星画,挂上一个可爱的小木偶和一个美丽的小铃铛。一切悠然自在,乐在其中。用美丽和温馨传递着姐妹们的感情,充斥着姐妹们的友谊,就像童话中可爱的小公主们。那些女生喜欢宿舍,喜欢它的安静与自然,喜欢静静地躺在它的怀抱里,喜欢和同学们捧着书去品味着人生的酸甜苦辣。

　　站在女生宿舍前,文俊突然又回想起入学时的情景。当自己迈进一个陌生的校园,里面有许多来自五湖四海的陌生面孔。面对新的一切他的心情很是复杂。然而金秋是梦幻的季节,告别了亲人,卸下了行李,还没有来得及消除旅途的疲惫,自己就迎来了一个崭新的大学生活。在谦州师院学习的这两个多月,文俊学到了很多知识,同时也增进了和新同学之间的友谊,认识了那么多的同学,包括筱枫、静如、彩云和其他的女同学。想到这里,他带着一种复杂的心情走向女生宿舍。

　　文俊大步来到女生宿舍楼前,他放下行李站在女生宿舍楼门前。门卫是一位五十多岁的阿姨,她温和地说道:"先填写姓名。"

　　文俊来到女生301宿舍门前,他隔着窗户看到屋内站着一位中年男士,只见这位男士留着精神的短发,圆圆的脸庞,浅黄灰白相间的领带在他那白衬衣的映衬下是那么和谐。一位中年阿姨,面如皓月,鬓发如云,那慈祥的面孔如观音一般。

　　"筱枫!上爸爸那里,爸爸给你雇个保姆好生照顾你。"

　　"筱枫!陪妈妈回去吧!实在不行就到妈妈的医院去休养。"

　　"爸爸妈妈,你们都回去吧!我知道你们都很忙,彩云和静如都在这儿陪我呢,你们放心吧,我没事儿。"

　　林筱枫的话音一落,当她看到宿舍门外站立的文俊立刻对妈妈说道:"妈妈!请让我的那位同学进来吧。"

　　林筱枫的妈妈走出门外,见到文俊先是一怔,然后和蔼地说:"你好,

我是林筱枫的妈妈,你是?"

"你好阿姨,我是林筱枫的同学,我来看看她。"

文俊说话时仿佛感觉到阿姨用慈祥的眼光在打量自己。

"你也是学中文的?"筱枫爸爸问。

"是的,我是中文系一班的。"听到筱枫爸爸焦雷般的"审问",文俊仿佛到了噤若寒蝉的地步。

"筱枫,你的康复就是我们的幸福;你的安康就是我们的平安。你很快就会好起来的!"静如说道。

"枫,你的康复就是大家的幸福;你的安康就是大家的平安。真心真意愿你早日康复!"彩云也说道。

"筱枫,你的脚好些了吗?"文俊的声音很是低沉。

"没事了,谢谢你来看我。"

"在那桃花盛开的地方……"一阵清脆的铃声响了,筱枫的爸爸赶紧到外边去接电话,他通完电话回到宿舍对筱枫说:"筱枫,爸爸有事先走了,一会儿再来看你。"

筱枫的爸爸离开后,宿舍内的空气立刻轻松多了,那紧张的气氛似乎缓和了许多。

唐老师拎一个花篮走过来说道:"林筱枫,好些了吗?有什么困难尽管对我说,我会帮你的。"

"你是唐老师吧!我是林筱枫的妈妈,开学第一天,你在班内接待新生时我见过你。"

"噢,这真是个意外,林筱枫,你的脚问题不大吧?"

"没事,谢谢唐老师关心,我休息几天就好了。"

"那你们聊,我先走了,再见。"

"再见唐老师。"

当文俊送唐老师走出女生宿舍的时候,唐老师留给他的只是淡淡的一笑。

文俊转身回到宿舍对筱枫的妈妈说道:"阿姨,筱枫有这两位同学照顾,她很快就会好起来的,再见。"

"再见,回家的路上一定要小心。"筱枫脉脉含情地说。

"筱枫,他是谁,你才十九岁,现在你可不能谈男朋友,你一定要把心思放到学习上,你可是妈妈唯一的希望啊!"

"妈妈,你说什么呀,我们只是普通同学,人家曾经帮过我的。"

"是呀,阿姨,他只是普通同学。"彩云说道。

四十八

国庆长假在家　全家乐团圆
文俊词诉相思　叹漫漫长假

薄暮冥冥时分，赵文俊风尘仆仆地回到家中。夕阳的余晖透过层层枝叶洒在红砖青瓦的房舍上，给它抹上一层金灿灿的颜色，烟囱冒出缕缕炊烟，几只鸟儿在空中掠过，地上的鸡鸭在门前悠闲地觅食。当最后一缕晚霞隐去，放眼望去，赵家村各家各户灯火微微闪烁，忽明忽暗，烘托出乡村美丽而又宁静的夜。刚从田地里归来的人们都沉浸在这安适恬静的氛围中。

文俊家的整个院落暮霭缭绕。

文俊娘准备了四个菜等着他回来。在文俊的记忆中，每天放学一回到家就能吃到娘做的可口的家常菜。文俊娘常做的菜有很多：炒青菜、炒土豆丝、炒鸡蛋、酿豆腐、酸甜排骨……文俊最喜欢吃娘做的家常菜就是酸甜排骨。

如今自己已经是一名大学生了，这次回到家后，文俊想着一定要到灶房里去感受一下娘做菜的辛苦。

"阿俊，你先去歇一会儿，还有你爱吃的酸甜排骨，你等一会儿我就做好了。"

"没事，娘，我给你帮忙吧！我要看一看你做菜的过程。"

只见娘把做酸甜排骨所需的材料都放在了桌上：排骨、番茄酱、番茄、油、盐和白糖。

文俊好奇地问："娘，前期的准备工作已经做好了，下一步该怎么做呢？"

"先往锅里倒油，等油热之后再把排骨倒进去炸成金黄色，便可捞出。"

文俊娘一边说一边把排骨倒进锅里，这时从锅内发出了热油沸腾的声音，看着排骨在锅里沸腾的样子，文俊体会到了自己的娘也是一位心灵手巧的人。

锅里的油不停地往外溅，文俊看了看娘，只见她小心翼翼地拿着锅铲翻动着，香味也不断地飘了出来，等排骨炸成金黄色后，便可以把它捞出来备用。接着开始做下一步了，只见娘又往锅里倒了一些油，再拿起番茄酱往锅里倒进去，红色和黄色结合在一起，那底色实在是漂亮极了！接着再把炸好的排骨放进锅里一同翻炒，空气中早已弥漫出一股酸酸甜甜的诱人的香味，让人口水直流。他看到娘把准备好的调料都放进了锅里继续翻炒，一会儿，一道诱人的酸甜排骨就新鲜出炉啦！

看着酸甜排骨这道菜，文俊已经馋得不行了，他迫不及待地尝了一口，又在心里想着，娘做的这道菜简直是世界上最美味的食物！

"娘，你和我爹还好吗？"

"好，阿俊，这开学两个月了，在学校吃住都还行吧！"赵明笑着说道。

"行啊，爹……"

文俊还没说完，只听文俊娘对着赵明说："快让孩子吃饭吧，一会儿饭菜都凉了。"

第二天上午，文俊来到自家南边的一个院落，这是文俊哥哥文兴的院子。大门朝东，正北四间平房，正东两间厢房。院落西南角有一口井，井台上长满了青苔，附近有一棵枣树。正值深秋，枣树上的那些枣累累悬挂，有的红得彻透，有的青中泛红，有的青绿如玉。

文兴夫妇为了减轻父母的负担，为了供弟弟读书他们吃了不少苦头。他们看到父亲整天在工地忍受着阳光的曝晒，而且还受着肠胃病的折磨，弟弟还在上高中的时候，娘又摔了跟头病倒多日，自己没有读过什么书，他也不爱读书，但是弟弟学习成绩很好，所以他对弟弟的前程是充满期望的，他多次想过倾尽全力供弟弟读书。为了能够多赚钱，文兴一个人在南方打两份工。为了减轻家里面的种种压力，刚结婚那会儿，文兴跟妻子秋楠连孩子都不敢要，在弟弟顺利考上重点高中之后，他们夫妻才有了一个儿子赵元申。弟弟考上了大学对于他们来说虽然是天大的好消息，但同时也有潜在的压力，接下来的日子他们过得更加简朴，一家人每天都是省吃俭用的，毕竟家里面还有一个大学生需要供养，还有一个小孩子需要抚养。

文俊刚进大门就听到："大学生回来了，怎么样，学校的生活还可以吧？"

文俊的嫂子秋楠说道。

"嫂子，学校生活还好，元申呢？他学习成绩怎样？"

"二叔、二叔。"元申喊着便从屋内跑了出来，他又窜入文俊的怀中。

"刚上幼儿园，学习劲头挺大的，这次考试数学100分，语文98分。"文俊嫂子自豪地说。

"好啊！这下我就放心啦，等我毕业后就让元申随我去上学。"

"二叔，我一定跟你去上学。"元申撒娇地说道。

"我哥最近有电话吗？我挺想他的。"

"他呀，昨天还往家打过电话，南方广滨花木厂（哥哥文兴工作的地方）生意还可以，就是晚上加班……"

"让我哥在南方工作的时候多注意身体。"文俊打断了嫂子秋楠的话。

"你哥在电话中让我转告你，让你多带些生活费，不能太省了。文俊，我们俩现在手头还好些，除了爹妈外，我们每个月再给你拿出一百元钱（当时文俊每周生活费30元）。"说完，她转身从屋内拿出一张"大团结"来。

"嫂子，你拿回去吧，我们学校对每个学生有补助，将来考试成绩好还有奖学金呢。"

文俊嫂子性子拗，用她那双强有力的手把那张"大团结"放在文俊的口袋里。

文俊半晌无语，他的眼圈红润了，他轻声地说道："嫂子，你打电话告诉我哥，让他不用担心我，让他在南方打工时千万要注意身体，元申在家也要听妈妈的话，好好学习。"文俊轻声说道。

文俊回到自己的屋内，他把刚从学校借来的《菜根谭》拿出来认真地读起来。

假期的第三天晚上，文俊在自己的房内暗忖"也不知林筱枫的病好了吗"，他跑到村西头老王叔家里（老王叔开了一个小卖部，也是赵家村少有的装电话的人家）给筱枫打了个电话。

筱枫在家里，她接到文俊的电话后，趁着妈妈外出上夜班之时写下了自己的感受。

想你时，我会听一首抒情的歌，在歌声里念起你说话的声音，想你时，我会静静地望着窗外的明月，在那一缕缕清辉里念起你爱笑的眼睛，想你时，我会轻轻读一首诗，在字里行间念起你伏案写作的背影。

夜，幽静；月，清寒。今夜，倚着一窗月色，我把思念注入笔尖，只为你吟一曲恋歌。

喜欢用电话和你说话，我们谈笑风生，这样的时光没有忧伤，没有孤寂，只有欢笑，连眉间都是淡淡的笑意。我想，那端的你定是微笑的，就如我一样。喜欢用书信和你交流，看你发来的行行字，那些语句或可爱，或搞笑，或好看，明明只是一句话，可盯着看久了，眼前浮现的是一个温柔、善良，又有些幽默的你，然后，一个人发笑，顺手将那些语言收入内心不让你明白。喜欢近距离望着你，看你诉说那些关于你的故事，你要是忧伤我就陪你沉默；你要是快乐我就陪你大笑。

"遇见"是一个写不完的话题，是一首唱不老的歌。唐诗里，我错过了李白，宋词里，我错过了苏轼，还好，这个年华里我终究没有错过你。遇见你，不求朝朝暮暮的相伴，不求天长地久的缠绵，只愿在这锦瑟年华里与你相守，相惜，浅唱幸福的歌，诉说不老的情。遇见你之后，我发现快乐跳进了我的世界，开始在我的眼眸里生根，发芽，一朵朵在阳光下娇艳。那快乐的花绽放在彼此的一颦一笑里，那快乐的花摇曳在彼此的一字一句里。

遇见你之后，我发现我不再用悲伤去涂抹回忆，不再用眼泪祭奠过往，而是用欢快的旋律谱写遇见的点滴，用柔和的歌声清唱岁月的流逝。满眼的灰寂渐渐在心底沉淀，一点一点，随着欢乐的河流流走，漂远。心底忧伤的花朵开始凋零，一瓣一瓣飘落，谢幕，渐渐看不到它当初生长的路线。

遇见你之后，我发现自己喜欢上了莲，喜欢上莲的痴，莲的净，莲的优雅。我想做一个如莲的女子，以一朵菊的姿态临水而坐，将满心的痴情注入指尖，安静地奏一曲菩提韵律。我想做一个如莲的女子，以一朵菊的姿态坐在文字的一隅，将满眼的柔情细数抖落，在一张素纸上只为你谱写最纯洁的恋歌。我想做一个如莲的女子，以一朵菊的姿态沿着时光的边缘陪你听雨，陪你看月，陪你追梦，优雅且不失风度，为这场秀丽的邂逅演绎着不尽的烟花细语。

唉！望着窗外皎洁的月光，文俊读着王维的诗："红豆生南国，春来发几枝。愿君多采撷，此物最相思。"文俊读着这首借咏物而寄相思的诗，他

陷入了深思。特别是最后一句，一语双关，既切中题意，又合乎情思，这简直是妙笔生花，婉曲动人。全诗情调高雅，饱满奔放，语言朴素无华，韵律和谐柔美，可谓绝句中的佳品。

爱情往往在不经意间萌生，思念往往在心底如春风般拂过，文俊对筱枫的思念也与日俱增，于是他写下了：

遐方怨

菊花枕，半红窗，梦到谦州校园，清光拂玉颜。半斜凝望坐思量。偶间修眉黛，月茫茫。

四十九

文俊询问彩云　一颗心平静
二人嘘寒问暖　艾峰审文俊

　　大凡处在热恋中的人总是感觉时间过得很快。文俊坐在返程的列车上，从风景秀丽的家乡出发到繁华的大城市谦州，他在一路的行程中不时看着那流逝的风景，而车内全是陌生的人，没有人在意他，他也不必在意别人，他这一路可以尽情地享受旅行的孤寂与闲适。
　　在快节奏的现代生活中独处越来越难得，孤独已成为一种奢侈。文俊因此格外珍惜这样的时光，他静静地想着，偶尔眺望窗外，间或低头浏览几行文字，发一会儿呆，不知不觉行程便结束了。
　　"各位旅客，谦州火车站到了，请携带好行李安全下车。"
　　文俊听着到乘务员的提示，他整理行囊准备下车，此时的心情已经比上车前平静了许多。生活既不是追求浮光掠影，也不是逃避悔恨谴责，而是要安然地去面对属于自己的命运。就像在出站口，我们要把自己即将失效的车票展示给那个验票人，核实无误后验票人才会让你通过。
　　车站外是一派迷人的风景，那里有鸟儿在飞翔，一些高大的树矗立在车站四周。车站内的音乐声给旅客们带来了暂时的轻松和舒畅。在旅客匆忙的脚步声中，自己本来的闲适和安静却因思念而不再拥有，文俊那颗因为梦想而灼热的心时时激励着他不断前行。两个月以来的经历如车窗外的风景一幕幕展现在眼前，而浮现在心头的确是另一番画面，谦州师院里那一条条熟悉的小路，一棵棵熟悉的大树，还有那熟悉的天空和云彩在自己和筱枫之间也留下了难忘的身影。
　　赵文俊重返学校的第二天下午第四节课上（课外活动期间）文俊在校园

内终于找到了彩云。

"你好,彩云,假期过得怎样?"文俊微笑着问道。

"我呀!过得不好不坏,因为没有人牵挂所以过得不算太好,因为没有人牵挂,所以一身轻松也不算太差。"彩云笑着说道。

"大才子,你想知道筱枫的情况吧,不然干吗心急火燎地来问我。"

文俊停顿了一下说道:"老同学,你可真幽默,我……我……"

"筱枫是我最好的姐妹,你俩的事就是我的事,不,不,就是我所关心的事,你想知道什么尽管问。"彩云笑着说道。

"筱枫的伤好了吗?她怎样了?"

"国庆长假这几天,筱枫一直住在顾阿姨的医院中,她的脚伤也快痊愈了,再过两天就回来了。"彩云和颜悦色地说。

"这下我就放心了。"

林筱枫两天之后来到了学校,她也想早一点与文俊相见,他们终于在一个星期天的早晨先后来到操场,还是那个熟悉的地方。

校园的早晨是恬静的。一层薄薄的雾笼罩着校园,像是给校园蒙上了一层神秘的面纱。薄雾如轻纱笼罩着校园,教学楼隐没在晨雾中。校园的黎明是那么温馨和优美,深吸一口气顿时感觉一阵清新,真让人心旷神怡。那一幢幢高大的教学楼成了这薄雾中最好的点缀。不大一会儿,草坪上的小草探出脑袋四处张望,贪婪地呼吸着清新的空气。那些花儿却还沉浸在甜美的梦境中不愿醒来。校园内的那些香樟树在晨雾中若隐若现,大家只能看见模模糊糊的轮廓。操场上,篮球架静静地矗立着仿佛在等人跟它嬉戏。

清晨的操场有时是寂静的,它显示着美丽和谐的氛围,这是一个让人清醒的好地方;校园的清晨是美丽的,这里的每个清晨都有新的希望诞生。

太阳缓缓升起,洒下万丈光芒,给校园镀上了一层金边,校园中的一切都在接受阳光的洗礼。

筱枫看到文俊独自一人在操场上的一个石凳上坐着,他手中拿着一本书在认真地读着。

她来到文俊的身旁说道:"这么长时间没有见到你,整个假期你在家还好吗?"

"好，好，好。"文俊站起身来望着筱枫激动地说道。

"你完全康复了？"文俊笑着问。

"好了，完全好了。"

"你的伤好了，我就放心了；有时我在想，要是我能替你受伤，替你疼痛那该有多好啊！那天看到你受伤的样子，我的心里有说不出的难受，可是有那么多人在场，我却不能表达出来，唉！"

"有你这几句话就足够了，谢谢你，俊！"

文俊听到最后一个字"俊"时，他不禁再一次深情地望着林筱枫。

"唉！真不知我冲撞了哪路神仙，我本来给两个姐妹拿橙子吃的，可是一不小心左脚滑了一下，就崴脚了。那天下午，真是疼痛难忍，彩云竟然说我疼得龇牙咧嘴，她是不能体会我当时的感觉。"

"妈妈知道后就说，我必须到医院去拍片子，否则会越来越严重。有两天我在医院里连路都走不了，一名中医要给我针灸，我一听到用针，一听到'针'这个字，我就想到那小小的、尖尖的针头扎在肉里，疼在心口啊！我哆哆嗦嗦地说，用别的方法不行吗？比如吃药不行吗？妈妈不客气地拒绝了。我连忙抱着脚说什么也不让医生针灸。"筱枫望着文俊说道。

"你不能辜负阿姨的一片心啊，我认为中医是不错的。"文俊郑重地说道。

"后来，妈妈给我讲了中医针灸的道理，它是一种'内病外治'的医术，是通过经络的传导作用来治疗全身疾病。"

"阿姨的理论挺高深的，我在家时好像也听我大哥文贤说过有关针灸的一些理论。"

"在妈妈的劝说下，我终于同意了针灸，效果还很好。没过两天我就可以下床走路了。"筱枫微笑着说道。

"嗯，这个假期你过得还好吗？"筱枫反问。

"生平不会想念，才会想念，便怕想念。对不起，我还是很想念，虽然短短的几天，我看不到你，然而你的身影却时刻在我心底，更何况你的身体受了伤，更使我牵挂。"文俊深情地说道。

"对不起，让你为我担心，其实，尽管你已远去，我的心却还待在原地。对不起，我，我，不能欺骗自己，我还是好想你，怎能说忘就忘，我没那么

勇敢。深夜来临的时候,是一个人心灵最脆弱的时候,也是思念最疯狂的时候。其实一个人并不孤单,想念一个人的时候才是真正的孤单。思念一个人的滋味就像欣赏一种残酷的美,然后我用很小很小的声音告诉自己要坚强面对。"筱枫望着文俊诗意地说道。

"思念,是一种美丽的忧伤和甜蜜的惆怅。心里有一种用什么语言也无法表达的温馨。思念的心藏着曾经的美丽、人生的繁华、无奈的等待,等来这一段悠长的叹息。"文俊不知道怎么了,他也是深情而且激动地说道。

"我们短暂的相遇却是至真的相识,这段如火般的真情让我难以忘却那个最美的青春年华,没有他人所说的人生的繁华,只是无奈的孤独,等来多天的伤悲。想念,记忆里全部都是你,因为是你跟随我两个月的足迹,走过这点点滴滴。擦肩后依然为你回眸,为的是能在你的温柔里重新走过一次,为的是找到和你最近的距离。隐了身却断不了对你的思念,月光浅映案角,我想把对你的思念寄予星星,但愿那点点的星光能照进你的窗户,伴你不离。"筱枫望着文俊深情而诗意地说道。

两人正在诗意地表白,文俊不知哪里来的勇气,一边说着一边竟然轻轻地拉起筱枫的手。筱枫那纤纤玉手感受着文俊温暖的体温,他们双目相视,只是无言。

"筱枫,你看。"文俊突然松开手,把旁边的一本日记本打开送到筱枫面前。当林筱枫读到"菊花枕,半红窗,梦到谦州校园,清光拂玉颜。半斜凝望坐思量。偶间修眉黛,月茫茫"时,只见她的眼圈红润了,但她依然强作笑颜。

"谢谢你牵挂着我。"

"花前柳下,轻风软语香,好一派迷人的风光啊!"文俊的同桌艾峰大老远走过来大声说道:

艾峰一向是一个油嘴滑舌的人,此人自视才高,但对文俊敬仰有加,他们在一起读书学习,他与文俊的感情也是很好。

"休要胡言乱语,小心走路碰南墙。"文俊与艾峰关系好,说话自然随意些。

"筱枫,这是我的同窗好友艾峰。"

"你好，我是林筱枫，我还有事，先告辞了。"说完筱枫就翩然离去。

"好小子，看不出来藏得挺深的，你们俩发展得挺快，老实交代，你是何时获得她芳心的。"

文俊强辩道："我们也是刚刚交往。"

"刚刚交往就手拉着手，粉面留泪痕的。"艾峰振振有词地说道。

"我算服了你，艾老弟。"文俊无奈地说道。

五十

筱枫爸爸反对 筱枫誓坚持

小桥边柳树下 二人话衷肠

后来,赵文俊与林筱枫见面的次数越来越多,他们之间由当初的互相喜欢逐步发展到爱慕。心似双丝网,中有千千结。然而好花不常开,好景不长在,他们之间的事还是被林筱枫的爸爸,那个在谦州叱咤风云的地产大亨知晓了。他竭力反对女儿与文俊交往,因为在他的心中"门当户对"的门第观念根深蒂固。

"爸爸今天一定要把自己心中的话给说出来。我之所以反对你们俩交往,那是因为他只是一个乡下的孩子,他们家和我们家的许多观念是和不来的。"

"爸爸!虽然说他生活在乡下,但是他自小刻苦学习,知识丰富,见多识广,更主要的是他有一颗善良的心。"

"我给你说实话吧,自从在你的宿舍见到他之后,我对他的第一印象不太好。"

"爸爸,那是你自始至终对人家有成见的原因,你不了解他,也不想了解他,所以你总是戴着有色眼镜来看他。"

"闺女,看着你已步入青年,说句实话,你上了大学也到了谈朋友的年纪,其实爸爸心里一直担心的是怕你遇不到一个好人,更怕你上了别人的当,将来过苦日子。这二十多来年,我一直都在小心翼翼地保护着你,我怕你会受到伤害。我就你这一个闺女,我是想让你过上好日子。"

"爸爸,我知道你也是为我好,可是,我也有自己的选择,请你也理解我的心情,好吗?"

"咱们家条件也不差,爸爸不担心你找个穷小子,但是你找的那个穷小子真的不行。他人穷也就算了，还那么心高气傲。爸爸不是嫌贫爱富，但是爸爸没办法接受你将来嫁给这样一个男人。你是爸爸最心疼的闺女，爸爸怎么能放心让你和这样一个没有担当的人交往呢？"

"爸爸，请你给我点儿时间，也给你自己一点时间来了解他，过一段时间，当你了解赵文俊的为人后，你再下结论也不迟。"

"我跟你说，别说让我了解他，就是见他我都不愿意，你就等着后悔吧！"筱枫爸爸说完就怒气冲冲地离开了。

然而倔强的筱枫反而对赵文俊的感情越来越深。

一个宁静的夜晚，文俊站在图书馆三楼的阳台上远眺西边，那片高低错落的楼群间还有着最后一抹玫瑰红。此时，谦州师院将迎来一个夜晚。

天还没有黑透，文俊走出师院大门，远处几家店铺的门面闪着光彩。一辆又一辆的自行车、摩托车、汽车拖着自己的疲惫，谨慎地在各自的路上行驶着。"蝉噪林愈静，鸟鸣山更幽"，几声车的鸣笛衬出了这个城市上空少见的宁静。西天还飘着几朵不想离去的云彩，高楼、墨树、远处的青山还依稀保留着残缺的轮廓。走在马路上猛地一吸，那清新之气便随着凉风倏地蹿遍全身的每一个毛孔，让他获得短暂的舒畅。当然，文俊对这夜色的欣赏还不是主要的，他要去学校一公里外的一个桥边赴约。黑夜已经伴着星星出来了，如果再待在窗前就成了卞之琳笔下的风景了。

文俊一边走，一边瞧着路两边的风景，在这样宁静的夜空下，或许这时最适合走出去感受夜的宁静，读一读这宁静的夜晚，看一看月亮下的风景！文俊遥望夜空，月亮正在悄悄地注视着人们，用她那细腻而温柔的月光轻轻地抚平那白天带来的烦躁。

赵文俊看到那个熟悉的身影，那是林筱枫，她坐在一处清风轻拂着柳枝的桥边。

陪君默默柳前扬，花前月下影成双。梦里相思醒来意，流水小桥情飞扬。校园频惹思君意，君知吾心几时伤。瑶琴一曲玲珑心，此情堪比日月长。

文俊来到桥边，两个人默默地望着对方。夜静月明，那桥边的一棵柳树下，筱枫更动人，两人很久无语。

"筱枫，今夜空气好清新，我的心情格外爽朗，我一个人走在这条静寂

的路上深吸一口气，化解了疲惫，脑子里总是回忆起与你初次见面的情景，你那文静的外表天真可爱，和我在一起好像是一道很美的风景，有时真想和你走在这条大街上，就让我们从夜晚一直谈论到天亮，有时真想和你去看一场电影感受到那剧情的震撼，有时真想和你一起去数天上的星星，让我们的心共同飞向那悠悠的白云之上。"

筱枫那天真的面容，眼睛注视着文俊，此刻她静静地听着文俊的话语，她想着假期之前的短暂离别，又想到在家里对文俊的思念，她感觉自己真的好幸福。

"文俊，在这宁静的夜，我走在这条熟悉的马路上，消除了一天的烦恼，过滤掉耳边杂乱的声响，在这桥边静静地看着夜空，今天的夜，月光格外明朗，格外美丽。在那片并不出奇，那片深蓝色的天空中看到几颗星星探出头来。那遥远的天空中有的只是无尽的光明，那皎洁的圆月只是这无尽的夜空中一个闪烁的萤火虫罢了，虽然微弱，但极为显眼。我来到这里看到了你，我的心不再乱了，我的大脑真的很安静。这轻松，这惬意真是一言难尽，所有的美好，所有的快乐都在这寸心珍藏。"

银色的月光下，文俊和筱枫坐在桥的一端，两人相距半米之远，筱枫坐在文俊的左边。不大一会儿微风习习吹来，桥两边几棵杨柳和一些不知名的树、那些娇艳的花好似为两人的约会烘托气氛似的，在月光下格外清晰娇媚。两人交谈时含情脉脉。

突然，文俊说道："筱枫，你的理想呢，你将来有何打算？"

"我，我，我想做一名优秀的语文老师，在教育教学中有所创新，做孩子们的引路人；二是在茫茫尘世中找到一位知音共同从事这神圣的事业。"

"那你的理想呢？"筱枫反问。

"我的理想，一是做一名教师并且回到自己的家乡，为繁荣家乡的教育事业奋斗一生；二是工作之余著书立说，希望有一天能像曹雪芹一样写一部旷世著作来，流芳千古，教化四方，光耀后人，同时也给自己的人生一个圆满的答复；三是，我也希望在这大千世界中找到一位知己，相识、相知、相依、相偎、相扶、相伴、共同度过一个完美的人生。"

"林叔叔和顾阿姨他们之间有隔阂吧，那天我似乎感觉到了。"赵文俊突然向林筱枫问道。

　　林筱枫伤心地说："文俊，不瞒你说，他们分居很长时间了，他们怕影响我的学习，所以至今没有办离婚手续。爸爸以前对妈妈挺好的，自从他开发了谦州郊区的三幢楼房后，人就膨胀起来，身边美女如云，而我妈妈内心的苦又有谁知道呢？所以工作就成了她心灵的栖息地，我就成了她唯一的希望。"这时筱枫竟然呜咽了。

　　"给你，这是我新买的手帕。"

　　林筱枫见上面绣了一朵白百合，就说道："怎么，你很喜欢百合花？"

　　"是的，我喜欢它的洁白无瑕，喜欢它的素素淡心。在我看来，人生的美分为三个层次：第一个层次是欲望、物质带来的美；第二个层次是文化、艺术、文明带来的美。第三个层次是灵性、精神的美，这是最高境界的美。我信奉'尽心就是完美'，而百合就是这样一个因'尽心'而近乎'完美'的形象，真正实现了'灵性、精神的美'。筱枫，其实你就是一朵纯洁无瑕的百合花，也是我今生所要追求的那一朵心田上的百合花。"

　　"文俊，多谢你的这份情，其实我妈妈对你的印象特别好，你虽来自乡下，但谈吐举止间有一种文人的特质感染着她。"

　　"谢谢阿姨的看重，筱枫，说句心里话，我很喜欢你，可是，现在的我只能把这份感情深深地埋在心底。"

　　"我会等的，哪怕是地老天荒。"林筱枫坚定地说道。

　　"筱枫，谢谢你，让我们把彼此的这份美好的感情珍藏起来，我们相互守望，我们共同努力去开创属于我们那美好的未来。"

　　赵文俊深情地望着林筱枫并说道："在《曹雪芹》这部电视剧中，曹雪芹曾对其表妹李琦筠说过'我们两颗心相互守望"。咱们就像他们一样，在大学期间两颗心也相互守望，我们今生有缘，我深信我们一定会走到一起的。"

　　说着赵文俊轻轻地拉起筱枫的手深情凝望。

　　"宁静的夜晚，美丽的星空！你到阳台上看天空，在你的眼前有两颗流星，一颗叫'晚'，一颗叫'安'，滑落到你的手中，你接住了吗？做个好梦！"筱枫不由自主地依偎在文俊的肩膀轻柔地说道。

　　微风吹过，柳叶婆娑……

  光阴似箭，日月如梭，转眼间大学四年将近尾声。大多数同学都在为工作奔跑忙碌着，许多人的梦想就是能在谦州市里任教。而赵文俊归心似箭，盼望着早日回到双悦乡去做一名堂堂正正的老师。

五十一

入职谦州一中 孔校长激励

教育生涯开始 昂首新生活

    文俊的许多同学在毕业前夕都在为自己的工作而忙碌着，赵文俊、林筱枫、方彩云、冯静如、艾峰、周洪雨等同学最终以优异的成绩获得了"谦州师院优秀毕业生"的荣誉。

    在谦州市一个电大班读新闻专业的蒋心怡经过不懈努力最终成为一家报社的记者。

    那些谦州师院的毕业生除了文俊、筱枫等这些优秀的学生之外，大多数都在找关系、走捷径准备分到谦州的一些中小学校。

    时任谦州市第一初级中学的校长孔昭光带领学校领导班子成员来到谦州师院。他们经过考查又经过面试最终把文俊、筱枫、彩云、静如、艾峰等一大批优秀毕业生请到谦州市第一初级中学来。文俊、艾峰、林筱枫、彩云、静如等同学最终被谦州市第一初级中学录用，周洪雨则进入谦州市委做了秘书。

    "阿俊，你在大城市工作可要留点儿心，那里的人心眼多，你要多工作少说话。"文俊良惠兰叮嘱文俊说道。

    "娘，你放心，我在谦州是去当教师的，又不是去做官经商的，只要咱行得正，我什么都不怕。"

    "孩子，这是你娘给你买的一身新衣服，还有一双皮鞋，你一定要穿上，不要让城里人小瞧咱们。"

    "爹，你多心了，我们做教师的只要穿着干净、得体、大方就可以，教师这个职业最主要还是要整洁朴素。"文俊对赵明说道。

"阿俊,这 500 元钱你先拿着用,你刚上班还没有工资,在城里生活也不能太寒酸了。"文兴一边说着一边把钱塞到文俊的手中。

"哥,你那家具店也是刚刚开业,手头也紧,这些钱我就不带了。"

"拿着吧!哥的生意也还行,不差这点儿钱。"

"孩子,你拿着,我们给你的钱也不多,你在城里生活要宽备窄用,你哥的生意虽然刚开始,但是买卖好着呢,等你拿了工资以后再还给你哥吧!毕竟你也有工作了!"赵明说道。

"还什么呢,爹,我只有阿俊这一个弟弟,疼他还来不及呢!"文兴笑着说道。

文俊拿着这 500 元钱,他走到文兴的跟前深情地说了一声:"哥,我会好好工作的,将来……"文俊流着眼泪说道。

"孩子,到了城市里有什么困难去找你四伯。"赵仁对文俊说道。

"孩子,在城市里教书先要把工作干好,其他的事儿要放在后边。"文俊三伯赵礼说道。

"小俊,在城里教学要注意多听,多看,时时留意,处处上心,小心驶得万年船。"赵义也说道。

"几位伯父,请你们放心,我一定会把工作干好的。"

文俊在去工作的前一天,一辆崭新的小轿车缓缓驶到他家的大门前。他出门迎接,一位雍容华贵而又风姿绰约,楚楚动人的"女老板"站在他的眼前。

"赵老师,多年不见,你还是当初的那个小帅哥,来。"

赵文俊凝神一看,原来是他的老同学张一玉来到家门口,而且要给他一个拥抱。

他见状立刻躲开,并拉着张玉一的手微笑着说道:"老同学,这几年不见,你在哪里高就?"

张玉一微笑着说:"自从高考落榜后,我就去了谦州打工,经过四年的打拼,我在谦州市经营一家餐饮店。只因当年老同学的一首词给了我莫大的鼓励,所以才能有今天。说句实在话,你对我来说可谓恩深义重,说完她掏出一个鼓鼓囊囊的红包双手递给文俊。"

"老同学,不,老大姐,多谢你对小弟的这份情意,你是了解我的,你的这份厚礼我实在不能笑纳，望你海涵！"

"赵文俊，跟我见外了，我听说你要到市里的中学去教书了，你也该换一换'行头'，这也算是我给你的谢礼，你不要多想。"

"不！老同学，你的心意我领了，但我还是不能收的，今后咱们见面的机会可多着呢，说不定将来还真要请你帮忙。"

文俊、玉一寒暄了一会儿，双方笑着道别了。

当张玉一的豪车离去，赵文俊望着她远去的方向沉思良久。

9月1日，是一个值得欣慰的日子，因为这一天，将是赵文俊实现自我的一天。文俊身着崭新的西服，脚穿一双锃光瓦亮的皮鞋来到谦州市第一初中。

谦州市第一初级中学的环境优雅迷人。校园中高大挺拔的树木郁郁葱葱，阳光从叶与叶的空隙中透下来，在地上留下斑驳的影子。校园中的那些花，或红、或蓝，星罗棋布地长在草地上，像翩翩起舞的小蝴蝶展翅欲飞。穿过这一片生机盎然的地方，就是教学楼和操场。

教学楼被刷了白漆，看不出有一丝杂色。窗子被擦得干干净净可以看到天光云影，阳光照在上面熠熠生辉。操场上，篮球场、足球场样样不缺。部分学生正在那边不顾淋漓大汗飞快地射门、投篮……几位学生坐在休息区的长凳上笑着，说着，又像是在交谈着什么，或者互相传阅着什么东西。一中学校的图书馆与谦州师院的图书馆截然不同，这里的图书馆已看不出当年的颜色。爬山虎碧绿碧绿的，旁边的蔷薇、茉莉也争奇斗艳。图书馆上有一个复古大钟，秒针正在那里若有若无地走着。每当整点时，雄浑的钟声就会回荡在人们的耳畔。

十几名刚分来的年轻教师来到校园中，眼前的校园环境让他们耳目一新，这些年轻的"教育新星"站在校园的图书馆前分享心得。

看到如此美丽的校园风景，文俊激动地说："真正的寒窗催生着真正的希望，对意气风发的中学生而言，即使是炎炎烈夏、漫天风雪，这也不过是青春潇洒的诗情；数九寒天，冰霜雪雨又怎能封冻孩子们那连绵不尽的思绪和五彩缤纷的梦想呢？"

"这是一所城市中学，但校园中却有乡村独有的青翠。教室墙上的黑板

黑里透亮，亮得都能照出它面前摆放的课桌椅。今后，我们就在这里给孩子们传授知识，他们就像一株株小禾苗，张着小脸贪婪地吮吸着老师播撒的甘霖。"艾峰说道。

"如果说人生是一本书，那么教书生活便是书中最美丽的彩页；如果说人生是一台戏，那么教书生活便是戏中最精彩的一幕；如果说人生是一次长途旅行，那么拥有教育生活的我们便可以看到最灿烂的风景。"刚分来的一名年轻教师说道。

"我听人说，现任的孔校长毕业于南湖省立大学，硕士学位。此人礼贤下士大有春秋遗风。能遇到这样的校长对我们来说真是三生有幸。"艾峰又说道。

"一个好校长就是一所好学校，但愿我们都能实现人生梦想。"

"校长应当是教育家，是读书人，是创业者，是教师和学生的贴心人。搞好教育工作首先要搞好学校工作，而搞好学校工作，教师是基础，校长是灵魂。这个魂在于校长的价值取向，在于校长的办学理念。校长是学校的指挥者，是教坛的旗手，在外部条件具备的情况下，一位好的校长带领一支好的教师队伍就一定会有一所好学校。"彩云笑着说道。

"苏霍姆林斯基指出，校长的领导首先是教育思想的领导，其次是行政领导。一所著名中学校长讲过，教育思想是办学的灵魂，教育质量是办学的生命，学校管理是办学的关键。校长的主要精力在于抓灵魂，抓生命，抓关键。"静如说道。

"校长的领导要靠理，不靠力。靠理，一靠真理，二靠情理；不靠力，一不靠手中的权力，二不靠给教师压力。校长的工作对象是教师，教师是大大小小的知识分子，知识分子服理不服力，靠理可以聚人，把教师团结在校长周围；靠力就会成为孤家寡人。校长要成为学校最有学问的人，最具人格魅力的人，成为最关心、最了解教师的人。管校要管人，管人要管心，管心要关心，关心要真心。校长要成为教育观念更新的先行者，要成为教育教学改革的排头兵。"文俊说道。

"看来大家都毕业于名校，果然不同凡响啊，对学校教育大家都有着自己的见解、自己的理论，我也不妨也来凑个趣儿。"一名新来的女教师说道，

"学校应当加强校园文化建设。学校要绿化、美化、优化就要有校园文化，校园文化是学校的重要特征，失去了校园文化，学校就失去了存在的意义。华东师范大学一名博士生导师曾说：'给我十个北大的学生，十个清华的学生，我只要与他们交谈十分钟，便可知道哪些是北大的，哪些是清华的。两个学校的校园文化不同，对学生的影响就不同，学生的表现就不同。'可见，校园文化对学生影响之大，教育之深，无声胜有声。校园文化既包括硬件又包括软件。创建一流学校，第一要有一流的办学理念，第二要有一流的师资队伍，第三要有一流的生源，第四要有一流的设备。前三个都是软件，抓软件不需要花多少钱，却可以产生巨大效益。校园文化建设是校长的责任，校长要动员全体教职员工共同努力把校园文化搞好，形成一个良好的育人环境，学生在里面生活几年自然受到熏陶感染，这是一股无形的巨大的力量。"

　　她说完后，几名新来的教师立刻热烈鼓掌。

　　不大一会儿，新分来的教师们在学校一名领导的带领下怀着满腔的热情来到了谦州市第一初级中学的会议室。开始的时候会场非常安静，文俊和周围的人好像给定住似的，甚至可以听见各自的呼吸。

　　当孔校长一行步入会议室后，这些新来的教师立刻站起来并行注目礼。孔昭光校长中等身材，稍微有点胖；一张国字脸总是那样和蔼可亲，那样慈祥；宽宽的额头上皱纹不多，戴一副阔边眼镜，从那黑边眼镜中透出的目光总是那么炯炯有神，那么和善；一双不算太大的眼睛极富感情又闪耀着智慧。

　　"同志们，请大家先安坐，今天见到大家，本人十分荣幸，你们是谦州的青年才俊，是缔造我校辉煌明天的后奋军。希望你们把谦州第一初中当成自己的新家，和我一道同心同德，群策群力，荣辱与共，肝胆相照，为把我们学校建成谦州市中学教育一个窗口、一面旗帜、一个由应试教育向素质教育转型的大型实验基地、一个真正属于我们谦州市父老乡亲的文化摇篮而努力奋斗。"

　　孔校长的话音一落，掌声响了起来。

　　"同志们，我姓王，在咱们学校抓业务工作，大家有什么心里话，有什么要求不妨向我们说一说。赵文俊同志，我拜读过你的《百合花语》和《守

望教育》，这两篇文章非常不错，语言清新，立意新颖，一腔真情溢于言表。接下来，你就代表新来的老师说两句吧！"

文俊激动地说道："首先谢谢孔校长、王校长的盛情接待，谢谢诸位领导和老师们对我们这些新入职教师的殷切厚望，我们仿佛看到了我校教育的美好未来；同时也要感谢谦州一中给了我们实现梦想的舞台，请各位领导、老师放心，我们一定不会辜负大家的期望，谢谢大家！"

掌声又一次响了起来，林筱枫一边鼓掌一边微笑，她的目光始终没有离开过文俊。

随后孔校长、王校长一行人带领赵文俊、艾峰等新同志来到教师办公室。

文俊和艾峰等几位男同志住在教学楼后的教师宿舍楼。教师宿舍楼三楼东边有两间简易宿舍（一厨一卫一卧室）。文俊和艾峰分别住在这两个间房，文俊在最东边。其他几位男教师被分配到西边的几间宿舍内。林筱枫、彩云、静如被分配到二楼西边的几间宿舍内。

每到一处，孔校长总是关怀备至地问长问短，文俊与其他新来的教师的心里暖暖的。

五十二

人生第一堂课 师与生交流
别开生面教育 传国学精神

"同志们,目前学校正处在建设发展的一个特殊时期,无论是当前的文化建设还是办学条件仍然存在一定的困难,学校只能根据当前实际并结合大家自身情况分配教学任务,不管大家是否如愿,我都希望大家继续发扬艰苦奋斗的精神,在内心要有大局意识与学校一起同心同德、共渡难关、共同前进、共同发展。"孔校长激昂地说道。

学校在征求大家的意见后,文俊担任八(1)班班主任,艾峰担任八(2)班班主任,林筱枫任八(3)班语文老师,方彩云任八(4)班语文老师,冯静如任八(7)到八(9)班历史老师。

"尊敬的各位老师,大家下午好!首先让我们以最热烈的掌声对赵文俊、林筱枫、艾峰等新入职教师的到来表示欢迎,同时,谦州一中语文教研组还要感谢学校给我们这样一个交流的平台,希望大家在这次集体备课展示活动中能多提宝贵意见,共同进步。接下来,我们就《背影》一课进行集体备课,首先请主备人赵文俊老师说课。"教务主任方清明老师说道。

"《背影》是八年级上册第一单元中的一篇讲读课文。该单元是以'爱'为主题设计,每篇文章都从不同角度去赞美人性中的美。本文被选入第一课,能更好地引导学生认识家庭成员之间的美好感情,有利于后面几篇课文的学习,学习这篇课文可以培养学生对真善美的领会和鉴别能力,从而陶冶他们的情操。"文俊说道。

"根据新课标的要求,结合该课的特点以及所教班级的实际情况,我制订了如下教学目标:了解作者朱自清及其作品,理解并积累生字、词。整体

感知课文,体会关键语句的含意和作用,品读文章朴实的语言风格。领会本文表现出的父子间的浓浓亲情,继承中华民族传统美德。本节课重点是体会作者新颖独特的描写角度与朴素感人的语言。本节课的难点是作者对背影的四次描写进行深刻地体会,并找出四次背影在文中的位置及其作用。在分析中深刻透彻地体会这种伟大的父爱。"林筱枫说道。

"新课标明确指出:要贯彻启发原则,运用恰当的教学方法来调动学生学习语文的主动性和积极性,引导他们动脑、动口、动手,培养学生的自学能力和自学习惯。"方彩云慢条斯理地说道。

"接下来请各位老师针对以上几位老师对教材的把握、教学目标的确立、重难点的突破和教学环节的设计交流一下自己的看法。"方清明主任说道。

"请孔校长给我们指导一下。"方彩云突然看到意气风发的孔校长来到集体备课室后说道。

"刚才几位老师的说课风采各异,各有千秋,希望老师们能把这些意见和自己的教学风格融到一起,我们也相信有了大家的帮助,几位新入职老师一定能为我们带来一节成功的语文课。今天这么多的老师聚在一起,这样的机会实在太难得了。新教师的成长离不开老教师的指导,如果说成长是一种痛,那么,我们会痛并快乐地成长着。接下来,恳请方主任给我们这次活动予以指导,提出宝贵意见,为今后的教研活动提供一个更好的方向。"孔校长微笑着说道。

……

经过精心准备,文俊踌躇满志地开始了教育生涯的第一节课。

上课铃声响起,文俊激动地来到教室。

"老师好。"同学们异口同声的问候令文俊内心激动不已。

文俊镇静后说道:"同学们好,大家请坐。同学们!今天是我作为教师所进行的第一节课,从今以后,我愿带领大家共同学习,咱们现在就从师生介绍开始,你们说好吗?"

"好。"同学们又一次齐声说道。

"我叫赵文俊,毕业于谦州师院,中文专业本科学历,我喜欢文学,我更喜欢和大家一起上语文课。"

"老师,我叫李小曼,咱们谦州《诗风杂志》刊登的《百合花语》那是你写的吗?"只见一个面容清秀的女孩站起来好奇地问道。

"噢,是的,谢谢你的关注,那是我高中毕业时写的。"

"赵老师,在我们今后的学习中,你一定要抽出时间教我们写作文,好吗?"

"好的,我一定不会让大家失望。"

文俊接着说:"同学们,你们知道吗?近几年来,全社会掀起一股'国学热'。国学即传统文化已慢慢地渗入我们的课堂中,我们应当在课外时间多读一些经典文化,还要抽出时间读一读中国的四大名著和国外的一些名著。只有广泛的阅读才能开阔我们的视野,陶冶我们的情操,提高我们的文化素养,从而悟出人生的真正内涵。同学们,我们当前又处在教育教学改革的浪潮中,期盼新的教育模式是我们共同的愿望。我愿静下心来和你们一起为寻找新课堂而努力,你们有信心吗?"

"有,有,有……"同学们高声答应。

"同学们,大家都读过《论语》吗?如果读过,请大家谈一谈自己的感受。"

"老师,《论语》中有:'益者三友',损者三友。友直,友谅,友多闻,益矣;友便辟,友善柔,友便佞,损矣。是说一个人成长过程中交友很重要。我们要交正直、诚实、知识面广的朋友,不交那些性情暴躁、优柔寡断、心怀鬼胎的人。那些好朋友可以在你怯懦的时候给你勇气,在你犹豫不决的时候给你果断坚决,在你疑惑时帮助你做出选择。"班内一位姓张的同学说道。

"这位同学,听到你的讲解老师很高兴,因为你时常读《论语》,这对你的成长有很大帮助。"文俊高兴地说道。

"赵老师,我读到:'人而无信,不知其可也。大车无輗,小车无軏,其何以行之哉?'这句话是教我如何做人。一个人如果不讲信用,那么他在社会就无法立足。诚信是一个人的立身之本。"一个姓郭的学生说道。

"赵老师,我也读过:不愤不启,不悱不发,举一隅不以三隅反,则不复也。这是孔子要求学生积极地思考问题,善于推论,闻一知二,举一反三。"

"同学们,刚才这位同学说得很好,如果老师用这种教学方法,在今天教学活动改革的过程中仍有十分重要的现实意义。现代教学不仅是教给大家

知识,更应该教会大家如何学知识。教师"举一隅"是教给学生学习的例子和方法,学生能'以三隅反'才是学会如何去学知识。要想教会大家学知识,使大家真正把知识学活,就得在'举一反三'方面下功夫,从而收到以一当十、触类旁通的效果。"文俊补充道。

一个叫王雯的学生回答道:"老师,'弟子入则孝,出则弟,谨而信,泛爱众,而亲仁,行有余力,则以学文'这句话的意思是在家要孝敬父母,在外要团结友爱,有爱心,以贤德的人为榜样不断激励自己,努力实践,完善自己的道德修养,这些做人的原则做好了以后,我们再去学习文化知识,这样才能开阔视野,丰富思想。"

……

下课后,同学们围着文俊问长问短,这便是赵文俊教学生涯的第一课。

五十三

共话教学心得 苦乐相伴随
文俊关心筱枫 问寒与问暖

几位新入职的教师在刚上班的几天内，一个个兢兢业业、踏踏实实、认认真真地完成每一项工作。上课时他们精神抖擞，激情四射；课间十分钟与学生交流共话感受；晚自习后到学生宿舍看望学生关爱备至，体贴入微。到了晚上，大家的工作也暂告一个段落。

晚上8点40分谦州第一中学的校门口，明月静静地照着。晚自习下课前的几分钟，家长们在学校门口排着整齐的长队等待着孩子放学，学校的保安着装整齐，在这炎热的天气里，为了孩子们放学后能安全回家，学校值班老师总是准时来到大门口配合保安人员值勤。

8点50分过后，孩子们出来了，家长们翘首期盼着自己的孩子走出门口，孩子们有次序地走出学校大门。家长接到孩子后依次离开。学校值班人员来到门口，一边检查孩子们的走读证，一边提醒孩子们安全离校，他们多次提醒家长路上骑车要注意安全。

9点30分左右，校门口终于恢复平静，不到一个小时的时间里，文俊和筱枫等新入职教师们看到学校的保安人员有条不紊地忙碌着、提醒着，看到他们在平凡的岗位上认真做好自己分内之事。文俊在想，每个职业都是社会不可或缺的，职业没有高低贵贱之分，每一个依靠勤劳工作的人都值得别人尊敬。

晚自习放学后，文俊见到艾峰坐在他的椅子上，他显得疲惫不堪，软弱无力，身子坐得那么低，好像要陷进椅子里似的。那样子，仿佛一连干了三天三夜的重活，撑不住了，就睡在这儿了，或者不准确地说是瘫在那儿了。

一只手扶着一摞作业本，颓废地坐在座位上。

文俊看到艾峰忽然他又想到林筱枫，他来到筱枫的住处。

文俊走进筱枫的住室，他看到一盏电灯、一张黄色实木的抽屉桌、一个棕黄色的书柜、一套简易沙发前有一个深褐色的茶几，洁白的墙壁挂着一幅耀眼的百合花图。

"哟，大诗人，刚下班就来造访，是准备请客呀，还是准备做客呀？"

彩云的一席话让文俊顿时愣了一分钟。

"老同学，今晚你就尝一尝我们三姐妹的手艺吧，让我们的生活都有一个新的开始。"彩云笑着说道，可是她的说话声有点沙哑。

"谢谢！不用客气，我已经在学校用过餐了，我只想问一下，今天你们的课上得怎样了？"

"我很紧张，刚开始面对六七十名同学不知所措、语无伦次，不过第二节就好了。"彩云爽朗地说道。

"我那节课还算可以。"静如微笑着说。

"第一节课在自我介绍时，看到一张张似曾熟悉的脸庞，我感到自己就像一位天使，一种莫名的责任感油然而生，几句肺腑之言过后，我感觉自己和学生越来越近，我对自己也是信心满满的。"林筱枫自豪地说道。

"这下我就放心了。"

"放心了就坐下来一块儿吃饭，今天算是我们请客，改天你得破费。"彩云笑盈盈地对文俊说道。

"那是当然，不过今天我就不叨扰大家了，我的确还有事儿，先告辞了。"文俊说话的声音有点小，他说话时总觉得筱枫的目光还是那么柔和，那么亲切。

文俊刚要躺下休息，突然听到楼下传达室的张大爷说道："赵老师，你的家人来了电话，请你过来接听。"

文俊听闻后急忙来到传达室，他激动地拿起电话，文俊在电话里听到自己的爹赵明向他说道："你文忠哥毕业后，已到乡政府工作，听说前两天他已经去报到了，你抽空儿给他打个电话，祝贺一下。"

"好的爹，文忠哥那人沉稳，我相信他在政府一定能把工作做好的。"

文俊趁着夜深之时给文忠写了一封书信以表恭贺。

忠哥：你好！

昨天听到你六叔提到你就要入职乡政府了，弟弟很是高兴，特地修书一封向你祝贺。

入职政府，责任重大，你昨日的辛勤付出和流下的滴滴汗水换来今日的工作和成就，我们赵家一家人笑容满面，共同祝贺。

在众兄弟之中能力属你强，这绝不是夸奖，而是实言实讲。你的一言一行，稳重大气，今朝喜庆相随，吉祥缭绕，望你在自己的岗位上兢兢业业、敢于担当，为民喉舌，为民前锋，弘扬法治，辅政导民，用民主之光为民造福，光大廉政，造福桑梓。

忠哥你高升了，我只能在心里拿束百合花送给你，祝你前程如花似锦；摘片云朵送给你，祝你青云直上自在翱翔；绘片大海送给你，希望你心胸开阔能容大船；高升了，寻匹千里马来送你，祝你走马上任处处顺利。

祝你工作愉快，事事顺利！

弟，文俊

文俊走后，在夜深人静之时，林筱枫也在不停地想：谦州一中是一个师德师风优秀的名校，在这所百年学校中，其实还有许许多多像她一样的好老师，他们为学生们呕心沥血，日复一日，年复一年。不知为学校流了多少汗水，又不知为学生们添了多少皱纹，他们直到两鬓飞雪仍拿着微薄的工资，任学生踏着自己的肩膀走上领奖台却无怨无悔，他们在平凡的岗位上做出了不平凡的事。想到这里，她心血来潮在那本精美的日记本上写下了《我的一天》。

早上7点我准时出现在班里。

早读前，我会在班里抽查同学们的作业，顺便解答同学们的一些问题。早读中，我尽量抽出时间让班上的劳动委员向自己汇报班里的卫生打扫情况。

早读结束，上午第一节课我才有空到食堂吃早饭。若是第一节有课，我吃完早饭后立即进入教室。第一节上课后，教师休息室里就剩下我和另外两

位没课的老师，三人各忙各的工作，休息室里隐隐听得到各班上课的声音。我的课在上午三四节，第一节课时，我便在教师休息室备课。备课完毕，我又接着批改学生们的作业。第一节刚下课就有学生来到教师休息室找我检查背课文的情况。背课文的同学是因为没做作业，我也不处罚他们，只是让他们背一篇文章作为补习。

给大家介绍一个小本子，这个小本子是我每天工作要用到的三个本子中最小的一个，上面记录着一天当中我要做的事，我完成一件就划掉一件，这样以免遗漏。这几个大小不一的本子都是我每天工作中要用到的。这些本子记录着班级的作业情况、会议记录、日常工作安排等，各有各的用处。

上课时，我认真地授课，下课时更是忙。第二节下课后，有同学自己写好了作文片段跑来找我点评。写作文片段的同学刚走，我又接着给两位前天诗词测验没过关的同学听写诗词。第三节下课后，整个教师休息室里站满了问问题、找老师的学生，和上课时的冷清形成鲜明的对比。

上午第四节给同学们上课。课上，我总是请同学起来回答问题。课堂讨论环节，我走下讲台跟同学们互动。

中午放学后，12点左右我去食堂吃饭，上午最后一节比较忙，有时会晚一二十分钟吃饭，那时候人会少一点。之后，又赶回教师休息室，某个学生约了我谈心。饭后的教师休息室里，只有我和这名同学，其他老师都没在。我帮那名同学解除心结后，并没有休息，作为年级主任的我，又马不停蹄地楼上楼下把八年级所有班巡视了一遍。

下午1点10分，我终于回到了语文组办公室，看了两眼书之后，躺在办公室的床上休息了一二十分钟，因为早上起得比较早，中午如果不休息一会儿，下午就有可能"崩溃"。

下午上课前，同学们要先唱校歌班歌，我作为班主任要准时到班里去。我即使没有课也经常待在学校，精心准备着第二天的课程。

下午第二节下课后，同学们为当天过生日的一名同学准备了一个简短的庆祝活动，并邀请我为这名同学送上了大家准备的生日蛋糕。短暂的庆祝生日活动结束后，我回到教师休息室准备第二天的课程。

稍晚一会儿，下午5点左右我还要去参加学校的一个教研活动。晚自习开始的时候，我进班提醒同学们不要说话，要认真自习。晚自习第二节课，我为有疑问的同学解答问题。

夜里 10 点左右，我到学生宿舍查寝并嘱咐同学们早点休息。夜里 10 点 15 分，结束了一天所有的工作，我穿过空荡的校园向教师宿舍楼走去，到了自己的宿舍里终于可以休息了。

每个职业都能收获特有的幸福感和成就感，也都有辛酸和苦楚。

这就是我，一位普通教师寻常的一天！

筱枫写完日记后，她露出了会心的微笑。她把这本日记放在自己的书架上，然后把办公桌整理得干干净净，洗脸刷牙后，看到自己的手表已经是十一点钟了。

五十四

文忠身为秘书　任职于政府
踌躇满志工作　服务于大局

　　双悦乡调来一位新的乡党委书记，此人姓唐，名文镜，听说他毕业于谦州市农业科技大学。唐书记四十岁左右，戴着一副眼镜，中等身材，宽宽的额头，精神的寸发向上整齐地竖起；白皙清秀的面孔，两条漆黑细长的眉毛有力地向上扬，将到顶端时才弯成蚕状；一双又黑又大的眼睛格外有神；身穿一身崭新的西服，洁白的衬衫显得格外精神，服饰整洁，落落大方。

　　他上任后不久便在全乡发布公告，准备在分配到双悦乡的二十名大中专生中挑出一位作为秘书，并声明文秘专业者优先。刚刚毕业的文忠听说后心绪激荡，跃跃欲试。

　　赵礼想通过谦州农业局局长的四弟赵智给县里、乡里打个招呼，以便增加文忠入职乡政府的可能性。

　　赵仁、赵义、赵礼、赵明聚在赵礼家，后来文俊的两个姑父也先后来到了赵礼家。

　　"两位姑父，大姑、二姑，你们好。"文忠一边说着，一边给姑父、姑姑倒茶。

　　"噢，五个多月不见，文忠这孩子越发帅气了，高高的个子，白里透红的脸庞，戴着一副眼镜稳稳当当的，越来越有官相了。"文俊的大姑说道。

　　"大姑，还是我那弟弟继恩有前途，毕业于谦州科技大学，而且学的是电子计算机专业，他的工作不用父辈们操心，人家现在已经是一家公司的工程师了，他那公司待遇好，继恩有前途啊。"文忠望着他的大姑赵冰说道。

　　"文忠，你也不错呀，好好努力，将来做个乡长还是有很大希望的。"

文忠的大姑父梁思明说道。

全家人听后哈哈大笑起来。

六兄弟聚在一起开始商量文忠的事。

"我看，文忠要想到乡政府工作最好先让他四叔活动活动，或者让他四叔给县里的领导和乡里的领导先通个气。"赵义说道。

"文忠成绩那么好，就是参加乡政府的招生考试，我想他能过关的，我们都看好这孩子。"赵仁向着赵义说道。

"我听说，好几个孩子的家长都跑到乡政府领导哪儿去送礼了，有的还直接找到了县领导，如果我们不活动的话，孩子的前途万一耽误了怎么办？"赵义又说道。

"有很多人认为在当今社会，给领导送礼是不光彩的事情，或者不好意思送礼。其实这种心态都是阻碍发展人际关系的。文俊二姑父贾红蕾直截了当地说道。

"我说红蕾兄弟，你现在变化也挺大的，原来你可是宁折不弯的，怎么现在对送礼也研究上了，从前可没听你这么说过。"文俊大姑父笑着对贾红蕾说道。

"梁哥！形势所迫呀！因为贾柯在谦州一所技校毕业后一直待在家，当时我和赵清准备让她去乡里工商所去上班，她的考试成绩全是优秀，面试也通过了，可是所里的领导却让我们在家等消息，我们一等就是半年，与贾柯一同考试的那些孩子一个个都上班了，我们也是百思不得其解。"

"后来外甥女不是也在工商所上班了。"赵礼问到。

"三哥，后来其中一个孩子的父亲告诉我，要给领导点好处，很多事儿那就好办，我实在没办法就给所长送去两条好烟，两箱好酒，没过几天工商所就通知贾柯上班了。"

"兄弟们，大家不管怎么说都是为了文忠的前途考虑。不过我听他人说，有一个村主任为了给领导送礼，他也是悄悄地暗中拜访，在去领导家的路上他想，这样做一方面能够促进双方感情，另一方面领导家中也不会有外人，结果，还是被唐书记拒绝了。所以，我认为咱们大伙儿先不要惊慌，我们要沉住气，还是让孩子自己努力吧！"赵仁说道。

　　文忠听到大伯赵仁的意见后,他义正辞严地说道:"康熙年间有一位权臣叫周培公,他一生光明磊落,坦坦荡荡,在落魄时'宁在直中取,莫向曲中求'。周培公的家师伍次友(他是少年康熙的良师益友)曾写一封信让他求助康熙入朝为官。然而生性秉直的周培公宁可风餐露宿街头,宁可忍饥挨饿多天,也不持家师书信向皇上求官走捷径,最后,他通过自己非凡的能力深得康熙皇上的信任和器重,成为康熙的上书房大臣。他的这种刚的气节令人敬佩。"文忠说完后当场表决,自己已下定决心走考试这条路,因为他要凭着自己的本领和学识步入仕途,不愿通过"旁门左道"来实现自己的理想。

　　文忠毕业于谦州市的一所中专学校,他本来所学的专业是农业科技,可是文忠勤奋好学,他在课余时间就自学了文秘专业。毕业以后,他本来被分配到谦州市农业局下属的一个单位任职,然而他的理想就是回到家乡,建设家乡,为家乡的繁荣而努力工作。

　　文忠凭借自己的真才实学,经过笔试、面试,"过五关斩六将",他在二十多个选手中脱颖而出,最终得了第一名。成绩优秀的他就在双悦乡人民政府任职,而且还直接做了党委书记唐文镜的秘书。

　　文忠担任乡党委秘书后,见县里、市里的官员就多了。然而在文忠的心里始终有这样的想法,那就是打破这种局面,要真正做到《论语》中所说的那样,"君使臣以礼,臣事君以忠"。上下级之间如果能做到这个"礼",能坚守这个"礼",那么任何工作的开展将是顺风顺水。

　　文忠工作后不久,有一次,清辉县李县长一行领导到双悦乡来视察工作,唐书记、乡长,还有两名副乡长把他们接到办公室里。

　　"唐书记,你刚上任,对双悦乡的发展有什么看法。"

　　"李县长你好!双悦乡当前的首要任务就是先抓好教育,因为百年大计教育为本,我们不仅要搞好学校教育,而且还要办好几所成人技能培训班,让家乡更多有理想的青年学到一技之长,从而建设家乡。双悦乡北临颐山,我们准备招商引资把这座荒山进行美化,开发旅游产业,让附近十里八村的村民富起来。双悦乡东边有一条咸河,我们计划在咸河的两边种植风景树,栽上花草,美化家乡。"

　　"前景规划很好,也很接地气,没有唱高调,这很好啊!那么我还要再问，你说的抓好教育，能否具体地说一说？"

"好的，赵秘书，由你给李县长汇报吧！"唐书记说。

"尊敬的李县长、各位领导，大家好！我刚刚参加工作，经验不足，能力有待提高，汇报如有不妥之处，还望各位领导批评指正。目前我们乡的教育比较落后，一个根本原因就是缺乏一支爱岗敬业，乐于奉献的教师队伍，教师的思想教育迫在眉睫；学生所学知识陈旧落伍，能力培养是大势所趋，我个人认为当务之急应当让传统文化进校园，师生共读，教师提高了思想境界，学生提升了文化素养，学校教育将会得到极大的改观。全乡各个村庄都应当用国学文化来张贴标语，让经典文化深入人心，长此以往，全乡政通人和指日可待。谢谢大家！"

"说得好，说得好，分析得有理有据，目光远大。唐书记，小赵是个难得的人才，今后你可要好好地培养啊！"李县长微笑着对唐书记说道。

从那以后，唐书记对文忠更是青睐有加，对他格外重视和信任。只要是空闲之时，两人在一起不断交流，一起学习。双悦乡在唐书记的带领下，风清气正，经济发展也是成效显著。

文忠每天骑着父亲的自行车很早来到乡政府，他先来到书记的办公室，把唐书记的办公室打扫得干干净净，烧好水，摆好文件，再到自己的办公室进行打扫，办公室中两盆绿萝在他的精心照料下，生机盎然，给人一种积极向上的感觉。

"你好，你好。"

"早上好。"

"吃过饭了？"

"很高兴见到你。"

……

一声声问候，一个个微笑犹如春风雨露催开双悦乡政府这朵文明之花。双悦乡政府工作人员见面时都热情地问候，在这样的氛围中，人们的幸福指数是相当高。

"文忠，我听说，你在谦州上学期间每次考试科科都是优秀，看来平时你很勤奋啊！"唐书记笑着对文忠说道。

"谢谢唐书记的夸奖,正所谓笨鸟先飞啊!再说,我们赵家的几个兄弟个个都考上了大学,而我呢,只上了个中专,所以我还要继续努力!"

"有志气啊,文忠,人要有梦想,有毅力,有付出才能有收获。从今天起,你就好好工作,工作之余还要不断学习,将来前途一定无可限量。"

"谢谢唐书记的鼓励,我一定会努力,决不辜负你的期望和厚爱。"

文忠每次回到赵家村,见到村上的亲人后他总是笑脸相迎,热情地问候。

"叔叔好。"

"婶子,你身体好吗?"

"张奶奶,你的身体还行吧!"

……

"文忠那孩子真是有礼貌,对人总是很热情。"

"人家老赵家的孩子都有修养。"

"村支书赵仁管教得好呀!"

"老局长赵智引导的好呀!"

"关键是赵家的赵母生前对孩子们教导有方啊。"

……

五十五

文英分配医院 赵礼多叮嘱
医德无以尚之 勤劳与辛苦

"哥，你在乡政府工作还好吗？"文忠的妹妹文英打电话给文忠。

"小英，哥在这里挺好的，你在市医院工作还行吧！"

"哥，我在这里也很好，你和咱爹娘不用牵挂，我离家太远，你要多回去看看咱爹和咱娘。"

"没事的，你一个人在城市里，做好工作的同时也要注意身体，你从小胃不好，千万不要吃生冷的东西。"

"哥，我会注意的……哥……"文英挂断了电话，因为此时的她已经是泪流满面。

文忠的妹妹文英毕业谦州市医学院，她读的是西医专业。文俊在谦州师院学习之余总会抽出时间去看望这个妹妹，他来到医学院后总是询问她的生活和学习情况，在文英临近毕业之时，文俊又一次来到医学院看望这个勤学的妹妹。

眼前的妹妹文英还是当初的那个样子，朴素中有一点儿成熟。她中等个子，身材较瘦，留着齐耳短发，肤色稍微有点儿黑，一双大眼睛笑起来依然那样朴实善良，她不像别的大学生那样穿着时髦，她经常身着一身整洁的校服。

"小英，你即将毕业了，马上就要成为一名白衣天使了，怎么样，这四年也应该是学有所成吧！"文俊向文英问道。

"俊哥！每个医学院的安排都是不同的，但是我们每天通常要花费几个小时完成课程作业。最常见的安排是，医学院的学生第一年集中学习基本的

人体生理学、组织学、解剖学和生物化学。我听说有的学校还要求学生一整天一整天地参加讲座,我们的学校有固定的课程表,老师按照课程表上课。第一年的学习通常还包括解剖实验室,我们医学院的学生往往要花几个月的时间解剖尸体,只有这样才能较好地掌握人体解剖学。解剖学是许多学生喜欢的一门课程,但它极具挑战性,需要同学们在实验室里花很长时间,有时深夜和周末都会在那儿。"

"你们平时的教学速度快吗?老师的要求严格吗?"

"与其他的医学教育一样,我们系的教学进度比其他大学慢一些,学术要求也更高。然而,大多数医学院倾向于让学生适应这种环境,这可能会随着时间的推移增加课业量。不管怎样,一年级的医学生都很忙,除了一门又一门说教式的课程外,我们通常还学习临床技能课程。"

"师院教育与医学院教育也有相通的地方,那就是心理健康教育,你们是怎样学习的?"

文英不慌不忙地说道:"首先要明确的是,医学是一个动态的领域,有着不断变化的、苛刻的环境。医学院对学生们有着严格的要求,医师和执业医师的生活也是如此。学生和执业医师都应在他们的工作与学习中寻找平衡,以便拥有更舒适的个人生活,成为一名出色的医生,同时还保持身心健康。

"小英,有时间哥再来看你,你好好学习吧,注意身体。"

"俊哥,不用担心我,我现在已经长大了,再说四婶和四叔他们一有时间就来看我,我感到自己也挺幸福的。"

"哈哈哈,好了,有时间我们再聊吧。"

就这样五年过去了,文英毕业之后在谦州市第一人民医院工作,后来经过自己的努力,她最终选择了儿科。

谦州市第一人民医院的儿科犹如一颗璀璨的明珠镶嵌在该院的最前边,它以强大的魅力迎接全市众多的儿童患者前来诊治,尤其是新生儿患者。

"同志们,欢迎大家到谦州市第一人民医院工作,你们是咱们医院最强的后备力量。伟人曾说过'世界是你们的,也是我们的,但是归根结底是你们的。你们青年人朝气蓬勃,正在兴旺时期,好像早晨八九点钟的太阳,希望寄托在你们身上'希望大家既来之则安之,把这里当作自己的家,好好工作，好好生活，我们共同努力，共同创造谦州市第一人民医院辉煌的未来。"第一人民医院院长邱鸿燊激情地说道。

邱院长的话刚落，台下响起雷鸣般的掌声，文英和前来工作的其他同事个个精神振奋，因为从今天起，他们将正式成为一名医生了。

文英被分配到儿科病房，该科是三年前从内一科分出的，但是它的发展却是相当快，它已成为谦州市第一人民医院重点科室之一。近三年来，该科接收住院患者近万人次，治愈率极高，重危抢救成功率很高，深受患儿及家长的爱戴，广受社会的赞誉。

"赵医生，赵医生快点救救我的儿子吧，他才三岁呀！"一名中年女士用几近哀求的口吻哭着对文英说。

文英刚上班的第二天，一名从清辉县县城医院转来的小男孩患者，因为长时间高烧不退，所以这名男孩的父母刚来到医院就跑到医生办公室求救。

文英听到那位女士的请求后暂时中断了会议，她带领其他两位医生快步来到了病房。

病房中的这名小男孩，满面通红，精神萎靡，烦躁，孩子的呼吸较浅，鼻翼翕动，孩子的嘴唇有轻微发绀现象。

"关护士长，请大家立刻检查孩子的鼻腔内是否有干的鼻痂和其他分泌物，还要注意孩子的咽喉部是否有痰液，检查完后先做皮试，如果没有特殊情况先打上点滴，输上头孢和阿奇霉素，并及时吸上氧气。"文英说道。

护士长关霞是护理专业毕业，她已有16年的临床护理经验。这帮医护人员在院党委的直接领导下，始终坚持"病人至上、献身医学、优质服务、精益求精"的宗旨，达到"诊断及时准确，治疗科学精细，用药合理有效，疗效安全可靠"的要求。关护士长听到医嘱后，先对孩子做了检查，检查呼吸道畅通后又做了皮试，他们观察到没有特殊反应后就立刻输液，吸氧，二十分钟过后，这名小男孩的体温从原来的39.6摄氏度下降到38摄氏度，呼吸也比来时好多了。

到了中午时分，文英来到病房内看到已有好转的那个小男孩，她的心情轻松了很多。

"大姐，通过各种检查推测你的孩子得了急性小叶性肺炎，他需要一周

到两周时间的治疗,请你不要过于担心,两个疗程后孩子应该会痊愈的。"

"谢谢你,赵医生,孩子如果不是遇上你这样的好医生,我们还真的不知道会出现什么样的情况,这下我们就可以放心了。"

"同志,请你续交医疗费,昨天你预交的医疗费已经用完了。"关护士长望着那两位年轻的夫妇说道。

"好的,好的,我马上去办。"男孩的父亲急忙来到收费处,他一摸上衣口袋顿时脸沉了下来,原来昨天带来的八百多元只剩下五十多元。

他转过身回到病房内,当文英和其他医护人员离开之后,他就悄悄对爱人说道:"唉!昨天我们带的钱怎么一天多就用完了,这大医院真是厉害。"

"大医院就是这样的,检查多,而且各项检查的费用都是很贵的,上次我听一个朋友说,她的小女儿在这里看病,一天就花去一千多呢,这次赵医生有很多项检查都给我们省了,我们再想想办法吧。"小男孩的妈妈说道。

"我们先往家里打电话,只是眼前正急用,恐怕送来也需要一天多呢。"

"还能有什么办法,我们在谦州也没有什么亲戚,上哪儿去借钱呢?"

夫妇二人沉默了足足有一刻钟时间。忽然,小男孩的妈妈发话了:"我们先向赵医生借点儿吧!"

"你怎么能这样呢,人家是医生,已经很体谅咱们了,再向人家张口,咱们怎么好意思呢。"小男孩的爸爸说道。

"你先去给家里打个电话,我去找一下赵医生,等家里人把钱拿来之后,我们立刻把钱还给人家。"

"唉!只能这样了。"小男孩的爸爸深深地叹了一口气。然后他跑到楼底下的一个电话亭给家人拨打电话。

小男孩的妈妈来到了医生办公室,除了文英其他医生都已经离开了。

"赵医生你好,你怎能吃方便面呢,要注意身体啊!"

"谢谢你大姐,你坐吧!"

"赵医生,我,我,我……"

"大姐,有事你请说,没关系的。"

"赵医生,我们,我们这会儿手头有点紧,孩子的爸爸已给家里打了电话,过个一两天就把医疗费送过来,这会儿不知道你能否帮个忙,先借给我们一点儿，过两天我们就还给你。"

"没关系，大姐，我这儿有六百元钱你先拿去用着，如果不够，我再给你们想办法。"文英说着，就把哥哥文忠给自己的六百元钱恭恭敬敬地交给了对方。

"赵医生，太谢谢你了，太谢谢你了，两天后，我们一定还给你。"小男孩的妈妈含着眼泪向文英说道。

"大姐，没关系，孩子治病要紧，这点钱不要记在心上，只要孩子的病能好比什么都重要。"

两天过后，小男孩的父母二人来到文英的办公室，他们提着一篮子苹果，还有一袋红枣。

"赵医生，如果不是你的帮忙，我们真不知道如何才能过去这一关，这是六百元钱我们还给你！这点水果是我们的一点心意，还请你收下。"

文英看到这对真诚的夫妇，她的心暖暖的。儿时奶奶曾教她读《菜根谭》，其中一句话："天地之气，暖则生，寒则杀。故性气清冷者，受享亦凉薄；惟气和暖心之人，其福亦厚，其禄亦长"她谨记在心。而今天，自己的一点微不足道的帮助竟换来了这个困难家庭的太多感动，她的眼角顿时闪着泪花。

"大姐，大哥，你们太客气了，水果留着给孩子吃吧！我只是做了我应该做的一点小事儿，你们千万别放在心上。"

两周过后，小男孩痊愈出院，文英亲自将他送出医院，望着一家三口远去的背影，她的心暖暖的。

五十六

新方法新课堂 学生为主体
民主交流氛围 教学与教研

古往今来，每一次改革（政治、经济、文化）对社会发展的影响都是不可估量的。商鞅变法使秦国富国强兵，王安石变法使北宋雄踞一时，文艺复兴对西欧的思想文化发展起到了强有力的推动作用。百年大计教育为本，教育课程改革对社会的发展，人类的进步也是至关重要的。我国著名数学家苏步青曾说过，语文是学习各科的基础。因此教育课程改革中，语文教学改革起到了举足轻重的作用。传统落后的教育理念、教育思想、教育方法在当前的形势下已成为教育发展的桎梏，为适应新形势下课改的需要，谦州市第一初级中学的教育教学改革也在进行着。

"各位老师，山雨欲来风满楼，课程改革的方向和意义应如疾风而来深入人心，在全校形成浓厚的氛围，这样才能影响着每一位老师。然而，人习于守旧非一日，众师者多以不恤教育之千秋大业，随波逐流，所以我认为当前应该先做好宣传。"文俊在集体办公室内郑重其事地向孔校长和其他老师说道。

"赵老师，你的建议非常好，抓住了当前课改的新时机。自1997年以来，中学语文教师王丽的《中国语文教学手记》、剧作家邹静之《女儿的作业》、大学中文系薛毅的《文学教育的悲哀》这三篇文章从不同角度对当今中小学语文教学中存在的问题提出了尖锐的批评。一时间，诸多媒体纷纷转载评论，在全国掀起了一场关于语文教育问题的大讨论。讨论的焦点直指语文教育思想的陈旧落后、教学方法僵化、教材单一、考试制度不合理等问题，直接引起了人们对新课改的要求和关注，语文也从工具性和思想性回归到人文性与工具性的结合，这使我国现代语文教学有了实质性的进展。"教务处主任方清明说道。

"从新课改的历程上来看，大致分为三个阶段：第一阶段，理念启蒙阶段。这个阶段是把新课改的理念普及到教育队伍中。第二阶段，模式探索阶段。即理念通过怎样一种模式来贯彻执行。于是各地各校都纷纷做研究课、观摩课等各种各样的课，探索新课改理念实施的载体。第三阶段，增强效能的阶段，对课改大家开始进行反思，反思课改这么多年到底解决了哪些问题，哪些问题还没解决，哪些问题更严重了。现在我们学校正处在第一阶段，希望你能带个好头，给众多的老师起到示范引领作用，拜托了。"孔校长一边说着，一边紧紧地握着文俊的手，那目光中充满了期待和信任。

"孔校长，谢谢你对我的信任和鼓励，我一定会尽到一个教育者的责任。我想当前转变教师观念刻不容缓，教师应通过加强自我培训和自我反思促进自身的发展与提升。咱们学校要组织教师培训，深入学习语文课程标准，领会新课程的基本理念，加强交流学习，多听一些课改较为成功的学校的课。学校的教研组人员也要多下县里和乡里的学校开展调查研究，因地制宜，寻找适合自己学校的发展模式。"文俊说道。

"我们学校要注重并提高语文学习的综合性。就语文学科而言，应注重听说读写的结合，同时，注重多元知识的渗透、学科间的交融。让学生自主组织学习活动、创造发明小活动，在办刊、策划、商议中能力得到提升；关心身边的时事热点，拓宽眼界，增长见闻，用课本上的理论知识来解释生活中的现象，学以致用，体现主体性与自主性。"筱枫说道。

"在综合性学习的过程中，教师应加强指导，创新发展。在大量的语文实践中掌握语文的规律。要让学生真正将语文学习用于生活，实践是根本途径。在新课改的今天，我们的语文课本中增加了'语文综合学习'的模块，旨在培养学生的动手、动口、动脑的实践能力，教师要引导学生做到学以致用。课标里有一段话说得非常精辟：少做题，多读书，好读书，读好书，读整本的书。让学生在写作实践中学会写作。读和写这些属于基本技能的东西，还是要扎扎实实地进行训练的。回归到语文学习方法最根本之处，足够的输入才会有适量的输出。"文俊又论述道。

"好的，说得非常好，思路清晰，有理有据，好好干吧，无论遇到什么情况，我和学校都会全力支持你的工作。"孔校长望着文俊激动地说道。

在一节语文课上。

"同学们，今天我们学习《我的母亲》，在预习这篇课文之后，大家可以畅所欲言，自由交流。"文俊颇有兴致地向同学们说道。

"老师，普天之下，母爱是最伟大的，这篇文章就是对伟大母爱的赞美。"

"好。"文俊诚恳地赞美。

"老师，作者的妈妈可真厉害，她对作者要求严格。"

"严师出高徒，作者的妈妈既是严母、慈母，也是作者的第一任老师，我认为人家的家庭教育很好。"

"好，辩驳到位，体验深刻。"文俊激动地说。

"老师，我认为作者的妈妈教子有方，她不在众人面前教训自己的孩子，既保留了儿子的尊严又教育了作者。老师，不管怎样，我始终认为作为母亲也好，作为父亲也好，在孩子犯错误时打骂不能算是一种好的教育方式。"

"分析得有一定的道理。"

"老师，作者的母亲是位善良的母亲，是一位慈祥的母亲，在处理家庭矛盾时，她用冷静、仁爱、隐忍来化解，可亲可敬。"

"见解独到。"文俊继续表扬道。

"作者的母亲不仅善良而且坚持原则，她动用家族的力量让'五叔'心服口服就证明了这一点儿。"

"说得好，分析有理有据，说明大家阅读时很认真，思维活跃。"

"同学们，作者的母亲在她23岁那年失去丈夫，从此家中的重担落在她一个人身上。她撑起家中的一片天，善待家人，严于家风，以仁爱化解矛盾，严格教育孩子，她生活在旧社会，她的一言一行足以显示她平凡之中的伟大。"文俊望着同学们说道。

忽然孔校长站在窗外，不知他何时来到教室外。

一天晚上，天空月朗星稀，微风习习，语文组全体老师来到会议室召开教学研讨会。抓业务的王校长，教务主任方清明老师也加入语文组队伍中。这是文俊参加工作以来第二次召开的教学研讨会议。大家意气风发,精神抖擞。

"同志们，今天是我们大家在新学期第二次聚在一起商讨语文教学的问题，既有我校从教语文多年、经验丰富的老师，也有刚毕业就来我校参加工作的后起之秀，大家可以畅所欲言，就语文教学的理念、方式、艺术等方面展开讨论。之后我们会把好的方法、理念加以推广，咱们还是从九年级的老师开始，然后依次类推。"王校长诚恳地说道。

　　五十左右的林清芬老师站了起来不慌不忙地说："作为九年级的学生面临升学压力，每天早读时还是把所学课文中的词语解释、重点句子解释，以及文章中的其他知识点多读多背。"

　　"早读时间仅限于读课文的知识点恐怕视野太过狭隘，我认为应让学生用一半的时间背诵课文中的知识点，一半时间用来读名著，这样一来既照顾了课本，又适当拓展孩子们的视野。"陈新老师娓娓说道。

　　"九年级的学生应心无旁骛专心攻读课本知识，不能再把心思花到课外阅读中，这也是为了升学的需要。"

　　"为了升学的需要就可以不顾学生的长远发展吗？课外阅读正是对学生语文知识的积累，课外阅读正好可以弥补教材知识的单一。"九年级的其他语文老师都跟着辩论起来。

　　"大家少安毋躁，还是让我们再听一听八年级的几位语文老师有何高见，他们当中可有一部分是谦州市师院的高才生，我们且听一听。"王校长微笑着说道。

　　"我呢，不是什么高才生，只是谦州师院的一名普通的学生，对文学的痴迷和对写作的爱好才让我成为咱们学校的一名语文教师。我刚刚毕业，经验甚少，只是凭着阅读一些教育专著来提一些建议。阅读和写作是语文学习的一体两面，听、说、读、写是语文学习的四大基本功，学生应该在平时养成阅读的习惯，阅读除了陶冶情操，开阔视野，提升品位外，更主要的是语文是学习其他各科的基础，帮助学生感悟生活。因此，我认为阅读应发展成为学生的一个良好习惯，把它提升到与衣食住行同等的高度，让它真正成为孩子们生活的一个部分。"文俊的话刚说完，会议室的掌声响了起来。

　　"阅读的范围应适合中学生的口味，比如唐诗宋词和一些小说，这样适

合学生的认知水平,也符合中学生的兴趣。"艾峰面面俱到地说着。

"让阅读成为一种习惯,让阅读成为学生生活中的一部分,这应当是学生学习语文的一个长期目标。"王校长又补充道。

……

五十七

文俊创作文章 彩云筱枫赞
筱枫文俊相约 公园话衷肠

一个星期五下午放学的时候，清脆的铃声响起，同学们匆匆整理好书包，排着整齐的队伍向校门口走去。一路上，同学们聊着今天发生的趣事。家长暂时没来接的同学互相嬉闹着，欢声笑语回荡在校园的上空。伴着声声告别，校园渐渐沉寂；操场沉沉睡去了；白天热闹非凡的食堂终于停下一天的劳作；教学楼也沉默了，只听见黑板、桌椅、讲台在窃窃私语。整个校园安静下来了，只有一两只鸟儿偶尔叫着。

太阳早已躲了起来，月亮还没有升上来。夜色，像块宽大无比的幕布悄悄地拉开了，它罩住了远处的青山、原野；一时间，远处的群山，近处的房子、树木都由清晰变模糊了。高高的天空里，星星一颗一颗地跳了出来，那么多，那么亮，又是那么遥远。文俊在这神妙安静而又凄寂的黑夜中思索着，不大一会儿，他看到月亮的光芒散布在校园中的树叶上，草的叶子上，那些叶子、树枝在风中轻轻地摇曳着。文俊静坐在宿舍的办公桌旁写下了：

静安之居

德国浪漫派诗人诺瓦利期曾经说过："哲学原本就是一种怀着乡愁的冲动到处寻找精神家园的活动。"

当今的人们生活在钢筋、水泥、混凝土编织的"火柴盒"里，目睹着司空见惯的"生活怪事"，久而久之，彷徨、无助、焦虑、愁苦仿佛一阵阵风袭扰着人们那一颗颗柔弱的心，于是人们到处寻找心灵的家园，并千万次寻问："我心安何处"。

其实，每一个人都应该有自己的精神家园，都能在心身疲惫之时得以栖息。有的人拜佛，有的人祈祷，有的人与友聊天，有的人狂歌劲舞以求安心，有的……而我的精神家园与他们相异，在这个家园里可以思考、神游、可以反省、自悟，甚至忏悔。当外界风雨晦暗之时，我能在此感受清风明月；当外界五色迷离、五味馋诱时，我能用一颗禅定的心反观自己；当外界"诸矢"不约而至让我受伤时，我能回到这个家园疗伤；当心灵的伤痛治愈时，我能向着更远、更高的目标再次出发。

我的这个精神家园就是书房。我的书房不大，有点简陋，甚至可以说是寒碜，一列列新旧不一的书挨挨挤挤，一张使用多年的桌子部分漆面已剥离。"书房"有时也迁徙，我把藏书从一个屋子移到另外一个屋子，另一个屋子就成了书房。这小小的天地却使我的心在此静了下了、安了下来，因此我美其名曰"静安之居"，每天能光顾造访这里实在是一种清福。

清晨，晨练归来，在房中打开书，书中那缕缕墨香和身上从田间小路所携的泥土芬芳和花草清香糅杂一起，仿佛歌声似的余韵袅袅，令我心旷神怡。白天工作之余回到家中，信手摊开一本书，深深浅浅读一番可使那紧张的神经舒缓片刻，自然也是一种享受。晚上，特别是月朗之夜，独坐窗前捧起一本书徜徉其中，涵泳、体味，沉浸在一个安谧静美的世界里流连忘返。这样日复一日，年复一年与书为伴，含英咀华、清静自安。时常走进幽幽书山去观《大学》的处世之道，《中庸》的修身原则，《易经》的深刻哲思，《金刚经》的禅悟定慧，《道德经》的无为而治，《论语》的教育真谛。亲近文学，去感受汉赋的酣畅、唐诗的俊逸、宋词的雄阔、元曲的典雅、明清小说的厚重。旁及其他，去了解中医的博大精深，法律的条条框框，各家报刊的新闻信息……此中之真意，欲辩已无言，沉醉其中，陶然忘机。

我有很多"作品"是在书房中完成的。创作也无固定时间，只要心静之时，独自一人坐在窗前伏案，曾经的所见、所闻、所感触动心灵，心血来潮，文思涌动，一篇"文章"草创出来。之后，又经反复修改，有时一个字、一个词不断更改删减，甚至读中改，改中再读，直到满意为止。蓦然回首，我的写作之路有苦有乐，有花有果。

书房不仅是我读书写作的安居，还是我禅定修行的理想之地。月有阴晴圆缺，人有悲欢离合，人生诸多事缠绕着自己，有时轻松自在，有时迷茫彷徨，快乐时端坐书屋不得意忘形；迷茫时，躲在这小千世界里静思生慧并让忧愁烟消云散。有时一个人静静地坐在那里，回味着如烟往事；有时回忆着与自己相逢、相识的那些人；有时看到窗外的那几棵树，想到它们随四季更替而荣枯，那些凡花，随时令的更迭而怒放凋零；有时不经意间看到年迈的父母腰身不再挺拔，步履蹒跚而伤心落泪；有时想到当今世人的浮躁、空虚、冷漠、无情而愁绪满腹；有时想到……总之一个独坐这静心之居，什么都可以想，什么都可以不想，自由的只是我的心，而非我的身。

一个爱花的人才能喜欢种花，只有喜欢种花的人才能体会到种花的乐趣，并感受到花开时的那份惬意。一个爱书的人才能喜欢读书，只有喜欢读书的人才能闻到书中的墨香，并能与书中高尚的灵魂"切磋琢磨"。一个静心、安心的人才能领会到禅的内涵，才能有一双慧眼去发现生活中美的"图案"，从而为创造生活之美、人生之美做出一番贡献。

小小书屋何足道，风雨无常自逍遥。独坐幽窗数经论，闲弹诗词古今调。花开花落落在心，云卷云舒舒心潮。岁月流水匆匆过，唯留墨香在今朝。

文俊的创作刚接近尾声，突然听到了敲门声，原来彩云和筱枫站在文俊的门前。

文俊立即站起身来说道："两位请进。"

"好雅致，又在创作，让我看一看，大诗人你真是很高雅，我们都望尘莫及，我们还需向你多多学习。"彩云调侃着说道。

文俊先是一愣，急忙把话题转移："两位请喝茶。"

"客气什么，大才子，一会儿陪我们筱枫到公园散步吧，晚上你请客。"

"好吧。"文俊爽快地答应道。

当他们走出房门，文俊看到老艾在门口若有所思。

彩云说话利索，腿脚也快，一会儿文俊、筱枫他们来到了莲花公园。

莲花公园的大门面朝正西。步入公园大门后只见左边一排整齐的平房，

右边几座假山并立,中间一条宽阔的大道笔直地伸向东边。莲花公园的一处亭楼上灯火辉煌,一派城市夜晚的欢乐景象。中间那个不大不小的平湖,繁花似锦,绿树点缀,一条南北走向的河流横亘眼前,两条银色的光带,镶嵌在湖畔的两岸,仿佛两条银蛇静卧在平湖湖畔。平静的湖水宛如一个巨大的平面镜,把湖畔的景致清晰地倒映在湖水中。湖中的喷泉喷出的水柱随着柔和优美的旋律和悦耳动听的歌声在舞动,好像一排身着各色服饰的少女翩翩起舞。眼前的一切,让路过的人们陶醉,人们纷纷驻足来欣赏这夜晚的公园美景。

不大一会儿,文俊和筱枫他们来到中央大道右边的一座假山旁,这里绿草如茵,青萝藤蔓,枝密如织,好一个幽僻之处。

"你们先聊吧!我去看戏去。"彩云打趣说道。

"你先别走。"筱枫急忙说道。

"我这个电灯泡还是到别处亮去吧。"听到彩云这句话后,筱枫的脸泛起了红晕,文俊、筱枫两人沉默了两分钟。

"筱枫,刚开始工作,你有何感想。"

"开学前几天挺累的,这几天就适应了。"

"筱枫,你有点瘦了,要多注意身体。"

"文俊,我……我……"

听到筱枫吞吞吐吐地说着,文俊不禁一怔,他轻声说:"筱枫,你有什么话就告诉我吧!别忘了之前我们那个刻骨铭心的约定。"

"文俊,唐老师他给我写了五封信,在信中他已向我表白了感情,我已经回绝了他,但是我的爸爸非常欣赏唐老师,曾劝我好多次。"

听到筱枫这些话,文俊黯然失色,沉默良久。

"筱枫,自从见到你的第一眼,你的音容笑貌深深地打动了我的心。虽然说我痴迷文学惯于写作,不轻易表露心声。自从和你相遇之后,我已经在尘世中找到了知音,到如今我俩已是'身无彩凤又飞翼,心有灵犀一点通'。我会一直呵护你,爱护你,直到永远。"说到激动时,文俊看到筱枫两行热泪而下,他紧紧拉起筱枫的手,筱枫则深情地依偎在文俊的肩膀上。

"你知道吗？我已经想了很久了，只是有些话一直没有机会对你说，今天终于有机会了，我一定要对你说出这些话，我真的很喜欢你，就让我们共同呵护我们的这份感情吧，不管我们遇到什么样的困难和坎坷，我们都一直走下去，直到永远。"筱枫轻轻地说道。

两人相互依偎着，他们只听到彼此的呼吸和心跳，此时无声胜有声……

五十八

筱枫爸妈看望 论筱枫终身
顾阿姨倾厚望 文俊谨记心

由于筱枫的爸爸和妈妈感情不和,两人早是分居多年,筱枫母亲是一名医生整天忙于工作,父亲是一名开发商整天忙于生意,所以一家三口经常是有家也不能相聚。

在谦州市第一中学,像筱枫这样工作认真、事业刚刚起步的年轻人不在少数,由于工作任务重,更缘于家庭的原因,除了春节,她也是很少有机会回到家与父母团聚。

每逢节假日,筱枫总是一个人孤独地度过。

这天,筱枫爸爸刚刚开发的一处楼盘正在热销之中,文质彬彬的唐老师前来看望,筱枫爸爸被唐老师的执着和才华所感动,因此在他的心目中,唐老师就是他的乘龙快婿。然而,赵文俊与筱枫的来往让他如芒在背,如鲠在喉,因此,他在中秋节前一定要去看一下自己的女儿,并且准备挑明此事。筱枫妈妈虽说平时工作较忙,但筱枫的工作生活让她一直牵挂,所以她也是在百忙之中抽出时间来看一看刚工作的女儿筱枫。

筱枫的爸爸妈妈从各自的"岗位"上抽出时间来到谦州市第一初级中学与女儿共度中秋佳节,他俩更主要的是来决定筱枫的终身大事。

在中秋前夕的一个下午,筱枫的爸爸和妈妈因为女儿的终身大事不约而同地来到了筱枫的宿舍内。

文俊的脚步刚到二楼,就听到争吵声从筱枫的房间传出来。

"人家唐老师,论学历、人品样样优秀而且还在大学任教,比赵文俊那小子强多了,可筱枫就是不听我的话。"文俊先听到筱枫爸爸怒气冲冲的声音。

"那是你个人的固执意见,我是看好那个赵文俊,他有才华而且善良忠贞,对筱枫也是一往情深。"

"一往情深怎么了,人家唐老师研究生毕业,而且家世显赫,他的人品和才华都在那小子之上,可是筱枫就是不听我的劝说。"筱枫爸爸说道。

"爱情是两个人的事情,再说了,最主要的是两个人有共同的追求,共同的信念,如果人生观、价值观不合,即便是在一起了迟早还会……"筱枫妈妈说道。

"你……你……说话越来越离谱了,我们现在谈论的是女儿,不是其他的事。"

"筱枫是我从小养大的,她是我的命根子,我会为她的一生负责的。"

"你拿什么负责,你太糊涂了,农村来的孩子,他配不上筱枫的。"

"孩子们的事情,由他们自己决定,只要筱枫能幸福,我就一直支持她。"

"你……你们……你们迟早会后悔的。"筱枫爸爸说完后摔门而去。他刚走到楼梯时突然看到赵文俊,凶神恶煞一般的他话也没说就急匆匆地离去了。

赵文俊来到筱枫宿舍内说道:"阿姨,都是我不好,惹叔叔生气了。"

"孩子,你请坐,这事不能怪你,我看得出来,筱枫你俩感情很深,希望你能好好待她,我就放心了。"

"阿姨,我一定会的,请你放心。"文俊坚定地说道。

"枫,妈妈今天看到你,你的工作稳定了我很高兴,真的为你高兴。虽说同在一个城市,然而我由于工作繁忙不能照顾你,可是你终于长大了,自立了,妈妈还是要把祝福送给你,工作愉快!"

"妈,从小你最疼我,可我现在长大了,能够独立生活了,你不用太多地牵挂我了。我知道你是一名医生,每天找你看病的人太多了,你憔悴的身影总是浮现在我眼前,我也知道你总是为自己的理想和追求而工作着、生活着。"

"好孩子,谢谢你能理解妈妈,这些年,我真的很内疚,对你照顾较少,不能很好地照顾你,不能在平日里为你煮饭,不能在夜晚陪你聊天,不能在你一个人独处的时候为你分忧,妈妈欠你的实在太多了。"

"妈妈,请你不要这样想,我理解你,我也支持你,其实作为一名优秀的医生永远都以救死扶伤为天职,看到一个又一个病人康复出院是你最大的

幸福，这也是你的职责所在呀！"

"孩子，你真的长大了，你上大学这几年间不仅增长了知识，而且还学会做人的道理，妈妈为你而骄傲。"

"孩子，平时阿姨工作忙，虽然在同一个城市，但是我很少来看你们，筱枫这孩子从小娇惯了，生活能力相对较差一些，希望你能多多帮助她，多多照顾她；我不能天天陪着她，希望你们相互帮忙，相互照应，这是我内心的一点儿想法。"筱枫妈妈望着文俊说道。

"阿姨，请你放心，我一定会照顾好筱枫的，请你放心。"

"筱枫，我的孩子，我的好女儿，相信你能理解我的感受。那天我给你打电话让你自重，之后，我和你沉默了良久。后来，我总是在想我的孩子怎么一下子就长大了？回去后对着镜子淡淡地自言自语：自己的白头发又多了，枫儿也该找对象了。我数着自己的白发，那些白发竟让我想起许多往事，那些往事一件件浮上心头。枫，我只是天底下最平凡的母亲，我的女儿也是天底下最普通的女儿，我不奢求太多，只希望你能踏上幸福之路，走向人生之旅并能满怀感恩，愿你一生平安幸福。"

"孩子们，首先我要告诉你们，两个人相识有时不一定非要把理讲得清清楚楚。这句话听起来似乎没有道理，但却是千真万确；这句话虽谈不上是真理，但它却是一条至理。是多少爱人在经历多少辛酸，多少岁月，多少爱恨，多少是非，多少对错，在纠缠不清难解难分的情理中梳理出来的一个最后结论。"

"阿姨，请你放心，在我和筱枫的交往中，我会多关心、体谅、包容筱枫的。"

"好孩子！当两人在交往时也会有矛盾发生。当两个人据理力争时，他们就要在彼此的心灵上留下阴影。有时两个人都会不自觉地抱着一堆面目全非的歪理，敌视对方，伤害对方，最后只能两败俱伤难以收场。多少人为了表面的一个'理'落得翻脸无情。所以你们一定要记住，两人相识相爱最需要的是包容，是理解，而不是计较比强，更不是相互算账。"

"阿姨，你说得很好，我们会记在心间。"

"孩子们，我还要告诉你们，婚姻是个空盒子，你们必须要在里面存满东西，然后才能取出你们想要的东西。你们存放的越多，得到的就越多。很多人结婚时对婚姻有许多期盼，期盼得到富贵、慰藉、爱情、宁静、快乐、健康。其实婚姻开始就是个空盒子，走到一起的两个人一定要养成一个习惯：去给，去爱，去奉献，去赞赏，日后，那个空盒子才能渐渐丰富起来。"

"妈，我们会记住你的话。"

"孩子，空盒子里最先应该放的是'思念'，思念是一种使我们刻骨铭心的东西。它使两个人有了肯定，有了感情，然后相互关心，相互照顾彼此。思念是疲惫时通向心灵的一条小路，是寒冷冬夜里的一股暖流，是匆忙推开家门扑面而来的菜饭香。空盒子里还必须放进'艺术'，爱情的艺术是存在两个人的生活中，而婚姻中需要讲艺术的地方无处不在，生气有艺术，吵架有艺术。空盒子里面除了'思念'和'艺术'以外，还有很多东西可以放进去，孩子们，希望你们要好好珍惜这份感情。"

"阿姨，请你放心，今天你的这番话，我们会永远记在心间。"文俊说道。

筱枫和文俊共同把筱枫妈妈送到了大门外，他们两人又回到了筱枫宿舍内。

"枫，今天阿姨很高兴，我也很高兴，真的很感谢她对我如此信任。"

"我妈妈对你的印象一直都很好，她也格外地看重你。"

"那你呢？枫！"文俊说着轻轻地拉起筱枫的手，深情地望着筱枫。

"我，我，我……"

文俊不知从哪里来的胆量和力量，他突然紧紧地拥抱筱枫，他仿佛从筱枫的目光中读出了那丝丝缕缕的情谊，文俊那柔软的唇轻轻地印在她的额头，她的鼻子，她的脸，最后落在她的唇上。筱枫的眼中充满了幸福，她微启朱唇，青涩回应。清风动容，缠绵着这两个相恋中的痴情男女。

"筱枫，这是我给你准备的月饼，中秋节愉快。""清醒"后的文俊把他来带来的一兜月饼递给筱枫。

"谢谢你，中秋快乐，节日快乐！"

"再见！"

"再见！"

五十九

青年教师大赛 文俊显才情

彩云艾峰牵手 静如有归宿

　　中秋节到来后，文俊回到家中帮助爹娘收秋。秋天的原野到处显现着丰收的景象，那郁郁葱葱的"玉米林"，那弯下腰，低下头来的高粱，还有那成熟的大豆……它们的色彩格外引人注目，它们为这看似萧条的深秋增添了一些"热闹"的景致。

　　虽然已入中秋，那天气还是相当炎热，下午那轮太阳依旧火辣辣地照在田地里。田地里，一穗穗的高粱高傲地伫立着，一阵秋风吹来，它们像一把把胜利的火把高兴地晃动着；玉米熟了，秋波摇晃着金黄的玉米秆子使沉甸甸的玉米棒子有节奏地波动着，好像在演奏着一曲动人的乐章。

　　文俊走在田间那条临着泰溪的小路上，首先映入眼帘的是那一大片鲜艳的菊花，菊花的叶子并不能引起他的注意，引人注意的是那鲜艳的花。那鲜艳的小黄花开得娇巧别致，它们一朵朵紧密地排列着，就像一个纪律严明紧密团结的集体。仔细观看，那花蕾小极了，像一个浓缩了的向日葵，花儿里面还藏有小花蕊。微风拂过，玲珑别致的花朵轻轻摇曳着，向你点头，好像一个个小朋友正张着笑脸朝着人笑呢，然而这诗意的景色只能给予文俊短暂的欣赏罢了，他来到田地里是为了掰玉米的。

　　不大一会儿，玉米地里的文俊早已是汗流浃背，精疲力竭，经娘惠兰几次劝说后才回到家中。

　　秋末的黄昏来得总是很快，还没等田野上的水汽消散。太阳就落进了西山。于是，田野的岚风带着浓重的凉意驱赶着白色的雾气向赵家村庄内游荡，而那山的阴影很快压在村庄上，那阴影越来越浓，渐渐地和夜色混为一体，过了一会儿又被月亮化成银灰色了。

　　文俊躺在床上百无聊赖之际,打开了自己刚买的那台不大不小的录音机,一首亲情歌曲《妈妈我想你》:"我第一次睁开眼睛看见的是你,我第一次哭泣,为我擦干泪的是你……"听着听着,他哽咽无语,想起了自己含辛茹苦的娘,想起了娘的白发、背影,想起了娘亲手做的地锅馍、手擀面,想起了娘的叮咛、爱抚。正在他思绪万千的时候,突然听到一阵阵剧烈的咳嗽声。文俊听到娘惠兰剧烈的咳嗽声后,他不顾一身的疲劳吃力地背着她来到文贤哥的诊所看病。回到家后,趁着月色他伏案写下了一首诗歌:

　　　　　　　温暖
　　你憔悴的身影
　　常常在我的眼前浮现
　　你期盼的目光
　　总照在我前行的路上
　　你对我的牵念
　　让我在梦中听到你的轻喊
　　你用一生的心血写下真情
　　真情留在字里行间
　　母亲是人间的春风
　　吹到哪儿
　　哪里就芬芳温暖
　　母亲是福音的使者
　　走到哪儿
　　哪里就幸福无限

　　你憔悴的身影
　　常常在我的眼前浮现
　　你期盼的目光
　　总照在我前行的路上

你对我的牵念

让我在梦中听到你的轻喊

你用一生的心血写下真情

真情留在字里行间

母亲是人间的春风

吹到哪儿

哪里就芬芳温暖

母亲是福音的使者

走到哪儿

哪里就幸福无限

假期的这三天,他都守在娘惠兰的身边,假期即将结束的那天晚上文俊娘惠兰的病情也有所好转了。

"娘,明天我就要离开家去工作了,咱们的玉米也快剥完了,你在家要好好休息不能再劳累了,药吃完后再抓几服,你千万不能大意呀!娘!"文俊反复叮咛道。

"孩子,你放心地去工作吧,在学校里也不要熬夜,那样对身体不好,自己做饭也要用心,不能累到自己。"文俊娘惠兰也嘱托道。

"娘,我现在已经是一个成年人了,自己早就会做饭了,你别再为我担心了,再说有时候我和其他的老师合伙做……"文俊说着说着突然停了下来。

"孩子,前些日子,你的那位老同学,就是小时候把你打得鼻青脸肿的那个女孩来咱家找你,不知你们现在还联系不?"

"娘,我们之间只是普通朋友,偶尔在电话里打个招呼而已。"

"孩子,现在你已经工作了,遇到合适的人就定下来吧,我和你爹都操着心呢!"

"娘,这还早着呢,我先要把工作干好,然后再说找对象的事吧!"

"文俊,你的电话。"文俊嫂子秋楠说道。

"嫂子,我这就过去。"文俊急忙来到哥哥文兴的院子里。

"文俊,咱们学校准备举办青年教师技能大赛,我希望你也要积极参加比赛。"

"好的，筱枫，我在家也准备一下。"文俊对着电话那头的筱枫说道。

假期结束后，文俊准备返回学校，临行前，他再三叮嘱他的爹和嫂子："爹，我娘身体不好，让她多休息，不要让她太过劳累。"

文俊又流着眼泪说道："嫂子，我在城市里工作，那儿离家太远了，你和我哥就多费心照顾咱爹和咱娘。"

"阿俊，你放心地好好工作吧！家中的一切我会照顾好的。"

文俊返回学校后，他经过两个晚上的努力创作了一首诗《桃花情》：桃花乡里桃花情，朵朵桃花醉春风。彩蝶飞舞蜜蜂吟，缕缕花香沁人心。洁白如雪留暗香，红粉迎日花更红。漫步桃林飘飘乎，花香已醉人入梦。梦中人面笑靥来，不知人面谁钟情。梦醒人面归何处，桃花依旧笑春风。

文俊独自一人在宿舍内反复朗诵，他准备在学校青年教师技能大赛上一展英姿。

一个星期二的傍晚，校园景色秀丽。灯光是这舞台的主角。校园中的路灯散发出耀眼的光芒，为这个美丽的舞台披上了一层金色的衣裳，舞台两边的霓虹灯宛如七色的彩带为原本已经金灿灿的舞台再缀上一些光彩。不远处教学楼上的灯火也不甘落后，将这个舞台裹得满满的，整个校园灯火辉煌，犹如一颗璀璨的明珠。校园中的舞台经过老师们的装饰变得无比美丽，舞台的四周摆上了五颜六色的鲜花，台上铺上了鲜红的红毯，一旁还有两台泡泡机时不时吐出一个又一个泡泡。

谦州市第一初中青年教师技能大赛在一阵鞭炮声中拉开了帷幕。同学们排着整齐的方阵，一个个精神抖擞期待着自己的老师展示各自的才华。此次大赛，每位教师最多可参加两个节目。文俊因为在上学期间喜爱唱歌，所以此次大赛他参演两个节目，一是朗诵自己的作品《桃花情》，二是演唱《我的中国心》。经过抽签，文俊第六个出场，

"还不错嘛，六六大顺嘛。"这时筱枫急匆匆地来到化妆室对文俊说道。

"文俊，上台不要紧张，我相信你一定能得冠军。"

"谢谢你筱枫，我不会让你失望的。"

轮到文俊出场了，他怀着激动的心情走向舞台，文俊看着这精致美观的

舞台,他款款地走了上去。

他小心翼翼地走在这软软的红毯上,感受着鲜花的阵阵清香,轻松自在的他拿起话筒走到舞台中央。

当文俊看到筱枫那激动的目光时,他的心安静了下来。当《桃花情》朗诵完毕时,掌声从四面八方传了过来;文俊深情地唱起《我的中国心》,当大家听到"无论何时,无论何地,心中一样亲"雷鸣般的掌声再一次响起,所有的老师和同学都不约而同站起来为他喝彩。

这次比赛结束后,经过20个评委的最终决定,文俊获得了全校青年教师技能大赛第一名。孔校长、王校长和语文组的老师们纷纷向他道贺。

"汗水泪水织的云彩飘走,展露成功的星星;艰辛的风雨过后,高挂成功的彩虹。你成功了,可喜可贺的这一天早就在等着你。祝福好梦天天有,好运连连看,幸福快乐无边。"一向爱说笑的彩云向文俊祝贺道。

"谢谢老同学。"

"赵老师,恭喜你在这个舞台上取得了出色的成绩,受到奖励当之无愧。祝贺你在学校举行的这次活动中获奖,希望你今后还有更多的表现。"孔校长笑着对文俊说道。

"谢谢孔校长的鼓励。"

"一份付出就会有一份收获,一份能力就有一日出头。芝麻开花节节高,一步一个脚印走下去。祝贺老同学荣获第一,祝愿你在新的岗位上再创辉煌,步步高升!"文俊的老同学艾峰笑着说道。

"谢谢老同学的美言。"

"不要光嘴上说谢谢,还要拿出行动来,明天晚上要请客,这才是主要的。"艾峰嬉皮笑脸地说道。

"恭喜你,祝贺你荣获第一名,我……"筱枫深情地望着文俊说道。

"怎么不多说两句呢?难道此时无声胜有声吗?筱枫你需要拿出点'行动',比如拥抱什么的鼓励一下。"彩云的话刚一说出口,众人哈哈大笑起来。

筱枫听到那阵阵的笑声,她头也不回地跑回自己的宿舍。

第二天晚上,艾峰、彩云、静如强烈要求文俊出去请客。他们就在学校附近的一个餐馆坐了下来。

几个人刚坐下，筱枫说道："文俊也不容易，每个月他要把工资的一部分拿回家去，所以饭菜简单些就行。"

"哟，你们可真近啊，还没怎么地就'连理枝'了。"

"真讨厌，再说我不理你了。"筱枫瞪着彩云说道。

"筱枫同学，今天文俊高兴就让他破费一次吧！等你俩各戴红花相拜时为他省也不迟呀！"艾峰这句话说出后，彩云、静如禁不住哈哈大笑起来，筱枫的脸一会儿红，一会儿白的，在大家的劝说下，才勉强留下来。

一个星期五的夜晚，艾峰找到文俊后说道："老兄，你真是饱汉不知饿汉饥，你金屋藏娇，也不能让愚弟独守空房啊！你当一次媒人，给彩云和我牵一次红线怎样？"

"你小子平时大大咧咧，怎么在这个节骨眼儿上就缩头缩脚的？"

"去你的，别看我平时油嘴滑舌，可真遇到这事儿我可是'羞答答的玫瑰'悄悄地开呀。"

"好吧，我给你牵线，但是你不能猴急，你要等我的消息。"

在文俊的夸赞和劝说下，彩云终于答应和艾峰交往。静如最终也和谦州一家药品公司的一位副总邂逅。

六十

业精于勤历练 主业务工作
一场风波终来 文俊转乡下

  时光荏苒，日月如梭，转眼间一年半的时光匆匆过去。这两年文俊兢兢业业、踏踏实实工作，教学成绩斐然，他所写文章又在谦州市多家报纸杂志发表，孔昭光校长破格提拔文俊为谦州市第一初中教务处主任。
  "人间最美是春天，一年之计在于春，一日之计在于晨，同学们，接下来请我们的班长给大家朗诵我刚创作的《雪赋》。"文俊面对全班同学说道。
  只见一位身穿浅红色羽绒服的女孩儿站在讲台上开始朗诵。
  "尊敬的赵老师，亲爱的同学们，接下来我给大家朗诵我们可敬可亲的赵老师刚刚写出的一篇作品。"
  玄律将穷，今岁将暮。寒风凛冽，愁云密织。小千世界，端坐良久，遂信游于田野。怎堪风疾，俄尔，漫天飞舞、洋洋洒洒；溪涧水封，天籁一片。余置身于雪中，遗世而独立，静而不思归。
  余情钟雪之洁白兮，心振荡不已；情悦雪之无瑕兮，择良词以赞颂。其状也，点点杨花多情兮，温情曼妙；片片鹅毛斜飞兮，天女散花。散漫交错、蔼蔼浮浮、翩翩舞姿、徘徊动人。其色也，白鹤愧颜兮，顿失光鲜；白鹇失色兮，自矜不如；佳人纨袖兮，紧蹙蛾眉。其品也，色清、气清、姿清、韵清。不招不摇、不浮不躁、随遇而安、内敛自谦。凝思多时，不禁仰天长叹！无树之絮，冷英冷蕊；凌空飞落，无根无蒂。来去无声兮，轻盈；羞娆温情兮，形美；高雅贵矜兮，品清。
  呜呼！世人皆以严气腾升、雪花曼舞而瑾扉，却不知雪乃前世清魂，今生瑶梦。其不与百花争艳，零落泥土与冷韵相拥；冰肌玉骨立于风中却做芳华之翼。化乾坤一色皓白,何处尘埃?吾心之仰慕,何虑何营?

这年的春季开学之后,文俊和筱枫共同回到文俊的家乡。

筱枫第一次来到赵家村,映入她眼帘的是一片乡村美景:蔚蓝的天空下,小鸟在快活地飞来飞去;春风夹带着泥土气息给予人温暖的感觉;绿树红花,鸟语花香,人们像是生活在大自然的天堂里,无忧无虑,自由自在;一路上看到田野里麦苗青青,可以想象到村民们是怎样地辛勤劳动;一条清澈的溪流向前流去,小鱼在快活地游来游去。一棵棵小树枝繁叶茂,一群小鸟在上面叽叽喳喳地唱着动听的歌声,一阵阵淡淡的槐花香味令人沉醉,多么美丽的乡村春景啊,筱枫带着一份憧憬和向往来到了这个属于大自然的赵家村。

筱枫来到赵家村后,赵明和文俊娘惠兰喜出望外。他们走起路来仿佛比以往更轻松了,五十多岁的赵明夫妇不仅精神抖擞,而且看起来比过去年轻多了,特别是文俊爹赵明走起路来像一阵风,而且站立起来又像一棵伟岸的青松。看到儿子文俊给他们家带来了一位如花似玉的对象回来,赵明准备把他最拿手的"手艺"展示出来给筱枫做一顿好吃的。

筱枫来到文俊家后,最让她感到新奇的是乡下人的热情好客,那样的勤劳。她看到文俊爹把一大块儿五花肉从清水里取出来,放在切菜板上,然后用刀不停地"加工"起来。只见他一会儿横着剁,一会儿竖着剁,一会儿斜着剁,肉末剁好后,文俊爹把它放进一个小碗里加上一些鸡蛋清和调料,并用筷子快速地搅拌。

筱枫高兴地说:"叔叔,做出来的肉圆肯定好吃!"

赵明却谦虚地说道:"一般啊,孩子。"

过了一会儿,文俊爹赵明向筱枫说道:"好了,孩子,可以开始做肉圆了。"

这时,赵明拿来两个勺子和一碗清水。他麻利地用一个勺子挖起一些肉末,再用另一个勺子盛点清水,让肉末在两个勺子之间不停地翻滚,直到很圆为止,然后他轻轻地把肉圆放进开水锅里。不一会儿,诱人的香气扑鼻而来。文俊见肉圆煮熟了,便把它们盛进碗里,他把头凑近碗边不时地吸着浓浓的香气,文俊娘急忙端上桌,配上其他的菜弄了一大桌子。

文俊全家人都很热情,筱枫慢慢地尝了一个,一边吃着一边说:"真好吃呀!"

　　文俊的大伯家一家人、二伯一家人、三伯家一家人、五伯家几口人都挤在文俊家里，大家看到筱枫后寒暄一番，此时的筱枫就像进入了大观园一样，然而知书达理的她给赵家人的印象很好，赵家一家人纷纷夸赞文俊有福气，找了一个天仙一样且人品极好的对象。

　　因为他们情投意合，从那以后筱枫就称文俊为文哥，赵明和文俊娘自从看到如花似玉，贤惠温柔的筱枫后，他俩总是笑容满面。

　　"天有不测风云，人有旦夕祸福"。

　　有一天文俊为了让孩子们通过观察景物来写作文，他带着同学们到秀美的芒山去游览。孩子们来到山脚下，风，那么轻柔，带动着小树、小草一起翩翩起舞。当一阵风吹来，吹在同学们的脸上如同母亲的手轻轻抚摸脸庞，文俊和孩子们都喜欢那种感觉，那种带有丝丝凉意令人心旷神怡的感觉。不大一会儿，大家来到了山腰，雾，笼罩了山的身体；山，坚定了雾的信念，环绕、依恋、不舍。山间的雾丝丝缕缕地飘着，它们不会轻易地离开，它们在那一刻是朦胧的美。前边一个如明镜般的湖。湖的四面，远远近近，高高低低都是树，而杨柳最多。这些树将一片小池重重围住，只在小路一旁漏着几段空隙像是特为阳光留下的。这时候最热闹的，要数树上的鸟鸣声与山间的流水声。

　　傍晚时分，天空的霞光渐渐地淡下去了，深红的颜色变成了绯红，绯红又变为浅红。最后，当这一切红光都消失了的时候，那高而远的天空则呈现出一片肃穆的颜色。最早出现的星星在这深蓝色的天幕上闪烁起来了。它是那么大，那么亮，整个天幕上只有它在那里放射着令人注目的光辉，活像一盏悬挂在高空的明灯。同学们都沉浸在这迷人的山色中。

　　在返回的途中，其中一个孩子由于不小心摔伤了小腿。

　　出事儿后，各种指责纷至沓来。孔昭光校长为了袒护文俊而落了个渎职的"罪名"而被市教委免职。文俊不断地向市教委写信也无济于事。最后，孔校长还是离开了谦州市第一初中。

　　送别的那天，小雨淅淅沥沥地下个不停，孔校长那几句话让文俊终生难忘："赵文俊老师，你是我见到的青年教师中最勤奋的一个，你的天赋加上你的勤奋终有一天会让你成为像曹雪芹一样的作家；你对工作的务实求真使你在将来成为一名学者型教师；你的善良真诚、立论中庸加上你的悟性将来定能成为一名教育领域的哲学家。请你不要自责，更不要让我失望。"

孔校长的话音一落，一向坚强的赵文俊两行热泪潸然而下。

文俊激动地说："孔校长，如果所有的校长都像你一样关心老师，呵护老师、理解下属就好了。"

孔校长依然面带微笑谦虚地说："君使臣以礼，臣事君以忠，树教育之正风正气，每个人都有责任呀！"

这位老领导的肺腑之言，像一阵春风吹进了文俊的心田。

"孔校长，这两年我一直得到你的照顾和关爱，而今天又是我连累了你，这恐怕是我今生所欠最大的人情。"

"赵老师，千万不能这么说，我们教育工作者最终是为人民服务的，说白了就是教书育人的，换一个环境说不定还会有不一样的收获呢。"孔校长安慰文俊说道。

孔校长走后，新上任的这位校长姓贾，据说此人曾竞聘过谦州第一中学的校长。而今孔校长走了，人家肯定会春风得意！

孔校长走后几天里，文俊总爱独处。筱枫常常来看望文俊并鼓励他，让他振作起来。

"文哥，你要振作，你要从困境中走出来。"筱枫多次劝说道。

"筱枫，我实话告诉你，我真不想在这儿工作了，我看不惯贾校长那道貌岸然的样子，我的课改意见每次都被他批得'体无完肤'。"

"文哥，你要慎重，不能冲动，我们在这里只是工作，教务主任不当也罢，不要放在心上。"

"筱枫你是了解我的，区区职务对我来说淡如云烟，我只是想把平生所学能真正运用到实践中去，看来现在这里的环境已经不适合我了。"

"文哥，你再考虑考虑，如果有一天你不在这里，我愿和你共进退。"

一次，在全体教职工会议上，文俊因得了重感冒所以晚去了两分钟。他来到会议室之后，文俊发现他的座椅不见了。众目睽睽之下他竟然站在那里，想到孔校长的境地，他禁不住摔门而去，这也是文俊平生第一次雷霆大怒。他到了宿舍后急忙收拾行李准备离开，他要到乡下老家去任教，从而实现他

的人生梦想。

当文俊整理完行李时，筱枫、艾峰、静如、彩云还很多老师纷纷劝他不要冲动，要从长计议。

艾峰生气地说道："文俊，如果你不在这工作，我也离开这里，我愿意与你荣辱与共。"

"赵老师，如果你走了，我们也不在这里工作了。"一位年轻的男教师郑重地说道。

……

文俊听到这些话后，他的心中只有感激。

当众人散开后，筱枫紧紧地抱着文俊哭着说："文哥，你那么能辩，为什么你不在会上解释清楚呢？"

"筱枫，我真不能在这儿待下去了，你忍心看到我受煎熬吗？"

"不行，赵文俊，我是不会让筱枫跟着你回乡下去的。"听说文俊情况后急忙赶到学校的顾阿姨开口说道。

"当初我就不同意你们交往，你们不听我的，今天怎样，本性暴露了吧！赵文俊，从今往后你和筱枫的关系必须一刀两断。"筱枫爸爸说道。

"爸爸，你的话也太难听了，你们都误会文哥了。"

"筱枫，你怎么就不理解爸爸的良苦用心呢？太让我失望了，将来有一天你后悔了，不要说我没有提醒你。"

"叔叔，阿姨，你们不要再责怪筱枫了，就让筱枫留在谦州吧，我自己一个人离开就是了。"说完后，文俊匆匆地离开了筱枫的住室。

"文哥……文哥……"

文俊在众人的目光中来到了自己的宿舍，因为大家都知道这件事的来龙去脉，所以文俊离开之时，有很多同志，特别是许多年轻的老师都觉得有些意难平了。在这段时间的相处中大家都看到了文俊的勤奋、热情，还有他不断拼搏所取得的教学成绩。

"太可惜了，赵老师走了让人感到可惜。"

……

面对众人的劝阻和挽留,文俊一一谢过。

在自己的宿舍,文俊已经考虑好下一步自己应该干什么,那就是要回一趟老家,因为他已经很久没有看见爹娘了。

他在宿舍里换好衣服后,就开始打包自己的行李,他将宿舍的所有书本都装进行李箱后就匆匆地离开了。

六十一

文俊不忘使命　任教于母校

校园一草一木　处处皆生辉

文俊回到家后,老赵家一家人先后来到文俊家中看望他,鼓励他好好工作,好好生活。为了这件事,赵智专程回到老家。

"孩子,你从谦州第一初中回来的事,我是回国后才得知的,我已通过市教委主任得知情况,市教委主任已经严厉地批评那位贾校长,俊,我想你还是回谦州第一初中吧!我这次专程为了这件事回来的。"赵智对着文俊说道。

"四伯,你平时那么忙,为了我的事又让你亲自回来,我感到过意不去,不过我既然回来了就不准备再回去了,我要在家乡从事教育,我相信自己会有所成就的。"

"孩子,你已经不小了,做事千万不能冲动,凡事要三思而后行。"赵仁对文俊说道。

"大伯,请你放心,今后的路我会斟酌思考,我会认真对待的。"

"孩子,你再考虑一下,我就是回到城里也会等着你的消息。"赵智再一次说道。

"四伯,你的好意我会记在心里,可我不能再回去了,我今天也告诉咱一家人,我上学时的理想就是回到咱双悦乡从事教育,而在谦州第一初中这段时间权且当作体验城市的教育生活吧!"文俊望着赵智说道。

"四哥,这孩子现在变了,他有时真的很倔强,咱们就听他这一次吧!今后要是有什么事儿,你再操心也不晚。"赵明对赵智说道。

"孩子,你再考虑考虑吧!我等着你。"赵智说道。

"俊，不过有一点你可要注意，回来之后，到乡一中以后，要和其他老师相处好一点儿。"赵明也反复叮嘱文俊。

"爹，请你放心，我会注意的。"

"孩子，你们教师场儿里，好多人都是心眼儿挺多的，你平时要多加留意呀，说话和做事儿要格外慎重。"赵义对文俊说道。

……

"你在家里还好吗？不要让我牵挂，注意身体！过几天我会去看你的。"筱枫在电话里问候文俊。

每次接到筱枫电话，文俊总是激动不已，筱枫的每一句话对文俊来说都是莫大的鼓励。

"老同学，我们有空去看你，振作起来！"艾峰和周洪雨也多次在电话中说道。

时值五月，初夏来临，艳阳当空，麦子长势已高，赵文俊怀着激动的心情来到双悦乡第一初中。双悦乡一中坐落在一片原野之中。南边一条小溪潺潺而过，东边一条宽阔的大路横亘眼前，学校大门朝东而望。每天红日东升，莘莘学子乘兴而来。巍峨的大门楼高处正中镶嵌着几个朱红大字"双悦乡第一初级中学"。

清晨雾很大，学校四周的小商店也都陆续开了门。也许时间还早，三三两两的学生背着书包走进学校。偶尔也会有一部分学生被父母送到学校。那些父母的脸上带着怜爱的表情，大概是因为有些不放心。这边的学生急匆匆地跑进学校；那边的学生哼着歌迈着轻快的步伐走进校园；这边的学生一边打扫，一边手里还拿着一本书；那边的学生一边打扫，一边笑嘻嘻地聊天。

"大叔你好，我是新来的老师，请你多关照。"文俊微笑着说道。

"好，好，欢迎，欢迎，请进。"一位五十左右，个头不高，两鬓斑白，圆脸，身着已褪色上衣的门卫笑着说道。

文俊步入校园，一条甬道伸向西边，甬道两旁杨柳和塔松并列，甬道的南边有四排低矮的瓦房，那是老师们的住室。甬道北边是一栋三层高的楼房，楼房南面正中处刻着"教学楼"三个醒目的大字。与教学楼相隔三四米处有一座旗台，五星红旗迎风飘扬，旗台西边有一条与东西甬道交错的碎石通道，

碎石通道两旁柳树与香樟树并列点缀，教学楼北边是一个宽大的操场，这就是双悦乡一中的布局。

教学楼西边是三间宽敞的会议室，文俊与其他老师的初次相遇也在这里。

"赵文俊，曾经的师生之情如今成了同志之谊，欢迎，欢迎。"文俊中学时的班主任刘洪涛老师笑着说道。

"恩师还是当年的恩师，这个情分无论到何时都不会改变。"文俊握着刘老师的手说道。

"你好，你好，你好……"文俊和其他老师一一握手问好。

"尊敬的各位领导、各位老师，今天有幸在这里的和大家见面，我感到十分荣幸。诸位领导和老师，告别了五一假期，沉寂的校园又充满了欢声笑语。当我走进这整洁干净的校园时倍感亲切，我看到沉稳热情的老师们，感到了家的温馨，看到可爱的同学们我仿佛看到了双悦乡一中的希望。"文俊在他来到双悦乡一中后的一次全体教师会议上说道。

就这样他带着激动的心情，满怀着无限的希望走进了双悦乡一中，开始了他另一段的教学生涯。

"赵老师，这里是你梦想的起点，更是你乡村教育征程的开始。你看！孩子们背着书包，迎着朝阳，走在上学的路上，他们昂首挺胸、精神抖擞；他们拿着课本，坐在教室里，聚精会神、积极思考；他们走在放学的路上时时问自己，今天我学到了什么，怎样才能做得更好。愿咱们凭着自己对教育的热爱、对理想的执着，用勤劳与智慧把握每一天！相信我们会多一份收货，少一次失去；多一份成功，少一次失败，演绎出咱们最精彩的人生。"双悦乡一中校长王海龙握着文俊的手说道。

"谢谢王校长的鼓励，一直以来双悦乡一中的学校领导和老师们默默工作，无私奉献，努力为同学们营造出优美的校园环境，创造着良好的学习条件。曾经，成为一名教师是我人生最初的梦想，如今梦想实现，我真切地感受到教师这个行业的崇高和伟大，体会到了其中蕴含的幸福与甜蜜。我经常对自己说，虽然我无法做到最好，但我会做得更好；我时常提醒自己，即使我个人的力量无法改变每一个学生，但我会尽最大的努力去正面影响更多的学生。"文俊也紧紧地握着王校长的手说道。

"海阔凭鱼跃，天高任鸟飞，可以说成为一名人民教师是我们的机遇，也是我们的挑战。在今后的工作中，咱们一定严格要求自己，不断提高自己，积极地投入到工作中去，从而更好地实现人生价值。大浪淘沙方显真金本色；暴雨冲过更见青松巍峨！相信经过时间磨炼我们都会变得更加成熟，稳重而自信。"政教处主任对文俊说道。

教师们互相寒暄之后，文俊也就开始了工作。

业余时间文俊来到校园各处，学校现在的环境比其当初在这里求学时已经有了很大变化。

双悦乡一中的环境十分优美，一座别具风格的教学楼在翠绿欲滴的树林和娇羞欲语的花儿的装饰下平添了一份勃勃生机。甬路两旁的花草树木随风摇曳带来了一缕缕花草的幽香，沁人心脾，令人陶然欲醉！漫步在这清新的校园里，在和风中接受阳光的沐浴，在浓厚学习氛围中接受温柔的洗礼，这种感觉实在是妙不可言！

时间一晃几个月过去了，新的学期又悄悄来临。

轻柔的风送走炽热的夏季，没有预兆地迎来了凉爽的秋季。秋天悄悄地来到了人间与夏天擦肩而过。风拂过校园，秋天的脚步也停留在了校园。文俊蓦然发觉校园里的树已经开始泛黄了。

课余之时，文俊漫步在校园中，首先映入他眼帘的是那宽大的水泥路，风携带着落叶飞舞着，飘扬着。那纷飞的落叶仿佛一只只金色的蝴蝶在展示着歌舞，当路面上铺满落叶时，那灰色的水泥路竟然被覆盖了，好一派秋天的成熟气息！

文俊来到教师宿舍与东西甬道之间的那片地，这里简直就像一个小花园。那花开了，红的像火，粉的像霞，白的像雪，黄的像金，蓝的像海，美极了！穿过花丛是整齐排列的几个不大不小的花坛。花坛是由一层层花盆砌起来的，花坛的四周是绿叶，中间是花，密密浓浓，随着阵阵秋风，一股一股花香扑鼻而来，沁人心脾。文俊不停地思索着：从小到大，校园生活就像一部多姿多彩的"电影"记录着自己的喜怒哀乐，记录着自己成长的点点滴滴。这部"电影"，因为有你、有我、有他而变得多姿多彩，是缘分让大家再度相聚在一起。

那些花坛的右边是一个鱼池，这可是双悦乡一中的一道风景线啊！鱼池

呈圆形,池中央一座假山屹立,为鱼池增添了几分韵味。池中,鱼儿在嬉戏玩耍,它们在水中成群结队地游来游去。它们是那么轻松闲适,仿佛在向大家昭示,炎热的夏天悄悄地离开了,凉爽的秋天已经来到了。

教学楼后有一个宽阔的操场。他想到每天清晨教室里传出朗朗的读书声,操场上时时出现同学们活动的身影,一阵阵欢声笑语传到自己的耳边。

他抬头仰望,秋天里湛蓝的天像一望无际的碧海,强烈的白光在空中跳动着宛如海面泛起的微波。他低头俯视着青草红花,一派迷人的校园秋景展现在他的眼前。

文俊一边走着,一边思考着,他不知不觉来到自己的住室。他看到校园美丽的风景,又想到家乡迷人的秋天,于是提笔写下了:

故乡的秋天

我的故乡山美水美人更美。这里的秋总是姗姗而至。今年的秋带着一点儿忧愁来得格外轻,分外静。这么好的时节,应该给人留下美好的回味吧?

"梧桐一叶而天下知秋"。回到家中,不经意间拾起一片落叶,梧桐的叶子。叶脉纹理清晰可见,微微发黄的叶片中夹杂着些许残绿。"梧桐更兼细雨,到黄昏,点点滴滴"。秋雨绵绵而更多情,就这样隔三岔五地问候那些忙碌的"过客",而"这厢有礼"者又有几人?

秋天真的要来了。

从一篇电视散文中欣赏到江南的秋天。风景如画的人间仙境,她的秋天呢?虽然小桥流水、摇橹小曲也给我们留下一些诗情画意,但仍感到秋天的气息凝滞,宛如阑珊之夜。而故乡的秋天却是那么深邃悠远。

"西陆蝉声唱,南冠客思深"。今年蝉声格外清脆婉转,它们大约是感受到秋的美好景致吧!秋天午间小憩也不可少,大抵是习惯的缘故吧!尽管蝉声,声声入耳,照例酣睡如旧。已入深秋,几声蝉鸣反而不能入睡了。

故乡的秋天,最难过的要数白杨了。曾记否,春寒料峭之时,杨树发芽生长。那些叶子由浅黄变褐黄到深绿,它们经历了漫长的等待。熬过炎炎夏日,迎来成熟的秋天。按常理它们应该在秋天的"温柔乡"里逍遥自在,释放曾经的酸楚和苦痛。无情的秋风打落了它的娇躯,吹散了它的幽梦。唉!等待才是最好的归宿。

　　单不必说累累果实挂满枝头的枣树,也不必说那一个个青中透红的苹果,就连缀满农家院落中一个个"小灯笼"的柿子树,也为即将调零的秋增添了一点魅力。那些熟透了的柿子,红得彻透,红得娇艳,红得令人馋涎欲滴。而那些叶片呢?绿得毫无生机,残黄,淡白。也许是把太多的营养供给了果实,也许……

　　故乡的秋天,清幽中略显一点哀愁,但总能带给我无限的遐思。秋,在众多文人雅士的笔下异彩纷呈。让我的一点心意也汇入其中吧!

　　　　　　秋风秋雨秋意浓,
　　　　　　落花落叶非无情。
　　　　　　回天乏术本无心,
　　　　　　来年相逢酒一瓮。

六十二

与新同志一道 同甘与共苦
寻觅教育之道 点滴生活中

一年一度的教师节后,学校在会议室举行了新学期的第一次全体教师会议。文俊和其他老师一起来到双悦乡一中会议室。会议室内醒目的教育格言一一映入眼帘:

教师的人格是教育的基石,用千百倍的耕耘换来桃李满园香。教师施爱宜在严爱和宽爱之间。

"同志们!让我们用热烈的掌声欢迎几位新来的同志。"精神振奋,留着平头,身着洁白衬衣的校长王海龙说道。

"我叫梁彬,毕业于清辉师范,非常荣幸认识大家。"

"我叫栗元勋,毕业于清辉师范,很高兴见到大家。"

"我是王芸,很高兴见到大家。"

"大家好,我叫林芳,毕业于谦州教育学院,在今后的工作中希望大家多多帮助。"

……

接下来文俊用流利的普通话介绍自己:"大家好,我叫赵文俊,毕业于谦州师院,非常荣幸能和大家一起工作,在今后的工作中希望各位老师多多关照,多多指导,谢谢大家。"文俊的话音一落,掌声响了起来。

"同志们,几位新同志的到来,为我们双悦乡一中注入了新鲜血液,他们将是我们学校发展的后备军,望几位新同志从今以后把这里当作自己的家,拼搏进取,开创属于自己的美好未来。"抓业务的唐校长笑着说道。

梁彬、栗元勋两位男教师也和文俊一样住在校园最南边的一排瓦房。文俊在最东边，梁彬、栗元勋依次住下。王芸和林芳两位新来的女教师住到教师宿舍最后边的一排瓦房，她俩在那排房子的最西边，王芸的宿舍临路，林芳的宿舍挨着王芸的宿舍。住宿安排妥当之后，经过校委会的决定，文俊担任八（1）班语文老师兼班主任，栗元勋担任八（2）班数学老师兼班主任，梁彬担任八（3）班语文老师兼班主任，王芸担任八年级一至三班的英语老师，林芳担任七年级一至三班的历史老师。

清脆的铃声响过，文俊迈着稳健的步伐来到了八（1）班教室。

"同学们，我叫赵文俊，今天我们一起来学习，希望咱们共同努力，共同进步，好吗？"

"好。"同学们异口同声地回答道。

文俊接着说："同学们，我们语文学习其实就是一个知识积累的过程。现在我给大家提三点建议：一是坚持写日记，日记是提高写作能力的最佳途径。二是把课外阅读当作一种习惯，一种与衣食住行同样的习惯。三是在阅读中体会感悟，要走进文本深处与作者心灵共鸣。同学们我先谈到这里，你们谁有好的建议可以提出来。"

"赵老师你好，你和以往教过我们的那些语文老师不同，他们从来不主张我们看课外书，就这一点我大力支持你。"一位面容清秀的女生饶有兴趣地说道。

"赵老师，以前我们的那些语文老师总让我们背中心思想，我们自己的感悟总达不到老师的标准，请问，今后你会让我们背课的文中心思想吗？"一个男生大声问。

……

"感谢同学们对老师的信任，你们所提的问题我都将记在心间，至于对大家如何交代，今后在我们的语文课堂上自有分晓。"一节课就这样轻松地在一问一答中过去了。

第二节课开始了。

"同学们，今天我们学习《背影》，请大家先预习课文。"文俊望着同学们说道。

同学们有的轻声朗读，有的默看，有的用铅笔做笔记。

"同学们,我们今天学习《背影》,这篇课文是朱自清的代表作,他写得情真意切十分感人,不少人读后都落下了眼泪。父母对子女的爱是真挚无私的。这种爱体现在日常生活的方方面面,子女对这种感情有的体会到了,有的体会不到,有的当时就体会到了,有的过后才体会到。同学们想一想,父母的关爱是否感动过你?你是通过什么事体会到的?这种感情是体现在父母的只言片语中,还是隐含在父母的眼神中?是通过某个动作流露的,还是通过某种神态表现的?"

"鲁迅曾说过,要表现出一个人的特点,最好是画他的眼睛。而本文作者却只写父亲的背影,学习这篇课文时,同学们要弄清,这是父亲做什么事的背影?这'背影'体现了父亲对'我'的什么感情?文章写'背影'又表现了作者怎样的感情?同学们预习完这篇课文后,大家先谈一谈自己的想法。"文俊环顾四周后再一次问道。

"老师,这篇文章通过叙述父亲与'我'在车站分别时的一幕来表达父亲对'我'的关爱。"

"说得好,概括得周全。"文俊微笑着说道。

"老师,这篇课文通过'走过、穿过、跳到,爬到'一系列动作的描绘来表达父亲对'我'无微不至的关怀。"

"赵老师,常言说得好,母爱是伟大的,我认为父爱也是伟大的。"文俊连声夸赞:"好,好,好。"

一位个头不高,清瘦的男生站起来轻声说道:"老师,文中两次提到背影,第一次是实写,第二次是虚写,在泪光中回忆,这样描写的好处更能表达作者对父亲那深深的思念之情。"

文俊听完后禁不住鼓掌赞许。

"老师,通过父亲让茶房陪'我',雇脚夫体现了父样细腻的关爱,而在生活中我的爸爸在我出远门时也是再三叮嘱,因此我认为这篇文章写出了最美的亲情——父爱。"一位同学的话音一落,掌声响彻了整个教室。

"赵老师,不同的父亲,他们爱的方式各有不同。我的爸爸对我最大的关爱就是让我读书,读《论语》,他多次让我从《论语》中找出心得体会,我认为这种亲情是我拥有的宝贵财富。其实生活中,一桌准备好的饭菜,一件放在床头的衣服,一个鼓励的微笑,一句体贴的话语,都凝聚着亲人对我们的期望和关怀,正像书中'父亲的背影'一样永远感动着我们。"

"说得非常好,大家给予掌声鼓励。"文俊激动地说道。

细微之处见真情,抓住人物的某一细节多次展开描写是这篇散文最大的特色。因此文俊对于这篇课文的授课艺术上,他始终引导学生思考,作者为什么选择"背影"这样的角度来命题立意,并用它来组织材料呢?然后小结,抓住细节描写能达到艺术视角的创新,还可以给读者以自由想象的广阔天地,并且最能体现父亲对儿子的爱。

六十三

饮酒后赋诗词 忆苦并思甜
美好童年讴歌 师与生共鸣

"赵文俊,你的课堂效果怎样,在这儿上课与大城市教学有何不同?"傍晚时分,梁彬来到文俊的宿舍门口微笑着问道。

"还可以,咱们这儿的学生基础也算可以,素质也高,悟性也好。"

"这样吧,今晚你我和元勋聚一聚,让我们来庆祝这新期工作有一个好的开端,我请客。"梁彬热情地说道。

文俊再三辞谢,但最终盛情难却。

三人来到大街上,他们沿着宽敞热闹的街道走着,两边的房子也很有特色。不大一会儿,三人来到镇上一个饭店——新开元饭店。这是一家新开张的饭店,门前张灯结彩,彩旗飘扬,门前上空挂着许多彩色的气球,气球下缀着五颜六色的飘带,一条条飘带上写着祝贺的标语,整个饭店沉浸在欢乐的海洋中。站在饭店门前,看上去是那么高雅别致。

夜幕降临时分,路灯、广告的霓虹灯,还有各家店里映出的灯光辉映在一起,人在其中,仿佛置身于灯的海洋和光的世界里。

三位男士共同举杯庆贺。两个小时过后,三人离开酒店准备返回学校。

文俊因不胜酒力,所以他就步履蹒跚,跟跟跄跄走在回去的路上,他走着走着就感到头晕。

突然,文俊连声喊道:"筱枫,筱枫,你还好吗?亲爱的,我想你了。"

梁彬和栗元勋听后不禁大吃一惊,原来这位新来的大才子早已心有所属,他俩的心情便轻松了许多。

文俊突然高一腔低一腔地唱起:"你在他乡还好吗?可有泪水打湿双眼,

你在他乡还好吗？是否想过靠着我的双肩。你那不再熟悉的笑容，对我可是一种敷衍……"文俊在梁彬和栗元勋的搀扶下唱着走着，不一会儿他又哭了起来。梁彬和栗元勋急忙把他送到宿舍内，给他洗了洗脸，又让他喝了几杯茶水，就这样让文俊躺在床上休息后，两人就离开了。

　　文俊躺在床上倒头睡下。到了半夜时分，不知是美酒余力，还是心情激动，躺在床上的他辗转反侧，难以入睡。文俊索性起来，趁着窗外皎洁的月光，伏案写下一首词和《感遇三首》。

水调歌头

　　炎炙渐将老，火似石榴花。小窗居室凉风，一缕清香佳。为问君公何事？坐看华年已度，鬓已染双华。不曾望原野，秋色景萧杀。

　　念往昔，坎坷路，近天涯。归来小院重扫，菊兰本吾家。却怨骤风乍起，闲坐新蝉高树，也盼宁无哗。明月知吾意，谈笑忆芳华。

感遇三首

（一）

十年寒窗路漫漫，
今朝为师谱新篇。
闻鸡起舞争朝夕，
披星戴月诲无倦。
愿闻来年桃与李，
芬芳馥郁春满园。

（二）

心字香炉微暗烬，
盈盈烛泪为谁吟。
青青子矜悠悠情，
只为众生一片心。
青葱岁月勿虚度，
要留清气满乾坤。

（三）
暗暗淡淡紫，
融融洽洽黄。
不求附艳阳，
只为众生香。
真待秋霜裹，
孤处做孤芳。

从那以后，梁彬、栗元勋与文俊三人既是邻居又是哥们，路遥知马力，日久见人心，三兄弟的感情也与日俱增。这几个教师个个年轻，又是单身，其他老师来到他们的住处也比较方便，所以他们所住的小院经常是人来人往，宾朋满座，热闹非凡。只有夜深人静之时文俊才伏案写作，偶尔他也拿起心爱的吉他尽情弹唱。

有一次，文俊弹唱《单身情歌》。弹唱到忘我之时，突然发现窗外伫立一人，文俊走到窗外看到那个身影匆忙离开，文俊双眼近视，所以他只看到一个离去的背影。

一天下午，文俊给同学们上了两节作文课。

在课堂上，文俊先给同学们提出一些建议："同学们，作文其实很简单，阅读和写作是语文学习的一体两面，通过大量的阅读我们可以获取很多的信息和素材，通过对这些素材的审核、选择，按照一定的思路来组织就完成了作文，我希望这些建议对大家有所帮助。同学们，每一个人都有一个如梦如幻童年，今天老师和大家都把自己童年的美好往事记录下来好吗？"

"好。"同学们异口同声地回答道。

看到同学们笔尖沙沙作响，于是，文俊提笔一气呵成写下了一篇散文。文俊为了激发同学们的写作兴趣，他亲自向大家朗诵：

童年

人未老，心易安，夜来幽梦回童年。如诗如歌的童年光景跃入的我梦中。

"天儿蓝蓝，风儿绵绵，草儿青青，鸟儿鸣鸣，水儿潺潺……"儿时的歌谣仿佛又回到那熟悉的家乡河畔。每逢暑假，我总要牵着那头浑身发黄、乖巧通灵的小牛来到河边。色泽鲜艳、金黄眩目的地黄花，郁郁葱葱的芦苇与我做伴；翩翩起舞的彩蝶和轻盈灵巧的蜻蜓与我相随。在河中游泳更是别有一番趣味。时而向左、时而向右、时而身翔浅底，时而跃出水面。调皮的玩伴们，相互嬉笑，对阵泼水，尽兴尽情。这里是属于我们的天地，也只有在这片天地里我们才是一个个真正的自由少年。

天将破晓，我们来到那简陋的教室里，电灯，我们只是听说而已。自带油灯，边读书，边挑灯芯，真可谓"挑灯苦战"。一会儿熏得小明满脸油黑，一会儿熏得小刚热泪盈眶，一会灼了小芳楚楚动人的"刘海"，一会儿燃了小龙浓浓的剑眉。大家相视而笑，会心的笑声、朗朗的读书声交织在一起，汇成我们晨读的"交响乐"。

课间活动，趣味盎然。盼望已久的铃声一响，同学们争先恐后，飞出教室。清脆的铁环声早已入耳，看！小宝那小子把铁环滚得干净利索，那水平堪比杂技。操场上，"英雄硬闯龙潭虎穴"开始了。同学们一会儿俨然对峙，一会儿声东击西，一会儿怒目以待，一会儿抱打一团，真是斗志昂扬，不分伯仲。

憨厚正直、侠肝义胆的郭靖，貌美如花、冰雪聪明的黄蓉，活泼可爱的老顽童仿佛又让我回到儿时的欢乐中。黄昏时分，我们"集合队伍"浩浩荡荡地来到远隔十里的王庄村。王庄村一户人家有一台黑白电视。尽管如此，它对于我们来说也是一种莫大的"幸福"。《射雕》开始了，大家屏息凝视，有的踮着脚，有的贴在别人的耳旁，有的歪着脖子，有的……

童年的最美是春节。清晨，爆竹声声，催我早起；挨家挨户，到处寻觅，"大地红"充盈口袋方乘兴而归。压岁钱无论多少，心中都很温暖。美味佳肴，餐餐用尽，快哉乐哉！

……

这是一个梦，一个美丽而又不愿早醒的梦。然，夜深寒蛩不住鸣，惊醒童年梦，已三更。

当文俊深情地朗诵完这篇文章后，掌声响了起来。

掌声过后，同学们开始交流。

"老师你的文章写得可真美啊，特别是夏天，你和小牛为伴到家乡的小

河游泳，你那时仿佛生活在画中。"班长说道。

"老师你的儿童时代，虽然条件艰苦，十里八乡只有一台电视机，你每天步行到王庄村去看电视，我想你的心情肯定是兴奋的。"一名同学说道。

"是的，当时我才八九岁，《射雕》这部电视剧太吸引人了，有时候，我经常是在傍晚饿着肚子到王庄村看电视。"文俊兴奋地向大家说道。

"老师你小时早读时课堂有点乱啊。"李刚说道。

李刚的话音一落，文俊沉默片刻便解释道："同学们，当时我们上学的条件非常艰苦，当时教室里没有电灯，同学们自带油灯和蜡烛，大多数老师晨读时来得稍晚一些，因为他们家中农活也很多啊！"

"老师，你把春节拾炮仗的情景给我们说一说吧！"一位男生问道。

"同学们，我们的童年时期最幸福的莫过于春节了。新春佳节，我们才能有新衣穿，有美味佳肴啊！大家对寒假特别是春节的期盼可谓是望眼欲穿啊。盼望着，盼望着，寒假来临了，春节的脚步近了。大年初一这天，我们都起得很早，然后挨家挨户去拾炮仗，看到一家人燃完后，我们就扑在地上专捡地上没有燃爆的，有时一个早上能拾到满满两口袋。"

……

六十四

红笺难书真意 一片相思情
筱枫探望文俊 酒后定终身

　　自从文俊离开谦州市第一中学后,筱枫虽然人在谦州市第一中学,可是她的心早已厌倦了这里的生活。唐老师一封又一封的书信纷至沓来,而信中的内容一次比一次直白,他还要亲自来学校看望自己,这让筱枫感到十分为难。学校还有一位新来的男教师段南兴,此人是贾校长的侄子,他也是隔三岔五厚着脸皮来"问候",筱枫渐渐地对这里的工作和生活失去了信心和希望,久而久之,她也做出了一个大胆的决定,她准备离开这里到双悦乡一中去工作。

　　一天傍晚,为侄子前来说媒的贾校长走后,筱枫陷入了沉思,她一个人伏在办公桌前真像一只孤鸿。

　　"筱枫同志,让我给你提一桶水吧!从一楼到二楼,你提水也不方便。"段南兴笑嘻嘻地对着筱枫说道。

　　"不用了,我近段时间总是和彩云、静如他们合伙做饭,用水也很少。"

　　"筱枫同志,你和我还客气什么,来!让我再提一桶去。"段南兴说着就拎起筱枫屋内的一个水桶急匆匆地往外走。

　　"真的不用了,请你放下吧!你先回去吧!我一会儿还要备课。"筱枫无可奈何地说道。

　　段南兴见到筱枫不高兴的样子,他终于放下水桶,迈着缓慢的步伐一步一步地离开筱枫。

　　下午放学后,段南兴再一次来到筱枫住处,他依然笑嘻嘻地说道:"筱枫,今晚我请你吃饭好吗?请你务必赏光,给我一次机会好不好,求你了。"

"段老师,我说过我们只能是同志关系,请你今后不要再来打扰我了。"

"林筱枫,你为什么对我那么冷酷,难道我真的令人讨厌吗?筱枫!筱枫。"段南兴禁流下了眼泪。

"林筱枫,筱枫。"段南兴喊着喊着,他突然跪在筱枫面前并紧紧地抓住筱枫的手。

"干什么?你要干什么?你要是再这样我就要喊人了。"筱枫生气地说着,她推开了段南兴。

段南兴站了起来,他再一次深情地望了望筱枫后,不舍地离开了筱枫的房间。

段南兴离开后,不大一会儿彩云、静如就来到筱枫的住处。

"唉!这个人真令人讨厌!明明人家不喜欢他,他还三番五次地来,现在的男教师的脸皮怎么这么厚,追女朋友都是死缠烂打的。筱枫,你也别难过,明天我去向他说明你和赵文俊的事,让他今后死了这条心,免得他天天来找你麻烦。"彩云愤愤地说道。

"算了,彩云,你的好意我领了,还有一件令我烦心的事,你们看。"彩云和静如二人的目光同时凝视着筱枫床前那厚厚的一叠书信,上面落款"你的唐哥"。两人虽然没有拆开信封,但对信里的内容已经了解了。

"筱枫,唐老师还真是个痴心人,我们上学期间,他曾苦苦地追求过你,到现在仍然对你一往情深。我有个主意不知可行不可行。"静如不慌不忙地说道。

"你快说呀。"彩云急忙说道。

"筱枫,我知道你一直在等着赵文俊,你们的事早晚应该有一个了结,这两天你还是去文俊那里直截了当地告诉他这些情况,如果你们彼此认可就把婚事给定了,省得夜长梦多。"

"好主意,静如,我看你就是一个地地道道的女诸葛,就按静如的主意去办,要是有个万一,万一不行的话你俩就这样……"彩云贴着筱枫的耳朵说道。

"去你的,真不害臊。"筱枫却红着脸说道。

"你俩又在嘀咕些什么呢,对我还保密。"静如微笑着对筱枫说道。

"哈哈哈。"

332

彩云、静如走后，筱枫伏案写下一封信。

文哥：你好！

　　这世界上最难过的是什么？是相思。"春蚕到死丝放尽，蜡炬成灰泪始干。"一直以来我都不能理解这两句的含意，直到遇上你，特别是近段时间，我才明白原来相思之苦真能如此伤人。

　　我不知道我对你的感情是从什么时候开始的，是一见钟情还是日久生爱？不过现在这些都已经不重要了。因为你的影子已经深深地在我的心里扎下了根。你知道吗？每次想起你的时候，我的心总会跳得很厉害。我期待着你对我说话；期待着你对我微笑。仿佛你的言行带着一种神奇的魔力总会让我感到一种莫名的满足。这大概就是爱吧，我常常是这样想的。

　　说实话，当我意识到我的心事时我曾拼命地压制过。但是这没有用，我忍不住想念你。看到别的女孩依偎在男友身旁在公园里幸福的样子，我就会想起我们在那棵柳树下的约定。

　　"此情可待成追忆，只是当时已惘然。"我喜欢这首诗，却不喜欢这样的结局。所以我下定决心写了这封书信。不知道你看后会怎么看我，但我已经顾不了那么多了。这份感情让我的心好沉好重好累，而现在我终于对你诉说。我不想写太多，只要你能够明白我的心就足够了。

　　世间每一个故事都得有个圆满的结局，我们订婚吧！我期待着你的回答。

一剪梅

　　一片相思两纤云。风过飞纷，雨后为雯。双劳燕与画眉音，喜也为君，怨也为君。何日相逢觅殷勤。窗外芳芬，庭院无尘。唯期一梦早成真。晚照一襟，明月一轮。

你的筱枫妹妹

　　两天后，当赵文俊收到这封信之后，他独自坐在窗前楞了大约有一刻钟的时间，往日那一幕幕仿佛历历在目，浮现在眼前。文俊心血来潮，忽然提起笔也回信一封：

筱枫：我的傻妹妹！近来可好？

你是我的红尘中唯一的知音，除了你我别无选择！因为再也没有人比我更懂你了！好想陪你一起去公园散步，让我可以回味月光下的那一段故事；枫，不可否认我的一见钟情，每当我遇见你的时候，我的心总是跳个不停，不知为什么你总是点头向我微笑。

多少次和今天一样的夜晚，我透过黑色的天空追忆着你，如此美丽，似乎万物没有了生命而异常冰冷，此刻能感到温度和生命的，只有我唯一的心。

给爱一张不老的容颜，让相爱过的人都终身不变；给爱一个不悔的誓言，让相爱的人都彼此思念；给爱一片无尽的草原，让那忧伤消失在人间；给爱一片辽阔的蓝天，让真爱充满人间。

我想告诉你，我非常非常想念你，真的恨不得你马上就出现在我的身边，在这个没有月的漆黑的夜里，我独自坐在窗前写着这封信！亲爱的，我想你，我要告诉你，我很思念你。如果我的生命中没有智慧，它仅仅会黯然失色；如果我的生命中没有你，它就会毁灭。你说我们要做一辈子的知己，我笑了。我发现自己慢慢地爱上了你。

在人海中，在红尘中，你是我最无悔的追寻，我的每一个笑容只为你而灿烂，我的每句言语只为你而动听。我只能在这偏僻的乡下为你祝福，祝你快乐，我的妹妹！这辈子最幸福的事就是遇上了你，最大的希望，就是有你陪我走过风，走过雨，守候一辈子。

从与你相识开始，我便已经深深地爱上了你，你相信一见钟情吗？如果你不再那么爱我了，我会悲痛欲绝的。

没有你的日子里，我也是孤鸿一个，那哀鸣是我痛哭的声音。尽管我是个坚强的男生，因为我的骨子里现在正发出孤独的气息，很浓，很浓……

太阳是不转的，我心是不变的；爱你是永恒的，娶你是肯定的。因为我已经想了很久很久了。

你的文哥

当筱枫收到这封信的时候已经是星期六的下午，她含着眼泪读完了每一个字，信中的每一个字都让她感到幸福，让她感到快乐，让她的心中充满了希望。她终于乘坐公交车一路颠簸地来到了双悦乡一中，走到了文俊的住室。

"文俊的女朋友长得真不错，这小子真有艳福，大才子就是不一样。"梁彬看到筱枫进了文俊的住室后不禁发出啧啧赞叹。

"没想到，赵文俊真是有女朋友，藏得可真深啊！林芳你这个痴情人可是没有什么希望了。"王芸看到筱枫进了文俊住室后就笑着对林芳说道。

"去你的，你少胡说八道，人家来看赵老师，你就肯定是女朋友了？"林芳半信半疑地说。

晚上，文俊陪同筱枫来到了镇上一个饭馆，两人点了四个菜，要了八瓶啤酒，文俊当时很激动，筱枫也很高兴，两个人就把这几瓶啤酒喝得一滴都不剩。

吃过饭，两人回到文俊的住室。外面皎洁的月光朗照着，清风徐来，屋内的门紧紧地反锁着，好像这片天地只属于他俩似的。文俊激动地望着筱枫，筱枫深情地望着文俊，四目相对，一个激情似火，一个含情脉脉，二人饱受了多日的相思之苦，而今天终于相聚在一起。文俊突然把筱枫拥入怀中……

从那以后，梁彬也开始对王芸展开了猛烈的追求，又是送花，又是做饭，特别是王芸生病的时候，梁彬总是不离左右，就这样，梁彬与王芸慢慢地也建立起浓浓的感情。

六十五

文青生意结缘 文兴声名远
家具店变商场 哥俩升赵总

文俊从谦州一中调到双悦乡一中后,他工作更加勤奋,在教学教研方面颇有建树。随着时间的推移,他也从那段沉痛的"历史"中走了出来。

文青从小看着文俊长大,他对这个从大城市转回家乡从事教育的弟弟更是十分关注。

"兄弟,要哥说呀,回来也好,做教师在哪都一样,都是要教书育人的,你在咱乡一中好好干,将来混个校长还是有希望的,比在城市里当教师要强得多呀。"文青笑着对文俊说道。

"青哥,我知道你最关心我,我真的没有事儿,那事情都过去很长时间了,我已经想开了,有时间咱哥俩喝两杯。"

"弟弟,哥说的都是实话,你在家好好干,将来会有好前途的。"

"青哥,我知道,那你现在在家干什么呢?"

"我呀,现在做个小买卖,哥卖过冰棍,卖过面包,只要能挣点小钱的,青哥我都能做。"

"青哥,你也积累点经验,将来做个大老板也是可以的。"

"有弟弟这句话,青哥肯定是越干越有劲了。"

"哈哈哈……"

原来,文青下学后,先是在十里八村儿卖起了冰棍,后来又卖了面包,虽说挣钱不多,但是他在几年的生意经历中积累了一些经验。村上的其他小贩总是尔虞我诈,以次充好,而文青总是以诚待人,用信誉做生意。时间一长,乡里乡亲对他是信任有加,别人每天卖出一箱面包,而文青有时一天能卖去两箱，甚至三箱。文青虽然做的是小生意，但是他从小幽默风趣、能说会道而又实实在在，他深得人们的喜欢。

有一次文青来到北边冯家村，他刚把那又甜又软的面包卖完。

"我说文青呀！你也老大不小了，嫂子给你介绍一位姑娘怎么样，白天你忙着做生意，晚上回去了，有人给你洗洗脚，还能给你暖个热被窝，你看怎么样？"文青的远房表嫂叫翠花的，看到被凛冽的北风刮得瑟瑟发抖的文青笑着说道。

翠花嫂子说完，旁边的几位妇女听完后哈哈大笑起来。

"嫂子，可以啊，兄弟我这两年也是天天晚上睡不好觉，天天晚上总会梦见织女躺在自己的床上，可是醒来以后呀！原来是自己搂着那个又脏又有味的枕头啊！"

"哈哈哈……"

大家谈笑间，冯家村那条宽路上走来一个二十岁左右的姑娘，只见她圆圆的脸庞，一双如秋水般清澈的眼睛，两条长长的麻花辫子刚好搭在深青色的衣领前，她迈着轻盈的步伐款款地向文青走来。

"大哥，你这箱子里还有面包吗？"

"没，没有了，明天我再来行吗？"文青入神地望着那位姑娘，突然间，他那辆破旧的自行车一歪，那带着箱子的车子倒在一旁。

这位年轻的姑娘见状，立刻上前与文青一起扶起自行车。

"谢谢你，小……妹妹……"平时大大咧咧，能说会道的文青突然变得吞吞吐吐。

"没事的，大哥，你要小心，我走了。"

"好，好，好的。"文青望着姑娘远去背影，他忘记了疲惫，忘记了寒冷。

说者无心，听着有意，文青的那位远房表嫂看到了这一幕后，一个念头顿时在她心头产生，如果这俩人能喜结良缘那该有多好啊！

"文青老弟，回去吧，光看是看不到家里去的，我给你想想办法。"

文青望着身穿厚厚棉袄的嫂子，他狡黠地冲着她笑了笑后，就骑上自行车一溜烟地回了家。

"娘，我今天在冯家村见到一个女孩儿，人长得可以，人品也好。"文

青前脚刚到家,就气喘吁吁地告诉自己的娘兰花。

"哟,今天是日头从西边出来,还是大白天月亮替太阳干活了,以前我们求人给你介绍那么多对象,你是一个也看不上,今天终于有你相中的,好,好,明天让你大娘、三婶、五婶、六婶去瞧瞧,看看哪家的姑娘这么好!"

"娘,娘,你小声点儿,别让人家听到了。"文青小声地跟娘说道。

"娘,我看这事让翠花表嫂出面,这……你看行吗?"

"好的,好的,娘听你的。"

翠花嫂子来到文青家,他望着文青娘兰花,又对着文青特意地嘱咐了一番。

"老弟,这人与人之间的第一印象是很重要的,一句好听的话能帮着你给那女孩儿留下好的印象,这头一句话决定着女孩对你的看法,所以为了给对方一个好的印象,你就要有个好的开场白,你不一定直接说,也不一定要一味地夸她,你就随意点就好。"翠花告诉文青。

"嫂子,总不能上来就让我说,我喜欢你,咱俩成家吧。"文青说完引得大家哈哈大笑起来。

"文青,你平时那么油嘴滑舌,怎么一见到大姑娘就怂了?"文青邻家的一位嫂子说道。

"我认为还是以关心为主,应顺其自然,大家都留下一个好的印象不是更好吗?因为双方如果太重视初次见面,应该怎么去说话,应该怎么开场,开场好的话,对方对你的印象就会好一百倍,不好的话,那就完了,没有下一步的发展了,这样一来反而加重了思想负担。"文贤媳妇青莲说道。

"还是弟妹说得好,两人头一次见面还是顺其自然的好。"

"在见面的时候,你呀要打扮打扮,让自己变得帅气一点儿,漂亮一点儿,那姑娘对你的第一印象就好,不过你说的话,还有穿着用点心就行了。"翠花嫂子说。

翠花嫂子在临走之前又来到文青的身边,她悄悄对文青说:"我说老弟,你没事的时候约那位姑娘出来谈谈,如果进展顺利的话,就先把那'磨盘'给占上,这样你的婚事就快了。"

文青听完后,先是一惊,后来又转为一笑。

后来，经过翠花和赵家人的努力，文青终于娶到了那位女孩儿，人逢喜事精神爽，文青这个"人精"终于有人管一管了，这个自小油嘴滑舌的"生意精"终于不再天天抱着枕头睡觉了。

有一天，文青骑着自行车卖完面包后，他来到镇东南角小他两岁的弟弟文兴的家具店来看一套家具。

文兴是文俊的亲哥，早些年他随着五伯赵光学木工手艺，后来木工生意不好做，他就到南方去打工。在南方打工的那几年，他勤勤恳恳积累了一些资金又积累了很多经验，他回到家乡后就在双悦乡开了一个家具店。

文青来到家具店后，家具店的规模令他刮目相看。

家具店大门上有一幅精美大气的对联：秉先师木制文化精髓；创今朝家具款式新风。

文青走进家具店内，这里的每一个角落，各式各样的家具都充满着浓郁的新潮气息。一排排的组合柜林列着，红色的、黄色的、棕色的、白色的让人眼花缭乱；一行行的沙发整齐地摆放着，花样翻新、各式各样，豪华与普通共有，时尚与品位同在，线角变化丰富。每一样家具及灯饰都显出特色并有一定的文化内涵。这个家具店在空间上追求连续性，追求形体的变化和层次感，追求华丽、高雅。典雅中透着高贵，深沉里显露出豪华，整体上具有很强的文化韵味。

"青哥，你来了，来这边看，你先挑着，挑好后我派人给你送去，准让你和嫂子满意。"一身西装在身，梳着四六分发型，身材瘦高的文兴笑着对文青说道。

"兄弟，这两年不光你这家具店变化很大，你整个人也变精神了，从南方打工多年，现在说话也流利多了。"文青说着对文兴竖起了大拇指。

文青望着琳琅满目的家具，他陷入沉思。

"想什么呢，青哥，你看好哪一款，你就吱一声，兄弟立刻给你送过去。"

"兄弟，你看，你这里只有家具，如果再添些电器之类的不就全了吗？"

"青哥，你想到的我也曾想过，只是生意做大了，销售是个问题呀。"

"兄弟，如果你扩大了门面，把电器给弄来了，哥给你做销售怎么样？"

晚上，兄弟二人边吃边喝边聊，最后哥俩达成共识，准备扩大规模，他

们准备在镇上租赁一个大院子。后来,他们所租赁的这个大院子又经过不断翻新,不断装修,就这样,文兴家具店最终变成了集家具、家电、摩托为一体的大型商场——赵氏兴隆家电商场。

开业当天,赵仁、赵义、赵礼、赵明、文俊、文忠、文贤等赵家的家人和亲戚们前来祝贺,身为党委秘书的文忠对两位哥哥的创业更是异常地高兴,文忠还主持了开业典礼,他大声说道:

各位亲朋好友!大家上午好!

沐浴着初冬的暖阳,怀着激动的心情,我们在山清水秀、人杰地灵的双悦乡迎来了赵氏兴隆家电商场的盛大开业典礼。这也是双悦乡家电家具业务发展史上具有里程碑意义的一件大事,在这个有纪念意义的历史时刻。我谨代表赵家对赵氏兴隆家电商场的开业表示热烈地祝贺……

开业当天,前来祝贺的人络绎不绝,文兴、文青哥俩从此被外人称为赵总。

六十六

梁彬第二职业 新开蛋糕店
力劝文俊下海 言笑晏晏声

文俊在双悦乡工作的第三个年头时,社会已经处在高速发展的轨道上,经济发展异常迅速,在这种形势下,大部分教师也被物质利益所诱惑。于是就有人把知识当作了商品向学生出卖;更有甚者,一部分教师竟然做起了生意。一时间有人成了饭店的老板,有人成了影楼的老板,有人成了民办教育的幕后老板,有的兼职……

"同志们,大力强调教师的职业道德是当前教育界的第一要务。作为人类灵魂的工程师,如果没一点奉献精神那肯定是做不好的。国家和社会在这些年来已经给教师足够的地位和待遇,如果不能把自己的知识和精力用在学生的身上,那真是辜负了国家和人民的厚望。试想,一个思想道德低下的老师怎么能培养出一个道德高尚的学生来?所以,教师在教育别人的同时要时刻提醒自己,不要忘记自己是一位堂堂正正的人民教师,我们要为人师表,不要把眼睛总盯在社会的某些方面,看人家商人赚多少钱,羡慕人家官员有多少权?教育人才是你的职责所在。"校长王海龙多次在会议室上对全体教师做思想工作,然而一部分教师还是置若罔闻。

在学校工作的梁彬现已成为一家蛋糕店的幕后老板。这天,他走进自己的蛋糕店,看到屋内的墙壁上写着:幸福就是甜品的味道;每一道甜品都有一个故事;生活就像一道道甜品,不品尝怎么知道哪道更适合自己?他闻到了一股甜点味,看着自己开业半年的这个店很温馨,豪华的装饰给店面增添了一番风味。他走进柜台,柜台装满了甜点。他看到一名雇员穿着洁白的工作服,右手拿起筷子,左手端起玻璃碗,用筷子把玻璃碗里的蛋清和蛋黄搅

拌均匀。那名雇员又找出一袋蛋糕粉，用剪刀在蛋糕粉袋子上剪出一道小口，把蛋糕粉倒入玻璃碗里，好让它和蛋液做一对好朋友。倒完蛋糕粉，用筷子把蛋液和蛋糕粉和二为一。搅拌均匀后，先用盖子盖在玻璃碗上，再把玻璃碗放在微波炉里，火力转到大火，时间调为一分钟。一分钟之后，蛋糕出炉了，它芳香扑鼻。梁彬忍不住吃了一小口，真香，不知道是为什么，蛋糕在师傅的手里变得异常好吃。梁彬对那位雇员赞不绝口，他对自己的这个蛋糕店充满希望，想到蛋糕店的生意越来越好，梁彬的心里美滋滋的，比吃了蛋糕还要甜。

一天上午，梁彬开着他那辆大众轿车来到文俊的家。一下车，他带着两盒龙井茶叶，两瓶五粮液走到文俊家大门前。

文俊出门迎接，他们来到了文俊家的正屋内，文俊笑着说道："今天是什么风把你给吹来了？"

梁彬喜笑颜开："赵哥，听说你的文章在上海的《萌芽》杂志发表了，特向你祝贺，可真有你的。"

梁彬说完后又向文俊竖起了大拇指。

"兄弟，不，梁总，欢迎你的到来，对于你的到来我感到十分荣幸。"文俊笑着说道。

"赵哥，你还那么专心呀，看这本《道德经》被你做笔记都给画成水墨画了，要论学习，我真应该拜你为师呀。"

"兄弟，怪不得蛋糕店生意那么好，原来不仅蛋糕甜，你的嘴更甜呀！"话音一落，文俊和梁彬大笑起来。

"赵兄，我给你指条路吧，我准备开个分店，想再打造一个小小的蛋糕店，让里面满是浓浓的烘焙香。我想把分店刷成像奶油一样甜蜜的白色，墙上挂上一栏栏花草，窗前放一张长长的木椅。木门上会挂一个小黑板，如果路过的人突然想起一种蛋糕的样子，可以写上，也可以画上，不管他会不会再来，我们都会做好放在玻璃橱窗中。如果那个人再次路过的时候，看见专为他做的蛋糕，他一定会在熙熙攘攘的人群中感受到一丝温暖和感动。这是我的创意，如果你感觉到还可以，你不妨先去经营，不出两年我保证你在县城也能买套房子。赵哥，别再啃书了，这年头用处不大。"

"梁彬，谢谢你的好意，我和家人商量之后再做决定。"文俊突然郑重地说道。

"性格和想法会决定一个人做生意能否成功，要成功必须吃苦，而从未吃苦的人就不能坚持下来，尤其是创业初期，很多大老板在开始的时候就睡地下室，啃凉馒头，自己蹬三轮车进货，只是后来才有了人们眼中所看到的那些风光，如果你要做生意应该先学会吃苦。"梁彬饶有兴趣地说道。

"你说得有道理。"文俊说道。

"隔行如隔山，如果你有一技之长，对自己所从事的职业或者所学的技术有很好的了解，这个是任何人无法替代的，即使别人学你的样子做，也永远只是在模仿，永远不如你做得好，比如咱一中的梁静老师的德辉相楼，闻名遐迩，很远地方的人都来她那里照相，因为整个乡里只有她的那一家影楼是最有水平的，而且服务态度也是一流的，她是最早掌握了美颜照相并占领摄影行业的先机。"

"是，是，是，你说得有道理。"

"做生意一定要看准时机，很多人做生意是赚钱了，但是也有人赔钱了，投资有风险需要理智，就像前几年的股市一样，那些卖报纸的、捡破烂的都跟着赚了，做生意也是一样，要看准时机，谁先占领了先机谁才能赢。"

梁彬总说他是如何做生意的，如何赚钱，文俊也只是在旁边附和着，他们之间的共同语言越来越少了。

梁彬离开后，文俊陷入了沉思。梁彬与自己当初所见到的那个有理想、有抱负的光辉形象越来越远了，文俊这样的正直人士只能对他喟然长叹。

梁彬离去的那天晚上，文俊来到了双悦乡东区幸福广场。

来到东区幸福广场后，呈现在他眼前的是五颜六色的花草和苍翠的树木。那黑白相间的地砖平坦而干净，栽着似火一样的鲜花，古色古香的花钵在那奶白色的路灯灯光的照耀下显得晶莹通透，真是漂亮极了！挺立在路旁的香樟树像一个个广场卫士守护着这一方令人轻松的休闲场所。

广场十分宽阔，许多小朋友在这里做游戏，有的在嬉戏，有的在追逐，还有的在仔细观察四周的壁画。看，那个身穿红色上衣的小女孩是那么认真，她正在观察那些壁画呢！你瞧，她左看看，右望望，不时用手摸摸墙上的石头，

仿佛置身于一个神奇的童话世界里。从近处看，那些壁画里有清澈见底的"溪水"，那美丽的"溪水"从那些形状各异，层层叠叠的石头上缓缓地向下流去，水花向四周飞溅，形成了"飞流叠石"，给广场增添了许多生机。

广场的外面是花坛。瞧，花坛外层是茵茵绿草，上面有深红色的细叶红草，那些浅绿色的忘忧草组成一个个精美绝伦的花坛。在绿树红花，清风明月的衬托下，东区广场更显得美丽可人！

不大一会儿，广场上人流涌动，一阵阵狂歌劲舞，真可谓热闹非凡，有道不完的欢声笑语，然而热闹是属于他人的。

回到学校后，文俊静下心来提笔写下：

守望岁月静美

沐着皎洁的月光，迎着温柔的清风，踩着一地的碎影，我来到东区广场。趁着清幽的月光，我近距离凝视，一块高大的经过雕刻的美石立在眼前，上面镌刻着四个朱红大字"幸福广场"。

每当我耳闻目睹"幸福"两字，心中总浮想联翩。名望、豪宅亭阁，俊美香车、锦衣玉食，红粉佳人。这么多'幸福'的美意，对于经过岁月洗礼多年的我来说已经销声匿迹，不在望中。而在自己的视野中，真正悦纳的还是青青的柳枝，红绿相间的风景，碎石堆砌的小径和令我心醉的芬芳泥土。

步入广场中央，环望四周，寂静空旷。东西两边的游廊旁除了几株不知名的野花外，又有谁能和我共赏明月呢？对着月光，我总爱神游于九天之外。而今晚的月光格外明朗，大抵是想与我永结无情游，相期邈云汉吧！在这清幽的佳境中，我漫步于广场东边，正兴浓，不禁咏出《行香子》：树偎两旁，楼护中央，倚轻风，尽意观赏。广场四方，尽拢清光。有草的青，叶的绿，花的黄。远远东望，依稀村庄。扬黄旗，庙宇围墙。偶然乘兴，越溪旁。正风儿吟，钟儿鸣，人儿想。

回到那块美石旁，从南边酒馆中走出两位"醉仙"，满脸红晕，步履蹒跚。"今晚没喝多，明晚再相约"，他们一边走，一边复念。而今晚，却只有我一人。花间一壶酒，独酌无相亲，举杯邀明月，对影成三人。然而即便独饮一杯酒，伴着月光，和着清风何尝不是一件快事呢？"唯当空之明月，四角之清风,望中之花花草,耳得之为声,目遇之成色,此乃造物者之无尽藏也,也是我与汝所共适也"。这"清""静""淡""幽"何尝不是达观之人所追求的一种境界呢?

轻轻的风,轻轻的雨,淡淡的云,淡淡的月,自然中的一草一木,鸟语虫鸣。守望岁月的静美,怎一个"悦"字了得。

六十七

博览医道群书 理论与实践
一代名医终成 文贤美名扬

　　文俊的工作落实之后,赵家人那一颗颗悬着的心终于归于平静。文俊的小姑自从出嫁后,她在婆家尊老爱幼,与邻里和睦相处,她的一举一动赢得了婆家全村人的好评,而赵文贤给她治好病这件大事不知不觉在她婆家的村子里传开了。

　　文贤和青莲自从把自己的小姑赵玉的瘤疾治愈之后,他们夫妇的医术从此也是闻名遐迩。

　　"文贤,今生与你做夫妻是我这辈子最大的荣幸。"

　　"青莲,看你说的,你也太客气了,我们能做夫妻一是我们之间有缘分,二是我们有着共同的心愿。"

　　"文贤,我这个学历不高的人自从嫁给你后,跟着你学习、跟着你行医,其实你不仅是我的好丈夫,更是我的好导师呀。"

　　"莲,看你说的,夫妻本是上辈子同根所生的向阳花,因为在这辈子共同看到了阳光,所以才越开越艳,越开越红。"

　　"文贤,我只有一句话,今生嫁给你,值了。"

　　"哈哈哈",夫妻二人笑了起来。

　　然而书山有路勤为径,学海无涯苦作舟,文贤夫妇继续钻研医学。文贤先后阅读了《黄帝内经》《难经》《伤寒杂病论》《神农本草经》等中医学名著,对其中的中医理论进行了无数次探究。

　　文贤夫妇白天给人治病,到了晚上,夫妇二人也是如切如磋,如琢如磨,互相探讨。

有一次青莲向文贤说道："虽然说阴阳和五行学说是我国古代的哲学理论，概括了古人对自然界发展变化规律的认识，为最原始的归纳辩证法。到了现在，在我国中医学中，无论对人体的组织结构、功能活动、疾病的发生、发展，以及药物治疗，其实都运用了阴阳五行学说。但是，在现实当中，有很多的医生为了达到立竿见影的功效，竟然把这些医学的精华——阴阳和五行学说置之于外，投机取巧。

"是呀！来咱们这里治病的一些患者说过，他们相逢的医生，每一次都是简单地询问后，就潦草地切一下脉立马开始抓药；有的患者还说，一些医生只是简单地询问一下就开始抓药，而且一抓就是二十多味药，本来病人就很痛苦，结果吃了药之后其他症状又增二三分，药抓得多，收费也当然多；还有患者说，有些医生善使诈术，本来病人的症状轻微，经某些医生忽悠后，患者不仅多吃药，而且心理压力重重，更加重了病情……"文贤严肃地说道。

"是呀！现在很多的医生医德沦丧，而且真正做到医者父母心的人寥寥无几呀！唉！"青莲长叹一声说道。

一天一个五十多岁的中年大叔一手捂着左脸痛苦地来到了文贤的中医诊所，当这位患者的前脚刚跨入诊所的门槛，文贤就听到他不停地发出"哎哟，哎哟"的呻吟声。

"大叔你怎么了，是牙疼吗？"文贤问。

"是的孩子，牙疼了六七天了。我五天前曾经到一个牙科诊所，那位医生随便检查之后就说我的牙需要换，他问我是换一般金属的，还是换烤瓷的。那位牙医告诉我，一般金属的每颗五十元，烤瓷牙每颗三百元、六百元、九百元三个档次，我当时就说换个金属的，你猜他怎样说？"

"他怎样说呀，大叔？"文贤问。

"那人说，金属是能镶上，不过我劝你镶烤瓷牙吧！烤瓷牙厂家制作快，而且保质量，说完就准备给我拔牙。我当时多了一个心眼儿，先到你这看一下，如果需要拔牙的话，我再去也不迟。"

"大叔，你的牙疼多长时间了？在发病之前有什么诱因没有？"

"孩子，我发病之前，因为爱吃辣椒，几乎每顿饭都要吃，一周过后，这牙就疼得要命。"

"大叔,那每次疼起来,疼多久?是尖锐的痛还是钝痛,还是酸痛,因为各种痛所代表的牙齿损害程度不一样。"

"每次疼起来,一次比一次时间长,而且疼得越来越厉害,就像棍敲一样。"

"大叔,那是钝痛。"

问完后,文贤检查了那位大叔的牙齿,看看是不是智齿,颌部有没有损伤等。文贤仔细给那位大叔检查了一下,他发现一个异物卡在一个不易发现的缝隙里,文贤用镊子夹出异物后,那位大叔顿时轻松了许多,折磨了他多天的牙疼终于缓解了。

那位大叔临走前说的一句话,让文贤永远铭记在心。

"现在的医生,如果都能像文贤一样,真正为病人着想,真正做到救死扶伤那这个社会该有多好啊!"

"大叔,你说得很对,现在像文贤这样的人,有这样医术的医生越来越少了,很多医生都是在向钱看。"旁边一位妇女说道。

接近中午时分,一位在旁边等了近一个上午的男青年看到所有的病人离开后,他才一脸忧郁地来到文贤身边。

"大哥,我,我,我……"他一边说着,一边看了看青莲。

文贤知其意,就向青莲说了一声:"青莲,你先歇歇吧。"

青莲也看出了这位青年的心思,她就回到厨房做饭去了。

"兄弟,你怎么了,尽管说。"文贤望着那位青年说道。

"大哥,我,我,我不行。"

"有多长时间了?"

"半年了。"

"你结婚多长时间了?"

"一年多了。"

"结婚的时候,你的身体怎样?"

"结婚的时候还可以,后来越来越差,我的心理压力很大。"

"你第一次出现这种情况,是因为什么?"

"文贤哥,我就实话告诉你。我最初在城市里打工,后来经不起诱惑就和一个发廊妹发生了关系,从那以后,我总是觉得对不起自己的爱人,看到自己的爱人我的内心总是害怕,害怕有一天事情败露,所以那'情况'越来越糟糕。"

"兄弟,你这是心理性阳痿,治疗心理性阳痿最主要的方法之一,通过一系列的心理训练使你的恐惧心理或异常心理得到改善,消除那些顾虑,从而起到良好的治疗效果。我想你最好是向爱人承认错误,求得她的谅解,只有这样你的心理阴影才会慢慢地消失,这个病就会好起来。"

"可是,我怕爱人知道后,她跟我离婚怎么办?"

"夫妻之间最重要的要相互信任,相互忠诚,你自己说出来,向她保证今后不再'误入歧途',我想她会原谅你的。"

"文贤哥,谢谢你,我一定会照你说的做,谢谢你。"

文贤夫妇不但热爱中医,而且在赵母的影响下不断研究《大学》《论语》《道德经》等。他们认为"若有疾病来求救者,不得问其贵贱贫富,也不得问起与自己的关系如何,对所有的人一视同仁。因为,凡是让他们诊治的患者,文贤夫妇都把他们看成自己的亲人一样,这样他们会用自己的仁心、爱心去打动感化患者那颗被疾病折磨的"冰心"。这是何等高尚的医德,何等令人景仰的修为。

文贤在赵母生前说过:"奶奶,我们在开始行医时感受到患者对我们的信任和依赖,从他们那一双双期盼的眼神中,从他们带走的一包又一包的草药中,我总感觉到有无数双眼睛看着自己。正如奶奶给我们讲的:故君子之道,暗然而日章;小人之道,明然而日亡。奶奶的这几句话我会永远记在心间。"

文贤夫妇曾经说过,我们赵家行医的目的。第一,医学是一门救人的学问,医生是一个救人的职业,如果你不把患者视为至亲,那么你何以竭尽全力地去进行救治而心底无私呢?其二,我们的收入来源于患者,从这个层面上理解,患者无疑是我们医务工作者的衣食父母。

文贤夫妇用他们高尚的医德,高超的医术于受到双悦乡众多乡亲们的赞许和认可,文贤中医诊所最终也成了双悦乡最大的中医堂。

六十八

家长大闹学校 文俊帮解围

唐媛感恩之情 升华为爱慕

    文贤成为名医之后,十里八乡的人赞不绝口,夫妇二人的声名远播。文俊也为自己能有这样一位大哥而深感自豪,见贤思齐,见不贤而自省也,从此,文俊对于教育教学工作就更加勤奋认真。

    一天上午,文俊班的同学们在教室里写作文,他突然听到八(二)班教室门前有吵闹声,原来学校有一名叫唐媛的女教师正在与一位家长发生口角,文俊急忙赶到。

    "孩子不会背书,你当老师的每次让他站在讲台上,他的自尊心受到伤害,我要到上边去告你。"一位四十岁左右,稍胖的女士愤愤地吼道。

    "我只是想让你的孩子今后有一个良好的学习态度,所以才让他站在讲台上,提醒警示他。"

    "什么警示,我的孩子从小到大没有受到一点儿委屈,你让他站在讲台上,他今后在这个班级内如何面对同学,他的面子一点儿也没有了,你知道吗?"

    唐媛望着这位恶狠狠的家长,她一时不知所措,只能忍气吞声地听着。

    "大姐,请你息怒,你的孩子来到这里是为了接受教育,如果你不满意我们的教育方法,咱们可以商量一下,不过我倒要问一问,如果你是一位老师面对你孩子的这种情况,你会怎样?"闻讯赶来的文俊质问道。

    文俊这不经意的一问竟使得那位家长哑口无言,后来经过文俊晓之以理,动之以情,最后那位家长向唐媛道了歉。

    唐媛的事终究还是被学校知晓了,为了给众多教师进行警示,校长王海龙召集全体教师召开"有关禁止体罚学生"的会议,在会议上,大家对管教学生进行畅所欲言、民主探讨。

在我们国内体罚的确存在着许多危害性,主要有以下几点:损害学生身体健康的体罚方式有罚站、罚跪、罚抄写、罚背书等,这些都是比较轻的体罚。中学生正处在身体发育的关键时期,他们的心理比较脆弱,经不起狂风暴雨,老师稍不注意就会对学生身心造成很严重的创伤。"政教主任义正词严地说道。

我认为体罚其实也是一种教育形式,没有体罚的教育是一种虚弱的教育、脆弱的教育、不负责任的教育。前苏联著名的教育家马卡连柯曾指出,'如果学校中没有惩罚,必然使一部分学生失去保障。在必须惩罚的情况下,惩罚不仅是一种权利,而且也是一种义务'。这些国家的做法在一定程度上值得我们借鉴,应该依据我们的民族特点确定体罚在教育中的地位,以孔子为代表的儒家文化在中国传统文化中占主导地位,孔子虽未曾表示赞成体罚,但是在儒家文化主导的社会下,教师一职成为超然的道德规范维护者,为了维护教师的绝对权威,老师是可以打学生的。所谓教不严,师之惰,严师出高徒。"栗元勋说道。

"对体罚这种现象,我们应该分情况去看待。鲁迅先生在《从百草园到三味书屋》中就曾经提到过寿镜吾老先生有一把戒尺,也有罚跪的规矩。因此不应对'体罚'进行完全否定和摒弃,应该在一定程度上允许体罚的存在。体罚,如果手段合理,方法适宜,在一定程度上对学生的学习是有帮助的。体罚的效果在于让孩子用身体感受,记忆所犯错误,以避免再次犯错。"一位老教师说道。

"十年树木,百年树人,教育是百年大计。不管是'爱的教育'还是'体罚',一味地偏颇都会有问题产生,我们做老师的关键要掌握一个度,不偏不倚,恰到好处。"文俊认真地说道。

唐媛认真地听着文俊讲述,一字一句深深地印在她的心上。

"同志们,最理想的教育方式应该是以爱的教育为主,我们作为教师要多一点耐心,多一点爱心,多一点恒心,我相信就算是冥顽不灵的顽石,也会变成最耀眼的金子。"校长王海龙总结道。

　　学校最终没有对唐媛进行处分，这件事就这样不了了之，从这件事之后，唐媛对文俊的敬佩和感激之情也是与日俱增。

　　时光如流水，一刻不停留。元旦即将临近，学校准备筹办"双悦乡一中迎元旦文艺晚会"，师生共献节目。王海龙校长在全体会议中特别指出，新来的几位年轻老师必须出节目，一个也不能少。冯彬与栗元勋两位性格开朗，两人协商演绎姜昆和戴志诚的相声《新虎口遐想》。

　　"老赵，你还犹豫什么，你就唱首歌吧！"梁彬说道。

　　文俊因刚来到母校任教，虽然这所学校对他来说是那么熟悉，然而面对自己曾经的老师，面对自己的新同事，面对自己那些可爱的学生，他还是有一定的压力，所以这两天他愁绪满腹。正当文俊忧心忡忡之时，突然一个熟悉的身影来到他的眼前，唐媛来到了他的宿舍。

　　在平时的工作中，文俊注重与众多老师交流，然而因为与筱枫有了那次私定终身之事，他平时与唐媛、王芸、林芳几个女教师还是保持一定的距离，与大家碰面时也只是打个招呼而已，真正在一起畅聊的机会还是很少的。

　　明眸如水、柳叶弯眉，樱唇不点而红，色无铅华粉饰而面白如玉，身着深蓝色羽绒服的唐媛显得那么娇美动人。文俊见到唐媛后立刻站了起来，激动地说："你好，请坐。"

　　文俊又急忙去倒茶。

　　"谢谢你上次帮了我。哈哈，赵老师我觉得你就像《聊斋》中的那些书生一样，温文尔雅，彬彬有礼。"唐媛打趣地说道。

　　"你那晚的《单身情歌》弹奏得非常熟练，音色也不错。"

　　"噢，那天晚上是你呀，不好意思献丑了。"文俊惊呀地说道。

　　"这一次咱俩合作演绎《丁香花》吧，你弹吉他我唱歌好吗？"

　　"我能行吗？我恐怕……"

　　"相信咱们的实力。"唐媛打断了文俊的话。

　　唐媛走后，梁彬张嘴就来："哟哟，才子佳人天作之合，唉！大才子走到哪儿都有人喜欢，真是人见人爱，花见花开。"

　　"不要乱说，我们只是合作唱歌。"文俊说道。

"现在合作，将来一定会长久合作。"梁彬笑着说道。

"梁彬，你可不要乱开玩笑。"文俊突然严肃地说道。

元旦那天，师生齐聚双悦乡一中北边宽阔的操场中。学生们个个精神抖擞，在众多老师的化妆下个个青春靓丽、光彩照人。一向开朗的梁彬、栗元勋在台上眉飞色舞地把相声表演得惟妙惟肖。大家掌声一阵接一阵。

当文俊和唐媛走上主席台时，掌声从四面八方拥了过来，文俊端坐在麦克风前安定片刻，伴随着舒缓的吉他伴奏，唐媛开始唱道："你说你最爱丁香花，因为你的名字就是她，多么犹豫的花，多愁善感的人啊……"唐媛那富有魅力而略带沙哑的歌声让每位观众感动不已。演绎完后，掌声又响起来，两位女同学手捧鲜花毕恭毕敬地送给文俊和唐媛，这时，文俊的心早已飞到九霄云外。

从那以后，在别人的眼中文俊和唐媛郎才女貌，各种风言风语不绝于耳。

有时候，特别是夜深人静之时，唐媛的倩影也会浮现在文俊眼前。文俊每次都想把她忘掉，因为他答应过筱枫，而且二人已有了肌肤之亲。然而事与愿违，感情如流水，抽刀断水水更流，借酒消愁愁更愁。一天晚上，窗外月光清辉遍地，文俊禁不住写下二首词。

月下抒怀

未卜今生愿，新添一段愁。忧来时敛额，行去几回头。咫尺娇伊人，天涯若客流？月光如有意，情洒玉人楼。

西江月

无故多愁善感，有时如怨如狂。纵然满腹与才华，外秀内丰枉然。真爱人间难事，今朝儿女情长。人生红线早安排，寄语伊人心上。

唐媛自从和文俊同台献艺之后，文俊的身影深深地印在她的心中，在梦里，在清醒时一种莫名的思念在她脑海渐渐产生。多才的唐媛在她的日记中写下：

水中月

亭亭青荷,盈盈凌波,心爱的人儿,近在眼前又若何。你是那涟漪片片,你是那浪花朵,永远荡漾在我思念的心河。馨馨兰花,娇容脉脉,可爱的人儿,近在咫尺却又成为过客。你是那金星一颗,你是那水中明月,时时在我的梦中闪烁。我不停地寻觅,不停地寻觅,你为何总与我擦肩而过。我曾为你欢欣,我曾为你泪流,就让我为你唱一首动人的歌。

六十九

文志文德打工　同命不同运
花花世界迷离　文德闻不德

　　在衡州打工的文德、文志两兄弟从信上得知，文贤的诊所成了全乡最大的中医堂，文忠在乡政府工作，文俊也在家乡中学任教。弟兄两人特别是文志异常高兴，文志、文德和一同打工的同村兄弟在一起相聚庆祝。

　　晚上夜深人静之时，文志睡不着觉，他躺在工厂里那间狭窄的宿舍内的一个高低床的上铺静静地回忆着。

　　自从爹赵光去世之后，家中的生活一落千丈。尽管几个伯叔相互照应着，可是因为家中兄弟姊妹三人都在上学，文志娘冬梅的家庭负担越来越重，懂事的文志和娘通过商量最终决定，自己和文德停学，让成绩好的妹妹文霞继续上学。当时在读初中二年级的文志辍学在家，文德小学五年级没有读完就辍学在家。

　　想到这里文志更是难以入眠，瘦高个子的他在外闯荡这么多年，如今还真是有点儿想家。岁月不饶人，作为一个 70 后的农民工，看到那些跟自己一起外出打工却事业有成的朋友，他的心里感慨万千。想着那流逝的青春，想着在外打工的情形，当初离开家乡的一幕一幕恍如眼前。

　　自从辍学回家后，文志跟其他同学一样还是个毛头小伙子。有一天，村里一个叫海亮的青年从南方打工回到家乡后，让文志他们真是"士别三日当刮目相待"。海亮是文志的一位同学，早已辍学在家，后来去南方衡州打拼两年，回到家乡后找到文志等同学滔滔不绝地讲了很多南方的新鲜事。海亮来的时候，给文志等同学们又是发糖果，又是递香烟，一身笔挺的西装很有派头，比起宽松的校服，一个天上一个地下，特别是海亮染的黄而卷曲的长

发像个外国人。这件事在村子里那些不上学的男孩中间引起很大震动,大家非常羡慕,在农村生活多年的青年们都向往城市生活,这件事也打破了文志平静的生活,从此,他对南方城市的向往和渴望越来越强。

冬梅的不舍让他本来就烦躁的心情更不舒服,文志不想让自己的娘生气就知趣地离开。他总是在想自己的娘误解了他,不了解年轻人的想法。当文志躺在床上睡不着觉,想着白天村里的人扛着蛇皮袋子去远方,他的心跟着出门的人飞走了,唉!老实巴交的农民在黄土地里刨啊刨,一辈子也没刨出个金娃娃来,种点粮食只够糊口。

文志又想起每到赶集的日子,父辈们都会从粮仓里装些粮食拿到集市上去卖,然后换几个零花钱买些油盐酱醋之类的生活必需品,没有钱花就去卖粮食,往往是粮食还没到收割季节就没有了,他们又得去跟邻居说一大筐好话才能借点粮食吃。

"娘,我在农村感到很无奈,我知道农村的贫穷和你的辛苦,我想早点出门远行,出去闯闯世界为你赚点钱,供文霞上学,我最不想看到的就是您用粮食换钱,我真的想到外面去闯一闯。"

村上一个叫胖子的小青年和他家人经过一番交流后,胖子娘和文志娘才勉强同意胖子与文志一起外出打工。

"娘,弟弟文德虽说年龄小了点,但是个头很高了,他那胖胖的体格有时干活比我的力气还大,就让他跟我们一起去吧!我会照顾好他的。"文志向娘说道。

后来文德和村里的几个伙伴在海亮的带领下匆匆南下。

临走之前,文志娘说道:"去衡州也行,只要有人肯帮忙带着你们出去,去哪儿都行。"

"胖娃呀,我和你爸妈这辈子连县城都没去过,一辈子就窝在农村,除了镰刀锄头,连火车都是在电影里见过,你们这些人要是真的能出远门,在外面就要好好干,千万不要学坏,你们在外面干了啥,我们这些在农村的大人啥也不知道,你们一定要老老实实做人啊。"

海亮拍着胸脯说:"婶呀,请你放心,我们出去是踏踏实实打工,认认真真地做事,堂堂正正地做人,不会乱来的。"

文志娘说:"文志,海亮在南方有亲戚吗?他带着你们到底行不行?"

文志说:"海亮在衡州打工很多年了,人家有人缘,没事儿的。"

文志娘又说:"你知道你们出去是干什么工作吗?"

胖子说:"具体不清楚,听说是在厂里干活,不会晒太阳的,而且那些活儿都不重,我们能干的,五婶,你放心吧。"

文志娘又啰唆道:"文志、文德和胖子都还太小,太重的活儿不要干,身体吃不消人会吃亏的,出去以后你们要机灵一点,你们几个兄弟虽不是亲兄弟,出去以后就当是亲兄弟,你们几个的心要连在一起,一定要团结啊,有啥事不能闷在心里,要常写信回来。"

轰隆轰隆,随着南下列车的轰鸣,文志一行人在海亮的带领下来到衡州的一个小镇上。这几个孩子第一次来到南方,大姑娘上轿头一回,他们真的很兴奋。在火车站人流拥挤的地方为防止走散,文志拉着文德,文德拉着胖子,还有个年龄相仿的小伙子紧跟在海亮后面,这支"队伍"引来无数好奇的目光。

文志兴奋地说:"几天前,我们的左脚还踏着农村,今儿,我们的右脚就踩着南方地界了。"

海亮说:"是啊,城里车水马龙,高楼大厦,闪烁的招牌是城市的特殊符号。农村姑娘们削尖脑袋都想嫁到城里去,大城市有无限的吸引力。"

随着时间的推移,文志在工厂做工已经几年了,他和同事们也渐渐混熟了,他不再那么孤单,感觉自己闯荡的天空就要明朗起来。

文志想到这里,他发出无奈的一声长叹就倒头入睡了。

文德自从来到衡州之后,开始的两年工作相当卖力,可是后来,在一些工友的引诱下染上了赌博的恶习。

七十

文俊家访李辉 聊家庭状况
李辉最终复学 从此更勤奋

  文志和文德在南方打工，他们成了名副其实的打工仔，文志经过不懈努力最终成了那个工厂的一个带班领导，大家都称他为赵主任。文志为人踏实厚道，加上他工作勤勤恳恳、任劳任怨，所以那么多的工友对他是相当敬佩。在他的带领下，那家工厂的生意是风风火火，越来越好。文德染上赌博的不良习惯，再加上他的风流成性最终一事无成。

  在赵家所有孩子中间，文德的确是一个例外，这也应了人们常说的那句话，"任何一个人都画不出没有一点儿瑕疵的圆，任何一件事都不能十全十美地出现在人世间。"

  文俊在全乡教育系统经过自己的努力正朝着名师前行，他热爱教育事业，热爱语文教育，更关心他所教育的每一个孩子。

  春节过后开学的第一天，文俊面向全班同学讲话："同学们，大家好！两个月的假期梦一般的就这样过去了，我们又迎来了新学期。在一个全新的起点，我们每个人都会有一种期盼，期盼明天会更精彩。因此，我们一定要对新的学期充满希望，展现自己迎接新学期的精神面貌。今天我希望同学们都把自己打扮得漂漂亮亮，把办公室、教室都打扫得干干净净，营造一种生机勃勃、奋发向上的新气象，我相信在这种新气象的感染和鼓舞下，我们一定会在新学期取得更大的进步。

  "同学们，在新学期里，我们都要有一个新的目标——不要做语言的巨人，而要成为行动的主人！成功不是靠梦想来实现，而是靠自己的行动来完成的。在新的学期，我们要有好的成绩就需要我们不懈地努力！付出一份努力才会换取一份收获。学习并不是一种兴趣，而是一种责任，是我们应该做且必须做好的事情；同时学习必定会有负担，如果没有苦累的过程，就不会有进步和提升。无论是过去还是将来不都是这样的道理吗？成功中有我们的喜悦，成功背后有我们辛勤的汗水，没有耕耘就不会有收获，没有付出就没有所得。书山有路勤为径，学海无涯苦作舟。向着自己的目标奋力前进！新的学期又开始了，开始了新的旅程，让我们一起努力去扬起新的风帆吧！"

文俊向着全班同学们宣读新学期讲话，他的讲话结束后，班长向他报告："老师，咱们班的李辉同学辍学了。"

班长的话音一落，他的心抽搐了一下。学生与自己相处半年了，自己一向和大家和睦共处，李辉是怎么了，他为什么辍学了？这一连串的问题在文俊的脑海中萦绕。

文俊决定家访。他在去李辉家的路上边走边想：李辉是一个不错的孩子。在学校，李辉同学对待学习一丝不苟、脚踏实地。每一次的作业都是按老师的要求认认真真地完成；课堂上总能听到他独特的见解，大家公认他是班内学习上的"领头雁"。"时间是挤出来的，我要多学习多锻炼自己，为学校争得荣誉。"李辉同学总是这样说。校内外的学习活动常常忙得他不亦乐乎，他总是充满自信地面对。他多次代表学校参加镇、县级演讲，朗诵比赛，每次他都认真准备付出了许多辛劳和汗水。多少个午休，他早早来到学校在教室里反复练习；多少个傍晚，同学回家后他留下来仔细揣摩，一个动作、一个眼神都力争做到最好。在同学心中，李辉同学还是一个热心人。不管谁有困难，他都会伸出热情之手。其他同学学习上有困难，他就主动要求和他们坐同桌，在学习上与那些学困生结对并鼓励他们。同桌的圆珠笔没带，他会主动递过去一支；同桌座位脏了，他会帮着清理干净；同桌的几何题不会做了，他启发同桌分析；同桌受到表扬了，他由衷地高兴。每逢周五，寄宿的同学值日，他总会主动留下来帮助值日，扫地、拖地、倒垃圾。在他的带动下，班里关爱集体的同学越来越多。而今……

想着，文俊来到李辉家。文俊推着自行车走到他家的大门外，这是一个宽敞的院落，院中两棵柿子树只剩光秃秃的枝丫，四间老式瓦房，三面外墙裸露出砖块来。李辉在堂屋看书，看到文俊后立刻跑出来替老师把自行车停放在院内。

"老师，我……"

"李辉同学,漫长的寒假生活结束了,咱们该回到久违的学校,老师满心喜悦地来到学校,看到同学们穿着新衣服,有着新面貌,我这心里真是异常高兴。可听到班长说你不上学了,老师这心里啊,就像是被针扎一样难受。"文俊说道。

文俊见到李辉后,只见他穿着一身脏衣服,手还不断地搓着衣角。

文俊说:"李辉,今天早上吃啥好饭了,把开学的事忘了。"

李辉苦笑了一下,用低得不能再低的声音说:"老师,老师,我恐怕不能再上学了。"

李辉的声音虽然有点小,但文俊听了,还是吃了一惊。

文俊不相信自己的耳朵,又问了一遍:"真的吗?"

李辉理了理蓬乱的头发,点了点头。

"为什么呢,李辉同学,你可是一位品学兼优的孩子啊!"

"老师,我妈妈走了,爸爸在外也很辛苦,爷爷奶奶又长期生病,我想替爸爸照顾爷爷奶奶。"李辉说完转过脸去擦了一把泪。

不大一会儿,李辉的爷爷奶奶从外边蹒跚地走进院子,他们看到文俊后激动地向文俊问好。李辉的奶奶急匆匆地给文俊沏了一杯热气腾腾的茶并让文俊坐下。堂屋内几把简易的椅子依偎在一个没有油漆的方桌旁。

李辉奶奶开口说道:"老师,唉!孩子的妈妈到南方打工,这几年经常不回家,开始我们想着她的活多,事儿多,人也忙。后来,半年都不给家里通信,要不是邻村和她一起打工的人告诉我们,我们还都以为她是真的活儿多事儿多,原来呀是她变了心。这不,最近两年没回家,今年腊月二十回来后和孩子的爸爸大吵大闹就离开了,临走前放下狠话,一定要离婚,离开这个穷家永远不再回来了。"

"过了几天,小辉得知他的妈妈和爸爸离婚了,他哭得很伤心,说什么也不上学了。"李辉的奶奶一边流泪一边说。

"小辉是个听话的孩子,在家不挑吃穿,从不乱花钱,只是我俩长年多病靠他爸爸一人在外打工,小辉心疼他的爸爸又担心我们两个老人,他的性子拗,说什么也不去上学了。"李辉爷爷说道。

"大叔,婶儿,孩子的学是一定要上的,有什么困难我们共同解决,现在学校每年对贫困学生发补助,我还可以号召全校师生献爱心帮助他。"文俊深情地说道。

李辉的爷爷老泪纵横地拉着文俊的手说道:"老师,让你费心了。"

"李辉同学,我给讲个'囊萤映雪'的故事吧!晋代的车胤,由于家贫,没钱买灯油,而又想晚上读书,便用练囊抓很多萤火虫趁着那微弱的光读书;晋代的孙康,他在冬天的夜里利用雪映出的光来看书。

"车胤从小很爱学习,但由于家庭贫困,父亲无法为他提供良好的学习环境,也没有多余的钱买灯油供他晚上读书学习。因此,他只能利用白天的时间背诵诗文。夏天的一个晚上,车胤正在院子里背一篇文章,突然见到许多萤火虫在空中飞舞,一闪一闪的光芒在黑暗中显得有些耀眼。他猛然间想出了一个办法,如果把许多萤火虫集中在一起,不就成为一盏灯了吗?于是,他找来一个白绢口袋,然后抓了几十只萤火虫放在里面,再扎住袋口,把它吊起来。虽然不是很明亮,但勉强可以用来看书了。从此,只要有萤火虫,他就去抓一些来当作灯用。由于他勤学苦练,终于有所作为。"文俊对着李辉说道。

文俊看到李辉听得相当投入,他又向李辉讲述:"同是晋代的孙康情况也是如此。由于没钱买灯油,晚上不能看书,每天只能早早睡觉。他觉得这样让时间白白跑掉,非常可惜。一天半夜,他从睡梦中醒来,望向窗外时,发现了一丝光亮。原来,那是大雪映出来的,可以利用它来看书。于是他困意顿失,立即穿好衣服,取出书籍,来到屋外。宽阔的大地上映出的雪光,比屋里要亮多了。孙康不顾寒冷,立即看起书来,手脚冻僵了,就起身跑一跑,同时搓搓手指。此后,每逢有雪的晚上,他就不放过这个好机会,孜孜不倦地读书。这种苦学的精神促使他学识突飞猛进,最终让他成为饱学之士。李辉我真希望你能像他们一样,克服生活中的重重困难,迎难而上,最终考上理想的大学,成为国家的栋梁之材。"

"老师,我,我,我……"

"孩子,你看,有这么好的老师关心你,你去上学吧,只要你爸爸在外好好打工,咱们这个家还是有希望的。"

经过文俊的鼓励后,李辉又回到了学校,从此他更加勤奋了,成绩总是名列前茅。

七十一

文俊唐媛对诗　诗中有情怀
筱枫观看诗稿　句句半含酸

　　转眼间,文俊来到双悦乡一中工作已经三年有余了,随着学校办公条件的改善,一座三层教师宿舍楼终于竣工并投入使用,文俊和梁彬、栗元勋等年轻男教师住在三楼,王芸、林芳、唐媛住在二楼。

　　长期坚持写作的文俊,他的文章在谦州市的报纸杂志相继刊登,赵文俊的名声在整个清辉县教育系统早已是声名鹊起。唐媛毕业于谦州教育学院,她也是一名才女,她在上学期间也喜欢经典文化,特别是对古诗词情有独钟。唐媛自从参加工作以来创作了一百五十多首诗词。

　　一天晚自习下课后,唐媛来到文俊的住室。她看到文俊的那张办公桌上,两盆绿萝生机勃勃,绿意盎然;两列书籍整齐地排列着,从唐诗、宋词、元曲、明清小说、经典名家散文集,到四书五经。怪不得大才子满腹经纶,口才一流,原来是他勤奋努力、刻苦攻读的缘故。一个绣着百合花的帘子挂在住室的中间;一张狭窄的床上有一床豆腐块似的被子,真是"学者内涵,儒者风范"。唐媛看到这个简单优雅的室内布置禁不住肃然起敬,这个个子不高,温文尔雅的儒生形象在自己的心里占据着越来越重要的位置。

　　"赵老师,我来到你的住室禁不住想起'山不在高,有仙则名。水不在深,有龙则灵。斯是陋室,惟吾德馨,你这里真是一个清静的小千世界。"唐媛望着文俊微笑着说道。

　　"快请坐,唐老师,谢谢你的夸赞。"文俊先是一惊,然后也笑着说道。

　　"赵老师,你的诗词早已是声名在外,今天想当面请教,不知道可否赏光?"

　　"哪里,哪里,你太客气了,其实我早就听说你在学校期间也是一位赫赫有名的大才女,自从见到你的第一眼起我就不停地想,一个宋朝的李清照怎么出现在今天的大好年华里，而且出现在我们双悦乡一中这个名不见经传的小天地里。"

当唐媛听到"一个宋朝的李清照怎么出现在今天的大好年华里"这句话时，她豁然开朗，她终于明白了赵文俊老师为什么受女孩儿的喜欢，原来除了他那满腹经纶的才华外更有一张能说会道的嘴，而且说出的话近乎《中庸》，不偏不倚，恰到好处。唐媛自然是欣喜万分，她那双眼睛不停地打量着文俊，有时真令赵文俊不好意思。

"赵老师，我能称呼你为赵哥吗？"唐媛深情地望着文俊。

"你太客气了，他们都叫我文哥，今后你也叫我文哥吧！"文俊微笑着说道。

"文哥！请谈一谈你平时创作诗词的一些经验好吗？"唐媛用一种赏识的眼光盯着赵文俊。

"经验谈不上，只是一些心得体会罢了，对于我来说，诗词对语言的第一个要求就是要把语言写得通顺，让读者能明白，引导读者顺利地进入你的审美思维。对于诗词来说，语言既是技术，又是艺术。诗词对语言的要求很多，语言清晰是第一位的，是最基本的要求。不要以为说话说得很清楚，写出来的就很清楚——那是有差距的。一句诗词就能把作者的思想感情、要说的事，完整地传达出来，不能让读者误解、走岔路，这是我们语言上的功夫。有些诗友写的诗，自己很清楚，但读者不清楚。我们不能按自己的意思生造出一个词来用在自己的诗词上。你如果要创新，肯定不能总用老词，得用新词，可是要用新词就要涉及造词的问题。这不是一个理论能解决的问题，要靠创作实践来解决，靠提高语言能力来解决。"文俊一五一十地说道。

"文哥，这些年，我阅读过很多诗人的作品，除去'假、大、空'的词语堆砌之外，我认为一首好的诗词是可以看出整个现实的状态，以及作者本人的生活阅历与文字阅历，或生存状态。诗人是敏感的，他们又是朦胧的。说诗词要写得朦胧，看不懂才是好诗；把朦胧诗词理解为谁也看不懂，这是一个很大的误解——朦胧诗词的朦胧不是表现在词句上，而是表现在意境上，可以有多种理解，给读者创造想象的空间。李商隐是我国朦胧诗的鼻祖。他说：'春蚕到死丝方尽，蜡炬成灰泪始干'。我们看表面上的诗句，'春蚕到死丝方尽'，哪个字词'朦胧'？但其传达的感情是不确定的：有人认

为是爱情诗,'丝'的谐音是'思',相思的'思','泪'的谐音是'累',为相思所累,这样理解可以;有人认为是官场失意,李商隐因陷入党争被贬,竞争失利,只剩下了'丝'和'泪',这样理解也可以。有人说是友情诗,跟朋友的关系出了毛病,也可以。故其背后的含义给读者提供了广阔的想象空间,这才是朦胧诗的本质特征。"唐媛饶有兴致地说道。

"其实诗词创作时需要先掌握诗词的平仄、用韵、格律入门基础,过此门槛后,要想进一步提高诗词创作还需要一个过程。首先应该知道诗词的审美取向,在此基础上把句子写好,把篇章布局好,在诗词中体现一定的情感,给人以享受,使人感动。"文俊又说道。

"昨天,我读了你的一首词,《行香子》:凉夜无尘,月映吾心,路通南北少足音。松静匀乐,难遇天真。叹少年乐,青年志,中年辛。虽有文章,时有几闻,韵茶一杯且堪斟。无常人事,笑看风云。对一首歌,一杯酒,一友人。这首词意境太美了,我抄在稿纸上了。这首词中的'松静匀乐,难遇天真',这两句用得相当好,在这个快节奏,高效率的时代,能真正做到松静匀乐的人的确很少了,而且松静匀乐也是一个人'止定静安虑得'的基础;只是最后一句'对一首歌,一杯酒,一友人'其中的'一友人'不知究竟是什么样的人?"

文俊听到最后一句话时,他思索了近半分钟说道:"这里的友人是指知心朋友。"

"文哥,请问,你说的知心朋友是红颜知己吧!"唐媛微笑着对文俊说道。

"媛媛,知心朋友包括红颜知己,但不一定全指。"

"我这儿也有一首词,望你雅正。"唐媛说着便拿出一张稿纸。

那张稿纸的背面工工整整地写着:

蝶恋花

雨过秋容明与霁。谁意幽人,憔悴身无语。月满盈天清和丽,东升旭日明朝几?案上尘埃一粒粒。来自何方,将又往哪里。只为心缘情未已,愁肠中酒终成忆。

"好词,好词,特别是'案上尘埃一粒粒。来自何方,将又往哪里,'正如佛语'一沙一世界,一叶一如来',其实每一个人都是人生长河中的一叶浮萍,最后不知道将要到何处,心中的那份情缘未了,所以痴痴地等待,举杯消愁愁更愁。不过我相信你人好，缘好，终究会有理想的归宿。"

"文哥，你就是我心中的那个知音啊！"唐嫒听到文俊解读后，她那尘封已久的情网突然打开，由于太激动，她突然上前握住文俊的手。

文俊看到唐嫒突然握住自己的手，他不知道为什么，自己那张白皙的脸庞竟然红了起来，他下意识地拂去唐嫒的手。

"文哥，不好意思，刚才我太激动了，对不起。"唐嫒歉意地说道，说完后竟也红着脸离开了文俊的住室。

两天过后，筱枫趁着星期天来看望文俊。文俊见到筱枫后，两人激情相拥之后，更是有着说不完的情话蜜语。一番温情后，筱枫坐在文俊的办公桌前，突然，那天唐嫒所抄写的诗稿出现在文俊那两排书的中间，特别是"雨过秋容明与雾。谁意幽人，憔悴身未语……只为心缘情未已，愁肠中酒终成忆。"这几句格外醒目，格外地刺眼。筱枫故意拿着这张稿纸直盯着，她想让文俊给她一个合理的解释。

文俊看到筱枫聚精会神地盯着那张稿纸，他的心突然忐忑起来。

"枫，请你不要误会，这是我们学校的老师与我探讨交流诗词创作时留下的一篇手稿，你千万不要误会。"文俊笑着对筱枫说道。

"哟，哟，这首词写得可真深情啊！谁意幽人，恐怕还真有人在意呀！"

文俊听完这句话后沉思片刻，他深知女孩子需要用心去哄，所以他突然笑着说道："我说今天中午胃口不好，原来是醋吃得多了，太酸了。"

筱枫听到这句话后，直接抡起粉拳轻轻地砸在文俊的前胸，文俊趁势一把搂着她，一会儿，两人又是一阵激情。

本来打算再次进行诗词探讨交流的唐嫒看到一个标志俊俏的女同志在文俊的房间里，而且房间的门还关着，她又听到屋内的轻声笑语，于是她加快脚步离开了。

七十二

唐媛回避初恋 文俊好言劝
筱枫唐媛会面 以诗抒情怀

筱枫离开双悦乡一中的第二天上午，唐媛与文俊等语文组老师在教研组小会议室召开国学经典诵读的教研会议，此时的文俊由于对语文教学不断创新，而且收效很大，所以在大家的推荐下，文俊任双悦乡一中教务处主任。在文俊的主持下，语文组全体人员在会议室里激烈地讨论着。

"经典诵读可以清晨时进行，但不能占用太多时间，因为中学生面临着升学考试，不能耽误考试这样的大事。"一个五十多岁的老教师说道。

"当前学生所学的科目众多，学生哪有时间去诵读经典，还是不要进行了，那真是多此一举。"一位九年级的语文老师说道。

"学习国学，传承经典文化可以让学生在假期进行，这样又不耽误上正课。"又一位老师说道。

……

唐媛听到几位教师的讨论后，她站起身来环顾四周后郑重地说道："在中学生中开展国学经典教育不仅是对中学生智育与德育的培养，也是对中华民族文化的一种继承和坚守。中学生是祖国未来的主人翁，中学生的人文素质、思想道德的水平直接关系国家的整体素质，所以我认为，传承经典文化应在平时进行，不能等闲视之。"

"孩子们从中学时代接受这样的熏陶，国学经典将在他们心里埋下种子，随着他们慢慢长大，会与他们形影相随，对他们的一生都将产生积极的影响。如今，外来文化、网络文化等所谓'流行文化'对孩子们的影响越来越大，不少孩子不但在文化素养方面出现严重'营养不良'，他们还不同程度地表现出浮躁、自私、好逸恶劳等不良心态。让他们在祖国传统文化的滋养中成长，健全人格,培育民族精神,非常有必要。"一位七年级的语文老师郑重地说道。

"学习优秀经典文化意义深远,可以培养孩子们的古典文化底蕴和优雅情怀。其中不仅有文学,还蕴涵着美学、哲学。用这些优秀的传统文化充实孩子的心智,就是给了孩子们一把开启心智的钥匙。经典著作是我们民族文化精神教育的一个庞大载体,是我们民族生存的根基。为了使孩子们能够从小汲取优秀传统文化中的营养,继承和发扬中华民族的灿烂文明,实现人的全面发展,必须弘扬国学。"梁彬说道。

"传统的课堂教育侧重于知识与意识形态教育,而缺失最大的就是对学生的人文教育和传统文化教育。让学生徜徉于国学经典之中,感受着祖国传统文化的巨大魅力。在学生心灵最纯净、记忆力最好的时候接触独具智慧和价值的经典,会逐渐培养其人文精神。"一位语文老师说道。

几位老师激烈讨论后,最后由赵文俊做总结:"目前在中小学生中,广泛存在着对中国传统文化认知缺乏,兴趣不浓,传统文化意识淡薄的倾向,他们对中国传统的优秀文化诸如传统美德、传统节日、文学名著、诗歌词赋、成语典故、毛笔字等没有兴趣,而对洋节日、洋快餐,日韩明星,流行音乐,网络游戏等倍加推崇。众所周知,中小学生是国家的未来,这样的情况如任其发展下去,将导致文化断层、精神缺氧、社会道德缺失,后果将非常严重。"

文俊的话音刚落,会议室内响起了热烈的掌声。

"同志们,大家说得都有道理,我觉得,对于传统文化我们应该从以下方面入手:开展丰富多彩的国学经典诵读活动,在活动中给学生以潜移默化的影响和熏陶。学校和班级要有目的、有计划、有组织地开展多种形式的国学经典诵读活动,如开办文学兴趣小组、'经典诵读'擂台赛、经典知识竞答、行为礼仪展示、情景表演、创办国学报刊、'经典故事'表演赛、'我读经典有感'征文比赛等,以此来激发学生对国学经典的兴趣,激励学生积极主动地参与到国学经典传承活动中来,让国学经典传承成为学校教育的主题之一。"王海龙校长的话音一落,会议室里又响起一阵热烈的掌声。

会议室的掌声刚刚停下来,一阵敲门声把大家的目光吸引过来。原来是一位瘦高个子,戴着一副眼镜的男士来到这里。

唐嫒看到这个人后,她立刻站了起来,表情严肃并急匆匆地走出会议室。唐嫒的住室在二楼东边,正好在文俊住室的斜下方。

　　文俊中午下班后,当他回到自己的住室后就听到吵嚷声从二楼传出,文俊隐隐约约地听到:"今后,你不要再来了,我们之间不可能了,请你尊重我的决定好吗?"那是唐媛的声音。

　　"你说结束就结束,两三年的感情说没有就没有,你总该给我一个合理的理由吧!"对方辩驳道。

　　"我们之间有很多的差异,我希望今后你能找到一个适合自己的人,祝福你!"唐媛继续说道。

　　"我知道,你的心里一定有他人的存在,我早就听说你与你们学校的那位姓赵的小子好上了,告诉你,那人不一定是什么正货,我还听别人说,他已经有对象了,你趁早收心吧!"

　　"你,你,你,我真没有想到,你的素质竟是这么低下,你怎么能凭空侮辱文哥呢,人家赵老师为人堂堂正正、坦坦荡荡。"

　　"哟!你们俩还没什么吧!这就护上了,难道你们也……"

　　"你胡说,请你出去,从今往后我们的感情一刀两断,同学情谊也一笔勾销。"唐媛愤怒地说道。

　　文俊刚来到唐媛的住室了解情况,那位瘦高个突然走了出来,当他看到温文尔雅的文俊时,他停下了脚步显出一脸的愠色,那目光中充满了仇视和恨意,临走时瘦高个又回头望了一眼文俊,然后他就从教师住宿楼消失了。

　　文俊来到唐媛的住室内,这是他第一次来到唐媛的住室。

　　"唐媛,你怎么了?我在楼上就听到你们的吵嚷声,如果你有什么委屈就告诉我,看我能否帮助你。"文俊望着唐媛说道。

　　"赵老师,不,文哥!谢谢你的关心,我,我……"说着唐媛竟落下了眼泪。

　　"唐媛,你心中有什么难解的结不妨告诉我吧!其实你们之间或许有一定的误会,我刚才听到,那个人还把我给扯进来了,我想那人肯定是误会了。"文俊慢慢地向唐媛说道。

　　"文哥,我们是在大学期间相识的,他追求我已经整整三年了,可是我与他之间有一道坎,我也想跨过那道坎,然而始终不能越过。"

　　"媛媛,其实世间有很多的事都不是那么圆满,人们往往追求的是一种希望,而到头来收获的却是满满的回忆。"

　　"文哥,你说的道理我也懂,可是自从遇到你之后,有一句话在我心中藏了很长时间了，我真想说给你听。"

"那你就说出来吧！"

"文哥，我，我，我不能欺骗自己，我真的很喜欢你，我知道你有女朋友了，可是我始终却不能把你忘却，我试过很多次，每次都失败了，这种滋味，只有深陷其中的人才能品尝到。"

文俊先是一惊，然后望着唐媛说道："媛媛，你是一位好女孩儿，说句心里话，我也很喜欢你，可是我们只能是有缘无分啊！今天我也向你说句心里话，我和筱枫经历了多年的风风雨雨，我们的感情很深很深，今生恐怕再也不能再分开了，'天地无数有情事，世间满眼无奈人'，媛媛，今生我们无分，来生再续缘吧！今生我们相逢，彼此把这份美好的情感埋藏在心底，让这份纯真的友情激励着我们前行。"

唐媛听到这些话后，她佯装坚强拭去眼泪，并笑着说道："好吧！文哥，我是家中唯一的孩子，认识你就算多了一个哥哥，祝你幸福！"

几天过后，筱枫来到双悦乡一中，因为上次的误会，她也想找个机会与唐媛见一面。筱枫就在文俊的陪同下来到唐媛的住处。当唐媛看到美丽的筱枫之后，她的心好像被针刺一样难受，然而坚强的她还是笑着对筱枫说道："姐姐你好！"

"你好，妹妹，见到你我才知道自己的诗文还须更上一层楼。"

"谢谢你，姐姐，你太谦虚了，其实你真的很幸运，先遇到文哥是你的福气，祝福你们。"

"好妹妹，将来你一定比姐姐强，一定会有一个美好的未来。"

"谢谢你，姐姐！"

"十年征程霜满天，寸寸青丝惜华年。对月影单望相互，春暖花开绽笑颜。媛媛！姐姐和你一样曾经经历一番困苦，但我相信，好人有好梦，你将来一定会好梦连连。"

"谢谢姐姐的鼓励！我会努力的！"唐媛说着上前一步拥抱了筱枫。

七十三

唐媛讥讽筱枫　筱枫怒而归
文俊百般解释　一怒离家走

　　尽管唐媛努力克制自己的感情,然而感情之事往往是事与愿违,对唐媛来说,她的这种感情真可谓"抽刀断水水更流,举杯消愁愁更愁"。唐媛也多次试着去接纳自己与初恋之间的感情,然而却是无能为力。世间的事,人间的情往往发展到一定程度就会有质的变化,唐媛为了自己那份没有把握的感情依然执着、努力着。

　　"文哥,你的那本《论语》让我看一下,随后我也买一本。"唐媛来到文俊的住室后微笑着说道。

　　"我这儿有三个版本的《论语》,你随便挑随便看,还有,媛媛从今往后我这里的书你可以随便看,随时看,随时带回去。"

　　"唉!"

　　"你怎么了,媛媛,为什么叹气呀?"

　　"我,我,我要是经常光顾你这里的话,很容易引起他人的误会,怕其他老师说长道短,再说他们都知道你和筱枫姐的事,这样对你的影响不好,因为你已经有女朋友了。"

　　"怕什么,君子坦荡荡,小人长戚戚,根深不怕风摇动,人正何惧月影斜'只要我们行事光明磊落,别人的风言风语又有何惧呢?"

　　文俊的话一字一句如春风雨露滋润着唐媛的心田,唐媛的目光始终没有离开文俊的那双智慧的双目。

　　"文哥,谢谢你的理解和认可,每次和你交流总有说不完的话,诉不完的家常,总之和你在一起时,我心里总是暖暖的。"

"那是因为我们有着共同的兴趣和爱好，学文学的人都是思维活跃，想象力丰富。"

就这样，唐嫒隔三岔五地前来与文俊一起探讨诗词创作，两人在交流中共同提高。

一次唐嫒读到文俊的一首词《浪淘沙》：清夜静无尘，月色如银，念秋风相顾频频。影对三人徒倚客，唯有莘莘。叹字字行文，何苦殷勤，古今情又有几分？雾里看花观水月，假假真真！

"文哥，现在，像我们这样创作诗词的人不多了，我们所追求的是大多数人所不能理解的，但我相信，我们的坚守终究会对教育、对社会有益的。"唐嫒娓娓道来。

"是呀！现在看书的人越来越少，对于写作更不用提了，虽然说'何苦殷勤'，但是我们还是要努力，共同去传承经典文化。"

当唐嫒多次听到"我们"，她心中为之一振，仿佛心中那尘封已久的心结一下子解开了，她如释重负，她对他们的"未来"充满了希望，因为她坚信，精诚所至，金石为开的道理。

处在热恋中的男女真可谓如胶似漆，形影不离，特别是男女感情升温有了肌肤之亲之后，双方经常吟诵着"我住长江头，君住长江尾。日日思君不见君，共饮长江水。"每到夜晚文俊和筱枫二人更是寤寐思服，辗转反侧，思念切切。

他们每到周末就约会。

这一天，筱枫刚来到文俊住处，文俊与筱枫亲昵片刻之后开始显示他那刚刚学来的厨艺。

"文哥，今晚我可要吃你做的美味佳肴，你可要用心点儿。"

"娘娘！你坐好了，小的一定会尽心尽力地给你做一桌'满汉全席'。"文俊说着还向筱枫做了鬼脸儿。

"娘娘，小的做的第一道菜是大葱炒鸡蛋，请你欣赏。"文俊说完便把鸡蛋打在碗里，用筷子把鸡蛋搅拌均匀，把大葱剥好洗干净后用刀切碎放在鸡蛋碗里，加上少许盐，把油倒进锅里，等油热后，把鸡蛋倒进锅里，用铲子翻炒几下鲜黄爽口的炒鸡蛋出锅了。第二道菜是醋熘白菜，文俊先把白菜放在水池里，把叶子冲洗干净后放在切菜板上，然后把它切成小块儿，起锅

烧油，等油热了，先把事先切好的葱花儿放在锅里炸一下，再把白菜放进去，来回翻炒几下，把醋浇在白菜上，再来回翻炒几下，等菜快要炒熟的时候，把食用盐和糖放进去，再稍微地翻炒一下，这道醋熘白菜就算炒好了。

望着文俊那熟练的动作，筱枫也笑着说道："文哥，看着你做菜的情景，我想起那句'仰手接飞猱，俯身散马蹄'，你的生活经历比我丰富，你的生活能力远远超过了我。"

文俊笑了笑说道："从小，我在乡下长大，看到在田间日出而作，日落而归不辍劳动的爹娘，我的心里就很难受，所以我下定决心早一点学会做饭来减轻他们的负担，而你生活在城市中，父母又是……"文俊突然停了下来。

文俊做的第三道菜是凉拌黄瓜。

文俊认认真真地做着他的拿手好菜，而且每一道菜都是按照菜谱进行的。不大一会儿，鲜美之气漫延迂回，萦绕鼻端，令人垂涎欲滴。闻其香，心旷神怡；尝其味，回味无穷，怎一个"香"字了得！此馐只应天上有，人间难得几回尝啊！望着那么美味的醋熘白菜，筱枫早已食指大动了，她顾不得什么淑女形象，随便地吃了起来，好烫，她捂着嘴巴。这次她吸取教训，先轻轻地咬一口，顿时，那鲜美的菜汁儿涌进了筱枫的嘴里，好醇，好润，好香。

"文哥，筱枫姐，今天不知道又为何庆祝，做这么多的美味佳肴，不知是否也有我的份？"

"欢迎，欢迎，媛媛来得早不如来得巧，今晚你也要尝尝文俊做的美味佳肴。"筱枫笑着对唐媛说道。

"刚才，还文哥长文哥短的，这会儿怎么又叫上名字了。"

"媛媛，不要回去了，尝尝我的手艺，但是不能白吃，吃完饭后还要有精彩的点评。"文俊打断了唐媛的话。

"筱枫姐，什么时候能吃上你做的菜呀，我听别人说，你最拿手的一道菜是醋泡菜心。"

"媛媛来吃菜，不要客气，今晚一定要多吃一点儿，给文俊留点面子。"筱枫听到"醋泡菜心"这四个字时依然笑着说道。

唐媛一边吃，一边说道："菜做得很好，只是醋放得有一点多，文哥前天晚上做的菜好像没有今天的酸啊！"

"前天晚上做的菜？"筱枫惊讶地问了一句。

"当然是文哥做的了。"唐媛笑着说道。

筱枫从唐媛来到后,她的心情始终是低沉的,但是作为一名饱读诗书的教师和淑女,她始终有涵养地表现自己,然而唐媛的那些讥讽之语始终让她如芒在背。

当她听到"前天晚上做的菜好像没有今天的酸啊"和那腻歪的"文哥"时,本来内心就郁郁不平,加上唐媛的嘲讽,她的脸色骤变。

"筱枫姐,你也吃嘛!大老远从城里来,也真是不容易啊!你每次来往的路费肯定不少吧!不过也值呀!千金难买一乐!"

筱枫听到这句话时失去了原来的和颜悦色,她放下筷子,准备离开。

"媛媛,请你不要再说了,你先吃饭吧!有事儿一会儿再说,筱枫!筱枫!媛媛只是开个玩笑,不要介意。"文俊拉着筱枫的手说道。

"筱枫姐,对不起,都怪我说话不分轻重,你不要介意呀!"

筱枫没有回答,只是轻蔑地笑了笑。

"文哥,我真的还有事情,我要回去了。"说完头也不回地离开了双悦乡一中,趁着夜色坐上最后一班公交车回去了。

筱枫离去之后,文俊多次打电话,可是筱枫不接。直到一天下午,文俊来到谦州市一中,在筱枫的住室里,他俩正襟危坐,沉默片刻后,文俊开始说话了。

"筱枫,你听我解释,那次真的是个误会,媛媛故意气你的,你大人有大量,千万别和她一般见识。"

"文哥,我看那个唐媛挺喜欢你的,你们住的又是那么近,来往也方便,你俩也挺合适的,算了吧!咱们到此结束吧!或许这样对咱们都有好处。"

"筱枫,你不要再生气了,难道你忘了,我们当初在公园里柳树下那个约定,还有我俩已经……"文俊恳求地说道。

"请你不要再说了,我不想再听了。"

"枫,你听我解释嘛……"

"文哥!过去的就让它过去吧,我们各自重新开始吧!"说完她又把头转了过去。

"筱枫!筱枫!你就不能听我解释吗?"文俊看到势头不对,他红着脸说道。

　　筱枫也不再说话，文俊站在她身后呆呆地站了近二十分钟，文俊失望地说道："筱枫，那好吧！你多多保重，我先走了。"

　　文俊说完就离开了筱枫的住室。

　　文俊走出筱枫的住室后，筱枫从屋内走了出来，她在楼上望着匆匆离开的文俊，她泪流满面，然而文俊是头也不回地向大门走去。

　　"老同学，请留步，多日不见我们聚一聚。"艾峰拉着文俊的手说道。

　　"老同学，多待两天再走，干吗那么急着走？"

　　"赵老师，吃过饭再走吧！"

　　"赵老师，上我的办公室坐一会儿。"

　　……

　　谦州一中的许多老师前来问候。

　　"谢谢大家的好意，有空我再来看望大家，家中有点事，我先回去了。"文俊一边向大家招手，一边勉强笑着说道。

　　当文俊的背影消失后，筱枫回到屋内失声痛哭起来。

　　文俊回到双悦乡一中后，正直这一年的五一劳动节假期，他整整一个晚上都没有睡着，他躺在床上一直在想他与筱枫过去的点点滴滴，想到筱枫与自己说话时那冰冷的态度和冷漠的眼神、绝情的话语，想到自己受到的千般委屈，这一切的一切让他彻底对未来，对生活失去了信心，他终于草率地做了一个大胆的决定，从此不再教书，也不再去见筱枫，他准备独自一人南下衡州去打工闯天下，开创属于自己的新生活。

七十四

乘坐南下列车　千里赴衡州

应聘工作被骗　祸不单行日

　　文俊横下一条心准备到南方打工，他简单地打点行囊，带上自己的身份证，带上几本书，带上自己的大学文凭从双悦乡坐着公交车来到了谦州火车站。当他迈着沉重的步伐来到火车站的站台时，又望了望来时的方向，他思绪万千。

　　不大一会儿，火车站热闹的情景让他从梦中醒来。

　　火车站内人山人海，煞是壮观。风华正茂的学生，衣衫陈旧的农民工，本地或外地的工作人员……有的人在排队，有的人在张望。表情各异的脸上传达出各种情感，微笑着，沮丧着，麻木着，想着盼着列车何时能够抵达。每个人都拖着疲惫的身子望着列车时刻表，像一位望眼欲穿的思妇在盼望着丈夫的归来。再往里边一点，那张着嘴的人挤着闭着嘴的人，那嘈杂的声音被淹没在长长的队伍中。文俊仿佛看到那些旅客的穿着是一样的，候车室内的灯光在每个人的身上涂了一层光彩，仔细瞧了瞧才能看出人与人的不同，他们传达着外出和着急回家的信号。

　　给文俊印象最深的是一位中年妇女，她的行李箱很多，抱着孩子拿着奶瓶，她仰起脸，探着头，头发有点乱。当她看清楚前边的人时，那排队的煎熬好像就要结束。小眼睛，抬头纹很多，她已经熟悉了这样的等候。而此时她身后那位年轻女子早已按捺不住激动的心情，那红色的外套在灯光的照耀下显得格外耀眼，头发扎在脑后，那高跟鞋在地板上发出的声音显示着她的急切和无奈。整个车站忽然一片沸腾，喧闹声、叹息声、哭泣声、闲谈声、谩骂声此起彼伏。

　　随着轰轰的声音到来，一辆南下的列车终于驶来，文俊踏上这列火车，他在车窗附近坐下，对面坐着一对的青年男女，两人有说有笑，男的喝着啤酒，女的嗑着瓜子。

　　"兄弟，你去南方旅游吗？怎么一个人呀！"那个男的笑着对文俊说道。

　　"是的，大哥，你们也去吗？"

　　"你去南方什么地方，那里有熟人吗？"

　　文俊先是一怔。"我去看看，到那里之后再去找工作。"

　　文俊刚说出口，他立即就后悔起来。

　　"兄弟，其实到外边打工也不容易，如果没有熟人的话，现在工作也不好找。"

　　"我先去看看，如果不行就回来。"文俊说道。

　　"兄弟，我看你不像一个打工的，倒像是一个教师。"男的笑着说道。

　　"我以前上过几年学，曾经是一个老师。"

　　"老师多好啊！我听他人说你们老师工资不高，但是这个职业挺稳定的，不过将来教师们的待遇一定会不错的！"

　　"是的，我想也会的。"文俊说道。

　　"不要再说了，休息一会儿吧！"旁边那位女的提醒着身边的那位男士。

　　文俊也靠在车座上，他闭上眼睛，不一会儿就想起了温柔美丽的筱枫，往昔二人卿卿我我的情景又在他的心头浮现。此时此刻文俊的内心犹如一个五味瓶子，里面的酸甜苦辣咸样样皆有，他开始有点后悔，可是南下的列车不会因为他的后悔而回头了。

　　第二天，列车经过了南京长江大桥。清晨，火车在大桥上通过，文俊向车窗外远眺，真是别有一番滋味在心头。天气格外好，万里碧空飘着朵朵白云，大桥在明媚的阳光下显得十分壮丽。波浪滚滚的江水中，几个巨大的桥墩稳稳地托住桥身，仿佛一条钢铁巨龙卧在大江上面。忽然，一艘艘轮船从江面驶过。有一艘货船缓缓地开了过来，里面装载着细沙，想必是运到什么地方建造大楼的吧，它走得太慢，老半天才看它钻到了桥下。还有一种甲板和水面相平的长船，不知是做什么用的，文俊看见有人赤着脚从甲板这头走到那头，又从那头走到这头，甲板上漾了很多江水。看到这些，文俊想起一首词，

《水调歌头·游泳》：才饮长沙水，又食武昌鱼。万里长江横渡，极目楚天舒。不管风吹浪打，胜似闲庭信步，今日得宽余。子在川上曰：逝者如斯夫！风樯动，龟蛇静，起宏图。一桥飞架南北，天堑变通途。更立西江石壁，截断巫山云雨，高峡出平湖。神女应无恙，当惊世界殊。

经过两天的"长途跋涉"，傍晚，文俊终于在车上看到了"衡州火车站"几个红色的大字。五一劳动节，北方的天气依旧是有一点儿冷，而衡州的天气却已经暖和起来，文俊看到车站的人们都穿着简单的衬衫、裙子、短裤，而自己简直就像一个外星人，总感觉到一个个异样的眼神望着自己。

傍晚的衡州，火车站内，人头攒动，南来北往的旅客，川流不息，秩序井然。很多人或在火车上，或在赶火车的路上迎接国际劳动节的到来。对大多数人来说，衡州火车站成了节日的又一个起点，这里承载着他们，当然也承载着文俊的梦想和希望。

衡州是一座美丽富饶的城市。梦江更是衡州一道独特的风景线。

文俊走出衡州火车站的时候，已经是夜幕降临，梦江两岸亮起来了。不大一会儿，梦江两岸变成了灯的海洋，光的世界。一座座绚丽多彩的大桥横跨在梦江江面上。有的像一只展翅高飞的凤凰，有的像一只五颜六色的蝴蝶，有的像一条五光十色的彩带，有的像一道道五彩缤纷的彩虹，有的桥两边整齐地排着一颗颗"星星"，有的桥光彩夺目……真是美不胜收啊！桥上，汽车川流不息，一盏盏车灯仿佛一颗颗疾驰的流星。江上的游船由彩灯勾画出闪闪发光的轮廓。一艘艘游船缓缓地行驶着，就像一把把裁缝的大剪刀，剪开了梦江这匹绸缎，灯光闪闪的江面上，那船上的人们有的在说笑，有的在吃点心，有的在欣赏美丽的梦江夜景……他们是多么悠闲自在。最为耀眼的还是衡州塔了！衡州塔犹如一位有着纤纤细腰的美丽少女，因此被人们称为"小蛮腰"，衡州塔是一位有着柔曼身姿的舞者，"她"的"舞衣"颜色说变就变，一会儿是红，一会儿是橙，一会儿是蓝……一会儿还是紫色的呢！文俊带着美好的梦想来到一个旅馆内，他卸下行囊，冲了个凉就休息了。

第二天一大早，文俊走出了旅馆，一个人在大街小巷上默默地走着。他一边走着，一边看着街道两旁那些高大树上的一张张醒目的招工广告，突然一张A4纸张大小的黄色宣传纸上清楚地写着招聘广告：

一只梦想远方的蝴蝶

招工启事

　　新星清辉邮政服务有限公司，因拓展业务招聘人员：（男女均可），年龄20～30岁，大学本科以上学历，有一定的写作经验，工作待遇面谈，如有意者请提供个人简历和其他相关证件，面试及应聘流程如下……

新星清辉邮政服务有限公司
联系电话：665858，联系人：钟生
联系地址：衡州市人民公园清辉街168号

　　文俊用几分钟时间记下了这家公司的地址，他经过不断地寻找终于来到新星清辉邮政服务有限公司。文俊在门口徘徊着，当他看到别人手指一摁按钮，门突然打开，文俊一个箭步冲了上来，其中一个人手指一摁按钮，两扇门突然闭合。

　　"同志！我上二楼，请你帮个忙。"一个人按了按钮"2"字，瞬间就到了二楼，文俊的心扑腾扑腾直跳，这是他第一次坐电梯。

　　文俊来到这家公司的办公地点，几张整洁的办公桌上，只有一人端坐其中，桌上写着"联系人钟生"。

　　"同志！这是我的简历，请你过目。"文俊对着一个三十岁左右，平头，圆脸，系着领带的一个男士说道。

　　"很好！学历也很高，只是公司有规定，先交两百元押金，明天开始上班。"这位叫钟生的男士一本正经地说道。

　　文俊为了早一点找到工作，他就把自己身上仅有的二百四十元中的二百元钱交给了那位自称是钟生的男士。交了押金之后，文俊满怀希望地下了楼。他来到了一个小旅馆，和老板讨价还价之后，就以二十元的价格住下了。

　　第二天清晨，文俊很早就起床，他再一次来到新星公司，他从上午一直等到中午，还是没有人来。

　　突然，他看到一个四十岁左右的男士经过。

"同志你好！请问新星清辉邮政服务有限公司是在这里吗，钟生经理今天怎么没有来？"文俊急忙问道。

那位男士瞅了瞅文俊说道："这里没有你说的那个公司，也没有叫钟生的。"

那位男士说完就走了。

文俊站在那里待了足足有二十分钟，这时他感觉自己上当受骗了。他迈着沉重的步伐走出去，一步一步地向前走着，这是他平生第一次出门，就遇到这样让他刻骨铭心的事。

七十五

只身泪流满面 落难市中心

筱枫千万思念 万般愁与悔

　　文俊被骗之后，他的口袋里只剩下区区的二十元钱，他再也不能住旅馆了，万般无奈下只好来到露天公园栖身。

　　文俊来到街道上的那些饭馆前，看到有那么多的人出入，听到饭馆中的欢笑声，甚至闻到了一股饭菜香味，他真的很想走进去大吃一顿，然而，他摸着口袋里的二十元钱后就望而却步。

　　文俊来到一个卖馒头的地方。

　　"同志，这馒头多少钱一个？"文俊望着那堆又白又小又香的馒头向一位大叔问道。

　　"五毛钱一个,刚出锅的,来几个？"那位大叔用着不标准的普通话说道。

　　"拿两个吧！"文俊轻声说道。

　　文俊拿起这两个馒头来到露天公园，他一边吃着馒头一边向前走着，忽然他看见在公园一处假山附近有一个水龙头在滴答滴答地漏水。文俊的眼睛一亮，啊！在这儿能喝上水了。他想着想着却被那一口馒头噎住，文俊被那口馒头噎了近半分钟，他看到那个滴着水的水龙头，就急忙拧开那个水龙头咕咚咕咚地喝了几口水，一会儿，他那涨红的脸色慢慢地恢复了。他长长地叹了一口气，想到今天自己竟有如此下场，吃完馒头喝了几口水后，文俊坐在一个假山的山脊之上。

　　过了一会儿，一轮弦月升上了天空，月光是那么皎洁，那么柔美，公园内响起了强劲有力的音乐声，三五成群的人们在这里载歌载舞，热闹非凡。到了夜里十一点钟左右，人们散尽，文俊从假山上走下来，到公园的僻静处捡了几张旧报纸，他把那些报纸铺在假山脊上，然后静静地躺下，他望着那轮皎洁的明月，低声吟出了一首《虞美人》：清风凝立天边月，何事圆即裂。清风又立问群星，何故光明阴晦意薄浓。清风月下今一醉，强乐还无味？世中人事雨无常，几度清浊涤荡又何妨。文俊低吟这首《虞美人》之后，他不知不觉就睡着了。

  清晨，文俊醒来，他发现自己身下的湿报纸已被他暖干了，他揉了揉惺忪的眼睛，当第一缕曙光射穿薄雾，衡州露天公园便迎来了一个温馨的清晨。公园里的一切都笼罩在柔和的晨光中，公园内的几排柳树低垂着头接受着晨光的淋浴；挺拔的香樟树像健壮的青年舒展着手臂，那草丛中透出几分幽幽绿意，那些快活的鸟儿在路旁的树木的枝头上尽情地唱着，那些说不上名字的花在晨风中把身子摇来晃去，尽情地展示着自己的妩媚。

  太阳出来了，晨练的人越来越多。文俊看到那边有许多退休的老人在练剑、跳舞，他们虽然年纪大了，但动作还是那样标准、优美，他们和年轻人比起来一点也不逊色。那边有几位中年人正在打羽毛球，羽毛球在他们中间飞来飞去，双方互不相让。周围的长条凳子上坐满了人，有的在谈心、谈生意，他们脸上带着微笑，好像谈得很开心，那些爱读书的小朋友，他们双手捧着书，目不转睛地盯着书，是那么认真……

  文俊沉浸在这幽美清静的晨光中，他暂时忘记了忧愁，忘记了饥饿，也忘记了过去的快乐。

  不大一会儿，一对二十多岁的男女青年悄悄地来到假山后边，两人开始小声说话，不大一会儿两人相拥在一起，热吻起来，他俩可能是没注意到假山之上还有人，两人达到了忘我的境界。文俊看到此情景，他急忙知趣地离开，生怕打扰人家的好事。

  文俊来到一处清静的地方，他想起了筱枫，想起了和筱枫的缠缠绵绵，曾经的鱼水之欢，这时他忽然落下了伤心的眼泪。

  他擦干眼泪，走出公园来又来到那个卖馒头的地方。

  "大叔，来两个馒头。"

  "孩子，你怎么了？说话有气无力的？"那位大叔望着文俊说道。

  "没事的，可能昨天没有睡好，谢谢大叔。"

  文俊拿起馒头，他又走到一个小摊前，买了一袋方便面，并向摊主要了一杯茶水泡着吃，当那热气腾腾的泡面香传来的时候，文俊整个人像是吃宴席似的，他不再顾及往昔的矜持，狼吞虎咽地吃了起来。他吃着，吃着，两行眼泪吧嗒吧嗒地落在那个小碗中，这碗面是和着他的眼泪吃下去的。

  坚持到第四天，自己的口袋里只剩下两元钱。他饿了就吃一个馒头，渴了就喝自来水，晚上依然睡在露天公园内。他只能偷偷地在假山后面睡觉。每当夜深之时，他都会在假山后轻声地哭泣，他想到爹娘，想到家人，想到那个让他魂牵梦绕的筱枫。

  文俊想着筱枫，不知是谁遗失的一瓶二锅头，文俊看到这瓶酒之后，他拧开盖子就畅饮起来，没有可口的佳肴，他一口气喝了半瓶。

  喝了酒之后，他竟自言自语起来：筱枫，我真的好想你，你可曾知道，在这里我是怎么度过的吗？没有你的日子我真的很苦，对你的思念我无法表达，也不能让你听到，只想快点回到你的身边。不知道你有没有想我呢？想念你轻轻的微笑，想念你柔情似水的样貌，想念你优雅不凡的气质和你那迷人的味道。记忆中你善良的那颗心曾让我触到！千万个思念让我失去往日的逍遥。风吹向你，带着我的祝福，孤独寂寞我丝毫不在乎，只要能看到你快乐我就满足，想着你，梦到你是我最大的幸福！

  你知道吗？自从我们分别后，我就时时刻刻念着你，惦记你，你含笑的眼睛像星光一样熠熠生辉，映在我的心上，让我牵肠挂肚。想你在夜里，念你在心中，爱你到永久。想你，是一种美丽的忧伤和甜蜜的惆怅，是一种用任何语言也无法表达的温馨。

  我如果累了，就选择忘掉自己，要让思念变成一缕清风，带着记忆飘进你的心中；在这里就让我一个人哭到天亮，让我一个人深陷在泪的海洋。

  筱枫自从和文俊"分手"后，她也是茶饭不思，筱枫妈妈看到在家的女儿的这种状况，她也是忧心忡忡。

  "枫，你怎么了？有什么事给妈妈说说，别老是一天都待在屋内，你已经两天没有好好吃饭了，再这样下去，你的身体会垮掉的。"筱枫妈妈忧愁地说道。

"妈妈,我没事儿,不要再为我担心了,我休息两天就好了。"

"枫,你是不是和文俊闹矛盾了,你们俩有时间好好聊聊,不要再怄气了,行吗?"

"妈妈,你不要再说了。"筱枫说着流下了眼泪,筱枫妈妈走出了女儿的房间,筱枫独自一人在屋内思考着。她也恨自己太冲动了,她恨自己说了那么多绝情的话语,唉!她起床后在日记中写道:

曾经有一份珍贵的感情摆在我的面前,但是我没有珍惜,等我失去的时候,我才后悔莫及,人世间最痛苦的事莫过于此,如果上天能再给我一次机会,我会说,文俊,你原谅我这一次吧!我只能带着沉重的心情躺在床上,脑子里一片混沌,思绪如断了线的风筝,在天空中乱飞,没有了方向。写着写着,她又带着几分愁怨又写下《鹧鸪天》:

怨雨愁云诉心忧,晚来闲看景一流。零花轻曳浑如舞,萋草静思事心头。人不老,心未休,一情一意结新愁。莫如漫随清风去,事事含笑几回眸。

筱枫写完日记后,她再一次流下伤心的眼泪。

就这样,文俊独自在衡州露天公园待了足足五天,他已经饿得有气无力,身上散发着难闻的汗味,口袋里剩下仅存的一元钱,这一元钱仿佛是他生命的重量。到了晚上,他独自一人又在那假山的山脊之上痛哭流泪。

第六天清晨,他来到了大街上,喧嚣的大街上,车如流水马如龙是人们形容城市的面貌。街道上的一个角落,几个小学生在嬉戏,他闭上眼睛听着由汽车、人发出的声音交杂成的"美妙乐章";旁边的广场,有练太极的,有摆地摊的,有拿着荧光棒、玩具枪的小朋友,还有打羽毛球的人们……看,街上人流如潮,人人笑容满面。年轻人三个一伙,五个一群地走在大街上。他们戴着耳机听着音乐,情不自禁地跟着音乐唱了起来。这里高楼林立,街道上车水马龙,熙来攘往的人群像潮水,各种各样的招牌刺目显眼,那璀璨的灯光恍惚。

看到一位中年清洁工,文俊上前打招呼。

"阿姨你好!请问,你这儿还招清洁工吗?"文俊近乎哀求道。

"孩子,我们这里已经超员了,你到别处看看吧!"文俊失望地走开了。

七十六

文俊绝望之时 海边寻壮烈
幸运恩遇军人 好人有好报

　　文俊听到那位清洁工阿姨的回答后。他背着那沉甸甸的背包,一个人独自漫无目的走在大街上。筱枫的绝情,出门被骗,自己沦落到连清洁工也做不在成的地步,他感到自己已经到了一个山穷水尽,不可回头的绝境,他由失望而绝望,一个轻生的念头在他心中产生。

　　他想到"人生自古谁无死,留取丹心照汗青"的文天祥,人固然有一死,死也要死得壮烈,他慢慢地向前方走去,不大一会儿,他便来到梦江的江边。

　　文俊远远望去,梦江江面上白帆点点,与天上朵朵白云相映生辉,几只飞翔的海鸥迎风飞舞着,展示着它们那曼妙的舞姿;远处硕大的集装箱仿佛小小的火柴盒一般微不足道;侧身望去,江岸边高耸的摩天大厦好像挺立的牙签一般。只有远处的大海是那么辽阔,直到海平面与蓝天交融,大海那平静的脸上才会显出阵阵笑容。猛然,一艘奔腾的快艇冲过人们的视线,两道白波伸开,仿佛卷起皑皑白雪向他滚来,只不过没有"乱石惊空,惊涛拍岸,卷起千堆雪"的壮观美景。在江边游玩的人们,或立、或坐、或卧、或跑,说笑着,观赏着蓝天、碧水、沙滩,惬意极了。天空中那悠然自得的云朵就像自己一样在空中漫无目的地飘着。天空中的一切、大海中的一切、大地上的一切造就了这个祥和而美丽的世界。

　　文俊伫立良久,他望着那广阔无边的大海,他再一次环顾四周,当大多数人眺望着远方的几艘巨轮时,他迈着缓慢的步伐一步一步向江边走去。

　　"小伙子,那里危险,请不要过去。"一位六十岁左右的妇女向文俊喊道。

　　文俊听到了喊声,他回头一看,那位阿姨正微笑着看着自己。只见那位阿姨一头花白的头发，眼角爬上了隐约可见的鱼尾纹，眼睛里透露出一股灵秀的神采，汗水湿透了的两鬓白发贴在脸上，她手中拿着一把长长的折扇，身穿一身运动服，看起来稍有疲惫，但是两眼却非常有神。

"小伙子，那里不能去了，快过来！"那位阿姨再一次说道。

"没事的，没事的。"文俊有气无力地说道。

"小伙子，你怎么了，说话气力不够呀！你看阿姨，六十多岁了，刚练完功，声音还是比你大呀！"

"谢谢你阿姨，谢谢你阿姨！"文俊勉强笑着对那位阿姨说道。

文俊说完后，蹒跚地离开了江边，他边走边想，自己曾经梦想要写出一本文学巨著来教化四方，而今遇到一点儿困难，竟然想到一死了之，自己也太幼智了，太脆弱了，太无知了，想着想着他浑身好像又有一股力量促使他要坚强地活下去。

于是，他想了很多办法，扒火车，偷偷地搭上货车，当乞丐攒够了钱回家，甚至是一步一步地走回家……可是这些念头最终都打消了。

现在，他只有一个办法，想办法借到一点儿钱回家，这才是比较明智的选择。

文俊背着自己的背包一步一步地离开了江边，他又回露天公园，当他踏进公园之后，一个军官刚走出高大的办公楼，文俊突然迎了上去。

"同志，你好！请帮个忙好吗？"文俊笑着对那位军官说道。

"同志，你好！你有什么事儿，你说吧！"那位军官微笑着说道。

"同志，我想借用你的电话给家人打个电话，我在这儿已落难五六天了。"文俊说道。

那位军官上下打量了文俊后说道："那你跟我来吧！文俊拎着背包，跟着军官来到那座办公楼一楼左边的一个房间。

"同志，这有一部电话，你请用吧！"

"谢谢你！"文俊立即拨打大伯赵仁家的电话，一会儿电话接通了。

"喂！是大伯吗？我是文俊。"

"孩子！你说话，电话那头传来了大娘的声音。

"大娘，我，我，我现在在衡州，现在我身上也没有钱了，已经饿了五

天了,你给大伯说一下,让大伯找一下文志哥,我在衡州市露天公园这儿等着他,让我文志哥来接我。"

文俊大娘听到文俊在衡州的情况后,便大声告诉赵仁:"当家的,咱们文俊不知道什么时候去了衡州,孩子在那里已经饿了五六天了,快让文志他们去衡州市露天公园接他。"

赵仁听完后,顾不上田间劳动后的一身疲惫,他大步流星地来到赵光家。"他五娘,文志他们厂里的电话号码是多少,急用!"

"怎么了,大哥!"文俊五娘一边问一边找。不一会儿在一个箱子里的一个小笔记本上找到了工厂的电话号码。

赵仁抄下电话号码后,急忙给文志打电话。

那边文志接通电话后,赵仁急忙说道:"文志,我是你大伯,你赶快到衡州市的露天公园去,文俊在那里已经五六天了,快点去呀!孩子!抓紧时间。"

文志听大伯赵仁说后,立即赶到露天公园去接弟弟文俊。

赵仁来到了赵明家,看到刚从田间培育棉花苗归来的赵明夫妇,他上前说道:"老六,棉花籽摆完了?"

"大哥来了,快点进屋。"文俊娘惠兰微笑着说道。

"大哥!你抽支烟,这是我刚买的双龙烟,你尝一尝。"赵明向大哥赵仁递了一支香烟。

"他六婶,有个事儿给你们说一下,你俩也不要惊慌。"赵仁向文俊娘惠兰说道。

"大哥,什么事?"文俊娘望着大哥赵仁吃惊地说道。

"文俊,文俊这孩子不知道为什么跑到衡州去了……"

"什么,大哥,这不可能呀!他可能到他的对象筱枫那儿去了吧!"

"老六,文俊确实是在衡州呢,他刚才打电话,我已通知文志他们去一个公园接他了。"

文俊娘惠兰看到大哥严肃的表情,她的脸色突然就变了,眼泪吧嗒吧嗒地就落下来。

"他爹,这孩子怎么没有打个招呼就跑出去了,他可是第一次出远门呀!

万一要是有什么事儿,那该怎么办呢?"惠兰哭着说道。

"大哥!大哥!你说文志他们去了,接到没有啊!大哥!"赵明看着大哥焦急地问道。

"老六,你俩先别担心,我回去再给文志他们打电话。"说完赵仁急忙赶回家去。

赵明夫妇、文俊五娘,赵礼一家人、赵义夫妇二人闻讯都聚在大哥家里等电话。

到了中午时分,文志来到露天公园接了文俊后,立刻给赵仁家打电话,赵仁接通电话后,惠兰和儿子文俊通话。

"阿俊……阿俊……"惠兰泣不成声,赵明接过电话。

"文俊,我是你爹,孩子,你文志哥接到你后,你不要在那里停留,要早一点回来。"赵明用沙哑的声音说道。

"爹……爹,我会的,我会的,我会早点回去的,不要让我娘担心。"文俊也哭着说道。

"六叔,你放心,文俊在这儿待两天,我就给他买张火车票让他回去,你们不要再担心了。"文志向赵明说道。

惠兰得知文俊在衡州之后,她那深切的思念化作牵挂的心痛,如霓虹在不停地闪烁,她的牵挂如孤独负重的鸟儿无法飞翔,如兴起的潮水涌上心头,如指间掠过的缕缕轻愁!母亲对儿子的思念和牵肠挂肚是人世间最真实的情感!

五一假期这段时间,赵明夫妇一直认为儿子到筱枫那里了,他们正在为这事儿高兴呢。文俊没有回来,他们也想儿子回来一家团圆,二人其实也真的很想念文俊。他们想儿子今年也二十多岁了,一个人在城里上了大学,又找到了自己的工作,这意味着儿子长大了,要开始一个人面对新的生活,学会独立、学会自理、学会求知、学会生活。夫妇二人真替他高兴,感到很自豪,在本乡教育已有名气的儿子,一切都要靠他自己在一个全新的环境里工作和生活,和大家交流,取人之长补己之短,特别是和筱枫这样的女孩交往,更是让他们高兴的事。可如今,远方的一个电话,说儿子在衡州,他们的心都凉了。特别是文俊娘惠兰,她早已是牵肠挂肚,茶饭不思,只盼望儿子立

刻出现在自己的眼前。

文俊娘惠兰多次自言自语道:"这么长时间了,阿俊,你过得好吗?此时此刻你在做什么呢?娘这几天天天想着你,你会不会习惯那里的生活。儿子,你一下子离家这么长时间,真的难为了你啊!到今天娘才真正地体会到'儿行千里母担忧'这话的意思。"

两天过后,文俊踏上衡州到谦州的列车,走上了千里归途。

七十七

文俊回到家中　家人再嘱托

意气风发工作　从此立宏愿

　　五一假期的最后一天下午，文俊坐着北归的列车回到了家。当他前脚刚入家门，文俊娘流着眼泪迎了出来，看到昔日红光满面的儿子如此狼狈憔悴，她的心就像被刀割一样。

　　"文俊，你可回来了，这两天我们都在为你担心，不管怎样回来就好，今后遇到什么大事儿千万要和家人们商量一下。"赵仁望着文俊说道。

　　"大伯，这次是我错了，让你们操心了。"文俊低着头说道。

　　"阿俊！你真的太鲁莽了！你看让咱娘哭了多少次，唉！"文兴气呼呼地说道。

　　"哥，下次我会注意的，请你放心！"文俊低着头说道。

　　"让文俊好好歇一歇吧！老六，惠兰你们都不要再埋怨他了，孩子回来了比什么都好！我们都回去吧！"赵仁说着向大家摆摆手，赵义一家人、赵礼一家人，文霞、文贤夫妇等相继离开了文俊家。

　　文俊娘急忙回到厨房里，不大一会儿，端出了一碗热气腾腾的荷包蛋，文俊一边吃着，一边流着眼泪。

　　"娘，我真的很后悔，让你和我爹操心了，我真的很对不住你们！"文俊说道。

　　"孩子，只要你能回来，娘比什么都高兴，今后再出远门给我们说一声就行。"文俊娘一边说一边擦着眼泪。

　　五一假期结束后，文俊回到了双悦乡一中，回到那个让他感到无比神圣的三尺讲台上，看到那一张张纯朴而又熟悉的脸庞，他的心激动不已。

"同学们,大家好!"

"老师好!"学生们异口同声地问候他。

"同学们好,同学们请坐下。"文俊也亲切地向大家打招呼。

"同学们,假期已过,我们需要从假期的状态转变过来,我们需要提起精神继续努力学习,从今天起,我们一起努力,一起进步好吗?"

"好的老师!"学生们再一次回答。

"赵老师,我听说你的诗歌、散文在很多杂志发表,你教我们写诗好吗?"一位面容清秀的女孩儿笑着说道。

"首先,我要谢谢这位同学对老师的关注,今后我一定和大家一起学习诗歌、散文的创作。"

"老师,我以前不大喜欢语文课,因为以往我们的那些语文老师,他们总是让我们背词语,抄句子,我们根本没有发表自己见解的机会,你的语文课让我们见识到了什么是真正的语文课。"另一个女学生说道。

"赵老师,从小到大,我所有的语文老师都是向我们讲着死知识,他们都非常看重考试成绩,对于考试好的学生,他们又是关心又是疼爱,对于成绩差的学生,他们总是不管不问,有的整天冷眼相看。"

"这位同学,你们过去的语文学习是以分数指引着语文教学,老师在课堂上讲的都是考试重点,那么在这种情况下,老师们就会在教的内容上画出重点,而学生们也会在学习的内容,学习的方式上有所取舍,语文课堂没有一丝生机,全是死记硬背,大家的学习兴趣一点也没有。今后我们要改变这一现象好吗?"文俊对着全班同学说道。

"赵老师,在你的课堂上,你有时让我们同学之间互动,互相交流,在这样的学习活动中,我们不仅在认知的过程中有互动,在个人能力的提升中也有互动,这就会使我们多次进行思想交流,在不断交流的过程中大家都受到影响,有时候这种影响会陪伴我们很长时间。大家在合作交流中取长补短,从而展示自我,最终大家都能共同进步、共同成长。"一位学生说道。

"老师,有时候,你和我们同学之间的互动就是咱们师生双方在课堂上互相交流和互相启发的过程,你在课堂上鼓励我们大胆表达自己的观点,从未因为我们的答案与教学指南上的答案有出入而打击我们的积极性,随着咱们之间的和谐交流，我们大家在课堂上不仅获得了新的知识，就连那口语交际的能力也得到相应的提高，我们其他方面的能力也会得到提升。"学习委员说道。

"感谢这几位同学的发言，谢谢大家对语文学习的关注，这涉及语文教学的改革，今后我会给大家一个满意的答复。"文俊微笑着说道。

下课铃声过后，文俊走出教室，经过八（2）班门口时。

"唐老师，你的教案。"一个女生拿着教案递给唐媛。

"谢谢你，这位同学，我走得太快了，把教案落在教室了。"唐媛温和地说道。

唐媛指挥着孩子们走下楼梯，不经意间看到了身后的文俊，四目相视，文俊一时不知所措。

"唐老师，你好。"文俊微笑着说道。

"文哥，赵老师，几天不见，你还好吗？"唐媛望了一下文俊，随后便随着学生慢慢地下了楼。

一天中午，班内的一名女孩儿端着一杯黄澄澄的菊花茶毕恭毕敬地来到了文俊的办公室。

"赵老师，你的嗓子怎么老是哑着，你要多注意休息，保护好嗓子。我妈妈说过，多喝菊花茶对嗓子有好处，请你坚持喝，我会继续给你泡制的。"

文俊看到这张纯朴、可爱的脸庞，看到手中那杯菊花茶，内心激动不已，感激之情油然而生，幸福感遍及全身。他深情地说了一句"谢谢你。"

文俊的眼圈红了，泪在眼眶里打转。于是，他回到住室写下了：

守望教育

扬帆起航，我感慨万千。初登三尺讲台，我茫然无措；面对调皮的学生，我束手无策；微妙的人际关系，我无所适从。在执着和迷茫的十字路口，彷徨与无助困扰着我。某天中午，当一位学生恭恭敬敬地端起一杯清茶，深情款款地说："老师，你喝吧，注意好嗓子。"话音一落，我内心的惆怅瞬间化为乌有，一丝丝温暖遍拂全身，身为人师的那种幸福感油然而生，对教育充满希望的曙光已初露端倪，从此笃定了我献身教育的决心。

教育改革春风吹遍了祖国的大江南北，各地的教学模式层出不穷，教育

学界名家相继产生。在这如火如荼的课改形势下，我受益无穷。一边倾心学习名家名师的先进经验，一边亲身历练、躬身实践。智育与德育并肩同行；刻苦读书，修身储能；和谐氛围，轻松自在，民主交流，怡然自得；鼓励学生敢于表达，善于表达，敢为天下先；自主与合作同在，师生平等共同参与，教学相长，师生共荣……学生的潜力得以开发，能力得以提高，综合素质有所发展。

淡泊以明志，宁静以志远。锦衣玉食，香车豪宅乃过眼云烟；收入微薄，清贫如洗，这区区人言冷暖，又何值一提。献身教育是一种崇高的使命，我若相信崇高，崇高自与我同在！

花茧手，清醇酒，满园悦色朝阳柳。东风起，路坎何，一腔激情，几年奔波，默、默、默！秋如旧，人空瘦，心锁忽启铸成就。梧桐叶，风未歇，鸿愿还在，征程待我，乐、乐、乐！

守望教育是一种幸福！

自从假期过后，文俊重返校园后，他总感觉到无数双异样的眼睛盯着自己，唐媛好像与自己刚认识那样，既熟悉又陌生，文俊往昔那幽默风趣的性格不知不觉地转变着。

一天上午，第二节课上，文俊开始讲《爱莲说》，他领着同学们开始朗读：水陆草木之花，可爱者甚蕃。晋陶渊明独爱菊。自李唐来，世人甚爱牡丹。予独爱莲之出淤泥而不染，濯清涟而不妖，中通外直，不蔓不枝……忽然一个熟悉的身影不知何时伫立在窗前，文俊放眼望去，那是筱枫，是筱枫。文俊走出教室，他看到她，她也看到了他，两双眼睛互相望着。突然，文俊一个箭步冲过去，他紧紧地抱起筱枫，不知道转了多少圈，直到停下来的时候，两人已是泪流不止，两人无话只是默默地流着眼泪，此时无声胜有声。

正在上课的唐媛看到了窗外的"那一幕"，她禁不住停止了讲课，她坐在讲台上的椅子上发呆了两分钟，班内的同学们不知所措……

久别重逢五六天，执杯相劝莫相拦。额头已把光阴记，万苦千辛总相言。斜风细雨又迎春，莺燕娇音耳际闻。缥缈云烟开画卷，眼前人是意中人。以前的和谐相处，共同学习，共同进退的恋人最需要的还是坦诚相见，文俊和筱枫走在那干干净净的水泥路上，走进了宿舍，那是一个简单却又舒适的家，而且还是让他俩刻骨铭心、难以忘怀的理想之居。

筱枫望着文俊说道:"文哥,真的很对不起,真的很对不起,都是我的错,是我冤枉了你,请你原谅我。"

文俊再一次将筱枫拥入怀中,也哭着说道:"过去了,过去了,只要你能回到我的身边,就是我最大的幸福,筱枫,我还要努力工作,我还要写出一部巨著来,我还要娶你,你嫁给我好吗?"

……

七十八

筱枫乡下工作 与文俊并肩
两人终定婚约 风雨同舟路

筱枫回到家后,她先找到妈妈,并向妈妈说出心里话。

"妈妈,我想很长时间了,这辈子我要和文俊在一起,既然他不再到谦州城里工作,那么我只能和他一起到乡下去工作。"筱枫望着妈妈说道。

"孩子,我相信你的眼光,也支持你的想法,只要你能幸福,妈妈永远都支持你。"筱枫妈妈拂着筱枫的头发说道。

"妈妈,还是你懂我,我这辈子有了你,才感到幸福。"筱枫微笑着向妈妈说道。

"孩子,将来妈妈就退居第二了,不久啊,就有人疼你,关心你,妈妈也就放心了。"筱枫妈妈微笑说着。

"妈妈,你放心,无论何时何地,你在我心中永远都是第一位的。"筱枫深情地望着妈妈说道。

筱枫妈妈听完这句话后,她再一次拉起女儿的手,脸上露出了会心的微笑。

"我是坚决不同意筱枫到乡下去工作的,为了那个穷小子放弃城市这样的优越条件,真不知道筱枫是怎么想的。"筱枫爸爸一回到家来就冲着筱枫和筱枫妈妈两人嚷道。

"你不用操心孩子,孩子这样做也是经过多天考虑的,她有追求自己幸福的权利。"筱枫妈妈对着筱枫爸爸说道。

"你是怎么想的,女儿好不容易上了几年大学,难道就让她到一个穷乡僻壤去,你不担心,我还担心呢!"

筱枫爸爸见母女两人沉默了,他突然恶狠狠地说道:"赵文俊,他是个什么东西,竟然把筱枫骗得团团转,早晚有一天,我要找人狠狠地收拾他。"

筱枫听到爸爸这通话后,她不再沉默了,站起来说道:"爸爸,请你尊重一下别人的人格,虽说你在公司里说一不二,但是,人总是要讲礼和讲理的,如果文俊要是有个三长两短的话,我宁愿陪着他一起去死。"

"你!你!你这个逆子、不孝的孩子,没有志气的孩子,我没有你这样的女儿,你也没有我这个爸爸。"说完恶狠狠地摔门而去。

不大一会儿,他又进来说道:"你们等着吃后悔药吧!到了那天可别怪我没有提醒你们!"说完后,他就怒气冲冲地走出家门。

经过不懈的努力,筱枫最终来到双悦乡一中和文俊一起工作,从此开始了他们美丽而充实的人生。

筱枫来到双悦乡一中后,兢兢业业工作,她得到了同志们一致好评,文俊与筱枫在双悦乡一中不断取得优异的教学成绩,而且他们所教的学生及家长对他俩都有着一致好评。

经历了风风雨雨的他们终于在这年国庆节举行订婚仪式,在赵明家的那个四间门宽的大院里,文俊家摆上六桌酒席。

十点钟左右,客人们终于到齐了,双悦乡一中的校长王海龙为证婚人,筱枫的几位姨妈、姑妈和其他长辈来到这里,文俊一一向大家问候施礼,在赵仁的安排下客人们都按礼就座。

一阵鞭炮声后,订婚宴席开始了。

文俊筱枫订婚仪式是在文俊家举行的,赵家上上下下都来迎接各路宾客,赵家左右邻居和各位客人都在文俊家那个四四方方的大院就座。

客至,相互致礼,赵家人把他们迎入客厅小坐,先以茶点敬客。待宴会陈设具备,请客人一一入席。

一席的座次以右为上,称为首席,相对者为二座,依次递推。文俊大伯主持宴席,吸取了传统宴会中以右为尊的习俗,第一主宾就座于第一宴席的右侧,第二主宾就座于第二宴席的右侧,其他依次类推,分别落座。

在筹备这次订婚宴席的前一天晚上,赵仁对着自己的家人及陪客的邻居们说道:"赵家的家人们及邻居兄弟们注意,客人坐定后,咱们必先敬酒,

而且第一次敬酒不能让客人多喝,每一次上菜,咱们必殷勤让客人吃好,吃饱。"

证婚人——双悦乡一中王海龙校长向各位亲朋好友施礼并说道:"各位来宾、亲朋好友,大家好!今天我是赵家的特邀嘉宾王海龙,感谢大家光临。今天时逢佳节,祥瑞共致,又有赵家喜事一桩,金玉良缘,天作之合,郎才女貌,喜结同心,福禄财气,统统带到,祝福文俊和筱枫订婚愉快,百年好合,万事顺利,携手相依,共享幸福。我非常荣幸在这里主持赵文俊和林筱枫的订婚仪式,让我们共同见证和分享这对新人的喜悦,度过一个非常幸福而难忘的快乐日子。

"请两位新人起立!看我们的准新郎,风华正茂,飒爽英姿,精神饱满,前程似锦;未来的新娘,美丽俊俏,天生丽质,知书达理,光彩照人。这两位新人从相识、相知到相恋,他们自主、自愿相约今生今世比翼双飞、志同道合。两人才貌相当、志趣相投,现在两姓联姻、二星和彩,我很高兴地宣布赵文俊和林筱枫订婚仪式正式开始!

"第一项由赵文俊的父亲向女方亲友团致欢迎词!大家鼓掌!赵明先生的致辞热情洋溢,言辞恳切,他的致辞代表了赵氏家族其他成员的心声。"

"第二项,请赵文俊的母亲向准儿媳赠送订婚见面礼!相信你接过来的不仅仅是一个大大的红包,更是一份殷切的希望与美好的祝愿,母亲祝愿儿子和准儿媳生活万事如意,工作顺风顺水,爱情万里无云,事业飞黄腾达!也祝愿老人家的婆婆职务早日转正!"

"第三项,请两位新人向所有来宾鞠躬致谢!让我们再次以热烈的掌声,向这对幸福的新人表示衷心地祝福,祝他们早日步入婚姻的殿堂,届时请在座的各位见证和分享更加幸福快乐的时光。"

"最后,请各位来宾就座,喜宴开始!祝大家都有个好心情,谢谢大家!"

王校长讲完后,宴席开始。

文俊、筱枫的这次订婚宴席的菜肴特别精致,菜肴的组合体现了乡村独有的风味,体现出乡下厨师们那朴素的艺术性和技术性。根据赵家村的风俗习惯,制做山村风味的菜肴。宴会的菜肴包括:冷菜,根据参加人数和标准每一桌用大拼盘六个,小冷盘或中冷盘八个。除冷菜外,本次宴席还备有萝卜花、面包、水果、冷饮等。还有汤，因为双悦乡的风俗习惯是饭后上汤，然后再上热菜。热菜采用煎、炒、炸、烤、烩、焖等烹调方法烹制出了口味多样的菜肴。

大家都痛痛快快地吃着喝着。

文俊的老同学艾峰说道："没有想到你们这么快就订婚了，应该是注定的吧，你们即将步入人生的一个新阶段了，平日里要努力工作，好好生活，愿你们的人生，像《诗经》般优美，像《箴言书》般智慧，像《传道书》般虔诚，像《雅歌书》般和睦！"

"多谢，多谢，谢谢老同学的祝福，我们会努力的，我也祝福你和彩云能九九归一，修成正果。"文俊和筱枫共同向艾峰致谢。

"一生中只有一次美梦实现的奇迹，你俩的整个世界顿时变得绚丽新奇。相亲相爱好伴侣，同心同德美姻缘。花烛笑迎比翼鸟，征程喜开并头梅。无数个偶然堆积而成的必然，怎能不是三生石上精心镌刻的结果？用真心呵护这份缘。愿你俩用爱去护着对方，互相体谅和关怀，共同分享今后的苦与乐。敬祝你们百年好合，永结同心。月老牵线，喜结良缘，今日佳节，亲朋欢聚，共祝你们订婚快乐，生活幸福，早点完婚。"筱枫的同学静如笑着把前天晚上准备的内容激情澎湃地讲出来。

"两个人相遇是有缘，两个人结合是有福，两个人一起慢慢变老是天长地久的福缘，衷心祝福你们订婚快乐，白头偕老！天翔比翼鸟，地现连理枝；碧波潭中并蒂莲，鸳鸯嬉水面；宾客连声赞，郎俊新人贤；百年好合赛神仙，花烛亦展颜。"筱枫的闺蜜彩云也是笑着语无论次地说着祝福的话语。

"大河涨水小河流，枫妹俊哥不用愁；白天同吃一锅饭，晚上睡觉共枕头，祝愿你们二人白头到老！共造和谐人生！良缘喜结成订婚，佳偶天成定三生。将来洞房花烛浴爱河，难忘春宵一刻胜千金。愿幸福、甜蜜、激情、温馨伴你们一世一生！春天初聚首，爱情大业算开头；夏天并肩走，花前月下话温柔；秋天手牵手，海誓山盟语长久；冬天宴亲友，相约吉日进婚楼。从此月夜共幽梦，从此双飞效彩蝶，千古知音此心同，一切尽在不言中，红烛高照盈笑意，真心祝愿你俩百年琴瑟，百年偕老。"文俊的同事兼好支梁彬笑着说道。

"谢谢,谢谢。"文俊一一致谢。

"恭祝你们订婚,订婚快乐。"不知道什么时候唐媛也举起酒杯向文俊和筱枫说道,她竟然两次说到"订婚",而且在说到"订"字时她还停顿了一下。

"谢谢你唐媛,我和文俊也希望你能早日找到理想的人生伴侣,祝福你。"筱枫说着轻轻地拉起了唐媛的手。

订婚仪式结束后,筱枫与文俊分别负责八年级的课程,文俊依然教语文,筱枫也教语文,他们在一起如切如磋,如琢如磨,他们在相爱中共同工作,在工作中感情也与日俱增。

七十九

初创文苑论坛 文俊一路忙
筱枫不计前嫌 邀唐媛加盟

文俊、筱枫在双悦乡一中一边努力工作，一边实践着教育教学改革之道，一些先进的教育理念、教学方法在课堂上深受孩子们的喜欢。工作之余，他们为了培养孩子们的兴趣，成立了一个全校师生都可以参与交流的文苑平台，叫"阳光青草地"。大家对教育教学，作文教学、阅读分析、写字识字等方面的心得体会都可以提出来，写出来，共同交流，共同提高，文俊和筱枫把大家的文稿进行编辑，最后以校刊的形式在校园中定期展示，他们还定期进行演讲比赛、作文大赛、教师教学论坛等。

自"文苑"成立以来，他们收到了很多老师和学生的手稿，两人成了不折不扣的编辑。

"文哥，最近学生投稿的数量越来越多，广大学生投稿的积极性越来越高，看来你推广的作文教学收到一定的成效了。"筱枫笑着说道。

"筱枫，孩子们学习语文积极性的提高对于学习各科都有很大的帮助，因为语文学习本来就可以提高学生的观察力、判断力、分析力、洞察力、远见力。"文俊笑着对筱枫说道。

"校园文化是在育人的过程中弘扬时代的主旋律，体现着社会主义教育的时代特征和学校特色。学校有了自己的文化就有了丰厚深邃的教育底蕴；校园有了艺术，就有了活泼灵动的精神；校园有了科技，就有了创新思维。后来双悦乡一中文苑平台"阳光青草地"变成了集文化、艺术、科技于一身，在教学之外给学生留了一片'空地'，让他们在学习之余做着许多尝试，充分发挥他们的想象力、创造力；让他们自己去学习丰富的文化知识、去发现问题、探索大自然的奥秘，去充分锻炼和发展思维能力、树立正确的人生观，

培养浓厚的人文精神，去唤醒孩子们对他人、对自己、对社会的责任感和使命感，这是我们创办'文苑'的另一个原因。"文俊说道。

"阳光青草地这一文苑平台在德育工作中也起到了很大的推动作用，学校的一切工作都应紧紧围绕'育人'这任务来进行，当然文苑也不例外。学校德育工作既要遵循这一基本要求，又要根据学校的培养目标，通过自身的特殊功能达到育人的根本目的。中学生正是确立人生观和价值观的重要时期，咱们学校以文苑平台'阳光青草地'为宣传阵地，着力推进中学生思想道德建设，争取使全校中学生的道德素质和道德修养能有进一步的提高。广大学生通过文苑平台所推出的哲理故事、经典作品、家校共议等，让他们了解道德准则和团队精神，学会生存、做人、处事、善待他人等，这项工作有助于孩子们健康茁壮成长。"学校政教处崔主任说道。

"崔主任，文哥，你们说得都有道理，今天我收到一篇文稿写得非常好，你看！"筱枫说着把一篇学生的作文递给了文俊。

我的老师姓赵，毕业于谦州师院，他是一个有气质，有风度，帅气的高才生。他是我心目中最高贵、最有理想的人，在我以前的学习生活中，我从来也没有遇到过他这样的好老师。

要是有人问我："你最想夸谁？"我会毫不犹豫地回答："我的语文老师。"我的语文老师爱好读书与写作。至今，他已有100多篇文章在报刊上发表。赵老师不仅自身写得好，而且还善于教我们写作文。

"平时有什么新鲜事发生，或者遇上印象深刻的人，都可以及时写下来。"这是他经常对我们说的话。

周一上午第二节课，赵老师正在讲课，突然，他的手机铃声骤然响起，原来是我的妈妈打来的。妈妈说，昨天是星期天，我将一张数学试卷落在家里，妈妈怕数学老师不知道，让赵老师跟数学老师解释一下。赵老师说没事的。过了大概一分钟，赵老师的手机铃声又骤然响起，又是我的妈妈打来的，妈妈说，她担心我学习跟不上人家，所以她就把那张数学试卷送来了，就在学校门卫室。赵老师说，他现在正在上课，但他可以叫我下去拿。他告诉我后，我立即"咚咚咚"地跑下楼去……

后来，赵老师找我聊天。他知道了我的家是在乡下很远的地方，妈妈从家里来到学校起码要花费一个小时的时间。就一张试卷，在别人的眼里也许是微不足道的，而我的妈妈却非常着急，及时把那张数学试卷送到学校，又送到我的手中。赵老师觉得我的妈妈是一个了不起的母亲。赵老师的心好像被某种东西深深地触动了。

于是，他对我说："妈妈爱不爱你？"

"爱！"我不假思索地回答道。

"那你可以把这件事写成一篇作文啊。"赵老师提出建议。

"行……行。"我感动地说道。

"好！老师教你。赵老师对我提出了写作的要求，比如题目，文章的开头与结尾，重点部分怎样写，等等。并交代我要及时写，写好了交给他看一下。

我点了点头。

……

"这篇作文，虽说从语言风格来说质朴无华，从写作的技巧来看有点欠火候，但是如果从内容上来看，他所表达的是一个学生对教师一言一行的关注和启发，充分说明了教师的言传身教在学生心中是至关重要的，教师对学生的影响是潜移默化的，正如春风细雨一样润物无声啊！"筱枫望着那篇文稿说道。

"文哥，文苑平台开办以来，我们的工作又增加了许多，可我们的精力是有限的，不如再找一些志同道合的老师加盟，这样既壮大了我们的队伍，又节省了我们的时间，你看行吗？"

"那你看，有谁能参加咱们的这个队伍呢？"文俊问。

"让唐媛加入吧！唐媛本身擅长古诗词写作，文才较好，她是有名的才女，而且唐媛对学生写作指导方面也有一定的建树，我想她如果参与，我们一定能办好的。"筱枫微笑着对文俊说道。

"唐媛是不错，不过……"

"过去的，就让它过去吧，只要我们心底坦荡，就让过去的一切都随风而去吧！"

"那好吧！如果其他老师也愿意帮忙，我们随时欢迎。"

在众多老师的帮助下，双悦乡一中的"阳光青草地"文苑平台变成了《心声》报刊，文俊任主编，筱枫、唐媛、王芸、林芳等几位老师任副主编。在这份报刊里又增设了"家乡美"这一栏目，宗旨就是通过一篇篇的文章来宣

传家乡的风景美，人文美，从而为家乡的精神文明建设贡献一份力量，报刊以月刊形式陆续推出。

文俊为了更好地宣传教师读书的意义，他在《心声》报刊上发表了一篇有关教师读书的文章：

教师读书让教育的天空更加蔚蓝

教育的天空是蓝色的，就像宝石蓝一样代表着希望。如何让这片天空更加蔚蓝，教师阅读无疑烘托出了这片更加美丽的天空。阅读让广大教师汲取前行的力量，阅读让大家不忘追求有思想、有品位的课堂，阅读让大家督促自己去做一个让学生喜欢的好老师，还是阅读让大家去经营属于自己的精神家园。

当前，社会的发展可谓日新月异，可是社会中诸多现象却深深地影响着教育，也影响着教师。浮躁、迷茫让诸多教师不知何去何从，大多数教师的精神家园渐趋荒芜，阅读的兴趣越来越低，读书的兴趣渐渐淡化，书籍对大多教师已成为"奢侈品"。

当今社会不缺教师，缺的是爱读书的教师。

时下，阻碍教师阅读的内在原因是教师自身的学习观念。教师不爱读书是因为对阅读的重要性认识不够、教学任务繁重、没有养成读书的习惯，但主要原因还是教师个人没有正确的价值取向。外在原因是现在整个社会的读书环境不是很好，社会的飞速发展、功利思想在一定程度上束缚着教师思想境界的提高；学校的读书氛围也是冷冷清清，学校在引领教师读书上做得不够；考试一塌糊涂，读太多的书也无用……

爱读书的教师才是真正的教师，爱读书的教师才能给孩子们一个良好的学习环境。教师是学校发展的潜在力量，学校能否成为名校，能否为民族培养合格人才，能否培养出健全的人，除了要有正确的教育方针外，教师的素质和学养起到决定因素，一支爱读书善于独立思考的教师队伍是学校的宝贵财富。

一个教师只有独立思考，他的思维才能走向远方，阅读为教师的独立思考插上理想的双翼；作为教师只有多读书，才能始终像儿童一样睁大一双眼睛来看世界，才能不断地有新发现；如果教师都爱读书，那么孩子们就幸福了，我们的教育就有希望。阅读能帮助教师在精神上实现突围，一个爱阅读的教师思维开阔、思路广阔、生命豁达；阅读通达教育智慧，让自己时时充满激情，时时处处感到幸福如清泉一般流淌在自己的心田；教师读书潜移默化地影响着每一个学生，把他们带入一个认知的新世界。

读书是一种精神的修行，文化底蕴的积淀，更是一种理想生活的需要。

教师读书分为职业性读书和生活性读书。当读书成为一种生活方式时，阅读与人的衣食住行一样成为生活中的一部分。"三尺讲台站得稳，朝朝暮暮读书勤"。不爱读书的教师整天沉浸在一种无休无止的重复中，何等的空虚和无奈！要避免这种空虚和无奈，只有让自己更坚决、更深沉地融入阅读之中。

阅读如果要丰富、润泽、提升教师的生命质量还需要再迈过一道坎，上升到知性阅读的层次上。一个真正优秀的教师应有完善的知识结构，精湛的专业知识、深厚的理论基础和开阔的人文视野。教育教学不是单一的活动，而是和其他学科融会贯通的，所以教师必须具有渊博的知识体系。教师应当抽出时间多去阅读经典文化，经典文化是我们民族的根与魂。教师读书要有挑战自己的勇气，适时选择一些有一定深度的书籍，从而丰厚自己的知识储备。同时也要关注学生的兴趣阅读，只有了解到学生感兴趣的知识热点，才能比较容易地走进孩子们的心灵世界，从而有利于对学生进行教育。

教师用真诚、对读书的热爱绿了"座座青山"，烘托出教育的天空更加蔚蓝。教育是一种艺术，阅读让教师对人生有着更加完美的追求。阅读是一种精神的修炼，让教师的人格和思想趋向成熟，让教师的心灵得到升华，也让大家的教育生涯从此更加壮丽辉煌！

全乡教师在《心声》报刊的宣传推动下，掀起了业余勤奋读书，及时"充电补能"的学习热潮，广大教师的读书热情高涨，教研氛围浓厚，教育教学质量不断提升。

《心声》报刊不仅在双悦乡一中广大师生间有着较好的口碑，而且在整个双悦乡深受广大乡亲的喜爱，从此双悦乡的山美、水美、人更美享誉了整个清辉县。

八十

论教育之大道 开百家争鸣
论坛异常热闹 交流中提升

双悦乡一中诸多青年教师在校长王海龙的带领下，纷纷进行教育教学改革，特别是学校的语文老师们更是"八仙过海，各显神通"。在这样的形势下，文俊、筱枫、唐媛、王芸、林芳等一批年轻教师又共同创办了《双悦乡教师教育教学》期刊。刊物以"研究教育问题，关注教师成长"为办刊宗旨。自创刊以来，受到全乡诸多老师的关注和支持，大家纷纷投稿，争相发表意见，一时间各种新的教育理念、教学方法应运而生，开创了双悦乡教师教育教学百家争鸣的局面。

"赵老师！这些天辛苦你们了！自从《双悦乡教师教育教学》期刊创办以来，大家工作的积极性越来越高，教育教学改革的热情越来越高涨，特别是一些青年教师，工作有激情，有创新，有艺术，一些教师对优秀传统文化的教育有独到见解。昨天赵老师在百忙之中写的这篇文章深受大家好评，接下来请大家欣赏并讨论交流"。王海龙校长说完后，把学校教导处刚刚印完的一篇由文俊创作的文章发给了全体老师。

国学教育是当今教育的灵魂工程

1989年世界诺贝尔奖奖金得主在巴黎聚会时，曾得出惊人的结论。"人类如果要在二十一世纪生存下去，必须回到2500年，去吸取孔子的智慧。"这句话并非危言耸听、夸大其词，而是词正理直。

观当前的社会形势，我们真的需要静下心来，擦亮眼睛，不断反省。社会的进步是物质文明与精神文明的同步，而精神文明的跨步更需要一种优秀文化的引领，而我们国学中的经典文化，方能引导我们洞察自身和世界，并为我们的社会带来真正的幸福和谐。我国国学的精髓，正是体现在这样的智慧上。青少年是祖国的未来和希望，国学文化必须从他们开始薪火相传。那么，如何传承这种文化呢？首推国学教育。国学教育是当今教育的一个灵魂工程、奠基工程、伟大工程，更需要每一位教育工作者"上下而求索"。

国学文化对学生的影响是各个方面的，而且也是深远的。要想从根本上提高他们的道德素质，提高教育质量，必须从改变人心开始，让学生学习经典文化，从根本上汲取丰富的"营养"，在他们的人生转折期进行正确的引导，从而让他们形成正确的人生观、世界观、价值观，形成良好的思维习惯，让他们用真善美去品味生活。

首先，国学教育让学生明理。"学而时习之，不亦说乎？有朋自远方来，不亦乐乎？人不知而不愠，不亦君子乎？"这一句作为《论语》开章的第一句，可谓微言大义。学习可以使人成长，使人快乐。那么学生学习的内容是什么？是学问。学问不单指知识，还包括做人与做事。今天的学习知识是为服务于社会，服务于人民，否则只能成为名副其实的书呆子。做人到位，做事正确才能入道之门，奠积德之基。"习"指的是反复实践之义。学问的获得既需要实践，也需要不断反思，只有这样才能提高修养。而个人的修养的提高是一种深刻的人生体验，在这个过程中学生们会感到快乐。学生在不断学习的过程中，总想遇到"志同道合"的人，这样大家相互促进，共同提高这是何等的欣慰和快乐啊！于是常说"有朋自远方来，不亦乐乎？"学生在学习的过程中，要与老师交流、与同学交流、与家长交流。然而有时候得不到别人理解怎么办？"人不知而不愠"给了他们一盏在茫然无措时的"明灯"。一个不断修身修为的学生达到这种境界会通常反思自己，自持仁心，因为人的一生，关键是自知自立，知道这一道理，自己的心灵就会充实，圆满。《论语》开篇的这几句话对学生来说，是开启他们的智慧，让他们心灵获得滋养，长此以往，他们就会真正踏上心智成熟之路。

其次，国学教育能让学生的心安静下来。《中庸》：知止而后有定，定而后能静，静而后能安，安而后能虑，虑而后能得。人生有方向，事业有目标，学生胸怀远大理想方能使心志安定，心志安定后他们那浮躁的内心平静下来，

内心宁静就能安心地学习,在学习的过程中不断思索最终学有所成。国学文化的大智慧使他们内心"中正","中"则不偏不倚不会左摇右摆,"正"则远离妄想嗔痴,不会蠢蠢欲动。学习了国学文化也慢慢地把"中""正"种植于心中,同时少了外界不良习俗的追求,体会到了给予的快乐。所以他们身心就会渐渐地安定下来。

再次,国学教育让学生真切地体验生活、知足常乐。我们的物质生活显然在提高,但是多数学生却越来越不满意了。因为他们的攀比心理根深蒂固,内心总还有让自己不平衡的事物。他们总是向外看得太多,而向内看自己心灵看得太少,这样滋生他们无穷的欲望,后果不堪设想。《道德经》:五色令人目盲,五音令人耳聋,五味令人口爽,驰骋畋猎令人心发狂,难得之货令人行妨。是以圣人为腹不为目,故去彼取此。我们并不反对学生享受生活,而是警醒他们追求要适可而止,让他们从小摒弃外界的各种不良诱惑,心清如水,这样生活才自在快乐。所以今天让学生学习《道德经》的教诲具有十分重要的意义。

最后,国学教育让学生真正做到仁者爱人。"其为人也孝弟,而好犯上者,鲜矣;不好犯上,而好作乱者,未之有也。君子务本,本立而道生。孝弟也者,其为仁之本与!""仁"是《论语》的核心思想和终极追求,学生要做到这个"仁"不仅需要内心的体验,更需要投身实践。"仁"应该从孝悌做起。"孝"也是爱的哲学,是对父母养育之情的回报,而"悌"则是指兄弟姐妹之间的友爱,这种友爱推广到朋友之间就会泛化成一种高尚的社会友情。"孝悌"而后家庭和睦,家和而后社会稳定,社会稳定而后国家繁荣富强。学生从小做到仁者爱人,那么这个社会必然会形成良好的风俗,反过来,他们在这样的社会里,将会体验到幸福并获得圆满的人生。

北宋大儒张载曾说过:国学,为天地立心,为生民立命,为往圣继绝学,为万世开太平"。国学教育为我们国家确立起生生之心,为众多学子指明一条共同遵行的大道,继承孔孟等以往的圣人不传的学问,为天下后世开辟永久太平的万世基业。

教育是百年大事,绝非一朝一夕之功。我们要从现在做起,用点点滴滴的国学文化去占据学生的思维空间,潜移默化地影响他们,只有这样,我们的教育才可以奠基学生的学业，塑造他们健全的人格，全面提升我国素质教育的发展水平！

"赵老师的这篇文章结构合理，逻辑清晰，观点准确，语言流畅，论证方法比较合理。"唐媛说道。

"兴中华国学教育，不仅仅是因为我们是中国人，更因为我们的传统文化有着非常重要的意义。作为一名中国人，尤其是作为一名教师，我们更懂得传统文化的重要意义。赵老师的这篇文章自学校开展传统文化教育以来，唤起了大多数教师教育教学的积极性，奏响了广大学生心中经典文化的琴弦，激活了广大师生的好奇心和充满激情的美好情怀，提高了学生的文化品位、审美情操与文化底蕴。"王芸信心满满地说道。

筱枫紧接着说道："传统经典文化中承载的道德伦理观，构成中华传统文化的核心价值体系，这对于我们处理人与人、人与社会、人与自然的关系，至今仍具有现实指导意义。通过学习，让这些传统美德根植于广大学生的心田，提高他们的人文素养、孕育他们的纯朴学风具有重要的现实意义。我们学校自从孩子们接受国学教育之后，变得更加谦和，他们团结同学、尊敬师长。国学经典学习让优秀传统文化走进了孩子们的日常生活，走进他们的家庭，规范着他们日常行为，并成为孩子们成长路上的'指南针'。"

"传统的课堂教育侧重于知识与意识形态的教育，而最大的缺失就是对学生的人文教育和传统教育。让学生徜徉于国学经典之中，感受着祖国传统文化的巨大魅力，在学生心灵最纯净、记忆力最好的时候接触具有智慧和价值的经典诗词，会逐渐培养其人文精神，所以我们要重视传统文化教学，大家应当好好把赵老师的这篇文章读一读。"梁彬说道。

……

王海龙校长总是在业余时间和文俊、梁彬等年轻教师交流工作。

"赵老师你好，咱们双悦乡一中在优秀传统文化教育的影响下，教风正学风浓，同志们之间团结协作，作为教师的幸福感落在每一位同志的心田。"

"王校长，我听说咱们乡里一些学校的老师们不知是何原因总是在抱怨，他们总是在说做教师是他们今生的不幸，唉！"栗元勋说道。

"我的一个同学在咱们乡二中教学，他多次说他们学校的老师们个个冷

酷无情，整天摆出一副不可一世的架子，人与人很少交流，有时见面连个招呼都没有，不像我们这里，老师们互敬互助，亲如一家，现在想一想还是王校长领导得好啊！"

"咱们一中的现状，其实要归功于大家，归功于赵老师和诸位老师对国学教育的宣传和推广，看来我们祖国的优秀传统文化称得上是引领我们走向幸福教育的指南啊。"王海龙校长望着文俊、元勋、梁彬说道。

八十一

诗词交流频繁 众师提素养
学生习作诗词 教师共品鉴

双悦乡一中在国学经典文化传承上做得有声有色,广大师生在文俊、筱枫、唐媛等老师的带领下学习"四书五经"之外,又加强了对古诗词的诵读和创作。一时间整个校园翰墨飘香,教师们不仅朝读诗词,晚诵元曲和汉赋,而且很多老师开始进行诗词歌赋的创作,一时间,双悦乡一中涌现出来许多出类拔萃的优秀教师。

"同志们,咱们一中,教师人才层出不穷,诗词歌赋创作者比比皆是。最近,我们要举行一次教师诗词歌赋交流大会,既能活跃一下紧张的工作气氛,又能进一步传承经典文化,更为全体学生对经典文化的学习进一步指明方向。"王海龙校长的话音一落,会议室立刻响起了热烈的掌声。

为传承经典文化,让广大师生接受传统文化熏陶,从而营造浓厚的书香校园氛围,"双悦乡一中教师古诗词交流活动"在一阵鞭炮声中拉开帷幕。

"尊敬的各位领导、各位老师、亲爱的同学们,大家上午好!今天,在这艳阳高照、和风轻轻的日子里,我们欢聚一堂共同迎来了双悦乡一中教师诗词交流活动,接下请我们学校德高望重的巫玉燊老师给大家带来他创作的《秋江花月夜》,有请!"主持人唐媛用流利的普通话说道。

"各位领导、各位同仁、同学们、大家好!接下来我给大家朗诵《秋江花月夜》:

某晚,途径咸河,一轮皓月当空朗照,岸边花草风姿绰约;徐徐清风迎面而来。观临此景,有感而发,特作诗一首与诸君共赏共勉。

秋江明月一轮新,飒飒西风碧水纹。

浩渺起伏无尽处，水中秋月照古今。
游龙蜿曲花流眄，月色苍苍水嫩寒。
寒处幽仙因畏冷，江渚霜露可曾怜。
月华如练夜无声，孤月一轮当照空。
明月何人当相问？月心何事不了情？
流年代代光阴写，江月年年从未歇。
试问秋江人何去，一腔碧血属人何。
天光云影起轮轴，秋水江边几柳芫。
繁华歌声侵我梦，我瞧繁华为役仆。
秋花香笑江水月，江月如知应不缺。
悲乐离合人间事，古今圆满几人说。
举杯邀月影三人，觥筹交流几度闻。
心中常存无限事，何时一曲付瑶琴？
长期明月清风日，醉里浮生有几时。
江水东流无尽意，月归西去与谁辞。
月悄无声入江图，隐现朦胧世上途。
明月入心成我梦，一腔真意一诗书。

"我的朗诵完毕，谢谢大家！"巫老师向众多师生施礼后，校园内响起了热烈的掌声。

"接下来有请，我校的才女教师筱枫给大家朗诵她的新作《月光吟》。"

"尊敬的各位领导，老师们，亲爱的同学们大家好，接下我给大家朗诵《月光吟》。"

云愁风怒雪满天，茕影形单只自怜；
长天一色舞翩飞，氤氲萧索天地间。
徒增岁月慨岁暮，新春凌云知何处；
手把帙书复步履，别样心情何人诉。
翌日云消雪已敛，纤月庭院独畏寒；
月光微茫交相映，玉树琼枝图满园。
月娥常省灵丹药，霜女只怨斗婵娟！

今晚月光虽可怜，却不道何日何时唤玉颜。
一年四季十二月，日日劳碌无停歇；
青春岁月如流水，书香氤氲心沉醉。
字字珠玑昭日月，行行妙语凝心血；
篇篇华章入吾心，部部经文贵如金。
归门畅想复窗掩，月儿无语照无眠；
寒灯照壁正襟坐，通灵意连正伏案。
纳兰多愁空于情，雪芹神才实伤堪；
天生我才必有用，自古异人天妒怨。
阴晴圆缺人间事，为情为痴为青天；
人生浮云奈我何？情真情切心情愿。
愿侬从此心笃定，书写人生几多梦。
几多梦？几多真？几多情？
书山学海唤情痴，勤字相逢主功成；
洋洋千语皆心出，洒洒万言知音诉。
人笑我痴笑我癫，几人涵味路心酸；
自古英豪多历练，是真名士多自谦。
试问今生梦醒时，便是人间春满园。

筱枫朗诵完毕后，校园内又是一阵热烈的掌声。

"接下来，让我们用最热烈的掌声有请，我校的青年作家赵文俊老师给大家朗诵他的新作《莲花赋》，请赵老师闪亮登场。"唐媛的话音一落，校园内响起雷鸣般的掌声。

"尊敬的各位老师，亲爱的同学们，大家曾经读过周敦颐的《爱莲说》，今天我给大朗诵自己的新作《莲花赋》希望大家能够喜欢。"

莲花赋

夫莲花者，尘世人间之灵草。汲取山川灵秀，亭亭玉立身姿，啜饮四时雨露，清香幽雅神韵，根植于淤泥重壤，沐浴天地正气，秉承人杰地灵之熏染，清雅高洁之品质。品清独绝，格韵双奇。

莲花无牡丹之雍容华贵，却不乏清新高雅，被誉为花中君子。天地造化，

娉婷清新。腾人间正气，显素雅神韵。纯洁兮，尘世百卉之罕见；高雅兮，人间花中之少有；清净兮，如谦谦君子；超然兮，似大彻大悟。古之多少画匠泼墨绘之，以形其容；多少文士歌咏诗颂以极其情，留下千古名句。

王昌龄：荷叶罗裙一色裁，芙蓉向脸两边开。周敦颐：予独爱莲之出淤泥而不染，濯清涟而不妖。《江南》：江南可采莲，莲叶何田田。李商隐在《赠荷花》中写道：自古花叶不相伦，花入金盆叶入尘。唯有绿荷红菡萏，卷舒开合任天真，此花此叶常相映，翠减红衰愁煞人。

牡丹虽有杨贵妃之绰约风姿，莲花却含文君清照之雅韵。牡丹贵为花王，统领百芳，莲花却幽居陂塘见方，绽放缕缕清香。身姿亭亭，且艳且鲜；其貌熙怡，傲然独立。其根如玉，一色如是；其茎中空，不见五蕴。其花神圣，清香长远；中通外直，无挂无碍。圣洁兮，超凡脱俗；清纯兮，无与伦比。莲花为佛教八宝之一，佛祖推崇，及为首要。

远红尘喧嚣，守清净淡雅。茫茫尘世觅知音，难得莲花有灵犀。微风习习过，莲之细腰娉。池中传馨香，小蝶伴舞旁。今生不能参悟，来生愿为护花。莲兮，穷其词汇难书其韵，泼尽彩墨难画其神。百卉之莲花，我当为最爱。

文俊朗诵完毕，校园内响起了掌声，很多老师都在小声议论着，不时发出啧啧的赞叹声。

接下来，唐媛给大家朗诵她的《暮春感遇三首》：

寄生草

漫洒一腔情，相离平生家。谢慈悲，劳作双悦乡土。有缘法，今生相遇他。任劳碌，终是空牵挂。哪里寻，真情切意有冤家。别让俺，伶仃单行走天下。

昨夜星辰

星辰熠熠生昨夜，
明月清辉映空明。
晴日酒香多长醉，
夜阑醒后望长空。
寒宫月主应无悔，

碧海青天眼泪盈。
一缕青风遥万里，
青鸟此去当回应。
昨夜星晨光有怜，
明朝朗日自重逢。

星星知我心

惠风款款来，我为哪一缕？青了漫山，红了遍野，融了江河，惊了鸟群。烟雨姗姗至，我为哪一滴？泥了轻尘，醒了嫩芽，媚了春光，醉了乾坤。悠悠兰花香，我为哪一株？献了青春，泽了韶光，傲了芳菲，成了谦君。冶冶秋中菊，我为哪一朵？圆了陶梦，成了罗意，抚了柔心，固了清隐。风雨未来梦，兰菊今世魂。风尘滚滚，谁通此音？欲将此曲付瑶琴，弦断有谁听。无奈望夜空，星辉斑斓，眉目传情。梦里寻她千百度，唯有星光有灵犀。茫茫尘世觅知音，只有星星知我心。

"同志们，同学们！接下由请我校最年长的栾老师朗诵他的一首词作《沁园春·雨》。"

"各位老师，各位同学，我的普通话不怎么行，但我会尽力地朗诵这首词，大家请听《沁园春·雨》。"

落泪天公，大地祈祷，万众一心。望苍茫人寰，山清水秀；花红柳绿，抖擞精神。百草争辉，千溪竞流，欲与时光共争春。晴天待，看阳光明媚，荡涤乾坤。人文风物可音，引无数英明论古今。孔圣修易传，战国礼记；道经上德，孟轲著仁，心智阳明，知行一道，众生芸芸早有闻。平生愿，古风德厚在，犹唱五伦。

栾老师朗诵完毕后，校园里又响起一阵阵热烈的掌声。

"同志们，接下来由我校王海龙校长朗诵《新春赋》，大家掌声欢迎。"

"同志们，大家好，接下来我给大家朗诵《新春赋》。"

金鸡辞旧岁，瑞犬傲新春。圆玄瑞精，有星而景，有云而卿。惠风和畅兮，山川意绿；春雨如烟兮，万象更新；晴笼昼熏兮，光耀乾坤；月朗星辉兮，清风万缕；人民安乐兮，奏幸福之欢歌；祖国昌盛兮，创大国之伟业。

　　继传统之节日，承千年之习俗。声声爆竹，家家桃符。笼灯高胃，礼花满天。忘却寒风凛冽，且喜草露花开。新春佳节，吉祥如意相贺；故交挚友，真诚往来相迎；宾朋满座，情意彰彰以昭；觥筹交错，醉情酣酣以歌。老老以兴孝；长长以兴悌；恤幼以兴慈。

　　天伦之乐，睦临家和，良辰美景，其乐融融，其意浓浓。

　　中华美景，世之所罕。江南佳丽地，山色秀丽兮心旷神怡；北国疆域阔，峰峦叠嶂兮雄伟壮观；东海浪淘沙，水何澹澹兮山岛耸峙；西北沙漠广，瀚海阑干兮百丈冰。江山如此多娇，大美中国还看今朝。

　　党引领，新曙光。全面小康，中国富强要实现。扶贫亲民之策，如春风拂面；清正清廉之风，似春雨心间。神州大地普天同庆，家乡谦州人民欢颜。

　　春潮涌动，花雨翩飞，巍巍中华复兴路；一江润泽，圣贤庇佑，名城谦州誉华夏。

　　王校长的朗诵完毕，校园的掌声再一次响了起来。

　　……

　　其他选手相继登台朗诵，双悦乡一中成功举办了这次教师古诗词交流大会。

八十二

儒家文化交流 四书与五经
传统文化传承 经典润人心

　　双悦乡一中成功举办古诗词交流大会之后,王海龙校长更加器重赵文俊这个教导主任,他们经常在一起探讨教育的初心是什么。

　　王海龙校长说道:"我以为,教育之初心在于激发想象,在于鼓励崇高,在于丰盈灵魂,在于温暖心灵,在于点亮人生。教育即自我成长,成长就是目的。毫无疑问,当我们用功利目标规范'成长',其结果必然是压抑'成长'。'成长'本身没有价值吗?一个想象力丰富的人、一个性情完满的人、一个人格健全的人、一个心灵温暖的人、一个灵魂丰盈的人、一个精神崇高的人、一个情感丰富的人……难道不是既优秀又幸福的人吗?"

　　文俊说道:"王校长!当今社会高速发展,物质生活异常富足,但人们的精神生活慢慢地变得匮乏,当今的人们都在悄无声息地发生着变化:信仰的迷失、道德的沦丧使人们的幸福指数下降……人类如果要过上和平幸福的生活,就应该回到2500多年前中国孔子时代去寻找智慧,而孔子时代的文化正是我们优秀传统文化的核心代表。"

　　"当今人们追求幸福,就要有智慧,要有智慧,就要通过诵读经典文化,特别是中学生应当通过阅读儒家文化,特别是《论语》《大学》《中庸》来指引他们的健康成长,进而把大家浮躁、焦虑、彷徨的心态调整过来。"文俊继续说道。

　　"王校长,我认为从现在开始,每一个学生每天都要抽出一定的时间来诵读《论语》,让孩子们通过学习《论语》,可以培养他们高尚的人格,树立正确的人生观,甚至可以影响他们的一生。"

"赵老师,儒家提倡'诚意,正心,格物,致知,修身,齐家,治国,平天下'。因此,我们要加大力度让学生学习《论语》等传统文化,这样经典文化的教化功能就可以体现出来。"王海龙校长笑着对文俊说道。

"学习《论语》,培养学生的责任心和勇于担当的精神。学习《论语》,悟孔子和弟子的关系,学生可以学到为人之道,与人相处之道。《论语》还可以教给学生许多为人处世的法宝,如诚信,珍惜时间,过简单平淡的生活……一本书,给学生的不仅是知识,更是做人的道理。这也符合中国现代教育大师陶行知的教育理念,'千教万教,教人求真;千学万学,学做真人'的理念。因此,中学生学习《论语》的意义非同寻常。而在教学的过程中,教师应该动用各种教学手段,采用各种教学方法,让学生真正地学有所获。"文俊继续说道。

"赵老师,有空你起草一篇有关学习《论语》的心得体会吧!山雨欲来风满楼,任何改革都是先做好宣传。"王校长望着文俊郑重地说道。

"好的王校长,我一定会尽心尽力的。"文俊说完之后,他利用一个晚上的时间写成一篇文章《〈论语〉照亮我们的教育初心》:

寻寻觅觅,时至今日我们依然在探寻更好的教育思想、教育模式,那是因为我们的教育依然存在诸多问题,或者说我们的教育现状还有问题。从现在的社会来看,已经鲜有人提到家风、家规了,一个很重要的原因,就是社会突然开放,各种思想潮涌而来,沉重地打击着我们原本淳朴的东方文化。

传统教育的最终目的是培养德才兼备之人。这种人既能克己复礼,独善其身,又能推己及人,兼济天下,道德培养为其核心和宗旨。

教育应该是一个不断前进的过程,但教育永远有一个初心,那就是培养一个又一个的优秀人才。所以,如果教育不再以人格教育为首要目标,就是教育的悲哀与堕落!

当我们怀着一颗虔敬之心去捧读《论语》就会发现,我国古代的教育家孔子及诸多弟子不仅早已深谙现今我们所说的教育心理学,而且他们的教育思想博大精深,具有强大的生命力才使得那时的教育思想延续数千年。其善于启发每个人的内心自觉,善于启发学生甚至师者的性情与智慧。因为整部《论语》的微言大义早已照亮了众多师者的教育初心。

曾记否，当我们踏入师范学校的那一刻起，"学深为师，品正为范"这八个熠熠闪光的大字是否还依然铭刻于心？这八个大字其实就是每一个教育工作者的初心。作为一名合格的教师，除了要有扎实的专业知识，较高的文化水准外，更重要的是教师应有良好的道德素质。陶行知指出："教师的道德品质，不仅是规范自己行为的需要，更重要的是用于教育学生的需要，教师职业的特殊性在于育人，不仅用自己的学识育人，更重要的是以自己的品德育人，不仅通过自己的语言去传授知识，而且要用自己的灵魂去塑造学生的灵魂。"

"学而时习之，不亦说乎"。教师与学生教学相长，更要不断地学习。读完《论语》，洞悉它的全部思想，就自然明白了什么叫作"学问"。一般普通的说法，"读书就是学问"，不能算是完全正确。学问不是文学，这个要分清楚，文章好是这个人的文学好；知识渊博，是这个人的知识面宽、了解得广；至于学问，哪怕不认识一个字的人也可能有学问——比如做人好，做事对，工艺精湛，绝对的好，绝对的对，这就是学问。

教师的学问从哪里来呢？是从教学经历中来，从教学工作的点点滴滴中体会而来。这个修养不只是在书本上读得来的，每年每月每天的教育生活才是我们的"书本"。所以《论语》的"观过而知仁"，我们看见别人犯了这个错误，自己就会思考，就会反省，我不能犯这个错误，这就是"学问"，"学问"就是这个道理，以孔子的研究方法，教师随时随地要有思想，懂得观察思考，随时随地见习，随时随地体验，随时随地能够反省，这才是教育的学问。我们所有的人开始反省也是不容易的，但慢慢有了进步和收获，就有浓厚的兴趣，就会"不亦说乎"了。

"吾尝终日不食，终夜不寝，以思。无益，不如学也。"在《论语》中，孔子已经提到了"学而不思则罔，思而不学则殆"的思想，这里有进一步阐述。教师的"思"是理性活动，其作用有两方面，一是发觉自己的言行不符合或者违背了道德，就要改正过来；另一方面若自己的言行符合道德标准，就要坚持下去。但学和思不可以偏废，只学不思不行，只思不学也是十分危险的。总之，思与学相结合才能使自己成为有道德、有学问的人，

才能成为学生的楷模。

如何教导学生呢？《论语·述而》中认为："不愤不启，不悱不发，举一隅不以三隅反，则不复也。"也就是说教师应当积极引导，以引导代替"牵""抑"的教学方法。师友间甚至可以相互质疑问难，这样才能提高学生"闻一知十""举一反三"的思维能力。

还有因材施教，所谓因材施教，是指针对不同教育对象的特点和实际情况，采取不同的教育方式，孔子最早提倡因材施教，他要求对学生"听其言而观其行"（《论语·为政》），根据学生才能的高低进行教育："中人以上，可以语上也；中人以下，不可以语上也。"（《论语·雍也》）。在他看来，每个人的智力、性格都存在着差异，教育应以学生的特长作为依据。《论语》中子张、子路、子夏、子贡、仲弓都曾向孔子"问政"，孔子根据每个人的不同个性予以解答，表现出对不同个性的宽容和尊重。

"三人行，必有我师焉。择其善者而从之，其不善者而改之。"

孔子的"三人行，必有我师焉"这句话受到后代知识分子的极力赞赏。他虚心向别人学习的精神十分可贵，但更可贵的是，它不仅要以"善者"为师，而且还以"不善者"为师，这其中包含着深刻的哲理。他的这段话，不仅对我们教师的学习具有指导意义，而且对于我们处事待人、修身养性都是有益的。

"弟子入则孝，出则悌，谨而信，泛爱众，而亲仁。行有余力，则以学文"这句话指出了一个人道德修养的重要性。这和我们当下所提出的教育是"立德树人"的观点一脉相承。百年大计、教育为本。立国先立人，而立人必先立心，先立魂。因此，通过教育全面提升孩子们的生命质量，尤其是心灵质量，灵魂质量这才是最重要的。

……

时至今日，在教育中教师如何继续传承和发扬那种生生不息的文化精神，开拓创新，穷通变易，使我们"更诗意地栖居"，并且延续一颗教育的初心是值得我们进一步思考的。

《论语》照亮我们教育的初心。教师是社会主义精神文明的建设者和传承者。"学深为师、品正为范"不是简单的说教，而是一种精神体现，一种知识的内涵和文化品位的体现！风筝如果想飞得更高更远，必须有线牵引，教育如果是风筝，那么师德即是那根线，只有线坚固并时时牵引，教育才能腾飞、才能有希望！

八十三

文松七年一剑 苦读修法律
身为金牌律师 常法律援助

文青的弟弟赵文松毕业于谦州市一个中专学校，毕业时他刚满 20 岁，在谦州市的宏光电脑配件销售公司上班。白天打工，晚上就住在一间约 10 平方米的小房内。他在灯光下伏案认真地自学法律，因为他的梦想是通过自学考试取得法学本科学历，再通过司法考试获得法律职业资格证，今生无怨无悔从事神圣的法律职业。

一天晚上，赵智来到文松住处，他看到狭窄的房间内的床头桌上摆了两列法律专业用书。

"四叔，你来了，快请坐，请喝茶。"

"嗯！小松，你住的地方太简陋了，你能适应吗？你四婶也多次说过让你住在我们那里，唉！只是你的性格太拗了，你先住在我们那里，等你的工作稳定了再出来住，不行吗？"

"不用了，四叔，你和婶儿的心意我领了，我从小就独立惯了，就让我再锻炼锻炼吧！"

赵智看到文松桌上的那一本《刑法学》，文松正好复习到这本书的 80 页，上面每一行都有旁批，而且注有几个醒目的大字。

他被文松那刻苦学习的精神所感动，赵家的孩子大多数都是刻苦勤奋的。

"文松，你从什么时候开始自学法律的？"

"四叔！参加工作的第六个月之后。我在宏光公司给人家卖配件，在工作中我慢慢发现自己学历低，工作经验不足，所以我就萌生了一个继续学习的念头。"

"孩子！有志气，人生就应当有追求，有梦想，为梦想奋斗才不枉此生，那你为什么要选择法律呢？"

"四叔，有一次，我们公司要房屋装修，经理向被告方购买装修的壁纸，先支付1万，尾款1万未付。因壁纸和当初选的不一样，存在质量问题，我们公司要求更换未果，双方对簿法庭。公司是经理的，他对法律知识懂得较少，他又未请律师，而被告则三番五次要求支付尾款。我听到事情的原委之后就作为我们公司的诉讼代理人，结果那场官司打赢了。从此以后，我们公司经理就告诉我，你平时少干点业务，多抽出点儿时间学一学法律，将来对公司会大有用处的，从那以后我就开始学习法律。"

"四叔，除了上述这个原因外，我对法律的认识改变是我学习的另一个因素。随着年龄增长，阅历的增加，以往对律师作用的浅薄认知是无法有自己正确的看法。后来，我想作为一名律师就是要伸张正义，手持法律这把利剑，从而指向人间最阴暗的角落。"文松对四叔赵智说道。

"孩子，生活中的许多案件，从我们大众的视角看到的是一个个被法律操控的事件，其实它们不是简简单单地弄个水落石出，也不是一句简单的伸张正义就会完结。案件了结背后的沉重除了当事人谁都无法体会。中国有5000多年的历史，虽然文化底蕴深厚，但现代法制建设历程较短，新中国现代法制建设还需要完善，每一个有良知的法律人能从诸多案件中感受到肩上的责任和义务。"赵智对着文松说道。

"四叔，在当今社会，有些案件不赚钱，还费时费力，愿意接的律师是不多的，但是最终还是要有人去做的，如果律师不去做，就没有人会去做了。当这种案件被深深刻在脑海里时，就需要律师以奉献和为人民服务的态度来唤醒社会的良知和公平正义。正因为如此，我要向那些优秀的法律人学习法律。"

"孩子，你的志气让四叔敬佩，真的，这些书在哪儿买的？"

"这些书是我在一家自考书店买的，经理还让我住在他家，我依旧推辞了。"

"孩子，有志气，你这脾气和我年轻时一样。"

"四叔，在公司里大家都叫我'小赵'。销售这个职业确实不易，也需

要不断地学习，我在工作中不断地积累知识和经验，正所谓学而不厌，不耻下问。"

"这几年你是怎样学习的？"

"这几年，我白天在商店里销售电脑配件，晚上认真读书，我买了很多的法律专业用书和试题解析集，这些书对我的帮助很大。第一次参加自学考试所报考的3科全通过了。"文松自豪地告诉赵智。

"法律自学考试，考场管理严格吗？"赵智继续问。

"考场有时比较严，有时宽松，考场上抄袭现象屡有发生，可我一次也没有抄袭过。因为律师是靠真本事吃饭的。后来这几年我都是一边工作，一边参加自考，13科法律考试科目整整花了2年，15科本科法律考试科目花了3年时间。"

"孩子，你的法律自学考试通过得还挺快的，整整五个年头竟然从中专学历拿到了本科学历。"

"四叔，在我复习法学本科自学考试的那几个年头，每天晚上学到十一点钟，每天虽说是精疲力竭，但想到自己的律师梦，就忘记了疲劳，忘记了孤独，忘记了一切烦恼。到今天为止才算是顺利地通过法学本科自学考试，不过将来还须通过司法考试才能成为一名真正的律师。"

"孩子！我相信你的实力，面壁十年图破壁，只要咱们努力了，希望总是会有的。"

"四叔，前两年我代理了人生中的第二起案件，一名老乡在谦州遭遇一起工伤，他的脸部受伤，大家听说我在学法律就托人找到我。我到劳动部门办理相关手续，并顺利索取了赔偿，赔偿的金额超过了伤者的心理预期，从那以后就更加坚定了我从事律师行业的决心和信心。"

文松代理的几件案子影响力虽说不算太大，但这毕竟体现了他作为法律人员的价值，也就更加坚定了他要通过司法考试获得法律职业资格证的想法。从代理第二件案子后的两年间，经过无数日日夜夜的加班加点学习，做试题，文松在第二次参加的司法考试中终于以380分的好成绩通过了司法考试。文松当前在谦州市一家律师事务所工作。

文松刚做了律师不久，一场官司随即而来。外地一家公司利用欺骗手段始终不归还谦州市一家大商场80万的货款，消息传出后，一时间在谦州市引起了巨大震动。这家商场报案之后，公安部门抓到了那家皮包公司的负责人，然而那家公司却以两家签订的合同为由百般狡辩，拒不承认其行为是诈骗，只是说延期付款，最后这家商场来到济民律师事务所，请求律师作为诉讼代理人，律师事务所所长经过再三考虑准备起用新人文松。文松有了这样的一个机会，他慎重从事，对这件案情进行反复研究。他经过不懈努力，寻找证据，最终为这家商场打赢了这场官司，从此以后，文松的名气在谦州也是尽人皆知，他成了谦州市一位名副其实的"金牌律师"。

"做事先做人"，这是文松从事法律行业的准则。

一次，一名上了年纪的老太太来到他们律所。

"孩子，求你帮帮我吧！我是活不下去了。"那位老太太向文松哭诉。

"老奶奶，你不要伤心，有什么委屈你尽管说，我会尽力地帮助你的。"

"我有三个儿子，他们都住在城市里，他们的家庭条件都不错的，可是他们却把我安置在郊区不管不问。早些年我的身体还好，可是近几年我的身体毛病越来越多，他们给的生活费也越来越少，最近他们都不再管我了，我实现没有办法才找你们的，请你帮我打一场官司教训教训他们。"

文松听完以后，他感到义愤填膺，他忍住怒气并宽慰那位老太太："老奶奶，请你放心，我们会帮助你的。"

"孩子，我这还有二百多元钱，给你。"

文松看到那位老太太从她的手巾兜里掏出钱来，他就急忙制止。

"奶奶，你不用费心了，我们不收你的钱，请你放心。"

文松先研究案情，随后他写出一张状纸，经过开庭审理，最终判决如下，老太太的三个儿子在每个月的5日前按时支付老太太生活费，他们还要轮流侍奉老太太。

"赵律师，我这把老骨头不知道说什么好，对你的感谢我也说不出那么多的花样儿来，给你添了太多的麻烦，真是不好意思！这么多天以来，你费心费力的，你的脸都瘦了。孩子这点钱你拿去买点补品补一补，其他的我也不多说了。孩子，好人一生平安，好人一生平安。"那位老奶奶说着，眼中闪出了泪花。

"谢谢你的关心,没事的,奶奶,今后你还要多注意身体,你不用客气,这些钱还是留着自己用吧,我们年轻人身体好着呢。今后呀,你凡事要想开一点儿,你的事最终也解决了,好日子还长着呢,你就好好地过日子吧!"文松微笑着对那位老奶奶说道。

八十四

生意兴隆发达　各地奔走忙
观各路大富豪　文青存底线

文兴的家具店荣升为兴隆家电商场之后，真应了那句"生意兴隆通四海，财源广进达三江"。

随着时代的前进发展，双悦乡人们的生活水平日益提升，双悦乡各村各户家庭结构也发生着变化，促使着兴隆商场的家具家电和人们的品位也在发生着较大的变化。

"文兴，现在人们越来越重视家居的设计，而家电和家具正是家居中的两个部分。以往的设计中，家电和家具属于单独的设计，家电设计师把家电设计得已经很完美，可是家电是放在家居中，它如果不能和家具完美结合，那便不是一件好的作品。"作为销售经理的文青对文兴说道。

"青哥，这几年你跑遍了大江南北，掌握了大量顾客的信息，顾客的需要是我们改变经营理念的根本，我们应当随着形势的变化而调整。"文兴说道。

"兄弟！经过调查，大部分人认为家具应当比家电更漂亮，这就使家电处在一个很尴尬的境地。一个成功的设计作品必须是功能与美的兼备，在这点上咱们的家具应当领先家电一步；反过来，如果家电不能跟上家具设计的脚步，那必然会使家居环境受到一定影响。在这种情况下必须使家电的设计更接近于家具，就是使家用电器家具化，从而多一些人情味，这样才能使家电和家具的结合更完美，使家居环境更舒适。"

"青哥，今后我们购置家用电器尽可能地与咱们生产的家具相适应，人们现在的品位越来越高，但是，还有一部分乡亲的观念一时转不过来，我们的这个商场，出新一部分，也要有一部分保留原来的风格，我们在稳中调整，

你看怎样。"

"兄弟，还是你想得周到，做生意稳扎稳打，有眼光还需要有步骤；兄弟，这几年你摸爬滚打积累了不少的经验，哥有时还需要向你学习。"文青郑重地说道。

"青哥，你太客气了，我们兄弟之间有事多商量，商场的发展前途与你的销售有很大关系。"文兴笑着说道。

在文青、文兴两兄弟的商议下，兴隆家电商场不断推陈出新，商场经营面积达4万多平方米。

商场为了向前发展，自革新以来，兴隆家电商场以其独特的经营理念和营销模式，已经成为双悦乡家居行业中高端商场的经典代表，成为全乡广大消费者追求时尚和品质家居的首选场所。

"兄弟们，现在我们商场的经营规模越来越大，我提议商场分为东西两部分，东边为家具城，西边为家电城，中间部分划定为家具家电组合区域，并分为高中低三个档次，这样顾客能根据各自所需进行选择。"文青在一次商场各部门领导与职工大会上，他提出这一议案。

"好主意，好主意，还是文青有眼光，有远见……"大家议论纷纷。

"青哥的主意好，既然大家都同意，我们就马上落实。"文兴最后说道。

兴隆家电商场集家具、家电、橱柜、窗帘等，为乡亲们搭建起一站式购置平台。为了能真正帮助消费者实现"整体家居购置"这一目标，文兴与文青又让海尔电器在双悦乡设置一片自己的天地，让消费者在买完称心的家具后直接到商场电器销售处去购买合适的家电，这样既省钱又省力。并针对消费者的个性需求推出家具定制馆，提供尺寸可变、板材可选、功能可以增加的家具整体定制及设计服务。兴隆家电商场的规模越来越大，它的名气早已是声名鹊起，文兴和文青这两位赵总在双悦乡也成了闻名全乡的知名人士。

兴隆商场为了吸引顾客，提高商场信誉和知名度，做出这样一条规定：凡在商场购买的商品，如果购买后顾客觉得不满意，只要未损坏商品原貌，均可在3个月内退货。这条规定公布后，在社会上引起了强烈的反响。一时间，顾客激增，日销售额直线上升。但是在实现这一创新销售的过程中也遇到了一些具体的问题。

有一对年轻夫妇，他们在商场买了一台海尔彩电，价格为2900元。在他们回去使用的半个月内，他们发现电视图像有点昏暗不清，于是他们到兴隆商场要求退货。

家电区营业员微笑着说道："兄弟，妹子，我们这里有规定：彩电属于特殊商品，使用后不能再退货，且电视图像不清的主要原因是你们在买回家后由于不慎碰撞造成的，这台电视已有明显的碰撞痕迹，这是属人为原因，因此我们不同意退货，但我们的领导同意给予修理，其费用由商场负责。"

年轻夫妇认为："我们买回去的电视，它的图像出现问题主要是质量不过关造成的，我们恳请退货。"

双方互不相让，发生争执，最后他们找到商场销售负责人文青。

文青认为，他们的要求有一定道理，商店应该对这起质量事故负一定责任，但考虑到实际情况，因这台电视有明显的撞痕，但是这台彩电经修理后还有使用价值，故与顾客再次协商，按修补处理，商场还要给顾客一定的经济补偿。最后两位顾客心悦诚服，从此兴隆商场的信誉越来越好。

一天，文青应邀到谦州的一家高档宾馆"天云大酒店"谈生意，当收到宴请请柬后，文青穿着整齐的西服，系着领带，坐在一辆黑色的出租车前往天云大酒店。

天云大酒店坐落在谦州市繁华的商业闹市区，楼高50米，共15层，建筑面积18000余平方米，是一家集餐饮、客房、商务、会议、娱乐、健身于一体的现代建筑风格的五星级酒店。

谦州家电家具商场的老总带领一帮人早早地来到宾馆门前，当他们看到英俊潇洒、风度翩翩的文青来到这里，大家皆笑脸相迎。

"你好呀！赵总，久闻大名，今日一见，幸会！幸会！"一个大腹便便，平头，身着白色衬衫，系着花领带的男士说道。

"你好，王总，久仰！久仰！今天与大家相聚我十分荣幸。"文青握着王总的手亲切地说道。

"你好！你好！"文青与大家一一握手寒暄后，大家来到了大厅内。

富丽堂皇的大厅，优雅舒适的单间包厢，轻松舒缓的音乐，服务员殷勤地站在客人身旁准备倒水添茶，不一会儿，满满的一桌子美味佳肴摆在那张

又大又圆的旋转餐桌上，那风格别样的山珍海味，都显示着主人的身份与地位。

文青看到这一切，先是一愣，自己平时在乡里也请过别人，也受过别人请客，而今看到这样的场面还是第一次。

"各位朋友，各位兄弟，今天大家相逢是一种缘分。抓住机遇，迎接挑战是我们宗旨，我们公司在今后的征程中，公司业务要在各方面进一步完善和拓展，从管理、产品，市场等方面多管齐下，继续保持良性平稳快速发展，同时为进一步提升我们的发展空间，为大家营造一个放心、安心、舒心的工作环境，我们特别邀请到了双悦乡兴隆商场的赵总与我们合作，大家掌声欢迎。"

一阵掌声过后。

"赵总，今天有幸把你请到这里，为表我们由衷的敬意，粗茶淡饭，薄酒淡菜，还望你能慢慢享用，来大家先干三杯。"王总笑眯眯地对文青说道。

在场几位除了文青之外都是一饮而尽。

"赵总，怎么了，这酒不对你的胃口啊！要不咱们换一换？"其中一位姓林的男士说道。

"不，不，林总你误会了，王总、李总、贺总，你们太客气了，我初到贵地就受到大家如此厚遇，我实在是过意不去，只是自己的酒量有限，还望大家见谅。"

"那好吧！赵总，你先慢慢用，吃好，喝好！我先出去一会儿，暂时失陪了，李总、林总、贺总你们一定要把赵总照顾好！"

"赵总，你到这里来就不要客气，今后，我们还要长期合作，兄弟们还指望着你们的商场大力支援呢。"采购部门的李总说道。

"请大家放心，只要我们能做到的一定会尽力而为。"文青望着大家说道。

……

宴席结束了，文青坐在出租车里一边欣赏风景，一边思索着，如果有一天自己能在这样的大城市做生意该多好啊，他在不断寻找商机，想着自己有一天也能在谦州杀出一片属于自己的天地来。

傍晚时分，文青不知不觉来到了谦州市的大街上。放眼望去，整个街道霓虹闪烁，人头攒动，车水马龙，离开了中午那紧张的饭局后，文青感到身心格外轻松。华灯初上的夜晚，喧闹了一天的城市开始了夜间的繁华。霓虹灯下人行道旁随处可见匆匆赶路的身影；酒店、商场、公园到处都是休闲消遣的人们。色彩缤纷的灯饰把这座城市装扮得妖娆多姿。

八十五

赵智还乡归来 观农村新变
记忆中的故乡 处处有情辉

  北归的列车一路前行,车内将近退休的赵智凝望窗外,两弯浓眉八字倒立,一双星目深邃有神;若有所思泰然自若;一身西装风流儒雅,洁白衬衫脱俗不凡。赵智,谦州农业局局长即将退休,今天他要回到自己的故乡。
  多年前的故乡依稀可见,他的故乡双悦乡赵家村地处中原,方圆几里有山有水,更为重要的是,那里的一村一落、坎坎沟沟、村旁道畔、房前屋后到处都有槐树,他的故乡真可谓名副其实的槐乡呀!五月的故乡,百花落英缤纷,花飞花谢。伴随着丝丝细雨,初夏的轻风使得那羞涩的槐花初绽笑容,槐树枝繁叶茂,那素洁的花在阳光的照耀下格外秀美,一朵朵、一串串,缀满枝头。淡淡的清香溢满整个村庄,弥漫在空气中。那清香有时似袅袅烟雾环绕着每一个人,有时似渺茫的歌声沁人肺腑。整个村庄的人们沉浸在香气缭绕的"仙境"中……
  赵家村里的亲邻们挽着篮子,有的像"御猫",有的像"悟空",他们大多身手敏捷。一转眼,一个个攀上了高树,手一伸取来大把大把的槐花,直到下面的每位"接待者"筐满篮溢,他们才跳下来。那些胆小的儿童哼着歌谣"一棵棵槐树,一阵阵清香,一篮篮槐花,一筐筐食粮,一个个村庄,一处处天堂"。
  那山清水秀的赵家村,民风淳朴,人们生活悠闲而清静,没有都市的繁华与喧闹,更没有快节奏的工作生活,自始至终透着一种自在悠闲的韵味。
  "娘,我长大了,一定要改变咱这里的贫困面貌,让乡亲们过上吃饱穿暖的生活。"赵智想起了儿时对娘所说的话。

"孩子，你有这样的志向很难得，你要好好学习，学到丰富的文化知识将来才能让家乡的亲人们过上幸福的生活。"赵智也想起了娘对自己所说的话。

"孩子！你是咱们老赵家九个孩子中最有出息的一个，也是最幸运的一个，在那个饥荒年代，你能在文先生门下学习是你今生最大的福气，而且文先生所有的学生中只有你一个人去上大学，赵智呀！你一定要好好珍惜这来之不易的机会。"赵智回想起娘在他上大学时所说的这段话，他总是心潮澎湃，激动万分。

"娘，你放心，我不会辜负你的期望，更不会辜负文先生对我的殷殷嘱托，我一定会把握好这次难得的机会，好好学习，学得丰富的文化知识，将来建设家乡，让我们这个宁静的乡村富强、发达。"赵智想起当年临别时他对娘所说的话，自己的心总是暖暖的。

"孩子，将来在大学里，你依然要抽出时间继续研读"四书五经"，那可是对你一生有很大帮助的知识和文化，对你的修身，做学问是有着很大的帮助。"当年文先生的那句话一直记在赵智心间。

"文先生，请你放心，不管将来我有多大的成就，我是不会忘记你多年来的栽培和教育，我更不会忘记赵家村的父老乡亲，赵家村的一草一木。是赵家村、赵家村的乡亲们成就了我，所以他们永远是我的衣食父母。"

在自己的青少年时代，乡亲们靠着几亩薄田过着吃不饱，穿不暖的日子，想起当初自己的娘为了那一个特殊的大家庭日夜操劳着，娘的腿浮肿得厉害，赵智的眼圈禁不住红润起来。又过了几年，农村的日子稍有好转后，农忙时节，父老乡亲们常常赶着牛犁地种田，播种着生活的希望，收获着丰收的喜悦。农闲时节，朴实的人们三五成群地围坐在农舍的瓦檐下，远眺着雾气弥漫的山峦，层林尽染的山坡，一边围着火盆，一边谈论着家长里短、红白喜事。红通通的火苗映红了他们古铜色的脸，也映红了他们红红火火的日子。香甜的烤红薯在人们手里传递着温暖、温馨和满足，幸福弥漫在他们的脸上、眉头上和发梢上。院子里的柿子树上那红灯笼一般的柿子挂满枝头，两只喜鹊在树枝上时而窃窃私语，时而叽叽喳喳地传报着喜讯，想到这里，赵智的脸上又露出了微笑。

一阵轰隆轰隆的响声,使沉醉在故乡美景中的赵智"苏醒"了,他终于到了清辉县城。

"四伯,一路辛苦了,在车上,你休息了吗?还能适应吗?"文俊微笑着对赵智说道。

赵智下了火车,看到已为人师几年的侄子文俊,一种亲切感油然而生。

"文俊,你们都好吗?你爹、你娘,还有你姑姑他们身体都好吗?"

"好,好,四伯,这几年乡下生活条件也都好多了,医疗条件也好多了,长辈们的心情比以往都要好多了。"

"好!这下我就放心了。"赵智望着文俊说道。

"上车吧,四伯,外面有点冷,咱们在车上聊。"赵智在文俊的陪同下坐上一辆出租车准备回到赵家村。

"孩子,你在双悦乡一中学教书,那里的条件还可以吧?工作还顺利吧!"

"还行的四伯,学校的教学楼都相继建立,教学设施越来越全,孩子们学习都是异常勤奋刻苦,教学成绩也是一年比一年好。"

"文俊,你从谦州市第一中学离开后,那位贾校长没过两年就下台了,他下台之后,很多人还为你的事抱不平呢。"赵智说道。

"四伯,过去的事我已经忘了,我听说他后来干得不好。"

"贪污,腐败,作风不好,在他被双规后,纪检人员查出了他许多的违纪事件,最后经认真地调查后,他被开除了党籍,撤销了职务。"赵智告诉文俊。

文俊听了赵智的话,他沉默了片刻。

"文俊,四伯小的时候,那时虽然很穷,但是咱们赵家村的风景真是令人难忘,那时的双悦乡有山有水,有花有草,异常美丽。咱赵家村也不例外,她让春天为自己赶制了一套绿色的春装,显得分外美丽。村后的那条小路通往山的那边,承载着我们儿时的许多希望和梦想,我和伙伴儿们时常走在那条乡间小路上。春天来了,整个赵家村打开心扉,那温柔的春风装饰着整个乡村。"赵智说道。

"四伯,现在农村的自然环境已经有了很大的变化,然而最美的还是咱们这里的山村风景。小时候我在作文中写过：夏天，你看近处是一片金黄的麦田。一阵晚风吹来，麦穗一起一伏的，使我仿佛置身于一片金色的海洋之中。麦田的边缘是一排排丝瓜架，瓜蔓开满了一朵朵金黄色的小花。辛勤的小蜜蜂们正在'嗡嗡'地一边唱歌一边采蜜。丝瓜棚旁边那块西瓜地里，虽然没有蜜蜂的歌唱，却有丰收的喜悦。

"文俊呀，你的记性可真好，四伯小时候写的文章都记不清了。"

"四伯，那主要是你的工作太忙了。不过现在咱们农村变化挺大的，贯穿全村的泰溪可以说是咱赵家村的'母亲河'，她孕育着咱们村的村民，也给亲人们的生产生活带来许多方便。干净整洁的村道，错落有致的房舍，这是咱们赵家村给人的第一印象。穿梭于咱村的大街小巷，行走于田间地头，好像进入了一幅美妙的新农村锦绣图。赵家村的许多墙壁上用优美的红色的大字写着：热爱家乡、尊老爱幼、遵纪守法、文明诚信、创业致富、家邻和睦、生态绿化、勤俭节约、乐于奉献、卫生整洁十项要求，修改完善了村规民约，这样做的目的是让村民提高文明意识，改变村民们的落后思想。

"村中的几个垃圾桶满起来了。虽然垃圾桶多了运送起来更累，但很多人却更开心了。"

"文俊，现在城市的建设已经趋于完善，然而人文景观却相对落后，精神文明与物质文明不能同步，是现代人最大的悲哀，有的地方同住在一个小区的人，几年来竟不知对方姓什么，甚至多年来连一声招呼都没有。"

"四伯，我对你只能实话实说，咱们这里的乡亲们，他们思想也发生了一定的变化，乡村环境虽说有了很大的变化，但是人与人之间却不如从前那样感情深厚了。村北边的那片树林里很少有人聚在一起吃饭聊天了，年轻人外出打工，老年人留在家中照顾孩子，人与人之间的交流也少了。

"唉！现在的赵家村就如沈从文笔下的《边城》中所描写的那样，那淳厚的乡音已渐行渐远，我们似乎只听到它远去的哀鸣。"

两人说着说着，半个小时后，他们坐着出租车从县城回到了赵家村。

八十六

家乡处处可见 现代化气息

故乡物是人非 叹乡音不淳

赵智回到了那个久违的村庄,一个初具现代化气息的村庄映入他的眼帘。一幢幢二层小楼如雨后春笋般挺立着,一条条水泥路纵横交织,鸡鸭啼声少了许多,看不到当年那些哞哞直叫的老黄牛,几只羊在村口的田地旁悠闲地吃着草,村庄中间的那条泰溪有气无力地向前流着,那水少得可怜,而且泰溪似乎也窄了不少,村庄里的树木没有从前那样繁茂,更为稀奇的是那房前屋后的那些槐树不知敛迹何处,那似渺茫歌声的槐香已是无影无踪。

赵智下了车,在文俊陪同下走到了大哥赵仁家中,赵智刚下车便看到,赵家老老小小齐聚在大哥赵仁家等候着自己。

"大哥、二哥、三哥、两位妹妹、老六、嫂子们、弟妹、孩子们都还好吧!你们都还好吗?"赵智亲切地问道,目光中充满了激动和兴奋。

"好啊!四弟!你和弟妹、文佩也都好吧,工作还顺利吧!"老大赵仁拉着赵智的手问道。

"好,好,大哥、二哥、三哥这几年咱村变化可真大啊!我儿时的伙伴少龙、阿材、大刚他们在家吗?"

"你说他们呀,都到大城市挣钱去了,一年能回家两三次就算是有福了。"赵智大嫂荷花爽朗地说道。

听到这句话,赵智先是一怔,一脸惊愕的他想到:人们都在工作,都在为生活辛苦着,忙碌着,奔波着。

"他们那么大的岁数了,进城还能干什么?"赵智禁不住问道。

"他们呀!跟着咱村一个包工头到大城市盖房子去了,我听说他们每个人每个月都挣2000多元钱,有时比文俊他们的工资还多。"文俊大娘荷花说道。

"嫂子,他们怎么能跟文俊他们比呢,文俊他们整天在教室里,风吹不着,雨淋不着,每个月准时发工资,吃着公家饭。"一旁的赵义说道。

"不过,他们的工作环境确实不如文俊,我听他们家里人说,他们在城市里干活,每天身上脏得厉害,有时脸就顾不上洗了,到了晚上浑身就像散了架似的,上个月他们工地上有一个工人不小心从架子上掉下来,现在还在医院呢。"文俊大娘荷花急忙说道。

赵智听完后顿时眉间紧蹙,若有所思。

"老四,你说那少龙,已经六十出头了,他一个人到城市里打工,撇下八十多岁的老父亲和老母亲在家里,少龙媳妇一个人忙不过来,少龙的爹娘住的地方就像是个猪窝一样。"文俊三娘秋菊说道。

"少龙也不容易,他不出去挣钱,咋去养活他的爹娘,怎么去供养孩子们。"赵义又说道。

"四儿,来,抽支烟,双龙烟,新买的。"老三赵礼给赵智递了一支烟。

"三哥,我戒烟了,前些年因为咳嗽的原因,后来体检后才知道自己的心脏也有点儿问题,现在烟酒都戒了。"赵智笑着对赵礼说道。

"四哥,我那侄女去英国进修了,她在国外还行吧!"赵明问。

"还可以的,这孩子本来是打算在北大读博士的,后来你四嫂坚持让她出国留学,孩子最终也同意到国外去学习,不过孩子曾信誓旦旦地说过,学成之后一定要回来建设祖国。"赵智望着赵明说道。

"有志气呀!虽说是个女孩儿,学习勤奋,人又聪明,而且学成之后还要回国,为国家做贡献,这很难得呀!"老大赵仁自豪地说道。

赵智望着在一旁坐着的大侄子文贤,微笑着说道:"文贤,好孩子,听说你通过自学中医,现在是理论高深,经验丰富,医术精湛,在方圆几十里地也是尽人皆知,好样的,也很有志气嘛!"赵智望着大侄子文贤笑着说道。

"四叔,我哪能跟妹妹文佩比呢,人家是国家正规的大学生,而且现在已经读博士了,将来前途无可限量啊!"文贤望着赵智说道。

"孩子,现在国家鼓励自学成才,好好干,三百六十行,行行出状元,

你要继续努力,将来成为一名悬壶济世的当代神医。"赵智兴奋地说道。

"好的,四叔,我会努力的。"

"大哥,这副对联你还挂着。"

"四弟,这是你上大学时亲手写的,我们把它当成我们老赵家处事的根本。"

"几番经历方成器,一世耕耘自功卓。"赵智再一次看到他亲手书写的对联,内心激动不已。

"文俊,这副对联的意义深远,子曰:君子不重则不威,学则不固。主忠信,无友不如己者,过则勿惮改。一个人要想自信,首先要重视自己,否则很难得到心灵的平静。人生并不难,主要就两件大事——做人和做事。把握住做人做事的规律,人生就会变得顺利。做事稳重尽责,做人真诚无欺。这就是人生的基本规律。谦虚的人能发现别人的优点,从而更加勤奋学习。勇敢的人能正视自己的短处,进而提升自己。"赵智说道。

"四伯,我们会永远记住的。"

"二条,二条,要是有二条,老子就和了。"一阵刺耳的声音不时从西边的院里传来。

"四弟,那是咱们刚上任的村支书黄书良,他也是文俊儿时的伙伴,不过他和文俊不是一路人,黄书良这小子打牌、喝酒样样精通,这家伙手眼通天,也不知投了镇里哪个领导的鼻孔,在大哥卸任村支书后便在村里得了一顶'乌纱帽'。从此,他走起路来大摇大摆,整日一脸通红,活似那戏里的'无常',总是威风八面,唉!"

"我听说,这姓黄的原来在县城里做钢材生意,后来发财了,今天竟回家当村领导了。"赵礼说道。

"可不是嘛,这小子,先在县城里转了一圈,然后回到乡里不知耍了什么手段竟然竞选起村干部来,最后还当上咱赵家村的村支书。"赵智大嫂荷花气呼呼地说道。

"自从他当上村支书后,整天摆出一副漠视一切的样子,对所有人都是非常傲慢,不就是家里有几个臭钱,多了一些酒肉朋友嘛,咱们村里所有的老少爷们都是这样评价他的。其实呀,他村里没有几个真心朋友,所以经常看到他站在外边，双手叉腰，嘴里哈出的气顺着风跑，摆出他那张冷酷的臭脸。"赵青娘兰花也愤愤地说道。

"大哥，我想出去走走。"

"好吧，还是让文俊陪着你吧。"

赵智和文俊一同往村北走去，他俩刚走出家门，遇到儿时带着赵智放牛的多雨大哥。

"大局长回来了，多住几天啊，我还有事，一会儿再说话。"多雨大哥说完就回家了。

"好的，多雨大哥，我一会儿找你聊聊天。"赵智微笑着望着多雨大哥。

这时，对面来了两位中年妇女，只见他们低头不语擦肩而过。

"同住一个村子，他们见面连个招呼都不打，他们的脚步也太快了！"赵智说道。

"唉！"赵智长叹一声。

"怎么了，四伯，为何长叹一声。"文俊惊异地问道。

"文俊，你知道这次我为什么回到乡下来吗？一是我想咱家亲人了，想聊一聊，聚一聚；二是我想乡下的风景好，人文好，可是……现在乡下的世风已大大不如从前，沈从文先生的《边城》真是写得好啊！农村的风气也在变化呀！我还是回到城市里继续生活吧！"赵智怅然若失地说道。

"文俊，村里村外的那些槐树哪儿去了？怎么不见人们来采槐花呢？"

"四伯，你不知道，那些槐树都被砍伐了，人们盖房修屋都需要木材，老方家和老文家因为村里的两棵大槐树还起了争执，差点把人打伤。"

"唉！再也看不到那银光闪闪的槐花了，再也看不到村里的人们喜笑颜开采摘槐花的情景了，再也闻不到槐花的清香了！"赵智一脸茫然地说道。

"四伯，是的，现在人心不古，世风日下，可是我们还能做些什么呢，我想还是要依靠教育，只有教育做好了，人们精神世界丰盈了，价值观、世界观改变了，这个社会还是有希望的。"文俊望着赵智信心十足地说道。

"文俊你说得很好，实践证明这是一个有效的措施。它对于人们树立正确的世界观、人生观、价值观，具有重要的意义。"

"四伯，好，我们还是回家去吧！"

八十七

文俊陪同赵智 观家乡教育
何为振民育德 伯侄两人论

午饭后,赵智在文俊的陪同下来到了双悦乡一中。当他们踏入一中的大门后,赵智立刻感受到双悦乡一中那浓厚的文化氛围。走在一中的校园里,他见到学校的报栏内、墙壁上、黑板上等处展示着学生的优秀作品。

"四伯,这是我们双悦乡一中的教育思想:以人为本,做有温度的教育,从学生的需要出发,从学生的实情出发,带着每一个孩子出发,迎着光,温暖地行走,激励每一个学生自主上进,赏识每一个学生的个性才华,促进每一个学生积极参与,期待每一个学生获得成功,做有温度、广度、深度的教育。"文俊向赵智解释道。

走进双悦乡一中校园内,道路两旁的桂花树散发着幽幽的清香。

"四伯,桂花树是谦州市树的代表,也是双悦乡一中的校树,24棵桂花树种植在中央大道的两旁作为每个班的班树,也是同学们的心愿树。每位学生在七年级入学时都要许下自己三年的心愿,集中存放在本班的心愿瓶内并一起放在本班的心愿树下。经过三年的努力,在毕业典礼那天开启承载他们三年梦想的心愿瓶,这将时时刻刻激励着每位学生为实现自己的心愿和梦想而努力拼搏。心愿树就是双悦乡一中学生把显性环境与隐形环境融合为一体的典型代表,'做有温度有深度的教育'的精彩一笔。"

"学校的人文环境对教育也起到了促进作用,这方面王校长和你们做得都很到位。"赵智说道。

"学校还重视学生的生活习惯和自主学习习惯的培养,学校共开设三种教育,诚信教育、美育教育、环保教育;学校建有文学社、广播站、合唱团、舞蹈队、足球队、篮球队等10多个学生社团；力求每一位学生都得到发展，双悦乡一中的校园文化建设从小处着眼，细微处着手，以育人为本，体现爱心教育，让学校成为学生成长的乐园。"

"学校现在已经向着素质教育迈进，文俊，据我所看过的论文可知，素质教育是面向全体学生的教育，素质教育倡导人人都有受教育的权利，强调在教育中使每个人都得到发展。尊重和保护这种权利，并创造条件实现这种权利，这是素质教育区别于应试教育的标志之一。"

"是啊！四伯，素质教育是促进学生全面发展的教育，实施素质教育就是通过将德育、智育、体育、美育等有机结合来实现学生的德、智、体、美、劳全面发展；素质教育是以培养创新精神和实践能力为重点的教育，创新能力是一个民族进步的灵魂，是国家兴旺发达的不竭动力。"文俊对赵智说道。

"文俊，培养具有创新精神和实践能力的新一代人才是素质教育的时代特征。咱们双悦乡一中能够做到让孩子们主动、愉快地学习，在主动学习、自主探究中逐步形成创新精神和实践能力，其实就是实现了由原来的应试教育向素质教育的转变。"赵智向文俊说道。

"四伯，谢谢你的肯定。"

"老师你好！老师你好！爷爷你好！爷爷你好……"

当他们来到教学楼附近时，看到一个又一个的孩子面带微笑向他们问好，赵智的心温暖了许多。

"赵局长你好！欢迎你到学校来参观。"校长王海龙笑着对赵智说道。

"你好，王校长！年轻有为，教育的急先锋，双悦乡一中在你的带领下教育形势一片大好！"

"谢谢你的鼓励！我们会继续努力的。"王校长望着赵智说道。

"文俊，你好好陪同赵局长参观指导吧！赵局长，参观之后请留下来，晚上我请客，请务必赏光！"

"王校长，你先忙吧！不用客气，谢谢你！一会儿见。"

"一会儿见。"王校长说道。

校园的东南角有一棵槐树正青春葳蕤，槐花累累，有一股淡淡的清香袭来，赵智的心仿佛又回到了从前。

"槐花淡白槐叶青,槐花开时香满空。遥望东南一树雪,人生能得几清明。"看到那棵槐树,赵智禁不住吟诗一首。

"好诗,四伯,你是我的偶像,不过最后一句我把它改为'遥望东南一树雪,人生重观又清明。'"文俊兴奋地说道。

"文俊,你参加工作有五个年头了,对现实人生有何感慨呢?"

"四伯,当今社会发展神速,物欲横流。在人性与道德的激烈竞争中,多数人渐渐遗失了最初的美好,逐渐迷失了纯真的本性。任孤单与落寞在历史的长河里轻吟浅唱。岁月安静地流淌,我们却再难寻回那个梦想开始的地方。"

"是呀,社会物质发展有点儿超速了,人们的精神文明被远远地落在后边,不过,我坚信,我们的未来还是有希望的,希望就在这里。"说完,赵智用手指向那些可爱的孩子。

赵智看着勤奋好学的孩子们,听着他们朗诵:"天得一以清,地得一以宁;非礼勿视,非礼勿听……"他微笑着点了点头。

"文俊,现在的学生们已读《道德经》了?"

"是的四伯,孩子们课外阅读时,有一大部学生对'四书五经'的诵读还挺用心的。"

"四伯,要说振民育德还是《道德经》讲得最好:上德不德,是以有德;下德不失德,是以无德。上德无为而无以为……在老子的概念里,上德就是'无为'的德。那么什么是上德'无为'呢?我们以前讨论过,老子所说的'无为'不是不为,而是"生而不有,为而不恃,功而不居"。具体到上德无为,那就是指上德支持着实际的社会秩序,使天下大同。此时德是有作为、有贡献于社会的,所以是有功于社会的,但它却不因为自己对社会的莫大贡献而争处,反而隐藏在社会之后。上德无为就是德于社会功而不居或功成身退。"

"文俊,对于德而言,还有一人讲得比较好,那就是王阳明的'致良知'。'良知'作为一个哲学概念,和我们平时说的'良知'有着一些区别。哲学上'良知'这个概念来源于孟子。孟子的原话是'不虑而知,良知也',意思是说,人还没经过思考和考虑,就知道的东西,就称之为'良知'。'良知"具有先验性,所谓先验性,就是相对于经验性而言,良知是作为一种与生俱来的、先天存在的理性自觉,存在于我们的意识当中,由于它是先验的,还没有人的后天经验意识的掺杂和污染,所以它十分纯粹,这就是'良知'在哲学上的本义。从这个意义上讲,'致良知',就是教人在心性修炼上,去除不良的人为经验意识,复位到人的先验的本性之中去,也就是'去人欲,存天理',也就是禅宗说的'明心见性'。"赵智说道。

"王阳明的'无善无恶心之体,有善有恶意之动,知善知恶是良知,为善去恶是格物,心之所发处便是行,一念不善,便是恶行。"文俊也说道。

"好!好!文俊你的国学功底越来越深厚,这对你将来推进国学教育大有裨益。"赵智微笑着说道。

"赵局长,文俊咱们到镇上去吃饭吧!我们还能好好地聊一聊。"王海龙校长微笑着对赵智说道。

"多谢王校长的盛情款待,只是今晚家里还有点事儿,今后有时间一定再来拜访,再见!"

"再见!赵局长。"

晚上,赵智与家人在赵仁家一起吃团圆饭。席间,文俊向赵智敬酒。

"四伯,祝你身体健康,工作愉快,事业飞黄腾达。"

"文俊,你四伯虽然快退休了,但是工作还是有激情的,至于事业嘛,只能'中和'了,现在各行各业都非坦途,都有荆棘和险阻,我有时身心疲惫之时诵一诵《易经》,闲邪存其诚,善世而不伐,德博而化。"

"四伯,行路难,行路难!长风破浪会有时,直挂云帆济沧海。只要我们有信心,努力了,相信未来还是有风清月明的时候。"

"文俊,醉乡路稳宜频到,此外不堪行。人身在醉乡,固然可以忘却世间宠辱,然而终有再醒之时。如果咱们双悦乡这个槐乡真的能够芳香四溢、素洁高雅、风清月明,人们沉醉其中'不复醒'那该有多好啊!"

"教育强,则我们强;我们强,则家乡有希望,家乡有希望,槐乡花更香。四伯,就让我们为槐乡的芳香四溢干杯!"

"干杯!"

……

八十八

赵智来到学校 听文俊上课
遥想当年情景 忆先生风采

赵智离开家乡的前一天,他在文俊的陪同下再次来到双悦乡一中,校长王海龙、副校长李金全陪同他随堂听课,以了解学校上课时的情况。

随着悦耳的上课铃声响起,赵智一行走进教室,他们坐在最后一排和同学们一起学习道德与法治课——服务社会。课堂上,老师利用多媒体教学手段,通过问题教学、情景教学等方法,以生活中的生动案例向大家娓娓道来,悉心讲授"奉献助我成长""奉献社会我践行"等内容,通过问题的追问与讨论,使学生认识到立足本职岗位、爱岗敬业也是服务和奉献社会的具体体现,同时是社会主义核心价值观的重要内容。

老师:"同学们,今天谦州市农业局赵局长来到我们教室指导咱们上课,大家一定要拿出最好的一面向领导们汇报。"

同学们大声齐呼:"领导好,老师好。"

"同学们,今天我们首先探讨什么是服务社会,你参与过哪些服务社会的活动,你的感受与收获是什么。"

经过研讨,同学们深入了解了志愿服务的精神:奉献、友爱、互助,进步,认识到服务社会能够体现自我的人生价值,促进社会向着良性发展,同时也进一步明确了践行社会主义核心价值观的现实意义。

听完课后,赵智与双悦乡一中所有领导和授课老师亲切交流,对学校注重课程创新、引导学生参与互动给予充分肯定。

赵智说道:"青少年是祖国的未来、民族的希望。我们必须培养一代又一代拥护党的领导和社会主义制度、立志为中国特色社会主义事业奋斗终身的有用人才。在这个根本问题上,必须旗帜鲜明、毫不含糊。这就要求我们要把下一代教育好、培养好,从学校抓起、从现在抓起。学校循序渐进、经常性地开设思想政治理论课是非常必要的,这是培养一代又一代社会主义建设者和接班人的重要保障。"

学校副校长李金全说道:"触动心灵的教育才是好的教育,推动思政课改革创新,要着力增强课程的亲和力、针对性,努力打造学生想听爱学的'热门课'。要加强思政课课程建设,充分挖掘专业课程和教学方式中的思想政治教育资源,配合好思政课,实现春风化雨、润物无声的教学效果。"

"赵局长说得很到位,教好新时代的思政课,功夫在课上也在课下,责任在校内也在校外。要贯彻落实'八个统一'的要求,改革创新、主动作为,在全社会教育系统努力形成教好思政课,教师认真讲好思政课、学生积极学好思政课的良好氛围,就一定能把思政课办成铸魂育人、立德树人的优质课程。"王海龙校长说道。

之后,赵智又来到文俊班,文俊亲自与班内学生进行一节阅读课,同学把昨天在图书室借来的书进行阅读,二十分钟过后,大家开始交流读书的心得体会。

"同学们,今天有这么多位领导、教师齐聚我们班。这节课由我向大家展示课外阅读指导。同学们,昨天我给大家布置作业,每位同学在家读一本课外书,今天请大家汇报各自的心得体会。"

"老师,我昨天晚上读了安徒生的《丑小鸭》。这篇童话告诉我们每一个人,不管我们生活的环境多么恶劣,只要坚强、拼搏、坚持就能获得成功。"一位男同学说道。

"老师,我刚看完《大刀王五》,文中戊戌六君子血溅菜市口,谭嗣同的'我自横刀向天笑,去留肝胆两昆仑'也成了千古名句。"

文俊补充道:"同学们,自古以来每次改革都要付出代价,谭嗣同在新政失败后用自己的一腔热血做一口警世之钟,他本来能和康有为、梁启超逃到日本,但他没有去,却选择慷慨就义,那是为了让后人继续走他《仁学》所指出的路。"

"老师,过去我读过《诗经》,《诗经》中不乏描述战争的诗,最为典

型的就是《击鼓》，与'可怜无定河边骨，犹是春闺梦里人'有异曲同工之妙，都表达了厌战的感情。诗中的男主人公曾与妻子发誓白头偕老，却被一场突如其来的战争打破了这美好的爱情。'执子之手，与子偕老'，这是多么真挚的承诺，却只能叹息"于嗟洵兮，不我信兮"。或许这只是一个士兵的心声，却表达出了他们对战争的厌恶和对安定生活的向往。

"老师，百善孝为先，《诗经》中描写孝顺主题的也有很多篇，让我印象最为深刻的就是《凯风》。'凯风自南，吹彼棘心。棘心夭夭，母氏劬劳'，南方吹来的暖风，温暖了万物，滋润着成长，这是母亲无私、不辞辛苦的品质啊！幼小的孩子在母亲抚养下健康成长，全是母亲辛勤哺育的功劳。'有子七人，莫慰母心'，这句话是说，人到了老年，虽然有七个子女，却无人尽孝，让人对母亲深表同情，鄙视这些不孝子女，让我心灵震撼，感悟孝顺不能嘴上说说，要体现在行动上，要在心中敬重父母。"

"老师，我看了《智取天下》这本书，书中提到诸葛亮虽然大智全能，足智多谋，能言善辩，但由于他的谨慎不肯犯险，没有听取魏延的话，坐失良机遗恨千古。"教室内又是一阵掌声……

这节课结束后，很多老师对文俊给予高度评价，赵智竟当面夸文俊为语文课改的急先锋。

赵智与学校领导和听课的老师们来到了会议室。

"下面有请赵局长来谈谈有关读书的问题，大家掌声欢迎。"王海龙校长说道。

一阵掌声过后，赵智说道："我对于教育只能说是门外汉，我只能凭借自己青年时的一点经验与大家交流。愚以为，课外阅读是语文学习的一个重要组成部分，学生在阅读中可以积累词汇、培养语感、体会没有亲身经历的感情，充分的阅读经验可以提高学生的阅读能力，提高他们的文学素养，能够给同学们的语文学习带来很大的帮助。"

王海龙校长说道："赵局长你好，现在的学生独立意识增强，大部分同学凭借自己的兴趣爱好选择书籍，'学而时习之，不亦说乎'，学生只有对自己喜欢的书，他们才能认真地去读，才能在读后有更深的体会。现在我们学校只有少部分学生听从父母、老师的指导，只有少部分学生选择书籍时考虑到了是否能提高自己的学习成绩。"

语文教研组的戚继宏老师说道:"从平时我们抽测的结果来看,大部分老师要求学生读的是名著;少部分学生把课外阅读同课后的娱乐等同看待;也有极少数学生能把课外阅读与作文联系起来,主动阅读。"

"有些学生在阅读对象的选择上存在很大的盲目性,部分学生还基本处于有书就看,不感兴趣就扔的状态。"梁彬说道。

"从学生们阅读的时间来看,绝大多数同学都没有安排课外阅读的时间。有的学生有时读一读,也有部分学生能常常读,不过还是有少部分的学生基本不读或没有时间读。"唐媛说道。

"各位领导、老师们,培养课外阅读习惯可以提高全民素质。阅读可以励志、养性、立德,是对人生的磨炼和意志的考验;阅读能改变命运,提高素质,提高品位;阅读是传承文明、更新知识、提高民族整体素质的基本途径。一个人的阅读能力直接影响到他的成长、职业能力和他对社会的作用;一个国家国民阅读率的高低、国民阅读时间的长短,则直接关系到国家软实力和综合国力的强弱,影响到全社会的总体文明程度和创造能力,全体国民的阅读水平标志着一个国家社会发展的文明程度。国民阅读力和阅读水平在很大程度上决定一个民族的基本素质、创造能力和发展潜力。"文俊对四伯赵智和老师们说道。

"积极的课外阅读活动是学生主观获得语文知识的过程,满足了学生的审美需要,促进了他们对社会认知的兴趣,宣泄和释放了他们的情感需求,促进了他们对于生命生活的理性思考。"筱枫对大家说道。

"是的,课外阅读不仅仅是课内阅读的简单拓展和深化,也不仅仅是课内教学内容的变相延伸,它是真正做到了以人为本,尊重了学生的个性需求,促进了他们的自我发展。重视中学生的课外阅读活动,不仅能够提高他们的语文素质和语文能力,对数学学习也起到了很大的帮助,帮助学生理解题意,还能够使他们真正成为一个全面发展的人,成为一个自主发展的人。"栗元勋说道。

"许多国家都把全民阅读作为软实力建设的重要措施,通过国家行为加以推动。我国和发达国家相比,原有的阅读水准还比较低,如不引起重视,

差距还会拉大。如果我们在中学阶段就重视对学生课外阅读习惯的培养，那么，等他们成为社会的主流时，一定能够营造全社会读书的良好风尚，提高全民素质，提升民族的品位。所以，积极倡导读书，营造全民阅读的良好风气，共建和谐社会，就应该从对学生的课外阅读进行指导，并加强训练，让他们养成良好的阅读习惯。"学校政教处崔主任对着几位领导和老师们说道。

　　崔主任说完后，会议室响起了雷鸣般的掌声。

八十九

文忠荣升镇长　文俊文青贺
文忠畅谈教育　文俊论形势

　　双悦乡在党委书记唐文镜的带领下政治清明、经济发展蒸蒸日上，真可谓是政通人和、民风淳厚、欣欣向荣。文忠在唐书记的引领和栽培下工作兢兢业业、勤勤恳恳，他得到众多乡领导的好评和认可。三年过后，在唐书记的提拔下，他从党委秘书荣升为抓教育、卫生的副乡长。然而世事无常，又过了两年，唐书记不知是何原因在任期未满时，突然调离原岗位到清辉县任物资局局长，新来了一位名叫任一伟的书记。

　　当这位新来的任书记走进双悦乡政府办公楼时，那八面威风，派头十足的模样令大家皆侧目而视。

　　"赵乡长，我初来乍到，人生地不熟，今后的工作还望你多多提醒啊！"任书记似笑非笑地望着文忠说道。

　　"哪里，哪里，任书记！对你的到来，我们大家充满着期待、由衷地欢迎，我们不管事情大小都会在第一时间向你汇报。"文忠看着任书记语无伦次地说道。

　　"那好，那好，谢谢！"任书记说着脸上露出得意的笑容。

　　自从任书记来到双悦乡工作之后，文忠更加勤勉从事，他谨慎小心，生怕自己工作出乱子。

　　"赵乡长，最近我听说咱乡卫生院要换院长，你可要好好把关呀！"坐在沙发上跷着二郎腿的任书记向刚刚来到书记办公室的文忠说道。

　　"任书记，还是你消息灵通，我就是来向你汇报这件事。"文忠闻到书记办公室那浓烈的、刺鼻的酒气，一脸惊异地望着任书记说道。

"提名的三个人选，一个名叫江宏昌，一个名叫赖远里，一个叫冯愿武，这三个人的简历请你过目。"文忠说完把这三个人的简历递给了任书记。

任书记一边看着，一边说道："你先坐下来，我们研究研究。"

文忠看到任书记直接翻到赖远里的简历，双目紧紧地盯着那份简历。

文忠看到任书记目不转睛地看着，他心里想：任书记为什么在我汇报前就知道此事，他为什么不看别人的简历而直接翻到赖远里的简历，莫非……不过凭着自己和其他调研组人员几天的调研，那位姓赖的候选人无论人品还是才华远远不如其他两个人。

"赵乡长，你看这位姓赖的候选人怎么样，他的业绩我听说也不错嘛。"

"论学历，能力经验，这位姓赖的候选人的确不如其他两位，我们参加调研的人都是这么认为。"文忠一边说着，一边看着任书记。

"你们调研组的人员都是这么认为，那你再看一下赖远里是否还有希望？"任书记稍做强调地说道。

"医院是救死扶伤的机构，干系重大，我们一致认为江宏昌无论是资历，还是能力都是可以胜任的，任书记，你再考虑考虑。"

"好吧！你先忙去吧！随后大家再定。"随后文忠就离开了书记办公室。

经过一番周折，任书记重新召集了调研组，他在没有通知文忠的情况下做出了决定：任命赖远里为双悦乡医院院长。

文忠知道赖远里当选院长之后，他立即来到书记办公室："任书记，你们开会研讨不通知我，这也无关紧要，可是院长人选关系重大，你们怎么可以随便行使权力呢，你们这是需要负责任的。"

"赵乡长，我告诉你，我们是通过开会表决的，这个表决不是我个人的一言堂，更不是我一个人决定的，你看这决议上还有大家的指印呢！"文忠看到那密密麻麻的指印，他怒气冲冲地离开了书记办公室。

"祸兮福之所倚，福兮祸之所伏"，那位赖院长没上任多久，就因为贪污行贿被双规，赖院长在被移送检察院的时候，他一并检举揭发了任书记的许多恶行，没过多少天，任书记也被停职接受调查。

话说这次因贪污受贿被停职接受调查的乡党委书记任一伟，他毕业于谦州市的一所高校，才华横溢，为人谦和，他从一名基层通讯员开始做起，几年间上升很快。他从外地调任双悦乡党委书记以来，肩负十多万父老乡亲的生计和百姓的期待，他身居高位享受着国家给予他的俸禄。然而，没过多久他在利益的驱使下，终究走上了一条不归路。在职期间，贪污、挪用的款项达到了100多万元，且道德败坏，他多次利用职权勒索、受贿，涉嫌严重违法违纪。最后任一伟被双规，经县纪检委调查证实后，移送检察院，之后，他被法院判十年徒刑，双悦乡暂时由文忠一班人主持政事。

文忠主事没多久，双悦乡由乡变为镇。从此，文忠也被众乡亲亲切地称为"赵镇长"。

双悦乡人民代表大会在镇党委和人大主席团的领导下，在全体代表的共同努力下顺利地完成了大会提出的各项议程，取得了圆满的成功。在这次大会中文忠被选举为双悦镇党委书记兼镇长。

在就职演说时，文忠激情澎湃地说道：

尊敬的各位领导，各位同仁，大家好！感谢组织对我的关怀，感谢各位代表对我的信任，感谢全镇人民对我的支持。在此，我向各位领导、代表们和全镇人民表示衷心的感谢和崇高的敬意！

在新的工作岗位上，我深感自己身上的责任重大，我一定会一如既往恪尽职守，不辱使命，励精图治，不负众望，认真履行党和人民赋予的权力，不遗余力地做好各项工作。

双悦镇是一片充满生机和希望的热土，有着深厚的文化底蕴、丰富的自然资源、得天独厚的地理条件、求真务实的干部队伍和勤劳智慧的人民群众。在过去的岁月里，在这片沸腾的热土上，历届班子团结奋进，扎实工作，开拓创新，带领全镇人民凝心聚力谋发展，一心一意抓建设，为全镇的政治发展、经济发展、文化发展打下了坚实的基础，开创了全镇政治稳定、经济发展、社会进步、人民安居乐业的大好局面。现在，我能成为广大建设者中的一员，与大家一道为我镇的改革与发展、繁荣与进步贡献自己的微薄才智而深感荣幸和自豪！

为此，我决心做好以下几点：

一是求真务实，着力推动跨越发展。坚决贯彻落实市、县的发展战略和发展思路，坚持以经济建设为中心，以加快转型发展为主题，以经济建设为

总体目标,围绕发展、民生、稳定为主线,强力实施农业稳镇、工业强镇、旅游立镇、宜居兴镇战略,立足实际,注重实干,稳中求进,重实际、说实话、办实事、求实效,奋力开创经济繁荣、社会和谐、环境优美、服务便捷、文明富裕的发展新局面。

二是执政为民,着力改善人民生活。认真践行以人为本、执政为民的理念,把维护好人民群众的根本利益作为想问题、办事情、做决策的出发点和落脚点,真心实意为人民群众做好事、办实事、解难事。始终带着深厚的群众感情开展工作,把群众路线作为基本的工作方法,真正做到权为民所用,情为民所系,利为民所谋。

三是依法行政,着力改进政务服务。坚决贯彻落实党的路线方针政策,依法履行职责,维护群众的合法权益,积极主动听取和采纳人大代表意见和建议,主动接受社会和人民群众的监督。以转变政府职能、提高服务水平为核心,以制度建设为根本,以作风建设为保证,推进管理创新,提高行政效能。

四是坚持廉洁勤政,着力提升政府形象。公生明、廉生威。时刻牢记廉洁勤政的各项要求,率先垂范,当好表率,履职尽责。切实改进工作作风,提高工作效率,努力把本届政府建设成为一心为民的政府,开拓创新的政府,勤政务实的政府,廉洁高效的政府,带头塑造为民、务实、清廉、高效的政府形象。为政重在诚信,做人当守承诺。我将以身作则,立说立行,说到做到。

各位代表,双悦镇是我们共同的家园,加快发展是我们共同的心愿。我坚信!有县委、县政府的英名领导和指引,有我们镇党委的带动和示范,有镇人大的鼎力支持,有党政班子成员的团结配合,有镇广大干部群众的团结奋斗,双悦镇就一定会开创新局面、再上新台阶,我们的明天一定会更加繁荣、更加美好!

谢谢大家!

文忠讲话结束后,台下听众的掌声是一阵接一阵。

文忠回到家里后,老赵家一家人围在赵礼家。赵礼简单地弄了两桌酒席。席间,文青、文兴、文贤、文俊及长辈们纷纷向文忠祝贺。

"文忠,我代表老赵家全家向你说几句话,希望你努力工作,勤政爱民,为官一任,造福乡里。"赵仁端起酒杯向文忠说道。

"谢谢大伯,也谢谢咱老赵家的所有亲人,有大家的祝福,有大家的支持,我将不辱使命,请大家放心。"

"忠哥,努力、拼搏是你的人生口号;智慧、实力是你的内在优势;吉祥、好运是你的幸运天使;幸福、快乐是你的左膀右臂。有了"它们"的支持,你这次高升,真的是实至名归啊!真诚地祝愿你事业欣欣向荣,一路精彩!工作如鱼得水,一路顺心!"文俊红着脸说道。

"其实,我从小也会识面相,一直未透露给他人,有句话叫'天机不可泄露',我早看出文忠要高升啦,在此就破例泄露一次,提前祝贺步步高升!"文青说完后,大家的笑声和掌声混在一起。

……

九十

文霞夫妇饭店　诚意信为首
邻里乡党十里　赞生意兴隆

在特殊生活环境里长大的文霞从小就有着一颗倔强的心，高中毕业后她已经出落成一个标志的乡村大姑娘，眼睛有点小的她笑起来总是那么爽朗，她那张能说会道的嘴时常能让人留下爽朗的笑声，上学时那又黑又粗的辫子也变成了短发，长年的奔波使本来年纪不大的她，脸上稍有沧桑的感觉。

文霞自从高中毕业之后，和很多农村女孩子一样，由于家里现实条件，她不再复习参加高考了，自己的特殊家庭已经让自己念了这么多年的书，文霞已经很知足了。

后来，她很想出去打工赚钱贴补家用，那个时候她一直在农村也没见过什么世面，外出打工两年后就一直在文兴、文青的兴隆商场里面做销售员，一做就是三年。这几年来，能干又能吃苦的文霞手里也有一定的积蓄，但是文霞却把所有的积蓄都交给了自己的娘。

后来，她便远嫁到本县巽德乡的一个村里，爱人也是一位高中肄业的学生，名叫郑江秋，郑江秋和她有着相同的经历。

郑江秋高二辍学后就去南方打工了，工作时间一长就感觉到没有学历和技术很难在外头混下去，于是他进了一家电器厂做了一名生产线上的普通工人。每天重复同样的工作，单调枯燥而且工资低，维持生活依然很艰难。后来他又转行做起了厂里的销售员，没日没夜地奔波，虽然也有收入，但由于自己没有读过大学，没有学历，相对于那些专科生或者本科生总是进步得很慢。总之他觉得没有学历，没有技术很难生存，尤其是拥有一门技术很重要。

郑江秋本来就喜欢厨师这个职业，再加上他的很多朋友都在学厨艺，他的朋友们有的结业后所拿的工资也很高，还有不少人做起了老板，郑江秋很是羡慕，所以他就毅然放弃了打工而选择了厨师行业。

郑江秋开始学厨艺的时候，听了老师的讲解后，才知道学厨艺原来有那么多讲究，不是自己起初认为的能炒几个菜就行了。要做一名好厨师，不仅要有一手高超的炒菜技术，而且还要能做出适合不同人群的菜品；要做一名出色的厨师，不仅要学会精雕细刻，还要学会心理学，就是要从顾客身上下手，想方设法吸引他们的注意力。如果要做一名大师级的厨师，不仅要有出类拔萃的艺术，而且还要有人文关怀，这最后也是最重要的一点就是诚信，自己的饭菜质量必须过关，一定要为顾客的身体健康着想，让顾客吃出品位，吃出健康，吃出幸福的滋味，总之让人吃后不会感到后悔。还有厨师要有面带微笑的服务习惯，没有人不喜欢春风般的笑脸，如果能做到这些，自己的人生就会成功的。

郑江秋和文霞带着这些"理念"开始了他们的饭店生意。

文霞夫妇最初回到双悦乡做起了小生意，后来他们就在镇上一个较偏僻之处开了一家饭店。起初，文霞与丈夫郑江秋由于本钱不多，所以他们在双悦镇开饭店的前两年，饭店虽说规模不大，但声誉却很好。他们店中的那些本地家常菜和一些常见的主食，不必说色香味俱全的农家小炒，也不必说那看一看就令人馋涎欲滴的美味汤锅，更不必说那老生常谈的葱花面条，就说他们的招牌点心小笼包，皮薄馅多，一咬一口汤，肉质紧实醇香。如果选个雅座，一边闲看镇东南角处那一大片一大片的风景，一边享受着美味佳肴和一壶老酒，那才真是有无尽的兴致哩！

文霞夫妇的饭店本小利薄，但是两人勤勤恳恳，以质量求生存，从来都是童叟无欺，因此虽然是小本买卖，食客在门前也是络绎不绝如长龙一般。

时代在发展，信息瞬息万变，不知何时，双悦镇东南这一处还未开发的地面，因为有了文霞夫妇饭店的支撑，开始变得热闹起来。一户姓秦的人家在文霞饭店的对面开了一家酒店，但生意远不如文霞夫妇的饭店。时间一长，那秦家店主就产生恨意，每每吃饱喝足了，他就会拉开粗嗓门说："就他们那个不入流的饭店，早晚我让他们关门走人。"

"来，来，来，老少爷们儿，本店经营一些色香味俱全的特色菜，欢迎

大家品尝。"那秦家店主的老婆在门口使劲儿地喊道。

尽管秦家店主和他的老婆不停地吆喝着,但是顾客在他们那里吃上一次就不回头了,因为他们的饭菜数量少,而且以次充好,价格也很贵。

"我说呀,咱们还是到文霞饭店去吧,人家的店'食美价廉',而且服务态度也好。"

秦家店主和他的那个面色凶恶的老婆听到这些话后,内心那一股火焰是越烧越旺,他们时刻在想着用什么又阴又损的招数能够让文霞饭店早一点关门。

秦家店主万万没有想到,郑江秋一边做生意,一边又向本地有名的一个厨师洪师傅学艺。

郑江秋来到邻乡的一个偏远的小山村,他要向那位曾经做过满汉全席的洪师傅学艺。

"大爷,请问,这里以前住着一位姓洪的师傅,他现在还住这里吗?"郑江秋看着一位鹤发童颜,精神矍铄的老人说道。

"年轻人,他上山采药去了,不知你有何事?回来后我替你转达。"那位长者说道。

"大爷!我此行特向他学习厨艺,如果有缘一见,我一定会记下厚恩深情。"

"真不巧,只是那位洪师傅今天不在家里,请你先回去吧!"那位长者向郑江秋说道。

"多谢大爷,再见。"

郑江秋第二次来时,又见到那位大爷,然而他得到的还是那句话:"年轻人,你回去吧!"

郑江秋向那位长者施礼后,骑着自行车回到镇上。

就这样,郑江秋一连去了五次,都是那位长者接待了他。

最后一次,郑江秋忽然开悟,他来到那位长者面前,"扑通"一声双膝跪地后,他流着眼泪向那位长者说道:"洪师傅,弟子有眼无珠,不识真人,望你不吝赐教,我一定把你的技艺发扬光大,传承下去,不负你平生所学。"

那位长者赶紧把郑江秋搀扶起来,两人秉烛夜谈,最后这位洪师傅终于把厨艺一一传授郑江秋。

最初的双悦乡的餐饮远不如现在那么花样百出,整条街的餐饮特点都是一样的,人们差不多都是以吃饱肚子,简单喝一点酒达到酒足饭饱的目的,在吃的品位上从未有过高的讲究和过深的研究。但郑江秋学艺归来之后,一切都变了,百年不变的家乡菜受到了冲击。

就说小笼包吧。郑江秋做的馅心,是在肉馅中加入葱末、姜末、盐、花椒粉和香油,不停地搅拌,直到搅拌均匀后,再加进一勺鸡汤和鸡蛋清,搅拌至肉馅把鸡汤和鸡蛋清全部吃透。一碗肉馅要加半碗鸡汤和几个鸡蛋清。可想而知,同样是做工精细的小笼包,但吃出来的味道能一样吗?食客们吃了文霞饭店的小笼包,便发出啧啧的赞叹声,而且一传十,十传百,名声在外,乡亲们经常来光顾品尝。

文霞饭店渐渐聚集了人气,郑江秋又推出新花样:比如:王婆大虾和香酥饼。最出名要属"王婆大虾"了,首先将大虾的须爪、眼睛之类的东西都剪掉,清除虾胃和虾线。处理好的虾用清水洗干净,用刀在虾背部切一刀,而且要切得深点,处理好后用料酒、盐腌一会儿。接下来用水把玉米煮熟后切成段,锅内倒入油把去皮切条的土豆炸到微微发黄捞出备用,葱切段、姜切片、蒜切片,用香锅底料和油炸香,再把油倒出来备用。腌好的虾用毛巾吸一下水分放入锅里炸成金黄色捞出备用。最后,锅里重新倒入油,加葱姜蒜煸炒出香味,加入两大勺香锅底料,煸炒出香味后,加入土豆、玉米继续煸炒。炒一会儿后沿着锅边倒入料酒,再倒入炸好的虾继续煸炒。加入少许味精,倒入适量的开水,盖上锅盖儿焖一会儿。出锅前把底料里的油倒入,搅拌均匀,撒少许蒜苗或香菜即可。

这些新式的菜品极大冲击了食客的眼球和味蕾。一时间,文霞饭店的生意兴隆,秦家饭店门前冷落。

后来,秦家人有点沉不住气了,开始在背后使阴招,他们寻找到郑江秋进货的源头。

"兄弟,只要你们不把这些菜、鱼及面粉卖给郑江秋,我就给你出两倍的价钱。"秦家店主向那位菜市场的老板说道。

郑江秋是好脾气,他的嘴角始终洋溢着微笑,他对谁都客客气气。郑江

秋在菜市场买不到菜，但他另辟蹊径，又找到其他的摊位去购买。

后来，秦家店主夫妇竟然对着文霞饭店骂了起来。文霞对于秦家骂街是不能容忍的，两家摩擦大有升级的趋势。

文兴、文青两兄弟知道此事后，为了帮助文霞夫妇，他们带着浩浩荡荡的工人队伍来到秦家酒店门前。

"姓秦的，你给老子出来，今天我们非教训你这杂碎不可。"文青站在秦家酒店门前骂道。

秦家店主走出大门时，文青所带的队伍中一个叫高天的大个子，一拳头把秦家店主的门牙当场打掉，后来，还是文忠及时赶来，劝说文青凡事讲理，不能动武，最后平息了这场风波。

秦家店主一看赵家人多势众，从此便夹着尾巴做人再也不敢挑衅闹事了。

秦家夫妇自知无脸无趣，便想着和平的应对之策。他也学着做了几道像样的菜，"王婆大虾"和"香酥饼"。他们把大虾炸得皮脆肉嫩；还在小笼包的肉馅中加了虾仁；他们为了让店内的招牌牛肉宴做得更好吃，秦家夫妇二人竟然在汤里偷偷地加上了罂粟壳，不过最可气的是他们所给的饭菜分量总是不够，到后来，他们的一些食客就说："秦师傅，你做的虾仁有长进，你做人要是有长进才好啊。"

秦家酒店夫妇听到这些话后不以为然，依然我行我素，他们饭店被工商管理部门查处后关停了几个月，后来秦家店主因为生意冷清就渐渐地染上了赌博的习惯。

文霞饭店总是食客爆满，店面慢慢地也进行了扩充，由原来的文霞饭店一跃成为双悦镇有名的"万客来大酒店"，秦家酒店的店主因为赌博欠下巨债，为了躲那巨债，不久他们便彻底地关门了。

"万客来大酒店"在新开张的那天，张灯结彩，彩旗飘扬，上空飘着巨大的彩色气球，气球下挂着五颜六色的飘带，上面写满了祝贺的标语，整个酒店沉浸在欢乐的海洋中。酒店院内的喷泉各式各样，有拔地而起的水柱；有腾起云雾状的水球，还伴随着悦耳优美的乐曲声，随着声调的高低，颤动着喇叭状的水花……

九十一

精兵简政策略 人人求自保
文俊主动请缨 到明德小学

双悦乡一中在王海龙校长的带领下，经过几年的大力发展，生源已达两千名左右，教职工已突破百名，后因工作的需要加上王海龙校长的超强能力，他被调到双悦乡中心学校任业务校长，新来了一位年轻的邢校长，此人因为经验不足，加上用人不当，短短的两年时间，学校生源下降，教师脱岗、怠岗现象十分严重。

学校教师编制已超出规定很多，领导成员又偏偏配上若干"一副""二副""三副""四副"，教师们很有意见。更重要的是，这些干部队伍庞大了，造成人浮于事，职责不清，工作推诿的现象。学校领导职位过多，为了让大家各得其所，在职责履行上有意无意地增加管理流程，看上去环环相扣，实质上增加工作运行期，降低了工作时效，本来五个人可以研究解决的问题，变成十个人来参会，等张三，请李四，你一言，我一语，会议时间拉长，甚至是长时间议而不决。尽管如此，会还是要开的，大家还是要参加的，因为都是班子成员嘛！

"王校长，之前双悦镇一中在你的带领下可谓是蒸蒸日上、风风火火，越来越好，如今你离开后不到两年，学校却积重难返，困难重重，看来我们真的需要对双悦乡一中进行一番改革。"双悦乡中心学校校长兼书记的甄洪亮向王海龙说道。

"甄校长，我真是没有想到，事隔两年双悦镇一中会发展到如此地步，这都怪我离任后用人不当，我有不可推卸的责任。"王海龙校长红着脸对甄洪亮校长说道。

"王校长,我希望咱们能派出一支调研小组,深入一中进行调研,掌握真实的材料,然而再做长远打算。"甄校长郑重地说道。

"好的,甄校长,我们明天就去。"王海龙校长爽快地说道。

王海龙校长一行五人来到双悦镇一中,老师们对王海龙校长一行人的到来表示热烈欢迎。

"赵主任,你好!你在这学校已经多年了,学校的发展也有你的一份功劳,然而这两年来,却出现了很多痼疾,请你谈一谈这几年学校发生变化的原因。"王海龙校长注视着文俊,目光中充满了信任和期待。

"王校长你好!谢谢你对我的信任,也谢谢这几年来你对我的栽培和厚爱。双悦镇一中在你的带领下,工作有方向,教学目标清晰,赏罚分明,同志们积极性很高,所以工作越来越好,然而自从你调到中心学校后,学校的管理先出现问题,部分教师工作积极反而得到异样的眼神,甚至受到冷嘲热讽,慢慢地这些工作能力强,思想先进的老师的工作热情渐渐地减退,而其他老师也是做一天和尚,撞一天钟,得过且过,老师们没有积极性,人心涣散,教育教学成绩逐年下滑,所以生源逐渐减少,现在真正到了整顿的时候了。"文俊望着王海龙校长说道。

"赵老师,你能说得具体一些吗?"王校长问道。

"咱们学校的老师们可能是受到外面社会风气影响,不知从何时也变得冷漠、冷酷,人与人之间的那种团结和睦的关系不存在了,大家在工作中交流很少,有时见面连个招呼也没有。"文俊认真地说道。

"唉!现在的人们不知是何原因都在发生着变化,让咱们这样的人感到不可思议。"王海龙校长说道。

"王校长,现在已经有很多老师为了微薄利益而忘记了初心,忘记了使命,人与人之间的感情越来越淡薄了。"

"唉!我们的教育还真需要进一步改良啊!"

"王校长,那我就就事论事,实话实说了。"文俊注视着王校长说道。

"一是你走之后,学校原来的依法治教、依法管理渐渐淡化,这是我们学校当前管理的薄弱之处。由于当前教育受到急功近利思潮的影响,因此学校对国家的法律法规、新的教育理念、教育政策贯彻领会不深。比如,教师倡导或暗示学生订阅教辅资料，体罚和变相体罚学生等违背法律法规的事时有发生。由于部分教师的法律意识淡薄，对《义务教育法》《未成年人保护法》《教师法》等法律法规学习不够，理解不深入，依法管理也就跟不上党和国家的要求，在教育教学管理上随意性大、不规范、不科学，这就严重违背了教育教学之道。"文俊望着王海龙校长说道。

"不重视校园文化建设，学校没有精神支柱，在当前全社会应试教育这个指挥棒的作用下，素质教育在我们学校推行几年后，又走向低谷，现在的教育依然新瓶装旧酒，创新教育的力度不大，效果不明显。比如在中学只有语、数、英、理、化的考试成绩决定学校或教师的命运，教师只顾应付各种教学考核而忽略了学生其他方面的教育。你走后，学校不重视自己的办学和教学特色，缺乏文化建设，缺乏创新精神，这样教育出来的学生就适应不了新时代的要求。思想僵化、闭门造车是学校发展的死穴。学习型的教师队伍已经是名实存亡，穿旧鞋走老路，校长不学习也就没有人组织教师学习。学校更新不了教育观念，更新不了理念，老调重弹，没有活力。"文俊望着王海龙校长说道。

"《有效教学与校长课程领导力培养》一文中说道：新课程背景下中小学校长要打造课程领导力，这是中小学校长职业角色变化的需要，是实施课程改革的根本要求。因此，现任校长及领导班子成员要善于学习，还要带领所有教职工不断学习，建立学习型队伍和学习型校园，这样学校的教育才能充满活力。闭关自守，自己走不出去，名师请不进来，学校得不到应有的发展。这是我的肺腑之言，还望诸位领导和老师指正。"王海龙校长面对双悦镇一中的领导班子和教师代表掷地有声地说道。

"赵主任，那你看当前学校改革应从哪些方面入手呢？"王海龙校长问道。

"王校长，咱们中心学校已下通知，双悦镇一中极需精兵简政，校领导班子需要精简，教师队伍也需要精简。"

"领导人员裁撤还好说，可是让教师离开双悦镇一中，这又谈何容易。"王海龙校长一脸焦虑地说道。

"这，我也想好了，实在不行我就带头离开吧！"文俊郑重地向王校长

说道。

"那怎么能行呢?你和那么多年轻教师正是双悦镇一中的骨干和中坚力量,而且是课改的先锋力量,你走了,学校进行的创新教育恐怕要付之东流了。"

"王校长,我们这支年轻教师队伍中还有很多能力较强的老师,他们可以继续努力的,相信我,双悦镇一中还是有希望的。"文俊信心满满地说道。

"这,这……"王海龙校长望着如此深明大义的赵文俊,他沉默良久……

中心学校领导经过调研后,纷纷表示,双悦镇一中要发展,班子引领很重要,而班子引领作用的发挥不是靠人多势众,以多取胜,关键看班子队伍是否人员精干、素质过硬、工作务实、成绩显著。教育体制必须改革,必须实行精兵简政。学校领导要减员,教师也要减员,在这种形势下,人人自危。

"筱枫,真的很对不住你,你为了我,从谦州来到双悦镇一中,而今我又从镇里转到乡下,我总是让你跟着我颠沛流离,这一切的一切真的让我过意不去。"文俊一脸歉意地说道。

"文哥,我们今生既然有缘,就让我们好好珍惜,不管将来如何,我都会一如既往地支持你,你有你的梦想,我也有我的梦想,而我的梦想就是时刻陪伴你,不离不弃。"筱枫含情脉脉地望着文俊。

文俊听完这句话后,他把筱枫紧紧地拥入怀中,并轻声说道:"筱枫,我们还是一起回乡下去吧。"

"好的,文哥,我们一起回乡下!"

文俊和筱枫从双悦镇一中调走的那一天,阳光依然多情地落在双悦镇一中的每一个角落,天空格外晴朗,朵朵白云还是那样的自由自在,丝毫没有一点儿忧郁和惆怅。

"文俊、筱枫……"双悦镇一中的老师们纷纷前来送行。

文俊和筱枫向大家一一挥手告别。

"文哥,你们多保重。"唐媛望着文俊说道,她的眼泪在眼眶里打转。

"赵兄,有空常来,我们再叙旧。"梁彬说道。

"文俊,有空还要来这里指导工作。"栗元勋说道。

"赵老师,你还会来一中吗?"林芳惆怅地说道。

"文哥,有空你和筱枫来这里,我们一起商讨教学创新。"王芸笑着说道。

……

文俊为了给大多数老师做好榜样,他和筱枫一起主动辞职,就这样文俊和筱枫离开了双悦镇一中,最终来到自己儿时的母校——明德小学。

来到明德小学是文俊教育生涯的又一个转折点。赵明与惠兰好多天茶饭不思,文俊的嫂子秋楠的心情沉重万分。

"赵家那位大才子,怎么了?在一中混得好好的突然被调离了,是不是犯错误了?"

"那也有可能呀,这年头犯错误的人多了去了,保不定是因为男女关系呀!我听说,那家伙爱搞男女关系。"

"我听说,文俊那人不错的,不像你们说的那样。"

"唉!人是会变的,这都很难说啊!"

……

面对村里乡亲们的流言蜚语,文俊和筱枫泰然处之,而文俊的嫂子秋楠一怒之下,竟和几位长舌的村妇大吵起来。

"爹,娘,嫂子,你们不要再为我伤心,也不要再听外面的流言蜚语,我自己的事我自己会把握好的。"文俊望着爹娘和嫂子说道。

文俊和筱枫从双悦镇一中来到了明德小学,明德小学现任校长是一位即将退休的老教师梁明轩。他见到文俊后喜出望外,这个才华横溢的大才子来到这里,他的内心充满了期待和希望。

"欢迎你们屈尊回到明德小学,赵老师、林老师,你们一定要把明德小学当成自己的家,你们有什么需要尽管跟我说。"

"谢谢你,梁校长,我们不会让你失望的。"文俊和筱枫齐声说道。

九十二

工作大胆创新 理论与实践
莘莘学子慕名 树教育新风

    文俊和筱枫来到了明德小学。这所小学北依草木葱茏的颐山，西临蜿蜒而行的泰溪，东边南边分别是一望无际的原野，也算是一处清幽之地。这所学校也是当年文俊儿时求学的地方，到今天已发生了很大的变化。这所学校现在生源已达800多人，教师30多名。文俊当年上学时的一排排的瓦房变成前前后后三排的六栋楼房，中间被中央大道一分为二，前边两排为学生宿舍，专门为住校学生提供住宿，中间两排为教学楼，教学楼后边为两层的教职工宿舍楼，东西两边各有几间平房作为办公室，教职工宿舍楼后有一个宽敞的操场，这便是现在明德小学的全景。

    一天上午，明德小学全体师生在梁校长的带领下热烈欢迎文俊和筱枫的到来。

    "赵老师，林老师，我代表明德小学的全体师生欢迎二位的到来，你们的到来使得明德小学蓬荜生辉，到处充满希望。"梁校长握着文俊的手说道。

    "谢谢你，梁校长！我和筱枫一定不会辜负你对我们的一片厚爱和期望，我们一起努力，为了家乡教育的美好明天而奋斗。"文俊也是紧紧地握住梁校长的手说道。

    文俊一边和老师们握手致敬，一边向同学们问好，在这个安谧的校园中，他仿佛回到久违的家园一样，感受到了亲切，他仿佛看到了自己儿时那熟悉的身影，体验到当时的天真和可爱。

    文俊和筱枫从这一刻起，他们在内心深处决定把家乡的教育办好。文俊直接被梁校长任命为学校教务主任，并担任六年一班的语文老师兼班主任，筱枫任五年一班的语文老师兼任班主任，从此二人开启了实现人生梦想的旅程。

每天天还未亮，校园一片寂静，而文俊办公室的灯也是最早亮了起来。"天行健，君子以自强不息，地势坤，君子以厚德载物。"

清晨，当一缕金色的阳光从窗外照了进来，文俊伸了一个懒腰，迅速地穿好衣服走下楼去跑步。在空旷的操场上，文俊总是奔跑在操场上，偶尔他能听到叽叽喳喳的鸟叫声。在宽阔的操场上他看见了那翠绿的草尖上滚动着晶莹的露珠。在操场上锻炼的老师们，一部分匆匆而过，一部分悠闲地散步，一部分在打羽毛球，一部分在打篮球和乒乓球。虽然汗珠如断了线的珍珠般往下落，已经湿透了那些正在锻炼的老师的衣衫，但是他们依然笑呵呵地继续锻炼着，个个精神抖擞，不亦乐乎。

文俊依然保持着白天上课，晚上写作的习惯。

"赵老师，你的文章《梨花梦》发表在谦州市的报纸上，这是我们的英语老师张秋霞告诉我们的，你看这是发表你文章的那张报纸。"班上的一位女孩笑着对文俊说道。

那位女孩的话音一落，雷鸣般的掌声便响了起来。

"谢谢你，王雨同学，那么就请你把这篇文章念给大家听好吗？"文俊望着王雨同学说道。

王雨站起身来，表情自然，然后声情并茂地朗诵：

梨花梦

春天的脚步近了，阳光艳了起来，惠风也温柔了许多。"寄语酿花风日好"，在这美好的时节里，小草不再沉睡，春花也应当精神勃发了吧！

小千世界里，再也不容易闻到书的墨香了，还是走出去，感受大自然的旖旎风光吧！

家乡好，风景旧曾谙。路依然是那么熟悉，桥依然是那么亲切，风还是那么体贴，不疾不缓，心情自然是平静很多。淡淡的清香迎面而来，香中略带丝丝甘味。瞧！那不远处的梨园，玉树琼枝，在阳光的朗照下，在风的轻拂下，那洁白的梨花舞动着，银光闪闪。人们三三两两，纷纷观赏。而我呢？只身一人，那是因为自己的心情总是稍微烦躁了一点儿。

步入园中，凝望这满园的梨花，仿佛置身于一个亦梦亦幻的人间仙境中。"梨花风起近清明，半为寻春半诉衷"。在这皑皑的世界里，梨花那"占尽天下白，尽羞人间花"的风姿总会令人遐想联翩。

虬曲的枝条上，那嫩黄的芽儿，在风中婆娑起舞，那一朵朵梨花就在叶芽的中间静静地绽放。"向者如迎，背者如诀，坏者如语，含者如咽，低者如愁，仰者如悦"。闭上眼睛，那盛开的花宛如白衣仙女驻足凝视。这奇妙的风景啊！让我心驰神往，如痴如醉，恍如梦中。

"爸爸，你看，那朵朵梨花真是洁白无瑕。"一个戴着红领巾的小男孩专注地说道。"孩子，梨花的白是一种静美，一种清纯的美。"一位戴眼镜的温文尔雅的中年男子娓娓说道。"梨花的美是一种淡雅的美，梨花的美是一种善良的美，我们生活的空间应当和这梨园一样，艳阳高照、清风徐徐、洁净温馨、静谧祥和呀！"一个年近古稀，精神矍铄，教授模样的长者语重心长地说道。

祖孙三代人的话语使我从沉醉中"惊醒"。我再一次看那绽放枝头的梨花，她没有桃花的妩媚艳丽，没有牡丹的雍容华贵，没有菊花的傲然脱俗，但她却是一朵朵纤尘不染的人间之雪呀！

梨花那俊俏的模样，清纯而美丽，在和煦的春风中默默地开放，散发着淡淡的清香。我凝视这静美的仙花，她也在似喜非喜地望着我，难道她也和我一样都在做着一个甜美的梦？在梦中，都在期盼一种古今相通的美好情感，那就是对人间真善美的憧憬和钟爱。虽然华年暗换，只是初心不改。

梨花梦，我的梦！人生虽短，美却永恒！

这篇文章在学校传开后，在广大师生中间引起了强烈的反响，因为同学们都为赵文俊老师有如此好的文笔而感到骄傲和自豪。从此，明德小学师生掀起一股阅读和写作的热潮。老师们和同学们都愿与赵文俊老师一道读书写作。

在梁校长的主持下，文俊在明德小学办起了《幼芽》校报。在报刊的第一期，刊登了文俊的一篇文章《故乡的夏天》和赵元申（文俊的小侄）的一篇作文《我的叔叔》，明德小学的校报也在全镇引起了巨大的反响，从此，整个镇里对文俊的那些流言蜚语全化为乌有，赵文俊的名字和他的文章也走进了千家万户。

一个星期三的上午，应校委会的要求，文俊在明德小学家长会上讲话。学校家长会在操场上举行，学生前排就座，家长坐在每个班级的后边。当文俊站在800多名家长的面前深情演讲，他的每一句话深深地感染着前来的家长们。

"家长朋友，请大家对我们的学校有信心，请大家对我校的老师们有信心，请大家对我们的孩子有信心。孩子是你们的希望，也是我们的希望。大家把孩子送到这里，我们会为他们的学习负责，会为他们的将来负责，学校需要你们的理解和支持，有了你们的大力支持，明德小学的明天一定会更好，更辉煌……"

这段充满真情的话语落幕，雷鸣般的掌声响了起来。从此家长会频频举行，学生的学习成绩如芝麻开花——节节高。家长通过与教师交流后，他们的素质有所提高。家长们关注孩子们的教育而且家家和睦相处，人与人之间以礼相待，其乐融融。

一年过后，梁校长退休前向中心学校举荐，又经过双悦镇中心学校考查，赵文俊被任命为明德小学副校长，之前，梁校长已多次向中心学校申请提前退休。

在文俊任明德小学副校长的当天，那位名叫张秋霞的年轻教师来到文俊的办公室说道："赵校长，我们坚信你一定能担此重任，因为你不仅博学多识，才华横溢而且工作兢兢业业，责任心强，你为了家乡教育的振兴从大城市转到乡下来，这腔真情永远值得我们敬佩。"

"谢谢你对我的信任和支持，张老师，我不会辜负大家对我的期望。"文俊望着有一双明亮有神的眼睛，两弯柳叶眉，齐肩短发，朴素的衣着中透着一股清纯之美的张秋霞老师说道。

"赵校长，你的《人生若只如初见》写得太经典了，把人生诸多美好都定格下来，让人没齿难忘。我刚创作的一首诗歌《校园的晚上》还请你有时间给指点指点。"

"秋霞老师，你客气了，我一定会拜读的。"

"谢谢赵校长，有时间我请你吃饭。"

"不客气,再见。"

"再见。"

在众多老师的帮助下,明德小学的校刊《幼芽》也升级为《远方》杂志了,文俊任主编,筱枫、秋霞等几位老师任副主编。在这份杂志里,文俊和其他编辑付出了辛勤的劳动,《远方》杂志的宗旨就是通过一篇篇的文章来宣传学校的教育教学,并为学校的文化建设贡献一点力量,杂志以月刊形式陆续推出,在双悦镇这个教育大家庭里有了较好的口碑。

九十三

文俊荣升校长 新婚宴尔乐
文学创作提升 启长篇小说

梁校长退休的时候，他强烈举荐文俊为明德小学校长，后又经过教师民主选举，组织考核后，赵文俊最终任明德小学第十二任校长。从此，文俊觉得自己教育征程路漫漫，任重而道远。

文俊在校长任职会议上，他色勃如也，鞠躬如也，仿佛千斤担子压在身上，面对众多领导和老师，他发表了讲话。

尊敬的各位领导、各位老师：

首先我要感谢诸位领导与我校的老师对我的信任与支持。感谢大家对我的关注、支持和鼓励，在这个新的梦想启航时，我感到压力与动力同在，挑战与机遇并存。在与学校其他领导班子成员规划学校发展蓝图时，我们大家形成了一个共识——教育是个创造幸福的事业，我们是在为孩子的幸福人生奠基，在培养学生的同时也成就自身的幸福。于是，我们逐步明确了今后办学的方向——"以人为本，办幸福学校，做幸福老师，育幸福学生"。明德小学是经过几代人的艰苦奋斗和无私奉献才取得了显著的成绩。如何保持现有优势的基础上，使明德小学的教育在全乡乃至全县有更大的发展和影响，是党和人民赋予我们的历史使命，是广大教师寄予我们的深切厚望。我已深深感到了这种责任的崇高，这一任务的艰巨，这副担子的分量。

借此机会，我谈几点想法：

一，以"一训三风"为核心，成就幸福学校。从"以人为本"教育理念出发，结合我们学校生源的实际情况，我们做出明德小学五年规划的顶层设计，明确今后办学的基本思路是：以人为本，坚持德育为先；能力为重，坚持全面发展。我们确立了"德育为首，和谐发展，自主创新，综合提升"的办学理念，并明确了"务本、求实、勤奋、创新"的校训，积极倡导"淳朴、和谐、文明、自强"的校风，"爱生、敬业、严谨、开拓"的教风和"诚实、守纪、主动、创造"的学风，初步形成让学生自我教育、自主管理、自主学习的'三自'的办学特色，力求做到"以质量立校，以科研兴校"。努力创建"让学生成才，让家长放心，让老师舒心，让社会满意"的幸福学校。

二、以人文情怀为抓手，成就幸福教师。"教师强则学校强"，教师专业水平的高低直接关系到学校的办学水平。我们将照顾差异，针对不同年龄段的教师提出分层要求。我们定期举办教育沙龙、读书茶座，营造出宽松自由的教研氛围，把志趣相同的教师集合在一起，大家在"品一品，尝一尝，聊一聊"中交流读书心得，探讨课改中的"疑点""难点""热点""焦点"话题，思考、探索课改中的新方法、新模式，使学校成为教师专业成长的一块沃土。

近年来，在双悦镇中心学校的领导下，我校积极开展自主学习模式建设，不断推进新课程改革。本着以学生为主体，面向全体学生，促进学生全面发展的理念，我们积极推进"课堂自主学习模型"，课堂上学生以小组为单位进行学习，学生通过预习－交流－互动－释疑，教师通过质疑－点拨－追问－评价，改变单纯传授知识的教学方式，注重学生知识、技能、情感态度的三维发展目标，培养学生自主、合作、探究能力，让学生在合作探究中寻找到学习的快乐。

三、学校树立学生终身发展的教育理念。先成人，后成才，注重学生责任意识、担当意识的培养，在这里不仅教会学生学习，我们学校的美育社团、体育社团、舞蹈社团、书画社团、文学社团，让广大学生的课外活动生动、精彩，带领学生收获学习以外的乐趣。充分地让学生对学校有归属感、认同感、价值感，使全体学生快乐在其中，幸福在其中。

让每个孩子接受公平的教育是我校教育的基本标准和追求，也是当前我们教育改革的出发点和落脚点，明德小学将努力成为敢为人先的践行者。这个目标的达成需要有精诚团结的领导班子，需要有科学、民主的管理体系，更需要有热爱教育、热爱学生的优秀教师。

最后,请诸位领导、老师、家长相信,选择明德小学就是让孩子们选择一段幸福的成长历程,我希望和我校的全体教师一起诲人不倦,春风化雨,谱写明德小学崭新而辉煌的篇章。

谢谢大家!

文俊任校长后,他总是喜欢除旧布新,在他的带动下,学校的教育教学改革如火如荼进行着。从一年级到六年级国学诵读坚持下去,让学生通过国学诵读提升自己的文化素养,形成他们的良好习惯,进而去传承中华优秀文化,弘扬民族精神。

在一次全体教师会议上,明德小学诸位老师对传承优秀传统文化各抒己见。

"各位老师,现在孩子们学习传统文化意义重大,可以培养他们良好的习惯。'细节决定成败',习惯的力量是巨大的,一旦养成一个良好的习惯就会不知不觉地在这个轨道上运行。一个良好的习惯养成需要21天的不懈坚持,数年如一日的保持更不是一件简单的事情,因此就需要让孩子们从小养成受益终生的习惯。"文俊任校长后在一次全体教师会议上说道。

"各位老师,让孩子们从小学习传统文化可以培养他们的优秀品质,传统国学中蕴涵着中华文化的传统美德,在潜移默化中塑造孩子的人格,弥补现在很多孩子身上缺失的东西,这是我的一孔之见,望各位老师指正。"英语老师张秋霞激动地说道。

"我们要让传统文化,优秀的思想在潜移默化的教育中进行。传统文化由儒、释、道三家,文、史、哲三科,天、地、人三学合构而成,也正是因为有这些文化底蕴的存在,使得我们在看待很多问题时多了一种豁达,在与人交往中多一种宽容。"段玉林老师说道。

"也正是因为时间的推进,这些原有的东西几乎被遗忘,传统文化精髓由功利主义取而代之,这也引起了党和政府的关注,将国学文化重新提上日程。从小教育孩子,不论是物质文化还是精神文化都要进行学习,并将优秀传统文化发扬光大。"筱枫信心满满地说道。

……

文俊担任校长后的一年里,学校发展蒸蒸日上、风风火火、越来越好,

学生人数不断增多,学校总体成绩也是越来越强,更重要的是学生素质得到了全面发展。面对这样的成就,文俊和筱枫并没有感到轻松,反而更加勤勉治学,因为他们懂得"慎终如始,则无败事",就在他们事业刚有成就之时,迎来了他们人生中的一件大事,就是他们二人的婚事如期举行。

"文哥,筱枫姐你们还好吗?"唐嫒在一个星期五的上午来到了文俊的办公室说道。

"好,好,唐嫒,你还好吧!"文俊说道。

"我,我……"

"怎么了,唐嫒?"筱枫问道。

"文哥,筱枫姐我,我,我也要离开双悦镇一中了。"

"你怎么了?唐嫒。"筱枫急切地问道。

"我要去县城的一个小学去任教,我那个男朋友费尽周折把我调去的。"唐嫒无奈地说道。

文俊听了以后,他怔了一下。

"好啊,唐嫒,祝贺你步步高升,祝福你名花有主。"筱枫笑着对唐嫒说道。

"文哥,筱枫姐,祝福你们,祝你们事业有成,永结同心,执子之手与子偕老,再见。"唐嫒说完,她站起身来深情地望着文俊足足有两分钟,她又望了望筱枫后准备离开。

"唐嫒,我们送你。"

"不客气,我走了。"

唐嫒走到楼下,她再一次回头望了一眼文俊就离开了明德小学,在回去的路上,她的眼中满是泪水,就这样她回到了清辉县城。

国庆节那天,"噼里啪啦"震耳欲聋的鞭炮声响彻云霄。

"新娘来了,新娘来了!"人们一齐向文俊家门口涌去。

只见九辆系着红气球的小轿车徐徐地停在文俊家门前,第一辆白色的小轿车被彩带、红花打扮得非常漂亮。

车门开了,身穿婚纱、佩戴一朵红花的新娘子筱枫下了车。

"哇!好漂亮啊!"

"老赵家的孩子可真有福气,娶个媳妇跟天仙似的。"

"文俊哥,快点出来,抱着嫂子使劲亲一下,让兄弟们看看。"

"哈哈……"

围观的人们在一旁说着笑着。

文俊从院子里走了出来,只见他穿着笔挺的西装、锃亮的皮鞋、胸前戴着一朵鲜艳的红花,红花下面的红绸带上写着"新郎"二字,他来到新娘子筱枫跟前,吃力地抱起身穿婚纱、手捧鲜花的新娘子。

"哇!好令人羡慕啊!"赵家村那些年轻的小伙子在一旁说道。

婚礼仪式完毕,文俊的亲朋好友聚在院内,大家把目光纷纷投向这对新人。

"祝贺你,大才子,祝贺你,林筱枫,祝你们白头到老,永结同心。"刚从市里赶来的周洪雨说道。

"谢谢老同学,谢谢你能在百忙之中来到这里。"文俊、筱枫共同向周洪雨说道。

"今天的你们真正成为一家人了,祝贺你们。"彩云笑着说道。

"祝贺你们步入婚姻的殿堂。"静如笑着说道。

"祝你们白头到老,早生贵子。"艾峰笑着说道。

"新婚愉快,永远幸福。"梁彬说道。

"新婚快乐。"栗元勋说道。

"新婚快乐,新婚快乐。"林芳说道。

"祝你们幸福。"张秋霞老师说道。

……

"谢谢大家,谢谢大家的祝福。"文俊和筱枫面对众多亲朋好友及同事的祝福,他们一一致谢。

这时,一位年轻的小伙子拿来几个礼花筒,小孩子们一拥而上,拿起礼花筒朝文俊和筱枫喷去。两位新人的头上、身上挂满了彩带,筱枫犹如下凡的仙女一般,一位"送亲"的瘦高个从包里掏出一把糖果天女散花般地扔了一地,就在人们抢拾糖果的时候,文俊拉着筱枫就往屋里跑。没跑几步,几个年轻的小伙子猛地奔过来,一把揪住了文俊和筱枫。

"你们往哪儿跑?"两个小伙子扭住文俊的胳膊。

"哪能这么轻易让他把新娘领回去,背上。"文俊被压得蹲了下去。几个小伙子把筱枫往文俊跟前拉,筱枫羞红着脸,扭扭捏捏地不敢往前走。

只听有人喊:"背回去也不行,骑在脖子上。"新娘子筱枫一听更胆怯了,她拼命地挣扎,可怎么能抵得过几个小伙子。

一会儿,又有人说:"不骑也行,必须抱着入洞房。"说着几个人把筱枫推到文俊怀中。就这样,文俊家院中看热闹的人们笑得前仰后合。录像机、照相机一起记录下了这热闹的场面。

两个面容清秀的小学生,他们作为学生代表,双手捧着一束洁白的百合花送给文俊和筱枫并深情地说:"赵校长,林老师,师恩难忘,师恩永远珍藏心中。百合花象征着你们的爱情,白头偕老,永远幸福,百合花象征着你们的心灵都如同百合花那样纯洁、善良、正直、无私奉献。"

看到一个个天真可爱的孩子,听到他们那美好的祝福,文俊和筱枫的心醉了,文俊轻轻地把那两束百合花放在一个精美的花瓶中。

九十四

文佩留学归来　成建筑名师
设计宏伟蓝图　建盛世工程

　　文俊筱枫结婚后，两人开启人生新的旅程，他们相依、相偎、相伴、相扶。在所有的工作和家庭事务稳定之后，文俊最终决定，开始创作长篇小说。

　　"亲爱的，我觉得你应该写散文，读者读后可以培养他们对美的热爱和追求，让大家心中有一种正确而优雅的为人处世观。希望你有一天也能像林清玄一样出几本散文集。"筱枫望着文俊说道。

　　"筱枫，我还是想写一部长篇小说，因为长篇小说，适于表现广阔的社会生活和人物的成长历程，并能反映某一时代的重大事件，只不过它的容量大，情节复杂，人物众多，结构宏大，写起来还须下一番苦功夫。"

　　"亲爱的，不管怎样我都支持你，做你的贤内助，如果你是曹雪芹，我就当那个知心人——'脂砚斋'。"筱枫微笑着说道。

　　"好的，筱枫，我们一起努力。"文俊说罢就把筱枫紧紧地搂在怀中。

　　"一个是阆苑仙葩，一个是美玉无瑕……"两人正在卿卿我我之时，文俊手机铃声突然响起。

　　"喂！四伯！这么晚还没有休息呀！"文俊说道。

　　"文俊，你文佩姐他们的建筑设计团队的新世纪花园明天就要竣工了，你文佩姐明天也要回国了，明天你有空的话，来一趟市里行吗？"赵智问。

　　"好的，四伯，我明天开车过去。"

　　"四伯，我听说文佩姐设计完之后，又回英国去了。"

　　"是的，这是她博士即将毕业的时候，回国设计的第一个项目，她回到英国算是向那里的大学上交一个实践课题吧！她明天要从英国回来，她要亲

眼看看自己设计的项目，明天你去机场接她吧。"

"好的，四伯。"

"再见！"

"文佩姐回来了！"筱枫轻轻地推开文俊并惊异地问道。

文俊搂着筱枫笑眯眯地说道："说起我的这位姐姐，她的来头可真不小。她从小在城市里长大，四伯和四娘拿她当掌上明珠一样，含在嘴里怕化了，捧在手里怕碎了，不过我的这位姐姐并不娇气，她完全继承了四伯那勤奋刻苦的品质，她在北大毕业之后到英国去留学。听我四伯说，文佩姐在留学期间，一直勤奋学习，刻苦钻研，通过系统地学习掌握较为扎实的基础知识。由于她有着良好的学风和明确的学习目标，以优秀的成绩多次获得奖学金；课余时间，她积极参加体育锻炼，增强身体素质，积极参加学校开展的各项活动，继承和发扬了四伯那艰苦奋斗的精神，她的能力在各方面都得到了相应的提高。宝剑锋从磨砺出，梅花香自苦寒来，她通过不断地学习，使自己成为一个有理想、有道德、有文化、有纪律的学生，最终她以优异的成绩迎接挑战，为国家的建设贡献一份力量。她拿到博士学位后回国在一家建筑公司上班，后来经过几年历练成为著名的建筑师。"

"你们赵家的孩子个个都挺优秀的。"

"那是呀！不然你怎么嫁到我家来了。"文俊一边说着，一边又要亲筱枫。

第二天上午十一点三十分左右，文俊驾驶着他那辆灰色的大众小轿车前往谦州，他怀着激动的心情来到飞机场迎接即将回国的姐姐文佩。

谦州市飞机场在距市中心二十公里之外的北边，占地40平方公里，机场一期工程在文佩出国前全面开工，于半年前建成通航。一期建有一条长10000米、宽80米的南北向跑道，两条平行滑行道，120万平方米的停机坪，共有82个机位，货运库面积达15万平方米，同时，装备有导航、通讯、监视、气象和后勤保障等系统，提供24小时全天候服务。整个机场以银白色为主，人们第一眼看到的就是航站楼。航站楼外观呈弧形造型，采用目前最先进的大跨度钢筋结构、点式玻璃幕墙，有人把航站楼舒展的弧线比作一只展翅的大鹏，昂首欲飞。

不大一会儿，在机场的出口，身着黑色风衣，长发飘逸，戴着一副眼镜的一位三十多岁的女孩儿出现在文俊眼前。那是文佩，在国外几年，让文俊简直不敢相认。文佩那一双眼睛简直像浸在水中的水晶一样澄澈，眼角却微微上扬，纯净的瞳孔和眉型奇妙地融合成一种风情，薄薄的唇，不点而红。

文俊多次听四伯说，文佩姐专业水平过硬，责任心强，具有独立、协同及创新能力，她十年磨剑，不负韶华，最终回国！回国后，她的第一个作品就是在谦州市，临近龙江建造一处新世纪花园，成为谦州市的"城中之花"。

"阿姐，多年不见，今天一见，我能目睹到大建筑师的风采，真是荣幸。"文俊笑着对文佩说道。

"弟弟，你还好吗？这么多年没见，你一点儿都没变，还是那么帅气，那么温文尔雅。"文佩也笑着对文俊说道。

文俊开着车在上午十二点左右来到竣工典礼现场。

"四伯你好，特来向我文佩姐祝贺。"文俊激动地说道。

"文俊你能来就很好！你好好地看看，今后如果能写上一篇赋、记之类的文章就再好不过了。"

"好的，四伯。"

噼里啪啦的一阵鞭炮声过后，人们的掌声一阵接一阵，在阵阵的掌声过后，谦州市的副市长对工程进行剪彩，并发表了热情洋溢的讲话：

尊敬的各位领导，各位来宾，大家好！今天我们隆重举行谦州市新世纪花园竣工典礼，这是我市新兴城市建设的一件大事，一件喜事，我的心情和大家一样激动。在此，我代表市委市政府感谢大家来参加竣工典礼。工程在上周办结施工所有手续，建设施工各方均很好地履行了合同。我们在工程开工前进行了图纸会审，施工期间对施工单位提出的工程变更进行了认可签发。质量管理方面，本着"质量第一"的原则进行质量监督，在安全工作方面，我们认真学习各级政府部门颁发的安全生产法律、法规、条例，贯彻落实安全生产责任制和安全监督管理两个重点。

在此，我要向工程竣工表示最热烈地祝贺，向设计此项工程的我市著名建筑工程师赵文佩同志及奋战在工程一线的建设工作者致以诚挚的问候和崇高的敬意！并对在整个工程施工中付出艰辛劳动的工作者表示祝贺。向施工过程中给予我们大力支持的质监、地勘、监理等单位表示由衷地感谢！辛苦

大家了！谢谢大家！

这项盛世工程在建设的整个过程中，得到了社会各界的协作、配合和大力支持，才使这个工程得以圆满竣工。在这里，我要向做出各种支持、配合、帮助的单位和个人表示衷心地感谢！向对该工程建设给予理解、配合和支持的当地居民表示诚挚的敬意！

……

这位副市长的讲话完毕，众人纷纷来到美丽的新世纪花园，一幢幢的古典式阁楼与一幢幢西式风格的建筑镶嵌在一座天然的大花园中，让人仿佛进入了人间仙境并沉醉其中。整个建筑设计新颖时尚，颇受赞誉。文佩设计团队要求施工单位所使用的建筑材料要有很强的耐腐蚀性，施工方要选用不会被氧化的材料。楼内的柱子、门环、匾额等，为防止侵蚀，表面都贴上一层金箔。所有古典阁楼没用一颗钉子，全部用中国传统的榫卯结构，建造者巧夺天工。好一派迷人的风景胜地，好一个盛世杰作。

"文佩姐，谦州市这一世纪工程将永远珍藏在人民心中，这种'衔山抱水建来精，多少工夫筑始成。天上人间诸景备，题新世纪花园名'。带来的无疑是人们对于这一杰作的赞誉，这项工程令前来观赏的人们为之骄傲与自豪。传统的建筑工艺和西式的建筑风格无一不展现出中国建筑大师们的才华、智慧、想象力与执行力。该工程传递的是我们中国人强烈的民族自尊心、民族自豪感，从而激发了人们强烈的爱国主义情感，这对整个社会所带来的'正能量'是千言万语所不能表达的。"文俊说道。

"谢谢，谢谢弟弟的赞许，我会继续努力，不辱使命，为国争光。"

文俊参观后回到家中，他利用一个晚上的时间，精心构思准备写一篇《新世纪花园赋》。

九十五

文俊激情作赋 现大气磅礴

众人争相鉴赏 人潮如汹涌

新世纪花园竣工之后,文俊多次参观,他的双脚走遍了这里的每一个角落,为了不辜负四伯赵智的厚望,为了对阿姐文佩的这一伟大设计进行赞美,他回到家中反复思量,精心构思,拟定题目《新世纪花园赋》。

在一个晚上,当夜深人静的时候,文俊明晰思路,分清层次之后开始动笔,他灵感来时挥笔为此胜景作赋。

新世纪花园赋

庚辰之年,政通人和、万象更新,阳春三月,新世纪花园竣工,千万人民纷纷前来参观,众父母官、巨富商贾、文人墨客、市井中人、老中青幼翘首凝望,溢美之词,不绝于耳,极尽赞誉。余家贰姊,初出茅庐,呕心沥血,精心设计,成园大观;无数良工,血汗凝聚,励精施工,余有感于此,特作赋一篇,以酬建设者之艰辛,来贺新世纪之宏图。更为新政、新风、新世纪、新工程恭祝未来。

物华天宝、人杰地灵,政善之治,事善之能,动善之时,市中明珠,经济腾飞;政通人和,民风淳厚,百业振兴,以人为本;政教引领,改革首要;兴利除弊,振民育德。立德树人为向,培根铸魂为基,揽四方英杰举业,承传统之道恩泽。

予观胜状,市之中心,沐政治文化之氛围,享自然风景之洗礼,东临幢幢高楼之巍峨,西达龙江古寺遗迹之沧桑,北望芒山硕果之累累,南眺一马

平川之青青，面南而立，气势恢宏，此则新世纪花园之大观也。

阳春三月，龙江沙白，芒山果红。市之东建筑林立，巍峨高楼壮色添。谦州园林横空出世，玉宇琼楼拔地而起。极目远方，北面芒山入眼；放眼园区，八方灵气钟于此。园内枫林如火，溪桥纵横；惠风温柔，阳光妩媚。前来者，后往者皆感心旷神怡；神往者，闻听者全思美不胜收。

新世纪花园北居芒山之侧、山峰之巅，乃谦州之最高点，视野开阔，地势独特。南瞻一马平川，北望郁郁青山，东临一座座高楼大厦，西眺一江浩渺与天同源；紫气氤氲，翠色溟溟，空气清新，环境幽雅，堪称风水宝地。园区建筑面积2.4万平米，建有楼阁72栋。三年前春始，精心擘画，动工兴建，春秋三度建成，初具规模。园内亭台楼阁、奇石碑廊错落有致；红瓦灰墙、小桥流水交相辉映；奇花异草、茂林修竹扑朔迷离。基础设施齐全，文化氛围浓郁。景点繁多，外观奇特，落落大方。其中景观，诗中有画，画中有词，词中有景。身临其境，如在画中；思之幽意，神仙之境。生态文化和人文环境相得益彰，诗词曲赋和绘画琴韵自相结合，"乾坤"两卦内涵处处彰显文化化育大功，"天地人"三才统一和谐，巧夺天工，匠心独具。

天行健，君子以自强不息；地势坤，君子以厚德载物。两行大字镌刻两石醒目之处，为园中景色文化之首，独领风骚；人文景观之韵，凝心聚德。

园内有亭，风姿绰约，亭亭玉立，处处有香。四周鲜花与绿草同在，花红与柳绿相映。春来桃李芳菲，姹紫嫣红；夏至接天莲叶，一碧无穷；秋天桂子花开，十里飘香；冬季月季朵朵，红黄兼美。园内佳木葱茏，绿树繁荫，名树奇树应有尽有，翠竹婆娑幽篁森森；丝丝缕缕青藤缠绕。一年四季春常在，芳草如茵；年年岁人景观，鸟语花香。

世纪花园环境幽雅舒适，繁华与宁静皆因四时而不同，天下奇观名不虚传。由南入门，抬头可见"新世纪花园"四字榜书匾额，系著名书法家所书。大门两旁嵌以名家对联："天上人间诸景备，花园应生新世纪。"入门处喷泉，池水粼粼，琼珠乱撒，美其名曰"鸿鹄展池"，乃园内四水之一；另三水分别为"东山凤翔""西海潜龙""北冥鱼跃"。四池背倚四扇文化墙，皆有文人墨客撰诗词曲赋于其上，分别以古代词牌名命名为"望江南""水龙吟""满庭芳""行香子""蝶恋花"。园中大道往北前行，两旁绿树成荫，花草摇曳。缓步前行，左侧立一高楼，雕梁画栋，气宇轩昂，号"望月楼"。其门有联："月朗相望天上景；意深藏蕴世玄机。"楼后溪水淙淙，蜿蜒而下，注入"西海潜龙"池，其水清见底，冬暖夏凉。园内假山之一者首阳山，与得月楼辉映。夜幕降临，灯火与水色辉映，天地恍然一体，生态美景任你纵情享受，高雅生活听君自由品味。

庚辰之年，世纪花园全面竣工。阿姊团队邀余前往观赏，并为之作赋。余有感于阿姊创业精神及文化情结，欣然领命，遂来观之，殚精竭虑，庶竭驽钝，前往采风，作诗撰联，创意命名，特更名为新世纪花园。余即兴作赋，以纪其盛。

文俊作完此赋后，他把稿件寄给文佩，文佩邀请著名金石雕刻工匠把此赋刻于新世纪花园入园处的一块高3米的大石之上，刻完之后，前来观赏的游人纷纷投以赞许的眼光，大家争相抄诵。

"作者对文与道的关系持有新的观点。首先，作者认为传统文化与现实生活密切相关的。其次，作者文道并重。此外，作者还认为传统文化具有独立的性质。这种文道并重的思想有两重意义：一是把文学艺术看得与美学同样重要，二是把文学艺术看得与建筑思想同样重要，这无疑大大地提高了建筑学的地位。"一位戴着眼镜的教师说道。

"这篇赋写得大气磅礴，极尽作者之心血，当为后人写作之楷模。"

"这篇赋在写作上可谓上乘，写景抒情，质朴清新，语言意丰。此赋的写景抒情应为大家所推崇，状景写情，字字如画，句句入景，美丽感人。如：三年前春始，精心擘画，动工兴建，春秋三度建成，初具规模。园内亭台楼阁、奇石碑廊错落有致；红瓦灰墙、小桥流水交相辉映；奇花异草、茂林修竹扑朔迷离。这些文字全用白描，却给人清新之感，无华而传神，简洁而意足，给人以清朗透辟之感。全篇散文文化浓郁，写景的同时自然抒情，景语皆情语，水乳交融。"一位学者模样的人笑着谈论道。

"文中写到作者参观时的情景，真是'句句如画、字字似诗'，通过夸张与渲染，使人有身临其境之感；文中描写山水胜景，色泽鲜明，带有作者个人真挚的感情；巧用排比与对仗，又增添了文字的音乐感，读起来更增一

分情趣。"

"作者一定是位才华横溢,有极高文学修养之人。"

"这篇赋还有很强的感情色彩,作者观后慷慨陈词,感情激越;议论则低回往复,感慨淋漓;其他赞美更加注重抒情,肺腑由衷,情文并至。寥寥数笔,表达了作者对建筑人的辛勤劳动、认真态度的赞美之情,体现作者对设计师们高超智慧的赞誉,作者对祖国的繁荣昌盛的讴歌之情洋溢于字里行间,感人至深。在作者笔下,散文的实用性和审美性得到了充分的展示,散文的叙事、议论、抒情三种功能也得到了高度的有机融合。"

"作者写这篇散文不仅赞美了那些为建园而付出艰辛的劳动者,更讴歌了当今社会之繁荣昌盛。"

"作者对前代的骈赋、律赋进行了改造,不仅有对偶、限韵的多处出现,还以单笔散体作赋,创造了文赋。其名作既部分保留了骈赋、律赋的铺陈排比、骈词俪句的形式特征,又呈现出活泼流动的散体倾向,且增强了赋体的抒情意味。作者的成功尝试,对文赋形式的确立具有里程碑的意义。语言平易晓畅,晶莹秀润,既简洁凝练又圆融轻快,毫无滞涩之感。深沉的感慨和精当的议论都出之以委婉含蓄的语气,娓娓而谈,纡徐有致。这种平易近人的文风显然更容易为我们所接受。"

……

面对众多游人的赞誉,文俊并没有沾沾自喜,他只是觉得自己为文佩姐做了一件极平常的事,以尽姐弟多年之深情。

自从文俊的这篇赋镌刻在那块大石上,新世纪花园里,经常是人山人海,大家纷纷来此游玩,领略这绝妙的花园景色。

众多游人多次在春日里趁着风和日丽的天气,去参观新世纪花园。园内柳枝婆娑,身姿婀娜,风拂柳枝如老者的长髯。花园内的几处湖水微蹙,揉碎一弯金光。粼粼波光,倒映着众多名树那美丽的倩影。

从西边环抱着新世纪花园的是被誉为谦州市母亲河的龙江。到了夏天,龙江宛若一位慈祥的老人,把人们揣在河里,轻轻抚摸。天色渐渐暗下的时候,龙江两岸的灯都亮了起来,人们纷纷从家里走出来,带着愉悦的心情。渐渐地,人越聚越多,摩肩接踵,不断涌来,人挨人,人挤人,真是挥汗如雨啊!

龙江江边每隔一里处设有一个精致的亭子，亭子里坐满了人，人们望着烟波浩渺的江水，笑着、谈着。到了晚上，龙江便酣睡了一般，一切都让人感到温馨与宁静。深秋时分，龙江在飒飒秋风中如一位干瘦的老人，深沉而庄重。黄叶落水，随波漂荡。江水轻吻着温柔而多情的沙岸，似乎是在为它擦拭创伤。两岸的垂柳已不再枝繁叶茂，而是枝干叶寥，一切仿佛病态，连枯草，连沙丘，连那曾经巍然不屈的风景树也是萎靡不振。到了春天，百花争艳，树树葳蕤，河水淙淙，大家分明又看见了龙江强劲的骨骼，不屈的个性和昂扬的尊严。

九十六

深夜挑灯伏案 著书苦中苦
夫妻举案齐眉 人间第一情

  文俊自任明德小学的校长后,他的工作可谓是日理万机,然而他总是在百忙之中抽出时间来读书,而他毕生的一个梦想就是著书,写一部长篇小说。
  "枫!现在我们的工作和生活已经稳定下来,我准备开启小说创作之旅,只是这部长篇小说的主题我还要斟酌再三。"文俊望着筱枫说道。
  "文哥,我觉得小说的主体思想决定着剧情的走向,人物的发展变化。对于小说而言,主体思想最终还要受到小说的社会背景的影响,小说的主体思想是在作品中通过描绘现实生活图画、塑造艺术形象显示出来的。这部小说对你的人生成长来说是至关重要的,所以你在拟定这部小说的主体思想时应当考虑所介绍的时代背景究竟包括哪些年代,你应当先考虑作品所描写的时代背景。"筱枫说道。
  "我所创作的这部小说主要刻画事件和人物,事件有其必然的社会背景,人物思想行为也会有明显的时代烙印。站在一定的时空点看发生过的事情,才能完全理解偶然之中的必然。枫,我写的这部小说应当以当今社会为主要背景,有可能的话还要追溯到20世纪末,这样一来,时空会更远更阔一点儿。"
  "阅读小说对于读者的理解能力培养具有重要作用,通过对小说社会背景的了解以及深入探究,能够更好地帮助人们理解文本内的人物情感以及作者隐含的思想感情。因此,通过背景阅读能够有效提升读者对小说内容的熟悉程度,同时在其他文体的阅读和学习过程中也能够产生积极的促进作用。如果作品向上追溯,那么你是否需要去走访一些长辈和名人呢?"筱枫说道。

"没事,我在工作之余抽时间去拜访吧!而且这件事必须认真地去做,不能浮于表面。"

"筱枫,你也说说这部长篇小说的题目吧!"

筱枫沉思片刻说道:"你的人生共有三个梦想,你的人生始终都在追梦,都是在这滚滚红尘中不停地前行,这部书可以命名为《追梦人》或者《红尘路》。"

"《追梦人》以往曾出现过,有点俗套,还是《红尘路》比较新颖,那就定名为《红尘路》吧!"文俊信心满满地说道。

"文哥,书名已定,你的工作即将开始,在这里先祝你成功。"筱枫含情脉脉地望着文俊说道。

文俊陷入深思,小说第一要素就是矛盾。矛盾是所有故事的核心,戏剧张力的来源,也是吸引人的关键。矛盾由渴望与阻碍组成。比如一个故事的开头,主角要过马路,过马路是他的渴望。但是面前这条路坏掉了,正在施工,不准任何人过去。这就是阻碍了。渴望加阻碍,就形成了矛盾。矛盾让读者产生焦虑的心情,读者会不由自主地想,那主角到底该怎么过去呢?第二,行动,有了矛盾,就必须解决矛盾。主角过不去,他就得想办法,比如绕过去,或者找一个天桥或者地下通道过去,等等。总之,主角会采取行动去解决矛盾,这样,故事就展开了。第三,结果,有所行动就肯定有结果。假如主角选择走天桥,那他最后很可能成功到达了对面。行动的结果便是结局。假设主角选择硬闯,很可能会被施工人员拦住。那么这次行动的结果会开启一个新的矛盾。主角为了解决这个矛盾又得展开新的行动,新的行动有可能带来更糟糕的结果,于是故事就一直戏剧性地展开下去了。

"枫,写作,特别创作长篇小说对我来说是漫长而遥远,有的人认为,我写文章就像喝糖水一样轻松,其实他们的想法太单纯了,写作是一件苦差事,因为长期熬夜会给人带来种种抑郁倾向,痛苦而烦琐,甚至心里有些悲凉的成分。有的人可能会认为,作者以前无所事事,没有知心朋友,没有可以倾诉之人,更没有可以值得信赖的知音,生活索然无味,几乎可以说乏味,通过写作可以进行自我倾诉,自我宣泄,这其实也是一种片面认识。"

"文哥,写作这其中的苦与乐只有作者自己才能体会到,而你是把写作

当作生活的一个部分,一个与生活同行的习惯而已,一个与衣食住行同样的高度而已。"

文俊喜欢在夜晚创作,一来夜间安静没有太多嘈杂的声音,适合构思,二来不用像白天那样在房间内听见四面八方传来的声音,四周安静异常,适合写字,而且有时夜静之时灵感就像洪水一样无法收拾,一气呵成,文字在这一刻像流水一样成行成伍。

"早点休息吧!长时间熬夜对身体不好啊!文哥,你看那月牙已上树梢,你听那蝉也已熄声,天不早了,早点休息,掖好被子不准乱踢,做个好梦,愿你明天一睁眼就有蜜糖般的心情,晚安。"

"无论多么美丽的衣服,依旧要在天黑脱掉,无论多糟糕的结局,夜幕依旧画上句号。明天才是最重要,有一夜的安眠,就有愉快向你招手。别熬夜,早点睡吧。"筱枫诗意地对文俊说道。

冬天的夜晚,是最难度过的,文俊在晚上九点到十一点的时候,他总是独自一人伏案写作。窗外风声呼啸,室内温度较低,有时他的手冻得直哆嗦,他两手相搓之后继续写。

"文哥,对于前言,我发现你的手稿怎么还没有定下来,看垃圾箱内你投入那么多的废纸。"

"筱枫,前言的确难写,因为它是这部书的总领和意义,所以我非常慎重,我又起草一篇文章作为前言,你给把把关。"

扬帆起航,弹指间教育工作七八个春秋已过。忆往昔峥嵘岁月,我感慨万千。在我的人生中有很多很多故事已经模糊,然而那深沉的记忆却又慢慢把它们拾起,压在心底。时间长了总想把它变成一条江水,缓缓地流淌在大家的心田。多年了,与文字结缘,与写作相依相伴,搀扶着走过了多少孤寂和落寞的日子,也排解了多少剪不断理还乱的愁绪。

然而对过去的经历,我是不能放下,因为这段经历影响了我的一生。从满怀理想,到前途迷茫,从青春少年,到双鬓微染霜花,我始终是沿着那条天命决定的长路走着。我的人生,我的命运虽然不能完全掌握在我的手里,但我始终相信未来会有光明,会有美好的画卷。

我用心著作《红尘路》这本书。把其中一个又一个动人的故事变成一颗颗沙砾，铺在小说主人公历经的生活之路上。

……

"这篇前言写得不错，用词精准，表达了你的内心难以名状的心情，而且给大家带来了空前的心灵震撼和人生启迪，文哥，好的开头是成功的开始，继续努力吧！加油！"筱枫高兴地说道。

一天晚上，当筱枫来到文俊的书房，看到文俊两鬓不知何时已生出几根白发，她的内心忽然一阵疼痛，两行眼泪禁不住落了下来。

"文哥，你要注意身体！看！你的两鬓已经新添了几根白发，你在夜间少写一会儿好吗？"筱枫流着眼泪深情地望着文俊说道。

"筱枫，还是你最疼我，我会注意的，今后，我要合理安排时间，尽量不再过度熬夜。"文俊一边说着，一边用手轻轻地擦去筱枫脸上的泪水。

从那以后，筱枫每天晚上给文俊煮一碗牛奶作为夜间写作的营养和能量，筱枫总是很细心地把牛奶放入锅中，用大火加热煮开，然后关火，过一会儿再开火煮开，如此反复两三次，她把牛奶煮好以后，变温才让文俊喝下。

"文哥！趁热喝吧！不然容易拉肚子。"这是筱枫时常提醒文俊的话。

"娘！你看，咱们文俊真有福气，筱枫每天晚上亲自煮牛奶又端到他的面前，人家两个人真的是太亲热了！"文俊嫂子秋楠笑着对惠兰说道。

"说起文俊，他还真有福气，筱枫人长得好，人品也不错，对咱们家里所有的人照顾得都很好。"文俊娘惠兰也笑着说道。

就这样在筱枫的精心照顾下，文俊从事着最为艰苦的创作。风霜雪雨，几度寒暑，他甘之若饴，为了心中的那个梦想他不断地前行着，努力着。

九十七

广泛涉猎取材 走访不同人
留下宝贵足迹 汗泪也潇潇

多少个夜晚,多少个节假日,文俊总是在积累点滴时间从事着艰苦的创作。

"筱枫!这段时间我已经写了几回了,不过有的时候对于我来说确实有难处,现在的问题不是文笔太差,其实也好不到哪儿去,而是知识面太窄,见识也太少。不过还好,我知道了自己的不足,所以这一段时间以来我基本上没有草率地写。我想如果没有广博的见识和事实来支撑,那么作品恐怕是没有说服力的,同理,没有足够文化修养而创作的小说也很难成为经典。先这样吧,先易后难,我还是一边读历史类书籍,然后再研读唐诗、宋词、元曲,至于写小说我也不会停止,慢慢来吧,一口吃不成个胖子,我不能再眼高手低了,我对此吃的亏太多了。到如今我才感觉到自己知识的匮乏,到用的时候方感到捉襟见肘。"文俊认真地向筱枫说道。

"文哥!其实你真的是非常勤奋了,那'四书五经'你背了一大部分,还有那么多的古今名著,你读得也不少了,应该说知识储备相当丰富了。"筱枫安慰着文俊说道。

"枫,对一部小说来说,只有丰富的文学常识还远远不够,作者还须掌握一定的社会知识,比如风俗习惯、医学知识,待人接物,人文风俗,历史习惯等。"

"筱枫,我还真需要到外边去走访不同行业的人,特别是年龄较大的一些老人,去了解20世纪某些年代的社会生活状况,有时候还需要去拜访一些名医、艺人向他们去学习,掌握不同时代人们的生活情景。"

"文哥,你想的可真周到,我全力支持你的工作,学校的事情,我会多替你多担待一些,你抽时间就去访问吧!"筱枫望着文俊说道。

一次,文俊来到了一个鹤发童颜,精神矍铄的老人家里。只见他双手插在袖管之中,脸上纵横着岁月的痕迹,沟壑间满是无奈的胡茬,那瘦削的下巴下面有一撮胡须。

"王大爷你好呀!你的身体还真行啊!"文俊蹲下来,微笑着对着本村村西头的一位八十多岁的长者说道。

"唉!你是咱们村的那位校长吧!谢谢你来看我。"王大爷笑着对文俊说道。

"王大爷今年高寿?"文俊笑着问道。

"孩子,今年我整整八十五岁了。"那位王大爷一边捋着胡子,一边笑着说道。

"王大爷!请你说一说二十世纪六十年代的生活状况好吗?"

"六十年代呀!"王大爷突然停顿下来,两行眼泪却从脸上流了下来。

文俊急忙从上衣口袋里拿出一个洁白的手绢递给王大爷。

"孩子,说起那个年代可真是苦呀,二十世纪的六十年代,旱灾、瘟疫、蝗灾常常饿死人,大家都吃不饱饭,我都亲眼见过。不过这些事我不再害怕,现在党和政府领导得多好啊,就是来了灾难,我们只要在政府的领导下也能渡过难关的,这样的场景不会再次出现,不可能了,不可能了。"

说完这句话,王大爷长长地舒了一口气,他接着说道:"那时的人们基本上吃不饱,一年当中只有在过节的时候能吃上白面,每年大约能分几斤花生。至于灾难期间,吃不着粮食。树皮、榆钱叶、野菜等大家所能想象到的,想象不到的都吃了,我们那时候的人都吃过那样的苦。"

"谢谢你王大爷,你先忙吧!祝你生活愉快,健康长寿。"文俊微笑着对王大爷说道。

文俊来到了王家村一位李奶奶家里:"李奶奶,你屋内的这两张照片一定保存很长时间了。"

"孩子,好孩子,这张照片的故事说来话长啊!那是七十年代的农村,欣欣向荣充满斗志的生活场景。军民齐心,大搞农业生产。农业生产活动热火朝天,人民公社社员们誓要把荒地变良田。那宣传语格外醒目:水利是农业的命脉。那段时间,全国修建了大量的水库。我还留有当时我自己的一张

照片。"李奶奶回到屋内拿出一张照片来。

"这是我当年的照片。"

"李奶奶,当年你可真能干啊!"

"是的,孩子。"李奶奶自豪地说道。

"照片里的几个姑娘是二十世纪六七十年代农村姑娘的典型代表,他们抡锤打钎,开山点炮,活跃在各个工地,发挥了'半边天'的作用,展现了那个年代的时代精神。"

"谢谢你,李奶奶。"

文俊为了解中医药知识,他又来到大哥文贤的家中。

"大哥,你好!"文俊笑着对文贤说道。

"兄弟,今天怎么有空了,你平时在学校也是挺忙的。"文俊儿时的一位要好的哥们儿笑着说道。

"今天我是特地来看看我大哥的,我们平时太忙了,没有时间说话,今天来看看大哥和嫂子。"文俊也笑着说道。

到了中午时分,文贤送走了最后一名患者后,他端坐在诊所那张专门待客的长方形桌子上。

"兄弟,今天你怎么有空来哥这里?中午别走了,让你嫂子做几个菜,咱哥俩好好聊聊。"文贤笑着对文俊说道。

"大哥,我今天来还真有事要请教你的,我想请你给我讲一下中医治病的一些基本理论。"

"文俊,你哥俩先坐下,我去做饭。"文俊的大嫂说道。

"兄弟,哥佩服你写作的才华,我想你是为了写小说而来感受生活的吧!"

"还是大哥了解我呀!今天你给兄弟好好讲一讲中医的基础理论吧。"

"中医学是在中国古代的唯物论和辩证法思想的影响和指导下,通过长期的医疗实践,不断积累,反复总结而逐渐形成的具有独特风格的传统医学科学,是中国人民长期同疾病作斗争的过程中所积累的极为丰富的经验总结,具有数千年的悠久历史,是中国传统文化的重要组成部分。"

"大哥,你还是讲一些具体理论吧!有时间我一定拜你为师,好好学一学。"文俊笑着对文贤说道。

"好的,那我就从一些具体的概念讲起吧!"

"好的，大哥。"

"兄弟，韩愈的《师说》中有这样一段话：圣人无常师。孔子师郯子、苌弘、师襄、老聃。郯子之徒，其贤不及孔子。孔子曰：三人行，则必有我师。是故弟子不必不如师，师不必贤于弟子，闻道有先后，术业有专攻，如是而已，你我皆是术业有专攻啊！"

"大哥，我真的没想到，你的记忆力如此之好，难怪你医好了小姑。"文俊笑着说道。

"兄弟，你大哥不光是记忆力好，主要是他和你一样有一种雷锋的钉子精神，整天没事就钻研中医理论，而且还不停地向一些老中医求教，你们兄弟的刻苦精神都是一样的。"文俊嫂子青莲说道。

"嫂子，还真得谢谢你对我们兄弟的器重和赏识。"文俊笑着说道。

"好了，文俊先吃饭吧！随后你们再互相恭维，互相讨论吧！"文贤笑着对文俊说道。

"大嫂，你的手艺真好，做出的菜也是色香味俱全，我大哥真是有福气。"

"你也有福气啊，娶个神仙似的媳妇，没事整天偷着乐吧！"

"哈哈……"

九十八

五年终成一书 一梦《红尘路》
多家出版采纳 影响达全国

  文俊白天工作,夜晚伏案写作,节假日出访,暑去寒来,日复一日,年复一年,转眼间又是五个年头过去了。文俊在筱枫的帮助下,穷五年心血著成《经尘路》一书。虽说是文俊写出,但书中有多处皆有筱枫的校对和修正。

  文俊望着自己五年来的这部作品,他凝视良久,笔耕不辍的他用了整整五年时间写成这部长篇小说,虽然已向几家出版社投稿,但是很长时间未得到出版社通知出书的消息。对写作的执着和那个崇高的理想始终激励着他,让他不能灰心丧气,因为他为了这部作品付出了很多很多。

  "文哥,你的心愿终于完成了,看,这五年你的白发增添了许多,容颜也憔悴了许多。"筱枫望着文俊深情地说道。

  "枫,其实这五年来,我最要感谢的就是你,没有你的鼓励和支持,没有你对我的无微不至的关怀,怎能有我的今天呢,怎能有这几十万的文字呢?"文俊说着再一次把筱枫拥入怀中。

  "这个世界绝大多数人都应该可以成为小说家的,因为他们都有一个没有讲出来的故事,只要他们学会把藏在心里的故事讲出来,那么每个人都是出色的小说家。"

  文俊在《红尘路》写完之后,前后修改了五遍,最后定稿后投向五家出版社,最终在南湖省的一个全兴出版社公开发行。发行后在当地和谦州引起了巨大的轰动,产生了很大的影响,又过一段日子,文俊在许多文友的支持下举办了签字售书仪式。

  国庆节这天,天高云淡,伴随着优美的旋律,聆听着那深情动人的歌曲。谦州市青年教师赵文俊的长篇小说《红尘路》签名售书仪式在本市最豪华的新天地大酒店举行。谦州这座百万人口的城市虽然在南湖省还不算最有名气，但那浓荫覆盖的大街小巷、别具一格的城市建筑，以及本省有名的几所大学所烘托出的人文氛围，还有那环境怡人的新世纪花园使生活在这里的人们每天都过着舒心的日子。而今天，人们似乎比以往更兴奋、更幸福、更热闹。不光是国庆节的喜庆笼罩在各条街道上，也不光是难得的假期使人们忘了多日以来的辛苦。当然，这些也都是不可缺少的元素。然而，真正使这个节日不同寻常的还是那颇为隆重的签名售书仪式，更有本市著名作家赵文俊和诸多文友的烘托相助。

"谦州节日浓，车如流水马如龙"。自红日东升始，新天地酒店已经有人开始忙碌起来，及至九点钟左右，爆竹声响过，雷鸣般掌声紧随。新天地酒店是一家五星级豪华酒店。晶莹明亮的瓷砖、弯弯曲曲的碎石甬道，树茂竹秀、曲径迂回、绿坪如茵、蝉鸣虫唱，景致典雅集江南园林之精巧。与主楼相隔的是一潭人工湖，像一颗翠绿的宝石镶嵌在新天地酒店的一方。美丽温柔的人工湖景色入目而来，湖水清澈见底，秋风习习，波纹条条，像一幅迎风飘舞的绸。在阳光的照射下，伴着跳跃的阳光，金光闪闪的，十分耀眼。湖静的时候宛如明镜一般，清晰地映出绿茵茵的柳树，蔚蓝的天，白色的云，真像一幅美丽的山水画。这里的天空是纯净的，空气是纯净的，涌入你眼帘的一切都是清新、明亮、鲜活的，让人身心愉悦。在人们的一片欢呼声中，在那一双双期盼的眼神中，四十岁左右，中等身材，面白如玉，风度翩翩的赵文俊老师走向主席台，向大家挥手致敬。他坐在本市副市长、市委宣传部部长、文联主席、出版社社长、谦州师院校长等几位领导的旁边。这时，一位二十岁左右的年轻人用他那浑厚富有磁性的男中音向大家宣告。

"各位领导、各位来宾，大家上午好！今天，在这个美好的节日里，我们相约在这环境优雅、令人瞩目的新天地酒店共同参加赵文俊老师的签字售书仪式。我相信，此时此刻，大家和我的心情一样沉浸在无比的幸福和喜悦中，接下来请赵老师向大家致辞。"

一阵热烈的掌声过后，赵文俊深情地说："寻寻觅觅、真真切切、年年暮暮朝朝。我一直都在为寻觅真情而写作。文字里走过了多少个春夏秋冬，那如诗般的记忆，闪耀着童年的身影、成长的历程、对未来的憧憬。文字里留下了多少个耐人寻味的故事，让人魂牵，更让人梦绕，因为这些点点滴滴

的故事或多或少留下我们成长的足迹。感谢大家一直以来对我的关注和鼓励，如果没有大家的支持就没有我的今天，也没有小说《红尘路》的成功创作，再一次向大家表示崇高的敬意和深深的谢意。"

文俊的话音一落，记者蜂拥而至。立刻，无数个镜头对准了他，那些记者开始向他发起了疯狂的追问。

"赵老师，许多作者是受了某部文学作品的影响，而后走上文学创作之路的，所以，在其第一部作品中，会有明显的模仿痕迹。随着你的写作技巧的逐渐提高和成熟，模仿的痕迹会越来越不明显，直至形成作者自己的风格，那么你的这部作品是否也在模仿以往的名著呢？"

"赵老师，每个作者性别不同，性格不同，年龄不同，思维不同，视角不同，经历不同，其作品的风格往往不同。女性作者很难写出波澜壮阔、场面宏大、大气磅礴的作品，男性作者又很难写出清秀明快、意境优美、感情细腻的作品；性格内向的作者很难写出粗犷、豪迈的作品，性格外向的作者很难写出内敛、精细的作品；上了年纪的作者很难写出穿越、玄幻之类的网络作品，而你这么年轻却写出如此厚重、深刻、沉稳、有内涵、有思想的作品，请问你的作品受哪些文学作品的影响比较大？"

"赵老师，过去，你曾'躲进小楼成一统，管它春夏与秋冬'，经常一个人独守窗内，体味人生百态、悟道、思索教育教学之道。今后，你出名之后还会一如既往吗？"

"赵老师，听说你的爱人在你著书的过程中也付出了艰辛的劳动，请你谈一谈看法。"

"赵老师，过去，爱好写作的人比较少，一部《红楼梦》就可以让数亿人追捧几十年。现在，文学爱好者越来越多，写作水平大幅提高，各种文学书籍让人眼花缭乱，许多文学专业的作者虽然生活经历简单，对事物的认识比较肤浅，但文字功夫却不同凡响，如果给老作者的作品贴上一个'厚重'的标签的话，那么，给年轻作者的作品贴一个'华丽'的标签是非常合适的。但是从你的这部作品中我们却看到一个年轻作家的深厚的文学造诣和独特的艺术风格。"

"赵老师，请问小说中的主人公的经历和你相同吗？"

"赵老师既然长篇小说是讲故事，那么，你的这部长篇小说创作的第一要素就是要有故事。我们常说，文学创作来源于生活。其实，长篇小说与生活更为贴近。那么《红尘路》这部长篇小说叙述的事件是你曾经经历过的吗？请你谈一谈。"

"赵老师，在你所写的这部小说里，那么多的事件与历史类似，与现代的和未来的事相吻合。书中那些已经发生的，正在发生的，可能会发生的故事很多很多。这些故事里，有的是真人演绎的，有的是经过艺术加工的，有的是凭空杜撰的。请问这些事有没有你亲身经历的？"

"赵老师在你的这部作品中，不管哪一类故事，你都做到了刻画人物性格突出，个性鲜明，可读性更强，因此很受读者喜欢，这是一部出色的作品，一部优秀的长篇小说，请问你为什么要创作这样的作品？"

"赵老师，在你的这部作品中通过跌宕起伏的故事情节，写出一个人的发展历程，作品中虽然没有像描写战争那样的残酷现象、没有记叙人们永不满足的私欲、更没有过多地体现人与人之间的钩心斗角，那么你在这部作品中倾注了什么样的思想感情？"

"赵老师，你好，我是谦州日报的记者，请问你的小说《红尘路》将要改编成电视剧《今生无悔》，读者越来越多，请你谈一谈文学的影响力和电视剧的影响力有何区别？"

"赵老师，据我所知，你是一位德艺双馨的作家，你和你的爱人一直是举案齐眉、相敬如宾，你能谈一谈你幸福的爱情是如何保持的？"

"赵老师，听说你的小说还要拍成电视剧，请问你会担任电视剧的编剧吗？"

"赵老师，今天参加售书仪式的人摩肩接踵，你的粉丝如此之众，你的成功让你的大名传播甚远，请问你的成功之道是什么？"

"赵老师，听别人说，谦州师院将要聘请你为文学院的院长，你还会在明德小学继续任教吗？"

……

面对众多记者的发问，文俊一一从容回答。待到众多记者离去，读者和粉丝排起了长龙一般的队伍，焦灼地等待购买赵文俊签了名的小说《红尘路》。

九十九

文俊谢绝高升 一心为教育
双悦人文风清 政通人和谐

　　自从《红尘路》这部小说出版之后,赵文俊的名字在谦州可谓是闻名遐迩。这部作品中也多次涉及教育理念和教育艺术的创新问题,因此这部小说也在教育界引起了巨大反响。当清辉县县委书记和县教体局局长阅读后,他们对赵文俊很是敬佩。

　　在一次县教体局组织的教育重点工作推进会上,县委领导和教体局领导及全县各中心学校校长、各中小学校校长聚在一个能容纳一千人左右的大厅里召开一次盛大的会议。

　　"赵文俊校长是一个完美主义者,他把自己对教育事业的追求当作自己的毕生追求,他心甘情愿把自己的青春热血浇灌在教育事业的百花园中;他更是一个理想主义者,是一个具有诗意情调和教化人心的现实主义者,是一个充满责任意识的人道主义者。赵老师把自己的注意力放在对人物的内心世界的表现上,充满对爱情、友情、亲情等美好的人类情感的诗意描写,虽然从艺术上看,他的描写有时显得苍白,甚至存在着一定的问题,但故事情节在他的笔下却是那么真挚、那么朴实、那么感人,我为赵文俊老师的这种执着的精神而感动,希望他今后还能写出更加理想的作品来。"清辉县县委书记洪秀彰在这次会上对文俊进行了表彰。

　　"他镇定而自信,他知道自己在写作的道路上要面对什么样的困难和考验。他经受住了考验,用他的话说,就是没有被孤独、疲惫,甚至是心力憔悴'裹挟而去'。他获得了成功,得到了赞许和奖赏,但他也经常被人误解,甚至被他人嘲笑。就整体来看,他朴实而亲切的才华充满了一种强大的道德诗意和美感力量，这是一种在我们这个时代非常稀缺的精神，因此很值得我们每一位教育工作者重视和学习。"清辉县教体局局长在大会上发表了热情洋溢的讲话。

这次会后，县委抓教育的李县长向教体局提议，准备让文俊来到县委出任自己的秘书，他们一起为清辉县的教育发展贡献力量。县委、县教体局领导经过开会讨论，最终决定让文俊来到清辉县县委出任那位抓教育工作的李县长的秘书。

"赵校长，经过我们多方考察，你是一位德才兼备的好教师，才华出众使得你在教育改革的过程中得心应手，高尚的品格使你良好的教师形象影响着众多的教育工作者，对教育执着的精神激励着广大教师积极进取、无私奉献，所以我们商议并推荐让你出任李县长的秘书。"清辉县县委书记洪秀彰说道。

"洪书记！首先我要感谢县委的所有领导对我的关注、关心、鼓励、认可、支持，正因为在县委领导、县教体局的英明决策和指引下，我通过自己的努力才取得了这么一丁点儿、微乎其微、微不足道的成绩，不过洪书记，我还须回去再考虑一番，然后再给你回复好吗？"文俊一边握着洪书记的手一边激动地说道。

文俊回到家中，他把这个消息告诉了家人。

"咱们老赵家可以啊，上一辈儿出了赵智这个农业局局长，这一辈又出现文俊这个县长的秘书，虽然说在县里工作暂时当秘书，那也是在县里工作！"赵义高兴地说道。

"文俊，你就不要再犹豫了，赶紧上任吧！好好工作，干出个名堂来，也为咱们老赵家增光。"文俊三伯赵礼说道。

赵明看到几位哥哥争相夸赞自己的孩子，他虽然不急于表态，但是他那张饱经沧桑的脸上却始终洋溢着幸福的笑容。

"孩子，你能从一个农村小学的校长直接荣升为县长的秘书，这的确是一件令人高兴的事，如果你当上了县长的秘书，就要配合李县长干出个样来，让咱们清辉县的教育有新起色，新成就。"文俊大伯赵仁语重心长地说道。

"各位伯父！大家好，大家对文俊的期望和厚爱我们都心领了，可是自

从文俊从县里回来后,他始终没有感到一点儿轻松,反而心事重重,因为他最初上大学时的梦想就是要做一名普普通通的人民教师,然后著书立说,通过文学来唤醒人们,教化人心,就这些已经足够了,我想该何去何从,还是让他来决定吧!"筱枫望着大家微笑着说道。

"筱枫啊,现在是一个很好的机会呀,能在县长手下当秘书,你们知道吗?有多少人削尖了脑袋,挖控心思,送礼走后门去争取,咱们有这样的大好机会,你们一定要把握住呀!"赵义望着文俊和筱枫说道。

"二伯,我知道你是为了我好,但是容我再考虑一番吧!"

文俊经过再三考虑,最终下定决心,自己还是留在明德小学任教,直到退休为止。

文俊回到明德小学,明德小学的全体师生就像欢迎他当初刚来时的样子,文俊看到众多老师和学生那一张张熟悉的脸庞,他激动地流下眼泪。

"校长好,校长好……"同学们热情地喊道。

"同学们好,同学们好……"文俊一边挥手,一边向同学们问好。

文俊回到学校后,他将国学教育进行到底。在他的倡导下,校委会确立了学校的总体目标:营造浓郁的学校文化氛围,构建学习型学校,突出"国学文化"建设,确立"终生学习、学习为本、工作学习化、学习工作化"的学习理念,构建和弘扬"热爱国学,享受阅读,亲近经典,奠基人生"的特色办学之路;提高全校师生的综合素质,养成良好的学习习惯,全面提升学校创新力和竞争力,促进学校的可持续发展;加强特色学校建设,走内涵发展之路,把明德小学建成一所特色鲜明、教师队伍充满活力、学生高素质发展的现代化小学。

"筱枫,明天县电视台记者来采访,你来回答他们的问题好吗?"

"文哥,这样恐怕不妥,你是学校的法定代表人,再说你也算是一位名人,如果你不出面,会给别人留下口舌,说你架子太大,你看?"

文俊听了筱枫的话后,沉思片刻,说道:"好吧!还是由我接待吧!"

"赵文俊,你还好吗?"身为清辉县电视台记者的蒋心怡微笑着对文俊说道。

"老同学,是你啊!你还好吗?"文俊望着面容清秀、风采依旧的蒋心怡，他紧紧地握着她的手说道。

"赵校长！我，我一言难尽啊，听说你结婚了，还娶了一个红颜知己，祝福你们啊！"

"你一定很好吧！现在已成为咱县有名的大记者。"文俊笑着说道。

"文俊，只要你能幸福，我就心满意足了。"蒋心怡说话时勉强露出笑容。

文俊微笑着说道："祝你工作愉快，天天有个好心情，永远幸福，今天我们欢迎你的到来，希望聆听你的指导。"

蒋心怡抖擞精神开始工作："我是清辉电视台的记者，我叫蒋心怡，请问你的第一部书出版后，还会创作第二部、第三部吗？"

"谢谢你的关注，如果有时间，我还会再写作的。"

"赵校长，你是一位'敢闯敢干''富有创新精神'的年轻校长。咱们县里，现在有很多校长年轻气盛，自然不乐意躺在前任校长的'功劳簿'上。咱们县里和镇里的一些学校都在经过磋商另辟新校区，扩大学校规模，将学校'做大做强'，对这一现象你有何看法？"

"时下，'做大做强'的观念在不少地方还是颇有市场，它与某种念歪了的'更新观念，大胆创新'相契合，又与不少领导的'政绩观'合拍。一些学校这样的新计划很快得到批准，虽然政府只负责征地，这些学校还要自筹资金进行校园建设。学校领导预计，凭借学校在当地的知名度和在全县或全镇教育中所处的有利地位，日后还上这笔债务应该是"小菜一碟"。我也听说后来那些新校园拔地而起，学校陷入了财务危机，光偿还贷款的利息每年就有很多。资金来源上出了问题，可是支出却是一样都不能少，巨额的银行贷款需要偿还，扩招后日益庞大的教师队伍还需要发放工资、津贴、奖金，这些款项长期拖欠会直接影响教师们的工作积极性，进而影响学校的教学质量。"

"赵校长在你看来，学校'做大'似乎并不难，然而'做强'却不是一件很容易的事。一些学校规模扩大之后，在录取学生时受到了'利益驱动'的影响，生源质量明显有所下降。对于这种情况，你是怎样看待的？"

"学校迅速'做大'，但并没有达到'做强'的目标，这应该给我们的学校及教育主管部门决策者一个深刻的教训。尤其对于经济条件落后的学校

而言，一旦脱离本地实际，盲目地做大做强往往会得不偿失。"

"赵校长，你对学校的发展有何感想呢？"

"大学者，非有大楼之谓也，有大师之谓也。大学如此，中小学又何尝不是这样，'硬件'再'硬'，如果'软件'特'软'，又怎能打造出名牌强校。本人倒是很欣赏这样一些传统名校：小巧精致的校园，古朴典雅的环境，勤奋的学子，雄厚的师资，稳定的生源，不会为了利益驱动而扩招，也不会为了盲目攀比扩大规模，这才是师生的精神家园，是喧嚣的'教育产业化'大潮中的一方净土，是教育园地中真正的守望者。"

"谢谢你，赵校长，你是一位真真正正的教育家，我为清辉县有你这样的教育人才而感到骄傲和自豪！"

"谢谢鼓励，谢谢你的认可。"

采访完毕后，蒋心怡依然含情脉脉地说道："文俊，祝你好运，我会把我们的情谊永远珍藏在心中。"

文俊望着蒋心怡离去的背影，他的心情轻松了很多。

明德小学终于在国学文化传承上走出一条不同寻常的道路，明德小学这一办学特色以星星之火在全镇成燎原之势，经典文化教育在明德小学的影响下走进全镇各个中小学校，全镇的国学教育如火如荼地进行着，最终又影响到全镇各家各户。

双悦镇风清气正，政通人和，一个文化底蕴丰厚的强镇如一颗启明星闪耀在清辉县乃至整个谦州市蔚蓝的天空中。

一百

赵家齐聚一堂 清明节祭祖
家风代代相传 世世永不忘

  双悦镇在明德小学的影响下，振兴教育、民风淳厚、政通人和，赵家村在内的三十多个村都沐浴在这风清月朗的环境中，家家幸福安乐，户户睦邻友好，村与村交流不断。

  又是一年五月天，赵家村的五月，槐花如雪，阵阵槐香让人陶醉，赵家村又恢复了她往昔的模样！槐花含羞待放，一朵朵，一串串，一簇簇，在一片片嫩绿的叶子中。村民在村中那纵横交错的小路上漫步，一阵阵清香随风荡漾，令人感到格外清爽。槐花的花朵很特别，小小的白色花朵在还未开放时扁扁的，一串一串的，像白色的葡萄挂在树上。槐花中心的花蕊是浅黄色的，轻轻地点缀在里面。槐花开满枝头，让前来观赏的人们有一种这样的感觉，槐花树绿中透着白，白中透着绿很是奇妙。赵家村的槐花进入盛开的时候不仅花香四溢，那采摘的情景更令人流连忘返。然而最让人沉醉的还是老赵家的家风，赵家人的一言一行、一举一动总是影响着整个村庄。

  走进赵家村，葱茏的绿树、整洁的房屋、干净的村道、耕作的村民，勾勒出一幅村容整洁、环境优美、生活幸福的新农村画卷。

  近些年来，赵家村致力于美丽乡村建设，大手笔进行硬件改造，村容村貌焕然一新。

  一天，林筱枫的爸爸作为一名投资商来到赵家村，新上任的村支书赵文青向前来考查的一行人汇报。原来林筱枫的爸爸在开发一栋新楼的过程中得了一场重病，跟随他多年的那位年轻漂亮的女秘书看到他大势已去，就带走了公司的一大部分资金偷偷地离开了他。在这万分危机的时刻，筱枫的妈妈

不计前嫌来到他的病床前精心照顾，后来这位奄奄一息的地产大亨竟奇迹般地转危为安。他病愈之后，想到筱枫妈妈对自己多天的照顾，他感到万分愧疚，最终，他浪子回头，终于回心转意回到了筱枫妈妈的身边，筱枫和文俊一直为这事感到无比的幸福和欣慰。

"林总，不，林叔叔，近几年以来，赵家村制定了文明家庭、身边好村民、文明家庭、最美庭院考核评比。我们村以小组为单位，由组长、党员、志愿者组成评选小组，广泛开展评选活动，共评选出文明家庭120户，身边好人好事50人次，文明家庭130户，最美庭院10户，我们村制定了定期进行督查一月一总结的长效机制。赵家村村委会制定的评比办法出台后，全村人民积极参与，形成了积极向上的浓厚氛围。村里适时通过道德讲堂，推介好人事迹，宣传文明新风，营造了和谐文明的新风尚。在赵家村，一些活跃的志愿者积极开展志愿帮扶、爱心慰问、移风易俗等活动，在潜移默化中引导群众崇德向善、见贤思齐，让社会主义核心价值观入脑入心。"

"你好，赵书记，文青，你们村发展空间很大，我们回去后及早商议，一有机会马上过来投资，把你们村变成全国最美丽的小康村，并发展成为双悦镇的一个旅游景点，让很多人前来参观。"

"谢谢，谢谢……"

转眼间一年一度的清明节即将到来，赵家的族长赵仁召集大家商议清明祭祖的事。

"各位兄弟、弟妹、孩子们，再过两天就是清明节了，清明祭祖对于我们赵家来说是一件大事，可能大家平常忙于工作，忙于生活使得我们相聚较少，但是清明祭祖这件事不能淡化，我希望大家要坐下来好好商量一下相关事宜。"赵仁面对着几个兄弟和众多的孩子说道。

"我们还是在清明节这天，把赵冰、赵清、赵玉三个妹子都请过来，如果几个妹夫有事不能参加的话，几个妹妹是必须来的。"赵义说道。

"大哥，二哥，三哥，老六，我想我们还是提前将清明祭祖需要准备的东西按照分工布置下去，让大家都提前准备好，一方面是对先人的尊重，另一方面让祭祀物品准备得齐全一点儿，不要漏下任何一件。"刚从城市回来的赵智认真地说道。

"明天我们需要买一些祭祖的必备物品，按照老一辈的说法，香烛要准备一些，饭菜、素酒也要准备。"赵仁补充说道。

"大哥，再准备点儿点心和水果吧！这些祭品也是常用的。"赵明说道。

"好的，老六，不过明天你负责把妹妹、妹夫给请来。"

"好的，大哥！"赵明爽快地说道。

"清明时节雨纷纷，路上行人欲断魂"。清明节这天清晨，天空下起了细雨，绵绵长长，淅淅沥沥，丝一般纵横交错成一张雨织的网。那网中央盘踞的是赵家所有人的思念和惆怅。

"爹，娘，你们儿子、女儿、孙子、重孙子来看你们二老了，如果二老在天有灵，请你们也看看咱们老赵家的孩子们吧，他们个个有志气，有成就。"赵仁在二老的坟前哭着说道。

"爹，娘，我们都来看二老了，咱们老赵家现在是人丁兴旺，人才众多，这都是托二老的福啊！"赵义也跪在坟前说道。

赵礼跪在二老的坟前，磕了几个头，默哀两分钟。

"娘，娘，娘，我们来看望你了。"赵冰、赵清、赵玉哭着说道。

赵智跪在二老的坟前哭着说道："娘，我那含辛茹苦的娘呀！如果你俩在天有灵，请保佑咱们赵氏家族兴旺发达，未来可期。"

万物复苏的春天，静静地来，野草青青，长得葳蕤，在这个特殊的日子与风低语，与雨呢喃，它们仿佛也在祭奠着大地母亲，为大地母亲哭泣着，悲哀着。清明的雨，欲断的魂，汇聚的是谁的眼泪？闯进这雨中，除了小孩们，伞对大人来说那是多余的，任雨丝沿着发梢滑落，微微地湿了肩头，湿了眼角。擎一炷香，在坟茔前点燃，没有袅绕的烟，几颗亮点在雨中明明灭灭。

不大一会儿，那丝丝点点的雨停了下来，那暖暖的太阳缓缓地升起来了。赵母离开赵家老小已经三十多年了，在这三十多年里，赵家的老老少少不知道用多少滴眼泪表达了对赵母的怀念之情。有时不得不去相信命运，有时不得不相信眼前的一切，这就是事实和现实！

赵家更是讲究仁、义、孝、礼的一家，先祖是他们的榜样。在这传统节日里赵家所有的子孙聚在一起，在赵家的先祖坟墓前进行祭拜，慎终追远。

赵家在赵仁的带领下再一次对着那些坟墓行礼，赵仁、赵义、赵礼、赵

智、赵明几个人拿出供品虔诚地摆放在先祖们的坟前。

"爷爷！这么多年来，我一直秉承你老人家的行医之道，救死扶伤、医道天德，请受孙儿一拜。"文贤在赵母和赵世长的坟前虔敬地施礼。

"爷爷，奶奶，感谢你二老为咱们老赵家树立一面旗帜，我们晚辈都在这面旗帜下健康成长、茁壮成长。"文忠说完，他打开一瓶酒恭恭敬敬地祭奠爷爷和奶奶。

"文俊，你四伯让你写的祭文，你给大家念一念。"赵仁望着文俊说道。

"好的，大伯。"文俊一边说着，一边从衣兜里掏出一张精美的稿纸来。

文俊当着众位亲人的面，大声朗诵：

"大树有根，叶茂根深。吾祖世长，祖母贤德，患难与共，择居双悦。不失其所，逝而无亡。颐山挺秀，书香华章。东临泰溪，沐浴恩光。西入神亭，飞黄腾达。赵氏后裔，立志四方。和亲睦邻，修德行善。忠孝节义，知恩情感。

遥思溯源，赵氏一门，二百余载，历尽沧桑。战乱不断，无法还乡。几年天灾，扰我家乡。记吾宗谱，祖冢未荒。改革开放，国富民强。续修家谱，源远流长。赵氏后裔，为国争光。南北合谱，东西来商。科技发达，社会进步，道路通达，谦州洋洋。

清明祭祖，齐聚一堂。告慰吾祖，永赐吉祥。承前启后，家族兴旺。后裔子孙，事业做强。保佑我族，万代隆昌。吾祖有灵，福泽千万。愿吾祖庇佑恩泽后世，世代荣耀，赵氏先祖精神光照千秋，建设重任期待后人，赵氏族人同心同德，携手并进，共创辉煌。

"爸爸！为什么大家都跪在地上，还有爷爷怎么哭了？"文兴六岁的儿子，文俊的侄子赵元申向文兴问道。

文兴抚摸着儿子的头说道："孩子，将来你长大了，你就会知道了。"

文青说："小元申，将来你长大了也要孝敬爷爷奶奶、爸爸妈妈。"

文志来到赵元申的眼前说道："孩子，你要好好学习，长大了不要像我们一样到外面打工吃很多苦呀！"

"赵家的子孙们，大家站好了！我们排成三排共同向我们的先人们致敬，我们一定要继承先人的遗志，把仁义礼智信，光明正大的家风世世代代传下去，大家能做到吗？"赵仁问道。

"能！"大家异口同声地回答。

"赵家的各位亲人，今天的祭祖把我们的心连在一起，祭祖把我们的情系在一起。血浓于水，情重于山，让我们携起手来登高望远，为赵氏家族的兴旺发达而努力奋斗！今天的清明祭祖活动到此结束。鸣炮！"